酒　镇

魏晓婷　著

陕西师范大学出版总社

图书代号　WX19N2047

图书在版编目(CIP)数据

酒镇 / 魏晓婷著. —西安：陕西师范大学出版总社有限公司，2020.1（2020.1重印）

ISBN 978-7-5695-1303-5

Ⅰ.①酒… Ⅱ.①魏… Ⅲ.①长篇小说—中国—当代 Ⅳ.①I247.5

中国版本图书馆CIP数据核字（2019）第277023号

酒 镇 JIUZHEN

魏晓婷　著

出 品 人	刘东风
选题策划	郭永新
责任编辑	陈君明
责任校对	张　佩　王雅琨
书名题写	许敏笃
人物摄影	李一平
装帧设计	主语设计
出版发行	陕西师范大学出版总社
	（西安市长安南路199号　邮编 710062）
网　　址	http://www.snupg.com
印　　刷	西安市建明工贸有限责任公司
开　　本	720mm×1020mm　1/16
印　　张	26.25
插　　页	2
字　　数	400千
版　　次	2020年1月第1版
印　　次	2020年1月第2次印刷
书　　号	ISBN 978-7-5695-1303-5
定　　价	56.00元

读者购书、书店添货或发现印装质量问题，请与本公司营销部联系、调换。
电话：（029）85307864　85303629　传真：（029）85303879

第一章

　　酒花万没想到，在她少不更事的年纪，她的命运竟然被虱子所改变。

　　此后但凡想起这种在她生命里浓墨重彩插了一脚的生物，仍禁不住懊悔：假如那年春天，她不随柳德茂去摘槐花，她的人生就会是另一番光景……可是事实上，过去的事情没有假如。

　　酒花记得，那年春天的槐花是在她的期盼中盛开的，和往年一样，空气里涨满清甜的花香，还有杂陈的酒曲味儿。凤柳铺人的嗅觉似乎更灵敏一些，柳德茂说是街边酒厂的师傅们在踩槐花曲。

　　不知从哪年哪月起，凤柳铺街面上的酿酒师傅对花开的时令有了特别的敏感，每个时令都有他们安排的酒事活动，每场花开都有一番讲究说道。比如踩曲，他们认为每种花香都会参与曲坯的发酵和成熟，形成各种风味的酒曲。

　　那日午间，按先天约定，酒花要和柳德茂一块去摘槐花，不料一早起来，柳德茂被爷爷牵去酒厂看曲。曲房里，师傅们用折下的槐花繁枝插满几口大水瓮，六十多个赤脚赤膊的汉子排成排，唱着秦腔热火朝天地赶踩槐花曲。爷爷说花开踩曲，花败曲成。柳德茂对这些看起来滑稽可笑的酒事不感兴趣，满心想着要和酒花去生产队饲养室后面摘槐花。在爷爷像欣赏艺术品一样，仔细端详每一块曲坯上霉程度的当儿，他偷偷溜了出去，踅进酒花家院子，像往常一样噘嘴吹出一声鸟叫。酒花正盘坐在炕上跟奶奶学刺绣，蓦地抬头瞅见柳德茂立在当院，肩上掮着长竹竿，她抿嘴一笑，忙溜下炕提了竹笼出门去。

　　饲养室后面拴牲口的那排老槐树，自他们小的时候就是那个模样，虽然老态龙钟，但仍枝繁叶茂，至少见证了凤柳铺近百年的岁月更替、风云变迁，树身上结了多少瘤子疙瘩，就藏有多少故事。可是谁也不去注意这些。酒花虽年过二八，但透过她粉红如梦的心事，所能感知到的只有白花花蒸腾着的比酒曲更为浓郁的花香，以及比踩曲汉子还要忙碌的蜜蜂，嗡嘤嗡嘤唱嚷着与满树的槐花扭成疙瘩。

柳德茂骑在树杈上，用带钩的长竹竿拧树梢的槐花繁枝，几缕阳光落在他稚气而稍显棱角的脸上，微眯着的眼睛和紧蹙的眉峰间，有一股英豪之气。酒花站在荫蔽处仰头看着，少年脸上的阳光丝丝坠入她的心头，如丝绸般光洁柔美。她欢悦地在混有牛粪屑的地面上铺了一层干麦草，将柳德茂拧下的槐花繁枝小心地接下来放在麦草上，翘着葱嫩的手指，把半开半含的花儿捋下来放进身边的竹笼里。

柳德茂不时从高处瞅下来，看到少女黑油油的长辫子从削肩上垂下来，穿过腰际，搭在一边的膝盖上，白白的脖颈在太阳下泛着牛乳般温润饱满的光泽，她蹲着的姿势像一幅梦幻中的尼古拉油画。"若说世间还有什么需要永恒，那不过是此时此刻的美好时光。"柳德茂这样想着，就从树上哧溜下来，笑笑说："酒花，我回去提个竹笼来，你给我也捋一笼，我叫我娘也给我蒸点槐花饭团子吃。"

"嗯！你赶紧去！"酒花欢声应着，冲柳德茂粲然一笑，嘴角便浮出两朵花儿似的酒窝来。

陶鸡换蹲在不远处的墙根角，拿个柴棍儿在地上胡乱划拉着，眼睛却不时地瞟向酒花这边。他见酒花立起来娇俏地取下柳德茂杆子上夹的槐花枝，两人彼此瞅着笑着，就随手摸了一块石头往树上瞄着，却没敢抛掷出去。刚才他努力地爬到树顶，比柳德茂爬得还高，为折树头更繁的花枝，下身挣出几声怪异的声响来。柳德茂蹲在树上笑："嗬！咋一股臭鸡屎味？"酒花背过身去装作没听见。陶鸡换脸不红不绿地说："你吃过鸡屎？闻得这么准！""你才吃过！你本来就是鸡换下的。"柳德茂恼怒地用长杆子将陶鸡换从树顶戳了下来。酒花将他折的槐花繁枝扔到远处，说花开败了不甜香了。陶鸡换帮酒花捋花，酒花护着竹笼不让放。陶鸡换只得将捋到手里的一把花往土里一扬，悻悻地走到不远处的墙根角,独自蹲着玩。

柳德茂说陶鸡换是鸡换下的,的确如此。鸡换在他家男丁里排行老三,叫三儿。他娘一开始连着生了两个女娃,紧接着生的两个男娃都没挨过满月就没了。生下三儿后又怕活不长,按照凤柳铺民间流传的法子攘魂——留住孩子的魂魄,需要用一种动物的命来换。他爹娘焚香点蜡敬起家宅六神和菩萨,在后院摆上铡刀。他爹陶鑫昌将红布包裹着的三儿从铡刀下面递过去,立在对面的娘赶紧接住。他爷和他奶将一只大红公鸡的头递到铡刀下面咔嚓铡掉,蘸了鲜血抹在三儿额头上,嘴里一声接一声地叫:"鸡换回,鸡换回,鸡换回……"他娘忙应声:"换回来了,换回来了,换回来了……"几个人一叫一应直走进屋里,爬到炕上,将三儿塞进被窝捂住。

三儿钻过铡刀后有幸活了下来。他爹娘为了感恩神灵和这只替死鬼公鸡,又怕不够虔诚而遭遇不测,就给他起名叫鸡换。可不幸的是鸡换得了一种气死病,只要啥事不合心里来,就嘴脸乌青一头栽在地上背过气去。爹娘吓个半死,慌急慌忙地灌红糖水,掐鼻根,扎针才能救醒过来。气死过几次后,身子就羸弱了,爹娘不得不在鸡换的后脑根留下一撮头发,编成一根细细的长辫子,发梢用红头绳扎着,叫"气死毛",图的是能辟邪除秽,保佑平安。此后鸡换再没气死过,这撮毛也就一直细细长长地在后背上吊搭着。

鸡换此刻百无聊赖,把一旁躺着晒阳阳的老母猪身上的大虱子捉下来,放在一片树叶上看这些丑陋的家伙惊慌失措地奔逃,眼睛却瞥见柳德茂往回跑了,酒花仍蹲在那里专注地捋着槐花。他突然心机一动,将爬满虱子的树叶拎上,蹑手蹑脚地绕到酒花身后,轻轻地敷在酒花背上,又蹑手蹑脚地回到原处蹲下看,一阵报复后的快感便洋洋地浮在了笑脸上。

酒花似乎早已忘记了鸡换的存在,沉浸在她自己的世界里毫无察觉。那些平日里寄生在皮厚肉糙,没什么好风景的老母猪身上的虱子,一刻儿发生命运的转折,移居到了细皮嫩肉的少女身上。单是少女身上特有的那种清香,就使它们神晕目眩、兴奋地要死。它们连滚带爬地隐匿在某一处风光迤逦的地方,将平日里在老母猪身上练就的坚硬的吸盘,只一触就进入一个神奇的世界,咸香美味的血汁滋滋地流进它们庞大干瘪的身体里——醉了!醉了的感觉就是成了仙，不管不顾放开喝。此刻，酒花身上成群的虱仙都醉了。只有仙才会有神通，虱仙也一样，它们不知道它们此刻即将改变一个人的命运，即将发挥出多么奇特的效力。显然，酒花感受到了从未有过的奇痒难忍，她不由自主站了起来，使劲晃索着身子，手伸到脖子里去抓挠，抓着挠着嘴一瘪就哭了起来。鸡换忙跑过来说："咋啦？酒花。噢！我看见毛毛虫钻你脖子里了，你甭动！我给你捉。"随即酒花的花衬衫领子被扒拉开，鸡换看到了那些贪婪的醉仙倒撅尻子仍在畅饮，忙逐一捉拿了往地上摔。

酒花一听脖子里钻进毛毛虫，吓得魂飞魄散，缩着脖子不敢动。陶鸡换的眼睛正往酒花的衬衣里头扫描；突然，几声咳嗽从身后传来，两人都下意识地转身，看见一群大人扛着锄头走了过来，男男女女脸上表情诧异。端的是柳德茂提着竹笼跑来，看到这一幕突然呆立住。鸡换手扯着酒花衣领泥塑木雕般地愣怔了半会，才如梦方醒般地撒腿就跑。酒花也醒转过来，慌里慌张地往回跑了。

酒花跑回家里，惊魂未定，将自己关在房间里哭，满脑子是大人们突兀的咳嗽声和怪异的眼神。她顿觉天昏地暗天旋地转，恐惧紧张得瑟瑟发抖。胳肢窝奇痒难忍，忙伸手去挠，却揉捏到一个肉丁儿，拿到眼前一看——好大一颗虱子！眉眼和身子都鼓胀得发亮，显然已醉得怡然。酒花吓得跳将起来，甩手扔掉。急忙喊来奶奶，一边脱衣服，一边叫奶奶去灶房烧热水。奶奶不知怎么回事，看见酒花惊慌失措的样子，急忙拐着小脚去了灶房。烧好的热水一倒进澡盆里，酒花就迫不及待地脱了衣服跳进去，使劲擦洗，胡抓乱挠。奶奶愣愣地看着，不知道这女子咋了。

一连换了两次水，洗了三遍身子，酒花才穿了一身干净衣服，抹着眼泪去梳头。奶奶急得问了多少话，一句不答。终于，酒花回头抱着奶奶哭了一阵后，才哽咽着说："奶奶，我在饲养室后面摘槐花，陶鸡换抓了一把粪土给我扬头上就跑了。"

奶奶搂着酒花，用枯树枝一样的手抚摸着她的头，豁风漏气的嘴里狠狠地骂："驴野（日）哈的！欺负我孙孙。等你爹你娘回来寻他去，看不把他眼睛抠了去……"奶奶唠唠叨叨骂着，酒花心里却怕了，忙捂住奶奶的嘴说："奶奶,千万甭给我爹我娘说,谁也甭说,就当没这事。你想陶鸡换他能承认吗?他欺负了的女娃娃不是我一个,让别人收拾他去。"奶奶听了,就从大襟衣服的内兜里摸索出一块冰糖,塞进孙女嘴里,将一点糖渣子沾进自己嘴里,嘴巴牵动松沓沓的脸颊蠕动着,不再言语。

其实柳德茂根本没看清咋回事,头脑就蒙了,陶鸡换和酒花跑了后,他仍呆愣愣地站了好半天。等他反应过来时,四下已经没人。他提起酒花捋满槐花的竹笼蔫头耷脑地往回走,不知不觉走到酒花家院子里。酒花奶奶忙出门挡住他,说酒花正在屋里洗澡。柳德茂心里很不是滋味。酒花竹笼也不要,跟跟跄跄跑回去洗澡,到底咋回事嘛?他懵懵懂懂,疑虑重重,放下竹笼落寞地走了。

酒花在房子里听到柳德茂的声音,心里莫名地羞辱难受。她想起她晚上做的那个怪梦,梦见自己一个人走在路上,四周黑乎乎,只有脚下的路是亮的,却爬满了指头粗的小蛇,红的、绿的、黑的、黄的……各种颜色都有,在地上胡乱扭动着,爬行着。有的爬到了她腿上,吓得她急忙哭喊,却怎么也发不出声来。突然出现一个面目模糊的人,将一瓶啥东西泼在了蛇身上,瞬间地面上又变得干干净净,啥也没了。她刚想努力看清楚这个人是谁,却猛地醒了过来,只看见窗户已经泛白,奶奶坐在她旁边窸窸窣窣地穿衣服。她心有余悸地把梦说给奶奶。奶奶习惯性地捏磨着指尖思量了半会,才笑了说:"没啥,我娃睡觉把尻子没盖严,着凉了。五花蛇都是白天绣花的五花丝线,我娃把眼睛看花了。"她听了不由扑哧笑了。奶奶却叮咛她好好在屋里坐着绣花,不要出去跑了。可是柳德茂在院子里吹出的鸟叫声,把她连人带魂勾着跑了,喜端端的事变成了这样,她该咋样给柳德茂解释呢?显然她看到了柳德茂那一刻惊讶愤然的神情。解释又解释啥呢?连她自己都糊涂得没个眉目。酒花使劲摇了摇头,似要把这件不堪的糟事一下子摇落在地,清除干净,回到以前去。她要极力恢复往日的活泼欢快,但一想起那颗大虱子黑得发亮的眼睛,就浑身痒得厉害,心里瘆得发慌,身子不由自主晃索起来。

柳德茂一连闷了几天,也想不明白酒花那么眼黑陶鸡换,为啥却站那里让陶鸡换翻扯她的衣领。柳德茂百思不得其解地难受了几日,便按捺不住想见酒花,他断定酒花会给他当面解释,就拿了一本新买的连环画册去找酒花。他刚走到酒花家院子,见酒花爹如临大敌似的摇手说:"德茂你甭找酒花了,酒花是个女娃娃。"

酒花在后院看见柳德茂,急忙就往外走。她爹忙拦住说:"你不能再跟着男娃子往外跑了,好好在家待着。"

"为啥?我们是同学,我向他借书来。"酒花一脸不解。

爹把酒花拉进房间里,慌神地说:"叫你娘给你说,村里人都说你啥哩!"

酒花娘更是慌得瞪圆眼睛说:"你爹不好问,我问你,你和鸡换到底咋啦?让人嚼说……"

"嚼说我啥了?"这几日酒花显然已经慢慢理清了思绪,她和陶鸡换之间清清白白啥也没有,一切照旧,该干啥就干啥。柳德茂那里也没啥可解释的,一解释反倒好像心虚似的。

"我娃你不能和男娃在一搭走了,我娃长得俊,招惹是非哩。"酒花娘尽量把神情语气放得很平淡,隐瞒了听到的瞎话,怕刺伤了女儿。但酒花已经从娘的话里听出了话外话——村子里已经有了关于她的唾沫是非。她娘无论如何不会告诉她的,肯定是她和陶鸡换之间的是非。但她想不到人们私下议论的是,她如何不守规矩,公开勾引男娃看她的身体,而且还不止一个男娃。甚至有更难听的说她已经如何如何了,要不咋就发育得像个烂桃一样成熟。没有一句是说男娃的不是,全是酒花的瞎话。酒花娘气得偷偷抹眼泪,酒花爹也气愤不已,但夫妻俩坚信酒花是清白的,不想让瞎话进入酒花耳中,因而极力限制酒花出门。柳德茂在院子里等了半天,不见酒花出来,只好怏怏地走了。

可是酒花得去上学啊,她走在路上,发现气氛有些诡异,平日爱和她一块走的同学若即若离。柳德茂也离得远远的,低头纳闷地只顾走路。只有陶鸡换小跑紧跟着她,没话找话。酒花抡着身子躲开走。她感觉有人在后面指点她说她,猛一转身却看到大人们哑了声朝她讪笑。酒花反倒满不在乎,挺直了腰杆走路,只是心里恼恨柳德茂,发誓再也不理他。

酒花想象不到柳德茂的压力和难处。关于她的闲话也传进了德茂爷爷柳义振的耳中。她和德茂一块去摘槐花的事也被柳义振知道了，老人家无比恼怒，把儿子媳妇叫到他屋里，在挂有祖先画像，立着"中华民国故义德酒神显考柳老大人之神主"牌位的镂空雕花祖案前，焚香祭酒，拜了三拜后，搬出好多年不用的家法——一把磨得光溜溜黑乎乎，顶端刻有"孝悌忠信　礼义廉耻"的竹板戒尺，当着柳德茂的面，在他儿子柳忠民的手心狠狠劈了三下，训斥说遵循祖上家规严明家法，子不教父之过，孙辈有过失，该由父辈承担。孙子隔代，他今儿个只处罚自己儿子。

这样的处置方式也有不舍得罚孙子的成分。凤柳铺有句流传久远的治家格言"穷不离猪，富不离书"。自打柳德茂出生，柳义振就对这个长得大眉大眼、灵气十足的长孙颇为喜爱，悉心教养。他白天下地耕作一天，夜晚睡在炕上教柳德茂背《三字经》《百家姓》《千字文》《朱子家训》。在柳德茂七岁开始读小学的时候，对这些传统启蒙读物已能倒背如流，显现出不同凡响的气韵。这使柳义振甚为欣慰。

他们柳家自古以来就是大户人家，主要以酿酒为业，多少代都是酿酒望族，所酿之酒是皇家钦定的宫廷御酒。清朝时，族里还有人得到过朝廷赐予的鎏金牌子，上书"农正师"字样，也就是不脱产的农业官员，如果谁家荒芜了土地，就可以管理和处罚。眼见的族谱上有记载的正脉传承人就有十几人，凤柳铺的半面街道都是他柳家的烧酒作坊、醋坊、油坊、磨坊，尤以烧酒作坊居多，称为"连家生意"。热气腾腾的酒糟、醋糟喂养得骡马成群。雇佣的伙计多达几百人。

民国四年（1915年），柳德茂的祖爷爷柳森鹤携柳家陈酿"凤柳酒"漂洋过海，在巴拿马世界博览会上获金奖，一时凤柳铺酒贵。柳家组建了几十人的保安团卫家护院，荷枪实弹甚是威风，也护卫着整个凤柳铺几十家的烧酒作坊及其他店铺生意。柳森鹤也就被凤柳铺人尊颂为"义德酒神"。后经历了战乱灾荒，凤柳铺诸生意逐渐萧条荒败，柳家仍坚守着几个烧酒作坊和醋坊。但生意日渐惨淡已无力供养保安团队，其也就四散而去。柳家保安团以前护卫凤柳铺得罪了不少土匪鬼魅，埋下隐患，后来的一场大灾祸使柳家差点遭到灭门。

令凤柳铺人至今叹惋唏嘘的是民国二十一年（1932年），一场罕见的年馑还未熬过去，田野里、人们的颜面上还是一片灰土色，不料一天深夜，几个蒙面人翻墙进入柳家，杀了柳德茂的祖爷爷柳森鹤、祖奶奶、祖爷爷大儿子及账房先生、伙计共七人。当时柳德茂的爷爷柳义振已长大成人，因拉肚子跑茅房才幸免于难。第二天人们在炕墙上看到"头可断，祖业不可断"几个手印血字，知道了柳森鹤的遗愿。独存下来的柳义振在极度悲痛中咬牙重振家业，在满腔悲愤中恢复了酿酒祖业。

柳森鹤遇害的翌年，柳义振取了自家老烧坊窖藏的老酒，更名"凤酒"参加了美国芝加哥世界博览会，荣获金奖，继巴拿马世界博览会之后又一次把凤柳酒推向世界。老烧坊在柳义振手里无论经历怎样严酷的灾荒战乱匪祸，都像老牛车一样拉着沉重的祖业吱吱呀呀往前走着……直到解放后。1952年沾满地窖土腥味的旧时代老陈酒，从老酒海里开启出来，仍以"凤酒"之名，在标示着新时代新社会的全国首届评酒会上，与茅台、汾酒、泸州老窖一起赢得全国"四大名酒"之美誉。柳义振带了获奖老陈酒和奖杯去义德酒神的墓地做了一番极为隆重的祭拜告慰。

柳家人起名讲究"字辈"，为了传承祖业和"义德"精神，柳义振这一代是"义字辈"，族门兄弟取名都以"义"字打头。在他手里遇上解放后的合作化时代，把乱世坚守下来的老烧坊"兴盛茂""复兴茂"连人带酒带酒海一并交给公家公私合营。柳忠民这一代，是"忠"字辈，跳着"忠字舞"，唱着"大海航行靠舵手，万物生长靠太阳……"的红歌。柳德茂这一代，是"德"字辈，为怀念义德酒神之德荣和辉煌，希望祖业有朝一日在他手里能恢复起来。除了柳德茂还没知觉过来外，他爹柳忠民早已洞明于心。柳义振曾坚辞不受乡长之职，只一心一意酿酒，无论多么艰难都要苦撑苦熬。

老烧坊"兴盛茂""复兴茂"并入凤酒厂后，老字号没了，变成了凤酒厂的两个酿酒生产组。柳义振做了厂里的高级酿酒师，仍传授古法酿酒技艺。后来他老了，儿子柳忠民接班进厂仍做酿酒师，老手艺新技法在逐步融合中走到了新工业时代。可柳义振心里总是怀恋着他祖上的纯古法烧酒模式和老味道酒，那可是老祖先几千年摸索传承下来的技艺精华，里面渗透着无穷的经验和智慧，万不可在他手里湮没失传。眼下已到柳德茂这一代，应该从小培养起雄心壮志，不能没了祖上的骨气和豪气，净往女人的针线笸箩里瞅……

柳德茂的爷爷柳义振先用荣耀而自豪的口吻，后用悲痛的神情一路数说下来，说得他爹柳忠民一脚把柳德茂踢滚在地上，张着愤怒的眼睛吼道："甭和个不正经的女人搅一起，不长出息，辱没祖宗！给你爷爷道歉！"

柳德茂跪在地上，眼泪簌簌往下淌，咬牙不说话。爷爷讲的像是遥远的神话，他没有切实感受，也无关乎自己，他只想酒花，只想和酒花在一起。他娘心疼了，想拉他出去，却被他爹一番斥责，站在门外抹起眼泪。

柳德茂不怕自己挨打，就怕因了自己让爹挨打，让娘挨骂。

他想大声喊："酒花是个好女子，我就想和酒花在一起。这和我爹我娘无关。"但终究噎在了喉咙眼里。在爷爷不依不饶的数说下，爹逼着他当场保证以后不再和王酒花来往，否则甭想上学。不上学就更见不上酒花了，柳德茂只好屈从。

酒花压根不知道柳德茂遭受的这些家庭风暴，还以为柳德茂也误会了她，不理她了。不理就不理吧！男人的肚肠小气到这种程度，也没必要心存念想，自讨羞辱了。是非像酒曲一样继续发酵，添油加酸便酿出一坛子怪味醋来，酒花的少女梦便在这坛醋里慢慢幻灭了。

酒花爹娘一商量，就不让酒花上学了。酒花气得哭红了眼，躺在炕上不吃不喝不动弹。酒花奶奶终于知道了事情来由，气咻咻地拐着小脚过了凤凰桥，穿过凤柳街北巷子寻到北街陶鸡换家，冲着陶鸡换就骂："驴野（日）哈的鸡换，把我孙女的名声撇（败）坏了，以后咋寻婆家哩？"陶鸡换张着麻仁眼看着酒花奶奶，一脸无辜地说："没有啊！咋啦？"

陶鸡换的娘一边忙着倒水，一边笑说："老姨你坐下，甭生气！我也听得一些闲话，娃娃们都不懂事，像姊妹一样耍过了头。要怪就怪鸡换爱咱酒花，我说干脆把酒花给鸡换算了。俩娃中学都念完了，长相也般配很。再说鸡换是你老接生的，就像你的亲孙孙一样哩。咱对外放话说两娃早就定了亲了，看谁嘴里还能胡淌个啥？"

酒花奶奶心里有一百个一千个不愿意，但对鸡换仍心存几分怜惜。这个村里八九十的娃娃都是她接生的，唯独鸡换生下来是个青疙瘩，嘴里没一丝气，是她嘴对嘴吮吸了呛进肺里的羊水，揣进大裆裤里捂了老半天才活了过来的，自此便有了种有别于其他孩子的特殊感情。这会她迟疑着说："这事我做不了机（主），得问她爹她娘。"

鸡换娘一听有门，忙趁机说："老姨，这事我找人算过了，两娃属相年龄都配。酒花该是鸡换的媳妇呢，要不咋端地出下这事儿，让全村人嚼说呢！好话不出门，坏话传千里，酒花再不好寻婆家了。老姨你想，谁家娶个媳妇不打听打听？干脆给鸡换好咧！我就这么一个儿，单头双胳膊长得也抟直得很！没弹嫌的啥。到时三媒六聘，风风光光娶进门，我和他爹会把酒花当亲女看待，让酒花当家主事，我这家里啥不是酒花的？老姨你看……"

"我得回去问问她爹她娘，我人老糊涂了。"酒花奶奶一口水没喝，又拐着小脚回去了。其实她心里已经愿意了——不愿意也没别的法子，在她的概念里女人和男人一旦有了肌肤接触，就是一辈子无法背弃要结婚过日子的夫妻了。她回去问问也不过是替鸡换当说客罢了。

酒花爹娘听了老娘的话，思前想后，权衡利弊，觉得把酒花许给陶鸡换也是不错的选择，虽然比不上柳德茂家祖德荫厚，但陶鸡换祖上也是凤柳铺的酿酒大户，算得上数二数三的殷实人家。他们王家祖爷在解放前，腰里捆着绳子，肩上挑着扁担，一头担着儿子，一头担着女儿，一路乞讨从甘肃逃荒到凤柳铺，靠给东家拉长工安顿下来。到解放后，新旧两重天，凤柳铺年轻人没人知道他们是叫花子出身。别人不知道不等于自己不知道，尽管凤柳铺人从一开始就乡里乡亲的从没外看他们。最大的恩惠是柳家祖爷帮助他们买了田地，落了户口，他们祖祖辈辈感恩不尽，但心底里或多或少有一点儿卑怯。本来看柳德茂对酒花好，就有了个奢望想把酒花许给柳德茂，不成想和陶鸡换落下了风言风语，一下子矮下去许多，那个偷偷的奢望也就变成了绝望和遗憾——哪怕是为了报恩也不能再有给柳家的想头了。

其实陶家早就看上了漂亮能干的酒花，自小在她奶奶的言传身教下，手脚勤快会擀面。家门婶子常常笑夸："面采盆里是个石头蛋，擀案板上扑扇扇，下锅里莲花转，舀碗里一根线。"更可人的是小女子还绣得一手好花。陶家热慕已久，村里的风言风语成了顺风船，赶紧派个媒人搭上，一来二去在中间咕噜了好几次，掐算生辰八字合了婚，便把酒花和陶鸡换的终身大事给定下了，就这样定下了。奶奶坐在炕上，摇晃着身子，幽幽地说："我娃！奶奶给你说，女娃嫁人嫁给一家子，男娃娶媳妇只娶一个人。要人家全家稀罕你，才能活得起个人哩。陶鑫昌就一个儿，一家子稀罕你，奶奶死了，也就放心地把眼闭了！"酒花听着嗯嗯地点着头，却倒在奶奶怀里呜呜地哭了……

的确，大家有大家的规矩，小家有小家的信条。柳家自祖上有个不成文的隐性规则，娶媳妇不拔头把梢子。他们认为媳妇太美会使男人贪恋裙裾，迷心丧志，误了承继祖业。所以柳家的祖上娶媳妇和别人家不一样，专选姿色一般而贤淑稳重、识体明义的女子。酒花和陶鸡换，以及他孙子间的闲言碎语更使柳义振佩服祖上的英明智慧，坚定了阻断德茂和酒花接触的决心，再说陶家人碰过的女人他柳家人坚决不染。柳义振暗地里指使德茂的爹娘赶紧托人给德茂说亲，正好凤酒厂编制修缮酒海的"海子工"师傅杨新坤有一女子，年近二八，知书达理，貌相一般，但也素雅耐看。她爷爷是凤柳铺亭子大队的教书匠杨先生，能写会画，学识素养极高，在凤柳铺一带很有名望。解放前，柳家在凤柳街开酒坊，杨家在隔壁开笼铺，柳家的酒灌进杨家的酒海酒笼里，被骡马骆驼驮在背上东南西北地贩运走了。解放后，柳忠民和杨新坤一起进的凤酒厂，一个主抓酿酒，一个修缮酒海。两人本来就熟络，坐在一起抿了几口酒，便三锤两棒定承了儿女婚事，成了儿女亲家。

这天一大早，柳义振把一家人召集起来，先让儿子柳忠民领学了《祖规家训》"豫蒙养""敦忠孝""睦族众""崇勤俭""务耕读"……二十条后，一脸严肃地强调："养子必教，教育有方；少立壮志，学有方向；勿忘祖规，莫犯忤逆；义行天下，光祖耀宗；未雨绸缪，盛茂长兴……"柳忠民一听"未雨绸缪，盛茂长兴"这句他爹添加的新家训，巧妙地串进了他家酿酒作坊的老字号，就明白了他爹的苦心，大意是从现在开始提早谋划学习，一旦机会来临，一家人要齐心协力重现祖上的"兴盛茂"老烧坊景象。只是柳德茂年轻不谙世事，理解不到这个层面上去。那场运动刚过去不久，柳忠民也不想明说，只得向爹深深地点了点头，表示完全理解。

柳义振也会意地点点头，转向孙孙说："德茂，你是定了亲的人，该是大丈夫男子汉了，往后要顶天立地撑起家业，从现在起啥都得学，重点学咱柳家的制曲、酿酒、兑酒、品酒技术。眼下没有实业，你没有亲身体验的条件，就先从基本常识学起。全家人每周星期天早上七点关上大门，准时坐在客堂听我讲家史，传授酿酒尊法，没有特殊情况谁也不准缺席，要保守秘密。俗话说老子英雄儿好汉，老子栽葱儿卖蒜。德茂是重点培养对象，由你老子监督，一定要继承祖上志向，酿祖上好酒，成为你酒神祖爷一样的英雄好汉。德茂，听见了没？"

柳德茂坐在凳子上正愣瞪走神，听到爷爷叫自己，惊醒过来哦了一声，茫然地看着爷爷。爷爷脸上泛起一丝嘲谑："刚才我说啥了？"

"说啥了？哎哟！哎哟！我肚子疼！我得上茅房。"柳德茂龇牙咧嘴地捂着肚子往后院跑了。他眼瞅无人，架起梯子爬上后墙，哧溜到墙外，顾不得拍打身上的土，就往酒花家里跑。爹娘不地道，给他定亲的事先瞒着他，事后才告诉他，他抗拒了一场啥也没顶。这会只想告诉酒花，非她不娶，别的随后再想办法。他跑到酒花家门口，看到门上挂着一把锁，只得绕到后院爬到后墙上，再攀到邻近的杏树上，将青杏儿一颗颗摘下来，往酒花房间的窗子上扔。扔一颗打烂一格窗花纸，扔一颗打烂一格窗花纸。窗花纸全被打烂了，酒花还不出来。他以为酒花不在，只得失望地溜下去蹲在墙外伤心落泪。

酒花和鸡换定亲后，爹娘就锁上大门，暂时不让她出去，好让瞎话尽快烟消云散。酒花坐在炕上一边绣花，一边胡思乱想。她满腹屈辱，一想到即将成为陶鸡换的媳妇，就委屈得要死。但她知道不嫁陶鸡换也嫁不了柳德茂了，他爷爷那个老封建绝不会要她。嫁不了柳德茂嫁谁都一样，哀莫大于心死，爱咋咋去！可她由不得想见德茂，想给德茂说句心里话，解释清楚那天发生的事情——澄清就行了，不奢求有什么好的结果。

德茂来了，打烂了窗花纸，她从烂纸缝里瞅见德茂立在树上巴巴地寻她，眼泪扑簌簌往下淌，却不敢出门。奶奶在厢房里睡着，本来就身体病弱，近来因为自己的闲话，又气着了，她怕惊扰了奶奶。再说她见了德茂也没用，她已经是他人未婚妻了。话说清楚了德茂一急和家里闹，和鸡换闹，不但于事无补,反而会给自己再惹一身骚。再说柳家曾是她家恩人,不能因她伤了两家世世代代的和气。酒花眼泪像房檐水不断线地流,德茂在她的泪眼中渐次模糊,直到隐没不见。酒花哭倒在炕上,随后又爬起来跑出屋,扒着杏树粗壮的杆爬上去,站在树杈上往墙外看。她看见柳德茂正蹲在地上哭。她想喊他,又怕被他看见,身子下意识地往下缩着藏了起来。藏起来了又伸长脖子看他。突然,大门吱呀一响,爹娘下工回来了。酒花慌忙从树上往下溜。爹娘看见树干上的女儿,惊得立住。娘恼道:"你猴急了!杏还没黄哩,上树干啥?"说着瞟见打烂的窗花纸,更为惊疑,近前仔细瞧了瞧,捡起滚落在窗台上的几颗青杏儿,恼道:"你,你做啥哩?"酒花已经溜下树,拍拍手,故作轻松地说:"我练靶子哩,看打得准不准。"

"你闲了拿个砖头磨去,打窗子干啥?女大不中留,我看你想出槽了,这屋里盘不下了。明叫媒人问问陶家,趁早结过去算了……"酒花娘正愤愤地奚落,酒花大叫一声:"我不活了!我死了算了!"大辫子一甩,抡身跑进房里,啪地摔上了门。娘速即噤了声,呆立着。爹紧张得直瞪娘,娘就隔门说:"酒花,甭哭了,你把瞎事做下还皮薄得叫人不说。不结就不结。你好好的,你不活,我和你爹不说,你奶奶咋活呀?你是你奶奶的打心锤锤、命系系。咱都要好好的!门开开,到里屋问你奶奶要点窗花纸糊窗子去。"酒花一听到奶奶就不哭了。她自小是在奶奶怀里长大的,惯得娇娇的,花骨朵一样碰不得的。她最疼奶奶,奶奶也最疼她,她不能再惹奶奶伤心。酒花开了门,眼睛红红地看了看爹娘,去了奶奶房间。酒花突然经历了这么一场是非,迫不得已成了陶鸡换的未婚妻,一夜间成熟了,似乎成了饱经风霜的大人,稚嫩的脸上有了愁苦忧悒之色。

柳德茂在酒花家的后墙外哭得有气无力,拔了一把不知什么草的叶子塞进嘴里,嚼得绿水顺着嘴角往下淌也不管不顾,又把身边的石子土疙瘩有一搭没一搭地扔到远处去,半会才没精打采地回家去。

柳义振看见孙子目光呆滞,嘴角干却了两绺子绿痕,吓了个半死,以为孙孙得了黑水泻。那是民国二十一年遭年馑时最厉害的一种瘟疫痢疾,得了的人上下泻黑水，十患九死。他急忙叫出儿子拽着孙子到街道医疗站秦妙手那里去看。秦妙手翻了翻德茂的眼睛，又掰开嘴巴一看，笑了说："这刺蓟草上面尽是黑粪，粘得满嘴都是。"德茂蓦地惊醒过来，跳到门外去连唾几口，接过秦妙手递给他的半瓶酒，咕嘟咕嘟漱了口，把剩下的一口气喝了，整个人便轻飘起来，摇摇晃晃地往回走了。

秦妙手故意唬醒了德茂，却不明白这孩子中了啥邪，神情恍惚满嘴嚼草。柳义振知道他孙子的病害在哪里，背着手黑着脸跟在孙子后面走着，脑子里纷乱如麻，他不明白自自小乖顺的孙子眼看着长大了，咋就成了歪脖子树，他在思考怎样才能把这个没出息的小家伙拾掇周正。他满心希望有一日在这个小家伙手上实现他的念想。尽管祖上几十代的烧酒辉煌在凤酒厂得以延续，但他还是想旁逸斜出，再建一个古法烧酒作坊，传承祖上艺业。他冥冥之中感知到会有这么一天。曾经祖上几十代的酿酒史也是曲曲折折、明明灭灭，有过辉煌鼎盛，有过衰落中断，但又都"野火烧不尽，春风吹又生"了。他预感这股春风会应在柳德茂手里，可这小家伙眼下不成体统，搅缠到女人的是非窝里去了，他得把他从烂泥坑拉出来，一心一意学本事长志气。

柳德茂走进家门，径直往炕上一栽，呼呼睡着了。柳家人基因里带着喝酒不醉的因子，可小伙子心情极度不好，还是醉了。柳义振背着手站在脚地看了半天，叹口气转身回自己屋里去了。

一觉睡到日头偏西，德茂醒来，一骨碌爬起来，看看院子没人，就又往酒花家后院跑了。他瞅四下无人，爬上后墙，看见酒花奶奶正在茅坑上尿尿，两手拄着腿膝盖半蹲着，屁股朝天撅得老高，尿线很长。他奶奶下世时他还小得不记事，没见过小脚老婆尿尿，原来是这个样子。柳德茂新奇地看了两眼，就慌张溜下墙。他估摸着酒花奶奶回屋去了，又爬上墙，攀上杏树，将青杏儿摘下掷向窗子。新糊好的窗花纸扑哧扑哧又破了。躺在炕上发呆的酒花心里一惊一喜，她知道是德茂来了，爬起来从破了的窗洞里看见果然是他，这次没有多想，整理好衣服，用手急急地拢了拢鬓角的乱发，照了照镜子，就开门出去。酒花站在院子里嘘声喊："德茂，快下来，我有话给你说。"

"好！"柳德茂一看见酒花，高兴得一下子醒了残酒，刚要往树下溜，听到有人在墙外叫他，扭头一看，爷爷站在墙外正瞪着他，柳德茂吓得呆住。爷爷显然怕孙子受惊从树上掉下来，压着怒气说："慢着下，小心着下。"柳德茂却不敢慢着下，顺着树干急忙往下溜，突然脚手一滑，身子飞离了树干，他头脑嗡一响，一个屁股蹲掉在地上晕了过去。酒花吓得直扑过去，失急慌忙地拉扯着哭叫："德茂，啊！醒醒！德茂你醒醒！奶奶！奶奶……"

酒花奶奶拐着小脚从里屋出来，一看呆住，忙又跟斗趔趄地拐过去，摸了摸德茂鼻息，拔下发髻上的簪子，在德茂的鼻根上扎。德茂幽幽地缓醒过来，睁开眼睛瞅了瞅，才说："酒花，我要娶你！等着我，我要娶你！"酒花含泪摇头又点头。

酒花奶奶慌神道："德娃你摔糊涂了！你俩都有亲事了，没了这缘分。德娃赶紧起来回去。叫人看见了，酒花咋得活呀——"酒花奶奶瘫坐在地上，吓得直抹眼泪。酒花心疼奶奶也心疼德茂，左拉一把德茂，右拉一把奶奶，也急得哭起来。

柳义振从前门拐进来了。原来锁子没锁，是空挂在门扣上的。柳义振疾步走到后院，用极其威严而鄙薄的眼神看了看酒花。酒花正在拉德茂站起来，被柳义振的眼神刺得蜂蜇了一般，急忙收回手去，往奶奶身后缩了缩。

"起来！你羞你先人哩！把你先人墓上草都羞死了！"柳义振气急，此刻顾不得孙子隔代，该由他爹来惩处的规矩，抬腿就在德茂的屁股上踢了一脚。德茂疼得哎哟一声，急忙挣扎着起来，腰疼得又跌倒了。

酒花奶奶爬起来说："德娃他爷，娃们自小一起耍大的，像亲兄妹一样没个大小，早晚结婚了也就懂规矩了。你老甭气了！娃从树上跌下来跌重了，赶紧送秦妙手跟前给娃看去。"

柳义振这才仔细看了看疼得龇牙咧嘴的孙子，又看了看杏树，发现树干上湿漉漉光溜溜的，用手一抹，一把机油。他顿时明白他孙子不止一次翻人墙，爬人树，让人给憎恶上了，才往树干上抹了机油。一股强烈的羞臊感涌上心头，他狠狠地瞪了一眼孙子，掏出手帕擦把手，眼神复杂地看了看酒花奶奶。酒花已经把架子车拉到跟前，柳义振将孙子扯抱上去，拉上就往医疗站去了。

酒花爹根本不知道柳德茂爬过他家杏树，往树干上抹机油是为了防止酒花再爬上去"练靶子",不小心摔着了。他哪里想得到会把人家德茂从树上滑落下来,摔坏了呢。

此刻他们两口子正参加集体劳动。凤柳大队柳家庄的社员们在饲养室后面的洋槐树下翻粪堆,将饲养员一冬从饲养室牲口圈里推出来,堆了半年已经踏厚实并发酵熟了的粪土挖刨开来,翻松软,等油菜、小麦一收,立马就拉到地里扬开,翻耕耙平,厚地种高粱、玉米、糜谷、荞麦、红的黑的黄的各色各样豆类,薄地种上冰豆。整个生产队精壮劳力起早贪黑在地里干一年,打下的粮食交过公购粮后,紧紧巴巴地不够全队几百口人吃饭。家里劳力多的挣的工分多,分的口粮就多;劳力少的,挣的工分少,折算下来粮食不够吃。生产队长不能看着把人饿死,就预先借给缺粮户一些粮食,把账记下,等以后再还。像酒花这样的人家往往还不上,账越累越多,气就越来越短,人前不敢说话。

酒花有个哥哥叫强娃,小时候发高烧打青霉素过敏,不幸落下了后遗症,腿长得一长一短,一粗一细,走路跛得厉害,常常惹得一群小孩子跟在后面嘻嘻哈哈学。最悲惨的是脑子也不太灵光了,整天闷声不响,饭量却大得惊人,一顿吃上三大老碗饭还喊肚子饥。酒花奶奶总说这娃是饿死鬼转世,来世上是专门为吃粮食的。生产队安排强娃在饲养室跟着饲养员喂牲口,一天挣七工分,相当于一个女劳力的工分。爹娘在队上没黑没明地劳动,挣的粮食仍不够吃。有强娃这么一个儿子,爹娘总觉低人一等,近来被酒花的闲话一搅,更觉人矮气短,劳动时尽量不言不语,埋头只顾干活。偶尔讪笑着听社员们聊闲话,插科打诨,甚至男女之间打情骂俏,抛掷粪疙瘩。也有人把粪堆里刨出来的柴棍子扔过来说:"拾柴,拾柴!"其他人就会心地哈哈大笑起来。酒花爹也憨笑着说:"拾么,拾个总比不拾强。"说着把柴棍子用镢头拨拉到自己脚下,准备下工时捎回家去。

酒花爹官名叫王长贵,村里人总叫他王拾柴。他走路老低着头,将树上掉下的干树枝,遗落路边的豆秆、玉米秆、高粱秆捡拾起来夹在胳肢窝捎回家,天长日久便在后院堆得小山似的,除了做饭用,冬天把老娘的炕烧得滚热,引得一帮子大姑娘小媳妇挤坐在老太婆的炕上做针线聊闲话,背地里却笑话:"王长贵爱拾柴,柴旺财不旺,名贵人不贵。"

王长贵其实一点不笨，他曾凭着老实忠厚勤快，当了饲养室饲养员。以前的饲养员克扣喂牲口的黑豆料面，偷偷往家拿被队长发现了。谁也没想到王长贵当了饲养员后，将给大黄牛梳理皮毛时脱褪下来的牛毛收集起来，捻成毛线，给家里每人织了一双袜子，一冬穿着不冻脚，暖和无比。村里人这才发现他还心灵手巧。队长同样不高兴，就将王长贵也换了。王长贵为此羞愧了好一阵子，总觉自己贪心拿了集体的东西。

　　生产队翻粪堆的活儿干一天很累人。夫妻俩下工后一下子轻松了许多，扛着铁锨镢头并排往回走。刚走到家门口，酒花就跑出来撞了个正着。她看见爹娘哇一声哭了，抽抽噎噎地说了德茂从杏树上跌下来，他爷拉去医疗站的事。酒花爹娘吓得面如土色，呆了半会才问："跌得严重不严重？流血了没有？"酒花慌张地点头又摇头，语无伦次。酒花爹抛下肩上的农具就往医疗站跑了。酒花娘腿脚发软，由酒花扶进门去，一屁股坐在板凳上哭开了。酒花奶奶拐着小脚从里屋出来骂："哭啥丧哩？你咒人家娃娃哩吗？男娃子皮实，我刚在菩萨跟前掐诀念咒，给娃祈祷，没个啥的。"酒花娘一听止了声，酒花心里也一下子轻松了许多。

第二章

柳义振拉着孙子柳德茂低头往医疗站走,他生怕路上碰见熟人,脸上火烧火燎。若能从天上飞过去,从地下钻过去,他绝不走在路上。他柳义振何许人也?义德酒神的儿子,解放前就是凤柳铺数一数二的人物。爹遇害后,他当了商会会长,曾将白酒裹杂在棉布、食盐等物品中,从天水、庆阳抄小路运往陕北,使凤酒替代了短缺的药品,也使陕北地区的革命者有了凤酒情怀,以至后来凤酒上了国宴。这些埋在心底的秘密纵使不说,也使柳义振一直以来显得钢巴硬正。更别说他在凤酒厂建厂初期被评为全国劳模,出席全国劳模大会了。这会儿他却臊得不敢抬头,他平时那么钢巴硬正的一个人,这会儿不敢抬头,不敢四下里看,匆匆把孙子拉到医疗站门口,小心地放下车辕,架起孙子往医疗室走。他下意识地回头往街道一瞥,看见酒花爹慌张地撵来,赶紧瞪眼摆手,示意他回去。酒花爹立住愣了半会,转身往回走了。

秦妙手正在里间病床上给陶鸡换的娘换药。这婆娘给儿子占下凤柳铺拔头梢的媳妇儿,心情奇好,见人笑得扑哈哈的,话多得像线线串着,走路像水上漂着。她年轻时也是个俊俏的美人,有个很应貌的名字叫刘翠兰,生产队劳动时,男人们总爱围着她酸醋溜浆水地开玩笑逗乐子,撩得她走路更像风摆杨柳,扭箩筛筛子。女人们便酸溜溜地骂:"看把你筛得圆的能把绿豆豆筛出来!"久而久之就有了个好听的绰号叫"豆豆兰",她听了恼着笑着也不忌讳,人们就大咧咧地叫开了。豆豆兰几天前挖粪堆时飘手飘脚,自己挖了自己的大拇脚趾头,鲜血直流,疼得嘶嘶的,被社员们送到秦妙手那里去上药包扎。

今儿个豆豆兰已经是第二次换药，仍旧疼得直呻唤。秦妙手很不屑地说："叫唤啥哩，敌人把你拉去还没用刑你就招了，凤柳铺人都得叫你害死！"豆豆兰又笑起来，讪讪地撒娇似的在秦医生身上拍了一把，说："你才是鸠山队长哩！我是李铁梅。"

秦妙手正要恼怼几句，听见外面有人进来，探出头一看，是柳义振把柳德茂架了进来，忙说："药上好了，你自己收拾。"撇下豆豆兰疾步出来，扶着柳德茂坐下问："德茂咋了？脸色黄得很么！"

"从树上跌下来，把魂吓飞了，你赶紧给看看腰……"柳义振用手抹着额头的汗，本想撒个谎说是从梯子上掉下来了，结果一辈子没学会说谎，话一出口就咥成实话。

秦妙手有个习惯，到他这里来看病的人，他不直接刨根问底，但会旁敲侧击地从病人言语表情里判断出一些病由真相来。但一般情况下病人还是会照实里说，怕误了开药治病。所以秦妙手这里掌握着几乎每个病人的隐情隐秘，但他嘴紧从不外泄，只为分析判断病人的心情病理，以达到治身先治心的目的。外加他祖传的精妙医术，很得凤柳铺方圆几十里人的信任和敬慕。秦妙手尽管年轻些，但好学博闻，能写会画，能吹会弹。特别是他看病开药极为便宜，有时花几分钱就把病治了。他常对人说："药是上天赐给人类救命的神物，一药一用，一点都浪费不得。用得恰到好处治病救人，开多了过量了病人就中毒而亡。医生贪财害命必然会遭天谴，当代不报，儿女代报；儿女代不报，子孙代报。这话都是老辈医生们总结出来的，我看真真的。"因而人们总是特别喜欢他，没病的时候也来看他。柳义振对他也是尊敬有加，这会像见了自家人似的，毫不隐晦地说："我看是腰，这损德虫爬王拾柴家后院的杏树跌下来了……"

秦妙手急忙摆手。柳义振会意里间有人，忙闭了嘴，心里懊恼自己越老越言语不谨慎，也没了杀伐，管得了儿子管不住孙子了。他知道他祖上在五代五服之内，一管三代四代都威慑力强得很。

秦妙手扶德茂趴在床上，仔细捏摸了腰背大腿后，说："没大问题，但尾骨处明显有骨伤，肌肉损伤也比较严重。得贴上膏药在床上躺三个月，等百日过后再慢慢活动。"

德茂一听要长时间躺在床上，急了说："我还要上学，有快法子没有？"

秦妙手附在德茂耳根说："没有，你不静静躺着休养，落下伤湿病根子，将来一遇天阴下雨腰就会疼，啥也干不成了。腰劲要紧，人没腰劲就没精气神了，爬不到高处去了，小伙子！"秦妙手意味深长地笑看着德茂，又道："为了以后爬得更高，看得更远，每天再喝一服中药，也好得快些。"

德茂一下子羞得面红耳赤，趴着不敢抬头。他估计爷爷这会脸黑得能滴下雨来。爷爷是真气坏了，一贯说话尊呼人的官名，今把酒花爹叫成王拾柴，看来是不顾风度地恼恨了。德茂心里顿感凉寒彻骨，他知道得不到爷爷认可，和酒花在一起就没有希望，不由激灵灵打了个寒战。

豆豆兰坐在里屋床上伸长耳朵听，柳义振高喉咙大嗓门的话使她极为震惊，心里的气呼呼地往上蹿，揣摩着柳德茂一定是为了勾引酒花才从杏树下跌下来的。活该！咋没跌死去！又想酒花这女子也不是啥好东西，和鸡换订婚了还不安分守己，以后不知要出个啥幺蛾子，这次自己把自己脚趾头挖坏就很奇怪。凤柳铺乡间有一个老讲究：儿女订婚前后要顺顺当当，平平安安，结婚后才会幸福，否则就不吉利。本来挖坏脚趾头的事已使她心里鬼鬼忄术忄术很不舒服，加上这事前后一联想就有了退婚的心。她从床上挪下来，摸索着穿了鞋，胳肢窝夹起双拐，忽地立起，用脚后跟着地瘸着出来，故意黑着脸瞪了瞪柳德茂，对正给柳德茂贴膏药的秦妙手说："秦医生，你听见看见了，我也听见看见了，都是怪事哩！想做啥正大光明地来说。"

秦妙手脸一红，恼怒道："赶紧回去！你脚坏了，脑子也坏了？屁话就多得很！"

豆豆兰还要张嘴说话，一看柳义振怒目瞪着自己，大有把她吞了杀了之势，心里一怯，借着别的病人往外推扯，顺势出门走了。

豆豆兰没有挑明说，别的病人听了个云里雾里，有人急问豆豆兰说啥哩，没人回应。柳义振也不觉得过于丢脸，但因他孙子的事让秦妙手难堪，颇感内疚。他知道这婆娘是个稀屎嘴，肯定回去没好事，越想越气，越气越怕，脊背嗖嗖直冒凉气，瞪着孙子真想捶扁捏圆弄个正型出来，场面上不好发作，只等回去再说。

　　回去能怎么说呢？柳德茂这一脉前头是三个孙女，后头才悬悬地有了两个儿孙。柳义振早就意识到，一个家族的衰落先是从人口上衰落的。柳家在清末民初之前人口兴盛，酒业兴盛。柳义振的父亲柳森鹤婚命不济，相继娶过三个老婆，十个儿女中有八个是虎虎生威的儿子。到民国末年，被抓壮丁的、运酒失踪的、病死的、遇害的，只幸存了柳义振这一根独苗，娶妻生了三个儿子，又独活下柳忠民一个。柳忠民还好有了两个儿子。德茂是大儿，却不走正道儿，今跌成这样，伤身事小丢脸事大啊。柳义振拉着孙子往回走，心里悲哀痛惜，发狠要把这个领头的孙子修正成果，把古法酿酒的艺业传承下去。

　　鸡换娘从秦妙手那里上药回去，一进门就挪坐在炕上哭开了，眼泪鼻涕满把满把往脚地甩。鸡换爹陶鑫昌拉着架子车从地里回来，一进门就被飞过来的一坨子鼻涕糊在身上，气得跳脚骂："你这瞎婆娘哭啥丧哩？人逢喜事精神爽，儿子占下媳妇了，你应该往死里笑才对！"

　　鸡换娘鼻孔里哼出一声冷笑，怼道："笑笑笑！笑你个头，你以为占下就是你的了？"她愤愤然将医疗站听到看到的添油加醋地学说给自己男人。

　　陶鑫昌听了一言不发，沉默了半会才关上屋门，走到墙角去搬挪红木大立柜。鸡换娘一见忙伸头朝窗外看了看，低声道："啊呀！你又下去呀？咱就这点家业，禁得住你天天喝？"

　　陶鑫昌仍不言语，只呼呼地挪开柜子，揭开几块地砖，再揭开一圆木盖板，便露出黑洞洞的地窖口。他憋着气，踩着脚窝下到地窖里，照着手电光从一排泛着黑釉亮光的酒坛旁边摸着走过去。每当这时他感觉一切都变得幽远静谧深沉美好，有滋有味起来。他的老祖先给他私藏下这么一窖好酒，够他应对一切人间不平事。每当他看了生产队长的眉高眼低，或在队上吃了亏后，回来下到地窖，喝上一老碗酒，就会浑身通爽，心情畅快。队长再牛，喝不到这酒。柳家过去再辉煌，现今没有这好酒了。也是他和他爹心里知道有这么一窖秘藏的好酒，在幽深的岁月里熟化着，醇厚着……便有了面对各种困境支撑下来的精气神。

他神情庄重地走到最里边那坛酒跟前站住，静静看了一会，颤抖着手一层层剥开封泥，拔出木塞，一股浓香猛扑得他打了个趔趄。他陶醉地吸了吸鼻子，小心翼翼地舀了一老碗酒，咕嘟咕嘟一口气喝完，惬意地啊了一声，抹了嘴巴上的残酒说："感谢祖宗，我和鸡换绝不辱没祖宗。"对着酒坛深深地拜了三拜，封上坛盖，摸索着爬上酒窖，小心地恢复原样，才对鸡换娘说："退！坚决退婚。咱家过去也是凤柳铺拔梢的酿酒大户，名门望族。她一个叫花子出身的女人去屎！咱不愁占不下好媳妇。"

鸡换娘一拍大腿说："退！坚决退！哈！咱俩老是意见不统一，一辈子打锤骂仗的，今咋就这么一致了呢？"

鸡换爹将喷着酒气的嘴凑过来，挤睒着仄眼角，揶揄道："好事意见不统一，瞎事就对上眼了么！我今晚把媒人叫来，你赶紧说。我估计咱儿不同意，由不得他娃娃。"

"你吃五谷净长了鬼大，得罪人的事让我去说？落好的事净叫你得了。算了！你嘴笨，还是我说，女方出下的问题，咱得把礼钱一分不少地要回来。还有扯下的布料，买下的衣服，送去的酒礼都得算上。"

"好么！能要下了要下，实在要不下也就算了。"鸡换爹说着就往外走。

鸡换娘吊高嗓门说："咱钱又不是狗屙下的，咋都得要下哩！"

鸡换爹立住回头说："是咱提出不要人家女子了，按规矩女方不退彩礼。你把嘴夹紧紧地，少说是非。事不要做绝，绝别人路也就是绝自己路哩！"说完大步流星地走了。

鸡换娘心里愤愤不平，一心想要回礼钱。鸡换的大婶过来还家具，鸡换娘迫不及待地把在医疗站听到看到的又添油加醋地学说了一遍，她知道鸡换的大婶嘴快，说给她就等于说给了全村。她企图抢占舆论先机，以受害者的身份取得人们的同情，礼钱他王家不退也得退。

鸡换的大婶高喉咙大嗓门，非常义愤地说："她王酒花做下这损德事，王长贵敢不退礼钱！不退咱搞臭她女子，叫她给不出去。"

"搞臭谁？酒花做下啥事了？"鸡换蹦进门来，满脸不悦地质疑他大婶。大婶讪笑着说："换娃你回来了，我家里还忙着哩，回呀。"急忙跨出门槛走了。

鸡换将从雍水河里摸的螃蟹往洗脸盆的水里一倒，扔掉瓶子，气呼呼地对娘说："你说下的话我听清了，甭想退亲！退了我谁也不要。我知道酒花和柳德茂没啥事，都是你瞎编出来的。"说着端起茶壶就是一通牛饮。

鸡换娘看着儿子，用一副郑重得不容商量的口吻说："不退也得退！咱家高门望户的。你爹已经叫媒人去了。"

"啊！真退呀？"嗝！鸡换眼睛一翻，扑通栽倒地上气死了。

鸡换娘一看，吓得大叫起来："换娃，换娃……你甭吓娘！"她忘了自己的脚伤，一下炕崴倒在地，顾不得疼扑爬到儿子身边，哭叫着在他脸上拍了几巴掌，不见醒，又慌急地掐鼻根、咬耳轮子。鸡换紧咬着牙关，僵硬了一般。鸡换爹适时地跨进门来，一看这情形，忽然想起样板戏里演的，敌人将地下党拷打得晕死过去后，就用一盆凉水盖头浇下，激醒过来，再继续拷打。他将老婆拉到一边，将脸盆里的水盖头倾倒在鸡换头上，鸡换浑身一个激灵醒转过来。野螃蟹在鸡换脸上身上地上到处乱爬。鸡换爹这才发现脸盆里的这些尤物，气得直跺脚。鸡换急忙爬起来抓了螃蟹往脸盆里放。

"唉！我把你这不成器的东西！"鸡换爹拧住鸡换的耳朵准备收拾，鸡换娘抱住男人的腿哭道："你还打呀！气死上一回，身子就虚了，要好好还魂养元气哩。要打连我一块打死算了！"鸡换爹一听，恨了恨声，无奈而愤然地放开儿子，转身出去，蹲在门外呼呼地生闷气。

鸡换娘一边帮儿子换衣服，一边嗔怨："你要好好念书长本事哩，大腾腾一个小伙子了，成天光知道疯耍。就是我们不退婚，人家酒花把你这个宝识透了也就不愿意了。唉！你自己不争口气，你看连气死毛都不管用了！"

"酒花不愿意了我就不活了！"鸡换喊叫着抄起炕沿笸箩里的剪刀，咔嚓就将后背上的细辫子抓过来剪了。

"哎——你这牛头犟头，我就随口这么一说，你就剪了？算！剪了就剪了，大小伙阳刚之气盛得很，啥也不怕了！"鸡换娘一边爬上炕去，一边数落儿子，心里已经气短了半截。十多年来儿子没再犯过病，她以为早好了，可以理直气壮地挑拣媳妇。没想到长这么大又犯了，还犯得这么重，掐人中也不管用了。这可不敢让人知道，要是酒花家知道了肯定要退婚。将心比心，哪个小

023

伙子要是有这怪病，我也绝对不把女子给他。

"还退婚不？"鸡换喊叫着问

"谁说退婚了？没有呀！大小伙了连个玩笑都经不住。他爹，你给媒人咋说来？"

陶鑫昌在门外没好气地说："没明说，只说叫明早过咱屋来商量事哩。"

鸡换娘如释重负地说："那就好，那就好！不退了，不退了！"突然又想起她刚给鸡换大婶说过的话，非常懊悔，急忙去灶房提了一罐子醋，装了几个蒸馍，递给鸡换说："赶紧把这些给你大婶提去，你就说咱不退婚了，事情交扯清楚了，都是误会。"

鸡换瞄了瞄娘的脸，确信是真的，才咧开扁薄的嘴巴笑了。鸡换娘看着儿子瘦削的背影欢快地闪出门去，又心疼起自己那一罐醋和几个蒸馍来。

话说柳义振硬着头皮，板着脸把孙子拉回家，安置在炕上躺下，恨声道："我把脸抹下装裤裆才把你拉回来，你给我老老实实养伤，我再和你老子算账。"

柳德茂一听急了说："别再打我爹，都是我的错，都怪我任性不听爷的话，也不听我爹我娘的话，以后再也不了，我好好听你们话呀。"

"说了不算，做了才算。你也是占下媳妇的人了，男长十二夺父志哩，你都多大了，还不上套。从今起该思谋自己的生计，好好学手艺了。咱祖上的酿酒技艺凤柳铺上了年纪的人都知道，实话实说再没第二家，一代一代已经打磨得炉火纯青，在谁手里断了都没法给老祖先交代。哪天爷爷不在人世了，就带进棺材里埋了，谁给你教？"

尽管柳德茂对这些与祖上有关、与酒有关的朦胧而遥远的事情不感兴趣，但爷爷一番话说得他心里酸涩悲凉，心情更为沉重。他不忍心爹娘因为自己再受爷爷的惩罚和责难，只得表示他乐意学。可他魂不守舍，无论如何放不下酒花，心里悔恨自己不该那么冲动，给酒花带来麻烦。他一想到酒花会被爹娘责骂，委屈无助，心就痛得滴血。他反复回想鸡换娘在医疗站说的那几句话，看来鸡换娘是不想要酒花了，不要反倒好了，可这婆娘肯定会给他和酒花泼一头脏水，酒花除了跟他柳德茂还能跟谁呢？柳德茂头脑里突然灵光一闪：带了酒花跑，跑得远远的，跑到凤柳铺人寻不着的地方去。哪怕躲在深山老林里开荒种地也是幸福的。承继祖业的事没他还有弟弟呢，弟弟之外还有族门兄弟呢。想到这里柳德茂竟然躺着手舞足蹈起来，肚子瞬间饿了，喊着要吃饭。

柳忠民在下班路上碰着刚劳动收工的老婆，夫妻俩一块回家进屋来，看到儿子睡在了炕上，老爹坐在对门的椅子上吸旱烟，黑风煞脸地不说话。夫妻俩感知到是儿子这里又出了啥状况，心虚起来，相互瞅了一眼。柳忠民趋步到爹跟前试探："咋了？爹。"

柳义振觑着一只眼，撇着嘴角吐出一口浓烟，气恨道："咋了？爬王拾柴家后院的杏树跌下来把腿栽折了！咱祖上从没出过这样的货色，怪得就在你手里出下了，叫他给你说去。"柳义振起身咬着烟锅出去了。

德茂娘瞅着老公公走出去，忙扑到炕上揭开被子，把儿子身子上下左右仔细揣摸了一遍，又关切地问了问，确信伤得不重，回头对丈夫不屑地说："祖上，祖上，爹成天一口一个祖上，就是不顾祖下儿孙们的难怅。祖上啥样子谁见过？早就化成灰了！"

"你嘴糙！你祖上化成了灰，我祖上化成了酒，化成了文字，化成了义德人心……"柳忠民怒目圆睁，捏着拳头往妻子跟前凑。德茂一看急得坐起来说："爹，我学好呀！你别伤我娘。我再也不胡逛狂了！"柳忠民只是唬妻子，他不会动手，柳家男人从来没有打女人的陋习。柳家的女人一贯温文贤淑，喜怒不形于色，更不流于嘴。柳忠民的妻子在生产队集体劳动多年，已经消退了刚结婚时的雅致含蓄，染上了几分泼辣粗俗。柳忠民感觉妻子的话很伤自尊，其实他也听多了爹一口一个祖上的，偶尔烦一下便觉罪不可恕，赶紧忏悔。先祖们的确在这块土地上创造了辉煌和奇迹，创造了世界名酒、中华名酒，但只有爹感同身受体会得到，感恩戴德念念不忘，对于老祖先的恩惠越往后的小辈越是漠然无知了。土改运动和农业合作化时期他家醋坊、油坊、车马店都破了产，土地、牲口入了社，唯有艰难维持着的两个酒坊、窖藏的陈年老酒、百吨酒海如同长江奔流入海，汇入凤酒厂逐渐发展壮大。"破四旧"时毁了与祖上有关的其他旧物什，留存下来的仅就供奉酒神尊位的八仙桌，八仙桌上供祭祀之用的青铜香炉、青铜酒壶，还有一只酒神坐过的满载着祖先印记和气息的绿漆斑驳的靠背椅子，除此之外再无半点他们祖上过去辉煌兴盛的迹象。

柳忠民的过激言行，很伤妻子的自尊。妻子的娘家是雍山脚下独独的一户张姓人家，由于地处山区，地广人稀，倒是一处很好的世外庄园，积攒下不少家业粮食。柳义振家里却一穷二白，要啥没啥。给柳忠民占媳妇，柳义振看中了张家大女忠厚朴实，且家里地多粮多。果然老丈人嫁了女后就源源不断地往女婿家运送粮食。柳义振从凤酒厂退休，偷偷去亲家家里教亲家用红高粱酿酒，除了自喝外，就挖个地窖藏起来。柳家也有了一处藏酒的地方。柳义振想起来就心情畅快，精神头足。他庆幸自己这一代没有丢了祖上古法酿酒的艺业，虽然隐秘惨淡，但细水在地下流着，香气在地下氤氲着，他相信总有那么一天，祖宗古法酿酒的壮美场面还会重现在世人面前。柳忠民知道爹的心思，在凤酒厂这个大厂的酿酒平台上将技艺磨得越来越精。但看着这个国有企业一天天壮大起来，设备越来越先进，他就知道老祖先那种纯手工的古法酿酒作坊已成为历史，再难显现了。他曾给老爹谈过自己的看法，招致一顿训斥。后来他又发现那是老爹唯一的精神寄托和希望，就乐意让那个想象中的彩虹常挂在老爹心间。妻子一反常态地污蔑他的祖上，嘲笑他爹，他真想搥她一拳，但终究下不去手。

夫妻俩乌鸡似的正在睁硬眼，酒花娘迈着小跑跑碎步进门来，将一布兜鸡蛋塞进德茂娘怀里，拨拉着看了看德茂的伤情，回头一脸实诚地说："德娃他爹，你甭怪娃娃，德娃自小和酒花一块耍大的，耍惯了没大没小，没分寸。酒花他爹也没眉眼，害怕酒花爬杏树摘杏跌下来，不知啥时把机油抹树干上了，没想到德娃贪嘴上树摘杏儿给跌着了，他爹后悔得肠子都断了，没脸过来说，打发我来看看娃娃，花的医药费，我们掏了，就算是点补赔么。"

柳忠民还没开口说话，柳义振就跨进门来说："拾柴婆娘你不要说了，医药费花多花少与你家没关系，都是他狗东西调皮捣蛋自作自受。你给拾柴说就当没这事。"酒花娘一听感动不已，反倒惊慌失措起来，她差点跪下给柳义振磕个头，一想不妥就向柳义振殷勤地颔了颔首，转身把德茂娘的手拉住使劲摇了摇，嘴里激动地说："哎！亏得碰上你一家好人，要是难缠人还不知皮咋扯呀。那我就回了，德娃子好好养伤。"说着满脸亏欠地弓腰走了。

柳德茂躺在炕上听着两家大人一个说他是贪嘴摘杏儿摔的，一个说他调皮捣蛋自作自受，他们心照不宣地将他和酒花的恋情偷梁换柱，变成了小孩子之间上树偷杏、爬墙掏鸟窝的童趣行为，是真不懂男女之间的情感问题还是不愿意懂？但从上辈人的婚姻看，他们的词典里没有"爱情"二字，婚姻对他们来说就是父母之命、媒妁之言的一对男女在一个屋里生儿育女过日子。他们潜意识里已经牢固认可了这种样式，希图一代一代往下传承，哪怕生下一堆弱智愣娃也不会构想新的感情和婚姻模式。柳德茂一想到自己将和一个陌生的、毫无感情基础的女人在一起生活一辈子，不由腰疼、腿疼、牙疼，哪儿都疼。他深切地明白他和酒花之间只有出走这一条道儿了。想到这里他又怕得不行，目前他还没有任何谋生的技能和本钱，出去风吹雨淋，无片瓦之地立足，咋能给酒花安稳幸福？他想得一多，又没了底气，这是两人的事情，还得看酒花愿意不愿意，他得和酒花谈谈。他撕下作业本上一页纸，睡在被窝里偷偷用铅笔写下几句话，卷成条儿夹在《铁道游击队》的连环画册里，叫来弟弟柳德全，给吃了一块甜糕点，叮咛把这本书亲手交给酒花。柳德全拿着书飞跑出去后，柳德茂又后怕了，恐惧使他不由将身子缩了缩，用被子蒙了头，陷入深深的纠结和痛苦中。

酒花也陷在滔滔江水般的痛楚中不可自拔。她最大的痛苦就是急于知道柳德茂的伤势，但却不得亲临探望。柳德茂是从她家后院的树上跌坏的，传扬出去不知又会滋生出些啥是非来，王家、柳家、陶家三家人脸上都挂不住。柳家、陶家都是昔日凤柳铺的名门望族，制酒世家。二十世纪五十年代凤酒厂建厂时，柳德茂的爹和陶鸡换的爹一同进的凤酒厂，一同凭祖传的酿酒技艺授徒酿酒，劳苦功高，自然享有令人羡慕的丰厚待遇。正如关中西府地区流传的歌谣："手表车子加皮鞋，门上要挂军属牌；一工二干三教员，死活不跟庄稼汉。找个农民嫌穷光，找个军人怕打仗，找个干部怕下放，找个工人刚对向。"那个年代，工人是最好的职业，其次是干部，再下来就数教书匠。谁家有工人就是最令人羡慕的红色人家。酒花自知爹娘都是老老实实的庄稼人，普普通通的好社员，和人家不一样，前一向为她和鸡换那件洗不清白的事情脸没少丢，心没少受煎熬。她和鸡换定了亲后是非才平息下去，没承想柳德茂这里又出了事端。幸好在自家后院，没外人看见，否则她死都死不及。她气恨地将柳德茂打破窗花纸滚进房间的一个青杏儿用脚踩碎，哭了一会，又将其余的捡起来装进花花绿绿的绒线盒里，看了再看，摸了再摸，嗅了再嗅。这上面有柳德茂的手温和气息，甚至柳德茂的眼睛和心。

酒花娘从德茂家回来了，一进门就说："没得事了，没得事了，柳家老爷大度很，不给咱要药费，不给咱怪不是。但咱要知道人家的好歹呢！以后再不敢招惹德茂了。"

"谁招惹德茂了？我在咱屋里坐着，去哪里招惹他了？柳家人这么说的吗？"酒花承受不住"招惹"两字的刺耳和委屈。她以为这是柳家人说的话，禁不住哭了。

酒花娘一看心疼了，忙说："没有，人家啥话都没说，只说德茂贪嘴上树摘杏儿吃，跌了自作自受，不怪咱。你好好的甭难过，再没人知道是从咱家树上跌下来的。"

酒花一听，更是委屈地哭。酒花娘拍拍女儿的背也黯然泪下，她其实明白女儿的心思。连柳义振也心里明镜似的，偏都指东打西不认事实——这么明摆着两情相悦的事情谁又不是傻子。酒花娘怕女儿更难过，偷偷抹了眼泪说："甭哭了！有缘没缘，顺其自然，谁知道有多少事是命中注定的呢？娘和你爹定亲的那会，是第一次见面，你爹留着毛盖子头，拖着两条鼻涕虫，哧一吸钻进鼻孔去了，不吸又掉出来了。娘当时站你爹跟前都看呆了，生怕鼻涕过了河，把你爹嘴糊住说不成话。别的啥都不知道，啥都不懂……"

扑哧，酒花笑了，用拳头捶着被子笑，笑过又趴在娘怀里呜呜哭起来。娘常说房檐水滴的是圆窝窝，可她不想要娘那样的婚姻，她要跑，跟柳德茂跑，哪怕跑到深山老林里喝泉水吃野果，变成白毛女也要和自己喜欢的人在一起。可是柳德茂愿意带着她跑吗？这是两相情愿的事情。酒花正胡思乱想间，柳德全蹦进门来，将一本书塞进她手里说："酒花姐，我德茂哥给你的。"说完掉转身又跑了。酒花忙将书打开，端端地看到了纸棒儿，用手捻开，心便怦怦狂跳了起来。她看到德茂遒劲有力的几行铅笔字："酒花，见不到你的日子度日如年。我知道你牵挂着我，我也牵挂着你。我们俩要想在一起，只有离开凤柳铺。可能会经历千辛万苦，你可愿意？请回复！德茂。"酒花眼含泪花立即写下一个纸条儿，放在一个纸盒里，将绒线盒里的青杏儿抓了一把盖在上面，叫来妹妹嘱咐说："蛋花，把这些杏儿送给你德茂哥哥，他爱吃这个。你一定要避开大人，好好地交到他手里。记下了没？"蛋花眨巴着黑黝黝的大眼睛似懂非懂地点头说嗯。酒花叹了口气，犹豫了半天才把盒子交到妹妹手里，摸着头说："去吧！给了赶紧回来。"蛋花搂着盒子转身跑了。酒花一瞬间又后怕了，想叫妹妹回来，却又把心一横，算了！这一盒酸杏儿送出去听天由命吧。酒花怀着忐忑的心去后院给奶奶烧炕，顺手抓了一把爹拾回来的柴火。

蛋花是爹娘的老生胎女，长得粉扑扑圆嘟嘟地让人心疼；喜爱姐姐和姐姐的名字，就自己给自己起了个小名叫蛋花，和姐姐连上了。一家人像宝贝似的宠着护着这个小女子。蛋花虽在爹娘跟前娇气任性，却对姐姐言听计从。这会她把姐姐的话当成了圣旨，抱着盒子线轮似的跑了。蛋花气喘吁吁地跑到德茂家的大门口，一只脚刚跨进门槛，就见一个不认识的大姐姐从门里出来，蛋花心里一怯，啪一下勾倒在门槛上，身子匍卧在门内，盒子摔到一边，青杏儿滴溜溜滚了一地，纸条儿也显摆在地上。大姐姐疾步走到跟前，扶起蛋花。蛋花急着捡拾杏儿。大姐姐就把纸条儿捡起来展开看，这一看心狂跳不已，速即将纸条揉攥在手心，轻声对蛋花说："小妹妹，这些杏儿是送给你德茂哥哥的吗？让姐姐给他好吗？"

"不好！我自己给他。"蛋花说着就抱着盒子跑进屋去，往柳德茂手里一塞说："我姐让我给你的，吃去！馋嘴猫。"蛋花噘着嘴向柳德茂扮了个鬼脸，没等柳德茂说话就转身跑出房间，线轮似的跑回复命去了。

柳德茂急得靠墙支起身子，端着盒子查看半会，除了一堆毛茸茸的青杏，再没个啥啥。他原以为盒子里应该有个回信，可是没有。是他自作多情看错了酒花，还是酒花装聋卖哑变了心？他极度失望地拿了一个青杏咬了一口，不知是太酸还是心里难过，眼泪流了下来。

无巧不成书，蛋花遇到的大姐姐就是柳家给德茂占下的媳妇杨兰芝。她拾了纸条儿，知道了一个惊天秘密：一个叫酒花的女子相约他的未婚夫逃婚，要远走高飞。她木愣愣地站在院子里思量着纸条上的话："德茂哥，我知道每一颗青杏儿都代表着你的心，酸涩难言。那何尝不代表着我的心呢？面临绝境，要么认命要么抗争，我愿意跟你走。等你！酒花"杨兰芝想不明白如此情深义重的一对人，怎么就没订婚，却要相携逃走呢？她不知道他们之间到底遭遇了什么，而不能名正言顺在一起。杨兰芝把纸条儿装进衣兜里，稀里糊涂跨进门来，见柳德茂盯着青杏儿流眼泪。柳德茂看见杨兰芝进来，忙溜下身子面墙躺着，给了杨兰芝一个冷冷的后背。

杨兰芝心里漫上一阵寒意，一个念头闪出：退婚。立即又否定了。她是真心喜欢柳德茂的，从那天跟着爹娘第一次来柳家行订婚礼，第一眼看到柳德茂的时候，这个小伙子浓黑的眉毛下面那双深邃而忧郁的大眼睛就深深打动了她的心，尽管他事不关己般的没说一句话，但她认定这将是她依靠并相伴一生的男人。那天都是大人们兴高采烈地吃喝商谈他俩的婚事，而她则帮着德茂娘在灶房里烧菜，尽心尽力表露出一手好厨艺，讨得德茂娘无比欢欣。后面再没见柳德茂的面。德茂娘说她儿子害羞藏起来了，她深信不疑，自己何尝不害羞呢！走时还忍不住回头看了几次。她把一颗啥也不懂的青涩的心丢了，丢在了这个未来的丈夫家，从此魂不守舍，时而欢喜，时而茫然，时而莫名其妙地担忧。

直到那天柳义振来到她家，说德茂割草时从塄坎上跌下去摔伤了腰，爹要上班，娘要下地劳动，爷爷他老了笨手笨脚照顾不了孙子，叫她过来帮忙经管。她娘一听满口答应，赶紧领着她去凤柳街买了水果糕点去看德茂，临走时留下了她，千叮咛万嘱咐叫她好好经管德茂，还要学着照应一家老小的生活。她留下来的那一刻没有任何生疏和不习惯，内心反而非常踏实。当她看着柳德茂的时候，心里充盈着无比的温暖和柔情。可柳德茂总是不言不语不看她，偶尔目光相撞，闪出一缕敌意并速即移开，这叫她很受伤，很委屈。她看出来了，柳德茂不喜欢她。她以为她长相不够俊美，性子不够活泼，不是男娃子喜欢的那种类型，可她做梦也没有想到，柳德茂心中原来有人，名字真好听——

酒花！诗情画意，好叫人一番奇思妙想。长得也一定如此吧？她突然萌生一个想法，会会这个女子，看看她到底哪里配得上这样一个美妙的好名儿，哪里迷住了这样一个俊朗的小伙子？想到这里，好奇心已经迫不及待。

蛋花完成了姐姐交代的任务，鸟儿似的飞进门，甜甜地喊："姐姐，姐姐，我把杏儿送给德茂哥哥了。"

"好吧！乖乖！"酒花把妹妹的圆脸蛋双手掬了掬，又在额头亲了一口，突然就后悔起来。假如德茂同意和她一起走，她真舍不得她可爱的妹妹，舍不得她年迈的奶奶、老实巴交的爹娘和可怜兮兮的哥哥。队长说她哥是"半个人"，劳动一天记一个女人的工分都是照顾性的。实质上她就是家里老大了，她若偷偷走了，会要了奶奶和爹娘的命。可是一想到要和那个脖子上拖着个细辫子，鼻孔里糊着鼻痂的陶鸡换过一辈子，而且一个屋里生儿育女，就悲哀得要死。她问蛋花："除了你德茂哥哥，还见着他家谁了没？"

蛋花歪着头略一沉思说："见着一个大姐姐，不是他家人，不认得。"

"哦！你哥哥说啥了没？"

"德茂哥哥啥也没说，我就跑了。你想叫他说啥？我再去问。"蛋花一副再欲效劳一趟的架势。酒花苦笑了一下说："不问了，你耍去吧。"蛋花就欢快地跑了。

第三章

　　转眼间,青杏儿变黄变软了,麦子也黄了,在灼热的阳光烘烤下麦粒儿呼之欲出,散发着草麦清香,大有收割不可懈怠之势。大队小队的社员不分男女老少都投入了收割的热潮中。凤酒厂的职工基本都是一头沉(配偶是农民)——大多是凤柳铺解放前百家酿酒作坊主的后人和作坊伙计的后人,妻儿老小都是种地的农民。他们自然都是作务庄稼的一把好手,血脉里流淌着老祖先的老经验"地里要好,三年一倒"——不只倒庄稼,还要倒肥料。苜蓿种三年犁翻沤烂种籽麦,籽麦是麦中之王,颗粒饱满面劲道。收过的麦地种荞麦,荞麦地里套种土油菜,秋后收荞麦年后割油菜、种高粱。庄稼人的老经验里浸透着对庄稼和土地的鱼水情怀,厂里每年农忙时节都要放假给他们回去耕种土地,收割碾打。学生娃放十天忙假,都头戴柳条帽儿给大人们提水送饭、拾麦穗,田间地头场院里沸腾起来了,洋溢着收获的喜悦和紧张。酒花跟着爹娘去地里割麦。鸡换撇下爹娘正割的那块麦田,殷勤地跑到酒花这边来帮忙。酒花立马感觉有无数双眼睛像蚂蟥一样叮在身上,无数张嘴翕动起来,无数张脸上的表情千奇百怪,浑身不由紧绷起来,毛渣渣地难受。她和爹娘招呼一声:"我回去做饭了。"身子一抡就往回走了。鸡换提着镰刀立住,愣愣地看着酒花黑油油的长辫子随着俊俏的腰身一摆一摆地远去,无趣地一屁股坐在麦捆上,滋儿滋儿地喝起水来。

　　酒花经过一块麦田时看到柳义振和柳忠民两口子正在一块麦田里割麦,就踅到德茂家的门口,想进去看看德茂,把纸条儿要回来,踌躇了一会却又回家去了。她后悔她给德茂回信了，至今没见他回话，说明她在他心目中没有那么重要——重要到要带她远走高飞的地步。酒花由不得心内泛起一阵羞耻后悔感。但她又释然——即使德茂传过话来，伤好后要带她走，她真的就走得脱吗？近来她似乎想明白了，人活着不只是为自己而活，还要为自己亲人活。为亲人活不言委屈和得失。她一直心里嘀咕蛋花见到的大姐姐是不是德茂占下的媳妇？柳家那个顶着祖上光环自以为是的老汉，给孙子寻的媳妇是个啥人物呢？酒花甚至不地道地盼望老汉的孙媳妇有个怪病，给老汉生不出重孙，生出来的不是没屁眼，就是个兔娃嘴。酒花的这些怪念头把自己吓了一跳，赶紧否定了，念了几声佛。佛就在离自家十多里路的西山上。她想起随娘每年四月初一上灵山跟会，烧香拜佛，娘总是念念叨叨地说："人要学善良，对人好，盼着人都好哩。谁见不得别人好，天神爷就会见不得他好，一报还一报哩，害怕得很！"她赶紧在心里祷告，既然她和德茂无缘，就让德茂娶个好媳妇过个好日子吧！

杨兰芝近来也没少费思量，德茂对她的冷漠和抵触丝毫没有改变，甚至流露出无尽的嫌恶，这让她既屈辱又惶恐，她越发想见见酒花，看是咋样一个三头六臂有能耐的女子迷了德茂的心窍。至于纸条的事她心里没底，不知道该咋办，那就先权当自己没看见。趁着柳家大人都下地割麦的当儿，杨兰芝大胆地走出门，打听着蹑摸到酒花家大门外，却没勇气迈进去。她正站在门口犹犹豫豫地往里看，一个女子闪出房门，忽地立住静静地看她。杨兰芝也愣住，痴痴地看着这个梦境一样的女子，像从年画里走下来的。她瞬间震惊，失落卑怯感漫上心头。而酒花看到大门口立着的纤素清雅女子，也为之一震，直觉告诉她这是谁了，她莞尔一笑招呼道："你是？找谁呀？"

杨兰芝赶紧跨进门说："找酒花，刚看到你一笑，就知道是你了。"

"哦，你是？"

"我是杨兰芝，德茂未过门的媳妇，想过来和你说说话。"

酒花一听心咚咚跳将起来，但看这女子温和舒雅的举止，也没什么恶意，就坦然地说："我也正想和你说话哩，巧得很。屋里坐。"酒花忙招呼杨兰芝进门，两人坐在炕沿上先不说话，彼此看着对方笑，笑一笑，再笑一笑，两人都不知道该怎么开口，该说什么。还是酒花觉得家有客人来，不管是谁，应该热情招待，就去灶房洗了一盘软黄的杏儿端进来说："吃杏，你有口福，正巧赶上熟软了。"

杨兰芝正拿着看酒花放在绒线盒里的刺绣门帘、扎花鞋垫，看得两眼发直，羡慕地说："太好看了，你手真巧，花儿鸟儿鱼儿像是从布上长出来的活泼，用手摸上去毛茸茸的。这鞋垫针脚像缝纫机上轧出来的一样均匀，好手艺啊！"

酒花笑了笑说："这些活儿农村女娃都会，没有啥，吃杏。"拿了一颗最大的杏儿递给杨兰芝。杨兰芝接住，用两根细长的手指捏着看了看，黄澄澄的，的确熟了，熟得很透很诱人。她想起酒花送给德茂的青杏儿，心中有种软软的哀痛。她把杏儿用嘴轻轻一咬，蜜汁儿便丝丝地清甜透彻，扑着浓浓的果香。她说："好吃！真是好吃。前几天雍山的舅舅背来一袋子山杏儿，半熟的酸甜味，爷爷说正好下酒，就和德茂坐一起，一口酒，几颗杏，爷俩吃得才有点醉，德茂就吐了，说他自从上次吃了蛋花送来的酸杏后，就再也吃不成这东西了，过敏呢……"杨兰芝说到这里顿住，笑看着酒花。

酒花知道该自己说话了，就微微一笑说："德茂还给你说了些啥？你能来找我，肯定知道一些事情，咱打开窗子说亮话。"

"没有，德茂啥也没说，但从他的态度我知道他心上有人，再也装不下我了。我想退婚，你看能行不？"杨兰芝直直地盯着酒花。酒花心里咯噔一下说："退啥婚？柳家老头有眼力，听说你读的书多，贤惠能干，今一见我也觉得你很适合柳德茂，有你帮他一定能成大事。他家本来是烧酒出身的，他爷手里掌握着祖先所有烧酒秘技，再开烧锅的希望就在他孙子身上寄托着，成天给他灌输光复祖业的思想，他心里除了祖业还能装着谁呢？"

杨兰芝微笑了一下说："装着你，我看见他在一个本子上写满你的名字。要是我是柳德茂，我也会装着你，我看你两个是很般配的一对儿。当初我要是知道，死活不定这门亲。哎——你需要我帮你吗？"杨兰芝言不由衷慷慨大方地成全起酒花和柳德茂来。从她看到酒花的第一眼内心就泄了气，这会心里更是感叹：雍水河畔的女子水灵得像刚出水的芙蓉，艳而不俗，娇而不作，媚而不浮，由不得人心疼。

酒花听了杨兰芝的话，观其神色，确信是真言真意，感动中反而愧疚心虚起来，好像是自己抢了人家所爱一样，忙说："看你说的，那是过去的水，过眼的云，不存在了。那时不认得你，早认得你，他眼里就没我了。我们自小一起耍大的，我知道他就那么个人，面冷心热，过段时间一熟悉，对你就好了，你要有耐心。"酒花说完这话鼻子一酸，眼泪差点掉了下来。

蛋花提着一个陶罐回来了，噘着小嘴叫嚷着："姐姐，鸡换好揉眼！不割麦光喝水，把咱家水全喝光了，娘叫我回来再提哩。"酒花赶紧接住陶罐，很没面子地看一眼杨兰芝，提起印着"抓革命，促生产"几个红色大字的水壶往陶罐里灌开水。

杨兰芝急忙起身说："你忙吧，我走了，不好意思打搅了你。以后有时间跟你学针线。"

酒花抿嘴一笑说："我也没啥能耐，咱相互学习。"

杨兰芝握了握酒花绵软的手，跷出门槛走了。酒花送到大门外愣愣地看着杨兰芝走远，长吁了一口气，进屋提了陶罐去地里送水，她怕蛋花提不动把罐打了。

收罢麦子，锄了二遍早玉米早高粱，种上晚玉米荞麦糜谷豆类，就进入盛夏溽热难耐的时期，生产队开始算账分粮。除了缴足国家的公购粮以外，家家户户按工分折算分了麦子，接济上紧紧巴巴吃了大半年的玉米面、高粱面、糜面、豆面之类的粗杂粮，欢天喜地地磨白面，蒸白馍，提在篮子里用块粗布苫着走亲访友。嫁出去的女携儿带女，胳膊上挎着装着白面蒸馍的篮子回娘家。酒花的娘提着白面蒸馍带上拐腿的儿子和小女蛋花回娘家看爹娘去了，留下酒花在家照料奶奶。

凤柳大队架在树杈高杆上的高音喇叭震天响了起来，各家各户连接在屋檐下的舌簧小喇叭也跟着响了起来："全体社员同志们，全体社员同志们，请赶快到大队院内开会，请赶快到大队院内开会，有紧急任务，有紧急任务……"

酒花一听心就急了，娘没有回来，爹拉着奶奶去医疗站秦妙手那里看风湿病，只得她去大队开会了。酒花换了一件娘的黑色对襟衣服，想朴素一些，结果越发衬得脸儿白净，正应了"俊人顶一片抹布都俊"这句老话。她对着镶在门口墙上的破镜子梳理好长辫子，乌溜甩到背上去，锁好门，步子轻盈地去了大队院内。

全大队几百户人家每家去一人便把大队院子挤满了。男女老少嘈嘈嚷嚷，立着的、蹲着的、拿个小马扎凳子坐着的，三个一团五个一堆。女人们掐辫子，扎鞋垫，纳鞋底，手里都没闲着，嘴里叽叽喳喳说着话。大小伙、大姑娘靠墙靠树立在外围，眼睛都不安分，在人群里瞄来瞄去。酒花悄没声息地走过来立在人不注意的背阴处，向主席台上张望着。她自从和鸡换定了婚后，自觉矮下去一截，不爱往人跟前去。鸡换娘眼尖看到了酒花，胳肢窝里夹着掐好的辫子从人堆里跷出来，脸上笑开了花："哟！酒花你来了，走，往里面去坐。"说着拉了酒花胳膊要往人群里去。酒花忙甩脱她的手说："一样，站哪里都一样。"

小孩子追追打打，气喘吁吁地在人群里穿圈圈，把酒花碰得打了个趔趄，急忙往后退了退。鸡换娘则欢喜地对旁边熟悉不熟悉的人介绍说："这是我儿媳妇酒花。""嘿嘿！这是酒花——我儿媳妇。"人们眼睛顿亮，话撵话说："噢！你儿媳妇俊得很么。""你烧啥高香了？积修下这么俊的媳妇儿。"鸡换娘笑得好开心，好满足。酒花却浑身难受得像针扎，鼻子一酸，眼睛就潮湿了，不由自主往墙角处退了退。鸡换娘眼瞅着酒花，有些败兴地跷回人堆里去了。

大队书记王拴狗走上主席台，俯在桌子上，将大红布包着的麦克风啪啪拍了两把，将嘴凑在上面"噗！噗！"吹了两下，又"喂！喂！"喊了两声，才开始道："下面肃静，肃静！现在开会。按照公社安排，全公社十六个大队，家家户户要出劳力到雍山南边的北斗星大队农业学大寨，开山辟地修梯田。这次修梯田大会战和往年所搞的形式一样，但规模要更大，时间更长，各家各户至少要出两个精壮劳力上工，人多不限……"酒花听到这里就犯了愁，后面的话再没听进去。有几个不大熟悉的其他生产队的姑娘指点着酒花吃吃地笑。一个小伙子凑过来，讨好地搭讪，酒花不理睬显得没礼貌，理了怕被人看作轻佻，就窘红了脸，含糊地应付着。鸡换娘转过身来往这边张望，眼睛瞅得老大。酒花站不住，转身往回走了。

酒花舍不得娘去工地受累，她觉得她长大了，该替娘去工地劳动了。娘和爹回来后一商量，同意酒花随爹先去劳动几天，娘再去把酒花换回来，娘儿俩轮换着劳动都轻省些。名单报上去后，鸡换的娘首先有意见了，夫妻俩一商量提了两瓶凤酒就去队长家里为媳妇请了假，然后鸡换娘兴冲冲地来给亲家报喜，言语神情间颇多优越自豪。酒花娘感恩不尽受宠若惊地一再道谢，酒花并不领情，沉着脸说："我不去指望我爸一个人挣的工分，一家人喝西北风呀？"又忽闪着晶亮的眼睛对鸡换娘说："谢谢你的好意，我家的事你不用操心了。"

鸡换娘笑容僵住："那，那我就回去了。有啥需要帮顾的地方尽管说，咱一家人不说两家话。"转身扑咧扑咧回去了。鸡换娘走路腰子扭动得很厉害，步子很轻飘。酒花娘谦恭地陪送在旁边，倒像个老奴似的。酒花心里很不舒服，又不好说娘，就嘟着嘴呆坐着。她有所不知，鸡换爹娘心里揣了鬼胎，农田基建是全公社十几个大队集体大会战，上万人吃住在工地上，男女混杂，干活不乏，场面非常热闹壮观，杂话荤话也像土疙瘩一样满天飞。问题是酒花长相太惹眼了，他们怕媳妇没结婚前在公众场合抛头露面，万一再被哪个家世好的小伙子瞅上缠上就麻烦了。他们心里清楚酒花并不满意他们儿子，但坚信再等一两年结婚了，连着生几个娃就安全了。凤柳铺的姑娘结婚前对女婿看上看不上都要扭般几下子，过几天值钱日子，结婚后生了娃比谁都霸家，满心扑在女婿娃娃身上，比赛似的把日子往好里过。鸡换娘想起婚前她嫌鸡换爹尖嘴猴腮长得难看，心里也圪圪拧拧，结婚后往一搭一睡，还不是一个接一个给陶家生娃娃，还求神弄鬼挣着生儿子哩。对于酒花她将心比心是有耐心的，暂且迁就着，等哪天娶进门生了娃娃也就拴住了。凤柳铺老年人常说：娶个俊媳妇，一俊俊三代；娶个丑媳妇，一丑丑三代。鸡换娘已经想象得到她领着抱着的孙孙一个比一个漂亮，酒花为她们陶家改门换户了，人人羡慕呢。陶家祖祖辈辈在烧酒上没有超过柳家，解放后公私合营了，扯公平了。酒花将来再生几个漂亮孙孙就更赢人了。陶家人属于长条脸,眯隙眼,但一白遮三丑,显得并不难看。柳家人属于国字脸,桃仁眼,皮肤麦色泛红,凤柳铺人称这种肤色的人为"红脸汉人"。鸡换娘满心以为给儿子把凤柳铺最漂亮的媳妇占下了,人脉眼看着要旺了,心里畅快,走路像加了润滑油,脚下极为滑溜。人都笑骂这婆娘只但有点好事,绿豆豆就筛圆了。

凤柳大队的广播员一天几次趴在广播室的扩音器上,扯开嗓子广播着:"各生产队,各生产队,请赶快把上工社员名单报上来。按时不报或报得不齐的延长工期,加罚土方量……""各生产队请赶快组织劳力赶往雍山工地。农业学大寨,工业学大庆,我们一定要全社动员,大办农业,为普及大寨县而努力奋斗!"大队树杈高杆的高音喇叭,家家户户屋檐下的舌簧喇叭跟着响动了三天。凤柳公社的街巷里,各村各庄子里到处人喊马叫了三天后,骤然安静下来。各家各户能上工的劳力拉着架子车,里面装着铁锨镢头、铺盖卷,都相跟着去雍山大修梯田去了,家里剩下老弱病残看守着门户和娃娃。

酒花肩上挎着黄帆布背包,上面印着"红军不怕远征难"几个耀眼的红色大字,随爹拉着架子车也去了工地。一夜间雍山以南的半山腰上、高坡上插满各大队小队的彩旗,迎风飘扬着,甚为壮观。大队人马像从土里生发出来,密密麻麻,在流火似的大太阳下汗流浃背地大干起来,开山凿坡,填沟筑塄大造梯田。工地宣传员在大喇叭里喊:"农业学大寨,开山劈良田。一天干满天,两头加两班。早起加一班,黑了加一班。""小雨要大干,大雨要小干,没雨拼命干。""抡起膀子学大寨,跨开大步赶昔阳!"……

酒花看着横幅标语在崖面上、高杆上、树梢上花花绿绿写的挂的到处都是,万人大会战的工地上人声鼎沸,铁家具叮当作响,架子车川流不息,热闹非凡,大喇叭里的标语口号和简讯报道在工地上空回旋激扬,心里一股炙热涌动着,眼眶不由湿润了。这样的劳动场面对大人来说并不陌生,从五十年代起年年都上演,对清纯年少的酒花来说既新鲜又刺激,沉郁寡欢了多日的青春朝气被激发出来,欢快地融入了大人们劳动的热潮中。谁也料想不到随之而来的糟糕事,让酒花不得不离开工地回家去。

柳忠民给厂里请了假回来和德茂娘一起去了工地。杨兰芝的爹杨新坤却请不了假，他干的是特殊中的特殊工种，无人替代。杨新坤自小承袭了祖上用秦岭山上的荆条编制酒海酒笼的手艺，是凤酒厂独一无二的高级海子工，除了维修护理老酒海的活计外，还专司授徒编制新的酒海。爹不能指望，杨兰芝只好回去和娘一块上了工地。各个大队小队的任务虽然用白灰线划块包干，但仍队挨队在一起劳动。凤柳大队和亭子大队的工地紧挨着，酒花和杨兰芝在不到百米的距离里相互看见时抿嘴一笑，算是打了招呼。两人虽在卖力地干活，但心里都关注着对方，时不时地偷看对方，偶尔目光相撞在一起，都不好意思地笑笑，装作不经意，赶紧扭回头去。次数一多都尴尬起来，再也不敢往对方那边看了。

白天热火朝天地劳动，晚上就在工地周围废弃的窑洞里，或者附近人家的闲屋里打地铺睡觉，吃的是玉米面高粱面糜面坨坨，喝的是临时搭建的大锅里熬出的粗细粮搭配的糊涂面或玉米糁子。几天后，人们开始无奈地打趣道："蚊子叮蚂蟥咬，老鼠成群抢粮馍；吃不好睡不好，精神滑坡干劲弱……"

劳动没有耐力的人开始偷懒，整个工地松散起来，队与队之间相熟的人开始往来串工，亲戚之间也相互跑动起来。公社领导陪着县上领导来工地视察，县上领导说，单纯劳动太单调了，队与队之间可以开展一些积极有趣的文艺宣传活动，提振一下精神。公社书记知道县上领导爱好诗歌，就赶紧说："我已安排除了赛总土方量外，各队之间还可以开展赛诗活动，既高雅又能鼓干劲。"县上领导听了欣喜地点了点头。随后各大队文艺宣传队就雷厉风行地组织起来。

年轻人就地取材，用开山砍下来的树干在一较高的土台两边立起木柱子，柱子上横架一块长木板，上面红纸黑字贴着"凤柳公社农业学大寨工地赛诗台"，顶端架着高音大喇叭，两头各插一面猎猎红旗，柱身上搭满绿森森的柏树枝，一个好看的简易赛诗台就算做成了。各大队推选出年轻代表参与赛诗。酒花和杨兰芝都被各自的大队推选到台下，心里忐忑不安。文艺宣传队队长站在台上，举着白铁皮大喇叭宣布诗歌主题：主要围绕农业学大寨，内容要健康活泼，积极向上；朗诵要抑扬顿挫，富有激情。随后他环顾着台下问："第一个谁上？谁想好了？"台下瞬间安静下来，你看看我，我看看你，半天没人上台。

"没人上了我上！"人们看到凤柳大队书记王拴狗趔趔趄趄地走上高台。这是凤柳铺方圆出了名的酒书记，一日一小醉，三日一大醉。小醉无妨，大醉尻子后头就湿了，斜披着褂子威武生杀地满庄子喊话训诫社员。只要王拴狗醉大了，骂谁谁都嘻嘻笑着不还嘴。他这会不知在哪里喝了酒，红面饧目，裤腰上非常显眼地绑着老婆在庙会上讨来的红布绺绺，肩上斜披着白土布褂子，双手插在腰上，将白褂子撑起来像鸽子的翅膀随风扑啦啦响，瘦得像排骨一样的上半身赤裸着，被毒花花的大太阳烤成了古铜色。他摇摇晃晃地立在台子中央，从主持人手里夺过大喇叭，扯长脖子喊：

梯田修在灵山塬，男女社员上了天；
撕片白云擦擦汗，凑上太阳点锅烟；
神泉流出凤香酒，山川变成米粮田；
一亩能产千万担，白面蒸馍像雍山。

"好诗！好诗！再来一个！"台下年轻人齐声欢呼，鼓掌喝彩，吹口哨。年龄稍大的社员则笑骂："这老儿褂褂一披，牛皮一吹，工分一得，拽尿很么。"

王拴狗骄傲地打了个趔趄，酝酿着情绪准备再喊，斜刺里他老婆跑上台去，嘴里骂着："死老汉！老惦记着喝哩吃哩，灌二两猫尿就跑台子上胡咴，醉实了，胡吹冒擂的不当算。"便连拉带拽地把王书记拖下台去，远离了台口。眼尖的人看到王拴狗裤裆后面湿了一大片。王拴狗瞅见酒花，忙高喉咙大嗓门叫道："酒花，胆子放大上台，给咱大队争光！"随之又喊：

酒是粮食精，没有不得成；
酒有十个胆，喝了敢上天！

台下又哄笑着鼓掌。社员们更是爱恨不得，越发觉得王拴狗是个"宝"。有个小伙子凑向酒花，兴奋地说："你们书记喝了酒也太豪迈了吧？"酒花嗯了一声。另一个小伙子凑过来表情暧昧地说："哈哈……你们街面上的书记都这么厉害，街面上的女子一定更厉害吧？"酒花尴尬地摆手说："我不行，不行！"不料主持人顺着王拴狗的兴头，点名叫酒花上台。酒花窘了半会，才硬着头皮走上去往台中央一站，难为情地笑了笑，又笑了笑，才举着大喇叭朗诵道：

凤柳社员干得欢，开山辟地造良田；
不学红花一时红，就学青松青万年；
高举红旗跟党走，要叫天地换新颜；
冒着太阳齐流汗，年轻同志冲在前。

台下人又高声喝彩，吹口哨，小伙子们简直是欢呼雀跃，眼睛放光。一个英俊小伙子就地拔了一把野花跑上台去，很绅士地献给了酒花，拥着往台下走。鸡换娘跑过来，眼睛瞪得老大，脸上表情既欢喜又嗔怒，一把夺过花束说："野花臭着哩！我拿上，你赶紧喝口水去。"拉着酒花就往人稀处走。酒花不好意思地对走过来的杨兰芝说："顺口溜，我不会作诗只能说顺口溜。"

杨兰芝笑说："好着哩！我给你鼓掌呢。"心里却嘲笑王拴狗和酒花那两串似曾相识的顺口溜。她感觉她酝酿出了一首真正的好诗，刚准备上台朗诵，却见柳忠民疾步过来，瞪了她一眼，杨兰芝忙讪笑着缩回人后去，静静地看着宣传员用大号毛笔蘸了石灰水，把王拴狗和酒花的顺口溜唰唰地写在崖面上开辟的"学习园地"里，供来来往往的社员参观学习，心里由不得失落难受。

酒花正在动员其他队年轻人上台赛诗，突然听到凤柳大队的工地一角炸开了锅，人们叫嚷着往跟前拥。酒花跑到跟前一看，原来是他爹王长贵一镢头挖到什么器物上，破了，流出黄亮的汁液来，一股奇香瞬间飘散开来。柳忠民吸吸鼻子惊呼道："酒！一坛子酒。"急忙抓起被汁液浸湿的土壤看了看，非常失望地哀叹着，扑着身子把破了一个大洞酒液流尽的瓷坛子从土里刨出来，抱在怀里颓然道:"可惜了!太可惜了!拾柴你就不能慢点挖,你知道它有多大价值吗?几十万,几百万都难说。"然后狠狠瞪了王长贵一眼。柳忠民从他爹手里传承了祖上酿酒技艺,是凤酒厂炙手可热的高级酿酒师,又是品酒专家,爱好收藏和品鉴,以祖上的威望和自己的修行,吐口唾沫都是钉。围过来的人一听也用怨恨惋惜的眼神看王拾柴,七嘴八舌地抱怨指责王拾柴。王拾柴吓得缩着脑袋,面如土色,半天不敢说话。他感觉自己像把天挖了个窟窿,天河水把凤柳铺淹没了一样恐惧可怕。

酒花跑过来看了半会,突然就失去理智,喊道:"啥破东西,有人值钱吗?我爹又不是故意的。爹,别怕!谁再怪妨你,我就砸了它!"说完泪眼花花地瞪着大家。人们有的指责酒花,有的讪讪地笑着散开了。

柳忠民恼羞成怒斥责道:"你这女子缺教养!有你说的啥话?"

酒花质问:"啥叫教养?教养就是把物看得比人重,把钱看得比人贵?我说谁威吓我爹谁就缺教养。"

柳忠民气得失控,抬手去扇酒花,酒花头一偏躲了过去。鸡换娘赶紧把酒花拉开,心里像鸡翎扫一样舒服,她一直看不惯柳义振那种居高临下的孤傲,也看不惯柳忠民那种自以为是的假正经假清高。酒花甩脱鸡换娘的手,用气红的眼睛瞪了柳忠民一眼,拉着爹到一边压惊去了。酒花的举动连她自己都吓了一跳,她不知道自己哪里来的勇气敢和众人作对,敢在太岁头上动土。她也不知道自己啥时候一下子长大了变老气了,下意识用自己稚嫩的膀子罩自己爹娘了,尽管自己的行为连自己都感到陌生,有失姑娘家的仪态。她既为自己感到自豪也感到悲哀,时势造人啦!她不知道岁月世事将会把她打造成什么样子,不由心生茫然和无奈,眼含热泪看着长天深深地呼吸。

杨兰芝急急忙忙回来看德茂,将工地上发生的事情讲给他听,不过按照自己的心思做了取舍和加工。德茂低头默默地听着,当听到酒花和他爹吵架时,蓦地抬头盯住杨兰芝,满眼无助和失落,嘴唇颤了颤没说话,心里格外翻江倒海起来。他想起酒花和鸡换的是非,想起全家人对酒花的反感,酒花如此快的转变,突然满腹恨意,觉得自己看错了酒花,错付了一腔热情,不由鄙夷地说:"骚情——念不上高中,放荡——嫁个气死郎!"德茂语出惊人,杨兰芝心里一震,不由慌虚起来,觉得自己不该背后说酒花是非,这不符合她的性格。不过她又窃喜,德茂对她的态度随着对酒花的厌恶而好转起来,这让她看到了向好的希望。杨兰芝懂得适可而止,急忙关切地说:"你想吃啥?我给你做饭去。"

"问爷,我无所谓。"德茂随口这么一说。杨兰芝怔了一下,随即莞尔一笑,拧身出门去,身形修长而优雅,脚步轻快而利落。德茂看着心里微微一动。

柳忠民也从工地上回来准备回厂上班,一进门就当着德茂的面气呼呼地给爹说:"凤柳大队把德损尽了!唱了一台大戏,真个把工地弄热闹了。"柳义振急切地问咋了?德茂也忽地从炕上坐起来,以为又是酒花出了啥事。

柳忠民一边喝水一边说:"是陶鑫昌的婆娘豆豆兰么,在工地上和咱队朱笃娃骂仗,惹得工地上人都围过来看。我没见过这么歪的女人,跳得丈二高,一跳一骂,一扑一唾。朱笃娃要打这婆娘,被大家伙劝着拉走了。豆豆兰骂上劲了,日娘带老子地撵着骂,不料笃娃他哥默默地跟在后头,一铁锨就把这婆娘打翻在地,成了红头羊。陶鑫昌跑过来一镢头把笃娃他哥打倒在地,半天爬不起来。王拴狗过来手叉腰里一混混大骂了一通,叫各家人把那两个没眉眼的人送回家去,自己看自己伤,各家都扣三十个工分。你道为啥来?王长贵一镢头挖到一个瓷坛子上,挖破了,里面流出来的是酒。人都说至少值几十万,实在可惜,刨挖了半天发现是一塌墓坑,除了几个陶罐再没见啥值钱东西。朱笃娃笑话王长贵:'你爱拾柴,'财'到你脚底下了你不拾,一猛镢给挖坏了,真正是个叫花子命,穷鬼转世!'王长贵知道自己闯下祸了,缩着头没敢说啥,陶鑫昌那个麻糜婆娘像油菜籽一样蹦出来骂朱笃娃'别撒下棍棍打叫花,往上数几辈,说不定你家是太监出身哩!''你家才是太监出身!''我家就是酿酒的出身,酒海酒坛里的酒多得能把你淹死。长贵不就是打破了一个陪葬的尿罐罐嘛!有你们这样欺负人的吗?''长贵是你男人?你护他。''是我亲家,他女儿酒花是我儿媳妇,以后谁要在他两口子跟前说糙刺话,我就不答应。''你算个×,我偏说糙刺话,你能把我×咬了?'这下把这婆娘惹毛了，跳着唾着骂起来，导致两家人打在一起，让十几个大队社员看了一场戏。这下咱们凤柳大队在工地上名声响当当的，到处议论着，笑话着。爹，你说丢人不丢人？唉！"

柳义振坐在炕沿上，背靠着炕匣，左手托着右肘，右手捏着烟锅杆，微微吐着舌头吧嗒吧嗒地吸旱烟，一直静静地听着，儿子说完老半天，他才换了个姿势说："人都没事吧？"

"我回来时问过秦妙手，说都是些皮肉伤。王长贵和他女子送陶鑫昌婆娘回来的。金花配银花，西葫芦配南瓜，啥人遇啥人哩，一路货色！"

柳义振瞪了儿子一眼："你说啥哩？抓不住重点。我听来听去不怪王长贵，王长贵和他先人一样干活使的是蛮力气，从不耍奸溜滑。王长贵如果像朱笃娃一样干活惜力气，逗哩挠哩，这个酒坛子肯定不会破。这就是好事里面的瞎事。不过破了就破了，划得着为这打锤骂仗吗？你也不好好劝化劝化。听你口气好像也认为是王长贵闯了祸，啥东西的价值比人贵重？德行！除了德行其他东西都是为人服务的。破了的东西是不愿再回人间来为人服务了，那是定数。你仔细想想破了是最好的结果，这又是瞎事里面的好事。你先歇着，明去看看王长贵，叫他不要为这事窝心。这人儿子不成人，总觉得矮人半截，话也不敢多说，着的是窝肚气，窝肚气最伤人哩。你就说是我说来，叫他把腰挺起来活人，该干啥还干啥。"

"那，好吧！"柳忠民心里再有想法，后面再有做法，但口头上从来对爹没有说过半个不字。啥东西的价值比人贵重？这时他惊叹爹的观点怎么和王长贵家的大女子一样。他并没有给爹讲他和酒花间的冲突，还有酒花说的那些使他极丢面子的话。细想是他一时冲动，把那个酒坛子看得太重。

德茂本就对杨兰芝的话有一点疑惑，听了爹的话，愈发觉得自己原来是剃头挑子——一头热。酒花根本眼里没他。他已经说不来是爱是恨，是酸是涩。陶家护着王家，酒花送鸡换的娘回家，俨然一家人了，自己还贼心不死，真像爷爷说的没出息没骨气。爷常说："不听老人言，必定受作难。"他何止是作难，简直是屈辱。

德茂躺在炕上怀恨酒花。酒花心里却已开始感激鸡换娘，却又为鸡换娘在工地上公开她和鸡换亲事而极为别扭。酒花知道那是骂仗时话撵话说出的，不是她有意要说的，也就不再计较。这一切使她对德茂心存的那点幻想完全破灭了，从此以后她只能嫁给鸡换做媳妇了。鸡换除了有些娇惯，有些邋遢外，好像也没啥特别大的问题。罢罢罢！嫁谁还不是搭帮过日子，生儿育女养育后代？祖祖辈辈都是这样过来的。酒花把她看过的秦腔戏都思量了一遍，《梁山伯和祝英台》《拾玉镯》《火焰驹》《王宝钏》……哪个不让人伤心落泪？没有哪种花儿能红过一年四季的，还是跟奶奶好好练手艺学刺绣吧，这些才是主心骨。

第四章

万人会战修梯田的劳动仍在如火如荼行进着。柳忠民假满回厂上班了。柳义振本要去工地劳动,看着孙孙德茂成天躺在炕上寂寞无聊地熬日子,鬼麻了头的颓唐样子,突然觉得应该抓住这段绝佳时机,将每周星期天的酒课变为天天讲故事,治病要除根,酿酒要续根,就讲发生在这块土地上的先祖们烧酒的历史,讲那些至今还在他脑中清晰上演的精彩而震撼人心的故事,他坚信一定能收服这个小东西的心,而生发出祖上一样的志气来。柳义振坐在炕沿上,将长杆烟锅装满旱烟,擦火柴点燃,吧嗒吧嗒吸了几口,喷出一股浓烟来,觑着眼睛看了看睡在炕上蜷缩成一团,神情恹恹的孙子,沉思了半会才开口说:"你娃要是没有受伤,我就领你上工地劳动去,你得感受一下劳动的壮美。也得知道咱们柳家世世代代是个咋样的情形——除了在街面上开连家烧锅,还要耕读传家,富时没离过种地,穷时没放下过读书。远的不说,就说你祖爷爷义德酒神,上了年纪的人都能记得他的模样。民国时期他是咱凤柳铺的商会会长,每年的赛酒大会,也就是酒仙会——他那可真是风光得很!咱凤柳铺自古流传下来赛酒的风俗习惯,只要是风调雨顺粮丰酒盛的年份,老烧锅的掌柜们就在咱们门前的长街上举办赛酒大会,赛出头名酒来,地方官府就会进贡给朝廷,发一块御用金牌给主家。雍凤县城及周边辖区内的烧锅主们也都掺和进来赛,都想使自家的酒出人头地,像秀女一样被选进皇宫。有一年的赛酒,那可真是出奇……"

柳德茂突然睁开眼睛,脖子一抻,耳朵竖了起来。柳义振虽年近古稀,感觉不失灵敏，瞅了一眼孙孙，故意顿住，往烟锅头里塞了一撮旱烟末，沉思着长长地吸了一口。他不单是为了吊孙子胃口，更是在斟酌什么该讲，什么不该讲。他要讲的是民国三年（1914）的那场赛酒大会，真可谓大喜大悲，大悲大喜，如同老味道烧酒，酸甜苦辣涩诸味俱全，在他一生的记忆里最为刻骨铭心。

麦子一收割碾打完毕，按照凤柳铺流传下来的习俗，就是一年一度的忙罢会。会上要唱大戏，就在凤柳铺以西，雍水河以东的古戏楼上热热闹闹地演唱三天四晚，以酬谢并祈求上天赏赐凤柳铺风调雨顺、五谷丰登。人们磨白面，蒸白馍，看大戏，走亲戚……所有喜事多是集中在这个时期办。尽管这一年时局不稳，但上头倡导国人积极发展实业。男人们从剪掉辫子的惊恐慌乱中刚刚安静下来，心中泛起对新生活的激情。大戏唱罢，凤柳铺商会便组织大大小小近百家烧酒作坊，筹谋举办一场赛酒会，以激发大兴酿酒业的热情。

一方水土养一方酒。说来神奇，凤柳铺独特的地理环境滋生独特的微生物群，犹如神赐，悬浮在凤柳铺的上空，风吹不走，雨打不散，作为天然酵母直接参与了凤柳美酒的发酵过程。曾有酒坊搬离凤柳铺，同一种技法，同一种酒曲却酿不出高品质的老味道凤柳酒。可见凤柳铺是一个拥有独特水源、土壤、气候、气温、微生物环境和人神风物的地方。西有灵山佛光普照；北有雍山道法自然及回龙烟雨；周边是雍水环绕，天赐一块风水宝地。凤柳老字号酒遵循祖传手法，每一粒高粱都是从当地自产的罐罐高粱筛选出来的。桃花盛开时便开始踩曲，曲成后，举办赛酒会（也叫酒仙会）敬天地敬酒神。伏尽立窖，重阳破窖出酒，混蒸混烧，推陈出新，三九天摘上等好酒于酒海秘藏，三年后始得熟化，绵柔温润如琼浆玉液。

这一年的农历七月十八，天上白云托日，地上柳暗花明，凤柳铺主街南北两边，上百家酒坊门前像嫁女一样喜气洋洋隆重热闹。各家将芦席铺在地上，将花红柳绿的酒旗悬挂起来。各家至少挂两面旗，一面旗上写着大大的酒字，一面旗上写着自家老烧坊地址和老字号：兴盛茂、集鑫生、昌顺振、义盛福、恒义丰、德成长、裕盛成……并将早就预备好的酒海酒笼装着的陈年老酒、当年新酒由几个青壮伙计抬出来，像新娘一样精心打扮一番，摆布在自家店铺门口。凤柳铺以外十里八乡的酒坊，雍凤城酒坊先一天就用独轮推车、硬脚牛车将酒海子、酒笼三三两两地运到凤柳铺来，续排在队列后面。地上铺了芦席，然后披红挂彩地打扮一番，大大小小的酒海酒笼上面都贴着菱形大红纸，纸上写着一个大大的酒字。大酒海上坐着小酒笼，小酒笼围着大酒海，密密匝匝，旁边摆满酒壶酒碗，立着自家年轻俊朗的伙计。

这一年赛酒的酒家格外多，披红挂彩的酒海子酒笼排满十里长街，十里八乡甚至百里之外的青壮年男人、老年男人和老年女人都来看赛酒（凤柳铺有个不成文的规矩，姑娘和年轻媳妇不能出门，更不能在公开场合抛头露面）。好酒者更是欣喜若狂，可以开怀畅饮，大醉三日。

凤柳铺人也知道有个约定俗成的老规矩：用红绸布、黄绸布挽成大红花交叉缚绑着的酒海酒笼里装的是这家年代最久、熟化得最好最权威的老酒，绵柔香甜，预示可以面天面地供日月神灵人畜万物享用；用红绸布、黄绸布像新娘顶盖头一样蒙起来的，是当年的新酒，性烈如火，预示还未成熟暂时不能面见日月神灵人畜万物供其畅饮。

赛酒会总会长由商会几个大的烧坊主（掌柜）轮流担任。这一年轮到了柳家，德茂的祖爷爷柳森鹤做了总会长。以柳森鹤的学识和为人，要将这一年的赛酒会办出和自家"兴盛茂"老字号酒一样的水平和影响力。

敬天地神灵是赛酒前要举行的最庄严最宏大的仪式。在凤柳铺的戏楼前筑起高台，台前两侧的柱子上书：

赛酒之会不在竞在天地在神灵三叩六拜
醉翁之意不在酒在感恩在祈福风遂雨和

柱子旁边插着花红柳绿几面彩旗，迎风呼啦啦飘扬着。台上正中的香案上一溜献祭着大麦、高粱、豌豆、酒曲，一溜献祭着九大碗美酒。台下压花筑起一人多高的木炭。柳森鹤头戴黑色红结瓜皮小帽，上穿白绸马褂，下穿白绸马裤，脚穿黑色圆口布鞋，腰里绑扎着一节红绸布，布头像飘带一样随风飞起，很是酒脱。这身衣服是皇家赏赐，祖上传承给他，只在重大节庆活动重大仪式上穿上一回，其他时候就像酒曲一样包起来供在祖先祠堂里享受香火。

辰末巳始正点（上午九点）一到，柳森鹤带着八个商会成员疾步跨到台上，对着香案三叩六拜，并向四面八方作揖后，将酒碗高高举在头顶。柳森鹤高声颂道："民国三年，日新月异，纳天地之精华，承酒神之惠泽，继先祖之劳恩，凤柳铺十里八乡，川泽沃衍，物阜粮丰，诸事和顺。肇自仰韶，或云周秦，凤柳铺子民世代奉祖承志，耕读劳作，事酒琢人，今得陈酿新酒满囤，此皆凤柳铺雍山甘泉，神人共著，集恩惠艰辛劳苦之大成也，今借此酒会盛事，叩献上苍神明，乃酒客劳民，同飨……"

颂罢，柳森鹤极为神圣地从一个后生手里接过火把，点燃浇了白酒的木炭和冲子炮，发出祭酒令。随着一声如雷般的炸响，木炭在酒精的助燃下，火焰腾空而起，如同巨型火龙冲天舞动，腾云吐雾，在炎炎烈日下不断变幻着形态和奇异色彩。十里长街参加赛酒的酒坊主和十里八乡扶老携幼前来观看赛酒的人们，远远近近都看得清清楚楚，乌压压原地跪下，仰头看着火龙腾上九霄云外，染红了整个天宇。此刻酒坊主们将装着自家最好陈酒的酒海酒笼开启，盛满粗瓷大碗，向长天大地、万物神灵祭酒，意为共享美酒甘露。等抛洒三大碗后，酒香弥漫整个长天大地。酒坊主们也虔诚地跪下，和乡民们一起叩拜下去，将头磕到地上少顷后，再起来再叩拜。叩拜三匝后，祭酒仪式完毕。盖上酒海酒笼盖子，等待柳森鹤一帮七人组成的巡酒团过来评酒。其实孰胜孰负在赛酒前已经有了分晓。按照远古传承下来的规定，在赛酒大会举办的三个月前各酒坊主就要把酒样和会费送到商会，由凤柳铺最权威的品酒专家慢慢品评，集体讨论分析，评定出甲乙丙丁来，只等在赛酒大会上公布奖励。而赛酒大会的真正意义就体现在那副对联上。这副对联是柳森鹤亲自草拟并用如椽的大笔书写到柱子上的。人们在啧啧赞叹佩服柳森鹤的同时，也都将自己从着装到思想细细整肃了一遍，使整个赛酒大会不同于以往，显得既庄严神圣，又热闹非凡。

锣鼓队擂响了锣鼓，撼天动地。一身乡绅打扮的柳森鹤骑着枣红大马走在前面开始巡酒，威风八面又和蔼可掬地穿过酒仙会。后面相跟着八个商会成员,骑着白黄黑各色大马。马头高高仰起,马蹄铿锵有力地踢踏着大地扬起微微烟尘,脖子上的铃铛丁零当当合奏出一首欢快的交响乐。上百家酒坊主,都将大老碗顶在头上,碗里酒光盈盈,邀约品酒会成员品酒。柳森鹤一行骑马从街西巡视到街东,和各位酒坊主打躬作揖礼见后,就打马回到高台前。九个血气方刚的年轻后生已经列候台上准备赛酒。长条方桌上一溜摆满十个大酒碗,旁边侍候着三个一人多高的酒海。谁也不知道是人降服酒海,把它们从台上稳稳抬下去,还是酒海降服人而岿然不动,仍旧立在高台上笑傲江湖。

人到中年的柳森鹤从马背上跳下来,跨步台上,站在九个后生前面,向台下黑压压的人群作揖道:"凤柳铺赛酒正式开始!老夫不自量力,将与年轻后生对决,愿赌服输,承让!"往年的会长都会败给年轻后生,柳森鹤有心理准备,才预先给了自己一个下的台阶。他和九个后生端起满盈盈的酒碗,合着西府曲子的曲牌齐声高唱《赛酒歌》:"英雄头顶日月天!"都齐刷刷地仰起脖子一气喝完,然后又齐刷刷端起一碗酒,高唱:"好汉脚踩万亩田!"齐齐仰起脖子一口气喝了,再端酒碗齐声高唱:"一方水土一方酒!"不歇气地喝了,端起第四碗酒唱道:"酒生八方英雄胆!"齐齐喝了。此时有后生已经胆怯了,唱词含糊不清,声音跑了调。柳森鹤挥手挡住九个后生伸向酒碗的手,对着台下鼓掌欢呼的人群挥了挥手说:"现在台上所有人做金鸡独立大鹏展翅状,站立不稳者离开赛台,稳者继续赛酒。"

在大鼓隆隆的鼓舞声中,柳森鹤两只胳膊平展展地往左右两边一伸,便单腿立住。九个后生也依样立住,可是不到一分钟,便有两个后生摇摇晃晃败下阵来,稍时又有两个差点栽倒的后生心有不甘地被人搀扶下台。柳森鹤和剩下的五个后生仍稳稳站着,在台下一片欢呼声中继续唱道:"秦曲凤酒千古事!"齐齐喝了一碗酒,再做金鸡独立状,有三个后生还未抬腿就前仰后合东倒西歪如打醉拳,也被人搀了下去。此时台上就剩柳森鹤与一个黝黑敦实的后生像一白一黑两只丹顶鹤张着膀子立着。柳森鹤对着后生笑了笑,两人唱道:"吾辈岂敢负先贤!"两人又端起一碗酒对着台下乌压压的人潮躬了躬身一口气喝完。柳森鹤张开膀子单腿立住,黑后生刚单腿立住就摇晃了几下栽倒在地,被人架了下去。

柳森鹤笑了笑，高声唱道："人间多少成败史，壶内仍把乾坤转！"端起一碗酒，仰起头来倾喉而下，然后像只傲世独立的清瘦仙鹤，张开膀子单腿稳稳地立住，白绸衣被风吹得突噜噜响，眼睛炯炯有神地探视着台下的人们。台下哗然潮动起来，高声欢呼：三三六胜，七碗不倒头，酒神，酒神……约一刻钟后，柳森鹤脚底像生了根仍纹丝不动。一群因激动而失控的年轻后生冲上台去，把他高高地抬架起来，在台上跑了一圈后才放下。

柳森鹤向台下笑着打躬作揖说："老夫聊发少年狂，只为热闹，博诸位开怀一笑。下面酬宾式赛酒开始，各位按规矩猜拳行令畅饮。现请各酒坊掌柜上酒！"大手一挥，一个小伙子点燃冲子炮，嗵一声霹雳般震耳欲聋的巨响，各酒坊主得令将等候多时的酒海酒笼争先恐后地打开，酒香喷薄而出。各家赛场的芦席上摆放着早就拼好的猪头肉、猪血、凉皮、豆芽、凉粉、醋糟粉等下酒菜。选好酒家的人们呼啦围上去大碗大碗地舀了酒，坐在芦席上，开始划拳行令喝酒。十里长街吆喝声、吼声、欢笑声、争执声撼天动地。空气里的酒香越来越浓，扑得人直打趔趄，喝的看的说的都有了醉意，兴奋不已。风送酒香到十里外的雍凤城，开店铺的跑出店门提着脖子吸吮酒香，上街的驻足观望追寻酒香的来路，有好酒者撒开脚丫子往凤柳铺跑去。

这种赛酒方式是先人手里传承下来的最原始的方式，雅称"酒仙会"，俗称"拉酒摊"——谁家门前喝酒的人最多，醉倒的人最多，谁家的酒就拔了头筹，从此口口相传，声名大振，生意兴盛。所以各家的酒摆在街上都希望围观的人最多，喝醉的人最多。

卖猪头肉的，卖饸饹的，卖凉粉的，卖烧饼、锅盔、麻花、甜点、粽子、油糕、包子、鸡鹅鸭蛋的推着独轮推车，挑着担子，提着笼子在酒海酒坛之间见缝插针，声音或粗或细或长或短地吆喝着做买卖。

柳德茂的爷爷柳义振那时才七八岁大，拳已划得虎虎生风。光溜溜的身上只穿着一个绣了蟾蜍的红肚兜，坐在自家老烧坊门前的芦席上和大人们划拳行令："高升高升""一心敬你""两家相好""三星高照""四季来财"……稚气尖溜的嗓音夹在粗老浑厚的乱人声里，格外抢耳。一圈通拳打下来，只赢不输，嘎嘎大笑起来。大人们喝了酒，不服气地笑着将手伸进这小子裆里捏了牛牛，又捏一片猪头肉放进嘴里咀嚼起来，惹得这小家伙笑得更响，跳起来换一家酒摊坐下，两只手左右开弓与两边两个大人同时划起拳来，引得人们像看稀乎景一样围过来看，齐声叫好喝彩，啧啧赞叹道："老子英雄儿好汉！"这小子得了夸奖，站起来划得更得劲了，肚兜掉到脚踝上，精光的身子晒得黑黝黝的，光头上热气腾腾，汗水将脏脸冲刷得绺绺道道。这小子拳划到正酣处，突然转身往人群里冲，被肚兜绊倒，爬起来把肚兜提在手里，冲出人群一溜烟往回跑了。人们回头一看，是他爹柳森鹤背着手站在人群后面，不怒自威地看着这小家伙。人们这才恍然大悟的大笑起来。

这时有些酒家的酒海酒笼已经底朝天了。还有酒坊主过来请这小子划拳，好给他们酒摊拉人气打广告。凤柳铺的人见识这小子划拳已经不是一次两次了，平日里常常有人偷偷请去划拳耍热闹，今日正儿八经有商业企图，正儿八经来请，不料被他爹吓得屁滚尿流地跑了。

醉酒的人已经越来越多，场面混乱不堪，千人百态，千奇百怪——有人就地倒在芦席上打起了呼噜；有人端着酒碗歪歪扭扭打起了醉拳；有人串东串西乱喊乱叫；有人还在打通拳，一圈十几、二十人打下来，又换一个酒家；有人站在大街上南腔北调吼起了秦腔；有人扭起秧歌跳起了舞；有人裤裆湿了还在激情澎湃发表高论……

让凤柳铺人兴致勃勃议论了好长时间的典型笑话也不少。有个小伙傻笑着飘手飘脚往回走，半路上跌倒，整张脸枕在一堆稀牛粪上呼呼睡着了。

有个小伙喝到天黑歪歪扭扭回家，摸进猪圈抱着老母猪睡了一夜。第二天早上媳妇喂猪叫醒他后，他却眨巴着眼睛淡定地说："我以为是娘子，咋长了这么多奶头？"

也有人不知是真醉还是假醉，钻进别人家往人家老婆炕上爬，被打得瘸着腿跑了。

陶鸡换的祖爷爷不知出于什么心理，非常豪迈地把手伸进卖饸饹的大锅里抓起一把滚烫的饸饹，手上瞬间娑落落地脱了皮，却哈哈大笑着说，爽快！

乡绅贤达和文人墨客酒至兴时则在高台下，一溜摆开香案吟诗作画。此处赛酒变成了诗画赛会，大大小小的头颅摇来晃去，有诗词歌赋也有顺口溜，有歌谣更有四不像。粗粗细细的毛笔配诗作画，极为应景。若有作了好诗配了好画者便要跨上高台展示一番。附庸风雅者和目不识丁凑热闹者也里三层外三层地围着笑看。若有幸者讨得自己喜欢的文人墨宝便喜不自胜，也上高台炫一番后格外荣耀地收藏起来。

柳森鹤在香案前尺开步子，挥毫泼墨作画：柳荫之下，清泉之旁，是一处蒸腾着酒香的老烧锅。一个身穿白坎肩的年轻火工正在锅下架柴烧火。一个赤着膀子，腰里围块土布，肩上搭块白汗巾的酒把式正站在高凳上装甑，戳甑。两个同样装扮的上掀（师傅）和下掀（徒弟）正在土窖旁扬沙。酒香热气将脸庞熏蒸得像熟透了的红高粱一样饱满鲜亮。柳树梢头几只黄鸟倒挂着，摇摇欲坠。树下一只俯卧的老猫也闻香而醉，迷离着眼睛深情地看着树上的黄鸟，做娇憨无力状。围观的人们一边叫好，一边哈哈大笑着说："有趣！此处大有深意。"

柳森鹤略一沉思，捻笔在下款处写道：

承天启地饮凤泉，
日月神曲粹千年；
周韵秦风豪士酒，
无边积香醉圣坛。

书罢搁笔。站在身旁的两个年轻后生，两边提举着字画疾步台上巡回展示着，满脸光彩和荣耀。

人们高声叫好的同时，拼命往前潮涌，所有的手都高举着，恨不得长出二丈长把酒神字画抢到手，据为己有。

柳森鹤怕踩伤了人，急忙大声说："森鹤献丑了！赛酒大会如此繁盛，是为商会所有会员共同辛苦筹谋的结果，这幅字画应该挂在商会会馆内，以示感慰。诸位若有喜欢者，等家有添丁孝老、学有所成、红白喜事了告知一声，森鹤一定登门书画赠之，可好？"

"好！酒神！酒神……"人们叫喊着潮散开来。

陶家祖爷脸上挂着悻悻的笑，挥手让年轻后生将字画收起拿走了。他怕别人看出他脸上的不自在和皮肉僵硬的笑，忙拐步往酒摊上去了。

赛酒会上有一个玄妙的习俗，各酒坊主用盖头布蒙着的新酒只看不喝，但若是被风揭开或吹走红的黄的绸布盖头，这一酒海或酒笼新酒就是被神仙看上并饮用过了的，必然是好酒，主家一定要开盖给人们分品。谁哪怕有幸沾上一滴都是得了仙气的，好处自不必说。

有人突然发现柳森鹤家有一海子新酒不见了红盖头和泥封印盖，一声惊呼，人们呼啦围上去，争抢着踮起脚尖用碗舀了喝。瞬间舀不上了，有人就立在板凳上将头伸进海子里去舀，却吓得从凳子上跌下来语无伦次地说，海子里有个人！

人们相互抱起来往酒海里一看，果然有个人醉倒在里面，而且看清是害了一身癞疮的田一老汉。喝了此酒的人就哇哇地呕吐起来，满地都是污物，酒香里合着酸腐味。

柳森鹤正在和一帮商贾谈生意，听见惊叫过来一看，果断地掀翻海子放了酒，叫几个年轻人七手八脚地把人抬出来，一摸脉搏已经没了一丝脉象。柳森鹤叫来凤柳铺最好的郎中抢救了半天，最终绝望而悲痛地宣告准备后事。

本来柳家的凤柳酒在三个月前经过评委会的精检细品，全票获得特甲名优酒。这次赛酒会门前喝酒的人最多，喝醉的人也最多，当之无愧是赛酒会上最好的酒了。

陶家评得乙等，此刻门前也热闹非凡。

柳森鹤顾忌自己是总会长，不愿收受特甲名优酒之名，可评委会其他成员坚决要求实事求是，张榜公布名次。柳森鹤固执地一马挡定，可还是掩不住特甲名优酒的美名。商贾们围过来争着要和柳森鹤签订单，在这节骨眼上却出了这样离奇晦霉的事来，一下子都退避而去。

柳森鹤眉头紧锁，脸上表情凝重得像尊雕塑，他总觉得这事蹊跷，没有醉汉跌进酒海里淹死这么简单。好多人也觉蹊跷，却安慰柳森鹤说，田一老汉身上长了一身癞疮，痛痒难忍，十几年到处寻医访药也治不好，儿子媳妇嫌恶不孝顺，连鸡狗见了都躲得远远的，老汉活着受罪，死了也就解脱了，不必太过伤心。

柳森鹤脱下白绸衣，换上白土布孝衫，以义子的身份出钱安排田一老汉的儿子媳妇隆重置办丧事，并请了灵山的和尚来念经超度他到好处去。田家日子穷，田一老汉活着时没少受柳森鹤资助，柳家烧坊的酒，老汉总是随到随喝。他觉得凤柳铺就属柳森鹤最亲，所以赛酒会上他一心想要帮柳家一点忙，就趁乱偷偷把凤柳新酒的酒海盖子揭了，想造成是神仙的作为，好使凤柳酒大卖。不料螳螂扑蝉黄雀在后，被陶家祖爷看到了，从背后两腿一提便咕咚攒进酒海里去了。田一老汉本身已经喝醉，在酒海里就悄无声息地睡着了。本来已经双连冠的凤柳酒突然醉死了人，商家们必然忌讳。柳森鹤也无心再做生意，凤柳老烧坊就暂时关门歇业了。

田一老汉的灵堂很快搭设起来，喜事变成了丧事，这在以前的赛酒会上是从来没有发生过的事。人们非常稀奇，议论纷纷，奔走相告，说凤柳铺的赛酒大会上把"田一"老汉喝死了。一传十，十传百，便走了样——变成把"千一"老汉喝死了。外地不明真相的人惊呼：乖乖！凤柳铺的赛酒大会竟然把"一千一百"个老汉喝死了，可见那场面有多大，人有多多，酒有多厉害！有稀奇者远远跑来凤柳铺看埋人——安葬一千一百个老汉，不知这场面有多大，有多热闹？

柳森鹤默不作声，只一心一意置办田一老汉的丧事。到了第三天，村里人陆陆续续吊唁一毕，准备第四天早起装殓入棺。晚饭后，田一老汉的儿媳妇趁灵堂里没人，想把柳森鹤塞进老汉手心的银圆偷走。刚壮着胆子掰开一只手，老汉哦了一声，直挺挺坐了起来，两只眼睛血红地看着儿媳。儿媳吓得啊一声尖叫，便软软地瘫倒在地。人们闻声进来一看，都惊叫着往外跑了，三魂七魄丢了一地。

柳森鹤大声咳嗽着跨步进来，见田一老汉已经从停尸床上下来，在使劲拉昏死过去的儿媳妇。柳森鹤伸手一摸田一老汉的手，热乎乎的，心里哗啦一下云开雾散，欢畅地笑说："田叔，你酒醒了？你才是真正的酒仙啊！一醉三日，还了人间。"

此刻，田一老汉的儿子跑进来，使劲掐住他媳妇人中。这媳妇浑身抽搐了一下醒转过来,睁眼看见田一老汉,又吓得大叫着往她男人后面躲。柳森鹤冷冷地说:"为人不做亏心事,半夜不怕鬼敲门。你爹大醉三日,能好好地醒过来,这才是真正的酒仙,以后好好敬着!"

这媳妇急忙哎哎地应承着,点头如捣蒜。

人们这才放开胆子拥进来围着田一老汉看,发现田一老汉脸上、头上的癞疮全部结了痂,再撩衣看胳膊腿也结了痂是要好的趋势。人们这才不由得惊嘘感叹:凤柳酒真是神酒!

凤柳铺街道又一派喜庆,锣鼓打得震天响,酒摊又拉了起来。

千一(田一)老汉活过来了,而且身上十几年治不好的癞疮全部结痂褪掉,皮肤细嫩红润、干净清爽,看着一下子年轻了十几岁。儿子媳妇也像换了人,对老汉格外孝顺起来。

凤柳铺街道上、雍凤城、乡间,甚至更远的村落,人们经久不衰、兴致勃勃、添油加醋地传说着千一(田一)老汉死而复生的故事,同时赞叹凤柳新酒不但有着根治疑难顽疾的奇效,而且还能使人起死回生、返老还童。千里外的客商和有皮肤病者都蜂拥到凤柳铺来买贩凤柳新酒。新酒比陈酒更为金贵,只得增开窖池数量,加大产量。人们除用凤柳新酒浸泡治疗各种皮肤病外,发现擦抹跌打损伤、烧烫创口也有奇效。接生婆将剪刀用凤柳新酒擦洗后剪脐带,孩子不得四六风(孩子出生第四天开始抽风,第六天死亡)。柳森鹤和凤柳酒就被传说得更神奇了。

田一老汉起死回生脱胎换骨后也成了活广告,天天在柳家老烧坊、凤柳铺街道上到处走动供人参观,并满嘴飞沫地说,他看见一个白胡子老汉把凤柳新酒的酒海盖子打开,往葫芦里灌酒。他立在高板凳上往酒海里一看,感觉被人提起来投进了酒海,然后就随着白胡子老汉飘飘悠悠上了天,在一个长满奇花异草,有着奇珍异兽的宫殿里一起坐着喝酒。白胡子老汉对凤柳铺的情况了如指掌,连谁家儿子媳妇孝顺,谁家的不孝顺都知道。他还问了死去的几个坏人在哪里,白胡子老汉说正在十八层地狱里上刀山下火海、抽筋扒皮受苦刑哩……天上一天,人间一年,他和白胡子老汉只聊了一会,就被小童子送了回来,发现自己已经死了三天了。惹得人们哈哈大笑,将信将疑。同时也有人浑身直发毛,暗暗退缩而去,为自己曾做过的亏心事后悔不已。

直到柳森鹤知道了,狠狠把田一老汉批了一顿,他才抿了嘴,谁惹逗也摇头不说了。但丝毫不影响凤柳新酒已经惹起的满城风雨和神性地位。加之第二年柳森鹤携凤柳陈年老酒漂洋过海,在巴拿马世界博览会上赢得金奖,抱回了奖杯,"酒神"的名号完全取代了"柳森鹤"三个字。大人见了不敢吵架,孩子见了不敢哭,扎堆子说闲话的见了赶紧散场各自寻活干。整个凤柳铺风清气正,繁华热闹,酒香蒸腾。

官路上来来往往的官商、车队、驼队、运输车队穿过凤柳铺时,若没有特别急迫之事非走不可,必然要择旅店、车马店住下喝酒,走时用银圆或随带的丝绸、烟茶、瓷器、笔墨纸砚、书籍等换了酒带去。

一睹酒神风采也被当作一种幸运,谁若和酒神说过话喝过酒吃过饭便被当成终生的荣耀。

酒神从此以后更以酒神的标准修订祖规家训,不但自己严格遵守,还要求后辈儿孙坚决遵从,不得有半点懈怠。这就是柳义振严明家法的根源。

柳义振讲说到此处,才从那种盛大辉煌的场景中回过神来,发现德茂不知啥时候已从被窝里钻出来,身子挪过来紧紧偎靠在他身上,两眼放着幽深而又痴迷的光,显然还沉浸在爷爷所讲的那种场景和意境中没有回过神来。完全被其震撼并深陷其中的德茂过了老半天才像吃了一顿盛宴似的笑了笑,欲言又止。他再看爷爷的时候已经和以前大不一样了,高大威武了许多。爷爷有一个那样神奇而梦幻的爹——酒神,他柳德茂就有一个酒神祖爷爷,这是何等荣耀的事情!他感觉自己不一样了,和以前的自己大不一样——老子英雄儿好汉。他从炕上站了起来,整理好衣服下了炕,要倒背着手在地上走一走。他感觉他的腰伤一下子恢复了许多,浑身是劲。

其实,柳义振根本没有将故事讲浑全,做了严格过滤。他将赛酒会上人们醉酒的各种丑态都滤去了,也将后来他知道的陶家祖爷把田一老汉攒进酒海的事滤去了。他不屑于讲这些,也不想把上几辈人的恩怨传递给后代。他只希望传承祖辈的酿酒技艺和义德精神,所以剔除粗俗的成分后,剩下的故事堪称完美传奇，一下子撼动了孙子抵触多日的心。德茂急切地问："爷爷，下面讲啥故事哩？"

柳义振笑了笑说："讲你酒神爷爷去巴拿马世界博览会上赢得金奖的故事。"

"好！吃完饭就讲。"柳德茂欢悦地说。

柳义振故意卖着关子道："吃完饭你先背祖规家训，几时背下了，几时讲。"

柳德茂迟疑了一刻说："那好！一言为定。"

柳义振将烟锅别在后腰带上，意味深长地摸了一把孙子的头，背着手出门去。

第五章

再说酒花和他爹从工地上送鸡换娘回家后，酒花娘诚恐诚惶地买了一斤红糖、一斤糕点去看鸡换娘，拉着手说了一堆感激歉疚的话。鸡换娘便很豪气地说："一家人不说两家话，谁要是在你们两口子和娃们头上燎毛换火，我们两口子就不答应。人软了狗都想欺负，人硬了鬼都躲着走！你家人口欠，我家人口也欠，往后咱们两家子拧成一股绳，力量就大了。合起来把日子往人前过，要叫那些自以为上几辈子给皇上进贡，牛尿壮得能把瓮日破，蟒耍得大的能把天戳破的人，睁个两眼半把咱看嘎，哈哈哈……"鸡换娘说得自个儿得意起来，仰头大笑。她话有所指——她看不惯柳义振和柳忠民父子俩身上所透射的清贵之气，嫉恨他们说一不二的威仪和号召力。她以为柳忠民在工地上斥责了王长贵，还和酒花起了冲突，从此王家和柳家就成了仇对子，她就乘机替王家说几句硬气话，顺便发泄一下自己的积怨。可王长贵两口子内心根深蒂固地诚服柳家人，感恩柳家人，没有那种心思和弯弯绕肠子。因而酒花娘茫然地看着鸡换娘，似懂非懂地点了点头又摇了摇头，急忙起身回去，和自家男人一起去了农业学大寨工地。

酒花留在家里照顾奶奶、哥哥，经管蛋花上学，闲时坐在奶奶炕上缝缝补补，扎花描绣，油光闪亮的长辫子从俏肩上绕过来，爬过起起伏伏的胸部，垂贴在纤纤细腰上，俨然画家笔下恬静的侧身秀女剪影，偶尔想起柳德茂，心里竟是无波无澜，间或有淡淡的忧伤。

眼见农历七月初七乞巧节到了，凤柳铺的大姑娘小媳妇这天晚上要拜织女星,掐"巧娘娘"。戌时一过,她们就在庭院里摆上供桌。供桌上供着她们用五谷粮食生出来的白嫩颀长的"巧娘娘"(豆芽儿),自家果树上结的桃儿梨儿,街道买来的梅花点心以及五色丝线、刀剪绸料。点上香蜡,虔诚地对着月儿祝福许愿,满心盼望织女星赐予她们神力特技,好使自己心灵手巧,女红出彩,早早嫁个如意郎君。

杨兰芝自从酒花从工地上回来后,不知是有意还是巧合,她也重新回到柳家继续照料柳德茂爷孙俩的生活,瞅空来酒花家,随酒花坐在奶奶的炕上绣花。

乞巧节这天晚上,一轮饱满嫩黄的圆月挂在深黛色的天空。银河里布满星星。阵阵凉风拂面而过,柳枝摇乱了月色,像水银一样在地上流动。静谧深邃的夜晚上演着多少天上人间的故事?杨兰芝跟着酒花在院子的供桌前叩拜织女星,嘴里轻轻唱道:天上的星星地上的人,巧娘娘你是仙家的身,下得凡来咱见个面,供桌底下也能穿针线;巧娘娘隔河翻山来,脚上穿的是登云鞋,知心话儿细细地讲,教我绣个织女会牛郎……突然,杨兰芝将长长叩拜着的身子顿住,呆愣愣地看着酒花——她从画册里看到的貂蝉拜月的情景,也不及眼下自己所看到的情景美幻迷人。

酒花低头看见月光下杨兰芝的身影投射在地上,亭亭玉立,似在波光粼粼的水里微微灵动。她为少女青春的妙美旖旎而震撼,抬头打量杨兰芝,看见杨兰芝也在看她,两人都不好意思地抿嘴一笑。酒花说:"今晚好月光,和你一起乞巧真好!"

杨兰芝莞尔一笑说:"我也是。今晚月色迷人,一恍一恍像在梦里。"她想着她藏匿了的酒花给德茂的回信,不由心虚。乞巧完毕,不多言语便匆匆告辞回去了。

近来柳德茂身体恢复很快,听爷爷讲故事听得上瘾痴迷,他的身心随着故事游走在阔远的时空天地间,消了往日的忧伤和牵念。爷爷讲给他的每一个关于老祖先的故事,都令他兴奋不已,他需要有人一起分享,崇尚先祖的荣光。此刻他正坐在院子里纳凉,看见杨兰芝踩着月光进来,便一反常态地招手叫杨兰芝坐下，兴致勃勃地将凤柳酒在国际上获奖的故事重述给她听，只想看到杨兰芝和他一样兴奋的表情。杨兰芝果然也听得入神，笑声如珠落玉盘般的清脆。

凤柳铺赛酒大会落下帷幕的第二年，民国四年（1915），酒神柳森鹤接到官方通知后，携凤柳酒漂洋过海参加巴拿马世界博览会，戏剧性地荣获金奖，犹如幽远宇宙里的繁星神秘而奇幻，强烈地震撼着柳德茂的心，以至他长时间沉浸在反复的回放和咀嚼中。尽管爷爷讲给他这段历史的时候，同样选择性地做了过滤。

让凤柳铺、雍凤城人代代相传、笑谈不厌的并非获得的金奖，而是柳森鹤和他的凤柳酒一路的遭际。那天鸡叫头遍，柳森鹤就起来穿戴整齐，如同往日早起一样，在大瓷碗里倒满热酒，泡上大白蒸馍，呼噜呼噜连吃带喝三碗后，将酒海里的陈酒灌装了六大笼、两小笼。每大笼二百斤，每小笼五十斤。套上那个时代最先进的硬脚马车，将酒笼装上车，由四匹如同火焰驹一样的枣红大马拉上，两个车夫吆赶着踏上漫漫参赛之路——那是一场国际大赛，对柳森鹤来说新奇而诱惑，更具挑战性。

柳森鹤带着一个年轻伙计骑着马，背着干粮，押着酒车趁黑从凤柳铺出发，官路上木轮马车吱呀吱呀颠簸着往前走。凤柳铺人传说由酒仙吕洞宾发明，秦岭山荆条编制，白棉布、麻枸纸裱糊，猪血、豆腐、鸡蛋清、生石灰制成的混合剂黏合，蜂蜡、清油反复涂抹而成的酒海酒笼装酒，有着神奇的呼吸熟化增香功能。八个大小酒笼聚坐在马车上，一齐呼出浓郁奇香，被阵阵轻风传送到沿途人家，以为卖酒的客商串村来了，有人跑出来看，有人端了酒壶酒坛出来沽酒。柳森鹤在马背上打躬致歉说此酒不卖。有人遗憾地站着目送马车远去。有人悄悄地跟在马车后贪婪地吸吮酒香，一跟就是十多里。快到雍凤城时，柳森鹤再也耐不住硬脚车的慢条斯理，像往常运酒一样打前站去雍凤城安排客栈准备酒菜。

柳森鹤一走，坐在车辕上的车夫也困顿了，将马鞭抱在怀里，坐在车帮上晃晃悠悠打起了盹。

马车更加慢条斯理地走着，几个跟在车后吮香的人，已经微醉，酒壮贼胆，乘机用锥子将靠后面的两个酒笼戳破，将麦秸秆插进去，用嘴吸着喝酒。吸足喝饱，又用酒壶酒坛去接。

一个车夫跳下车到路边解手，猛一回头看见几个贼模贼样的人正在偷酒，不由惊得大吼一声。偷酒者闻声大惊，慌得抱着酒壶酒坛跌跌撞撞地跑了。车夫见人多，也不去撵，吩咐把车靠路边停下，查看酒笼，惊见后面的两个酒笼上插着麦秸秆，正往外淌酒，心里又好气又好笑，不知如何是好。情急之中看见路边一堆刚屙下的牛粪，正冒热气，用手挖了一把糊在洞眼处，如此这般糊了几遍，竟然不漏了。车夫暗自庆幸，一个赶车，一个断后，才把酒平安押送到雍凤城客栈歇息。

酒香飘出客栈，又引来沽酒者，不乏一些文人墨客，论诗作文甚和脾胃。柳森鹤一高兴，备了下酒菜，将牛粪糊着的一笼酒打开，一同畅饮。两个车夫在一旁相视而笑，酒酣时道出实情。柳森鹤同一帮文人开怀大笑，都说"酒香与牛粪"，一香一臭、一雅一俗经典对，应该赋诗一首，便有文人高声吟咏道：

酒车香风招痼鬼，十里尾随闻也醉；
麦秸破笼吮又吸，贪得肚饱壶满去；
笼漏情急牛粪泥，臭却无妨玉浆味；
不怪车夫不怪贼，都是酒香惹是非。

柳森鹤高声叫好。有书法潇洒者，趁着酒兴，捻笔润墨，将《酒香与牛粪》诗疾书在纸上，落了下款日期，送给柳森鹤。柳森鹤乐呵呵地收了带在身边，没想到博览会上派了大用场。

就这样一路走一路歇息一路吟诗作对，到长安城时，酒已剩下一半。仍有好酒沽酒者撵着喊："西府酒来了！西府酒来了……"柳森鹤便卖掉两笼换成银圆充作车夫返回的路费，只带着一大"耳子连笼"（也叫双背剑）、两小笼酒随长安出口协会组织的货品人马继续行进，经过巴拿马运河进入大西洋，到达旧金山时，才发现世界各国上万种各种各样包装精美的名酒聚集一起，鲜明夺目，凤柳酒笼则显得陈旧暗淡。特别是"耳子连笼"像两个胖子席地抱在一起，两边伸着两只长耳朵（用来出酒的口），显得更为怪异老土。这样的酒笼编制起来难度非常大，编制一个这样的酒笼花费的功夫相当于编制两个同样大的圆形酒笼。整个凤柳铺会编"耳子连笼"的笼匠不多。这都是老祖先传承下来的盛酒神器，可到了国外，柳森鹤一瞬间觉得无法和高鼻子大眼窝外国人的那些洋玩意比，从外形包装上完全是两种风马牛不相及的风格。就国内的酒品南方比北方的包装要精美洋气得多。柳森鹤意识到获奖怕是难上加难，心情格外灰败。但他还是坚信老祖宗发明的纯天然的材料编制的酒器，装纯粮烧酒经岁月熟化是天下最好的琼浆玉液。他突然想起雍凤城文人吟作的《酒香与牛粪》诗，不由自主拿出来展开看了看。甚好！甚好！他自言自语地赞美着，灵机一动，决定请个翻译把诗和故事翻译成英文，写在条幅上，一边英文，一边汉文高高挂在"耳子连笼"上方。

果然，诗和故事刚在中国展馆里悬挂起来，就吸引了各国代表的目光，越来越多的洋人聚拢过来，津津有味大惊小怪地诵念着诗和故事，又围着这个产生诗和故事的怪模怪样的"耳子连笼"惊叹道："噢！太可爱了！真的很香很香！编制这个看起来很不好做的酒具，中国人了不起！"洋人向柳森鹤竖着大拇指。柳森鹤一激动，就把"耳子连笼"一侧的耳朵口开启，瞬间酒香喷薄而出，扑得洋人嗷嗷直叫。

柳森鹤从耳朵里取了酒让洋人品尝。洋人脸上变幻丰富的表情和发出的赞叹让柳森鹤非常受用——获不了奖无所谓，只要外国人承认中国人酿出的酒是好酒就行了。

少顷，一"耳子连笼"酒被聚拢过来的各国代表尝喝一空。洋人们最激动的赞美方式是给柳森鹤一个拥抱，然后纷纷和"耳子连笼"、柳森鹤合影留念。那些金发碧眼的女洋人品尝了凤柳酒后，惊喜地尖叫，也热情洋溢地拥抱柳森鹤，并紧紧拥着身子照相。柳森鹤平生第一次惊慌失措躲闪不及，赤红着脸拘谨地站着面对镜头，平日里的英飒豪气顿失。这让凤柳铺人后来长久兴致勃勃谈笑不衰，并加油添醋编撰了好多故事版本。有好奇者再问及此事，柳森鹤则摆手摇头拒不说话。这在凤柳铺女人还裹着小脚，足不出户，思想仍很守旧的年代更是稀奇古怪，如同天方夜谭般的神秘。

柳森鹤本没指望凤柳酒能在佳酿如云的万国博览会上胜出，因而大大方方地舍了一大笼酒。意想不到的是还未开奖，就收获了博览会上最多的订单和人气，以至各国代表和评委会格外关注长耳朵的凤柳酒。

评酒开始后，经过一番激烈角逐品评，凤柳酒香味品质果不凡俗。当评委会将背面印有高楼大厦和英文字母，正面印着赤光身子男女的奖牌颁给柳森鹤时，柳森鹤大惊失色，急忙揣进兜里，再也不敢拿出来看，浑身直发毛。他心情复杂怪异地回到凤柳铺，将奖牌里三层外三层地包裹严实，在酒窖里埋了起来。凤柳铺及至雍凤城再没人见过金奖奖牌长何模样。各地客商慕名前来，都想一睹国际金奖奖牌真容，可柳森鹤总是神色慌异地摆着手说不好看！不好看！

这让年少的儿子柳义振更是好奇，非得要找到这块奖牌，看看到底是咋样的不好看。

直到酒神爹柳森鹤遇害多少年后，柳义振重新振兴柳家酿酒事业，在翻起窖池时突然挖出了这块金牌，一看也大惊失色，不过镇静下来细一思量，就明白了爹隐埋这块奖牌是怎么回事。他比爹思想稍微开通一些，拿在手里仔细观看了半天，正面也不过是两个形似醉态的裸体外国男女图像而已。但他还是遵从爹的思想原则，将其继续埋在酒窖里，秘不示人。以至后来天地起了变化，公私合营，柳家老烧坊交给国家时，再去挖刨奖牌，已经不见了踪影，好像从地下遁去一般。柳义振说，先祖的荣誉终归是先祖的荣誉，后代无福消受也无得一见，去了也罢。所以到了柳忠民、柳德茂这两代就成了传说。

对于柳德茂来说，爷爷讲给他的这些故事都成了播在他心里的种子，不知不觉发育成梦想——有朝一日时机成熟，一定要重建家族酿酒烧坊，赛酒祭祖——在凤柳铺，获奖——在国际上。酒花在他心中的位置已经被那个从未见过的明晃晃的奖牌所取代。偶尔想起酒花，如同遥远的浮云，迅即就被先祖们所创造的神话所遣散。他遐思奇想地勾画着自己的人生中将要展现的几个辉煌故事，如同礼花弹般烂漫炫彩。他变得容光焕发起来，伤养好后，背起书包去雍凤中学念书。

临上路前，柳义振将一幅里三层外三层包裹严实、珍藏在墙壁夹缝里的书法条幅拿出来，展开给孙子看。麻布裱糊的黄纸上是龙飞凤舞的行草：耕田凤酒香，读书滋味长。横额是"世兼儒贾"。落款是"中华民国五年田春敬"。

柳德茂问，田春是谁？柳义振说，当年雍凤县有三个最有名的先生，一个是窦家窦举人，一个是虢镇塬上的谭先生，一个就是龙湾村的田先生。

柳义振小心谨慎地托着书法条幅，幽幽地说："当年龙湾村田先生才在盐铭书院进了半个先生（相当于清代刚入学的秀才——附生）的时候，你祖爷爷就去延师，两人相见很是投缘。一年多后田先生进全了一个先生，其老丈人家按照规矩送了衣帽蓝衫，答谢了族门亲戚后，你祖爷爷就以商会名义组织大队人马，敲锣打鼓去迎先生。十几里路整整走了一天，才把田先生迎回咱们凤柳铺，在你祖爷爷捐建的凤柳学堂施教。我是里面的首批学员。这幅墨宝就是那时田先生作为答谢礼回赠给你祖爷爷的。你祖爷爷当作珍宝收藏在柜子的夹角里才保存到现在。'世兼儒贾'——多好的四个字！"

柳义振讲起迎先生，同样精神大振，讲得绘声绘色，激动不已。

凤柳酒在凤柳铺赛酒会上赛出传奇，在巴拿马世界博览会上脱颖而出，获得金奖后声名大噪，供不应求。上百家烧坊除了盛夏，都立窖破窖连家生产。酒气蒸腾，商贾往来频仍，官路上驼铃声声。

柳森鹤突然有些害怕，他知道世道之事盛极必衰。再说正值乱世，钱财之物不可厚，厚极烧福。大禹治水是疏，智人理财是散。他将大把的钱财买了土地牲畜分给缺地的穷人无偿耕种，并在凤柳保（相当于现在的村制）娘娘殿旁捐建了一所学堂，从盐铭书院请来田先生教本保及周边孩子读书、对课、习字、作文。

在柳森鹤的精心策划下，迎先生仪式胜过凤柳铺任何一桩婚礼仪式，显得极为庄严隆重、热闹非凡。

日子是与田先生早就商定好的良辰吉日。这天五更早起，柳森鹤沐浴净身，穿了灰色圆领土布马褂，黑色圆口布鞋，绑着白色裹腿，用盐水反复漱了口，去祠堂的先人祖案前上香跪拜后回房，照例往三大碗热酒里泡上三个蒸馍，连吃带喝后嚼上一口茶叶跨出门来。

天公作美，凤柳铺街道两边柳眼初张，如烟似雾。"兴盛茂"老烧坊前微风习习，烟柳拂面，参与迎先生的人们已经列队候着。一辆先天就搭了帘篷，披红挂彩装饰一新的硬脚马车由四匹枣红色高头大马拉上驶出"兴盛茂"门庭。柳森鹤一身车夫打扮，手执马鞭跳坐在车辕上，"嘚——驾——"一声吆喝，四匹大马仰头嘶鸣一声，撂开蹄子，硬脚马车便咕噜噜穿出街道，朝着以东的官路上驶去。其他八个商会头面人物穿戴簇新，各牵一匹大马，马背上分驮着酒笼、猪肉、布匹、菜油等厚礼，列走在马车前后。紧跟着的百十号人或抬着锣鼓，或手执长号唢呐，兴高采烈地走着。

约莫走了一个多时辰，迎先生队伍到达盐铭书院大殿门口的时候，已过辰时。柳森鹤"吁——"一声勒住马车，从车辕上跳下来，朝着东西南北各作了揖，手一挥，嘟——嘟——长号吹起，锣鼓唢呐也震天响了起来。田先生与书院诸生一手提着长袍，从大殿的高门槛跨出来，列队站着与柳森鹤及凤柳商会成员们相向作揖行礼。礼毕，柳森鹤叫一干精壮小伙子把马背上的厚礼抬进大殿，对盐铭书院为他们培养出如此优秀的先生表示诚谢。然后摆上贡品，膜拜了书院的孔圣人塑像，吃了茶点，留下捐赠银圆，将田先生的书籍和物什搬上马车，驮在马背上，稍作寒暄便像迎娶新娘一样，要将田先生请上马车。田先生感动之余略显惶恐，平常习惯了走路，无论如何不肯上车，反倒抢来马鞭，跳坐在车辕上，要让柳森鹤坐进马车的车篷里，他当一回柳森鹤的车夫。柳森鹤惊慌不已，哪里肯这样，趁着早起三碗酒的酒劲，一把抱了清瘦的田先生塞进车篷内，死死按住道："今个之前、今个之后一切随你，但这一刻先生必须随我。"

田先生看着柳森鹤坚决而深幽的眼神，也就抱拳打躬表示服从。柳森鹤朝着门口肃立打躬的先生们深鞠一躬，提起马鞭跳上车辕，"唔——驾——"一声吆喝，红马们便撂开蹄子奔走起来。霎时，长号与锣鼓伽司一同响了起来。马车里坐着他们请上的先生，好像凤柳铺的孩子们都成了知书达理的学生，人们精神格外振奋，吹号的扯长脖子，将长号直冲云天，调子吹得雄浑粗长；敲锣打鼓的人激情奔放，将锣鼓打得惊天动地。

逢早饭时节，沿途的人家老老少少跑出来看热闹。有人端着饭碗，有人手拿蒸馍，有人肩搭布巾，问明是迎先生哩，便急忙将饭碗放在石碾子上，将蒸馍放在碌碡上，任由鸡狗争食打翻了饭碗，叼走蒸馍也不管，只把马车围住，想要一睹先生容颜和风采。柳森鹤喝住马车，田先生撩起帘子，向乡民们打躬。乡民一边还礼，一边提出请先生下车喝水。

沿途有好耕读的人家都知道凡进为先生者，必满腹经纶兼一手好文墨，便提出让田先生为他们留下哪怕三两个字的文墨，好挂在屋里勉励儿孙。田先生一听也乐意，就提袍撩袖下得车来，在石碾子上展纸捻笔写起字来，将个"英才辈出，卓尔不群；惟耕惟读，惠泽子孙""积德积善，不为俗伦；广结贤良，不谋非分""恭愿后裔，永传家珍；张德扬惠，守规遵训"等教规祖训一写就是大半天。围观者越来越多，里三层外三层。看到拿了字幅的人满脸放光地挤出人群，都红了眼睛，不识字者也要讨得一幅字来，把众人挤得趔趔趄趄、争执不休。有歪嘴斜眼者挤到跟前，张着手要字，有人就喊，傻子！你一个人光得溜球球，要字干啥？也有人磕磕巴巴将田先生正在写的"善纳百祥"念成"善内百羊"，"耕读传家"念成"井读专家"，并解释说，专门在家里读书，就不能犁地种田了，惹得一阵哄笑和讥骂声。田先生怒撂笔墨，对柳森鹤道："此等缺学废学所致也，非吾等之力可奈何？！"柳森鹤长叹一声说："但也要人尽力使之，识一字是一字，扫一盲是一盲！""好！"田先生将手掌击在柳森鹤手上，柳森鹤乘势抓住，豁开人群，拉着田先生走到马车前，谦恭地扶上去坐定。人们潮涌车前，打躬作揖致谢，用羡慕和不舍的眼神看着柳森鹤驾起马车，长号锣鼓唢呐吹吹打打，迎先生队伍浩浩荡荡地往凤柳铺方向去了。

行不远时，遇一送葬队伍，吹鼓手吹吹打打，孝子们扶棺扯纤哭哭啼啼过来。柳森鹤"吁——"一声喝住红马，对车篷内的田先生说："先生，撞丧了。我们靠路边稍做歇息，待我发送发送亡人再走。"

田先生撩起帘子一看，果是哗然一片白茫茫送葬队伍过来。他急忙跳下车来，与迎先生的队伍避到路边立住看。柳森鹤从车内取下一笼酒并一吊香纸来，与送葬的执事管家打了招呼后，就路口撒酒祭奠并烧了纸钱。执事管家回馈给柳森鹤一个插满面花的献祭。柳森鹤礼让送葬队伍先行通过后，迎先生队伍才又吹吹打打往回而去。

又过一保时,已到正午饭点,乡民早早在路口出迎。保长是柳森鹤的旧相识,早上路过时见过一面,说好先生迎回路过时,要管待酒饭。

保长殷勤地扶着田先生下了车,躬身招呼进了自家门庭。热热闹闹用了酒饭后,作为答谢,田先生自然又是一阵好写。这次柳森鹤也没闲着,保长知道他也文墨了得,自然也得露了一手。乡民们凡得字者幸喜不已,奔走相告,居远者也便奔过来讨字。柳森鹤怕劳累了田先生,急忙打躬作揖护着田先生上车,驾起马车一溜而去。

一路逢庙上香,逢鬼祭酒,逢村写字,走走停停,热热闹闹。等将先生迎回凤柳铺娘娘殿旁的凤柳学堂时,已经天色微黑,人困马乏。

全村的老少爷们已经在村口等候多时,远远看见迎先生队伍过来,兴奋得欢腾起来,潮涌过来迎接。柳森鹤一阵感动,眼泪涌出眼眶,心下当即发誓要倾力把凤柳铺的学堂办大办优,让更多的孩子读书识字学有所成。

两股队伍合在一起,吹吹打打往娘娘殿而去。布设在院子大槐树下的几口大锅里的粥饭冒出的腾腾热气把半个院子笼罩其中,如同仙境一般。喜气均沾,喜事共享,凡来者都可在院子里吃粥。

田先生被几只粗糙而有力的大手扶下马车,簇拥着走进学堂大门。

拜先生仪式隆重而热烈,进学堂的孩子们提着马扎凳子候在学堂外。田先生与柳森鹤、商会成员们点蜡上香,集体拜过挂在学堂正中的至圣先师孔老先生画像后,孩子们由大到小一波一波跨进高门槛跪拜先生。他们都是留着毛盖子发的男孩子,或调皮或憨态可掬或拘谨畏怯,但都是惹人疼爱的人才苗子。田先生微弓着腰,满脸谦恭和善,伸着双手招呼孩子们起来。每一波跪拜下来,田先生的心就端肃了一层,在这个千年古镇上,尊师重教的氛围如此浓厚,是他万万没有想到的。这一切仪式下来,他已经在内心完全决定倾其毕生所学去教授孩子们。黑压压的乡民们聚在学堂外,伸着脖子看,并拱手致敬,田先生行了同样的礼数,便被请进客堂用膳。

柳森鹤根据自己的喜好将客堂布设得简洁朴素典雅。门楣上挂着一块无字牌匾,窗棂是打开的巨型书卷式样。进门就见正中一张四四方方的红木八仙桌，四侧的雕花镂空工艺考究精致，如同浪花般向上翻卷着。桌上摆着笔墨纸砚。圆木茶几周围几只土漆漆成的绿森森的座椅简洁古朴。一侧镂空书架上摆着《论语》《孟子》《大学》《诗经》《中庸》《尚书》《吕氏春秋》等古籍名著。另一侧的博古架上放着几只精致的小酒笼，里面是"兴盛茂"酒坊生产的陈酿烧酒，旁边是一套花瓷酒壶酒杯，一套茶罐茶壶茶盅，一来装饰客房，二来供先生随时待客饮用。

八仙桌上饭菜已经摆好，柳森鹤顺手从博古架上取下一笼酒，打开来，在浓香弥漫中和几个头面商会成员一起陪着田先生用膳。尽管田先生不善饮酒，但还是按照《仪礼》中的"乡饮酒礼"，相互行拜谢礼，让座。田先生上坐后，柳森鹤代表商会端起酒杯下堂去洗。田先生忙紧随出去阻挡，两人在阶下又是一番拜谢。洗过酒杯回来，重新落座。柳森鹤给酒杯里斟满酒，毕恭毕敬地献给田先生。田先生诚恐诚惶接过酒杯，向柳森鹤拜谢后，一杯敬了天地，二杯敬了酒神，第三杯才郑重地放在嘴边先抿一口，夸赞酒香后，才一饮而尽，然后向正对他作揖拜谢的柳森鹤回敬了一杯酒。如此这般，其他商会成员和田先生来回拜敬了几圈酒后，田先生便觉耳热面赤、头重脚轻，推辞不饮。柳森鹤也不勉强，只招呼田先生吃菜喝粥。田先生醉眼花花地看着柳森鹤与几位老者随意地端起大碗，唱和西府曲牌酒令，你来我往地畅饮，几碗酒下肚，仍谈笑风生，无半分醉意，不免震惊，心生几分羞怯之意。

饭罢，田先生起身，看着正对门的墙上挂着一幅中堂条幅，也空白无字，疑惑不解，却不好贸然发问。柳森鹤也起身笑道："这无字门楣和中堂只等先生来填写了，我等平庸之辈不敢造次。"

田先生赶紧躬身作揖道："哪里哪里。柳兄才盖小弟之上，只是过于谦逊而已。"

柳森鹤招呼几个老妇人过来收拾了八仙桌上的碗碟酒具，立着凳子取下牌匾和条幅，置于八仙桌上，捻笔润墨，交给田先生。田先生略一沉吟，便笔走龙蛇在牌匾上写下："琅嬛福地"。在条幅上写下："精神到处文章老，学问深时意气平"。

柳森鹤与几个商会成员击掌叫好，满心欢喜地赏析不已，待笔墨干时又重新挂了回去。

凤柳铺原有学堂分为蒙学堂、小学堂。蒙学堂四年制，设在娘娘殿侧殿里，门上书"教育之本，尤在蒙童"，都是五到八岁的孩童免费来上学，先生薪酬及学堂一应费用由商会开支。小学堂三年制，设在娘娘殿正殿里，先生薪酬及其他费用盖由"兴盛茂"酒坊开支。蒙学堂教学不分年级，先识字后写字，终日背诵《三字经》《百家姓》《七言杂字》《神童诗》《千字文》《弟子规》等。大多数农户不注重学业，送孩子到蒙学堂读三两年认识几个字，会数简单数字就回家帮顾家里干农活去了。只有少数孩子经蒙学堂延至小学堂继续读书。延至中学堂者已寥寥无几，都去了雍凤城上学。

柳森鹤组织商会捐建的新学堂靠娘娘殿西侧，是三座宽大的厦房，不但将蒙学堂、小学堂生源扩大后，从娘娘殿里搬过来，还开设了中学堂。迎来田先生后，中学堂学生就由田先生教授。在雍凤城上中学堂的孩子转了回来。柳义振由小学堂延至中学堂时已经是精壮壮一个小伙子了。田先生看着这个比其他孩子高出一截，眉目酷似柳森鹤的小子，不由自主就严加管束起来，加时加量教授，他也很快就进入熟背四书五经，学作八股文，吟诗作对的程度。

这天下午孩子们散学回家。田先生简单用了晚膳，就手握一卷古书，出了学堂大门，漫步到田间地头一边观览田野风光，一边沉吟诵读。突然听到雍水河边一独户人家窑院里传出杀猪一样的号叫声，不由自主停住脚步，侧耳细听，听清是一女孩的哭声，凄惨得令人心肺俱裂。田先生不由自主就往这户人家院内寻去，看到一个年轻妇人躲在后院墙角，胳肢窝斜夹着一个五六岁的女娃在缠脚。凤柳铺的女娃缠脚要藏在后院，由母亲或者奶奶把女娃除过大拇指外的四个脚趾头掰断扣到脚心，下面垫上碎瓷渣子，用白布一层层紧紧裹缠起来，赶着走路，让碎瓷渣子割破皮肤，流血化脓，脚趾和脚心粘长在一起，成为粽子一般的尖三角形，称为尕尕脚（三寸金莲），长大后才有希望嫁得好人家。

这女娃是这妇人头生的宝贝女儿，所以缠脚缠得特别狠。显然女孩的四个脚趾已经被掰断，脚趾和脚心已经开始溃烂流脓。妇人不顾孩子杀猪般的号叫，嘴里一个劲念叨："不烂不小，越烂越好！小脚走路，轻移莲步；摇摇摆摆，美仪美态。十分美人九分脚，嫁人才得夫家好……"

女娃哪懂嫁人是啥概念，只一看到田先生，就像天上掉下来个大救星，立即叫了声，爹呀！救我！田先生心里咯噔一响，这女娃是疼极了，满眼极度地恐惧和渴求，把他叫成爹，以为只有亲爹才能救她。

妇人回头看到一个中年男人走进来，不由懵了，来不及躲藏，只是愣愣地看着田先生走近自己。女娃仍在使劲挣扎哭喊想要逃离。田先生自报家门说："我是凤柳学堂的先生田春，晚间散步听到如此惨叫，原来是你仍在搞老的那一套！你没看到外面贴的告示，男子禁止蓄长发，女孩禁止缠足，违者当军法处置。"妇人浑身一哆嗦，放下女孩，女孩爬到田先生身后躲起来，只用黑黝黝的大眼睛恐惧地看着娘亲。

田先生自觉误入禁区，让人看见己于这年轻妇人将是极不光彩的事，不便多言，急忙转身往出走。这女娃却一把抱住他的腿哭喊：爹！爹不走，你不走，我怕我娘！

妇人大惊失色，她也极度恐惧被人听见看见，急忙过来抱孩子，孩子却死死抱住田先生的腿用力往前爬，白裹脚布像两道绞索牵绊着女娃的脚。田先生心如刀绞，停步抱起女孩说："这孩子怕极你了，就让我带到学堂去哄哄，明再派人送回来。"

妇人不说话，木木地立着，呆了一般。

田先生一手抱着女孩，一手提袍跨出门去，回到学堂将女孩交给看门的老汉，忙给脚上敷了药，经管吃了饭。又刻不容缓地请了柳森鹤过来，一起商量禁止凤柳铺妇女裹足的事。

田先生和柳森鹤已成了莫逆之交，无所不谈，无话不说。田先生将刚看到的情形如实告诉柳森鹤。柳森鹤沉吟了一刻说："这女人自从嫁到那家，再没出过头门，外面发生的事情一概不知。叫她不要给孩子缠脚，谁去说呢？派女人去，女人在这件事上，个个冥顽不化，认为女娃不缠足是违背天理人伦的事情，嫁不得好人家。看来还得商会出面，按照民国政府意旨印制告示，严格奖罚，强制执行。先生你看？"

田先生把双掌击在一起，说："好！仁兄总是这样决断，知弟莫若兄。只是这事给仁兄添麻烦了！"

"看贤弟说的哪里话，你为凤柳铺的孩子操心劳神，兄当感激不尽。"柳森鹤直向田先生作揖打躬，田先生也一样还礼，两人坐下来相聊到深夜。

第二天下午，学堂散学后，妇人接到一个小学生像送圣旨一样送来的告示。小学生以非常自豪的口吻站在当院里，给不识字的妇人摇头晃脑地念了告示上的内容。妇人便软软地跌坐在地上，呆呆地不说话。妇人满脑子闪现的是她的俊俏女儿将来是个大片子脚，相亲定聘拿着鞋样子没人家看上，老大好几了坐在闺房没人迎娶，被村里人传作茶余饭后的笑话。

告示送到各家各户女人手里后，田先生又提出一个新的设想，要在学堂里开设一个女童班，对女童也要启蒙教育，培养识文断字的新女性。当把如此打算说给柳森鹤时，柳森鹤略一震惊，随之尴尬地一笑道："贤弟过于操心了，女娃放足那是大势所趋。女娃上学这事不宜。古人言，女子无才便是德。女娃学做针线家务，做好男人的屋里人是本分。这个传统几千年了，不能改。"

田先生被驳了面子，也极力掩藏着尴尬道："仁兄说的也是，可是你看世道变了，女娃放了足就预示着要放开步子走路了。在屋里禁锢了几千年，该走出去呼吸一下外面的新鲜空气了。我教她们是义务的，不会多要一分薪酬。"

柳森鹤脸上阴了一下，略有不悦地说："看贤弟又见外了，男娃女娃混杂一起上学有违祖规，这事我得给商会通报一下，取得他们支持才行。否则男娃的家人抗议起来，没人替你说话。"

田先生心里一凉，他知道这是推话，商会其他成员也一定不同意。但只要柳森鹤一心要做的事情，商会其他成员违拗不过。女孩极度渴求救助的眼神和急乱中叫他爹的声音总是在脑中回旋，今使他心疼不已，明又怎么救她呢？他知道要彻底救护她们，只有收她们来学堂上学，天天背着书包来来去去，她们的娘再有这份狠心也下不得手了。

田先生喊门禁老汉抱来女娃，放到柳森鹤面前说："看看这可怜的小女娃，看看她的眼睛，我们的心再不能是石头一般的硬了。她也是爹娘生的，也是个人。是人就得享受人的待遇。这事仁兄就当不知道，只管酿你的酒，小弟我利用下午散学后的时间去启蒙她们识字念书。"

柳森鹤看着女娃脸上的泪痕和怯生生、可怜兮兮的眼神，心里一动，继而心一横说："先生只管教好你分内的学生，凤柳铺其他事情就不要招惹了，没你想象的那般简单。"转身背起手，跨出门槛走了。

田先生一瞬间也决定放弃不切实际的想法，叫门禁老汉把女娃送回去，怎奈女娃一把抱住他的腿又哭叫起爹来。田先生无奈将事情又原原本本告诉了门禁老汉，老汉不由落下老泪，对田先生说："这娃可怜，也精灵得很，咋就知道管你叫爹就能救得了她哩！也许是天意，干脆我去说服她的爹娘，给你做了干女儿，你就可以名正言顺教娃识字读书了。"

田先生一听心里高兴，给了老汉一块银圆说，如果答应了就作为酬谢给他们。老汉很快就回来，兴冲冲地说："天意！天意！他们答应了，只是那婆娘死活不要酬谢，说娃娃逢贵人了，该不是个苦女人的命，不要酬谢。"

田先生心里一热，就抱起女娃亲了亲，不顾鼻涕抹了他一脸，推开门禁还过来的银圆说："这事全是你说和得好，你就拿去，算我谢你了。"

门禁受宠若惊，将银圆紧紧攥在手里推让了几下，翻开大腰裤装进内兜里去了。

田先生乘机委托门禁老汉动员几个女孩子来学堂念书，他说教一个也是教，教十个也是教——他想多启蒙几个女娃。门禁老汉乐呵呵地答应了。

田先生教授小女孩的时候，才发现凤柳铺灵山秀水滋养的女娃极为聪灵，像石磬一敲就发出悦朗的声音，也像一块材质上好的璞玉，稍一雕琢便是一款精美的艺术品。这女娃就是酒花的姑奶奶，原叫拴珠儿，田先生嫌不好听，给改成玉珠儿了；稍大点便出落得脸如满月，肤如凝脂，眼如琉璃，只是脚在田先生的干预下半缠半放长成了胖大的萝卜脚，以致后来终究被人笑话，得了个绰号叫"半截好"。没人赏识她的能写会算，专笑话她的上半截美下半截丑，这让田先生很丧气很无奈，同时也很庆幸，毕竟他在凤柳铺开先河教出了第一个识文断字的女弟子。

门禁老汉好不容易动员了几户农家在下午男娃散学后，把女娃送进学堂念书。

柳森鹤不想为此和田先生伤了和气，也就装聋作哑不干涉此事。陶家祖爷一派正气的长脸吊得更长了，捋着山羊胡子鼓动商会其他成员说，田先生教授女娃念书目的不在授课，而在于接近凤柳铺的妇人，有伤风化，有失先生威仪。田先生教授玉珠儿识文断字，玉珠儿娘感恩戴德，通过玉珠儿送给田先生棉窝窝暖鞋、煮鸡蛋等，尽管田先生坚辞不收，还是留下了不利于他的是非口舌。其他女娃斗大的字没识几个，家长就不让来学堂了。刚打开的新局面在闲言碎语中又萎缩了。

好在玉珠儿作为田先生的干女儿坚持学完蒙学堂、小学堂的课程也就到了打春（女娃月事初潮期）的年龄，要深藏家里不再见外人，专等打婚单（男女双方的父亲通过媒人将女娃男娃的生辰八字放一起掐算合婚）嫁人了。玉珠儿家穷，她亲爹想多得几个礼钱，就背着干爹田先生，将玉珠儿十四岁的真实年龄虚长到十六岁，将生辰八字交与媒人，很快合得一户人家嫁了。

成亲那日，田先生看到他的干女婿大字不识一个，粗黑呆愣，其家人还弹嫌玉珠儿脚丑，压不住怒气甩袖而去。此后再也不动教授女娃识字读书的念头了，柳森鹤去世不久后也郁郁而终。

反倒是玉珠儿解放后成了凤柳铺女子扫盲班第一个女先生。女子扫盲班的门牌上写着"逢春学堂"四个大字，由玉珠儿亲笔书写，一则是感念女子逢着春天般的新时代；二则是纪念她的老师田春先生——凤柳铺的女子们进入学堂脱盲犹如逢到田春先生一样。她起早贪黑去学堂，使一期又一期妇女脱盲，丝毫不觉疲倦。后来去雍凤城抱回了"扫盲模范先生"的奖牌后，在凤柳铺人眼里就成了扫盲英雄。

她扫盲成功的第一个女学生就是自己的弟媳妇——酒花奶奶。酒花奶奶怎么也不肯出门到扫盲班去，玉珠儿只好天天在扫盲班散学后回娘家教她。酒花奶奶会写自己名字后便欢悦地喊她的姐姐为玉珠先生。凤柳铺的大多数小脚女人都拐带过来喊玉珠先生，没人再叫她"半截好"的绰号了。

酒花奶奶足不出户认识了很多字，能给她接生的每一个孩子起一个文绉绉的官名儿，针织刺绣上能适意地绣上"花开富贵""繁花似锦""鸟语花香"等成语。凤柳铺的女人们都来她家铰花样学刺绣，这让酒花奶奶也成了凤柳铺很有名望的人物。

柳义振在给孙子柳德茂讲述这些故事的时候，隐去了玉珠儿承田先生之志办扫盲班，酒花奶奶识文断字学有所成的情节，不知出于愧疚还是出于不屑。

而后来酒花奶奶在临去世前，将这些作为一生中最得意的往事唠叨给酒花，让酒花好一番感慨和自豪——她原来有一个先生姑奶奶和识文断字的接生婆奶奶，她们让过去了的岁月充满了神秘梦幻、奇异忧伤。

第六章

时光荏苒,当灵山脚下的黄土塬,雍山以南的冢疙瘩山最后也变成层层梯田的时候,集体经营模式被打破,梯田划块承包到农户家里。凤柳公社各生产大队及生产小队的高音喇叭又响动着播放新政策——以家庭联产承包为主的责任制和统分结合的双层经营体制。土地、劳动工具、牲口划分到户的运动轰轰烈烈地展开。大会小会一个又一个开着,吵闹来吵闹去,土地按等级像猫画胡子分成一绺一绺的长窄条子,各家分得的优劣地等级就都有了。土地可以算算术、划块分,铁锨、镢头、叉把、牛笼嘴等劳动工具可以数个数折价分,像牛马骡子驴等牲口在数量少户数多的情况下,划分起来就难多了,只得按甲乙丙丁划了等级,采用抓阄的办法,抓上啥就是啥。年轻强壮的牲口等级高,几户共分一头;衰老瘪瘦的一户一头,但顶不了活干。因而一次阄抓下来就像科举放榜,几家欢喜几家愁,热闹中夹杂着争吵谩骂。王拴狗最忙,巡回各个生产队调解纠纷,酒喝了一场又一场,裤子湿了一次又一次,斜披着褂子,手叉腰里,从东骂到西,从南骂到北,才把包产到户的政策执行到位。时代的车轮轰轰隆隆驶入了社会主义公有制下的自耕农时代。

王长贵抓阄抓了一头老黑驴,哭丧着脸,心情极其复杂地牵回家去,拴在后院柴垛子跟前。洒花转圈圈看了看老黑驴,笑得花枝乱颤道:"爹,你手气真好!咱家由贫农转中农了,有了自家的土地、牲口。以咱家人的勤快,很快就能把日子过到人前头去了,愁啥?!"

"这驴怕是不中用了!老成这么个样子。"

"这驴是没喂好,吃好点,长胖点,就有力气干活了。"

酒花爹看女儿一脸认真相,也就憨然一笑。

酒花和爹娘一起给老黑驴在后院盖了一间房子,准备好生喂养。一家人起早贪黑割草磨料,可再怎么精心地伺候,都抗不过生命衰老到最后所带来的恓惶和无能为力。老黑驴日渐衰弱。

老黑驴是王长贵当饲养员时喂养过的,乖顺勤快力气大,生产队犁地碾场拉粪土时人人争着往犁上套。即使女人们碾轧高粱荞麦糜谷时也争着拉去套在磨道,带着黑眼罩,像个电动驴似的转圈圈拉磨。只要不给口令就会一天不停歇地转下去,转下去……一月一年下来,这头黑驴出勤率最高,人气最旺,但身体却迅速干瘦衰老下去。王长贵曾经格外疼惜这头黑驴,左阻右挡不让社员过度使唤它,为此发生过不少争执。有人竟然很猥琐地笑骂:"这黑母驴是你媳妇,你护着她?"王长贵气得噎住,赤红着脸,只好无奈地看着这头黑驴被牵出饲养室,无休无止地劳作。

后来他不当饲养员了,眼不见心不烦,没想到几年间这头黑驴就衰老成这样了。王长贵看着这头成了自己家里一员的老黑驴,百感交集,心情复杂到难以言说的地步。老黑驴吃草的速度很慢,咀嚼吞咽得艰难而干涩。有时努力地抬着瘦瘪的脑袋,挑着干薄的眼皮看着王家每一个疼惜她、精心伺候她的人,眼角淌下两滴泪液。这天半夜王长贵照例起来,拌下混合了黑豆料面的青草,可是老黑驴却疲惫地匍卧在圈里,闭着眼睛不再起来进食夜草。早晨苦苦挣扎,却站不起来,一次次跌倒喘息,一次次却挣扎着想要起来。王长贵和酒花娘只得将一块长木板塞过驴的肚皮,两边使劲抬着,酒花使劲拽着驴的尾巴,合力帮老黑驴站了起来,然后一家人默默立着看老驴艰难地嚼吃草料。每每此时,王长贵两口子都会长长地叹息。酒花更是心疼不已,为爹娘,为这头老驴哭天抹泪。

酒花奶奶拄着拐杖、拐着小脚一天要进驴圈看上好几次,用枯树枝一样的手摸着老驴的耳朵头脸,嘴里念念叨叨:"老伙计,你又回咱屋来了!我认得你,你也认得我。你上辈子来咱屋时还年轻,我也年轻哩。你在地里使了一辈子力气,我在屋里使了一辈子力气,接生也是个力气活咯!可怜年馑里,把你生生饿死了，我还在世上栽着……这辈子你转世寻回咱屋来了，却和我一样老了，没牙没力气了，可怜呀！咱屋人欠下你的，下辈子你当东家，我做驴给你使唤。你走的时候把我叫上，咱老姊妹一搭走……"说着用手帕给自己和老驴擦眼泪。

老人半夜睡不着时，窸窸窣窣爬起来，也会拄着拐杖梦游一般摸到驴圈里去，对着匍卧在地上，似睡非睡气息微弱的老驴说话。她唠唠叨叨地说："老姊妹，你甭急着走，走时叫上我，咱俩一搭走，黄泉路上是个伴儿……"

酒花醒来，炕上不见了奶奶，急忙爬起来穿衣去找，听到驴圈里有说话声，趔到门口仔细一听，吓得不轻。自从爹把这头老驴牵回来，奶奶一看就又哭又笑地说是她的老姊妹又回来了，给她做伴来了。看哪儿都一模一样，特别是那个眼神，一看就知道找她来了。然后奶奶脑子似乎就不整齐了，一出屋门就往驴圈走，嘴里颠三倒四尽说些和驴有关、和死亡有关的话。酒花感到非常诧异，也有些阴森森的，让人害怕。更叫酒花诧异的是，奶奶啥活也不操心干了，干枯的眼窝红红的，翕动着掉了门牙的嘴，坐在炕上，摇晃着身子给她叨唠起陈年往事来。

几十年前，二十多岁的酒花爷爷迎娶酒花奶奶的时候，除了病弱的二老和几亩薄地外，家徒四壁。酒花祖爷爷向柳德茂的祖爷爷柳森鹤借了一头黑驴，从雍山深处给儿子驮回了媳妇——酒花奶奶。和现在的酒花一模一样。临走之前，她娘将她身上的粗布衣襟和裤腰死死缝在一起，用黑锅煤将她的脸抹得黑不溜秋的，只剩两只水汪汪的大眼睛波光盈盈。骑驴走在路上时，她偷偷地瞅瞄着牵驴走在前面的憨小伙的背影，离娘的揪痛和对未来的恐惧使她禁不住偷偷哭泣，泪水把脸上的黑煤灰冲刷得绺绺道道。来到王家后，立即被婆婆带到雍水河芦苇丛里泡洗得像刚开启的荷花白里透红，饱满清莹。随之简单拜了天地高堂便算礼成结婚。

午后去拜谢恩人，酒花奶奶拘谨而羞怯地跟在酒花祖爷爷父子俩牵着的黑驴后面，走到凤柳铺街西，看到从来没有见过的挨家挨户高门宽厅的酒坊、醋坊、油坊、笼铺、药铺、当铺、粮店、车马店……坐落在街道两边。街面上来来往往的人很多——背口袋的、背绳子的、背柴草的、推车的、担笼的、卖锅盔、卖醪糟、提着鸡鸭猪仔的……浓浓的酒香夹杂着醋糟的酸味和土腥味，还有哪里飘来的牲畜的腥膻味、粪臭味。

酒花奶奶张着明澈好奇的眼睛东瞧西瞅，但没有瞅见一个女人，全是清一色的老少爷们。她跟着父子俩进入能出进马车的宽阔的门厅，看到一侧吊扇窗子打开着，一排酒笼（也叫油笼）挨挨仄仄坐在里面。窗台上的木板上写着："大曲酒，每斤五角"。一个年轻伙计抬头看她，她吓得赶紧扭过头去，却看到另一侧吊扇窗子下坐着一个账房先生，停下正在拨打的算盘珠子，从镶着银边的圆黑石头眼镜上面诧异地看着她，她不由缩了缩身子。

走过门厅，往西一拐，院子豁然宽朗起来。酒花祖爷爷将驴牵去后院，酒花奶奶就随酒花爷爷拘谨地站着等。她看到当院站着几头脊背上长着两个大疙瘩的长脖子动物，有人从疙瘩中间卸下货物后，又将沉甸甸的酒笼一边一个搭载上去。酒花奶奶感到非常好奇，她从来没见过这么高大这么奇特的动物，也没见过这么大这么多的房子，只顾瞪大眼睛看。酒花爷爷瓮声瓮气地告诉她这是骆驼，可以一月不吃不喝也饿不死，打西边沙漠里过来专门驮运货物的。院子中间这个一房檐高的大罐子是酒海，里面装满了酒。两对面十几间厦房是大曲房、小曲房、磨坊、库房、伙计宿舍。正北的大房是烧酒作坊，里面正在烧酒，蒸汽腾得看不清人。

正南的大房是客房，酒神柳森鹤就住在里面的厢房里。酒花祖爷爷将驴拴到后院里出来，带着儿子媳妇走进客堂。酒神柳森鹤从厢房里走出来，和酒花祖爷爷相互礼见问候。酒花祖爷爷激动地说了感激不尽的话，让儿子媳妇跪下磕头拜谢。

酒花奶奶看到侧身站着的柳森鹤衣着极其俭朴，一身庄稼汉粗布装束，腰里扎着根细麻绳，但目光犀利，不怒自威。

柳森鹤眼角扫了酒花奶奶一眼，挥着手说："起来，起来，回去吧。凤柳铺女人规矩多，大门不出，二门不迈，相夫教子，好好做男人的屋里人。"

酒花奶奶睁着小鹿一样纯净好奇的眼睛看着这个和善而威严的中年男人，听到这话心里害怕，爬起来不由自主缩着身子往出退，却突然与门外挑帘而进的一个小伙子撞在一起，惊得哎哟叫了一声，吓得扑通跪在地上磕头。

柳森鹤坐下来，斜着眼瞟了酒花奶奶一眼说："起来，起来，往后你会明白凤柳铺的妇人之道是'稳、守、收、含、忍'五字诀，才能相助男人家业兴盛。起来吧，门外候着。"酒花奶奶似懂非懂地点了点头。

小伙子就是酒神柳森鹤的小儿子柳义振。他看着这个慌慌张张爬起来的小媳妇从自己身旁经过时，慌怵地瞅了他一眼，心里咯噔一下，就脸红心跳起来，此后好长时间失魂落魄，丢三落四，眼前全是这个小媳妇的眼神和样子。

酒花奶奶也是挥散不去的奇异感觉，她不知道这是为什么，只是觉得自己好像一下子长大许多，懂了一些事理。后来和酒花爷爷圆房时，脑子里不时闪现出柳义振灵朗的面庞和惊愕的眼神，她才明白是怎么一回事，把她吓得不轻，死死掐灭了这些自认为很不干净的影像，以致后来半辈子里一碰到柳义振，这种感觉还会出现，但却能立即掐死捏灭，表现得不动声色。

柳森鹤对着呆愣愣的儿子说："义振，你王伯家娶回了媳妇，来还驴拜谢，你看咋样处理？"

柳义振回过神来，查看了一下爹的脸色，说："我觉得咱家得送一份贺礼，干脆就把这头立了功的黑驴送给他们，爹看？"

"好！我儿仁义，不愧是我柳森鹤的儿子。爹就是考验你一下，义气、有担当——这样你也该成家了。"转头对酒花爷爷说："你是有家室的人了，今后要担起养家孝老的重任，义振乐意把这头驴作为新婚贺礼送给你们，再去账房灌一石麦子驮上做个基本，好好种地过日月。我平生最见不得懒惰之人，享受之人，千万自诫自勉。"酒花爷爷虽长得人高马大，却一脸痴憨相，呆头呆脑地点了点头。

酒花爷爷家的三亩地是她祖爷爷携家带口逃荒来的那几年间，柳森鹤帮着置下的。今有了媳妇有了驴，家业就更齐全了。酒花祖爷爷一听感动得老泪纵横，诚恐诚惶地用袖子抹着眼泪，推让说："我家自打逃荒来凤柳铺，欠下会长家的情越来越多，我这一辈子都还不起。牲口这么大的家业，我家小门小户的咋敢要哩，祖祖辈辈还不起咯！"

柳森鹤朗然一笑道："老兄说的哪里话，不存在谁欠谁的，乡亲间相互帮衬把日子过好是天经地义的事，牵上驴回去吧。"

酒花祖爷爷来时牵着驴笑逐颜开，回去时牵着驴泪流满面，但心里是抑制不住的狂喜。酒花爷爷来时和回去时都是一样的表情——他是个闷葫芦，人们在他脸上从来看不到喜忧有什么不同。

此后，对于酒花奶奶来说，那头把她驮到凤柳铺来，柳森鹤父子送给她家的那头黑母驴总是勾起她奇特的感觉，便格外疼爱，像家里一口人一样精心喂养着。这头年轻的黑驴出落得更加强壮，皮毛像绸缎一样油光闪亮，黑汪汪的大眼睛里柔情似水，吃饱了常常用头蹭酒花奶奶的身子，以示感激亲昵。一年四季不是田里犁地耕种、拉粪曳土，就是在磨道里拉磨，使不完的力气。王家养活着它一个，而它养活着王家一家人。

酒花奶奶牢记并遵从着柳森鹤交代她的话——大门不出，二门不迈。有时在屋里纺线织布做针线闷得心急了，就走到大门口，头伸出去偷偷往门外看，若瞅见男人影子就赶紧缩回去，没有男人就多看几眼门外的花草风物解解心慌。有次被婆婆看见一把抓了发髻猛拽回去，打骂了一顿，就再也不敢往大门口走了。直到后来，她生下酒花的爹王长贵，过了周岁，婆婆才允许儿子牵着黑驴，驮着包了灰头巾的她顺着凤柳铺的背街人少处回了趟娘家。此后每年农闲时黑驴都能驮着她躲躲闪闪地回一趟娘家。酒花奶奶觉得这头黑驴通人性，懂感恩，每次从柳森鹤家老烧坊后墙外经过时都要扭过头去，对着墙内腾腾冒着的酒香热气，昂噢！昂噢！……嘶鸣几声。酒花奶奶就会想起柳义振来，想起柳义振第一次看到她时那种惊诧和愣怔——她说不清那是一种怎么的眼神，但却永远烫贴在她心中最隐秘的地方。此刻黑驴一叫，她由不得心神慌乱起来，两腿使劲一夹，黑驴就撒开蹄子哒哒哒地跑了起来。

第七章

　　这头黑驴在日复一日年复一年的劳作中逐渐老去。民国十七年（1928年）春，天无滴雨，眼看着麦子要枯死。柳森鹤组织凤柳铺精壮男子，三名十二岁的男童带着净水瓶，人人头戴柳条帽，脚蹬麻草鞋，于五更时分出发，去雍山仙人洞取湫（泉水水根）求雨。男人们走后，女人们心急如焚，哪顾得什么不出门的规矩，自发去玉皇殿祈雨。她们将供品摆上香案，点燃香蜡，烧了祈雨文书送上天后，齐刷刷地跪地叩拜，拉着哭腔念起水号："二郎爷在灌州，玉泉山修炼几十秋，上天求雨救万民，救万民；龙王爷快显灵，布云降雨救生灵……"水号念了上百遍后，估摸着二圣已经上天求雨去了，又起身拿着笤帚去雍水河桥南的凤凰泉边，扫已经干枯炸裂的涝池给老天爷看，连涝池都干成这样，人间旱象太严重了，如果老天爷再不降雨，她们就一直扫下去……

　　日头偏西时，西天漫过黑云，遮住了太阳。男人们的取湫队伍浩浩荡荡回来了，一下子和扫涝池的女人们撞在一起。天上的黑云突然就没有踪影，太阳又火辣辣炙烤着大地。男人们狂喊："臊了！全臊了！取湫一路不能见妇人，见了妇人就臊了。酒神，咋办？"

　　柳森鹤已经一向不沾酒了，烧酒是丰年的象征。凤柳铺烧酒有个奇怪的规律，总是盛三年衰三年。现今遇上特大灾年了，得留着粮食填肚子。他听到人们仍旧自然顺溜地叫他酒神，心里羞愧烧臊，额头青筋暴突着，密密麻麻的汗珠在太阳光下闪闪发亮。他拧着眉头看了看拿着笤帚呆立着的老少妇人们，一挥手说："明早再取一次湫。"

"臊了神灵水根，退了要行之雨，得举一妇人惩罚赎罪，一表诚心！否则取多少次湫都于事无补。"一个身穿道袍的老阴阳先生，人称刘半仙，手捻着几根枯草一样的胡须拿腔捏调地说。

"咋惩罚？"男人们急迫地齐声问，谁也不想步行几十里再去取湫，疲饿交加的男人们对眼前的女人们一肚子怨恨，恨不得吊起来暴打一顿。

刘半仙沉吟道："由起头的妇人取血滴进湫瓶供在玉皇殿里，跪在殿门前磕头谢罪。再去几个男人翻挖干枯的涝池——给老天爷看，直到晚上五更寅时取湫的男人们出发后为止。"

妇人们一听都满面戚容地瞅向一个七十多岁的老妇人。那个老妇人本已颤颤巍巍行将就木，哪经得住折腾。妇人堆里就属酒花奶奶年轻气盛，她看一眼表情木讷的老妇人，不知哪里来的勇气，突然高声说："我是起头的，我愿意受罚赎罪，只要老天爷能降雨。"

柳森鹤轻蔑地看一眼酒花奶奶斥道："回去！都回去，这里有你们妇人说话的份？"又转身对取湫的男人们说："明早五更寅时，六十岁以上的去翻涝池，六十岁以下的重新去雍山取湫。"

刘半仙又一甩蝇刷似唱非唱道："心不诚则不灵，折腾男人都无用。"

男人们一听吵闹着："该咋罚就咋罚！人都要饿死了。要不，取了还不顶用。"

柳森鹤怒目瞪视着骚动的男人们，恨恨地说："出息！凤柳铺的男人自古是秦风秦酒熏蒸出来的血性汉子，敢作敢为，敢为敢当。我再说一遍，这里没有女人的事，都回去！"

刘半仙用蝇刷挡住妇人们的去路道："不成！为了凤柳万口人的性命，取湫的法则要坚决执行。"

"我看谁敢阻挡？妇人都回去！至于法则由男人代为执行。"柳森鹤怒斥一声，妇人们看看柳森鹤铁青暴怒的脸，绕开刘半仙，拐着小脚慌张地四散而去。

"明不取湫了，都回去等着饿死吧！"刘半仙一甩蝇刷欲拂袖而去。

突然，酒花奶奶从头发里拔下簪子，刺啦划过胳膊，血涌了出来。又从惊呆的男童手里夺过净水瓶，将血滴进湫水里，然后虔诚地捧进玉皇殿，放在供台上，拜了三拜。也不管仍流血的胳膊，退出殿门扑通跪在殿外，嘴里念叨："弟子们求雨心切，冲撞了仙驾，甘愿受罚。老天爷开恩，赐给凤柳铺救命水吧！"

男人们都被酒花奶奶的举动震住了，呆立着看殷红的鲜血顺着她白皙的手臂往地上淌，被干枯浮躁的土地吱啦一下吸收，腾起一股白气。柳义振心里一阵刺痛，不由自主解下灰布腰带，撕下一绺来，一个箭步跨上去，将兜里装的取湫路上备用的白药洒在酒花奶奶的伤口上止了血，然后用布条包扎好。两相对看了一眼，谁也没说一句话，所有感动感激和要说的话语都在这眼神里了，彼此心领神会。

男人们看着跪在地上的酒花奶奶，满面愧色，他们知道她是代人受过，扫涝池求雨这些自古流传下来的习俗只有年长的妇人知道。果然起头的那个老妇人也跪了下来，蠕动着干瘪的嘴说："老天爷、二郎爷、龙王爷，往常女人不出大门，今儿眼看庄稼旱死，弟子要雨心切，糊涂了，带着这么多女弟子出门，扫干涝池是给神家看哩！你就脚踩祥云，广洒甘露，救万民吧！"说着使劲将头磕在地上，屁股撅着半天起不来。

柳森鹤怕出事，就叫酒花爷爷留下陪自己婆娘，叫两个男人搀起老妇人送回家去。其他男女也都回去歇息，玉皇殿前独剩酒花奶奶默默跪着虔诚祷告。酒花爷爷傻乎乎地立在旁边看着。

五更寅时，男人们又浩浩荡荡地去麻仙洞取了一次湫。这次一路未见一个女人，连个母狗母牛都没碰到。取到的三瓶湫水由三个十二岁的男童捧着敬献在玉皇殿里的供台上。刘半仙作法呼唤风伯雨师降雨。柳森鹤带着男人们齐刷刷跪在地上大声念着水号。

刘半仙把蝇刷甩得虎虎生威，直到像牛尾巴赶苍蝇有一搭没一搭；男人们把水号念得惊天动地直到有一声没一声，天上也没起一丝云彩，没降一点雨。只见火球一样的太阳从头顶移到了西山，最后落隐下去。黢黑的夜空挂起漫天繁星。年长男人们将凤凰泉边干枯的涝池用铁锨翻腾了个遍，干泥高高地扬起落下，砸破了老人的头，鲜血落在干土里，满是血腥味，老天爷也视而不见。

这里自古传说地下有个"磁"（池），上通天庭，下通西海，往昔天旱时人们在这里上香行文，扫涝池求雨，一求就下，灵光得很！今咋就死活不灵了呢？人们呼天抢地想不通。

地里的麦子秆枯了，高粱玉米种子撒进去晒化成了齑粉。蝗虫铺天盖地而来，像下雨一样沙沙沙吃光了本已稀疏的树叶草叶。秋播也没法进行。天持续大旱，地里纵横交错着几寸宽的裂口，眼看三料绝收。饿得没精打采的男人们又去麻仙洞取了一次湫，也没求下一滴雨来。人们这才意识到一场可怕的持续的年馑来了，饥饿像瘟疫一样铺天盖地而来，已经有越来越多的人畜饿死，到处白天白地一片凄凉凋敝景象。

真正是老天爷要灭人除万物呢！真正成了人类历史上一场罕见的大灾难，赤地千里，饿殍遍野。到处是拖儿携老逃荒逃难的人。草根树皮、牲口家畜都被人煮着吃了。板板土（观音土）也被剥着吃出黄肿发亮的人。草没了，酒花奶奶的命根子黑驴自然被饿得气息奄奄，卧在驴圈里站不起来。村里人像一群饿狼，蹭到驴圈来，睁着绿莹莹的眼睛盯着黑驴。酒花奶奶瞪着饿花的眼睛，鼓扎着精神，提着铡刀站在驴圈门口，恨恨地说："谁敢动我家黑驴一指头，我就杀了谁！"

饿得没了力气的男人们自知拼不过女人手里的铡刀，怏怏退去。酒花奶奶救了黑驴，却没有草料喂黑驴，她男人和儿子王长贵都饿得靠墙坐着不动弹了，眼睁睁看着黑驴饿成皮包骨头，仍感激不尽可怜巴巴地抬头看她一眼，眼角泌出两滴浊泪，轰然倒头死去。

酒花奶奶不知是饿晕了，还是哭晕了，趴在黑驴身上好久没了气息。直到柳义振站在她身边，差人救醒了她，一句话没说，放下一袋玉米面，转身走了。走后差人来裹了一张芦席安葬了黑驴，了却了酒花奶奶的心愿。但晚间还是被饥饿的人们挖刨出来吃了。

太阳仍在毒花花地烧烤着早已干裂的大地，天空没有一丝云彩。人们饿死的、逃走的，使有些村寨完全灭了人迹。柳森鹤背着手，努力地迈着两条沉重的腿在凤柳铺街道上转了一圈。挨家挨户的老烧坊、老铺子早已关门歇业，一派萧条寂寥，昔日赛酒大会的辉煌场面恍若隔世。此刻他看见几个饿得半死不活的人坐在屋檐下，脱下烂布褂子，赤着瘦骨嶙峋的上半身正在捉虱子，嘴里咯嘣咯嘣不知道咬嚼的是啥东西。柳森鹤听到他们在传说雍凤城的事：雍凤城刚经历了一场血流成河的惊天大战，足够撩起人们在饥饿中的一点谈兴。小军阀党跛子（党玉琨）盘踞雍凤做土皇帝十多年，仗着雍凤老城墙老城壕的高深坚固，不听军令政令。大军阀冯玉祥部下宋哲元率三万多精兵围剿党跛子，围城半年攻之不得。冯玉祥派张维玺率三万主力军增援，将地道挖到城墙下，将七棺材炸药装进去，轰隆一声地动山摇，城墙被炸开一个近百米宽的豁口，霎时间长枪大炮一齐射进雍凤城。党跛子和城内上万无辜老百姓死在枪林弹雨中。党跛子小老婆，外号叫小白鞋的女人被俘。城内墙倒屋塌，尸体摞着尸体，血流染红了城壕水（护城河）。随后宋哲元亲自监刑，将俘虏的党跛子残部五千多人押到城东关帝殿前屠杀。

幸存的老百姓刚从党跛子的欺压盘剥中解脱出来，还未安居年馑又来了，没家没舍，没吃没穿，满城叫花，实实可怜。有人买了旧衣服穿在身上，上面有十几个枪眼；有人吃老鼠用城壕里的臭水一煮，连毛带皮不吐骨头；有人饿烂了头，惹得绿头苍蝇像蜂群一样直往鼻子、耳朵、眼睛、头发里钻，痛痒难忍也没有力气抬起手来驱赶，只得爬到城壕边、东湖边滚进水里，想淹死苍蝇，却不曾想淹死了自己……

也许他们传说雍凤城的事，相比之下有那么一点幸运和慰藉。柳森鹤看着心酸，听着心疼，呆立了一会回去了。

他是凤柳铺商会会长，自然就成了赈济会会长。丰年的商会会长让他好一番风流倜傥，而今灾年的赈济会长让他两腿好似灌了铅，上万人生命攸关的大事压得他喘不过气来，心里愁苦得近乎绝望。

自年馑以来，他停止了烧酒生意，带着赈济会成员组织筹集救灾粮款，在凤柳铺布舍了无数次粥饭，祈了无数次雨，但还是走不出年馑。

今已无处可筹，他准备再舍一次粥饭，将自家省吃俭用节省下的一点玉米高粱煮成粥饭舍出去。他家比以前多了几倍的土地当不了饭吃——好多人举家去逃荒，走前需要盘缠，就将土地抵给他换成银圆当盘缠走了，也有兑成粮食的。柳森鹤人老几辈积攒下的银圆和最后一点粮食连舍带兑也所剩无几了。这次他想押上全家人的性命背水一战，吃光弄尽，与凤柳铺乡亲们共存亡。都说他是酒神，是凤柳铺的贵人，老天爷若叫酒神不死，叫贵人不灭，就会降下雨来。

十几口大锅在凤柳铺街道上支起来，同时冒起腾腾热气。四面八方饿得东摇西晃的人们或挎或扶涌向粥锅。柳森鹤穿着土灰马褂，背着手，又开八字步站在昔日赛酒时诵念祭文的高台上，肩上的白粗布补丁非常扎眼，清瘦的脸颊已呈菜灰色，唯独眼神依然清亮幽深地望向长空。他不忍看饥民们蜂拥着，像饿狗一样抢食粗粥的急切可怜相。此刻他看见黑云从千山背后拥浮上来，心生惊喜，但无动于衷，他怕冲了雨兆。很快乌云滚滚，一声轰隆隆的闷响，粥场蜂拥着的人们惊得呆住，四下里寻听这熟悉又遥远的声音，随之又骚动起来涌向粥锅，他们已不相信老天会突发慈悲赐给他们甘霖。

当他看见人群里酒花爷爷端着粗瓷大碗三两口喝完一碗粥饭，伸长舌头沿着碗底左转一圈右转一圈舔碗的时候，突然想起这个蠢笨的男人家里还有女人和娃娃。他想起他曾说过的话："凤柳铺女人的规矩是大门不出，二门不迈。"这女人一直都遵从着他送给她的这句话。而自从年馑以来，凤柳铺不论大大小小的女人都走出了家门找寻吃的，唯独她，谁也没见她走出过窑院。

柳森鹤走下高台，背着手跩进酒花奶奶家破败的茅房里。酒花奶奶和儿子王长贵饿得靠墙坐在炕上，似乎连睁眼看人的力气都没有，只是撩起眼皮看了他一眼，又闭上了。柳森鹤默不作声地回到粥场，叫一个年轻后生端了两碗粥饭送到酒花奶奶家里去。

这时乌云已经布满了整个天空，电闪雷鸣一阵紧似一阵，突然大颗雨点砸下来，飞溅的尘土形成一层土雾罩住了整个粥场。紧接着雨点噼里啪啦加大，继而倾盆而下。端着粥碗的人们这才反应过来——下大雨了！老天爷开大恩了！人们在雨里大呼小叫，哭哭笑笑，拿粥碗接着喝了一碗又一碗的雨水。雷声轰隆隆地滚向远方，最后销声匿迹。大雨一直下了三天三夜才逐渐停息下来。一场漫长年馑中的败气腐气浊气慌气经过冲刷，露出清气新气喜气亮气来。省府拨下来的救济粮款运到了凤柳铺，解除了草尽粮绝的困境。

牲口死的死，吃的吃，人们开始代替牛马拉犁播种小麦。草木重新发芽抽枝，更为惊喜的是田野里树枝上有了鸟叫虫鸣声。

年后又下了一场透雨。外地逃荒的人们陆陆续续回到了家园，柳森鹤交代柳义振将"买"来的土地原封不动一文不取地还给他们。在人们不好意思接受，千恩万谢委婉推辞的时候，柳森鹤不以为然地说："我要那么多地干啥？我一生最爱勤快人，见不得懒人，拿回去好好奔望过日子吧！"

他家大门里隔三岔五有满面愧容，擦着眼泪拿着地契房契跨出来的人。尔后村巷街头到处神乎其神地传颂柳森鹤父子俩的功德。人们在"酒神"前面添加了"义德"两字。

但免不得有人背后传他闲话，说柳森鹤也有不义德的地方——不让三个成为寡妇的弟媳妇改嫁。柳森鹤二弟早年出去送酒时连酒带人下落不明，三弟在凤柳铺的护卫队里和土匪开战伤亡，四弟在年馑中得瘟疫死亡，都撇下了孤儿寡母。儿幼母少，按照族规，柳森鹤让三个弟媳妇留下来经管幼儿，各房都拨了钱粮供给。但后来的事态结局使柳森鹤不无痛悔。

第八章

这一年轮到陶家祖爷当赛酒会会长,受兵荒马乱、年馑灾情影响,赛酒会组织不起来。陶家祖爷突发奇想,倡导以商会的名义捐了一座节孝牌坊立在村口。牌坊上雕龙画凤,甚是宏伟。牌坊左边是孝悌坊,顶刻"孝悌儿女"四个字;右边是贞节坊,顶刻"贞节烈女"四个字。孝悌坊用羊血酒喷淋祭奠,贞节坊用鸡血酒喷淋祭奠,昭告上天取得认可。凤柳铺人认为羔羊有跪乳之情,是感恩忠孝的动物;鸡是凤凰的族亲,起早贪黑孵蛋养子,是勤劳奉献的动物。

陶家祖爷在征得柳森鹤同意的情况下,将各家的孝儿孝女名讳刻在左边,将守寡守节的少妇名讳刻在右边。柳森鹤三个弟媳的名讳自然而然上了榜。后来卷土重来的年馑,吃观音土噎死了酒花爷爷,酒花奶奶的名讳也刻在了牌坊右边。

酒花奶奶上不上贞节牌坊都一样,她足不出户,根本看不见。柳森鹤三个年轻的弟媳却不一样了,家里有各种生意,人来人往的,难免见些外人,没上牌坊前衣着干净整洁,发髻油光闪亮,上了牌坊后,面对一家人的尊敬和关照笑容灿烂,背地里却偷偷抽上了大烟。三个少妇整日价头发散乱,衣衫不整地汇聚一屋,斜躺在炕上、椅子上搓着烟膏儿,争先恐后抽得神清气爽,飘飘欲仙,尔后又神情恹恹,目光呆滞,肢体乏力,像风吹霜打后的鲜花逐渐枯瘦萎谢下去。孩子们饿得哇哇直哭,也无动于衷。

柳森鹤气得吹胡子瞪眼却毫无办法,只得把侄子交给自己妇人经管。五个侄子加上他收养的六个孤儿，以及自己的三个孩子，十几个孩子在一起像一群小老虎，争争吵吵打打闹闹，累病了他的妇人。柳森鹤就让柳义振往酒花奶奶家送了粮款，分送几个孩子让酒花奶奶经管着。柳森鹤此举一来是叫帮着经管孩子，二来也是周济她孤儿寡母。安顿好孩子后，柳森鹤发起家庭戒烟运动，缩减了三个弟媳生活供给，不久这三个妇人便相继去世。人们叹惋的同时才有意无意看向贞节坊上的名讳——年纪轻轻，可惜名在人殁了。

酒花奶奶最痛惜的是住在牌坊旁边那户人家的年轻妇人，丈夫被党跛子强征了兵，宋哲元攻下雍凤城时当了俘虏，城东关帝殿前砍瓜切菜般斩杀俘虏时，这男人怕受断头之痛，自己抢先扑进深井去了。丈夫死后不久，公公婆婆也病死了，这妇人突然就以凤柳铺第一个贞节烈女的身份上了贞节坊头名，名讳下面写着一行标榜功德的话："种荞麦一十八亩，立秋一十八天，打荞麦一十八担。"凤柳铺人一传十，十传百都知道了"寡妇种荞麦"的故事。

这妇人长着一对那年月最符合审美标准的三寸小脚，像两个圆嘟嘟的小粽子，走起路来格嘟格嘟甚是好看。上了贞节牌坊后人称"胡贞节"胡寡妇，再没人提亲没人敢娶了。为了养家糊口她不得不破了凤柳铺的规矩，用黑布包了头下田劳动。胡寡妇的公公死时交代："我走后要辛苦你独自养活娃娃了，你看你兄弟种啥你种啥。"胡寡妇记住了公公的话，学着小叔子种庄稼。这一年夏收后小叔子种了十几亩荞麦，胡寡妇也跟着种了十八亩荞麦，人都哀叹种迟了，恐怕颗粒无收，但没人敢给寡妇说。小叔子更不敢和寡嫂说话，怕落下伤风败俗的名声。荞麦长在地里刚开出大片大片素淡的红粉花儿，小叔子却犁翻在地里沤肥，好在秋分时节种小麦。胡寡妇傻了眼，却舍不得犁掉，结果这一年物候奇异——成荞麦，立秋一十八天后，胡寡妇的荞麦丰收了，打了一十八担，创下凤柳铺有史以来种荞麦最高产量纪录。茶余饭后人们津津乐道胡寡妇种荞麦的故事，回味破解其中的天赋意象。可是，后来胡寡妇之死却无人能破解其中的隐情隐秘。

胡寡妇喂养了一条黑白混色的杂毛土狗，说来可怜，自小是吃孩子的屎粑粑长大的，成天跟在胡寡妇后面出出进进，似乎通了人性。每天早起倒尿盆，胡寡妇眼瞅没人，将黄蜡蜡的尿泼在牌坊右边的节妇名讳上。杂毛狗也翘着尾巴扭着屁股跑过去，跷起一只后腿，将憋了一夜的尿撒在牌坊上，然后狗模狗样地四下里瞅瞅无人，欢快地跟着胡寡妇回屋去。

天长日久右边比左边颜色泛黄，显出沧桑陈旧来。最终有一天，人们发现节妇的名讳上积了一层尿垢，有好事者注意观察，发现了这些隐秘，偷偷告诉柳森鹤。柳森鹤封了报告者的口，铁青着脸叫来儿子，让儿子定夺。柳义振一时头脑混乱，也不知道该怎么办，随口说："处罚胡寡妇，让她当着全村人面清洗牌坊，磕头谢罪。"

柳森鹤摇摇头说："不可！这事不能揭开处理，揭开就等于打商会人和陶家人脸。我看这样，叫几个人处死杂毛狗，就等于警告了胡寡妇。若再执迷不悟就……反正这事不能揭开说。"

柳义振豪气地说："好吧！这事交给我来办，爹就装作啥也不知道。"

天黑后，柳义振叫了自家酒坊两个伙计拿了馍馍，趁黑敲开了胡寡妇的门。杂毛狗认识柳义振，跑过来蹭着柳义振的腿表示亲昵。柳义振一脚踢开杂毛狗，对着惊疑不已的胡寡妇说："有人看见你家杂毛狗尿在了贞节牌坊的节妇名讳上，不说别人，那上面有我三个小娘的名讳，她们在世时把这个看得比自己命还贵，你说咋办？"

胡寡妇做贼心虚，一听吓得惊慌失措地说："我不知道，你说咋办就咋办么！"

柳义振黑风煞脸地说："你真不知道？"

"我……我真不知道。"

"你不知道，狗知道，那就由狗来承担罪责。"柳义振说着用眼神示意自家伙计，伙计会意，就将馍馍扔给杂毛狗。杂毛狗哪里吃过这么好的食物，看了看白面馍馍，又看了看胡寡妇，低头呜呜叫了几声，眼角泌出泪水，一口叼上馍馍跑进屋侧的狗窝里吃去了。

胡寡妇急得一屁股坐在地上捂住了脸，不敢看不敢哭，就那样瑟瑟缩缩地坐着。

柳义振不屑地看一眼胡寡妇说："今晚要是下雨就算了，要是不下雨，你最好赶明早去把牌坊上的狗尿刷洗干净。要是让陶会长知道,后果就没法收拾了。"柳义振说完放下三块银圆,叹息一声走了。

杂毛狗几口吃了馍馍,跑出狗窝,在胡寡妇腿上蹭了蹭,便在院子里呜呜叫着打起滚来。胡寡妇哭着进屋,狗也连滚带爬地跟进来直往胡寡妇身上扑。胡寡妇爬上炕,狗就钻进桌子底下疯狂刨土。说来也怪,突然一道闪电划亮窗户,接着轰隆隆一声闷雷,孟春时节第一场雷雨来了。胡寡妇坐在炕上搂着两个吓得瑟瑟发抖的孩子,流着眼泪眼睁睁看着杂毛狗在难挨的痛苦中慢慢死去,毫无办法搭救。杂毛狗咽气的那一刻,从桌子底下爬出来,嘴里流着血,哀哀地看着胡寡妇,眼角淌下几滴泪水,随之倒地,抽搐了半会,大睁着眼睛再也不动了。

窗外电闪雷鸣,风雨唰啦啦击打着吊扇窗户,一阵紧似一阵。两个孩子在胡寡妇怀里睡着了。胡寡妇抱着孩子呆呆地看着死去的杂毛狗,一夜无眠。

暴风雨下了整整一夜,所幸胡寡妇不用刷洗牌坊上的尿垢了,只在自家后院挖了一个土坑,将杂毛狗埋进去,嘴里念念叨叨说:"花花呀!你生在乱世,来咱家正赶上一场接一场的灾难,没得吃没得喝,随我受尽了罪。我不是人!叫你替我受罚。你今罪满解脱了,我还在继续受罪。你去了那边,要是再转世到凤柳铺来,就一定要托生成男人——能烧酒,能品酒,能喝酒,能耍酒,脚一动凤柳铺就能抖三抖,砸了那半面牌坊没谁敢放个屁,我也就不愧疚牵念你了!"

胡寡妇命也太不好了,杂毛狗死后,她仍旧日出而作,日落而息,晚间替人缝衣服做针线,头一发晕打翻煤油灯烧坏了半边脸,从此春夏秋冬用布巾包严了头脸,只露两只躲躲闪闪不敢视人的眼睛。酒花奶奶从来家谢承她接生的妇人嘴里听了胡寡妇的故事,心里难过,晚间包严头脸偷偷出门去看胡寡妇。两寡妇同病相怜,流着眼泪掏心挖肺谈了大半夜,酒花奶奶才知道了关于牌坊的隐情隐秘。

胡寡妇男人死后,陶家祖爷晚间趁黑上门去,问她有啥困难需要帮忙不?胡寡妇看着陶家祖爷怪异的眼神心里发毛,摇头说啥也不需要。杂毛狗蹲在胡寡妇脚前,黑黝黝的眼睛死盯着陶家祖爷,陶家祖爷悻悻而去。后来晚间再上门,胡寡妇装作有病不开门,杂毛狗就冲着门外的陶家祖爷狂吠。

有媒婆上门来提亲,说下一门外乡的亲事,那男人的媳妇在年馑中得黑水泻死了,人忠厚老实,是作务庄稼的好把式。陶家祖爷听得后黑着脸对媒婆说,柳森鹤说了,凤柳保的女人都是街面上人,高门大户的不外嫁。柳森鹤家三个寡妇不是例子?媒婆听了就回胡寡妇说,乡下男人娶不起街面上的尊贵女人,你就继续守寡吧!

胡寡妇心里百味俱全,啥也说不出来。

很快,在陶家祖爷的主持张罗下,在村口东西的官路上立起了这座节孝牌坊。胡寡妇的名讳刻在了第一位,俨然凤柳保贞节女人的老大,令过往官路的人们肃然起敬。

后来关于狗尿的事也是陶家祖爷最早发现,打发人告诉柳森鹤的,继而柳义振亲自上门处死杂毛狗,吓傻了胡寡妇,个中内情柳家父子却一概不知。

不到一年,胡寡妇烧伤了脸毁了容,去地里劳动时掉进了枯井,一代贞节烈妇之首就这样悲惨地走了,留下两个年少的孩子哇哇大哭可怜无比。柳森鹤以商会的名义安葬了胡寡妇,拨了粮款给酒花奶奶,代养了两个孩子。

在连续几年风调雨顺的年份后,柳森鹤与酒坊伙计们一起犁好耙好几十亩地,准备种下一料罐罐高粱,重操祖业再烧新酒的时候,却发生了惊天大案,除过柳义振侥幸逃脱外,家里其他人都在子夜时分遇害了。村里人无不想到柳森鹤的好来,哭泣叹惋的同时猜测,柳森鹤在早年酒业生意兴旺时,作为凤柳铺商会会长,成立私家护卫队,护卫自家生意的同时,也护卫着整个凤柳街,得罪了半夜装成土匪抢劫农户的国民党乡保队队长(白天保卫百姓,晚上装土匪杀人放火抢劫百姓钱财)。也有人猜测柳森鹤作为商会会长不听从西北土匪头子调遣,还偷偷放跑了强抓的一群娃娃兵,事情败露了。更有人说,是陶家想在凤柳铺独占鳌头,偷偷收买"土匪"杀了柳家人。不管那种说法,都缺乏证据,成了一桩悬案一桩谜。柳义振寻仇无门,在家门前立了一块石碑,上刻柳森鹤遇难详记、五岳庙会告……意把惨案告到管理五岳的天神那里,以求老天爷公正。

柳森鹤之死，对凤柳铺人来说如同天塌地陷，引起极大的惶恐和不安。陶家祖爷眨巴着烂红的细眼睛，代表商会想草草安埋柳森鹤，凤柳铺人不同意，为柳森鹤制作了柏木棺材，用白布裹了，再刷上土漆，制成上好的裹漆棺材，将柳森鹤装殓了，停放在堂屋的暖阁里。全村人动手糊制纸活。等一年后下葬那天，凤柳铺所有酒坊关门歇业，商会所有会员、大大小小掌柜伙计、十里八乡的乡民们都来送葬。田先生带着学堂的弟子们跟在披麻戴孝、扶柩扯纤、哭哭啼啼一溜两行的亲门族人队伍后面，浩浩荡荡地往墓地走。花花绿绿的纸活除了引魂幡、花圈、金银斗、金银山、童男女、纸屋、纸马、纸牛、纸车等一应常规陪送外，最令人震惊的是一座八人抬的麻纸裱糊成的酿酒作坊，外面立着两只仙鹤，里面有酒把式壮甑，火工烧火，上掀、下掀扬沙，小徒弟挑酒等场景。随后是一辆马车拉着两个纸糊的大酒海，两个装有二百斤陈酒的大酒篓，上面挂着柳森鹤于民国三年凤柳铺赛酒大会上所作的诗画，还有他参加巴拿马世界博览会途中，唱和的《酒香与牛粪》诗。

送葬的队伍龙头已到达墓地，龙尾还在家门口动弹不得。

柳森鹤下葬后不久，村人执意为其立了一块一人多高的石碑，碑上由龙湾的田先生题联：

灵山紫气霭吉地
雍山回龙拥洞天
酒神福邸

年馑中受过柳森鹤恩惠，吃柳森鹤施舍的粥饭活下来的人们明里暗里、隔三岔五去酒神福邸前洒上烧酒，烧些纸钱，哭上一回，念叨说世上没了柳森鹤，没了酒神，再也没人护佑济顾他们了，心里惶恐无助得很啦！

几十年后，说来奇巧，一个大青年领着一群小青年，以"破四旧"为名，拿着炸药包先冲到节孝牌坊前，炸塌了右边的贞节碑，剩下左边孝义碑岌岌可危地立着，不久也在一场暴风雨中轰然倒塌了，只留下胡寡妇一双黑亮清澈、幽怨抑郁的大眼睛老在酒花奶奶眼前晃动。

随后他们又冲到柳森鹤的墓前，用铁锨镢头挖倒砸坏了墓碑，正准备铲平坟头，酒花奶奶带着一群老人跌跌撞撞跑来，趴在墓堆上哭喊着要与墓堆共存亡。有些是现场这些青年的爷爷奶奶，撵着追打自己孙子。这群小兵小将们不得已散开跑了，柳森鹤的坟墓才得以完好保存，才得以一年三季草木葱茏，野花盛开。人们在地里劳动时远远往坟头张望着，微微鞠个躬，回想着与柳森鹤有关的桩桩件件往事。

柳义振被揪出来批斗的时候，没有人控诉，反倒是一波一波的人上台去一把一把数说柳森鹤的功德，都说柳义振是开明乡绅后人，承祖遗志尽行善事，好得很呐！批斗会变成了表功会，有些事柳义振早忘了，乡亲们却记得清清楚楚。批斗会进行不下去，柳义振被放回家，仍旧在人们心中作为酒神敬着。后来，柳义振深深感念祖上的功德和乡亲们的仁慈，多次给后辈族人讲说过。

陶家祖爷在后来世事变迁的运动中死于非命，尸骨无存，连个坟茔都没留下。死前曾感慨羡慕柳森鹤走得早埋得好比他有福，他一辈子都没得超越。这些事儿酒花奶奶回避没说，有好多有关陶家祖爷的事她都没说。她清楚孙女已是陶家即将过门的孙媳妇了，陶家与王家并无是非瓜葛，陶家的历史已经灰飞烟灭，说了只能增加孙女对陶家人的反感，没啥好处，她唯一希望的就是孙女能在陶家当家立起活得自由自在。

酒花听着奶奶唠唠叨叨讲述这些陈年往事，不可思议地惊叹：一辈子小心谨慎的奶奶突然像变了一个人，记忆力超强，思维非常清晰，情感非常丰富，言语非常大胆，把与柳家、陶家有关的故事像编小说一样唠唠叨叨讲述得非常细腻生动，凄苦无奈。她真为奶奶的一生心疼惋惜。

奶奶在人定之时停止了最后一句叨唠，溘然与世长辞了。一家人大放悲声，酒花更是哭得气凝声噎。乱人七手八脚在堂屋搭起灵堂，将老奶奶尸骨寝放妥当，嘴里含了麻钱，身上盖上灵衾，一张苫脸纸便表明阴阳两隔了。酒花这才想起多半天了，忘了给老黑驴拌料，赶紧提醒爹去喂黑驴。父女俩跑到驴圈，爹急着拌草料，酒花柔声柔气地叫着："黑黑，黑黑，赶紧起来吃饭，奶奶走了，没人给你讲故事，给你说话了！"黑黑一动不动。酒花哽咽着，用手推了推闭眼卧在地上的黑驴,泥塑木雕般仍然不动。王长贵警觉,撇下料叉,手搭驴嘴上一试,气息全无,这才知道老黑驴也离世了。再摸头和身子还有一丝儿温度,可见也才离世不久。父女俩惊愕,面面相觑,想起老人去世前回光返照,说过的最后一句话:"老姊妹,时辰我掐着哩!到了,一搭走咧!"

王长贵默默走出驴圈,叫蛋花去请柳义振过来。蛋花答应着刚跑出头门,柳义振已得了消息,背着手跷进门来,径直走进堂屋,揭开苫脸纸,默默看了一瞬,然后轻轻苫上。又揭开被角,取出酒花奶奶骨瘦如柴的手,看了看说:"……辰戌丑未眼睁开,寅申巳亥拳爪手,亥时一刻去世,走好!"然后眼角溢出泪水,忙用手帕沾去,装作镇静自如地蹲着烧了几张纸钱,又背着手跷出门去。王长贵撵在后面说:"叔,老黑驴刚也去了。我娘这几天老钻进驴圈里给驴交代,要一搭走哩,真就一搭走了。"

柳义振蓦地顿住步子,回头怔怔地看着王长贵,不说话。

"叔,刚才叫娃请你去呀,你就来了,这丧事咋办呢?"王长贵束手恭问。

柳义振转身往驴圈里走,语气坚决地说:"合葬!你娘还是个孩子的时候骑驴来到了凤柳铺,今又骑驴回去了。啥叫驴友?这就是咯!我可没有你娘这福气。"

柳义振跨进驴圈摸了摸驴头,幽幽地说:"论忠诚,人有时不如个牲畜;论勤劳,人更不如个牲畜。好好安埋,需要啥尽管吭气。"

王长贵憨实地应答着,小跑跑将柳义振送出门去。

酒花奶奶去了,人们这才想起老人一辈子在自己家里接生了多少孩子,从没收过一分一文的报酬。有心里过意不去的,送些米面馍馍之类的东西添补她的生活。都知道她有一个怪癖,从不去别人家里接生,而是别人把怀娃婆娘拉到她家里来,就在她已生活了一辈子的土炕上接生。人都知道酒花奶奶生娃的时候先叫别人接生,生一个死一个,到生酒花爹王长贵的时候,干脆自己给自己接生,竟然活了下来,后来给别人接生的娃娃也都活了,村里人感到神奇。其实也没啥神奇之处,她就是自己给自己接生的时候,等孩子落地的一刻,用牙咬断脐带,而不是用刀剪之类的东西。但村里人还是认定她的精美牙齿上有奇特神妙的东西泌出，孩子只要一沾上就只活不死。酒花奶奶年方三十时成了接生婆，也成了寡妇，上了贞节牌坊。人们见到的形象是脸上脏兮兮地抹着锅煤，头发蓬乱，遮盖了天然本色的。只有她自己清楚她需要天天画上丑妆才心里踏实。她的土炕上溅满了村妇们生娃娃的羊水血水，隔三岔五有婴孩的哭声传出屋子，荡得老远老远。

酒花奶奶伴着老黑驴走了，全村人都来吊丧，大人孩子一拨一拨过来跪在灵堂里，烧的是双份纸钱，磕的是双份头，都不由自主流下了哀婉的泪。凤柳铺贞节牌坊上的最后一个贞节烈妇走了，最后一个接生婆走了，留下满屋婴孩嘎哇嘎哇的哭声，满院小孩活蹦乱跳的欢笑声，以至于后来好长时间里人们仿佛仍看得见听得到。

酒花奶奶在家停灵七日下葬。在总执事柳义振的安排下，酒花奶奶和老黑驴各装了一副桐木棺板，请凤柳铺最有名的画郎用土漆漆过，用上五彩粉绘了二十四孝图，同穴安葬。消息传出去，下葬这天十里八村的人都来看稀罕，谁都没听过没见过人和牲畜合葬的事。人们黑压压地跟在送葬队伍后面，浩浩荡荡地到了墓地，嘈嘈嚷嚷地安葬了这对传奇老驴友。

当一个异常大的墓堆，小山一样的新坟立在雍水河畔时，则显得格外诡秘新奇。人们意犹未尽，好一阵子议论着感叹着，咂摸其中的玄妙。

柳义振最为感慨的是几十年前第一眼看到酒花奶奶的那一刻，她还是个粉嫩稚气的小姑娘，而后几十年里很少见面，很少大大方方地说过几句话。但其间发生的一些事情历历在目，彼此心知肚明，被一种说不清道不明的力量所牵引，是隐藏在心间一辈子的暗结和潮动。虽如此却无遗憾，他能感知到岁月如何将一个饱满水灵的青春少女打磨成沟壑纵横的枯朽老妇，然后再送进土里掩埋消化。他能感知到他曾在酒花奶奶眼里是多么英姿豪发的翩翩少年郎，如今……他眼下最大的希望就是在有生之年给孙子柳德茂娶了媳妇，抱上重孙子，然后……没有然后了！他感知到了自己气息越来越衰弱。

冬天一场厚厚的白雪覆盖了茫茫大地后，一切似乎进入沉睡状态——才有几日光景，土地分到了户，集体财物分到了户，雪下的麦子一家一户有了自己的主人，包括秃秃立着的树木也似乎写上了主人的名字。饲养室里牲口成群，社员聚集吵嚷着开会，交头咬是非的情景烟消云散。挂在村口古槐树上的大钟突然某一天不再响了，此刻也被白雪盖住。雪地里除了偶尔有人和动物走过后留下的弯弯曲曲的脚印，一切都陷入热闹过后的静寂中。

柳义振一大早起来，咬着烟锅在村子里转悠了一圈后回去，是时候了——他决定将雍山亲家屋里酿藏的大曲酒运回来，给孙子柳德茂娶媳妇。他要热热闹闹大大方方地操办一场婚礼。孙媳妇杨兰芝已经验证清了，绝对是个规矩又干净利落的屋里人。

柳义振秉承酒神爹雷厉风行的性格，说办就办。他用不可违逆的口吻安排儿子带上一份厚礼，去亭子大队和亲家协定结婚的日子。杨兰芝的爹娘也是豪爽人，说结就结，日子定在腊月二十六。柳义振高兴，刚好赶新年媳妇就娶进门了，双喜临门红红火火。

第九章

  凤柳公社已经改叫凤柳镇，凤柳大队也改成了凤柳村。农家小院的鸡鸭猪羊逐渐欢腾起来。十一届三中全会的春风携着清新的空气充溢了整个凤柳铺——在柳义振心里凤柳公社也罢，凤柳镇也罢，这里仍然是凤柳铺。何止是柳义振，凤柳铺人对凤柳铺的叫法已经像把父亲叫爹，把母亲叫娘一样源自血脉，深至骨髓，嘴一张就自然发出"铺上"之音。"铺上去呀？！"谁要这样一问，人们就知道去的是这条逢双日就有集的古老街道，且能联想到多少祖辈走过的这条街道反复衍生的繁华景象。

  有些文墨的人更知道"铺"自远古时代就是官设的铺舍，专供过往官吏住宿歇马之地。和别处官设"铺舍"所不同的是，此处承天恩运，应地泽理，南眺汗渭，北枕陇脉，灵山依望，雍水相衔，自远古以来就是四通八达闻名遐迩的酿酒沽酒地。穿过这条老街往西而去的大路叫官路，传说是唐僧取经走过的路。再往西走十几里还能看到碧水连天的通天河，唐僧歇息过的晾经寺和晾过经书的石头，猪八戒的九钉耙耙下的印痕。这条官路是古时商贾驼队往来贸易的古丝绸之路。最脍炙人口的当是唐朝吏部那个才情横溢的侍郎裴行俭的诗文。唐凤仪三年，裴行俭送波斯那个卷头发王子泥涅斯回国，走到凤柳铺街东的驿站（十里长亭）处歇息时，突闻异香扑鼻，并见蜂蝶纷纷坠地做沉醉态，地方官探到是凤柳铺街道一家私人烧坊的窖藏老酒开坛，裴公品之才情大发，即吟诗一首："送客亭子头，蜂醉蝶不舞。三阳开国泰，美哉柳林酒。"这首意蕴无穷的美诗成了千年绝唱。一说这坛美酒当即赠给了波斯王子，也说献给了皇帝老儿。这些不表，单说出产美酒的这条老街，虽然历经了多番社会变革，老街的过往已成为历史，但那些夹杂于新瓷砖瓦楼房间的老店铺散发的陈旧气息，仍有着将思绪拉伸到远年的魔力。

几场透雨过后，萧条破败了好多年的街道很快恢复了生机，如同火山一样充盈着喷发的热力。除了老牌百货商店、车马店外，粮油铺、铁匠铺、银匠铺、石匠铺、木匠铺、杂货铺……醋坊、油坊、酱坊、磨坊、染坊、纸坊……都沿街道两边陆陆续续挂牌放炮营业。过去的老手艺人——铁匠、银匠、石匠、木匠、篾儿匠、钉锅匠、剃头匠……又重操旧业，或立在店里或蹲在街边，赤红着沟壑纵横的脸膛忙活起生意来。炕席、麻绳、木斗、簸箕、铁锨、镢头、叉把、牛笼嘴……夹杂着花花绿绿的衣物鞋帽、针头线脑、工艺刺绣、窗花剪纸、糕点菜蔬、油糕甑糕等在街道两边一溜两行地摆放着。树上挂着鸡鸭笼子，墙上挂着年画，吆喝声叫卖声此起彼伏不绝于耳。

柳义振背着手在熙熙攘攘的人群中走着，他几乎天天在凤柳街上走一遭，明显感觉此一时的彼一时。这里有着他及先祖们厚厚的脚印和汗水，腾腾蒸气和酒香，赛酒会上的英雄豪迈，赈灾舍粥的愁眉难舒……失去的、留下的、新生的在脑海里，在眼面前交替闪现，柳义振感觉有些恍惚，有些魂不守舍。

突然他看到了柳树上挂垂下来的年画——《毛主席去安源》，不由心头一颤，驻足静静地看。他仿佛看到了这幅画的背面裱糊着的柳家先人祖案。他清清楚楚地记得那幅发黄的土棉布裱成的先人祖案从上往下是卷轴型，徐徐展开来，足有窑面大小。最顶端写着：孝悌忠信，礼义廉耻。下面就是身穿长袍马褂的三位兄弟与身穿罗裙的三位夫人画像，从左往右列次写着：祖考讳常之主位，祖妣高氏之主位；祖考讳顺之主位，祖妣娄氏之主位；祖考讳平之主位，祖妣蒋氏之主位。每位先祖下面像树杈一样延展分列着一代一代的后人名讳。两侧分垂着一对楹联，上书"祖宗功德千载泽，子承孙继万世贤"。祖案东侧的画轴上工笔彩绘着二十四孝中汉文帝"亲尝汤药"的故事，西侧彩绘着二十四孝唐代崔山南的祖母唐夫人乳养其曾祖母长孙夫人"乳姑不怠"的故事。最下端是祠堂大门，两侧彩绘着肩挑扁担、手推独轮车风雨兼程的远古人物画。异乎寻常的是柳氏祖案背面画着一头驴，似乎与先祖有着什么渊源。每年正月初一过年最热闹最宏大，也最庄重严肃的是全族人汇聚到祠堂里挂祖案祭祖。温习祖规家训，向先祖起誓：坚决遵从祖规家训，勤俭持家，温良做人、孝义天下……按照先祖规矩，祖案上裱到一百个先祖，就要装进一个红木匣子里，选一块风水宝地，全族人不分老幼头顶挂白，庄严隆重地埋葬，俗称老阙（坟），然后重新接续裱糊新的祖案。

"破四旧"那时，先人祖案就被裱糊在《毛主席去安源》的画像背面，高高挂在祠堂内墙上。柳义振带着自己的小脚妇人柳张氏，以及柳家几个年长的族门兄弟及媳妇对着手握油纸伞、身穿灰长袍，意气风发走向安源闹革命的"他老呀"，早请示晚汇报，背诵《毛主席语录》。天天如此，风雨无阻。祖案没了，柳家祠堂完好保存了下来。

此时此刻，在十多年后的凤柳铺既陌生又熟悉的年集上，柳义振突然看到这幅熟悉的伟人画像，不由百感交替，思绪万千。

他背着手痴呆呆看了半天，微弓着腰，拖沓着脚步回去了。

年气正浓，酒花带着哥哥强娃正在采买年货，一转身和杨兰芝撞了正面。杨兰芝和她爹拉着装有缝纫机和自行车的架子车正往回走，看见酒花，收住脚步，脸上扑哗一红说："酒花姐，买年货呢？"

酒花也很不自然地一笑说："你买'三转一响'（自行车、缝纫机、手表、收音机）哩？看来嫁妆厚实得很么！谁娶你谁有福，祝贺噢！"酒花说着脸上表情揶揄起来，声调里有了酸溜的味道，自己吓自己一跳，赶紧恢复一脸真诚的笑，问了杨兰芝爹一声好，言不由衷地对杨兰芝说："那天可要打扮漂亮。"

杨兰芝不好意思地笑说："那天姐姐一定要来，我不懂规矩，还要姐姐操心哩。"

"一定，一定。"酒花说着，朝杨兰芝挥挥手转身走了。杨兰芝看着酒花随腰身婀娜摆动的长辫子，突然有种莫名其妙的虚慌感，拉着架子车的步子有些滞涩起来。结婚是一个人的终身大事，特别是女人要嫁的这个男人将是自己一生的宿命，这就要嫁了？就这样嫁啊？

嫁人很现实，杨兰芝却感觉一时真实，一时虚幻，在爹娘和族门亲戚忙忙碌碌地准备中，日子就来了，没有任何余地。

祭灶刚过的这天夜里，悄无声息地又落了半尺厚的一场雪，一切变得那么洁白干净纯粹。一大早柳家庄就沸腾起来，娶亲的喜气穿过雍水河，一直蔓延到凤柳铺街道上。店铺里的老板比往日早一些开门，扫开街道积雪，伸长脖子往村口张望，不但想捡个零碎生意，还想瞧个热闹，图个红彩。

娶亲的手扶拖拉机头上挂着一朵红绸布挽成的大红花，突突地蹦跳着从凤柳铺穿街而过。车厢里端坐着蒙了大红盖头的新娘子杨兰芝。身后是陪送的自行车、缝纫机、收音机、缎被、扎花枕头、门帘等嫁妆。拖拉机后紧随着几辆骑飞鸽自行车的男人们，车后座上也绑着彩绘了花鸟人物的箱匣、印着红双喜的脸盆、暖水瓶，还有绣花架子、绣花绷子。

拖拉机开到柳德茂家的院门口，在喜庆的爆竹声和人们的嬉闹声中，杨兰芝从拖拉机厢里被扶下来，由喜娘领着，和穿着蓝色中山服的柳德茂并排走进院子里，拜堂成亲。

酒花站在屋檐下，听着陪嫁的收音机里唱着流行歌曲《在希望的田野上》，看着杨兰芝高挽着发髻，鬓角插着红白相间的玫瑰花，脸颊上擦着粉红的胭脂粉，不大的丹凤眼里满含笑意和羞涩。她上身是绣有富贵牡丹的枣红色锦缎小袄，下身是深红色绲边锦缎宽腿裤，脚穿大红缎面绣花鞋，通体像一只红透的凤凰，满面光彩照人，满身飞霞流丹，非常美但却逸散着居家小媳妇的乡土气息，唯有袖口露出的明晃晃的手表标示着知性风采。酒花没想到素净矜持的杨兰芝竟然允许将自己装扮成这般艳丽的模样，不由酸溜溜的，又有些鄙夷起来。

柳德茂虽然长高长胖了许多，但方方正正的脸膛上仍有少许的稚气，略显局促的神情中合着被动和淡然。当他的眼神突然和酒花碰触的一瞬间，愣怔了一下，拜天地的动作明显迟缓了一些。他分明看到了酒花眼里那种盈盈不得语的泪光闪闪，心猛地刺疼起来。他留神看到酒花豁开人群退出去走了。

柳德茂在后面的酒席上再也没有看到酒花。陶鸡换吃五喝六吃肉喝酒显得特别得意活跃。他娘怕他喝多了伤身，酒席一散就把端着酒壶不放手的儿子拉扯着回去，按倒在炕上。鸡换一倒头就睡着了，梦里仍咂巴着嘴喝酒，涎水流了一长行。

晚上闹洞房是小伙子们最热衷最兴奋的时刻。鸡换悄没声息地潜坐在新房的炕沿一角，在其他小伙子们没心没肺地哄闹着，调笑着让新娘子点烟，新郎和新娘喝交杯酒的时候，他一声不吭，瞪着细小的眼睛，伺机将手从杨兰芝的腰部往红缎袄里伸去。杨兰芝往旁边一躲，被一个小伙子乘机抱住，众人哗啦笑了。杨兰芝羞窘得满脸绯红却又无可奈何。窗花纸早被打了个稀巴烂，上面趴满女人们看热闹的眼睛和好奇的笑脸。

鸡换很执着，两次三次乘乱将手伸进杨兰芝的红缎袄里。杨兰芝嫌恶地伸手去掐，鸡换龇牙咧嘴地躲开，仍不死心，不断调整着有利位置，瞅准时机将靠窗的电灯绳子拉了，满屋间忽地乌黑。门里门外的人嗷一声叫了起来。鸡换趁黑把杨兰芝压倒在炕上，将手迅速从红缎袄下面伸进去，触及腰里捆扎着的宽带子和厚厚的内衣。他情急中将内衣从宽带子里撕扯出来，手刚触及柔软光滑的肚皮，杨兰芝惊得叫出声来，急乱地在鸡换手背挖了一把。电灯又被谁拉亮了，鸡换吓得倏地缩回双手，惊慌得眼冒贼光。幸亏在黑乱和忘乎所以地嬉闹中，谁也没有注意到鸡换的这些小动作。只是杨兰芝恼恨地回头瞪了鸡换一眼，眼里闪着泪花。鸡换悻悻地从人群里挤出来，站在院子一角听屋里的嬉闹声。

屋正中的大梁上绑吊了一个桂花糖，小伙子们让杨兰芝先噙一口，然后叫柳德茂噙一口，再让杨兰芝噙一口……杨兰芝不从，就被推过来搡过去。有个醉醺醺的小伙子嚷嚷道："喝酒为醉，娶媳妇为睡。你俩说'你走吧，我睡呀！'不说就压倒揣奶头。"其他小伙子哄笑着响应。杨兰芝吓得憋红了脸，直往院子里冲，可她哪里挤得过十几个大小伙子，巴巴地向柳德茂投来求助的眼神。柳德茂不想让人说他小气爱女人，就不断作揖祈求他们放文明点。有个小伙子诡笑着说："那就来个文明的。"他伙同两个小伙子将挤在门口看热闹的柳德全拉进来，掀着将头压在杨兰芝身上。柳德全的头正好贴在了杨兰芝浑圆的胸部上，有点窒息。一屋子人哄然大笑。有人喊："小叔子——占半个小肚子！柳德茂，你可不要小气噢！"

杨兰芝羞窘得脸颊绯红，眼泪咕噜滚了下来。柳德茂心里一动，一股豪气冲上来，两下子豁开闹房的人们。杨兰芝趁机跑出门去，直往后院茅房去了。

闹房的人明白新娘不会再回来了，败兴地将柳德茂推搡了几下，七嘴八舌地说着暧昧酸溜狎昵的话语，意犹未尽地怪笑着出门四散而去。

屋里屋外瞬间安静下来，杨兰芝被婆婆送进新房，重新布置好闹乱的房间。婆婆将凤凰双喜的红缎被重着铺在炕上，嘱咐儿子媳妇早点睡，明得早起招待亲戚哩，就回自己房间熄灯歇了。

婆婆一走，杨兰芝局促不安地站在脚地，对着坐在椅子上喝茶的柳德茂羞涩地笑。柳德茂也颇不自然地对着杨兰芝笑了笑说："你先睡。"然后若有所思地端着茶杯慢慢喝着。自从定亲以来，杨兰芝像个童养媳似的常来家里照顾一家人的生活。柳德茂从心存芥蒂到和平相处，再到说东说西些许好感，但终没有那种魂牵梦绕的妙美感觉。新婚之夜喜气盈屋中相对静美，却相对无言。

杨兰芝仍不上炕，坐在炕沿上羞答答地瞅他。柳德茂脸上一热，放下茶杯，起身向炕沿走去。

鸡换回家之后闷闷不乐，才发现手背被挖出几道血印子。而真正刺疼他的是杨兰芝像刀子一样恼恨的眼神，而且这眼神总是那么显森森地在眼前晃动，叫他不由自主往一块缩起身子。

鸡换娘看出儿子不高兴，以为看人家娶媳妇眼红了，故意给她吊脸子哩，就哄儿子说："过完年正月了咱们也娶媳妇。酒花可是十里八乡没人能比过的俊媳妇，到那时叫他别人也眼红眼红，我娃耐心等几天。"

鸡换一听就咧嘴笑了，靠在娘身上脱了臭袜子，抠着脚趾头说："娘！给我倒热水洗脚，我今晚睡你炕上呀。"

"好咧！在你娘炕上也睡不了几天了，结婚有媳妇了就把娘忘了！"鸡换娘擩了一把儿子的头，起身去给儿子倒洗脚水。

鸡换嬉皮笑脸地说："忘不了！我叫她天天早上给你倒尿盆，晚上提尿盆。"

鸡换娘打了一个哈欠，笑着说："我儿有这份孝心就对了，关键是看你能不能降住你媳妇，降不住就是娘给你们倒尿盆了。"

鸡换恨声恨气地说："能行！我一定要叫她给娘倒尿盆。"

"那也得我儿有几把刷子才能行。娘给你说，打到的媳妇揉到的面，先惯着，识惯听话就好，不识惯不听话就收拾！凤柳铺的女人自古来没有谁能从男人手心里翻得过身的，我儿要有拿法！"鸡换娘瞪成三角的眼里冒着邪狠气。

鸡换已洗了脚，钻进被窝睡下了，热炕舒服得直吸溜，往被窝里掼着身子说："娘睡吧，到时再说，说早了就忘了。"跟着话音就打起了齁声。

鸡换娘瞅了瞅儿子酣睡的样子，笑了笑也钻进被窝拉灯睡了。

第十章

  正月初三,新女婿要去丈人家送节礼。殷实人家的烟酒糕点等主礼都是双份。鸡换爹娘在准备的双份礼外加了一坛子窖藏的陈年老酒,想献份厚礼讨个兴头,随后再托媒人提出结婚的事。果然惹王长贵最喜悦的就是这坛子香得让人直打趔趄的好酒,只闻了闻就憨笑着藏了起来。

  过后几天媒人来定婚期,王长贵一口就答应在正月十六结婚。酒花进来倒水正好听到,汪着眼泪没好气地说:"嫁出去的女,泼出去的水,你们急着把我当水往出泼呀?"

  王长贵心疼女儿,憋红了脸说:"那就,那就,那就往后拖嘎。"

  媒人压着指头数了数日子说:"往后拖嘎也就数二月二双双日子好。双双核桃双双枣,双双儿女双双宝。咱图个大吉大利,就定二月二结婚咋样?"

  王长贵一听心生欢喜,便随口应承道:"能行!双双好!就定这天结婚,图个大吉大利。"

  酒花已经出去站在当院抬头看天。天灰沉沉的,几只鸟儿斜刺里飞过,发出几声孤凄的叫声。这么冷的天,不知要到哪里去觅食?哪里有食?活个啥都不容易!酒花知道自己迟早要结婚,嫁不了自己喜欢的人,嫁谁都一样,都是搭帮过日子哩!再者也不能难为爹娘了,他们做了一辈子老好人,活得实不容易!算了,随他们去吧!

  他家祖辈最值得骄傲的人就是她的姑奶奶——玉珠先生。作为凤柳铺第一个读书识字、能赋诗作文的女先生,像个传奇,和她的老师——田先生一起,仍留存在七八十岁老人的记忆里，传说在街坊故事里。

最叫酒花心疼难过的是，玉珠先生再有学问，就因被田先生干预解放出来的半缠脚长得丑，嫁了个粗黑呆愣不识字的男人。解放后玉珠先生办扫盲班的时候，挨家挨户动员妇女进扫盲班学习识字。一群孩子撵在身后喊："大脚大脚啪啪！一天走了八家！第一家不开门，第二家臊一头，第三家笑脸迎……"夫家人恼羞成怒，将玉珠先生拉回去绑在家里教男人往死里打。玉珠先生伤痕累累，被学生们解救出来后，勇敢地向新政府提出离婚。眼看就要获得自由身，她男人去雍水河里挑水时不小心淹死了，这下舆论鹊起，都说玉珠先生办扫盲班时有了别的相好，害死了她男人。玉珠先生一下子成了怪物一样的年轻寡妇，被夫家人又打又骂又唾，但丝毫不影响她教书的兴致，白天在扫盲班上课，晚上躲住在娘家。

在玉珠先生办完最后一批扫盲班后，悄无声息地不见了，从此生死不明，像清风雨雾，只留下一段让人传说不尽、猜测不定的神奇故事。有人说玉珠先生跳进雍水河跟着河神走了。更有甚者说玉珠先生本就是仙女转世，隐进宝玉山修行后脱化了肉身，成了九天玄女娘娘。人们便在村口的娘娘殿为她塑了金身，一年四季接受信众的顶礼膜拜，享受香火。

可酒花不信那些玄而又玄的传说，一直惋惜姑奶奶错生成女人，也怨怪自己不该是女儿身。她实在害怕嫁人，但不得不嫁人，她磨磨蹭蹭地被娘逼着去镇政府和鸡换领了结婚证，娘总以为她是害羞胡扭般哩。定了亲的姑娘和新女婿走路一前一后，离得老八十远，扭扭捏捏，脸吊二尺长，甚至哭哭啼啼不情愿才显身价，才是常态。如果姑娘表现得欢天喜地，主动亲近新女婿，会被看作"洋来货"，不正经，结婚后掉身价被男人家看不起。因而酒花娘根本就不在乎女儿的这种状态。

盼望的日子总是来得缓慢，惧怕的日子总是来得飞快，一晃就到了二月二，酒花要出嫁了！从此将成为陶家人。

结婚的先一天在院子里搭席棚待客，酒花爹娘将鸡换家提前送来的菜水钱、买的"三转一响"摆放在门口壮门面供人观看。

酒花神情怏怏地敬了一圈酒，自己也喝了几杯，头晕目眩便早早躺下睡了。蛋花已经长成一个胖乎乎圆嘟嘟的懵懂少女了,她跑出跑进帮爹娘送走最后一拨客人,将奶奶生前给姐姐准备的嫁妆——绣花嫁衣、绣花盖头、绣花枕套、绣花门帘、绣花缎被等摆放在堂屋供村里女人们一波一波来看,都啧啧赞叹老奶奶把一个老绣女的老功夫全用在孙女的嫁妆上了。蛋花满心欢喜地想,姐姐要是穿起来不知有多红火喜庆,多光鲜美丽。可她还不懂感情,不懂姐姐的心。

酒花心中无喜事,一夜便睡得死沉。早上起来,情绪颇为低迷,感觉自己的婚礼像送葬,心里泛不起半点喜悦。但毕竟结婚是人生一个最大的仪式,除了她自己外,人人都在欢天喜地地忙碌着。她抚摸着奶奶在煤油灯下一针一线绣成的精美红嫁衣百感交集。奶奶一生足不出户地做着爷爷的屋里人,围在炕上为方圆村庄的妇人们接生,在血水浸泡的芦席上累得倒头便睡,患上严重类风湿病,老来浑身疼痛,日夜呻唤,在碗底点着烧酒,用手指头蘸着蓝色火焰,使劲往腿上、腰上擦。火焰在皮肉上呼呼蔓窜,烧得吱吱作响,却仍满不在乎地给吓哭了的她唠唠叨叨地讲故事。

奶奶的心思她知道,但奶奶做的嫁衣裳她不想穿。她流着眼泪将它们包裹起来,压在了红木箱底。默默地将不久前在街上裁缝店缝的枣红色西装上衣,黑咔叽裤子和半高跟棕色皮鞋穿上,脖子上围了一条印有干股梅的白丝巾。将长辫子在脑后松松地绾了一个发髻,旁边插了一朵精巧的白水晶花。家门婶子们用红丝线念念叨叨地绞了她鬓角的汗毛,给她开了脸,淡淡地擦了脂粉,便成了一个精明能干既素雅又娇美的新媳妇。这样的装扮很新颖很洋气,别有一番现代知性女子气息。简洁素净的装扮更衬托出酒花饱满水润,如桃花般娇美的容颜。只是酒花不笑,但说话间牵动的嘴角,仍能隐现酒窝的翕动。

鸡换上穿红色印满古铜钱的绸缎马褂,下穿蓝色咔叽裤子,脚穿圆口千层底黑布鞋,头上戴一顶绛红色礼帽,上别一朵大红花。细眼睛里溜溜地放射着喜悦的光。

他亲自驾着手扶拖拉机拉着他三姐、三姐夫和他们的儿子来娶亲。手扶拖拉机跳跃着从村口出来,突突突冒着黑烟在凤柳铺街道跑了一个来回,故意拉长娶亲的时间和路程。车后紧跟着十几辆飞鸽、红旗、永久牌自行车。骑车的小伙子们一路丁零零地打着铃铛，唱着《年轻的朋友来相会》的流行歌曲，停在了酒花家门前。迎亲的、看热闹的大人小孩便欢叫着围过来，将从拖拉机上跳下来的新郎官簇拥着进门去。

鸡换从新娘坐着的屋子门缝里塞进好几个红包，屋门仍被几个大姑娘死死顶着不开，闹嚷着要红包。娶亲的小伙子们急了，联合起来呼嗨呼嗨地抬门卸窗子，闹嘈了好一阵，门内的姑娘们才打开了门。鸡换进门去看到坐在炕沿上的酒花愣了一下，他没想到酒花打扮得这么素雅、这么淡静，自己反倒像个红猴一样，不好意思地笑着，将手伸过去想牵酒花的手出门。酒花本能地躲开了他的手。家门婶子端进来一碗饺子叫鸡换吃了再走，说是"包福娇子"。鸡换接过碗，刚夹了一个饺子放进嘴里，便辣得龇牙咧嘴直流眼泪，原来饺子里包的全是红红的辣椒面。婶子笑得前仰后合地说："白白的饺子红红的心，红红的辣子辣嘴唇，辣了嘴唇辣尻门，小伙子你甭急，娶媳妇要稳稳地柔柔地慢慢地爱哩……"满屋的人都哈哈大笑。

又有一个婶子端进来一碗面条递给鸡换说是"长路夫妻面"。鸡换接过来刚吃了一口就吐了出来，龇着牙说咸得要命。婶子们都笑得上气不接下气地说："长长的面条长长的路，长路夫妻百年陪到头，是男人要大度，过日子辣的咸的酸的苦的你自己吃，挣下香的甜的绵的柔的给媳妇娃娃吃，才能恩爱百年幸福享到头。"

鸡换额头上冒着汗，大口吞咽着咸得发苦的面条。鸡换的三姐被堵在门外，干急没办法。三姐知道弟弟躲不过这些戏耍说教。她结婚时，她家门户族也曾这样戏耍说教过他女婿，这会他女婿正得意而颇具意味地看着她笑呢，她只得嗔怒地瞪了他一眼。

酒花好像局外人一般面无表情，背过身去立着。蛋花站在旁边查看姐姐的脸色，抱了抱姐姐，偷偷地说："姐姐甭难过，好歹离得近，我天天去看你，你也天天回来咱俩一搭住。"

大婶子听到了，笑着说："愣女子！你姐出嫁了，就是人家人了，再回来就是亲戚了，哪有亲戚天天来的？"说着从鸡换手里接过碗，示意鸡换带酒花出门。

鸡换急忙去拉酒花的手，酒花下意识地拧身甩开了。婶子们将红盖头给酒花蒙在头上，酒花一把拉下来说："我脸上又没长麻子，顶这个干啥？害红害红的！"

大婶子嗔道："死女子！婶知道你长得俊，不怕人看，赶紧走吧！"

酒花和蛋花手拉着手走出门去，姐妹俩坐上了鸡换开的手扶拖拉机车厢。酒花看一眼车厢旁眼巴巴看着自己的爹娘，忍不住捂着脸哭了。鸡换急忙发动拖拉机，突突突地冒着黑烟一溜跑开了。

酒花在蛋花的怀里哭得眼泪像决了堤的河——稀里哗啦收不住，脸上脂粉被冲得一干二净。

蛋花将绣花手帕递给姐姐，拍拍姐姐的肩膀说："姐姐，今天你应该高兴才对。你再哭，我也想哭了！"说着也抹起了眼泪。

等听到一阵噼里啪啦的鞭炮声，酒花抬起泪眼看到拖拉机已停在鸡换家门前，门外乌压压站着接亲的看热闹的人们。有年轻媳妇们拥到车厢跟前伸手扶她下车，拥着和鸡换并排站在大门口接受"撒草"。酒花听到女人们低声议论："这女子平日笑得花儿一样，今脸沉平得很。""这媳妇今穿素的也好看得很！人长俊了，头上顶个抹布片片都好看。"酒花心里并不以为然，她很讨厌自己长得俊，俊真没给她带来啥好处。

有男人将放在门角的两捆谷草抛上屋顶后，便有女人提着竹笼将混合着碎纸花、水果糖的五色粮食（小麦、大麦、玉米、高粱、谷子）向酒花头上身上抛撒，瞬间酒花头上、身上便落满花花绿绿的碎纸花，平添了几分喜气。

撒草完毕，酒花被鸡换的三姐扶着和鸡换并排走到当院搭设的彩棚前，看到鸡换的爹娘笑逐颜开地坐在大红双喜前的桌子旁，等待新人拜堂。一个小伙子扯着嗓子念了结婚证，酒花和鸡换圪圪拧拧地拜了堂，便入了洞房。

酒花觉得自己完全成了一个机械人，别人叫干啥就干啥：拜天地就拜天地，进洞房就进洞房，喜宴上敬酒就敬酒，送亲戚就送亲戚……一应烦琐的婚礼程序走完，令酒花恐惧的黑夜就来临了……几年前凤柳公社的农业学大寨工地上，酒花就因为赛诗赛出了名，好多小伙子热情地往跟前凑乎，要不是已经定了亲，媒人能把她家门槛踏断。

天麻黑时，远近村里的小伙子们早早来闹洞房，要把新房挤爆了似的。挤不进去的小伙子则在门外猴急地乱嚷嚷。姑娘媳妇们则踮着脚趴在打烂的窗户上好奇地往里看。

点烟、喝交杯酒这些老套的闹房方式酒花都很配合。有色劫色，有才劫才。有小伙子乘乱摸了酒花脸蛋和屁股。又有小伙子提议让酒花就新婚之夜的良宵美景作一首诗，其他小伙们欢呼响应，说不作就压倒炕上揣奶头。

鸡换急了，他想起柳德茂结婚时，他在杨兰芝洞房里的行为举止，忙紧紧护在酒花身前身后，眼睛贼溜溜地瞅着暗处伸向酒花的手，以便迅速打回去。有一个稍微有点文化的小伙子说，李白斗酒诗百篇，得让新娘子喝酒，喝到醉时诗兴发了，还怕做不出洞房诗。果然一片呼应声。门外小伙子递进来一瓶凤酒，门内小伙子接住，打开盖子让酒花喝，酒花沉着脸不干。小伙子们急了，按头的按头，拉手的拉手，强行给酒花灌。鸡换急忙护驾，被几个小伙子拉住死死顶在墙上。一个小伙子阴阳怪气，满腔妒意地唱道："屎爬牛滚粪蛋，下面铺了个鲜花瓣，香的香来臭的臭，你给我乖乖的别乱动！"说完尖溜溜地大笑起来，满屋里的人都跟着大笑。

酒花突然感到羞辱难当，从小伙子手里抓过酒瓶，仰起脖子咕嘟咕嘟就喝。等旁边的小伙子反应过来夺了瓶子，酒花已经感到血脉贲张，浑身燥热飘忽起来，她情绪失控，大喊一声，让开！趁着众人怔住，她便左推右搡地豁开一条路跑出门去，将屋后挂着的一根皮鞭抓在手中，立在房檐下。有小伙子靠近过来，她便噼啪噼啪地甩打，只甩打了几下，屋里屋外闹房的，看热闹的男男女女便尴尬无趣地呼啦跑散了。

鸡换娘过来笑眯眯地拉酒花进屋去，像线轮一样迅速收拾了凌乱的屋子，将鸳鸯戏水的大红缎被铺在炕上，并排摆了一对绣花枕头，献媚地说："你都累了一天了，赶紧早早睡吧。娘给你俩放两个苹果，饿了口干了就吃。"说着把两个洗净的大红苹果放到枕头旁，又往门后放了一个灰瓦尿盆，意味深长地看了看儿子媳妇，哐当拉上门走了。

酒花从来没有喝过这么多的酒，晕晕乎乎地坐在脚地凳子上打盹。鸡换立到跟前笑说："上炕睡吧。"酒花不理不吭声。鸡换忽地抱起酒花放在炕上，急迫地去解酒花衣服扣子。酒花本能地打开鸡换的手，吓得酒醒了一半。鸡换愣了一瞬，又去解酒花衣服扣子，酒花一把打开说："别动我！我醉着哩！"

"醉着就先吃个苹果解解酒。"鸡换说着顺手拿起枕头边一个苹果往酒花嘴里喂。酒花一把抓过来扔到脚地，端不端就砸在了灰瓦尿盆里，咣当碎了。鸡换恼羞成怒，猛地去撕酒花衣服，酒花躲开，顺手抓起另一个苹果打在鸡换身上。鸡换恼怒地抓起来打回去，苹果打在酒花头上弹跳到脚地去了。鸡换又去抓酒花衣服。酒花抓起绣花枕头，闭上眼睛一阵猛摔猛打。鸡换嗝一声就栽倒在炕上翻着白眼，嘴唇乌青不动弹了。酒花愣了一瞬反应过来，伸手推了推，僵了一般不动，吓得大叫着跳下炕，打开屋门喊人。

鸡换娘披着外套慌忙跑进来一看，失惊地哭喊着死掐儿子人中，好半天鸡换才噗地吐出一口气，慢慢睁开眼睛，一眼看见娘便咧开嘴哭了，委屈地使劲吸着鼻子。

鸡换娘急忙把儿子揽在怀里，捋摸着头说："新婚大喜的日子，咋了吗？吓死娘了！酒花你——好好的咋成这样了？"

酒花吓蒙了，看见鸡换醒过来，紧悬着的心落了肚。她虚慌地低着头不敢说话。鸡换娘突然看见打碎的尿盆和滚在一旁的苹果，一下子明白过来，怨怼地看着酒花说："结婚前是孩子，使点小性子没人计较，结婚后就是大人了，要想着夫妻和睦、生儿育女把日子往好里过了。有些事不习惯，习惯就好了。鸡换以前好好的，咋就得下这病？你可不能再惹他着气了，这病害怕得很！万一再……咱们谁还活得成？鞭炮一响，把儿交给婆娘。我们把他交给你了！"

"你把他交给我，我爹娘把我交给谁了？他以前就有这病哩。"

"以前没有，从来没有过，你咋么就把他气得犯了这瞎毛病？"

鸡换听着心虚，抹干眼泪说："娘你不要说了，这不怪酒花，是我白天累的，你赶紧睡你觉去。"

鸡换娘无奈地看了看儿子说："那，你们赶紧睡吧，明还要招待亲戚，要早早起哩。"她溜下炕趿着鞋出门去，和站在门口的鸡换爹撞了个正着，窝着眼睛一把拉回自己屋去了。

鸡换跳下炕关死了门，再次将酒花扑倒在炕上，一阵手忙脚乱……酒花咬着嘴唇，将头扭向一边，僵着不动……她怕极了鸡换的气死病，气死万一救不过来咋办？鸡换娘说的话丑理端，结婚前是孩子，结婚后就是大人了，再不能由着性子。可当鸡换急切地将嘴凑到她嘴上时，她却本能地一把推开，她死也不允许鸡换碰她红润得像樱桃一样的嘴，这里是她唯一要坚守的有尊严的圣地。

一阵尖利的痛楚使她犹坠深渊，繁茂的荆棘划烂了她的身体，甚至脸皮，扑簌簌地滚着血珠儿。她抬手一抹，满眼满脸都是泪。当鸡换突然抽风般地将涎水一溜两行给她灌了一脖子时，她扯来被角狠劲擦拭着，悲哀地哭出了声。

鸡换张着眯眯眼，一脸迷茫而无辜地说："你不觉得嫽吗？等会再来。"

"来你娘的头！"酒花怒怼一句，抹干眼泪不哭了，用被子将身子卷紧，背对着鸡换睡了。

鸡换看了看酒花，无辜的局外人似的也背转身睡了。

酒花听着鸡换酣睡的沉长的鼻息声，流着眼泪忍受着来自身心的疼痛和难眠之夜的煎熬，一阵天旋地转。别人的新婚之夜是咋样的呢？她想到了刚结婚不久的柳德茂和杨兰芝，眼前晃动着杨兰芝笑靥如花的脸。昨天婚宴上她看见杨兰芝和柳德茂紧挨着坐在一起，等她和鸡换过来敬酒时，柳德茂不见了，只剩杨兰芝穿着簇新地坐在几个中年妇女旁边吃菜。显然她比几年前胖了，脸上红润了许多，平添了少妇的成熟风韵。她心里酸涩怅惘，草草敬了一圈酒就回房呆坐。

她记得她一天都没笑过一次，脸上肌肉都绷得僵硬了。都说她笑起来脸上酒窝像泛开的两朵酒花，甜得醉人。她也想笑着，一笑却就哭了。她既盼望天明，又害怕天明，天明了爹娘就会来看她，她不想让爹娘看到她红肿的眼睛和丧气的脸。可是该明就明了，该黑就黑了，该来的一切都会来。她在被窝里长长地叹息了一声，将身子蜷得更紧。

第十一章

此时此刻,柳德茂也思绪万千难以入眠。他莫名其妙地心痛不已,好像把啥特别珍贵的东西丢失了,再也找不回来。他将杨兰芝搭在他身上的一只胳膊轻轻地拿下来放进被窝里,将被角掖紧。他能感知到呼吸均匀的杨兰芝睡得很安详,很舒意。

刚睡下的时候,杨兰芝躺在柳德茂身边,将头枕在他的胳膊上,饶有兴致地将她趴在酒花新房的窗户上看到的闹房情景描说了一遍,将酒花提着鞭子打跑闹洞房的小伙子的行为夸张渲染了一番,等着听他评说些什么。柳德茂虽表面平静,话却不耐烦道:"你们女人家事就多很,这有啥哩?睡吧!时间不早了。"

杨兰芝讨了个没趣,尴尬地往被窝里缩了缩身子,静静地睡着了。

柳德茂装得云淡风轻与己无关的样子,其实想听得很。他想起他拜堂那会,无意间和酒花的目光碰触在一起,他看到了酒花眼里闪动的泪光。他也留神看到了酒花豁开人群退出去的背影,是那么落寞!

可惜了!可惜了!造化弄人——他在心里感叹着。可他也一直想不透酒花和鸡换之间到底发生了什么?没几天两人就订了婚。他想酒花嫁给谁都比嫁给鸡换强,鸡换满身毛病,是个蔫儿坏。他和酒花家在街西,鸡换家在街北,相距不到二里地,自小一块儿在雍水河里玩耍,鸡换半斤八两他和酒花都清楚。他越想越心乱,越想越心疼酒花,不由自主叹了口气,眼睁睁盼着天亮。

窗外亮了，杨兰芝赶在公公婆婆之前爬起来打开门，才发现是老天爷悄无声息地下了半拃厚的雪，将窗子映照得如白昼。杨兰芝轻手轻脚地倒了尿盆，快速梳洗好，打扫了院子积雪，就去灶房和婆婆一起烧火做饭了。

　　而酒花此时正在院子里捡拾筷子。不知是什么讲究，鸡换一个表哥嬉皮笑脸地把一大把筷子从新房门口一溜扔到灶房门口，让酒花逐个捡起来。酒花不想败了亲戚的兴头，就沉着脸一根根捡拾起来。在捡拾起最后一根筷子的时候，这个长相粗疏的小伙子将和了机油的锅煤三两把抹在酒花脸上，酒花便成了黑脸包公。院子里看热闹的人都哈哈大笑起来。酒花跑进房间一照镜子，连脖子都是黑的。她急忙用水去洗，油腻腻的怎么也洗不干净，肥皂也不顶用。酒花对着镜子哭了，一把抓起桌子上的半瓶酒咕嘟咕嘟喝了个精光。

　　鸡换正兴致勃勃地在大门外用扫起的积雪堆了一个雪人，跑进来拉了酒花出去看。他说是他堆的酒花，看像不像。酒花一脚踹翻混合着泥污的四不像雪人，又跳起来踩得粉碎和进稀泥里，气恨道："脏了！脏了就脏到底！脏到底……"心里一阵翻江倒海地恶心，哇一声就吐了。

　　鸡换闻到浓浓的酒气，才知道酒花喝酒了，喝醉了耍酒疯，他便喊娘出来一起把酒花拉回新房安顿睡下了。

　　这一睡就是昏天黑地一天一夜。到了第三天，中午太阳出来了，照在雪上晶莹闪亮，刺得人睁不开眼，一切都很安谧祥和。蛋花等姐姐和姐夫回门，等急了，撒开长腿跑过来看，才知道姐姐喝醉了睡着了。鸡换娘满脸歉疚地说："都是亲戚耍过了头，把锅煤抹你姐脸上了，急忙洗不干净，一气之下就喝多了酒。亲戚让我给骂了一顿，回去了。你劝劝你姐不要着气了，人长好看抹点啥都好看着呢！"

　　蛋花笑了说："姨，没啥，我姐就这脾气，过去就没事了。你忙你的去，我经管我姐。"她趴在姐姐耳边轻轻地叫："姐姐，姐姐，咱娘等你们哩，赶紧起来回家。"

　　酒花不知哪里来的瞌睡，这会仍睡得很沉。她被蛋花叫醒后下炕，头重脚轻，眼睛涩涨，皱着眉头说："回家，咱回家！"

　　"回家，回家，姐姐回家。"蛋花连声应着，将皮鞋提到炕跟前给姐姐穿上，扶着梳好头发，出门往回走去。

鸡换从他娘手里接过准备好的回门礼品，跟在后面走。

刚走过凤凰桥和娘娘殿，酒花便看见爹娘和哥哥在路口张望着，看见她忙迎过来。娘拉起酒花手，爹和哥接过鸡换手里的礼品笑眯眯地往回走。

进门没一会，娘就把酒花拉到灶房悄声问："咋了么？没精打采的，眼睛又红又肿。"酒花不说话，鼻子一酸又流下泪来。

蛋花跟进来给娘说，是姐夫的亲戚把锅煤抹姐脸上了，急忙洗不干净，才把姐气哭了。

娘仔细一看，酒花脸畔还有隐隐约约的黑煤印，便满不在乎地一笑说："甭哭了我娃，没有啥么！挂点彩以后日子才红火哩。蛋花给你姐夫倒水去。"蛋花应声出去了。

娘拉着酒花手说："高兴点！结了婚命就基本定了，只能把人往好里想，把日子往好里过。鸡换这娃村里人都说好着哩，自小到大话少腼腆，人也灵泛。你看我嫁的你爹，木头一样，哪哒如鸡换？你结的婚姻好着哩！"

酒花很不悦地说："好不好只有我自己知道，鞋夹不夹脚也只有我自己清楚，娘你就不要说了。"

娘看了看酒花，心有不甘地说："你婚结了，你爹和我少了一桩心事。你哥都三十好几的人了，媳妇还没个影影，就腿脚不太灵便，白溜溜没人给个媳妇。其实没给你说过，你爹走人前抬不起头，我也说不起话。你把日子过好了，我们脸上光彩，心里也好受些。"

"人要自己活哩，看别人干啥？我哥咋啦？又没偷没抢，腿脚不好没人给媳妇，你们就抬不起头说不起话？我看你们硬是自己把自己看得不值钱！"酒花快嘴一通抢白。

娘抿了抿嘴，又试探性地说："不是，是娘嘴笨不会说话，反正你哥成了你爹心病。当初我和你爹还想用你给你哥换个媳妇，没承想你和鸡换成了一家人。人都说在咱凤柳铺就数鸡换家能覆上德茂家，他们祖上都在做连家生意，一开就是好几个烧锅，家底厚实得很。解放后，德茂家连人带酒带海子捐给了国家，只有鸡换家人鬼，看形势变了，提早把烧锅摊子卷缩（关停）了，把酒不知贩弄哪哒去了,最后捐给国家的只是个人。现在看来,鸡换爹在凤酒厂上班,德茂爹也在凤酒厂上班,明显鸡换家经济情况比德茂家好。德茂家除了祖上威望好以外,再没啥了。你命好着呢!就是你哥,早晚娶个媳妇,给咱生个一男半女,我和你爹晚上就能睡个浑全觉了!"酒花娘说着眼睛潮湿了,用手抹了抹眼角。

酒花心软了,拥着娘拍了拍她瘦削的肩膀说:"娘你不要难过了,我哥能娶到媳妇的,快了。"酒花只能这样安慰娘。她早就知道哥哥是爹娘的心病,她说的任何安慰的话都不起作用,唯一的药就是给哥哥娶了媳妇,再生个娃娃,叫爹娘架在脖子上在村子里街道上走一圈,啥病都就好了。酒花心疼爹娘,也心疼哥哥,心里有着同样无法言说的心病。此刻她突然想,和鸡换好好过日子,好好挣钱,掏个大价钱给哥哥在山里娶上个媳妇,哪怕是个聋子瞎子,只要能生娃娃就行。

娘难过了半会,走到门口探身张望了一下,回头神秘地说:"酒花,你给蛋花先不要说,我和你爹商量好了,用蛋花给你哥换个媳妇。前天你走后,你姑婆说黑马山和雍山有两户人家准备把女儿换了给儿子当媳妇哩,叫换亲,但都嫌关系太亲倒不好处。我和你爹昨个赶紧找媒人说了咱家情况,媒人一撮合就变成了三换——咱王家把蛋花给雍山张家,张家把女儿给黑马山李家,李家把女儿给咱王家,这么转一圈下来,一家不见一家人对谁都好得很。你哥腿不好,但咱家在街面上,其他方面没他们弹嫌的啥。今给你一说,我们就准备订婚呀。"

酒花瞪大眼睛看着娘自如地把谋划好的事情说出来,脸上没有丝毫愧疚之意。用一个长得水葱一样的女儿到山里给她儿子换一个媳妇,心情是那么急切,那么理所当然,让酒花着实大吃了一惊,浑身瘆得慌。她没想到爹娘起先是打她的主意没打成,如今实实地打上蛋花主意了。酒花感觉胸口闷疼,她得重新认识自己的爹娘——在给他们王家娶媳妇上比谁都狠心。

"咋啦?不认得娘了?不孝有三,无后为大,娘也是为咱王家传宗接代着想啊!"娘又恢复一脸忠厚和谨小木讷之态。

酒花没好气地说:"不咋!在我哥这事上,你和我爹盘算得精到很么!我哥是你们养下的,我和蛋花就是小时候你哄我们说的——雍水河里捞下的,青蛙变下的,我看真真的……"

酒花娘一脸无奈悲苦,叹口气说:"都是我养下的,你哥是咱家唯一的儿娃,打一辈子光棍,我和你爹心疼不说,你和蛋花都是他亲妹妹,就不心疼吗?"

酒花真就心疼了,忙口气软下来说:"比你们还心疼得很呐!我哥的媳妇等咱攒够了钱再娶,不能急着拿蛋花换,我坚决不同意!"酒花正说着,蛋花蹦跳着进来了,酒花急忙掩饰着对蛋花说:"烧锅,早早吃了饭坐炕上说话,脚地把人冷的。"

蛋花嗯了一声,就坐在灶火前往灶眼里塞了柴火点燃,然后专心致志地拉起了风箱。火光映照得蛋花的脸蛋红扑扑的,眼睛像黑玛瑙一样晶莹透亮,扑扑闪闪,不染半点世故风尘。酒花突然就下了狠心,即使自己死上一千次一万次,也要保护蛋花不受任何伤害,给蛋花一生的快乐幸福。

酒花心事重重索然无味地吃了午饭,帮娘洗刷了锅碗。鸡换饭间和老丈人王长贵你一杯,我一杯,杯来杯往喝得半醉,言语上没大没小很撞搡,酒花看不惯听不惯,就气咻咻地收了杯子不让喝了。

鸡换醉眼惺忪地说:"咱街上的老鼠都有半斤酒量哩!不信,我捉个老鼠喝喝你看。"说着提起酒瓶便咕嘟咕嘟自动上料喝起来。

酒花忌惮鸡换的气死病,没好气地说:"别喝了!要喝回你家喝去!"

"回就回!我家也是你家。客不走主不安,咱走。"说着就趔趔趄趄出门往回走,爹娘和蛋花赶紧把酒花也送出门。酒花摆手叫他们都回去,自己也便头重脚轻地跟在鸡换后头走。鸡换醉眼看酒花,酒花也是醉的——摇摇摆摆像河畔的柳。鸡换候着和酒花并排走,酒花也没躲开,两人齐齐走着。酒花在蛋花挽着她的胳膊送出门的一瞬间,内心就彻底崩溃了,她真想有个遮风挡雨的肩膀靠一靠,有个温暖的心灵敞开对一次话,鸡换就在她旁边,但她却感受到更大的恐惧和不安。娘再三叮咛她,要和鸡换好好过日子。娘说的也没错,除了和他好好过日子,她别无选择。

回到家里,鸡换娘已经把新房的炕烧得烫热,拿把布甩子殷勤地给酒花和鸡换甩打了腿上的浮土，推着坐到热炕上去。她也爬上炕坐进被窝，盯着酒花的脸说："娘看你咋么没个精神，不是一家人不进一家门，成了一家子了，就不要生分，心里甭藏事，有啥说啥……"

鸡换不耐烦了，推着娘说："娘！你去你屋去。我和酒花睡呀，昨晚没睡好。"

酒花哗啦脸就红了，急忙说："你儿喝醉了。你坐着，我有话说哩！我娘要把蛋花给我哥换媳妇，换到雍山去。"酒花一句话便像炸弹一样转移了话题，解除了尴尬。

鸡换娘一下子把眼睛瞪成了半三角，而且倒立起来，义愤地说："啥？用蛋花给你哥换媳妇，雍山在冢疙瘩后面的山洼洼里，那地方劳苦得很！咱把咱川里的凤凰嫁到山里当山鸡去呀？你爹娘也不嫌寒碜！"

酒花一脸愁苦地说："那我哥也得娶媳妇呀！像我哥那情况除了换，就是掏个大价钱买媳妇了。"

"买就买呗！咋都不能用蛋花换。咱凤柳铺自过去姑娘不外嫁，都是在街边边的几个庄子里转圈圈嫁过来嫁过去的。结了婚小夫妻随便在街面前做个啥生意，日子就穷不到哪哒去。蛋花长那么乖，水色又那么亮，在咱街面上好人家尽着挑。酒花你甭为这事发愁。"

"娘，你别说了！去你屋去。"鸡换一脸的厌烦，使劲搡娘。娘就不好意思地笑笑说："这娃你看，都是我惯的。"溜下炕将桌子上的一包点心放到炕头上，颇具意味地说："你俩饿了就吃。我也乏了，瞌睡了。"说着跷出门槛拉上门走了。

鸡换跳下炕关死了门，笑嘻嘻地上炕拉开被子，示意着对酒花说："睡咧。"

酒花已被鸡换的一番举动弄得面红耳赤，羞恼道："你先睡，我不瞌睡。"其实酒花困得眼皮都打架了，浑身紧绷着硬坐在炕上不动。鸡换就鼓着眼睛狼扑羊一样将酒花扑倒在炕上，将嘴贴在酒花脸上。酒花一把将鸡换推到一边，坐起来恼怒道："臭死了！一股馊臭味。"

鸡换嬉皮涎脸地说："中午刚吃的你娘家的饭，喝的你娘家的酒，咋就臭了呢？"

酒花噎住，转而又道："我哥娶不到媳妇，我爹娘愁得很，我也心情不好。"酒花说这话是想探测鸡换愿不愿顾她娘家，不帮顾哪怕说句安慰的话也好。

鸡换却得意扬扬地笑着说："你哥太老实了，娶媳妇要学我。你知道那一年摘槐花时，我把啥放到你身上了？"鸡换诡秘地卖着关子说："是虱子，猪身上的虱子，捉了一伙伙放在树叶上，悄悄贴在你背上。我看见你痒痒的时候，哄你说是毛毛虫，掰开你衣领给你捉，让人看见了以为咱俩咋了么呢！你不跟我还有谁要你哩？柳德茂对你好得很，也不要你了啊！所以嘛！你哥要是看上哪个女娃就要学我——来点急快，还怕没个媳妇。"

啪！酒花一巴掌打在鸡换脸上，骂道："这么下作的事情只有你们陶家人做得出，我们王家人做不出！少提柳德茂，你不配提他！"鸡换愣住了，酒醒了一大半，才发现自己失口了，听到酒花说他不配提柳德茂，醋意上来，把酒花一拳打倒在炕上说："原来你还爱他，还挂念着他，真个下贱！"

酒花也意识到自己一气之下失口了，冷笑道："我的人生还没开始就叫猪给毁了！让猪身上的虱给毁了！咋能不下贱？嫁给你，我这一辈子算是下贱到家了！"

"嫁给我，你跌进福窝窝了！我不说，你以后就知道了。"鸡换说着夸张地钻进被窝睡了。

酒花感觉浑身又爬满虱子，疼痒难忍，她不由自主晃索着身子，坐在炕角流泪。凤柳村饲养室后面的那排洋槐树年年开花，小的时候柳德茂和她年年去那里摘槐花。柳德茂喜欢把槐花繁枝折下来，拔掉刺儿，编成花环戴在她头上，蹲着身子笑嘻嘻地看着。

小伙伴们一块儿玩时，德茂总是护着她向着她。拔猪草时，德茂总是替她提笼子，背背篓。放学时下雨了，德茂就把爷爷送来的雨伞转手给她，自己昂首阔步地冲进雨里走了，一派英豪之气……后来慢慢长大些，懂得了一些男女之事，两人便拉开了距离，不再无所顾忌地说话，打打闹闹一块走路了。酒花没想到一直在她心灵上泅满甜蜜美好的槐花，那一年却突然成了她命运逆转的魔咒，让她的人生跌入无边无际的黑色旋涡，连棵救命的稻草都不曾抓到就变成这样——她成了鸡换的媳妇,要和鸡换过一辈子,还要和他生儿育女延续后代。她一会觉着自己活着,一会死了;一会轻如羽毛,一会重如石头。往事一幕幕强行在脑子里演播,折磨得她头晕目眩,倒头也睡下了。但她睡不着,意识很清醒,她痛憾为啥把虱子放在她身上的人不是柳德茂呢?要是柳德茂,她也许会觉得这些虱子是可爱的。但她知道柳德茂绝对做不出那样龌龊的事情。酒花彻底绝望了,希望自己睡死过去永远再别醒来。

第十二章

  酒花昏睡中仍有潜在的思索和纠缠。一个男人不能使女人的情感像花蕾一样绽放开来,就不是个真正的男人。这是泛在她脑子里最清晰最突兀的感觉。

  她最恐惧的夜晚又来临了,黑色像厚重的帘幕挂在窗户上,屋内便有了种令人窒息的气息。鸡换睡醒了,黑摸过来,她不敢抗拒,但身体却由不得发出抗拒的信号,她扯来一块枕巾盖住了脸和脖子,死尸一般躺着,努力地将思绪流转到那张熟悉的笑嘻嘻的面影上……当鸡换一把扯开毛巾,将涎水一溜两行又灌了她一脖子时,她急得哐一口啐在鸡换脸上。鸡换迷痴的眼睛突然暴怒了,黑眼仁斗在一起,抬手还击。酒花抓起炕头的点心包一挡,一包点心全散在炕上。两人就抓起点心坨坨你砸我,我砸你,打起点心仗来。

  酒花想人家夫妻的夜晚积恩爱,自己和鸡换的夜晚积冤仇,她突然产生了一个大胆的决定——要和鸡换离婚,嫁到远处去给哥哥换一个媳妇,哪怕嫁个傻子当活寡妇都比和鸡换过要强得多。万一鸡换哪天气死病犯了救不过来,或者有了孩子像了鸡换,就再也没有出路了。错误犯下得当机立断去扭转,要不一个接着一个错,就错大了,没法收拾了。

  第二天早上,鸡换娘看见儿子媳妇都紧绷着脸,乌眼鸡似的相互瞪着,进门去一看,点心碎屑和桃仁馅、核桃馅、芝麻馅撒得鸳鸯戏水龙凤呈祥的缎被面上、炕席上到处都是,气得一拍大腿就哭开了:"我的祖宗啊!你俩损阴骘哩么!咋拿这么好的吃食打仗哩?我和你爹舍不得尝一口留给你俩,就这样糟蹋了!"

酒花冷冷地说:"我要离婚!今就回娘家住。"

鸡换娘哭声戛然而止,一脸震惊:"你说啥?"

"离婚!"

"为啥?"

"没法过,潮人(恶心)很!"

"谁潮人?别以为自己长了些鞋面(姿色)就不得了,看不上我鸡换。既然看不上,当初勾引鸡换撩衣服扯衫的,让人看见了做啥?没人要了鸡换才拾掇了你,你当你是啥香饽饽哩!"鸡换娘终于忍不住暴露出自己尖酸刻薄的一面,手插在腰里,抻着脖子,三角眼气得倒立起来,放射出的怒气比刀子还利。

酒花寒凉彻骨,绝望透顶。她气得浑身战栗着说:"你问问鸡换,当初谁勾引谁了?他都做了些啥?"

鸡换心虚地推了推娘说:"娘,你去你屋去,我的事你甭管。"

酒花几乎声嘶力竭哭喊道:"你儿做下那下作的事!贼不打三年自招,自己招了,还得意扬扬地讲经验呢!"

"鸡换,你做了啥了?有啥大不了的?贼不贼的!"鸡换娘怼向儿子。

鸡换嗫嚅着:"其实……也没啥。"

"还没啥!你把我一生都毁了……"酒花哭着连爆竹似的说了鸡换那年在洋槐树下做下的事。

鸡换娘听了也觉得儿子有些下作,眼瞪着儿子问:"真的?"

鸡换恼羞成怒,脖子一梗,眼睛一翻说:"真的又咋啦?屁大点事翻来翻去做啥呀?"说着气得真的就唾哧放了一个响屁,然后羞窘地嘴一咧哭了。鸡换娘略一愣怔,失望地叹口气出门走了,她显然是不想管了,儿子真不给她长脸。

酒花一看鸡换哭了,立马擦干眼泪不哭,收拾东西准备回娘家。鸡换拉住说:"才结婚就回娘家,人笑话哩。我睡我娘屋里去,你先住着,过几天再去。"鸡换真的就抱着被子,夹着枕头去了他娘的屋里。他娘拉着脸不搭儿子,也不和儿子说话。

酒花也觉得刚结婚就去娘家，爹娘不知会惊慌成啥样子，她一个人的痛苦扩散到一家人身上，未免有些自私。好在鸡换让步了，走了，她也就留了下来。除了晚上，其他时候都和在娘家一样，做饭收拾卫生，该干啥就干啥，只是一直沉默不语。

　　这天晚上陶鑫昌下班回来，先将手里的大茶杯拎到屋里去，关紧门窗，夫妻俩默契地挪开红木柜子，揭开地砖和圆木盖子，鸡换娘捏着手电照亮地窖口，鸡换爹提着茶杯下到地窖里去把茶杯盖拧开，便将新酒倒进扑着浓烈酒香的酒坛里封好。他数着巡看了一番后，心满意足地爬上地窖，恢复原样，才幽幽地吐口气说："往后这酒不好往出拿了，你想天天提一大杯黑茶水进厂，下班又提一大杯'白水'出来，老被门卫盯着看，太日（显）眼了。好在酒厂里外都冒酒气，没人看得出杯子里是酒。"

　　鸡换娘眨巴着眼睛说："那换个方式么——裤腰？裤腿？裤裆？我看裤裆最保险，搜都没人敢搜。"

　　鸡换爹略一思忖说："那就试试看。我冒这么大风险天天从厂子里往出拿酒，攒着卖，就是为了鸡换这崽娃子能过上好日子。哎——这两口子咋晚咋样？我今早上班早，没顾得问你。"

　　这一下戳到鸡换娘的痛处，没好气地说："还咋样？这婆娘压根看不上咱儿，天天晚上打仗哩，咱儿说不定连'喝汤'都没见上！"

　　鸡换爹显然很震惊："啥？都一搭睡了两晚上了，还没见上'喝汤'？"

　　鸡换娘窝着眼睛说："我也不知道，猜测呢。今早把咱儿赶到咱屋来了，等会外面耍回来了，你甭问，装啥也不知道。"

　　"我为啥要装不知道？她要大得很！到咱家来，把咱儿赶出来，这媳妇一开始就得降服了，要不以后还不翻了天了！"鸡换爹说着往出走，鸡换娘一把拉住说："咱儿做下的缺德事，还夹不住话给人家倒包了，咱嘴大叫鼻子压着，气短得说不出硬话了！我给你说……"鸡换娘一五一十把虱子的事情和点心打仗的事情学说给丈夫。鸡换爹咳了一声，骂道："咱养了个八成货！烂泥扶不上墙，烂瓦盖不成房，都是你惯下的！"一下蹲在脚地，双手抱着头，旋又抬头说："甭叫把咱偷酒的事给那婆娘倒包了……"

鸡换娘正要张口说话，鸡换回来了敲门。鸡换娘打开门，鸡换跷进来说："还早呢，你们就关门睡呀？我今晚睡你屋，你屋炕热。"说着就脱了鞋爬上去，拉开早上夹过来的鸳鸯戏水缎被和绣花枕头，钻进被窝睡了。

　　鸡换爹刚要张嘴，鸡换娘揉了他一把，使了个眼色，鸡换爹就闭了嘴。

第十三章

新婚的日子沉重难挨,酒花除了闷头做饭吃饭,其他时间就关了门,躲在屋里坐着发呆,躺着看天花板。屋里布设得喜气洋洋,炕墙中间贴着的红双喜格外刺眼,两边贴着的一男一女两个胖娃娃正看着她笑。女娃脸上也有一对酒窝,甜得醉人,可爱得心疼。酒花想他要是和柳德茂结婚一定能生下这样一对儿女,要和鸡换……唉!只要成数够着,没有气死病就算老天开恩了。酒花悲哀地胡思乱想着,迷迷糊糊中发现她一个人提着拔满猪草的攀笼在一人多高的高粱地里左钻右突,就是出不来。高粱地太大了,没有边际。天黑了下来,高粱叶子唰啦啦响得像来了狼,她吓得哭起来。突然柳德茂从一头钻过来,一把抱住她说:"酒花别怕,我接你来了!"酒花也把柳德茂紧紧抱住,头埋在他胸脯上哭。突然一声咳嗽,她惊见鸡换的细眯眼睛从密实的高粱叶子间看过来,浑身一激灵醒了过来。她用手一抹眼睛,满把是泪。怎么就梦到了柳德茂呢?显然是儿时的场景,人却都是长大了的模样。他现在做啥呢?

柳德茂做啥,酒花是猜测不到的,他此刻正和杨兰芝钻在被窝里吃白面馍馍。柳义振急着给孙孙结了婚,想趁自己在世时抱上曾孙子,图个四世同堂,哪怕他看到曾孙子的那一刻倒头死去也就心满意足了。

柳忠民夫妻也想尽快圆了老爹的梦,德茂娘一大早就去娘娘殿里,先跪在祈子娘娘脚前行了祈子文,烧成的纸灰用手托着飞上天后,撅着屁股磕了三匝头,才跪行到送子娘娘脚前,双手合十,闭着眼睛念起祈子歌:

> 双膝跪倒蒲团中，送子娘娘听因由；
> 弟子家住凤柳铺，祖上义德福荫厚；
> 历世历代做善人，才敢庙门把子求；
> 给个儿娃撑家门，年年挂红添灯油。

念毕，又深深地叩拜下去半会方起身，在送子娘娘的身后小心翼翼地摸出一个泥捏的儿娃，用红头绳拴在脖子上揣进怀里，给起了小名叫臭猪。凤柳铺人认为给男娃子起的小名儿越丑越好养。又在供案上捏了一个白面献果也揣进怀里，嘴里小声叫着："臭猪回家，臭猪回家……"急急往家赶，路上碰到任何人都不能说话。

说来也怪，德茂娘只觉得两腿沉重绞缠得迈不动步子，心里明白她拴下的娃娃送子娘娘已经送给了她，叫她带回家去。她明显感觉到这娃娃一路抱着她的腿，婆孙俩绞缠着磕磕绊绊往家走。她心疼孙孙，就张开膀子在脚边一搂说："来！奶奶抱抱上走，臭猪回家，臭猪回家……"果真就感觉怀里抱起了一个大胖孙孙，身子趔趄着走，嘴巴都笑歪了。惊得路过的人好奇地盯着看，以为是个神经病。好不容易回到家，德茂娘就将拴回的泥娃娃和白面馍馍用红布包了，一起敬献在挂有义德酒神画像的祖案上，点上三根香，念念叨叨告慰义德酒神，祈求赐福荫子，绵延后代。

等到天刚麻黑，德茂娘就从祖案上揣了白面馍馍到小两口的新房里，说了去娘娘殿祈子的事。随之将白面馍馍塞进被窝，催两口子赶紧钻进去，趁黑着掰开来一人一半吃掉，连馍渣子都不能掉。这样怀上的娃娃不但是儿娃，而且长大后出将入相，大有出息。德茂娘一脸虔诚地千叮咛万嘱咐后，拉上门回自己屋去了。

柳德茂和杨兰芝起先窘得面红耳赤，等娘一走，就相互嘻嘻笑着钻进被窝，并排趴着，将馍掰开一人一半，像老鼠嚓铺（噬咬磨牙）一样窸窸窣窣地吃了，两人酣畅淋漓地云雨了一番后，杨兰芝从被窝里钻出来，拉亮电灯，穿上外衣。柳德茂从被窝里伸出头问："做啥去？"

杨兰芝满脸绯红，眼锁云雾，莞尔一笑说："解手去。"

"哦！你知道啥叫'解手'？是有来历的，关于我先祖的故事。闲了给你讲。噢！你别动，咱娘辛辛苦苦给咱拴回来的娃娃，在你肚子里还没坐实稳当，你就下去尿呀？"柳德茂俏皮道。

杨兰芝红着脸说："我憋不住。"

柳德茂笑道："那你甭动，我端着你尿。"

杨兰芝娇嗔地擂了柳德茂一拳说："没羞没臊没正经！"

柳德茂真的就下炕去，从大柜子下面拽出灰瓦尿盆，提到炕沿下放好，然后蹲在炕沿上，像给小孩把尿一样端起杨兰芝。杨兰芝羞得咯咯直笑，嗲道："你要说嘘嘘嘘……不说我不尿。"

"好咧，嘘嘘嘘嘘……"

杨兰芝真的就尿了起来，长长的尿线将灰瓦盆敲得当当脆响，同时也禁不住笑得浑身乱颤。

柳德茂也不由扑哧笑了，浑身一散劲手没把牢，杨兰芝扑通掉在尿盆上，砸烂了灰瓦尿盆，碎渣割破了嫩白的屁股蛋，鲜血直流。杨兰芝吓得花容失色。柳德茂也吓傻了，随即把杨兰芝抱上炕，趴在屁股上看，老深的一个口子翻着白肉往出冒血，怎么也止不住。柳德茂急忙给草草包扎了一下，穿好衣服，夫妻俩悄悄出门往镇医院去。伤在屁股上，杨兰芝却感觉腿疼得走不动路，柳德茂只好趁黑背着走。

凤柳镇医院在凤柳铺老街以西，端不端的就建在柳德茂家老烧坊"兴盛茂"的旧址上。"兴盛茂"旧址以北紧靠着玉皇殿，庙里供奉着大圣、二圣、三圣等诸神。传说秦始皇、汉刘邦诸帝去雍山祭祀路过凤柳铺，曾歇息于此，后被人修殿祭拜，慢慢演变成玉皇殿。解放后玉皇殿迁到了雍水河以西，人脉稀了又鼓励生娃娃，就演变成了娘娘殿。看来"兴盛茂"老烧坊之地也非寻常。包产到户那时，秦妙手被请到镇医院成了坐堂名医。柳义振习惯于三天两头去镇医院转悠，踩着祖卜的脚印感受回味祖上酿酒的气息，回想着秦皇汉帝当年行祭祀之事是咋样的英武阵势。他眼瞅秦妙手不忙的时候，趸进屋去坐下来说说话，下下棋。两人尽管是忘年交，但那默契程度，是柳德茂自小就见识过的。

柳德茂在路上就想千万不要碰到秦妙手值班，要是碰上多么难堪，说不定他哪天夹不住告诉他爷爷就把人丢大了。爷爷在男女之事上太一本正经不屑一顾了，他老人家不知会拿啥眼神看他。

怕谁来谁，他俩一进门就看见秦妙手正在看急诊，抬头看见他俩进来显然很吃惊，一边给病人把脉，一边随口问："你俩？咋了么？"。杨兰芝心虚地躲在柳德茂身后不吭声。柳德茂赤红着脸按照两人在路上编好的话说："我媳妇刚才去后院茅房，不小心跌了一跤，'后背'被烂瓦片割伤了，血流得止不住。"因为有病人，柳德茂就把屁股说成后背。

秦妙手轻描淡写地哦了一声，说："那就趴到里面床上去，我马上就看。"

秦妙手进里屋来看伤。杨兰芝趴在床上双手捂着脸，耳根和脖子窘得通红。柳德茂慌手慌脚地先把杨兰芝的衣服后背揭上去又拉下来，然后将裤带解开，扒下裤子露出屁股蛋。秦妙手这才看见流血不止的伤口，急忙消毒撒药，包扎好，疑惑地看着柳德茂说："伤口不大，但有点深，开始药要换得勤，又不能走动，我意见是住上三四天等结了痂再回去。"

柳德茂赶紧点头："好吧，谢谢秦叔！我这就去办住院手续。"回头无可奈何地看着杨兰芝说："叔说得对，等结了痂再回去。"

杨兰芝面红耳赤不敢抬头，也不敢接话，仍趴在床上将手捂着脸。

柳德茂办好了住院手续，扶着杨兰芝住进了后院的病房。杨兰芝屁股疼得一时睡不着，就让柳德茂给她讲关于"解手"的故事。

柳德茂想了半会，神情忧戚起来。这事提起来总能触动他内心最柔软最感伤的地方，由不得心疼自己的老祖先。据他爷讲，他们柳氏家族代代传说着这样一个极具戏剧色彩的悲壮故事——在明朝大移民期间，一个夏末秋初丰收在望的时节，山西洪洞县官府组织了一台大戏，男女老幼都兴冲冲地去戏台下看戏。戏唱到热闹处，人们看到入迷处，突然官兵乌压压从四面八方把戏场死死围住，拣年轻男女一个不漏地绑了，押送到大槐树下登记造册，办理"川资凭照"，然后不论婚否，不管是不是夫妻，可否认识，就将男男女女配成对，背着手捆绑在一起，中间用一根粗绳子串联起来，驱赶着往西走了。家里的老弱病残父母兄弟儿女，闻讯赶来，牵衣顿足，拦路哭喊，跪地求情，哭天抢地，官兵都无动于衷，无奈只好奔走相送十里不散。柳家有兄弟三个都被绑上，配了不相识的女人串结在前不见头后不见尾的队伍中，一路哭哭啼啼朝西而去。

路上若是有人要上厕所只得报告官兵，官兵先要解开绑手的绳索。次数多了，因繁就简，只要谁喊一声"解手"，彼此会意。自此，"解手"便成了上厕所的专用语，流传至今。背着手走路也成了祖祖辈辈惯常的不自觉的习惯式子。

这一队移民在官兵的押解下一路风餐露宿，日夜兼程，历时数月，途中病饿忧苦劳顿死去多半。柳家三兄弟与配对的三位女子都是有了家室的人，彼此面对不是自己原配妻子、原配丈夫的人，内心的痛楚大过身心的凄苦劳顿。思念亲人再见亲人的念想让他们有着活命的强烈欲望，由彼此白眼相向到相依为命相互照应，最终成为幸存者，随千人百姓的迁移队伍来到凤柳铺这个因战乱灾荒而满目疮痍、荒草萋萋的地方。在雍水河畔、古丝绸之路的驿站处，像抛撒种子一样散布在这块黄土地上，结茅为庐，凿洞为窑，开荒种地，繁衍生息。后来日月好了，积攒下粮食，便跟着当地的土著居民学会了烧酒，在凤柳街做起了酒生意。经过几百年的繁衍，柳氏发展到现在二百多户上千口人的大家族。凤柳铺也在移民与土著的融合发展中日益繁荣兴盛起来。柳家最著名的老烧坊字号"兴盛茂"的取义也在这里。柳家庄上百年的古槐树除了无尽的纪念意义外，还时刻提醒后人他们先祖的来历和故事。

柳义振给柳德茂讲起他祖上的来历和故事时，神情更为复杂，既悲壮又自豪又感伤。柳义振见过的先人祖案上，最初的名讳多不离"拴"字——拴来、拴成、拴怀、拴旺、拴常、拴顺、拴勤、拴喜等。除了"拴"字名讳，娶媳妇也是"拴媳妇"，生娃也是"拴娃娃"，买猪娃也是"拴个猪娃"回来，买卖牲口更是拴来拴去的，一"拴"就成。"拴"后来演变成了凤柳铺的民俗特色——百姓之家男娃衍生出拴牢、拴财、拴虎、拴熊、拴猪、拴狗等名字，女娃多以拴翠、拴秀、拴巧、拴能、拴芳、拴娥等命名。

柳家在清末民初酿酒生意最辉煌的时候，柳家祖爷柳森鹤成了商会会长，有民族大义精神，修订了更为严格的祖规家训，并颂念于心。柳家后辈的名字便严格按照先人祖案上的"孝悌忠信，礼义廉耻"八字教意，起承"义"字辈、"忠"字辈、"德"字辈、"诚"字辈……同时"拴"字精神也深入骨髓。柳德茂记得他爷爷讲起他老爹义德酒神"拴媳妇"的故事时，充满喜悦和自豪。他祖上一辈子不欺不诈不哄不骗，唯独在给酒坊、醋坊、油坊、磨坊……的年轻伙计们娶媳妇这件事上用足了"拴"字精神。只要哪个小伙子因为家穷或貌丑娶不下媳妇，爹娘找柳森鹤帮忙时，他总会呵呵一笑说："帽子端端戴，媳妇来得快；手脚不离活，油坊加水磨。"意思是男人不在于家穷貌丑，只要活人的态度端正，手脚勤快，媳妇很快就来了，家业也就兴旺了。

对于家穷的小伙子，柳森鹤会酌情资助些银两帮忙娶妻。对于貌丑的，他会在他家酒坊里挑一个强壮英俊的小伙子，派人领着去女方家相亲，递上生辰八字，打婚单订婚后，择一良辰吉日迎娶进门。洞房花烛时揭了盖头，新娘羞羞怯怯地瞅见红烛映照着的新郎歪瓜裂枣，丑得不堪入目，不是家人描述的，或自己偷偷看到的模样时，遂赫然变色，失望哭啼，但也不敢过分哭闹，怕不吉利——毕竟她的命运已经"拴"在了眼前这个小伙子身上了。

如此这般，柳森鹤为凤柳铺的好多丑小伙娶了媳妇，成了人们茶余饭后传说笑谈的逸趣故事。

柳德茂讲到这里时，自己也止不住得意地笑了，并对愣神听着的杨兰芝说："不要看你先生爷爷给你起了一个文雅的名字'兰芝'，但在我爷爷眼里你就是一'拴'来的媳妇。不过你运气好，我长得够端正够气派吧？"

杨兰芝扑哧笑了道："就是！我看咱俩得改名字，你叫拴虎，我叫拴翠。"

柳德茂俏皮地一笑说："我叫拴虎，你就应该叫拴猪，是我这个猛虎把你这头笨猪一口吃了。"

杨兰芝忘了屁股上的伤，咯咯笑着伸手推了柳德茂一把，却疼得哎哟叫了起来。柳德茂失急慌忙地说："唉！人狂没好事，狗狂挨砖头，弄疼了吧！我给你捂捂。"说着将热手轻轻捂在杨兰芝撅起的屁股上。一股炽热的激流瞬间漫溢了全身，杨兰芝微微战栗着面若桃花，眼如水杏，深情地望着柳德茂说："我真幸福！我也为过去那些被换了男人的女子心疼。"

这神情这话语，突然让柳德茂想起酒花，蓦地低了头不再言语。

第十四章

　　三天后，秦妙手给杨兰芝换了药。柳德茂办了出院手续扶着杨兰芝回家，第二天又赤红着脸到医院找秦妙手上药。秦妙手一看流血的伤口似恼非恼、似笑非笑地说："我刚给你们治疗得结了痂，再过几天痂痂自然脱落了就好了，咋提早就掉了？我不看了，叫你们把我这几十年的老手艺都瞎了！"

　　柳德茂一听索性涎着脸说："秦叔，我知道你是名医，才叫你看哩！我这媳妇有点笨，走路又跌了一跤。"

　　秦妙手扑哧笑了，瞟了杨兰芝一眼，杨兰芝本已羞得恨不得遁地而去，这一眼使她触电般的将整个脸用手捂严了。

　　柳德茂觉得他这个媳妇真的有点笨，掩不住秘密。等上完药，道了谢，两人一同往家走，走到背街处，柳德茂说："你走不动，我背着你走。"说着就蹲下身子。杨兰芝看看四下无人，就趴在柳德茂背上搂住了脖子。柳德茂刚起身迈开步子，酒花就从巷子里拐出来，肩上挎着包包回娘家，一眼看见柳德茂背着杨兰芝过来，两人正嘻嘻哈哈地笑着。酒花瞬间愣站住。柳德茂也愣站住，手一松，杨兰芝差点从他背上跌下来，打了个趔趄站稳了，尴尬地问："姐，回娘家呀？"

　　"嗯，啥时候娇贵得路都不会走了？不好意思，我没看见，继续驮上走。"酒花说着眼睛一抿，加快步子走了。柳德茂回头望着酒花长辫子摆动的腰身较前清瘦了些，不由心里哀痛起来，拉了一把正在愣神的杨兰芝说："走吧！"他自个先低着头走了。杨兰芝跟在后头走，她想起蛋花送青杏时摔倒在院子里，被她捡着的那张纸条还藏在家里某个地方，心里不由虚慌起来。一想到德茂说她是他爷"拴"来的媳妇时，又瞬间沉静下来——柳义振永远是柳家的权威，况且德茂已经越来越体贴爱护她了。

酒花走了老远回头一看，柳德茂和杨兰芝不见了，眼泪止不住夺眶而出，模糊了前面的路。他想起鸡换酒后吐露的洋槐树下发生的事，恨得在地上跺了两脚，自言自语道："活啥呢？有意思吗？"她知道她活得没趣，但她还得好好活着，好好回娘家看望爹娘、哥哥妹妹。她生怕妹妹的人生步到她的车辙上来。但她眼泪流不尽，她不想哭着回娘家，就拐到雍水河边，沿河往上走，走到无人处，在一块石头上坐下来，静静地看着刚解冻的河水清洌洌地蜿蜒而去。

河岸上柳枝垂挂下来，如丝如画，泛着鹅黄的绿。有几只水鸟在河水上扑棱着嬉戏。酒花看见有两只飞起来在空中啄仗，长嘴绞过来绞过去，身子飞高落低，嘴始终绞在一起，配合得极为恰切有趣。其他鸟儿则站在岸边看。突然鸟儿的嘴变成了柳德茂和杨兰芝的嘴。酒花顺手捡了一个石子扔过去，便惊得鸟儿四散飞去。酒花想这鸟儿的情感世界和人的是否一样呢？真难为了这些鸟儿，身子自由着，嘴却长得那么长！造物主的恶作剧让世间没有活得容易的生命。

一群小孩子从河的上游吵吵嚷嚷跑了下来，手里提着瓶瓶罐罐，里面装着捕捞的鱼虾。有一个扎着翘辫子的女孩子抱着瓶子护在胸前，一个白胖的男孩子在她周围旋着愤愤不平地说："这条黑背脊的大鱼是我抓的，牛娃却分给了你。你给我，给我嘛！"女孩噘着嘴左闪右闪护着瓶子。一个瘦高的男孩子一把拽开胖男孩说："和一个女娃抢东西，你还是男人不？"

"本来是我捞的！我记得清清楚楚。"胖男孩还往跟前扑。

"鱼脸上写你名字啦？我就分给她咋啦？"显然瘦高男孩叫牛娃，他把手里的罐罐给了旁边一个男孩子，使了个绊腿就把胖男孩放翻在地，气狠地说："欺负女孩子，就这下场！"

胖男孩睡在地上蹬着腿哭了，手里的瓶子摔倒在地，小鱼小虾在地上乱蹦。牛娃拉着女孩的胳膊跑了，其他男孩也跟着跑。

胖男孩哭着骂："我×你娘！我迟早要叫你还回来！"爬起来拍拍身上土，捡起鱼虾装进瓶子里，在河边灌满水，撵着跑了。

酒花静静地看着这群孩子吵闹着从身边跑过，惊叹围绕这条雍水河，一代代孩子上演着同样的童年故事——捕鱼捞虾抓螃蟹，免不了为分配问题引发纠纷甚至打架。她想起早在八九年前，她也和这女孩一般大，拔满一笼子猪草，就跟着一群男孩子在河里耍。她总是坐在河岸看管衣物。男娃子穿着裤头像泥鳅一样在河里扎猛子，打水仗，捕鱼捞虾抓螃蟹。最后分配战利品的时候，柳德茂总要先给她分，等她娇滴滴地指这个要那个，挑拣完了，柳德茂才把剩下的分给别的孩子，也会引发一些嘟嘟囔囔的不满和公开抗议。

有一次鸡换手伸进河岸边的深洞里，抓出来一只大螃蟹，肚子是红的，脊背是黑的。酒花稀奇地惊叫："好大的螃蟹！我要。"酒花把罐头瓶举着叫鸡换放进去，鸡换不给，柳德茂说："给她！你再抓一个。"鸡换就捏着螃蟹的背脊，装进酒花递过来的罐头瓶里。然后又埋头将手伸进洞里去，探了半天欣喜地惊叫："抓住了！一个老大的！"等手从洞里出来，才看清是一条胳膊粗的菜花蛇，鸡换吓得一甩手扔到了河里，蛇就顺着河水游走了。鸡换瘫坐在地上，半天不说话。

柳德茂急忙问："咬上了没？"拉着看了看鸡换的手说："没咬上，没事。你最爱掏螃蟹，蛇是螃蟹他舅舅，警告你一下，看你以后还掏不？"鸡换惊魂未定，摇着头说："再不掏了！"

酒花到现在都能清楚地记得鸡换吓得眼睛失神、面如土色的样子。刚才那个男孩骂着说："我迟早要叫你们还回来！"看来欠下的是要还的——今世的、前世的、早欠的、晚欠的，恩恩怨怨都是宿债。她不知道她前世欠了鸡换多少啥，今世就欠了鸡换一只螃蟹，就要这样做了夫妻——侧着身子走路，斜鼻子吊眼歪着说话——她为自己的逻辑推理无可奈何地惨然一笑。奶奶说人的生死婚姻都是有宿命定数的，因缘果报出自细微琐碎处。就像那只螃蟹，她其实并不喜欢，但那一刻她却娇气地要了。要了却没养活，死在了罐头瓶里，她欠了一条命——大小都是个命，命和命其实都一样，活的都是一口气。

酒花正在胡思乱想，柳德茂的弟弟柳德全骑着飞鸽自行车飞快地过来了，看见酒花刹住闸，两条长腿撑着自行车，很不自然地叫了一声姐。车后座上跳下一个女娃，是蛋花。蛋花也很不自然地叫了一声姐，忸怩了一下说："姐，你一个人坐这里干啥呢？快回咱家去嘛！我和德全去豆庄看了一个生病的同学。"

柳德全也极不自然地说："星期天没啥事，我们就去看同学了。姐，你回哩不？回了就一搭走。"

酒花挥了挥手说："我闲着没事，在这散散心，你们先回。"说着故意装作漫不经心地笑了笑。

柳德全也腼腆地一笑，回头让蛋花坐上车，两只脚使劲一蹬车踏板，自行车便呲溜滑走了。酒花望着他们远去，心想这个小伙子长大了，脸上有了棱角，嘴唇上覆着一层毛茸茸的嫩胡子，活脱脱当年的柳德茂。蛋花脸蛋红红的，坐在车后座上很拘谨，不是以前那个活蹦乱跳、天真无邪的样子了。她突然觉得蛋花长大了，她得和蛋花谈一谈，不要轻易和男娃在一起，要保持距离。她起身拍拍屁股上的土，拎着包包回娘家去了。

柳德全这娃似乎要比柳德茂精灵得多，把蛋花带到背街停下自行车说："蛋花你先回去，我去街上有点事。"

"好吧！我走了。"蛋花跳下车，如大赦般地蹦跳着回去了。柳德全看着蛋花的样子笑了笑，骑上车子飞奔回家了。他把车子放在院子里，从门缝瞅见嫂子杨兰芝正趴在炕上睡着。柳德茂坐在脚地椅子上翻书，他就从门缝里向哥哥招手。柳德茂看见了放下书出来，柳德全就趴在耳边说："我酒花姐在北边的河滩上坐着，眼睛红红的，好像哭哩。"

柳德茂一愣，迟疑着问："她一个？"

"嗯，没别人。"

"你咋知道的？鸡换哩？"

"笨蛋！我咋知道？我骑车子路过看见的。"柳德全有点气恼，转身走了。他小时候帮哥哥给酒花送信，偷偷看了信里的话，识字不多认不全，但却懵懂了其中的含义——他哥和王酒花瞅对象呢,就是大了要结婚一搭过日子的那种对象。他很喜欢蛋花的这个漂亮姐姐,一笑太好看了。他曾一度嫉妒蛋花,酒花要是他的姐姐该多好!后来他知道了他哥将要娶酒花当媳妇,欢实得天天盼望送信呢。再后来不知道怎么酒花和鸡换订了婚,他哥娶了这个稍显木讷的杨兰芝为妻,让他好是郁闷和不解。他总觉得他哥不是英雄,酒花不快乐都是他哥造成的,他不由自主就成了碎嘴婆,赶紧跑来给他哥报告信息,扑了一脸灰,无趣地走了。

柳德茂被他弟弟抢白了一句,愣了半会,去娘的屋里说:"娘,你操心着兰芝,叫不要走路,刚换了药。我出去有点事。"

娘说:"去吧,早早回来。"

柳德茂骑上自行车飞奔到河滩,快到雍山了也没见酒花的影,就返回来去了街道。凤柳街酒厂大门外一长行晒着酒糟,刚倒的还冒着腾腾热气,酸香扑鼻。鸡换开着手扶拖拉机拉着一厢酒糟从酒厂大门里出来,看见柳德茂停下来说:"听说你媳妇住院了,我和我媳妇刚准备看去呀,又听说出院了。得是害娃娃(妊娠反应)哩?"

柳德茂也从车子上跤下来,立着说:"谢谢!就是这问题,反应有点重。"又问:"谁给你说的?"

鸡换眯眯眼一抿,一脸坏笑地说:"你娘说的。你靶子准得很么!才结婚几天就有上了。"

柳德茂扑哧笑了,他一直哄家里人说杨兰芝跌伤脊背住院了,娘却对外人说是"怀孕的反应重"住院了,看来娘对她在娘娘殿要来了娃娃深信不疑,也就干脆顺着话头笑说:"那当然,你也快了。"这话戳到鸡换疼处,鸡换眨巴了几下眯眯眼说:"快个屁哩!"正准备发动拖拉机走,柳德茂跨着自行车横在前面,说:"鸡换,我给你说,娶下媳妇是用来疼的,家里家外是要护着的。你把你的心交给她,她迟早也会把心交给你。心都是你的了,还有啥不称心如意的?"

鸡换吸了吸鼻子,满不在乎地说:"她连人带发票都是我的了,心还能不是我的吗?你操好你的心!我妈叫我拉点酒糟喂猪哩,走咧!"鸡换发动拖拉机突突突地冒着黑烟走了。

柳德茂对着陶鸡换的背影愤愤地骂了一句："喂你个猪头！"推上自行车往街道里走，在熙熙攘攘的人流里无目的地东张西望，突然他看见酒花在一个百货商店门口称油炸小果子。售货员称好倒在麻纸上，包成一个四四方方的小包包，用细纸绳五花绑好递给酒花。酒花又要了两包羊群烟装进黄挎包里，一并付了钱，提着小果子往娘家方向走了。柳德茂推着自行车跟在酒花后面走，酒花没有回头。他一鼓勇气越到酒花前面去，假装才看见，立住脚满脸堆笑地正要打招呼。酒花略一愣怔，变化出一脸漠然和素不相识，倏忽拧身，长辫子一甩走进一个门市部去了。柳德茂脸上笑容僵住，讪讪地看着酒花背影。

"德茂，看把你眼睛裆扯了！看啥哩？"柳德茂循声回头一看，商店里一个相熟的小伙子趴在柜台上正冲着他暧昧地笑。他知道这小伙子长着一双渴盼顾客而眼观八路世态的眼睛，他的一举一动自然被看得清楚。柳德茂只好把自行车靠在街边柳树上，走进店里，买了一盒宝成烟，对着小伙子也坏坏地一笑说："和你一样看乖（美）女子哩。凤柳铺盛产乖女子。你是天天看哩，我偶尔上街看一回，你的眼睛裆不知扯了多少回了！"

这个小伙子卖了一盒烟把钱放进抽屉里，心里舒坦地笑着在柳德茂的肩上拍了一把说："够坦诚，是个爷们！我天天看乖女子，也看像你这样的蛮（俊）小伙哩。要不你也开个店，咱俩一起看。"

柳德茂在这小伙子肩头拍了一把说："我开个酒厂，你给我卖酒。"

"那就赶紧！各个村上都在街上圈地方建酒厂哩，迟了没好地位了。"小伙子显然认了真，他能嗅到这里面的商机。

柳德茂一句随口的玩笑话让他自己也悟醒过来，认真地说："那我回去和我爷我爹商量去。你给我媳妇称上一斤红糖，二两瓜子。"柳德茂显然还想掩饰他跟踪搭讪酒花的窘态，多买些东西堵堵小伙子的嘴。小伙子果然又眉喜眼笑地称好糖和瓜子，递给柳德茂，假意推让着收了钱说："那就见钱了！慢走咯，需要啥了再来。"

柳德茂骑着自行车飞奔回家，到后院放好车子往房间走。柳义振从门里出来挡在前头说："刚才做啥去了？"

柳德茂立住说:"街上去了。"

"做啥?"

"随便转了下。"

"结了婚就是有家有舍的人了,游手好闲转啥哩?街上遍地都是生意,你看不见啊?不打算做个啥正经事?"柳义振背着手质问孙子。

柳德茂心虚地说:"想做个正经事啊!爷爷你说我做啥合适?"

"酿酒!去咱村酒厂上班。"

柳德茂一听欢喜道:"好!啥时去哩?"

"明就去,省得一个男人家不是围在婆娘炕头,就是在街上瞎溜。去酒厂把手艺练熟了,积攒点钱,咱自己开烧锅,想过没?"

"想过,但没资金。"柳德茂干脆地回答。

柳义振略一思忖说:"只要有决心,铁棒磨成针。老祖先还不是白手起家的?他们靠的就是一个'勤'字。不管给公家干还是自己干,都要勤快。关键是要烧出咱祖上的老味道酒才对,趁我现在还活着能帮一把是一把。"

"太好了!谢谢爷爷!给你买的。"柳德茂顺手把红糖和瓜子往爷爷手里塞,柳义振轻笑着用手一拨,说:"给你婆娘拿去。"

柳德茂尴尬地红了脸,懊悔自己没有给爷爷买一包卷烟或别的啥,爷爷把他看穿了,只好龇着牙笑着说:"噢!忘了你爱吃桔子卷烟、工字卷烟,明给你买。"

柳义振不吭声,瞅了孙子一眼背着手进屋去了。

柳德茂提着红糖进屋,见杨兰芝侧身趴着和婆婆说话,随口叫了一声娘,把装瓜子的纸袋子打开放在炕沿上,说吃瓜子。德茂娘用柔爱的眼神看着儿子说:"以前是你从树上跌下来受伤,兰芝好好经管了你几个月,现在兰芝受了伤,你也要贴着身子经管哩。世上这事就是你照顾她,她照顾你,感情才越来越深哩。没啥事就待在家里陪着兰芝说说话,她咋照顾你来,你就咋照顾她……"

柳德茂若有所思地点了点头。他瞬间想起酒花,想起他从酒花家的杏树上跌下来,让弟弟德全帮他送纸条的事。又想起刚在街上看到酒花生冷蹭偏拒自己于千里的神态,有点心寒,有点伤自尊;想起鸡换和他刚说过的话,又对酒花心生愧疚和怜念。种种复杂情感在心中交织着,让他恍惚间只知娘嗡嗡地给他说话,却不知道说了些啥话。

第十五章

酒花在街上看到柳德茂的一瞬间不由自主像躲瘟神一样躲进门市部,眼瞅柳德茂进了商店就溜出来往娘家走。她走到村口看到娘娘殿前人山人海,香烟缭绕。东边古戏楼上秦腔戏唱得正热闹,才想起一年一度的古会开了。她碰到隔壁的姊提着一捆麻糖(麻花)往家走,说她娘领着她哥在殿里。酒花就拐脚往殿去。

每逢古会娘娘殿香火日夜旺盛。主殿里,王母娘娘、大圣母娘娘、九天玄女娘娘、祈子娘娘、送子娘娘、奶母娘娘、浴子娘娘、偷子娘娘金身塑像列坐其间,庄严肃穆。许愿的、还愿的、求子的、祈福的、送病的……人们根据各自的需求将所有心思和心愿都袒露给了列位神灵,虔诚膜拜。酒花知道娘一定是给哥哥求媳妇哩,不由心口堵得慌。

鸡换娘在大殿里给磕了头、上了布施的人往身上拴红头绳,她期望通过自己的热情服务,让神灵看到,消除她儿子的气死病,赐给她大胖孙孙。她看见亲家母带着跛腿大舅子强娃进来,急忙热情地招呼着跪在圣母娘娘塑像前磕头。她喜悦地给娘儿俩脖子上都拴了红头绳,嘴里念念有词。乘娘儿俩不注意时忙用两根手指头蘸了唾沫,在香炉里捏了香灰揉搓成灰黑丸子,展在手心给酒花娘看过后,抵进强娃嘴里,自己张着嘴示范强娃呜哇咽了下去。趴在酒花娘耳边,偷声说:"亲家母,这是昨夜圣母娘娘出宫(伐马角)时送的药,我偷偷藏了一颗,正好给强娃吃了,脑筋开了窍,媳妇也就来得快了。"

鸡换娘的一番话正中酒花娘的心窝,感激地一把握住鸡换娘的手摇了摇,憋了半天才说:"亲家母你心这么长,叫我咋么感谢你哩?你好积修,洪福大得很!"

鸡换娘乘机眯眯眼睛说:"亲家母也心长着哩!你知道我就鸡换一个单蹦儿,还想赶紧抱个孙孙。你催催酒花,生娃娃要趁年轻血气旺,生下娃娃身体好不要麻达——"鸡换娘把"麻达"两字调儿拉得老长,把酒花娘的手使劲捏了捏。酒花娘感受到了鸡换娘要孙子的迫切和热烈,忙说:"那还用说!结婚了要小娃是自然的事,我和你心一样哩,娃那天过来了,回时我给送个碗花(一只装满米面的大瓷碗,上面用彩色剪纸糊严,外加一双用红纸糊着的筷子,寓意给还未投胎的娃娃赶紧送上口粮饭碗),米面带上就快了。"酒花娘感激地挖空心思要回报亲家母,语气急迫而欢悦。

鸡换娘一听也激动得紧攥着亲家母的手说:"好很!还是你想得周全……"

两亲家立在殿角正说得热火,酒花就跨进殿来,一看到鸡换娘,不由自主转身欲走。鸡换娘赶紧拉住,亲热地说:"酒花你磕几个头,娘给你多拴几根红头绳,保你平平安安,无病无灾,保你想啥成啥。"

酒花只得晕晕乎乎跪下磕头。鸡换娘给酒花脖子上、胳膊上拴了红头绳。又往手里塞了几根说:"拿着扎辫子。"酒花感觉自己突然变得木讷,手指僵硬,头绳掉到了地上。酒花娘赶紧拾起来递给鸡换娘说:"亲家母,你不忙,拴几根就够了。"说着拉着女儿儿子跷出殿门。鸡换娘殷勤地送出来,逢熟人就说:"这是我亲家母,这是我儿媳妇酒花。"人们眼睛一亮说:"噢!你儿媳妇俊样。""你烧了瓮粗的香了?积修下这么水灵的媳妇儿。"鸡换娘笑得好开心,眼睛鼻子全开了花。酒花却浑身瘙痒难受,鼻子一酸,眼泪花就涌出来了。她低着头快速往回走。娘撵着说:"咱看会戏再回,今戏好得很!"

酒花吊着脸说:"心里没戏,不看了。"

"看走,好很!"娘一手拉着酒花,一手拉着强娃走到台下立着,欢喜地说:"你看现在正唱《柜中缘》哩,这演员扮相多俊!你小时候跟着你戏迷奶奶坐在台下看戏,一看就是一天。你奶奶给你讲戏,你回来兴得又给我讲,而且还能唱几段,动作做得像模像样的……"

酒花看着台上不搭话,任娘一个人说叨。台上姑娘许翠莲把逃难的公子李映南偷偷藏在柜子里救下，其母觉得有损女儿名节，遂将女儿许与李公子为妻，机缘巧成一桩好姻缘。这些古戏她都知道，年年唱来唱去就这些。奶奶总是张着豁风漏气的嘴说："戏文里尽是些姑娘缠相公、相公缠姑娘的故事，人老几辈唱了多少年，离不开这些说头，看不厌咯！"

凤柳铺自古以来是"戏窝子"，人人爱看秦腔戏，见是个人就能说几段戏文故事，吼唱几句秦腔。酒花小时候以为这就是生活，都是些欢天喜地的大团圆结局。她懵懂的意识里将来一定能嫁个像戏文里一样儒雅多情的相公哥哥，现在知道了这些只是浮在生活表面的戏剧，是人们对美好生活美好情感的向往，相比之下，现实生活实在窝囊得提不到桌面上、搬不到舞台上去。

酒花看着台上姑娘眉眼生动，流转多情的演唱，心想要是给鸡换化了妆穿上戏服，扮成相公在戏台上这么一演，也会让台上台下的姑娘春心萌动，热乎乎还想托付终身呢。她拽了拽娘的衣角说："你慢慢看，我先回去了。"

娘看酒花不悦，无奈而不舍地跟着酒花挤出人群往回走。强娃一走快，腿就跛得厉害，一长一短一粗一细两条腿像拧麻花，跌跌马爬地往前撵，惹得看戏的人们侧目看。有小孩指着吆喝：看——瘸子！

酒花猛一回身，立住也看着哥哥，心像刀剜一样疼痛——哥哥太可怜了！得有个媳妇照顾着。可是谁嫁给哥哥，又是多出了一个可怜姑娘。不给哥哥娶媳妇，爹娘可怜，哥哥更可怜。哪个姑娘嫁给哥哥就等于要做出牺牲。酒花突然明白人和人之间存在的是一种牺牲关系。就像她和鸡换之间，如果鸡换是个可怜人，她就要拿出一种心甘情愿牺牲的高姿态，才能心里舒坦点，甚至有悲壮的英勇就义感。可是鸡换不可怜，鸡换和哥哥不一样。鸡换做下的事实实可恨！她不能再忍受鸡换了，她要为哥哥为爹娘做出牺牲。她准备回去向爹娘摊牌，她要和鸡换离婚，嫁到远离凤柳街的地方去。有些人她再也不想往眼里去了。

酒花刚一进门，还没坐稳当，娘就兴奋地凑过来说："酒花，不是你想的那么差。蛋花换到雍山的那家小伙子，昨个媒人领着来了，敦敦实实一个小伙子，人叮当得很！蛋花也没见说啥。这娃呀！就是家里地方不好占不下媳妇。他地方不好咱地方好。我和你爹商量着等他俩结了婚，就住咱里，在街上瞅个生意做。听说他妹也俊样,换到黑马山去。黑马山那家的女子我带着你哥也去看了,不识字,是个老实疙瘩,长着两个红脸蛋,胯大尻子圆,一看就是个养小娃的好料子,你哥就得这样一个媳妇。她家人也都愿意你哥。这桩三换亲的事也就定承了,等择了好日子再正式送礼订婚。"

酒花一听就懵了,瞪着眼看了娘半天,确定不是说胡话,才极力压着怒气说:"蛋花愿意?蛋花说她能看上那个小伙子?"

娘讪讪地笑着说:"蛋花没说啥,蛋花欢蹦蹦送出门,看样子好着哩。"

"我和你们不说,我只和蛋花说!"酒花气得一甩长辫子出门走了,心乱如麻地去了街上。她在热热闹闹熙熙攘攘的人流里从西走到东,又从东走到西,才看见学生放学了,从北巷子涌到街上来,叽叽喳喳地融入赶集的大人流里,使街面上更显得生动热闹起来。

酒花走到雍水河的桥头上,在走过的学生群里搜寻蛋花。大队伍走完,没有蛋花,零零星星走过的学生里也没有。她心里纳闷,就绕到街背后往学校走。突然她看到蛋花和柳德全一块儿从校门口出来,一块儿说说笑笑往回走。她不由自主闪到大树后藏起来,偷眼看到蛋花朝柳德全甜甜地一笑,拐到北巷子去了。柳德全也笑着朝蛋花挥挥手,仍旧顺背街往回走。他俩为啥不走同一条路哩?酒花心里明白了,往昔她和柳德茂之间的剧情又在蛋花和柳德全之间开始上演。有了一个剧情就不能再有同样的剧情上演了——天下再没男人了?真个就在柳家转圈圈。她一想到柳义振背着手黑着脸,老想说教天下的派头就浑身不舒服,她必须让蛋花远离柳家人。

酒花远远地跟在蛋花后面,她看到在凤凰桥上,蛋花和柳德全又会合在一起,过桥后各自回了各自的家。

蛋花前脚进门,酒花就跟进去,将蛋花拉到奶奶住过的厢房里,关起门来沉着脸说:"咋回来这么迟?"

蛋花扑闪着黑亮的眼睛说:"今我值日,扫地了,咋么?"

"和谁一起走着回来的?"

"我一个,噢!不,在桥头碰上了柳德全。"

"那天你坐他自行车去雍山看同学也是碰上的?"

蛋花脸扑哗红得像水晶柿子，朝着姐扮了一个鬼脸，头一扭说："姐，给我笑一个，别像警察叔叔那样严肃嘛！嘿嘿……"

酒花不由自主扑哧笑了。拉起蛋花的手坐在炕沿上，看了看奶奶遗像慈善安详的笑脸说："当着奶奶的面，你说你听不听姐的话？"

蛋花立即攀在姐姐肩膀上娇滴滴地说："听哩！姐姐说啥就是啥。"

"那好！远离柳德全。男孩子是祸水，在你还没有完全长大，没有保护自己的能力时，一不小心就会污了你名节，毁了你一生幸福。"

蛋花长长的眼睫毛扑闪得更厉害了，一脸迷惑不解。酒花叹口气，就把他和柳德茂、陶鸡换之间发生的事情一五一十地讲给蛋花听。蛋花模模糊糊想起了她替姐姐给柳德茂送青杏儿，在柳家院子里碰到杨兰芝，紧张得跌了一跤的事，好像有个纸条儿被杨兰芝捡了去，她瞬间明白她真正要送的不是青杏儿，而是那张纸条儿。蛋花把她能回忆起的情节都给姐姐讲了一遍。酒花沉默良久只说了一句话："这就是命，有缘无分。"

蛋花将姐姐的手握住，用劲捏了捏说："姐姐，你还有我哩！我听你话，躲开男孩子，好好学习。"

酒花捏了捏妹妹圆润的脸蛋说："姐知道！你是姐的心头肉。呃，姐问你，咱爹娘要给哥哥娶媳妇，这事你知道不？"

蛋花蓦地低了头，瘪着嘴说："知道，要拿我换哩，不换哥哥一辈子娶不到媳妇。咱娘给那家人说，再过几年等我长大点再说结婚。他们好像不乐意，说只能等一两年。"

酒花心如刀绞，愤愤地说："坚决不能拿你给哥哥换媳妇，要换姐去换，姐反正就这样了！"

蛋花一听惊得抬头说："咱爹咱娘不会同意你的。我愿意换，我学会骑自行车，天天回来看你。"

酒花瞬间崩溃了，泪流满面地抱着蛋花哭。她知道犟来犟去不顶用，她只能等和鸡换分居一段时间后再离婚，但她估计比登天还难。

酒花让蛋花烧锅，她和面擀面，娘择了一把下锅的苜蓿菜，一家人草草吃了午饭。酒花催促蛋花去了学校，看着哥哥午睡了，才拉着娘回到房间，坐在炕沿上鼓足勇气说:"娘,我咽不下这口气,我和鸡换不过了,离婚。"

"为啥?你胡说啥哩!"娘惊得立起来。

酒花愤恨地将鸡换那年在洋槐树下给她放虱子的事又给娘说了。娘虽也震惊,但却毫不介意地说:"过去的事情就叫过去,命里一尺不求一丈。结了婚就认命,就好好过日子。你看你哥,要是有鸡换那么叮当,我和你爹也就不愁了。"

酒花一下子恼了,急得也立起来说:"又是你儿!你儿!重男轻女的思想这么严重,你们当初就不要养女子。既然养了,我们都是平等的。我坚决不同意用蛋花给你儿换媳妇,要换我离婚了换。要不,我和蛋花一同跳进雍水河里淹死!"酒花哭得稀里哗啦,娘愣愣地看着,半天没话。

145

第十六章

凤柳镇的春天似乎比别处来得早，大街小巷的柳树已经沁满绿意，带着烟色鹅黄在微风里轻拂着，一日胜似一日地亮眼起来。来来往往赶集的人神态也滋润活泛了许多。时局一变，村村大干——上面红头文件下来，要求根据地域特色大办乡镇企业，要村村点火处处冒烟——明确提出雍凤县乡村酒厂要由原来的二三十家，奋斗两年必须上百。凤柳镇是千年酒业古镇，遍地都是古法酿酒的种子和基因，一遇适宜的春风雨露，便破土成苗迅速蔓延成长起来。凤柳镇、凤柳供销社、凤柳职业中学、凤柳十八村以及周边镇村都在筹办酒厂。凤柳镇街道上到处都在紧锣密鼓地圈地方，拉砖运料，打地基，架屋梁，挖酒窖，热火朝天地筹建。

凤柳村书记王拴狗和村主任陶醉儿（本是家里么儿，起名陶碎儿，人们叫转了音成了陶醉儿）提着凤酒登门邀请老将柳义振出马，去凤柳村酒厂做酿酒师，并提出让柳德茂当生产厂长。柳义振观察王拴狗眉眼微醉，裤裆不湿，知道神志尚清说话管数，就一口答应。他祖上古法酿酒的手艺眼看在他手里要没了，虽然给孙子灌输了一肚子理论，却未能实践，正好趁此机会手把手传授技艺。

柳义振在进厂之前，把他早就编成的《古法酿酒秘籍》一书取出来，反复翻看摩挲了几遍，郑重其事地交给柳德茂说："遗子千金不如遗子一经。这是我根据你祖爷爷在世时遗留的资料和口授技艺，总结编印出来的酿酒秘法。这本书我就传给你了，你一定要读透吸收，才能烧出祖传的老味道酒来。"

然后，柳义振提了烟酒，带着柳德茂去先人老阙和义德酒神墓前祭拜，祈求蒙发和保佑。突然他闻到了一种熟悉而奇异的酒香，循香他看到了一个碗口大的黄鼠狼洞，深不见底，才想起安埋爹的时候陪葬的两海子酒。当时外面裱糊了十几层麻纸，外表看起来像是陪葬的纸活。近半个世纪了，内装的白酒已经熟化成奇香无比的陈年老酒了。他大惊失色，怕被人发现盗了墓，赶紧叫柳德茂回去取来铁锨镢头将鼠洞严严实实地挖着埋了，并在上面移栽了草皮，心有余悸，一步三回头地回家去。

柳德茂也闻到了酒香，以为是街上谁家酒厂出酒，扛着工具跟在爷爷后面寻思着回去了。

人在病中心思多，柳德茂上班后，杨兰芝睡在炕上养病，脑子却不闲着，眼前总是浮现柳德茂背着她遇见酒花的情景。酒花嘲笑她娇贵，那轻蔑的眼神令她惶惶不安。她觉得她应该去酒花家将她受伤的事巧妙地解释清楚。

杨兰芝小心谨慎地等伤口重新结痂自然脱落后，打听着酒花回了娘家，她就踮跶而去了。酒花正坐在炕沿上低头做针线，猛地抬头看见杨兰芝撩帘进来，愣住忘了招呼。直到杨兰芝自个也坐在炕沿上，笑说："酒花姐，扎花呢？我正好想借你的花样绣个裹肚儿，有五毒（毒蛇、蝎子、壁虎、蜘蛛、蜈蚣）图样吗？"

酒花这才反应过来，觉得自己有些失礼，忙灿烂一笑说："有哩。给你娃绣呀？你真下手早！啥都赶在前面了。"又觉失口了，忙又补充道："早点准备好，肚兜就要绣五毒呢，我奶奶说娃娃带肚子上除秽辟邪，平安健康。"

杨兰芝也听出了酒花话里话，见酒花掩饰过去，又笑笑说："就是。酒花姐，你不知道，我这一向腿受了伤，连医院都走不去，德茂硬要背我，又背不好，差点跌在地上，让你那天看见真不好意思，丢人现眼的。"

"好着呢，说明你值钱么。你坐着，我给你取花样去。"酒花去了奶奶住过的厢房里，发了半会呆，在笸箩里拣出五毒花样，又笑地回去给杨兰芝，说："都是我奶奶在世时画的。"

杨兰芝拿着看了看说："好看很！德茂娘说你们王家尽出女能人哩，一个个赛过男子汉……我得赶紧回去。德茂和他爷在村酒厂上班去了，下班一进门就要吃饭哩。"说着出门走了。

酒花送到头门外，看着杨兰芝走远，仍旧静静地站着。她在回味杨兰芝的话"王家尽出女能人哩，一个个赛过男子汉"，后面还有话哩，杨兰芝没说出来。她记得奶奶在世时感叹着说过，王家叫女人把风脉拔尽了，男人代代弱得很。酒花不这样认为，她觉得是男人先弱得很，撑不起一个家，才把女人逼得能起来了。到她这一代，哥哥是那样子，她又嫁给了鸡换，不能有啥法子呢？眼下村村办起了酒厂，将会有大量酒糟出售，先联系一个酒厂囤点酒糟，喂一群猪。现在是春暖花开的好时节，过年时正好卖个好价钱。年后开春再买再养，积攒了钱，哥哥就可以娶媳妇了。酒花想到这里顿觉来了精神，她旋即回屋换了结婚前常穿的蓝碎花上衣，像个纯朴的大姑娘一样，和娘招呼一声就回家去了。

娘撵出来将一对用剪纸糊了碗口的碗递给她说："这是碗花，一个碗里装的是小米，一个装的是麦面，你带回去就相当把粮食带过去了，有了小的就不愁吃不愁穿了。"

酒花一听心生屈辱，急忙塞回娘手里说："老讲究就多得很！都是人自己心里想下的，我不要！"然后拧身走了。娘提着碗撵在后面说："我给鸡换他娘答应下的，你拿上。"

酒花猛地回头说："再叫我拿，我就摔烂在地上！"酒花娘一听就失望地立住了。

酒花径直气呼呼地回去了。她推开闭着的头门，走进院子，看见后院一只老母鸡站在大黑猪背上，被驮着转圈圈，麻豆眼睛看着自己，悠然不惊。

酒花走到房檐台上，听到鸡换爹娘在屋里说话。鸡换爹说："都是你把儿子惯成啥了，结了婚也不知道把媳妇哄着好好过日子，成天在街上吃吃喝喝的，媳妇住娘家不回来，也不去叫。"

"哎——你会怪得很么！你能得很，你叫回来哄去！"鸡换娘声音扬得很高。

鸡换爹显然急了，压着声音说："你这×婆娘咋胡说哩？我是公公。还不赶紧叫你儿子叫去，住时间长了招人笑话，毕竟我也是有头有脸的人。"

"哼哼！你还有头有脸，敢叫人知道你偷酒的事吗？裤裆吊酒瓶——天天臭酒哩！"

"你胡说，我打烂你×嘴！"

"天知地知，你天天偷人家凤酒厂的酒。你打烂我的嘴，我就去厂里告你，揭发你！"

"你疯了！我还不是为你娘儿俩过好日子来，天天提心吊胆的。再说你就不懂酒，最好的酒就是隔几年要往老陈酒里添加新酒，这样才能保持酒体醇厚挺爽、新鲜绵柔而不萎靡。就像做人一样，要外柔内刚。你看你糊涂的！算了，我说啥你也不懂，怪我尻子轻！"酒花感觉鸡换爹在往外走，急忙推开自己房门进屋去。几乎就在同时鸡换爹咣当拉开房门出来了，他看见酒花闪进屋去，心里一惊，这媳妇怕听到了他两口吵架，瞬间感觉浑身烧臊难受，返回房间失惊慌忙地说："媳妇回来了，叫你×嘴胡说！"鸡换娘惊得张大了嘴。

酒花慌张进屋去，心怦怦乱跳，反倒像自己做了贼似的。她还没有稳下心来，却闻到浓浓的酸臭味，回头一看，门背后放着灰瓦尿盆，里面显然是积攒了几晚的陈尿，冒着发酵的浮沫。再看炕上，衣服枕头扔得乱七八糟。龙凤呈祥的缎被中间撑起一个圆洞像个狗窝，显然她回娘家后鸡换搬回新房睡觉，起床后像拔萝卜一样将自己抽出来走了。脚地衣柜的穿衣镜上像老鸹屙下的屎，白拉拉几绺子，里面混合着黑毛渣渣，一看就是刮胡子弄脏的。酒花对着镜子看，脏物正好映在了自己俊美的脸上，不由悲从心来，急忙捂住了脸。

刚回来的那一刻，她还打算好好养猪，和鸡换安心过日子，可没想到鸡换竟是……他爹娘竟是……酒花无奈而嘲弄般地扑哧笑了。

鸡换娘推门进来，满脸堆笑地说："回来了，刚准备叫鸡换接你去呀。你才进门还是回来一会了？"鸡换娘仔细查看酒花神色，企图做出某种判断来。酒花心知肚明，淡淡一笑说："刚进门……"酒花本想来一句"我啥也没听到"但话到口边夹住了。

鸡换娘嘿嘿一笑说："那就好，鸡换这娃你不在也不着家。你回来他就不跑了。"

酒花轻笑了一声说:"你看门后面是啥?穿衣镜上是啥?"

鸡换娘分头仔细看了看,云淡风轻地说:"这娃把洗脸水倒尿盆里了,你给倒了冲一下。"

"我不倒,你倒去!"

"哎——他是你男人!鞭炮一响,儿就交给婆娘,我管不上了。他有啥不对,指望你修正哩。"鸡换娘说着急忙转身跷出门去。

酒花气得咳咳两声,挽起袖子,将面目扭向一边,端起尿盆出门往后院去倒了,然后用清水刷洗干净,再回房擦洗了穿衣镜,开始扫地抹桌凳……酒花正起劲地干着,鸡换满身酒气跷进门来,看见酒花,扑过去抱住,嘴便往脸上胡蹭。酒花一把推开,气急败坏地骂:"你看你把屋里脏成猪窝了!懒成这样吃老鸹屙下的都要把嘴接端哩,接不端就吃不上了。"

鸡换不恼不气,蔫蔫地说:"你像接着吃过呀似的。"

酒花噎住,瞪着眼半天说不出话来。

鸡换趔趔趄趄甩脱鞋子,爬上炕直接钻进被洞里睡下,瞬间就响起了鼾声。

酒花本打算和鸡换说养猪的事,此刻又想提离婚,又想回娘家了。她垂头丧气地呆坐着啥也不想干了。酒花总感觉空气里到处是尿臊酸臭味,总想吐唾沫,总想逃离。她将门窗打开通风换气直到天黑。

鸡换娘怀里揣着个东西进屋来,神秘兮兮地说:"我在娘娘殿拴了个胖娃娃回来,还抢了一个大白面献果,今黑你俩拉了灯钻在被窝里一人一半吃了。记着吃干净,保准生个牛牛娃,灵得很!"

鸡换醒来了,接过馍馍塞进被窝,笑说他正好饿了,并将被子揭开,叫酒花上炕钻进去。鸡换娘忙出门回自己屋去了。

酒花沉着脸说:"你饿了,你吃。你娘那是封建迷信,你吃干净了我再上炕。"

鸡换一听受宠若惊,急忙说:"你说得对,封建迷信,你不吃我吃。我也能养娃娃。"双手捧着哇呜哇呜地一口气吃光了,舔吃了手心指头缝里的馍渣子,将身下掉的馍渣子往外刨了刨说:"酒花上炕,被窝热得很。"

酒花脸色一沉说:"离婚吧!咱俩不适合。"

鸡换惊呆了,半天才眨巴着细眼睛说:"你胡说!我觉得咱俩合适得很。"

"你觉得我不觉得,一条被子不盖两样的人。不说对你有好感,不说看着舒服,连不讨厌都做不到。我想维持婚姻的底线是两人都不讨厌对方。你一次次挑战我的承受极限,甭说往下过,我连活都不想活了!"

鸡换将眼角的两疙瘩眼屎用手沾上放眼面前看了看,往被子上一抹,无辜而委屈地说:"要是没有柳德茂,你就不眼黑我了,可我不眼黑你呀!"

"甭提他!这和有他没他有啥关系?你身上问题太多了,不但自己一点没感觉到,还不断增加新问题,我忍受不了!"酒花暴怒的大嗓门把鸡换吓愣了,同时也把自己也吓住了,她以前柔声细气从不这样啊!

她平复了一下情绪,将鸡换身上暴露出来的种种缺点和问题历数了一遍,叹口气说:"我就不明白你身上咋像带了枣刺,走到哪儿哪儿脏乱。就像你娘在炕眼门跟前刚扫了一堆麦衣子,一只鸡嘟嘟嘟嘟跑过去,扑啦扑啦两下子就刨乱一样。哼!你能不能改一改?结婚了,就得顾及一下对方的感受,合伙把日子往好里过。"

鸡换翻着眼睛说:"男人都这么个样,要不,娶媳妇干啥呀?给男人洗衣服、做饭、暖被窝、养娃娃,你看谁家女人不做这些?"

酒花又噎住,她突然有点气虚,她不知道鸡换说得对不对,她不想纠缠这些,就说:"我打算拉点酒糟养一群猪……"

"养猪做啥?脏得很!你把我经管好就对了,我开拖拉机挣几个钱够花算尿了!"酒花还没说完,就被鸡换这样抢白一通,气得煞白了脸说:"去你娘屋里睡去!让我清静几天,要不明天就离婚。"

鸡换理直气壮地说:"弄完事我再走!要不我不走。"说着往被窝里溜了溜睡下了。

酒花说:"那我就坐到天明,再去法院起诉离婚。"

鸡换倏忽坐起来,恼羞成怒地跳下炕说:"还由了你了!我日死也不离!"

酒花知道摊上无赖了，下意识地提起包跑出门去。鸡换撵在后面，遗了一只鞋，急忙旋回去趿鞋。鸡换在家爱趿着鞋走，鞋后帮子踏成了一扑塌，出门时才用一根手指头勾起来穿。这会等勾着趿上鞋，酒花已经跑得老远了。当他快撵上时，酒花已经穿过北巷子跑进街道，情急中大喊抓流氓！嗖地冲过来一个年轻小伙子，一把将鸡换抓住，死死摁倒在地上，叫酒花快跑。鸡换大喊："她是我媳妇！"嘴一咧便气哭了。才哭了两声便嗝一声栽倒在地气死了。酒花吓坏了，急忙返回来对小伙子说："你赶紧放开！他有气死病。"小伙子一听慌得松了手。酒花死死掐住鸡换鼻根，半天后鸡换又嗝一声醒了过来，睁开眼睛一把抓住酒花骂："野女人我教你跑，打死你！"一拳便照脸打了过来，被小伙子一把抓住手腕说："你长本事了，打女人！她是你媳妇也不能打。"

鸡换理直气壮地说："她是我媳妇，今晚非得跟我回去。你说该不该回去？"

小伙子一下被问住了。酒花心一横说："回去！走！"回头朝小伙子招了一下手，算是感谢，长辫子一甩便径直往回走。鸡换怒气冲冲地紧跟在后面走。小伙子不放心地跟过北巷子，见鸡换没有动手的迹象，才一步三回头地走了。

鸡换跟着酒花刚跨进门，就反手关了门，来了个饿狼扑食把酒花压倒在炕沿上，撕着衣服说："我不信我收拾不了你！告诉你，我家底厚实着哩，早上走了个穿绿的，晚上来个穿红的，你以为你是天上的仙女成神了！"

酒花冷笑一声说："贼腥气得很！满屋都是贼腥气，裤裆吊酒瓶——臭酒哩，你爹偷酒以为我不知道，明我就告你去！"

鸡换蓦地放开酒花，虚慌地说："你胡说！谁说的？"

"你娘说的！"

"我爷爷给我藏了一窖酒，现在老值钱了，偷的那点算个毛！"鸡换一急说失口了，急忙捂住了嘴。

酒花头一次被惹笑了，口气缓和下来说："你睡你娘屋里去，不去我明就告。"

"你是我媳妇，家里啥都是你的，我爹偷回来也给你存下了，你又没愣着。你告，人笑话你不够成数，不笑话我。再说我爹拿的那点酒不及有人拿的一根毛……"鸡换嘴里嘟嘟嚷嚷说着，抱起被子和枕头去他娘屋里了。

鸡换娘在儿子媳妇吵架，并追着跑出门的时候就听到了，气涌得想出去管，被陶鑫昌一把拉住，悄声说："别管！越管越乱。就看鸡换本事，能不能降住媳妇。万一这媳妇知道咱偷酒的事，一急揭当面就不好收场了。"鸡换娘听了就没出门，却一直趴在窗户上捕捉动静，两人叽叽喳喳地小声说话。

这会听着没动静了，老两口以为小两口睡下了，刚钻进被窝，鸡换就喊开门。鸡换娘惊得起身。陶鑫昌一把拉住示意不让开。鸡换恼怒地踢了两脚门说："开门！开门！我有话说。"

鸡换娘就下炕打开了门。鸡换进来将被子和枕头往炕上一扔说："都是你们弄的好事！还给人家说了，叫人家拔毛燎臊地揭短，还叫着要告你们，害得我在我屋觉都睡不成，今晚就睡你屋了。"说着爬上炕，拉开被子钻进去，气呼呼地背着老两口睡了。

老两口脸上瞬间刷白，面面相觑。鸡换爹心里最叫惨，为这事先叫老婆抓着把柄说不起话，这下又叫媳妇抓住把柄了，一家人都臊不兮兮地咋相处哩？鸡换爹全身烧臊得睡不住，坐起来摸出衣兜里的宝成烟，抽出一根叼在嘴上，颤抖着手擦火柴点燃，猛吸了一口，觑着一只眼任由烟雾从嘴角、鼻孔里鱼贯窜出去，圈圈环环地散开。

鸡换娘借着窗户透进来的月光偷眼看到丈夫坐起来抽烟，心里贼虚贼虚的。她想起自己气头上骂仗捅下的娄子，在被窝里把自己的嘴狠狠拧了两把，心里懊悔至极。

第十七章

酒花和衣躺在炕上，一夜没睡着。天快明时打了个盹，就爬起来回了娘家，她这次狠下决心再不回来，要在娘家一心一意养猪，哪怕别人把舌头嚼烂她也无所谓了。

酒花走到街道，街前街后转了一圈，看到店铺都陆陆续续开门，店主出门打扫卫生，摆放货物。还有摆地摊占位置的，已经铺排开货物。几处工地的工人早早出工，蹲在地上喝茶的、吃馍的、抽烟的、收拾工具的，在做一天劳作前的准备工作。她知道这些地方在建村镇酒厂，紧急任务紧急上马，以后将会有大量酒糟用来喂猪，她为她瞅准的这个商机感到振奋。

她急急地进门，把正在埋头烧锅的娘吓了一跳，查看酒花脸色说："咋这么早回来了？"

酒花干脆地说："回来养猪。我瞅好了，挣了钱给我哥娶媳妇，以后再不要打蛋花的主意。"

娘迟疑着说："养猪要酒糟喂哩，咱家酒厂没人买不来酒糟。俗话说'穷不离猪，富不离书'，其实我早就想养哩。鸡换他娘不是养着吗？你买几头一搭养么。"

酒花不屑地说："鸡换爹多在酒厂能拉下酒糟，人懒，他娘只养了一头。鸡换不让我在他家养，嫌脏。我想咱就在咱后院养，咱住在街边边，不能光瞅着种地。你看街上，人都忙活办酒厂，以后酒糟多着哩。我爹呢？"

"你爹麻黑就起来走了，地里去了么。你不要老往回跑，结了婚就是人家人了……"酒花娘正说着,王长贵背着一捆柴火进门朝后院走去,看见酒花略微腼腆地一笑。

酒花叫了一声爹,撵在后面说:"你以后不要再拾柴了,我奶奶在世时你拾柴为给我奶奶烧炕尽孝心,我奶奶走了,咱烧不了那么多柴,把柴房收拾出来安上门,养猪吧。"

王长贵从肩上卸下柴捆子,捋码着摆好说:"养猪呀,我这些柴没地方放么。"

"烧掉!谁叫你成天拾这东西呢?叫人'拾柴拾柴'地叫着笑话,就不能做点有前途的事?还算计蛋花给我哥换媳妇!"说着气呼呼地把柴火垛踢了一脚。

王长贵也不恼,只憨憨地笑着说:"养猪呀,养么。就是咱没多的粮食喂。"

酒花突然觉得爹好可怜,心一疼口气缓和下来,说:"你和我娘只管把柴房收拾成猪圈,别的事情不用管,有我哩。"

说着进灶房帮娘做饭。蛋花放学回来,看见姐高兴地蹦过去趴在肩上说:"姐姐,你一回来我心里就踏实暖和,你说为啥呢?"

酒花心里一热说:"你说为啥?我是你头顶的翅膀么!"

一家人说说笑笑地吃了早饭,酒花对爹娘说:"你们赶紧收拾猪圈,我筹钱买猪娃呀。"酒花三两下麻利地收拾了锅碗,把她小时候跟着奶奶用各色丝线、纱线、绒线、金线、银线,采用平绣、堆绣、套绣、旋绣、挑绣、锁绣、掺针绣、打籽绣、辫子股绣等绣法做下的绣花衣服、小孩肚兜、虎头帽、虎头鞋、护巾、门帘、枕套、旱烟袋子、彩帕、盖头、鞋面、鞋垫以及给蛋花准备的那一套绣花嫁妆包了一大包袱,背到街上去。她找了一块柳树下的空闲地方,铺上塑料布,将绣花手工艺品一排一排摆放在上面,瞬间花团锦簇,甚为抢眼。

柳义振背着手从酒花旁边走过,一眼看到了里面那个黑绒刺绣的旱烟袋子,顿住脚步愣了一瞬,就在酒花抬头的一瞬间,他装作啥也没看见径直走了。

酒花此刻心情尚好，看到这个黑脸老汉已经不恼不气没有任何感觉了，她只关注她的买主。不一会就围了一圈人，有问价的、欣赏的、凑热闹的，也有要买的开始挑挑拣拣比比画画。

酒花起初还有些羞涩不好意思，人一多反倒自然起来。见人们对这些手工艺品极为赏识，有人拿着爱不释手时，她心里美滋滋的。也有人在欣赏夸赞这些绣品的同时，深层次上也在欣赏酒花的美仪美态。有人显然盯着酒花发呆，酒花无暇顾及这些。当她接到买主递过来的钱时粲然一笑，脸上的酒窝便如两朵盛开的桃花，毛茸茸的眼里春水融融，光波流转。酒花自从和鸡换订婚以来还没有这样开心地笑过、温婉过。她发觉她已经开始变得越来越粗糙，越来越阴冷，今天仿佛重回少女时代，回归了清灵甜美的真性。她原来也可以凭自己的双手挣钱，赢得人们的赞誉和欣赏。凤柳街道的柳树春色浓重，微风中摇垂着繁盛的绿荫，有一束柳条拂在她头上，如同娘的手，酥痒舒服，她微笑着头一歪，轻轻地拂开。

熙熙攘攘的人流越来越稠密，使春日暖阳下的街市更为热闹繁华。卖东西的，买东西的，在和平友好或吵吵嚷嚷中交易着生意。一阵浓浓的酒糟浓香飘来，酒花知道是哪个酒厂出酒了，人们一定在排队抢拉酒糟。多数家庭在用酒糟养鸡养猪喂牲口，下一步她也会排在拉酒糟的队列里面去。

酒花没有做生意的经验，又急着出手，五毛、一块、两块……要价很低，这么多的绣品一下子就卖空了。酒花把一大堆毛票数了数，一百多块，足够买几头猪娃和几架子车酒糟了，就起身把蹲麻了的腿揉了揉，卷了摊子轻快地回去了。

酒花做梦也不知道她卖掉的绣品里，那个由奶奶亲手做的旱烟袋子被柳义振买走了。柳义振带着柳德茂参与建设凤柳村酒厂，此刻出来买烟无意间看到王长贵家的女子在卖绣品，他一眼瞅到这个绣工精美的旱烟袋子，心里电闪雷鸣般地激起某种感觉，勾起很多记忆，直觉使他很想把这个旱烟袋子买下来。他就去不远处的一个店铺买了一盒工字卷烟，坐在店门口的木凳上拆开，抽出两根来，一根递给店主，一根自己点上，和店主头对头对了火，一边抽着，一边往酒花那里瞅。他看见人越来越多，把酒花围在了中间。他憋了半天，咳嗽了几声，才说："我看那女子卖的绣品中有个旱烟袋子，拴绪你去给伯买来，伯装旱烟呀。不要讲价，她要多少给多少。伯老了不爱往人堆里挤。"这个叫拴绪的中年店主殷勤地接过柳义振递过来的钱，小跑跑过去挤进人堆里将那个旱烟袋子买了，又转身挤出来拿给柳义振。柳义振提着灰黑丝线搓结的麻花绳子，将下面吊着的绣花烟袋拨得扑溜溜转了几圈后，才端详着说："这烟袋绣得精美，大概是咱这里最好的绣工，你以后可能再也见不到了。"

其实这只是一点表面意思，这个旱烟袋子的绣工采用了所有的技法，绣图很特别。一面是几株红高粱，红艳艳的穗子硕大饱满，像一簇火把，上面绣着形似太阳和月亮的"日月"两字。另一面是斜垂下来的几株绿柳隐在从甑桶里蒸腾上来的几缕白雾里，甑桶旁坐着一个闭眼打坐的人，非男非女，雾气腾在空中凝结成"乾坤"两字。

这是酒花奶奶在酒花姑奶奶玉珠先生手把手扫盲后，创作的第一件有文字的男用物件，也是最后一件，一直压在她的嫁妆箱底，竟然在她去世后不久，让孙女给翻出来卖了。神奇的是这个烟袋竟然落在柳义振手里，他只几眼就看懂了。他将烟袋装进上衣内兜里，起身往村酒厂走了。上面绣的啥，拴绪并没注意看，他对这个老汉用的东西不感兴趣，他觉得都是些陈年旧物件，都是放在非常时期应该被烧掉的东西。

柳义振回到酒厂，背着手来到新开挖的酒窖边，不动声色地看德茂和几个人箍酒窖。一排一米多宽、两米多深的土窖已经用胡基把内壁砌上，用白土稀泥泥得光溜溜的。窖洞口该用砖块箍，还是胡基箍，几个人发生了争执。有人叫来了书记王拴狗，他斜披着褂子过来，手叉腰里，将褂子撑得像大鹏张着的翅膀，站在酒窖边说："社会进步了么，用砖头，砖头结实。"

柳义振忽地转身说："亏你成天喝酒哩，你懂酒不？用胡基！先人手里用啥咱用啥。"

王拴狗脸色一变，正欲发火，却突然转脸变笑，在柳义振的肩上轻拍了一把说："老哥是酒神后人，老哥说咋弄就咋弄。走！咱兄弟俩喝几盅去。"

柳义振往王拴狗身下一瞅说："今你穿了个新裤子？我不去，你也甭喝了。"

"咱开酒厂哩，不喝酒干啥？"

柳义振突然不想和王拴狗说话，转身对着箍酒窖的人说："做啥就往好里做，做不好就甭做。咱村比别的村上有地理优势……"柳义振把后面的话打住，转身走了。他突然想去镇上找书记、镇长，建议换掉王拴狗。如今凤柳铺发生了翻天覆地的变化，该继承的要继承，该推倒的要推倒，啥时期用啥人。现如今是太平盛世。他只是觉得时代变了，王拴狗老了，该下台了，不应该再像过去那个样子了。

柳义振真的就去镇政府找书记、镇长，不巧两人都去县里开会了，回来的路上他觉得自己有点冲动，幸好人没在。他和王拴狗之间并没有什么个人恩怨，王拴狗谁的账都不买，对他还是尊敬有加的。这人当了二十多年村书记，日夜住在村委会里，无私心不奸诈，凡事讲公平。农业学大寨期间赶着社员起早贪黑烟雾腾腾地蛮干苦干，为凤柳大队拿回了不少先进荣誉。最大的问题就是爱喝酒，他有着狗一样灵敏的嗅觉，哪里有酒哪里就有了他，见了酒就像蝇子见了血一样直往上扑。他还只喝酒不吃菜，喝多了裤裆也就湿了。别人正吃菜他就烧腆得起身走了。有人说他喝酒耍赖将酒倒裤裆了，有人说他喝醉"嘘嘘"裤裆了——这些说法在他酒醒时，别人问他，他毫不在意地笑笑，闭口不答。至此就是他喝到尽兴，最侠义最志得意满的时候，斜披着褂子，两手叉在腰里，满街道满村子趔趔趄趄地转悠，威武生煞地到处发号施令——下棋的、盯方掀花花（小游戏）的、扎堆说闲话的、靠墙晒暖暖的，都被他驱散赶走，各自去寻活干。但凤柳村人都习惯了，也乐意被他赶着训着，嘻嘻哈哈一点都不计较，反倒都说一天不见王拴狗，一天不挨训心慌得很。

柳义振回到家里日头正午，柳德茂也下班回家吃午饭来了。杨兰芝早就准备好了洗脸水，爷孙俩蹲在当院洗了脸和手。杨兰芝用一木托盘端来两大碗调好盐醋辣子的宽叶干面，两人又齐齐坐在房檐台的凳子上扑嗖扑嗖地吃了。杨兰芝又给舀上四大碗汤面，爷孙俩也都吃光喝尽，相视一笑，将碗递给杨兰芝。柳义振掏出卷烟点着一根，觑着眼睛吸了一口说："有个老物件，看你能看懂其中寓意不？"说着从上衣内兜里掏出烟袋递给柳德茂。

柳德茂知道爷爷随时都想给他灌输一些东西，揪住他的头发把他拔得和自己心里想的一样高,本能的抵触让他蓦地看了爷爷一眼,说:"啥物件?噢!老汉烟袋子上还绣图呢。"

"看看绣的啥意思?"柳义振目光幽幽,语气凝重。

柳德茂翻过来翻过去看了半天才说:"高粱在日月照耀下才能成熟。人们在柳树下用高粱酿酒,酒香在天地间蒸腾。"

柳义振猛吸了一口卷烟,嘬着嘴将浓烟从鼻孔里滚滚喷出,似叹非叹,似笑非笑地说:"你看的是表面意思,我看有两层意思。一层是日月在乾坤里,乾坤在酒里,酒在人里。人在酒在,没有人了其他一切都不存在了。日月高粱乾坤酒几千年了,人类还有更远的路要走,更多的东西要传承。第二层是凤柳之地宜产高粱,高粱吸纳了日月天地精华成熟后,原地酿成了原酒,人生的所有滋味都在酒里。品酒知人生,人生知酒味。你年纪还小,以后就知道了。你的人生丰富,你就能品到酒的真味;人生简单平淡,便不得酒的真味。这下你明白你酒神祖爷爷为啥是高级品酒师了吗?"

提起酒神祖爷爷,柳德茂激动起来,又仔细翻看了旱烟袋子说:"好吧,这下明白多了,我争取人生丰富,争取品得酒的真味。爷爷,这是谁绣的呢?这么厉害!"

柳义振低头沉思,又蓦地昂头说:"凤柳铺最好的老绣女。我和你祖爷爷他们真是小看了凤柳铺的女人们,她们若是睁了眼(识了字)还真是了不得!"说着从柳德茂手里接过旱烟袋子,重新装进上衣内兜里。

柳德茂大为震惊,也甚为欣喜,今儿个爷爷拿这个绣了图的老旱烟袋子,不只是用来教育他,也使自己受了教育。他头一次听到爷爷夸女人,像爷爷这样的老封建真是难得,虽然仍把凤柳镇叫凤柳铺,把老观念老思想当经念。他想赶紧把这些告诉杨兰芝,让她也高兴高兴,就起身说:"爷爷你去眯一会,我也困了,先走了。"起身回了自己屋里。

杨兰芝洗刷了锅碗刚进屋,柳德茂就眉飞色舞地将旱烟袋子之事说给杨兰芝。杨兰芝好奇,急忙想看看这个旱烟袋子,也想见见凤柳铺最好的老绣女,学习一下绣花技艺。柳德茂说:"爷爷这会回屋睡了,改天我给你要来看。"

杨兰芝只得嘟着嘴暂且作罢。她想到了酒花给她看过的她奶奶的绣花作品，不由哑然失笑，谁是凤柳铺最好的老绣女？有什么样的绣工技术能超越酒花奶奶呢？正胡思乱想着，却感觉一阵恶心，头也发晕，就对柳德茂说："我这几天咋老犯恶心？不想吃饭，浑身也没劲得很！"

柳德茂手搭杨兰芝额头上一试说："头烧乎乎的，咋不早说？走，去医院看看去。"跳下炕擦亮三接头皮鞋，对着镜子梳理好头发，拉着杨兰芝的胳膊出门往镇医院去了。

第十八章

  话说酒花卖了绣品,揣着钱兴冲冲回娘家吃了午饭,专等下午两点左右散集的时候去买猪娃。她知道这个时候买啥都要比早上集市刚开张时便宜。
  猪羊集市在街西与雍水河之间的那处凹窝里,离鸡换家不到二里地,离她娘家最近。酒花往胳肢窝夹了一个麻袋,刚走到凤凰桥上就闻到一股粪臭夹杂着酒香酸醋的味道。她听到人声嘈杂、猪嚎羊咩的声音。她看到更多的是买了猪娃的人手提肩扛架子车拉,陆陆续续往回走。她打问了猪娃价钱,心里有了底。集市上已经比正午时稀疏空旷了许多,几乎都是清一色的"短衣帮"男人,没有一个像她这样的年轻女子。酒花无暇顾及其他,眼盯着背绑着前腿,趴在地上饿蔫绑晕、战栗喘息着的猪娃,挨家挨户问询价钱。
  旁边牲口集上有个熟人笑着跟她打招呼:"酒花,来这么迟,是想等集散了拾个蔫猪娃呀?"酒花一看是南街的牲口经纪人,人称"牛经纪",专门在牲口集上为买卖双方捏手谈价交易牲口,挣个中间钱的。他正站在一头黄牛身边,和一个人把手缩在袖筒里翻过来翻过去捏了价钱,大概是捏好的价称心如意了,一看见酒花就油嘴滑舌地调侃起来,引得众人目光都好奇地聚焦在酒花身上。酒花烧臊得脸颊绯红,干脆头一扭,嘴一撇道:"就是!我再不来拾,我怕你拾光了,你天天拾哩!"
  牛经纪哈哈一笑说:"长贵的女子嘴茬利得很!今我不拾,你都拾去。"
  酒花不再接话,只想把麻袋藏起来,赶紧逃离这个充满着牲畜粪臭和男人汗臭味的集市,逃离人们新奇的目光。她快步走出集市,在街口踟躅站立了半会，想着自己初来的目的，就权当自己是个男人吧，又昂昂地走进集市，从东转到西，又从南往北走，挨个问询权衡着猪娃价钱和成色。显然价钱已经比刚来时低了些——卖猪娃的人大都是乡下远处来的，若卖不了，又得吭哧吭哧拉回去，来回折腾上一天，忍饥挨饿人困马乏，拉回去喂养几天还得拉来卖，有时还不如上一个集市行情好。一般到这个时候就可怜了，纠结来纠结去，把心一横就便宜卖了。此时正是"拾蔫猪娃"的时候，酒花已经把钱掏出来攥在手心。

突然酒花立住了，她被蹲在地上卖猪娃的一个小女孩的眼睛给定住了，那是怎样的一双眼睛——因极度渴盼买主而焦灼急迫、卑怯哀愁，闪着盈盈泪花。她巴巴地望着酒花，像落水的人抓住了岸边一把青草，眼里瞬间换发了光彩和希望。她脚前是五头瘦小的猪娃，排成一排趴在地上瑟瑟战栗着。她把胖嘟嘟的小手按在猪娃身上，生怕被人偷走似的。她头上身上落着一层细细的浮土，脸上因流汗擦拭而绺绺道道，头发有几缕汗贴在稚气的脸颊上，显然她在集市守着猪娃已经蹲了近一天。终于她声音颤颤地说："姐姐，你要猪娃吗？"她不等酒花开腔，又急忙说："我家猪娃没喝羊奶才长得瘦，买了好养很，不挑食不换水色。"

酒花心灵震颤，鼻子发酸，泪花涌动，但她抑制着不动声色地问："一头多钱？"

"五块钱。"小女孩张开一只脏兮兮的小巴掌。

"没问题吧？这么瘦小！"酒花真担心这猪娃养不活。

"没病，只是没吃上料面。它妈妈奶不够，吃我拔的青草不长肉。"小女孩在猪娃头上将摸着补充说："又胖又大的猪娃都是喝了羊奶的，贵得很！买了挑食不好养。姐姐你买我家猪娃绝对好养长得快，如果有啥问题你可以退回来。"

"嗯，小嘴会说得很！你的猪娃我买。你家在哪里？你叫啥名字？"酒花对这个土气而灵泛的女孩产生了好奇。

"我家在龙湾村。我叫田田。"

酒花一听急忙问："你姓田，你知道你们那里有个田先生吗？去世了几十年的老人。"酒花瞬间想到了姑奶奶的老师。

女孩略一沉吟说:"听我爸说过。村里老人也说,田先生是我祖爷爷,叫田春。"

"哦,怪不得!田先生是我姑奶奶玉珠先生的老师,玉珠先生又是我奶奶的老师,都有很深的一段渊源哩。"酒花突然感觉像找到失散多年的亲人,格外亲切起来。可田田却愣愣地看着她,显然被这种久远而复杂的关系绕进去,迷茫了。

酒花笑说:"你还小,过去的事听不明白,你家大人呢?"

田田用手指着一个看着三十多岁,脸面沧桑,手搭额头转悠的矮瘦男子说:"那是我爸,在寻买猪娃的人哩,卖了急着回家呀。"田田站起来喊:"爸!这个姐姐要买咱猪娃。"田田爸走过来,看着酒花说:"你要吗?一头五块。"

"五块,我都要了。"酒花亲和地笑道。

牛经纪走了过来,瞅了一眼猪娃,把酒花一只手除过拇指外的四个指头使劲捏了捏,挤了挤眼睛。酒花明白他让她还四块钱。酒花知道她还四块钱,一定能买下猪娃,但她不想还价。酒花付了钱,撑开胳肢窝的麻袋让田田把猪娃装进麻袋里。田田显然对猪娃有感情,小手挨个摸了摸说:"你们有福气,遇着个好姐姐,好好吃好好长。"说着挨个捉着放进麻袋里。酒花心内还是担心这猪娃瘦小不好养,让田田先看着,又去别处每头八块钱买了三头胖大的猪娃背回来。田田和她爸帮着酒花扎好袋口。酒花准备背在肩上回家。田田看着麻袋太沉,就说:"姐姐,这么多猪娃太重,再说你这么干净漂亮,背着不好看,我用架子车帮你拉回去。"

酒花欣喜地说:"你不急着回家么?我家很近,就在前面庄子。"

"不急,猪娃卖了就不急了。"田田开心地一笑,和她爸一起把猪娃抬上车。田田积极地把架子车辕绳搭在肩上,撅着小屁股拉起架子车,她爸爸和酒花一起掀着上了坡出了集市,穿过街西往酒花家去。

酒花一路非常感动,看到街边饭馆和卖面皮、醪糟、油糕、粽子、红薯的小摊点,就挡着要给父女俩买饭吃,她感觉他们父女一直没吃饭。田田和她爸受宠若惊地只管拉着架子车往前走,硬说吃饱了。酒花买了四个油糕,他们死活不要。酒花明白买猪娃时她没搞价,他们已经心存感激,甚至惊慌了。

酒花在车辕上挂的布袋里掏着看了看,是吃剩下的一小块玉米面粑粑和一个喝水的空瓶子,酒花感到很心酸,趁他们不注意,偷偷把油糕装了进去。

到了酒花家,田田不让酒花动手,和她爸爸一起从车上抬下麻袋,帮着把背绑猪娃前腿的绳子解开,可猪娃仍趴着不起来走路。田田急忙说:"姐姐,猪娃腿腿都绑麻了,等会才会起来走路。上个星期日我和我爸已经卖过一次,只卖了三头,这几个拉回去,解开绳子就这样,过了一会才起来跑。我们先回去了。"说着拉起架子车和她爸一起走了。酒花冲着她们的背影喊:"明年有了猪娃还给我拉来,我都要!把我家记下,我叫王酒花!"

田田回头笑着喊:"好的!明年我们尽量喂胖点。酒花姐姐再见!"

正如酒花想的,田田和她爸卖猪娃,在集市上蹲了近一天。田田一直蹲在猪娃跟前看守着,饿了吃些早上带来的玉米面粑粑,喝几口带来的水。她跟她爸来凤柳街卖猪娃就是为了吃一个蒸红薯,那种红皮月光瓤沙漉漉绵润润的,咬一口满嘴香甜的感觉对她太有诱惑力了,以致她浑身是劲地拉着架子车,从龙湾走了十多里路来到集市上卖猪娃。

此刻她和她爸拉着架子车一身轻松地走在凤柳街道上。刚才经过时她已经瞅到卖红薯的老头子将蒸锅架在街边的炉膛上,红红的火苗舔着锅底,锅上高堆堆的红薯冒着腾腾热气,用一块白布遮着一半。她拉着架子车几乎小跑跑来到卖红薯的蒸锅前停了下来。卖红薯老头急忙笑着招呼:"热乎乎、甜蜜蜜的大红薯,碎女子来一个?"

田田咧开嘴巴一笑,回头看她爸。她爸走到锅前,挑了一个小个的红薯放在老头的木杆秤盘上称好,付了钱,将红薯递给田田。她爸拉着架子车,田田欣喜地跟在车后走,小心思全在这个烫手的红薯上。她将红薯在两只手里左右倒腾着,等不太烫时,小咬了一口,便眯着眼睛笑了。她用门牙剔着吃了几口后转换了方式,用指甲掐着一点一点放进嘴里,用舌头研磨着细细品,慢慢咽,只想享受更多时间。

掐到红薯剩下一半时,快到家门了,她想到了弟弟妹妹,决定不掐了。她握着半个红薯缩进袖筒里藏起来,等进了家门,再给他们一个惊喜。

可是等不得他们回家,弟弟妹妹已在村口等着,远远地看见他们,便欢悦地飞奔过来,看见架子车厢里猪娃没了,就知道全卖了,估计能买点啥好吃食,抢着将手伸进车辕上吊着的馍袋子里掏。看着他们渴求好吃食的急迫神态,田田瞬间后悔她不应该吃了红薯的一半,剩下的这一半实在不好意思拿出手。正懊悔间,弟妹们从布袋里掏出一包四个油糕,惊叫着说:"谁也别动!回去了叫咱妈分。"

田田瞬间明白这是酒花姐姐给他们父女俩买的。她将半个红薯切成块分给弟妹们,去房间掏出书包里的纸笔,趴在柜子上凭记忆画去酒花家的路线图——凤柳街道上,从蒸锅上冒热气的红薯开始,一条宽带子一样的街道端直通到一架桥上,街两边的摊点是各种吃食。桥上来来往往走着细胳膊细腿的简易人,像孩子病了,娘给送鬼叫魂时剪的红纸人人。桥的一端拐了两个弯弯便通到一户人家,门前画一颗大树结满柿子。后院画一棵大树,结满杏儿,树下立着一个大眼睛长辫子姑娘,旁边跑着五个猪娃。田田恨死自己的笨了,姑娘是酒花姐姐,猪娃是自家猪娃,却怎么也画不像。酒花姐姐脸上的酒窝最难画,擦了画,画了擦,看起来还是两个圆圈圈,最后灵机一动给圆圈圈周围画上花瓣儿,变成了两朵花,好看多了。猪娃腿腿像并排栽着四根木橛子,怎么也画不像,气得自己拧自己脸。妹妹拿来半个油糕让她吃,她气呼呼地说:"不吃!"妹妹两口就吃了,噎得直翻白眼,她是怕她姐姐反悔了。

田田满门心思在这张图上,她将路线图贴在房门后面,就去粮袋子里偷偷挖了一碗玉米,鬼鬼祟祟端去后院,倒进瘦得肚皮贴肚皮的老母猪的石槽里,然后挎上大攀笼,趁着余晖去给老母猪拔猪草。

酒花买了猪娃,又去找熟人买酒糟。养猪的人越来越多,酒糟喂猪像酵子发面,猪不但长得快,毛色干净光亮,而且通体带有酒香味,十里八乡甚至雍凤县周边县区的人都来凤柳街买酒糟,酒厂门前的路边马拉车、架子车、拖拉机排成了长队,首尾不见。酒花一急就去找王拴狗,王拴狗带着酒花去找镇酒厂厂长,买了几麻袋酒糟拉回去。娘从房间里慌忙跑出来说:"酒糟拉回你家去,刚才鸡换来把猪娃全捉回去了,说是他帮你养呀。"

酒花一听便气涌丹田,跳起来怒吼道:"呀!他捉你们就让他捉走了?他咋知道我买了猪娃?"

娘吓愣了,呆看着酒花,半张着嘴不知道该说啥。

酒花突然意识到自己发火的对象是自己娘亲,软了语气说:"娘!你太好说话了,那是我卖了我和我奶奶的绣品给咱家买的猪娃,给我哥哥变媳妇钱哩!"

酒花娘难为情地搓着手,吭吭哧哧地说:"我知道,可你嫁出去了,你买了猪娃和鸡换一起在你家喂是对的,以后挣了钱你哥娶媳妇我们可以借。"

"娘!娘!你头脑放清楚,猪娃是咱家钱买的,是叫你们养,我等于给你们帮忙哩!娘家有困难哪有嫁出去的女不帮顾的?世上事就没个理法了呀?"酒花气得脸色煞白,一跺脚说,"我回去找他去!"长辫子一甩,旋身出门而去。

酒花娘看着女儿旋风一样的背影,叹口气说:"都怪嫁得太近了!脚一拐来了,脚一拐又走了!"

酒花前脚走,杨兰芝后脚就进门,来还五毒肚兜花样,酒花娘说回北街去了。杨兰芝好奇酒花和鸡换咋样过日子,借着还花样去了鸡换家。

第十九章

  鸡换娘正在院子里喂鸡,看见酒花怒气冲冲地进门,她一反常态,冷着脸不吭声。酒花也不理她,径直冲到后院去。她看到八头猪娃在后墙根挤成一堆,显然面对陌生环境恐惧而相互寻求温暖庇护。酒花二话不说,寻绳子准备绑猪娃。鸡换从屋里趿着鞋出来一看,跑到后院去,一把拽住酒花胳膊说:"你干啥呀?回屋去!"
  酒花怒斥道:"放开我!你干啥我就干啥!"
  "我没干啥呀!"鸡换又是一副局外人的样子,无辜地翻着眼睛。
  酒花想唾鸡换一脸,硬忍着说:"你没干啥,它们自己跑来了?这是我帮我爹娘买的,你慈悲一点好不好?"酒花说着抓了一头猪娃来绑,猪娃尖声嘶叫起来。鸡换一把扯起酒花长辫子,把酒花拉倒在地,死死压住说:"我叫你绑!你给我绑!我先绑了你再说,野女人,结了婚不好好在自家屋里待着,跑到集市上去买猪娃,其实是想和臭男人捏手哩,你当我不知道?"
  酒花明白牛经纪捏她手暗示猪娃价钱的细微动作,被哪个碎嘴婆看见了。她心里犟劲一上来,钢巴硬正的一把抓住鸡换头发使劲拽着说:"捏了咋啦?买猪娃捏个手定个价钱咋啦?我就天天捏,我叫人看看我碍着谁啥了?"
  "你要脸不?不和自己男人捏,跑出去和别的男人捏!"鸡换气得细眯眼绷得扁圆,黑眼仁斗在一起道,"把你说的这话给你爹你娘听听,看是个女人说的话吗?走!"鸡换气得失去理智,提起酒花两条腿耥在地上往大门口拉。酒花上衣捋到后背上,白花花的肚皮露了出来,死活挣扎不起来,气得失声哭喊:"放开我!我又没偷没骗,我要告你们!"

杨兰芝跷进门,真真切切看到这一幕,进退不是。进去尴尬,退走不义,她就急忙跑到跟前拉鸡换,叫放开酒花。

鸡换娘本来站在院子里冷眼旁观,她心里想着叫儿子收拾一下媳妇出出气,她再稀泥抹光墙,收拾残局,反正媳妇做下输理事了,谅她也不敢过分闹腾。她见杨兰芝进来,又听到酒花要告他们,心里一虚,急忙跑过去拉鸡换。鸡换也泄了气,软软地放开酒花,一屁股坐在了房檐台上。

杨兰芝拉起酒花。鸡换娘急忙给酒花拽衣服拍土。酒花怒道:"别碰我!到处冒贼气!咱掰开摆在人面前说说,看……"

鸡换娘急得制止道:"算了,酒花!咱家里的事往外张扬人笑话咱哩。"

"你别总拿自己去度量别人,谁清白谁不清白老天看着呢!"酒花真想跳到大街上大骂一场。

鸡换娘柔声道:"家窝事说不清,猪娃你捉去,你俩不要再闹了。鸡换你知道气不得的,我就这一个儿。你娘家也就指望你哩,不敢把你也气着了啊!"

"让你儿好好活着,我死了去!"酒花怒吼着冲出门跑了,杨兰芝急得不知说什么好,她看到了酒花最难堪最屈辱的一幕。酒花羞愤难当,气恨交加,意识错乱地直往没人处跑,路上碰到熟人问话也不答,跌跌撞撞跑到雍水河边,钻进柳树林里一屁股坐下来,抱着头使劲哭。树上的鸟儿惊得扑棱棱飞起来,叽叽喳喳叫着在树顶盘旋,尔后回落到树梢上,静静地看着酒花哭泣。

清冽的河水自顾自穿过柳林奔流而去。密不透风的柳林笼罩着一股神秘而幽远的气息,好像通连着另一个未知的世界。酒花哭够了擦干眼泪,看着河水发呆。她想起小时候奶奶带着她在河边洗衣服时说,这些柳树都有故事和灵魂。她突然觉得这些柳树变成了人,变成奶奶故事里的人,来来往往,熙熙攘攘,既亲近又恐惧,毕竟他们早已成了古人。这里的人祖祖辈辈知道穿过凤柳街、穿过雍水河的那条古官路驼道,东至长安,西穿大漠西域,无论是骑骏马传送官文的差人,还是赶着驼队,吆着马车咯咯吱吱输送丝绸瓷器茶酒之类货物的客商,走到雍水河边必要歇息,饱饮河水,洗涤风尘。来自长安城的客人，大多手执亲朋相送的柳枝，到了雍水河边眼见烟柳空蒙，风起水生，便将长安带来的柳枝插在河边，以示纪念。再往西就是山道弯弯大漠孤烟，归期无定了。含情柳遇含情水，天长日久长成了密林，蓊蓊郁郁，人们也就将此处叫了柳林。有心人曾于桥头留诗云：

> 执手相对泪无言，折柳相送意缠绵。
> 一朝回转雍水边，惊看茂林思当年。
> 插枝成荫情不尽，千丝万缕寄云天。
> 快马加鞭还长安，故事盈枝星月繁。

老人们都说，"柳"谐音"留"，千里迢迢去西域，留又留不住，去又舍不得，真正把个有情人煎熬得想出了"折柳相送"这个法子。酒花小时候不懂，现在才明白，古人是多么志趣高雅，情深意长，而到了千年后的她身上，咋就一桩桩一件件都这样庸俗龌龊呢？酒花不敢往下想，她看到一块大青石突然动起来了，蠕蠕地向她爬来，越看越像一只鳖。她突然想起"柳鳖的故事"，奶奶唠唠叨叨不知讲了多少遍。同样是这块地方，时间应倒回几千年，奶奶说"东周列国"那时，秦穆公骑马春游，忽闻异香扑鼻，循着香气来到凤柳铺以西的雍水河畔，看到一棵柳树下卧着一只鳖，香气袭人，有无数蜜蜂盘旋落满其身，久久不散。秦穆公极为好奇，挥袖赶走蜜蜂，才看清是一柳条儿编成的器物，恰似一只老鳖。正逢雨后草青地湿，用脚踩去，鳖状器物柔软无比，似有液体在内咕噜。秦穆公命人启开端口，便有浓香扑鼻醇厚甘洌的美酒流出，喝一口顿觉眼目清亮，浑身通爽。秦穆公大喜，甚为宝贝，为该器物起名"柳鳖"。寻得柳鳖主人带回宫里，便酿得御用秦酒，编制柳鳖存储于内。后秦酒回传凤柳铺演变成凤柳酒，柳鳖演变成酒海，代代相传至今。

酒花不知道这些故事是真是假，但奶奶认定都是真的。凤柳铺祖祖辈辈的老人都一本正经地传说着这些故事，因而在她幼小的心灵上已经落满了家乡的奇闻异趣和神秘。酒花自小就喜欢在柳林里游玩嬉戏、奇思遐想，蹲在河边很认真地搓洗小手绢、护巾之类的小物件。奶奶则跪在大青石上，跷着一对三寸小脚，用一根棒槌捶烂她捡来的干皂荚，卷裹着搓洗衣服。只要柳德茂看见了，就会跑到柳林里折来柳枝编成柳帽戴在她头上遮太阳，然后她又学着古人将柳帽拆开插在河边，常常来看，直到柳枝冒出新芽长成柳树……她给这些柳树起名叫"酒花柳"。

她泪眼四望，这些酒花柳还在，却不见了折柳人。她想以后柳德茂编的柳帽一定会戴在杨兰芝的头上了。这个女人得了便宜还卖乖，跑来看她的笑话，她真想一头扎进河里随水漂向远方——人们传说她姑奶奶是这样离开凤柳铺的。姑奶奶无儿无女无爹娘，无牵无挂，而她——抛不下爹娘、哥哥和妹妹。她早已不是为自己而活了，即便这样她还活得难以为继，她无力地坐靠在一棵柳树上，脑子里纷纷扰扰，人来人往，一会是古人，一会是今人。她突然感觉背靠的柳树活了，将她紧紧卷着沉入一个黑洞，惊厥中却眼前一亮，进入一个长满奇花异草的丛林里，一会在水里漂，一会在空中飞，一会在金光万丈的云霞里旋升，一会又无力地躺在了鲜花丛中，浑身酣畅淋漓，酥软无比。她静静地躺着，不愿让眼睛睁开，沉浸在奇异的魔境中……

等她清醒过来，被柳林的繁密和静寂吓住，起身要走时，她看到了一张似曾相识的面孔，一双似曾相识的眼睛深情而怜惜地看着她。她猛然想起那天晚上鸡换在街上追打她时，把鸡换当流氓压倒在地的小伙子。那天晚上她在气头上，记忆很模糊，只是感觉像。她慌张地起身便跑，跌跌撞撞跑出柳林，却不知道自己该往哪里去。爹娘胆小怕事，她不想把矛盾往娘家引，可她此时此刻一无所有，无处可去。她呆呆地在桥头立了好半会，突然想起一个地方，双手抱在胸前瑟瑟缩缩地去了。

第二十章

　　凤柳村酒厂十二口酒窖和水井已经箍成。王拴狗决定在村酒厂门口临街搭戏台子，请县剧团唱一天秦腔戏，热闹一番。这天是王拴狗选定的黄道吉日，开戏前，他安排人在戏台上摆了两排桌子，铺上红布，请来镇上书记、镇长及乡企办主任，特邀了周边村子的书记、村主任，按照职务大小排坐在桌子后面，隆重举办村酒厂落成开工仪式。全体村民都提着马扎凳子坐在台下，引得赶集的人汇聚在外围看热闹。锣鼓在戏台下震天响地敲打了一阵停下来。王拴狗像换了一个人，穿着一身新蓝咔叽中山服，头上戴了一顶蓝咔叽八角帽，胡子刮得脸面青煴发亮。人们突然感觉很新奇，相互交头接耳，窃窃私语，意味深长地笑。王拴狗拿着干攒喇叭立在台口，气壮如牛地介绍了为响应上面号召发展经济，传承地方文化，加班加点建村酒厂的意义，表了要把凤柳村酒厂建成继往开来呱呱叫酒厂的决心后，把干攒喇叭交给镇党委白书记。白书记从桌子后面转到前面来，立在王拴狗立过的地方向台下鞠了一躬，拿着干攒喇叭沉静庄重地讲了改革开放为凤柳镇带来新的历史机遇，村村要大办酿酒企业，大兴历史名酒，大力发家致富此番鼓劲加油的话，最后宣布凤柳村酒厂落成开工，古法踩曲古法酿酒，开工大吉！台上台下掌声如雷。

　　柳义振不愿参加开工仪式，按照踩曲的传统时令，他摸黑起来，带着孙子柳德茂和几十个壮年汉子理发剃须，沐浴更衣，列队焚香拜了祖宗和酒神后准备开踩端阳曲。此刻柳义振与六十八个汉子穿着白洋布坎肩，高挽着裤腿，脖子上搭着白毛巾，赤脚列成两队，齐声高唱《踩曲歌》：

> 集中精力上曲板，手脚麻利齐声翻。
> 先踩四角和两边，然后再踩模中间。
> 每人每块十一脚，边六头二中踩三。
> 上板踩来中板拧，下板平踩曲模平。
> 四角饱满六面光，软硬薄厚都一样。

歌罢，手执木锨的两个汉子将用街西河畔涝池里的天水（雨水）拌和的大麦、豌豆铲进青槐木模里。壮模子的汉子立马跪下来，双手刨拢，用膝盖交互压平，掀翻到石板上。拧模子的汉子赶紧用脚踩踏拧好，连曲带模子翻到旁边木板上。叫号子的号手开腔吼唱秦腔《过五关》："出北门某把门军斩。"柳义振已跳上头模双脚快速在四角像舞蹈似的各踩一脚；两边、两头各踩一脚；旋即在中间后退着踩了三脚跳下木模，弯腰啪一下连曲带模子翻到第二个人脚下。号手又开腔唱到："霸陵桥作别了曹阿瞒。"第二个人已跳上木模开始依样踩踏曲胚的另一面。同时柳义振脚下也在以同样的节奏踩踏第二个装了曲料的木模。号手再唱："头关里某把孔秀斩。"柳义振脚下接了第三模；第二个人脚下的第一模已翻到了第三个人脚下，接了第二模。三双脚在秦腔戏的指挥下整齐划一地快速踩踏曲模，谁若动作慢一步，翻过来的曲模就会砸了腿脚，弄乱了队伍，不由得脸红脖子粗，很是尴尬。"韩福孟坦丧二关"……"三关里卞喜头落地"……"四关里王植丧马前"……"五关里遇见了刘清泉"……"将军仁义送过关"……直到号手吼唱到第十八声时，每个人脚下都有了曲坯在舞蹈般地快速踩踏，十八个汉子齐声高喊"板齐了"。号手吼唱到第十九声时，第一块曲坯已经方方正正地踩成。关公过五关斩六将一路雄风，曲坯里踩进了秦韵秦声。扫曲的汉子赶紧拿笤帚扫了曲坯边上的浮屑，传到曲房去了。

柳德茂看呆了，忘了手里的木掀往木模里上料，被柳义振一声呵斥，吓得浑身一激灵，赶紧挥锨上料。他惊讶于这是一场艺术表演，一场用劳动来展示的艺术，每个人都发挥出前所未有的宏大力量和表演才能——表演得整齐有序惊心动魄，简直美极了！他从来没有想到劳动也可以这样美丽，这样艺术，其作品就是一块块四棱上线方方正正的酒曲。

等曲房里铺好的竹竿上面整体排列好几排曲坯后，稍做休息，个个人已经是热汗腾腾，用毛巾擦着汗，脸上却挂着酣战后的自豪和满足。柳德茂看着爷爷瘦皮包着的肋骨上热汗晶莹闪亮，像蚯蚓一样往下流淌，赤色的胳膊上青筋暴突着，格外有力地插在腰里，像欣赏战利品一样围着曲坯转圈圈看。

王拴狗在开工仪式后的招待宴上喝得醉醺醺，将蓝咔叽中山服斜披在肩上摇摇晃晃地走到曲房里，心满意足南腔北调地吼着秦腔：

> 南方才子北方将，陕西黄土埋皇上；
> 西府雍凤地方怪，喝个凤酒把人爱。
> 咿咿呀呀，咿咿呀呀，嗨——

腔调未落，一拳便砸在排放好的曲坯上，打了个趔趄站稳说："老掌柜，你弄这东西好哇！你咋么愣犟不去吃饭喝酒？吃了喝了再干嘛！"

柳义振猛一回头，掀开王拴狗的手，斥责道："管好你的爪爪！你也不洗脸净身，随随便便就进来摸曲，你当这里是杂货铺？有讲究哩！"

王拴狗猝不及防愣住，酒醒了一半，张着两只被酒烧红的青蛙眼看着柳义振，忽而一笑说："我又不是鼻嘴娃娃善财童子，洗啥脸净啥身哩？咱不那么讲究，也能烧出好酒来。"

柳义振意识到自己有点失控失仪的情绪，将语气温软下来说："制曲酿酒需要从内心的虔诚和工艺的细节做起，一处也不可马虎。曲制不慎就朽了，酒酿不慎就酸了。这东西很奇妙，参与踩曲酿酒的微生物，不少都在咱们身边的空气里浮荡着，要将自己收拾纯净，好使酒神赐咱好酒。"

王拴狗眨巴着红眼睛不以为然地笑笑说："没有那么玄乎，粗坯大拿地烧酒也能出好酒，可能出酒率低一些，这个我知道。"

柳义振脸色一沉说："以后踩曲酿酒的事你甭管！你管我就不干了！德茂，你伯醉了，你送回家让睡下去。"柳德茂哎了一声，走过来搀着王拴狗的胳膊往出走，嘘声说："书记伯，踩曲酿酒我爷有他的一套法子，你放心当你书记，甭管。喝醉了就回家睡去。"

王拴狗边走边吆喝："我没喝醉，我离喝醉还远着哩！不信你再拿两瓶酒咱俩喝，你喝不过我！"

两人正在院子里前三步后两步地搅缠着，看见王长贵的小女子蛋花慌慌张张跑来，哭着说："书记伯、德茂哥，我姐不见了！鸡换娘硬说我娘把我姐藏下了，在我家闹着逼着要人哩，你们赶紧去看。"

王拴狗一听精神为之一振，将手插在后腰，将披着的中山服后襟往上洒脱地一豁，粗声豪气地说："走！这麻迷儿婆娘欠收拾，拾柴和他婆娘就不是那种人么。"

蛋花在前面走，王拴狗跟着往街西趔趔趄趄地走了。柳德茂跟了一段路立住了，他猛然意识到他不能去，他去反倒不好。他就知道鸡换和酒花的日子不会消停地过，心里既难过，又有点鬼祟的满足，酒花不见了好哇！可依酒花的性子万一出了啥事咋办？他急忙跑回曲房对爷爷说他头有点晕，去卫生室捏点药。柳义振查看了一下孙子的脸色，说："去吧，脸有些红，你娃没出过这蛮力气，干惯了就对咧。"

柳德茂蔫头耷脑地出了酒厂门，便撒开丫子往回跑。正好是星期天，柳德全没有上学，他就一把抓住正在看连环画的弟弟胳膊，急说："你同学蛋花的姐姐不见了，你赶紧去蛋花家看看。甭说是我叫你去的，啥情况赶紧回来给我说。"

柳德全一听，扔下书就往蛋花家跑了。柳德茂又蔫头耷脑往自己屋去。杨兰芝正在炕上睡着，德茂的娘从屋里出来，挡在门口悄声说："咋上班就回来了？你看你吊个苦瓜脸。你媳妇不就是害娃娃（妊娠反应）哩嘛！正常得很，过了这段时间就好了，保证能吃能喝的。"

柳德茂说："有娘在家里经管，我放心着哩。"

"那你愁啥哩？"

"我愁……我愁啥哩？酒花不见了，鸡换肯定伤亏了她。"

"真的吗？那女子模样性格鸡换配不住也降不住，只能是她伤亏鸡换，哪有鸡换伤亏她的。"

"你不知道，不要胡下结论，回你屋歇着去。"柳德茂推开娘跨进门去，呆呆地立在脚地看着杨兰芝。杨兰芝闭着眼睛没有睡着，那天她去鸡换家撞见那糟糕的一幕让她极为尴尬和难堪，心里一直慌慌地不痛快，她预感到她和酒花的友谊从此结束了，如果严重点酒花会视她为仇人。德茂和娘在门口说话，她都听清了，酒花不见了，她瞬间有点儿庆幸，随即又愧悔起来，忙欠身说："德茂你坐下，我有个事憋在心里好几天了，得给你说说。"

柳德茂心烦意乱地说："改天吧，我没心情。"转身出门走了。他晃晃悠悠不知不觉走到了街西的凤凰桥上，碰见鸡换娘从柳家庄圪拧圪拧黑风煞脸地走过来，瞪了他一眼径直往回走了。王拴狗也黑风煞脸地披着中山服走过来，德茂急忙迎上去问："伯，酒花找见了吗？"

王拴狗气呼呼地说："没有！我回村上安排人去找。再找不见就给派出所报案。我怕给这女子造影响，先不要声张。陶鑫昌的婆娘不去寻人，却去亲家屋里猪八戒倒打一耙，把责任全推出去，把她洗得净净的，叫我美美骂了一顿，回去寻人去了。"

柳德茂感叹王拴狗关键时刻，醉中显露出来的高度清醒，竟然看穿了鸡换娘的心思。

蛋花把王拴狗叫到她家里时，鸡换娘正坐在脚地鼻涕一把泪一把哭诉："亲家呀！你们手伸尻子里头揣一揣，看有心哩么？自打订婚起，我们把酒花当娘娘敬奉着，把你们一家子当爷爷服侍着，礼程上哪点没做到？四季八节驴驮马载，凤柳街那家子能比得过？我就这么一个儿，经手霸业省吃俭用几十年，现在把啥都交给他们了，酒花却拧拧磨磨不好好和鸡换过日子，把鸡换撵到我们屋里睡，把买下的猪娃拉到娘家喂。她心里有别的男人我们装聋作哑只当不知道，现在又藏着不见了，你们一家子像穿箭一样一天往我家里寻几回，把人故意藏下还想把责任都推给我们，吃了五谷尽长了鬼大了！我咋知道她藏哪哒去了？叫人知道了我一家子脸往哪哒放呀？我还不如死了去算了……"

王长贵两口子正六神无主，看见王拴狗手叉腰里进来了，急忙招呼着倒水。王拴狗一挥手示意不用管他。

鸡换娘瞅见急忙起来，拉了一把王拴狗的衣袖继续哭诉她的冤屈。她以前从来没有把王拴狗这个书记往眼里搁过，这会需要书记证明她家的无辜和冤屈了，才把一脸可怜相展示给王拴狗，将哭诉的声音扯得又细又长。

王拴狗立着不吭声，静静地听了一会，呼哧呼哧喘了几口粗气，突然大吼一声："够了！人都不见了，不赶紧找人，屎尿淌着说啥哩？"

鸡换娘擦抹了一把眼泪鼻涕，瞪着哭红的眼睛说："我不说实在冤屈得很！你听听就知道了，你当书记哩，要公平说话。"

"我不公平，我不听你说，让全村人听你说，走！去村上广播上说去，全村大喇叭一播你的冤屈就洗清了，让你香喷喷的，王长贵两口子臭了去！"

鸡换娘恼羞成怒："你啥意思？糨子一盆盆，赶紧哪远往哪滚去！"

"我滚不滚你说了不算！打我进来王长贵两口子没说一句话，尽是你在这里摆牙，给人摘不是。尿泡打人哩——臊气难闻！乌鸦表清白哩——说啥啥难听！找不见人，我说你咋么都洗不干净！"王拴狗将头俯到鸡换娘脸上，将喷着酒气酸腐气的唾沫往鸡换娘脸上飞溅。鸡换娘用手一抹，旋身出门走了。她知道不能再惹王拴狗了，他早就没皮没臊，啥话都能骂得出，当着亲家的面她只有难堪跌份，没啥好处。酒花爹蹲在门外一声不吭，只顾扑哧扑哧抽卷烟。拉回来的八个猪娃满院子哼哼着胡跑，有的用嘴拱着墙根，有的用嘴在院子里犁地，也没人顾得去管。酒花娘早已被鸡换娘的一场哭诉弄得理屈词穷，慌乱畏怯，急忙小跑着跟在鸡换娘后面送出门，低三下四地说："咱都暗地里找酒花，谁找着了互相说一声。"她最害怕事情闹大了，村里人看热闹，往后人前说不起话，倒没多想酒花的死活。她不知道是蛋花叫来书记还是碰上的，就吭哧吭哧地央求书记先不要报警，不要对外声张此事。

柳德茂从书记处知道事态的严重性，心里更加慌乱，他不知道该去哪里寻找，就下了桥走进柳林里。他恍惚间听到酒花在里面哭，失急慌忙地循声往里跑，却看清是蛋花站在河边哭，柳德全在一旁劝慰。他悄悄退出柳林，在大街上走，希望酒花的身影突然出现在人群里。他真想去揍鸡换，但没有正大光明的理由，他和酒花都是有家的人了。他只能回家去，等柳德全的消息。

柳德茂急着找酒花,而柳义振也急着找寻柳德茂,他给孙子灌输了一肚子酿酒的理论,好不容易有了手把手现场操作的机会——制曲十道工艺、酿酒六道工序一道也不能错过,一刻也不能缺位。可柳德茂走了一下午都没回来,曲房里已经排放好了三千多块曲等着上霉。柳义振穿好外衣离开车间去村卫生所,村医说柳德茂没来,老汉心里更急了,又去镇医院找,秦妙手也说没见人。柳义振思量着坐下,抽出一根桔子卷烟点着,深深吸了一口,觑着眼睛说:"这贼娃子跑哪哒去了?尻子里像把嗖嗖虫钻上了——嗖嗖的抓不住人。做事不踏实,不下功夫这一点和咱们这一代人差远了,和老祖先更就没法比!"

秦妙手想起柳德茂领着媳妇三番两次给屁股上包药的事,不由吭哧笑了,抿抿嘴说:"咱们这一代人很蠢笨,赶上几个大运动,日夜住在沟沟洼洼,喝一肚子玉米糁,面朝黄土背朝天,铁锨镢头架子车把雍山灵山整个翻腾了个遍。远远地你看像油花馍馍,一层一层多好看。荒山变良田,白面馍馍油采面。说来也怪,这山上平出来的地要比山下的地打头好(产量高)。好多次咱们大队完成的土方量最多,省上市上农业学大寨先进单位、模范标兵的奖牌都叫王拴狗给咱们抱回来了。现在想想都觉得不可思议,时常站在村口远远地望着,心潮澎湃,感慨不已。一代有一代的生活,一代有一代的苦乐,咱做好咱的本分,让娃娃们去跟时代。"

柳义振将卷烟掐灭说:"我忘了你这不能抽烟。我说没有咱们和老祖先的实干精神能做成个啥事?这娃娃还哄人哩,眼睛一眨就撒白话,他就没来看病么!"

秦妙手笑笑说:"咱们干啥都是笨干,生活没质量。人家是巧干,有情趣,不一样了呗!知道不?你孙媳妇有孕身了,可能回去看媳妇去了,不好意思明说就哄你哩。"

柳义振瞬间眼睛张大,旋即咧开嘴巴一笑,说:"这崽娃子!女人养娃娃的事还不就是鸡下个蛋么,有啥看的?咱那时候,婆娘扛着架子车,拉着风箱,擀着面就把娃娃养裤裆了,男人谁管过?"

"我说咱蠢笨,你还不服,咱把女人没当人——"

柳义振瞥了秦妙手一眼,有点尴尬,转移话题说:"我回去寻这崽娃子,酿酒工艺一道都不能马虎,做啥要像啥。"他对秦妙手的话内心不以为然,但却涨满欢喜,保持着一贯的沉稳,起身告辞走了。

第二十一章

再说酒花娘家,王拴狗把鸡换娘骂走后,酒花娘呆坐了一会,起身往竹篮里拾了几个白面蒸馍,用毛巾盖上匆匆去找灵山脚下的"瞎子土神问"。传说"瞎子土神问"原来也是普普通通一个务地球的农民,无父母妻儿,光独独一个人,几年前害了一场怪病,昏迷了几天后醒来,眼睛啥也看不见了,却有了神通,不但能治病救人,还能预测生死,甚至连女人生男生女都能说准。每月只有初一、十五看病,而且不能离开村子,一离开村子就失去神通。更奇的是脉一切就知道病人得的啥病,开的药方攒成丸药,一副就能治好病。据说治女人不孕不育症和流产病也灵光得很。传说他是把手夹在胳肢窝问土神,一问便知世间一切,因而得了个名号叫"瞎子土神问"。

酒花娘匆匆到了灵山脚下的村庄,向村人打听"瞎子土神问"的家,出于尊敬不说他是瞎子,只说他会看病。一个扎堆说闲话的老汉热情地说:"你要找的这个人没眼睛,在村后那个罩庄树(皂荚树,能辟邪除秽,护佑村子平安)旁边住着呢。"另一个老汉急忙驳斥道:"谁说没眼睛?他眼睛在心上长着哩,一双顶你十双,不信你去立在他家门外甭说话,他就知道你是谁。"又转向酒花娘道:"他家门口有只黑狗,如果汪汪叫两下,立起来举着前爪向你打躬作揖,你就进去,他会给你看病说事,神奇得很;如果汪汪汪咬个不停,堵在门口不让路,你就是硬进去,说啥'瞎子土神问'也不会理你,眼睛瞎耳朵背好像你就不存在。就看黑狗叫你进去不?"老汉说着将酒花娘上上下下审视了一遍。酒花娘顾不得多想,急急谢过几个老汉,慌怯怯地走到皂荚树旁边的土旧门楼前,看见黑狗靠门睡着,眼睛张开看了酒花娘一眼又闭上,将四肢懒洋洋地伸展开来,白肚皮朝上毫不设防地暴露着。酒花娘脚步顿了一下,不见有啥动静,就跷进头门,掀开房门进去,"瞎子土神问"正盘腿端坐在炕上,竖着耳朵听动静。没等酒花娘说话,"瞎子土神问"就开了口:"你来了,你身体没病,心上有病。"

"对对的!大师傅,我大女娃不见了,你知道她在哪哒吗?"酒花娘急忙放下竹篮,像敬神一样虔诚地跪地叩拜。

"瞎子土神问"身子晃动了几下,将右手伸进左边胳肢窝里,左手按在胸口,嘴巴蠕动了老半天,脸上绽放出一丝不易觉察的笑意,嘬了嘬嘴说:"不在天边近咫尺,繁华街市遗居中。黄连苦水生奇女,酒盛始飞待花开。你回去只管安心过你日月,由她去吧。"

酒花娘一头雾水,急出一包眼泪,苦楚楚地说:"大师傅,我不识字听不懂,我女娃到底在哪哒?"

"花开酒盛时是你女娃的好时节,现时平安无事,你只需耐心等待,切莫声张走气。"

酒花娘赶紧跪地,撅着屁股磕了几个头,含着眼泪笑了,她听清了"平安无事"几个字,揪紧的心一下放松了,喜不自胜地将竹篮里的蒸馍取出来轻轻放在斑驳的柜面上,又从兜里掏出三块钱放在"瞎子土神问"身前的炕上,亏欠地说:"不为给儿子娶媳妇,我会重重谢承大师傅的。"酒花娘想问问儿子娶媳妇的事,还未张嘴就见"瞎子土神问"往外挥手,急忙抿嘴转身出门走了。

那群老汉还在村口立着,见酒花娘过来,好奇地想打问情况。酒花娘抿紧嘴巴笑了笑不说话,急匆匆走过去,生怕一张嘴失了灵光。

酒花娘刚走不一会,鸡换娘就坐鸡换的手扶拖拉机,从大路上烟山土雾地突突着去找"瞎子土神问",刚打问着开到门口,就被跳起来又叫又咬的黑狗吓得出了一身冷汗。鸡换卸下拖拉机的手摇把准备打狗,被后院走出来的一个白胡子老汉怒目喝退,咣当关了破旧头门,将鸡换娘儿俩硬生生挡在了门外。鸡换只得悻悻地发动拖拉机,拉着他娘突突着回去了。

"瞎子土神问"说酒花就在"繁华街市遗居中"，酒花娘破解不了，想是凤柳铺也没人能够破解，关键是没人能想到酒花会去这里避难安身——在凤柳街道正中以北，供销社与农贸市场的夹缝里有一狭长的、破旧低矮的两出两进院落，是旧时的车马店。店里独居着一个孤寡老妇人，没有姓氏，只有一个名儿叫红绣，无亲无故，深居简出。她身处繁华处却终日大门紧闭，几乎被人遗忘，除了酒花，没有人知道她曾是酒花奶奶的密友。酒花小时候管她叫红奶奶。这几日酒花不想见任何人，躺在土炕上听红奶奶一个接一个讲故事——她自己的故事，还有她和酒花奶奶的故事。

　　刚解放的那一年，凤柳街开车马店的残疾军人卢战山，外号叫"挖得紧"，一日，他看到街道上贴的告示，凡光棍汉有意娶妻者拿着当地党政组织的介绍信，于某月某日去陈仓火车站接人。他熬光棍多年，先一天就吆了一架牛车兴高采烈地去了。他挂着拐子站在陈仓火车站的月台上，看到从大上海开过来的火车一声鸣笛，缓缓地停住了，从车厢里鱼贯下来成群结队提着行李箱，身材娇小玲珑婀娜多姿、穿着很洋气的漂亮女子，排成队由军官指挥着往外走。他张大眼睛好奇地看着，目光与一个穿着素格子旗袍的年轻女子相撞。他看见她眼里如烟似雾，情深似海，脚步顿了一下，对着他微微一笑便往前走了。

　　卢战山心里咯噔一响，便做出一个大胆的决定，他要向军官要了这个女子带回凤柳铺去。这个女子就是红绣，就是后来凤柳铺人既想看见又想躲开的女人。告示上说清年轻男子领年轻女子，年长男子领年长女子，可三十多岁的卢战山作为伤残军人，一提出要求，军官二话不说就把红绣给了他。卢战山将红绣拉在牛车上，摇摇晃晃地走了一天，才从陈仓火车站回到了凤柳铺。凤柳铺街道和周边村落的男子，同一天以同样的方式也领回了十几个这样的女子，成了凤柳铺的惊天新闻，如同风平浪静的江湖里扔进了一颗颗炸弹，掀起了层层浪涛。凤柳铺人对她们有着超强的新鲜和好奇，有着嚼烂舌头的各种猜测和臆断，更增加了此事的丰富性和神秘性。后来逐渐有女子失踪不见了，能留下来的成了少数。红绣是唯一跟着残疾军人在凤柳街上风风雨雨生活了一辈子的奇特女子。

红绣走进卢战山的车马店时并没有打算和他生活一辈子。当两人步入洞房相对而坐时，卢战山告诉红绣，他是岭南人，十五岁时成了孤儿，跟着队伍去了东北，上过抗日战场。日本投降后，国共两党开战，他被编入解放军第一野战军。临解放那一年，野战军在关山布下口袋战术，想利用特殊地形歼灭马步芳、马鸿逵的骑兵部队。他作为排长接到一个特殊任务，就是带着二十多个士兵乔装成麦客潜入雍凤县，一路用缴获的日本马登机枪阻击并牵制"二马"部队回青甘老窝，为野战军在关山调兵布阵争取时间。阻击战打到灵山脚下时，已经牺牲了十几个战友，敌人采取了分散战术。他和幸存的十个战友只好也分散应对。正值麦子成熟，地里一片金黄，野战军有严格规定，不能毁坏老百姓的庄稼，情急中他组织当地的老百姓扎了上百个草人立在沟崖边上，自己也带上帽子立在沟崖边，用机枪扫射阻击敌人到夜晚，一只腿受伤，被老百姓救下转移到凤柳铺藏了起来。敌人在夜色中用望远镜看到沟崖边人影幢幢，不敢冒进只打了一夜乱枪，第二天才看清打的全是草人。三天后喜报传来，关山大喜。可卢战山一条腿已经完全残废，再也不能归队打仗了。为了躲避国民党的搜捕，他只好隐姓埋名藏在一老百姓家里当长工，解放后被安排在凤柳铺，开了车马店做营生。车马店里有头大马就是他去大山里寻回来的立了功的战马。红绣听了卢战山的英雄故事，既感动又怜惜，一瞬间就爱上了眼前这个英雄，决定用一生爱他照顾他。此后夫妻俩百般恩爱，相敬如宾。

凤柳铺人发现红绣说一口吴侬软语，叫人一听就想起甜甑糕的味道，而且会抽烟会喝酒很能招待应酬。更奇特的是红绣吹拉弹唱样样来得，还会写字作画。凤柳铺人祖祖辈辈哪里见过这样的奇女子，听都没听说过。一度车马店车水马龙生意兴隆，远远近近的客家怀着各种心理，挤破头要住进卢战山的车马店里。红绣拐着灵巧的小脚风摆柳似的端茶送饭招待客人。卢战山则拄着拐子扑棱扑棱地前院后院给客人们饮马喂驴牵马坠镫，得下了"挖得紧"名号。

夜幕降临时，红绣就会应客人请求吹箫，或抱一把琵琶，用细长光润的手指转弦弹奏江南小曲儿。如泣如诉如梦似幻悠扬悦耳的乐曲传出车马店，街道行人禁不止驻足聆听。凤柳铺人由起初的惊奇变为惊慌，有人开始声讨谩骂红绣极不稳重，缺少妇德，伤风败俗。关于红绣的身世和来路是凤柳铺人最大的探究点，红绣避而不谈。和红绣一样被领回凤柳铺，落脚在街道周边村落的女子却透露出她们的身份是"扬州瘦马"。有年长者神色戚然地找到柳义振控诉，若再不将红绣逐出凤柳铺，会带坏了凤柳铺的风气。

柳义振叫来卢战山训诫了一番，将他爹柳森鹤曾对酒花奶奶讲过的妇道陈规说了一遍。卢战山是外来人，虽对柳义振说的这些内心不以为然嗤之以鼻，但入乡随俗，只得爽利地表示会对红绣严加管束教化。从此以后红绣用黑包头包了头脸，隐进了车马店后院的偏房里安安静静地缝补刺绣。直到"破四旧"期间酒花奶奶作为立新对象走出来时，红绣才走了出来。自打来到凤柳铺，红绣很少走出过车马店，后来在车马店后院偏房里认认真真做着屋里人，对于凤柳铺是个什么样子，凤柳铺遵从德妇五字诀的女人是个什么样子一概不知。当她被叫到凤柳街西的戏楼上宣布要革旧立新下地劳动时，禁不住放眼四望，见天地开阔，广袤无垠。戏台以西近百米处蓊蓊郁郁、如烟似雾的柳林里，隐隐约约可见玉带似的河水奔流而下，再远处是逶迤绵延的黛色远山，层层梯田像腰带缠缠绕绕甚为壮观。一忽儿她闻到一股浓浓的酒香，随风扑面而来。她沉浸在酒香美景中，忘记了自己正站在大庭广众之下，忘了密匝匝的人正在戏楼下面像看稀乎景一样指指点点议论她。她才回过神来，急忙低下头，眼角却扫到旁边站着一个妇人，正在偷眼看她。虽然那妇人眼角布满细碎的皱纹，但眼神清亮纯净，温婉柔善，她一下子觉得彼此心灵相近，情同姐妹了。听到旁边人的窃窃议论，她才知道这就是凤柳铺最后一个上过贞节牌坊的贞节烈女。

随后红绣和酒花奶奶被派到田地里劳动，天天用架子车往高粱地里拉粪，粽子一样的小脚轮得飞快。几天下来，红绣和酒花奶奶的小脚肿得像水萝卜，三寸绣花鞋箍进肉里疼得走不成路。两人相扶着跪在地里朝着灵山跪拜，祈求佛祖保佑。

一个年轻教员找到工作组讲说了有关红绣的事。他说他曾被供销社请去画毛主席像的时候，就住在车马店里。他嫌前院人来人往不安静，就将画架搬到后院去画。由于画像大，画期赶得紧，后院偏房里住着一个小脚妇人，帮他调制颜料，端饭送水，才使画像提早完成了，供销社的职工高抬着在凤柳街游行，而且这个妇人识字，会背《毛主席语录》。

　　那时候在凤柳铺能把两米宽三米高的毛主席像画得惟妙惟肖的人，自然受人尊重。红绣回家时，已在劳动中和酒花奶奶结下了患难之情，她对工作组人说，和她一起劳动的小脚女人也是穷苦出身，酒花奶奶也便回家了。红绣不再回后院去，每日起早贪黑在前院洒扫清洗，做饭缝缀，像车轱轮一样一刻也不敢停歇。酒花奶奶回家后仍旧恪守着大门不出二门不迈的德训，直到七八十年代才逐渐走了出来。

　　尽管卢战山田里地里车马店里，起早贪黑扑挖着挣钱养家，红绣却始终没有给卢战山生下一男半女来。卢战山打听着抱回了一个女儿，两口子当宝一样经管着。除了种地、经营车马店，卢战山还卖包子、油糕、红薯……有啥卖啥，车马店里又复现了客来客往的热闹光景。凤柳街人都说"挖得紧"有了孩子，活人的心劲大得恨不得把天挖个窟窿。

　　红绣两口子眼看把女儿养育成人了，她却突然得了一场怪病，花光他们的积蓄后，腿一蹬走了。这对两口子是致命的打击，卢战山精神垮了，不久也病亡了，只剩红绣孤苦伶仃地苟活着。

　　车马店里连着死了一老一少两个人后，骤然冷清下来。除了偶尔外来的客人住店，本地的男男女女都嫌车马店阴气太重，红绣命硬不洁净，就都不愿走进车马店里。红绣也怀疑自己的命，就再也没勇气走出车马店，日日守着丈夫女儿的灵位上香叩拜，哭得肝肠寸断。孤独痛苦和惶恐像潮水一样涌动着，夜深后她关严门窗，拿出压在箱底几十年不用的琵琶轻轻弹唱着，将一生的曲折和凄苦随着哀婉深沉的乐声流泻出来，却没有一个听众，只有墙角探出脑袋的几只老鼠，静静地蹲着，黑豆眼仁瞅着红绣一动不动，似乎已经沉醉。

　　红绣生怕这些老鼠离开，一曲接一曲弹唱。毕竟老鼠也是生命，有它们蹲在墙角，这个屋里就有生气，她心里就有一丝安全踏实和温暖。

　　后来，酒花奶奶像地下党接头一样，在无月无星的漆黑夜晚，提着蒸馍领着酒花偷偷走进车马店，陪着红绣说说心里话。凤柳铺最后一个上过贞节牌坊的女子，和来自江南的神秘女子在车马店低矮的土屋里不止一次秘密地相互倾诉过。酒花奶奶一直感叹自己命不好，听了红绣的故事，她才知道她的命不是最糟的。她和凤柳铺其他女人不一样，她从未打探过红绣的身世，而是红绣主动告诉了她，但她却不曾告诉过任何人，她只对酒花说红奶奶是个好人。酒花奶奶去世后，酒花就再也没有去过红奶奶家，但一直记着，关注着，每次上街从红奶奶门前经过，都要往紧闭的土门上看几眼。这次走投无路时，她想到了红奶奶，想到了繁华街市这处被人遗忘了的车马店。

第二十二章

最令酒花惊叹不已的是红奶奶的绣技。此刻,红奶奶将她几十年所做的绣品,花花绿绿摆了一炕,多为山水人物。酒花不由惊呼:"奶奶,猛一看像油画,不像绣的!"

红奶奶笑说:"扬绣素有'针画绣'的美誉,以针代笔,以线代墨,将绘画和刺绣融为一体,就有了画作的灵动和意蕴了。侬奶奶曾经和我一起绣过一个旱烟袋子,就是采用扬绣的一些针法,费了一番功夫,融入了她自己的一些想法。"

"噢!叫我卖了。天!我不知道。"酒花猛然想起她卖了绣品的事,悔之不迭。

突然门帘一挑,走进一个人来,红奶奶惊呼:"呀!侬来了!小爬爬(小板凳)上坐。"她急忙用毛巾擦抹板凳上的浮土。酒花也惊喜起来,她认出这是龙湾村小田田的父亲,急忙招呼着跳下炕给田田父亲倒水。田田父亲将肩上鼓囊囊的黄帆布包包放在柜子上,坐下憨憨地笑着说:"准备割麦呀,今我来街上置买点农具,顺便看看婶。后院的杏熟了,给你摘了点。长时间没见了,你好着没?"

"好着呢!侬真是心长得很啦!还老记挂着我。家里都好着么?"红奶奶转向酒花兴奋地说,"都说凤柳地方怪,说谁谁就来。侬看我刚给侬讲运动期间改造的故事,恩人就来了!"

酒花眼睛瞬间睁大,惊讶地说:"哦!这就是运动期间解救侬的叔叔?真巧啊！前几天我在集市上买的猪娃就是叔叔家的，只知道叔叔是个先生，没想到还是个画匠！"酒花黑汪汪的眼睛盯着田田父亲看，他尽管穿着旧衣烂衫，乍看是个地地道道的农民，细看眉宇间的皱褶里不乏知识分子特质。

"田田好吧？叔。"酒花问。

"好着哩！这娃娃自从那天你买走了猪娃，回去特别爱喂猪。"

"哈哈……她是给我喂哩！我一句客气话她当真了，看来我也得认真养猪了。"酒花几天来头一次笑得这么开心。

田叔用酒花递的湿毛巾擦了脸，旋摸着擦了头和脖子，坐着和红奶奶叙话。红奶奶要去厨房拾掇饭菜，叫酒花陪着说话。田叔急着走，说回去光场（碾麦子的场地）呀。红奶奶说不急这一阵，难得都碰在一起，吃顿饭喝几杯酒再走，她好多年没这么高兴过了，田叔也就憨笑着坐下了。

酒花和田叔才说了一会话，红奶奶就把饭菜端了进来。酒花慌忙起身接住，满怀歉意地说："奶奶也不喊我，叫我端饭呀。"

红奶奶笑说："都坐着别起来，来哦！动筷子顺（享受地吃）。"说着从柜子里翻出一瓶子陈酒。田叔赶紧接住启开封口，酒花接过来小心地倒进三只酒杯里。

红奶奶凤柳方言里夹杂着扬州方言，田叔和酒花也能领会，三人客气地推来让去，夹菜敬酒，唯恐彼此照顾不周。酒花喝得醉眼蒙眬。红奶奶也喝得脸颊泛红，泪光闪闪，撩起炕围布拿出一把红光油亮的乐器，斜抱在怀里说："酒曲酒曲，有酒就该有曲才有雅韵。酒花把电灯拉亮，门窗关严，我用琵琶给侬演唱一首清曲助兴。"

酒花惊讶中赶紧起身，关门拉窗。

红奶奶说："我先弹奏一首《三国演义》里桃园三结义的曲子，可映照我们此刻的心情。"然后斜抱琵琶，调整姿势，用细长的手指拨动丝弦，清音便如月色一般流泻而出，瞬间变成了湍湍溪流，继而鸟语花香，风清气朗，顷刻间又波涛汹涌，壮阔辽远。一声轻柔舒缓的转弦清音，大片桃林尽显眼前，刘备、关羽、张飞三好汉在灿若云霞的桃园里，焚香把酒，对着长天大地拜结金兰，深情厚谊如同月光流水般地流淌着，流淌着……酒花看到红奶奶清亮柔美的眼神变得幽远而深邃,又温情无限,似乎已经神游到几千年前那片桃园里。

酒花想起红奶奶这几日为了哄她高兴,将《三国演义》用神话故事的形式讲给她听,她在那远古宏大的故事里陶醉遐思,竟然忘记了烦恼和痛苦。红奶奶讲到她自己的故事时,往往是轻描淡写遮遮掩掩,她也不问,但她能感觉到扬州生养了红奶奶,除了浓浓的思念,还有刻骨铭心的伤痛。此刻,她看到红奶奶的手指灵巧地上下飞动,慢慢地轻柔地划过丝弦,便陷入长久的寂静中。田叔手托腮帮,低头聆听,泥塑木雕般一动不动。红奶奶轻言慢语地说:"好听吗?按照扬州清曲的传统唱法,琵琶要有三弦、二胡等乐器伴奏。"

"好听好听!太好听了!奶奶你也太神了,我不知道奶奶咋藏着这么一手绝技?"酒花欢喜地睁大眼睛。

红奶奶淡然一笑说:"在扬州,千家养女先教曲。喜欢了那我再演奏一曲《烟花三月下扬州》。"指尖滑过,弦音响起,红奶奶用已经起了皱褶的嘴唱道:

> 故人西辞黄鹤楼,
> 烟花三月下扬州。
> 孤帆远影碧空尽,
> 唯见长江天地流。
> 天地流水有时尽,
> 唯有相思无尽头,
> 无尽头……

酒花不知道红奶奶借用了李白《送孟浩然之广陵》的诗句,不知道其间的情景意蕴,只听出红奶奶在思念故乡,在抒发离愁别绪,声调由起初的轻快突然变得幽怨悲怆,凄婉落寞,孤苦无助。烟花三月下扬州,红奶奶这辈子恐怕再也回不了生养之地扬州了。酒花顷刻间泪如泉涌,再看红奶奶,泪水也顺着脸颊的皱褶曲曲折折往下淌。红奶奶急忙撩起衣襟上缝的手捏子(手帕)擦拭,并对酒花笑说:"侬看我这人,喜端端地又哭了,老了老了变成这样,欢欢喜喜的多好！"酒花已经哭得泪人一般，扑过去抱住红奶奶一阵大哭，她也不管田叔在跟前坐着，哽咽道："奶奶，我要挣钱，挣钱给我哥娶了媳妇，烟花三月再带你下扬州看看故乡。你要好好的，等着我，哦！"

红奶奶笑眼含泪，轻拍着酒花的背说："奶奶等着，你也好好的哦！"

突然门外有人唱起了秦腔：

> 随酒香步入车马旧店，
> 听闻丝弦乐声声怆然，
> 止醉步窗外静听独站，
> 原来是红婶在忆江南……

酒花听出是书记王拴狗的声音，惊慌失措地说："是我拴狗伯，我赶紧藏起来，哎呀！他听到咱说话了。"酒花索性起身打开了门。她常常听村里人笑骂："哪里有人喝酒哪里就有王拴狗，狗鼻子灵得很。"果真如此？

王拴狗一个踉跄扑进门来，摇晃了几下站稳，看清屋里人后，惊喜地咧开嘴巴一笑说："田先生你来了，看望你战山婶，老婆子活得可怜得很！"田叔赶忙握住王拴狗的手，憨笑着说："我战山叔和婶子在我住店画毛主席像那段时间，把我照顾好得很，我一辈子都忘不了。"

王拴狗用力摇了摇田先生的手说："你有心么！以后多来看看。"转身又对酒花说："你这碎女子，藏这里陪伴你红奶奶好得很！外面为寻你都寻翻天了。你应该给你爹娘说一说嘛。"说着在红奶奶端过来的小爬爬上坐下，青蛙眼直瞅瞄桌子上的酒瓶。

酒花红着眼圈说："书记伯，你不知道内情，你不要管。以后你就知道了。"

王拴狗毫不在意地说："我不管你的事能行，不喝酒不行。啥酒香喷喷的？"说着举起酒瓶看了看摇了摇："噢！红婶你藏着好酒也不叫我来喝，以后有酒叫我。"自顾自倒满酒杯，仰头一饮而尽，脖子上的喉结便像纸皮包裹着的核桃咕噜咕噜上下滑动了几下。酒水顺着下巴扑簌簌流进了胸脯里。他用手擦抹着嘴巴惬意道："好酒！早知道红婶这里有好酒，还有曲子，我早来了。"

酒花看着可惜，难为情地说："书记伯，你还稀欠我红奶奶这点小酒吗？这是招待我田叔哩，你已经喝多了，一喝尽顺嘴漏了，赶紧回去歇着去。"

红奶奶因为收留酒花的事心里慌乱害怕，想堵王拴狗的嘴，听酒花这么一说，急忙从柜子里翻出一瓶酒颤颤地递给王拴狗说："就剩这一瓶了，送给侬，拿回家喝去。"

王拴狗惊喜地接过去，揣进怀里说："好很！哪能等到回去，我就在你这儿喝，和田先生一起喝。你放心，我喝再多心里亮清着哩，不会说酒花这些天在你这里，你给我们唱曲。"王拴狗边说边急切地打开酒瓶，给各人的酒杯倒满说："田先生给咱凤柳大队画过语录塔，写过毛主席语录，人是个好人能人，来！咱们都喝一杯。"几只酒杯咣当一碰，都一饮而尽。

红奶奶怕王拴狗醉倒在她屋里，就提议教他们扬州清曲的传统技艺——敲碗碟，碰酒杯，分散喝酒的精力。王拴狗豪迈地说："这个容易，我敲你唱。"就将筷子在碗碟上胡乱敲打起来。红奶奶笑了说："不是这么个敲法，我演给侬看。"然后将两只酒杯交给酒花，自己则拿起一只碟子和一双筷子，两人配合着敲打出"金鸡报五更""凤凰三点头"来。王拴狗一看这个曲艺并不简单，就失去了兴致，黏着田先生又要喝酒。

田先生急着买农具回家，便起身告辞，红奶奶急忙送出门去。酒花这几日慢慢消解了对爹娘的怨恨，听王拴狗说外面寻疯了她，不由心里慌慌地疼惜起爹娘来。她突然有了一个大胆的想法，她要勇敢地去做一件事了，就对王拴狗说："书记伯，你不要再喝了，还得麻烦你给我爹娘捎个话，就说我在亲戚家好着哩，不要再寻了。你千万不要透露我在这里，叫鸡换他娘知道对我红奶奶不好。我明就回去。"

田先生一走，败了王拴狗的酒兴，听酒花这么一说，就爽气地说："好！和你们也没啥喝头，我走了。"提起酒瓶刚走了两步，又放回桌子上说："在这儿喝好，给我留着，我改天再来喝——'凤凰三点头'。"

酒花急忙应承："好，好！给你留着。"

手叉腰里，话说窍里，王拴狗心满意足地看着酒花哈哈一笑，趔趔趄趄地出门走了。

第二天早上，酒花将长辫子盘在脑后，溜出车马店，趸进牲口集市，她大大方方地走向牛经纪。牛经纪还未张口，她便笑说："我今来不是拾蔫猪娃的，而是给你当徒弟，然后再抢你生意，你敢收吗？"

牛经纪愣了一瞬，上下打量了一番酒花，扑哧笑了说："你？你这么俊样嫩面的一个小媳妇，想干我这活？成天让男人们的粗手捏来捏去，甭开玩笑了！等会集散的时候我帮你拾几个蔫猪娃背回养去。这地方又脏又乱，哪是像你这样的女子待的。"

酒花感受到了周围人好奇的目光，毫不在意地说："这个地方再脏，总比某些地方、某些地方的人要干净得多。我也不比谁高贵，粗手才是勤劳的手，是劳动磨出来的手，我愿意和他们捏，我也乐意帮他们做交易。我是认真的，你敢收吗？我挣了钱也有你的份。你要是不教我，我叫别人教我去。"酒花头一扭，转身走了。

牛经纪急忙叫住说："我敢收，有啥不敢，收个俊媳妇做徒弟是我荣幸。我以为你是开玩笑哩。"

酒花大不咧咧地一笑说："这事能开玩笑吗？我需要挣钱办几件大事，瞅你干的这事不用摊本钱。"

牛经纪也正经起来，说："那好！现在才开集，你先跟在我后面看，随后我再教你咋样捏手做交易。"

酒花点了点头，就跟在牛经纪后面，水灵灵的大眼睛咕噜噜地扫描着集市上的一切，她想起田田卖猪娃的眼神和情景，觉得她要做的这个事不只是能挣钱，而且也是帮助别人成全别人，瞬间挺直了腰杆，自然亲和地对着每一个人微笑。

酒花哪里知道，她在红奶奶屋里休养的这几天，外面突发了多少与她有关的事端。柳德茂因找不见她，心里担惊慌乱，在酒窖里泥窖时，不小心把工具掉下去，砸破了窖底人的头。而柳德全更绝，竟把陶鸡换打得鼻青脸肿，死去活来。鸡换娘气势汹汹地来家里问罪，柳德全对着鸡换娘吼道："我为啥打他，回去问你儿去！我就应该打死他！"柳义振气得差点吐血，不得不又一次动用家法。他顾不得子不教父之过，孙子犯错，应该惩处父母的理念，也不等儿子柳忠民下班回来，就直接把柳德茂、柳德全叫进他房间，面对酒神遗像和牌位，呵斥着跪下，二话不说就用光溜溜的竹板戒尺将两个小伙子打翻在地。柳德全觉得这个干板板打身上疼极了，一把抓住抢夺到手急乱扔到了供桌上，端不端地打翻了青铜香炉，碰倒了青铜酒壶，烧酒便咕噜咕噜流了一供桌。柳义振一看气疯了，脱下脚上的布鞋，用鞋底对着柳德全的脖子就是一阵猛抽。柳德全双手抱着头趴在地上一声不吭，任由爷爷抽打。柳德茂看见弟弟脖子被打得红肿起来，就从地上爬起来一把抓住爷爷的手腕祈求道："爷！爷！甭气坏了你自己，要打就打我。德全小不懂事，都是我不好，没带好头。"

柳义振哪里肯听，还要再打，杨兰芝跑进来挡在柳德全前面，将柳义振往外推着说："爷，年轻人血气方刚，一言不合难免会动手，以后改了就好了。爷年纪大了，犯不着这样着气，就饶他们一回嘛！"

柳义振怕惊了孙媳妇的胎气，眼瞅着鸡换娘像筛筛子一样满足地走了，就软软地扔下鞋穿上，哀叹一声出门去，坐在院子的靠椅上生闷气，吸烟锅。

杨兰芝倒了茶水端给爷爷，又去房间看了看德茂背上的伤，心疼地摸了摸，又看到德全背上脖子上的伤要比德茂重得多，嘴里咕哝着抱怨了爷爷几句，就柔声柔气地问德全："你到底打鸡换为啥来？我想肯定是鸡换不对，你不说就只能白白挨打了。"

柳德茂也急于知道原因，追住问。柳德全气呼呼地说："我没打死他算他命大！"然后就说出一个叫柳德茂夫妻俩惊骇的事。

原来鸡换用手扶拖拉机拉着他娘去找"瞎子土神问"没得进门，回来后鸡换娘又去了趟酒花家，见亲家并没有心急火燎地寻找女儿，心里就有数了。她不再打发鸡换寻找酒花，只是叫他一天几趟往酒花家跑，查探情况。她认为酒花迟早要回娘家，即使不回来也会和娘家有联系。

这天是星期天，酒花爹娘带着强娃下地劳动去了，蛋花一个人坐在房间看书。鸡换在街上喝了酒，疯疯张张地撞进门来。蛋花抬头一看，心生厌恶，扭过头去没搭理。鸡换凑到蛋花身边，嘴里喷着酒气问："你姐还没有回来？你爹娘啦？得是看你姐去了？"

蛋花不吭声，她不想和鸡换说话。

鸡换突然情绪失控，猛地把蛋花抱起来扔到炕上，扑上去压住说："你姐跑了好，我看你比你姐还俊，我也爱！"

蛋花吓得失声大叫，又抓又踢使劲挣扎。鸡换抓住蛋花两只手腕死死压住，将臭嘴正往蛋花嘴上凑，头上却挨了重重一拳，他还没反应过来，就被人一把提起来，摔在脚地。鸡换这才看清是柳德全，刚要挣扎着爬起来，就被柳德全一脚踢翻在地。

鸡换龇牙咧嘴地哭喊起来："柳德全，你打我干啥呀？我惹你来吗？"

"你就惹我了！你个禽兽不如的狗东西，你打跑了自己媳妇，不去寻人，却来欺负她妹！"柳德全对着鸡换的屁股一阵拳脚。蛋花吓得从炕上跳下来挡柳德全，被一把豁开说："我今天不把他这流氓病治了，我就不是柳德全！"

鸡换爬不起来，用脚手胡乱踢打柳德全，哭骂道："我又没日你娘！你打我！"

柳德全一把提起鸡换的衣领，噗给鸡换唾了一脸，又在他嘴上狠狠打了一拳。鸡换一颗门牙嘣出去，满嘴是血，下意识地趴到地上找牙，又被提溜起来打了一拳，人就嗝一声，翻着白眼出溜在地上了。柳德全见鸡换气死了，他并不掐鼻根抢救，只是跑去灶房端了一盆凉水进来，猛地泼在鸡换头上。鸡换一个激灵醒了过来，哇一声又哭开了："你多管闲事，你打死我要挨枪子哩，你就打！"

"我打死你，我挨了枪子，我还有个兄弟哩，你陶家就绝门了！你做下的是违法的事情，还不悔改，要不要我去告你？"

鸡换一听吓得一个激灵说："算了！是我不对，你打了我我不计较，你告了我和蛋花就都臭了，最臭的是蛋花，咱就谁也不说。"

"那今这一笔账先记下，你以后再欺负酒花，打蛋花坏主意，我就打死你，活埋你！滚！"柳德全又在鸡换屁股上踢了一脚。鸡换爬起来浑身像个水鸡一样一瘸一拐地出门走了。

鸡换从背街躲躲闪闪地回家去，他娘一看哭着抱住，边给换衣服，边咒骂着追问是谁打的。鸡换只说是掉进河里摔的。他娘死活不信，说河里咋能摔伤嘴巴，摔掉门牙？鸡换被逼问急了，才说是柳德全打的，叫娘不要找人家麻烦。鸡换娘一听越发怒气冲天，柳家人咋就这么嚣张，这么欺负陶家？不顾鸡换拦阻一阵风似的往柳家冲去，一进门就拉长调子哭骂："你家柳德全是土匪吗？拷人里吗？把我鸡换差点打死了，门牙都打跌了。我陶家人单势单，今就留下鸡换这么一个种子，断了根我也就不活了！哎——哎——"

柳义振羞愤难当，当即关起大门，不问青红皂白，把柳德全和柳德茂放一块狠狠收拾了一顿，才解了眼下之围。老汉坐在院里猛吸了一锅烟，散了肚子里的胀气，冷静下来才想，他孙子打鸡换应该有个缘由吧，他怎么就没问清楚哩。

柳德茂和杨兰芝在房间里问清了缘由，不由面面相觑，震惊不已。柳德茂沉默了半会突然爆出一句："该打！可惜了酒花！"杨兰芝啥话没说，心里却震惊惶恐，她不想再见酒花——她其实希望酒花永远不要回来，永远消失不见。柳德全长大了恋爱了，偏不偏地恋上了蛋花，按说两人很般配，但她不想叫蛋花进柳家门，将来和她做妯娌——柳德茂只要一看见蛋花就会想起酒花来。

晚间，柳义振坐在罗圈腿椅子上，叫进柳德全问他打鸡换的原因。柳德全沉默不说，柳义振又想上家法，柳德全转身蹦出门跑了。柳义振气得把铜嘴烟锅跟着柳德全的后背摔出门去。杨兰芝适时地捡拾起来，拿进门来，擦抹干净，轻轻放在柜子上，刚要出去，柳义振就叫住问："这东西不说他为啥打鸡换，你知道不？"

杨兰芝往门外看了看没人，就说："我午间问过，是鸡换不对。"

"为啥？"柳义振死死盯着杨兰芝。

杨兰芝故作惊慌地说："德全不叫给你说，我怕他知道了记恨我。"

"我还没死，他敢！你说，我不说是你说的嘛。"

杨兰芝矜持了一下，故作吞吞吐吐地复述了柳德全打鸡换的事，顺便说了酒花出走的事，言语间有怪妨酒花不守妇道，才导致鸡换醉酒欺负蛋花的个人观点和情绪。

柳义振轻蔑地冷笑一声说:"我就知道这家女子都是惹是生非的头。人常说'仰头女人、低头汉、抿嘴狗'都不好对付——仰头女人骄傲自大目中无人,低头汉心里蔓蔓多,抿嘴狗冷不丁就咬人,看来真真的。这几种人陶家算是占全了,仰头女人原来一个,王家大女子过去,有了俩,不热闹才怪哩!德全这东西看不来眉眼,头往胶锅里伸。"

杨兰芝乘机说:"蛋花还小,应该和她姐不一样。"

"啥不一样?王拾柴家的坟脉都叫女人拔尽了,男人蔫儿吧唧的。这家娶进来的女人一直都好得出奇,自家土里产下的女人一个个怪得出奇。所以这家的女子咱坚决不能要,等会你爹下班回来,我叫他把德全转到雍凤城念书去,远远地走开。"

杨兰芝心里一喜,脸上却沉静如水地说:"爷,你不要着气,还是你看问题看得透看得远,有你安排事情肯定就处理好了。早点睡。"说着转身跷出门回自己屋去了。

二十三章

陶鑫昌自酒花出走后,就知道儿子的婚姻问题严重。儿子做的事情也太辱人脸面,放谁谁跑。但他又不甘心,儿子不但有病,而且做事荒唐,走了酒花再娶十个媳妇都是枉然。娶酒花也是瞎鸟逮了个好谷穗,得想办法维持住。他在心中算了一下账,离了婚再娶得多花两倍三倍的钱,酒窖里的老酒又得少去好几坛。他决定办个提前退休,让鸡换接班去凤酒厂上班。他把这个想法给厂里领导一说,领导就答应了。没想到回家一眼看见儿子被人打得嘴噘了二尺高,还缺了一颗门牙,局外人似的坐在家里看新买回来的黑白电视机。老婆忙前忙后给好吃好喝经管着。他惊讶地看到老婆将一坛酒打开,鬼鬼祟祟地将几条血红的经布扔进去,霎时间酒水被晕染成红色,然后她小心翼翼地端着酒坛摇晃了几下,再慢慢灌进几个空酒瓶里,得意地说:"我刚从亲家母那里好不容易要来蛋花的经布,给你父子俩泡制一坛'女儿红',每天早晚喝上几盅,喝多了壮筋骨,活气血,升阳气哩。"

陶鑫昌皱着眉头说:"我不喝,我喝不下去。"

鸡换娘眼睛一翻,揶揄道:"刚结婚那会,你娘给你没少喝这东西,把你喝得猫抓猫挖的,现在咋不喝了?这是个秘方,不知从啥年月流传下来的。蛋花她娘说好几个婆子问她要蛋花这东西,她好说歹说才给咱要下几个。这女子刚动了经血,害羞得藏来藏去不容易得。"

陶鑫昌恼羞而暧昧地说:"那时我不知道么。我娘放了红糖哄我说是红糖水。不光是我喝过,好多人都喝过,就是不知道。我现在老了,喝再多也抓挖不了啥。你给你儿甫说实话哄着叫喝去,这娃脸色越来越黄,把媳妇打跑了把自己熬煎上了。"

"主要是柳德全这土匪打得娃伤了元气……"鸡换娘瞪着眼加油添醋的好一番诉说咒骂。

陶鑫昌一言不发地低头出了家门,他在街上买了烟酒点心之类的礼品,决定去看看亲家,顺便替儿子道个歉。他已经有一向不偷酒了,觉得自己能钢巴硬正地在媳妇面前说话——从此以后毫无顾忌地参管儿子媳妇的事。他刚一走进亲家屋门,看见屋里坐着不认识的人,个个面带喜气。王长贵和老婆对陶鑫昌的突然到来先是惊诧,随之热情地招呼着坐下,说是给强娃和蛋花订婚,前面说过多次的"三换亲",其他两家都说妥了,就等他们王家表态哩。

经过酒花的婚姻纠葛,王长贵两口子得出一个结论:结亲要结远亲,结人缘要比地方重要。乡下人比街面前人老实勤快。蛋花换到雍山村的那个小伙子排行老三,叫三娃,敦厚实在,脸膛酒红发亮,一看就能联想到熟透的罐罐高粱,想必亏待不了蛋花。媒人说了,一般都是两换亲,很少能碰到三换亲的事,错过了哪里去找这样尺窍合铆的事?王长贵两口子一听生怕有啥闪失,忙满口答应了。陶鑫昌进来时,王长贵正在和媒人"摸手底",意思是定下的事再也不变了。陶鑫昌突然进门,让这个沿用了多少代的契约习俗匆忙结束。媒人领着三娃,用一根笤帚芒剔着牙缝里的肉渣,心满意足地走了。

蛋花悄悄地躲在奶奶住过的屋里发呆,听见爹娘高声大气地送人,就知道自己婚命已经定了。自从经历了鸡换那件糟事后,尽管柳德全百般安慰她,她仍惊魂未定,伤痛不已。她在替姐姐伤心,她既希望姐姐回来,又不希望姐姐回来。尽管她娘告诉她姐姐在外平安无事,很快就会回来。她气头上想:自己走得远一点也好,实在不想再见到鸡换。雍山这家的小伙子她不喜欢也没觉得讨厌。柳德全对她那么好,但姐姐一而再地警告她坚决不嫁柳家人,那她还不如去雍山给哥哥换个媳妇,也省得姐姐为给哥哥挣个媳妇钱受鸡换气了。她不知道怎么告诉柳德全这件事,一脸茫然地躲在奶奶屋里,对着奶奶的遗像流眼泪。这几天经历的事情让她一下子长大了许多,真正尝到了愁的滋味,也明白了人其实不是为自己活。

柳德全知道他爹领了他爷的圣旨后,把他往雍凤城一所中学转,就跳着说他坚决不去,否则就不念书。他怕他走远了,鸡换再非礼蛋花,蛋花太纯真太柔弱了,他要在近前保护她。柳忠民说,不去雍凤城念书就送去部队当兵,反正必须离开凤柳镇。柳德全说,自己不愿意参军,人家肯定不要。柳忠民气得抄起烧炕的灰耙就打,被柳德全一把抓住,父子俩在院子里拽过来拽过去拉锯。柳义振从屋里黑风煞脸地出来,柳德全看见手一松,便把他老子爹散了个屁股蹲坐在地上,手里还紧紧抓着灰耙,他则嘻嘻笑着从大门里蹦出去跑了。

柳忠民哭丧着脸说:"爹,我打不下了!这瞎东西长大了,劲大得很!"

柳义振忍不住笑了一下,旋即恢复黑脸说:"早早不教育,迟了!你娃哭的时候还在后头哩,我死了不知道了,爱咋咋去!"转身回房睡觉去了。

柳德茂在村酒厂值班看曲,柳德全跑去和哥哥挤在一张床上,笑着说了他把爹散倒在地的事,柳德茂佯恼地在弟弟尻子上打了一巴掌,说:"你越长越没规矩了,还敢在你老子头上换火!你就去雍凤城念书考大学往高处走,男人没点志向没点事业心就和鸡换一样了。你和蛋花的感情先放一放过几年再说嘛。"

"你咋知道我没志向没事业心?我的志向和事业心都是因为爱蛋花催生出来的。我昨天才决定要和蛋花一起好好念书,我俩考同一所学校,离开凤柳镇,再也看不到鸡换这瞎货。谁像你!酒花姐那么好的人,你不娶,一颗白菜让猪拱了!"

"你不知道情况,当时出现了意外……都是鸡换那货关键处咥瞎活。"

"意外个啥?关键在你!不就是人都乏味,抓住一点碎事嘴里胡掰掰吗?管那么多干啥?你只认定你爱她,一心要娶她,要和她在一搭就行了嘛!"

"当时咱家里没一个人愿意,我命里注定要和你兰芝嫂做夫妻,我认了!"柳德茂幽幽地叹息。

柳德全用胳膊肘捅了一下哥哥说:"你是要做爷爷和爹娘想要的那种孝子贤孙,你就好好跟爷酿你的酒,好好疼爱我兰芝嫂,心里却又戚戚楚楚丝丝蔓蔓魂不守舍,把耳朵翘得老高,成天打探我酒花姐的事。我就不想告诉你,蛋花说她姐在亲戚家好着呢,过几天才回来。"

柳德茂心里一喜,不好意思地爬起来,使劲拧住弟弟的耳朵说:"你就把你哥这样耍笑!你比哥气派,就看你把蛋花娶得来?"

"那你看着我咋样斗那些老封建,我决不像你……睡吧!"柳德全抖动着身子背转过去,不屑而惬意地闭上了眼睛。

话说酒花在牲口集上认认真真地学做经纪人。牛经纪给教咋样看牲口毛色、看腰身、看牙口辨别其岁数。因为卖家总是把牲口年岁尽量往小里说,想卖高价;买家又往大里说,想少掏点钱,往往争执不休。做经纪人就得会辨别牲口岁数,好准确估价,从中拉和做成买卖。牛经纪掰开一头红母牛的嘴,将两根手指头伸进牛嘴里去,掏着让酒花看牙口,说牙长齐了,密实整齐,也就三岁多的样子。酒花看到牛嘴角掉下来的黏稠的白色哈喇子,哗地想到了鸡换,不由皱了皱眉,反倒更添了女人家的风韵。牛经纪就起了挑逗酒花之心,他说,母牛还得再看水门光滑不光滑,干净不干净,辨别下犊能力强不强。他刚撩起母牛的尾巴,露出尻子窟窿,这牛就端不端地屙下一堆稀粪来,热粪气浪喷得牛经纪打了趔趄,后退了好几步。酒花也赶紧躲开。旁边一个背着手,手里端着铜嘴烟锅的老汉就训牛经纪:"你这水烟客(做事没正经)!你给人娃娃教哩,就好好说,甭动瞎心思。这女娃肯定是家里遇上啥难帐事了,要不一个女娃家跑这地方来学这手艺做啥。"酒花一听格外感动和酸楚,鼻子一酸差点流下泪来。她克制着笑了笑说:"爷爷,感谢你理解我!我的确是家里有难事,没办法……"

牛经纪尴尬地辩驳道:"开玩笑哩!女人就不适合做这个,硬要学的话,我只得好好教了。你赶紧挣你钱去。"老汉也是个牲口经纪人,不满地转身走了。牛经纪回身刚要给酒花说话,酒花已经走到一边去了。集市大了经纪人也多,有的蹲在土圪瘩上观察,有的这边走走,那边瞧瞧,摸摸驴的背,拍拍马的屁股,或等人叫,或瞅机会凑上去促成一桩买卖。酒花很用心,已经能分辨出哪类人是经纪人,哪类人是买主。也有人盯上了酒花,笑眯眯地凑上来搭讪。酒花突然意识到再不能把自己当女人,应该换个角色当男人,也就能心实胆正无所顾忌地和人说话。

牛经纪急忙走过去讪笑着对酒花说:"挣钱哩么!脸皮薄得经不住个玩笑。走,我刚瞅准了一桩买卖,你过去,说成了你今就开张了。"见酒花仍和别人说话,就拉了酒花胳膊走。酒花一想自己来这里的目的,就撇开牛经纪的手说:"你只给我说说指语咋个规则就行了。"

牛经纪诡秘地笑道:"到时自然会给你说,咱俩先得配合好。"说着走到一头大犍牛跟前,用两根手指戳了一下牛背,再掰开嘴看了牙口,故作神秘地不说话。主家有点急,忙问:"值这个价不?"伸出四个手指前后翻了翻。牛经纪不答,只说:"膘厚毛亮牙口齐,看来摊的底厚,搭的料面粮食多吧?"主人一听眉开眼笑地说:"哎呀!你看得准,比人看得金贵哩,比月婆伺候得精到,就指望力气大好干活,要是家里没急事要用钱,我才舍不得卖哩!"说着做出很无奈的样子。牛经纪笑了笑,又相了一回牲口,伸出三个手指前后翻了翻。主人一看失望地摇了摇头说:"三百三,太贱了!"牛经纪摇摇头说:"不贱,顶高价。看牲口不看样子看门道,这牲口一看就是娇惯下的,腿长身子短,没有调教好,性子没磨平,难侍候,出工不出活……"主家一听就后悔了自己刚才说的话,但也没法辩解,只得面露赧色道:"那就给寻个好人家,能不亏待就好了。"牛经纪笑笑说:"没看你还是个大善人哩,你不说我都考虑着呢。我先拉上转一圈,挑个好买主,你等会在这数钱就得了。"牛经纪示意酒花牵上牛走,说:"有人问,你就学着卖。"

酒花从主人手里接过牛缰绳小心地牵着往前拉。牛翻着白眼仁不走。牛经纪在屁股上踢了一脚,牛突然受惊往前一蹦,差点把酒花犄倒。酒花没防备,吓得脸上哗啦煞白,继而又难堪得红成一片。牛经纪哈哈一笑说:"怕啥!姑娘杀猴,媳妇牵牛,老婆上楼,时代变了,现在不兴缠小脚了,尽着放开胆子在前头啪啪地走,哥哥在后头跟。"酒花一听有趣,回头冲牛经纪一笑,两个酒窝便像桃花般地盛开了。牛经纪微微一怔,魂魄便飞了一半,他突然顿悟:他只要脱离低级趣味,文明一点,就能赢得酒花开心一笑。他随后变得殷勤而小心谨慎起来。

酒花牵着牛在集上走了一圈,有人稀奇,撵着看,也有人凑上来摸牛问价钱。酒花直看牛经纪,牛经纪抓住酒花一只手缩进袖筒里,先使劲捏住四个手指,随后压下三根在手心,将大拇指和食指叉开,诡秘地说:"四百捌。"酒花面露难色,觉得太高了。牛经纪转头对买主说:"这是我新收的徒弟,价钱等会和她说。你先看这牛成色,再看看多乖顺,一个姑娘家牵着不踢不咬不旭蹶子,性子脾气磨得没一点麻达,光是个好使唤,你不在家老婆娃娃都能套着用。我天天在集上也难得遇见这种好货。要不是主家娶媳妇急需钱,才舍不得卖哩!我还思谋着自己买下养呢。"说着叫酒花牵上走。

买主一听急了,抓住牛鼻圈牵牛到集市一角,仔细地看牙口、耳朵、眼睛……到处摸着看了个遍后,就将手伸过来,牛经纪急忙推酒花,酒花意会就将手伸出去。买主愣住了,酒花心一横,抓住那只想要缩回去的手,学着牛经纪刚教她的式样,捏了买主粗糙干硬的手指。买主面色一惊,随机把酒花的食指压下去,把小拇指掰开。酒花不知道是什么意思,直看牛经纪。牛经纪从半遮半掩的指语中已经看出买主还的价了,爽朗地一笑说:"成!看你人好干脆,咱就当送个人情,下回见了就是朋友,我绝对不叫你吃亏。"买主便开始解开牛缰绳,拴上自己带来的皮缰绳,手伸到裤腰里掏出麻布裹着的一卷钱,蘸着唾沫数出四百六十块钱交给酒花,牵着牛心满意足地走了。

牛经纪看着买主走远,叫酒花数出三百三十块钱攥着,剩下的装进兜里,提着缰绳回到原处。主家还在那里立着张望,牛经纪笑着说:"给你卖了,有我这女徒弟牵着一走,你这牛立马好看了很多,还显得乖顺,就有人看上拉走了。你赶紧拿上钱去街上买二两小酒半斤肉咥一顿去。"说着叫酒花将攥着的钱交给主家。主家接了钱数了数塞进裤腰里,虽面露喜色,但酒花看出他心里的不甘和疑惑,便像偷了人家钱似的心里发虚,甚至可怜起这个满脸皱褶的庄稼汉来,她一瞬间很灰心,觉得自己干不了这活儿。主家道了谢后踽踽地走了。

牛经纪冲酒花自豪的一笑说:"咋样?这里面学问多着哩。今初战告捷,走!"酒花跟着牛经纪走到集市后面一处柴火垛后,把兜里一百三十块钱掏出来递给牛经纪。牛经纪用热辣辣的眼神看着酒花,将酒花递钱的手一并握住。酒花心里腾一下,下意识将手抽脱出来。牛经纪毫不在意地笑了笑,就将三十块钱装进兜里，一百块钱递给酒花，拿腔拿调道："你今表现杠杠的，功劳大大的，多的自然给你。"酒花忙摆手说："我才学哩，我拿零头算了。""哎——你拿上！"牛经纪就将一百块钱往酒花手里塞着说："第一次嘛，就当给你个奖励。下一次……"

突然，从柴火垛后冲出一个女人，一把夺了钱，啪啪就给酒花脸上扇了两巴掌，还要再抓再打，牛经纪从愣怔中反应过来，一把抓住那女人的手往后一拧，便把那女人拧翻在地，怒斥道："你咋跑这来了？我俩合伙做个生意，你不分青红皂白打人家干啥？"

女人从地上爬起来，从牛经纪的阻挡中扑着还要打酒花，眼睛赤红着骂道："做啥生意哩！皮肉生意，第一次给一百，还下一次……"女人还未说完，酒花已经从糟懵中清醒过来，啪啪就在女人嘴上扇了两巴掌，哭着骂："你一把年纪了，满嘴胡说！他和我爹差不多大，我只是跟他学做生意，你侮辱我，我打烂你嘴！"

女人挨了两嘴巴，气疯了，牛经纪没挡住，猛扑过来一把抓住酒花头发就撕。酒花也慌急抓住女人头发，两人便撕扯在一起，又哭又叫地滚倒在地上成了土人。牛经纪急乱中拉不开，集上人呼啦围过来看，人越聚越多。几个和牛经纪相熟的人开始帮着往开里拉，一个老者大声呵斥："放开！都放开！"酒花松了手，可女人却不松手。老者用手里的长杆铜烟锅哪哪就在女人的手上使劲敲打了两下，女人疼极才松开了手。酒花已经披头散发，女人手里还攥着酒花一撮头发。两人都从土里爬起来，头发里沾满粪土渣。女人还往酒花跟前扑，嘴里大骂："狐狸精！跑这来勾引我男人，我在街上跟集，有人说了我不信，跑来一看果然在骗我男人钱。我男人挣个钱你弄去，叫我娘儿几个喝西北风呀吗？我今打死你我不活了！"女人还往酒花跟前扑，被众人拉住。

酒花哭着说："你满嘴胡说！钱是我和牛经纪合伙卖了一头牛挣下的。"

老者也说："这女子说的对着哩，我亲眼看见的。穷家娃娃瞅这生意不摊本也就来了。这女娃刚牵着卖了一头牛，牛经纪你给帮忙来，你婆娘一来不问青红皂白就上手打人！都有些年岁了咋不沉稳哩？闹成这样，对谁有啥好？"

牛经纪直点头说："老叔说得对！老叔在这集上一辈子了，啥事都看得清清楚楚的。刚开始我不想教，教会徒弟饿死师傅，老叔还训了我，我才好好教着做成了一桩生意，刚才我俩正分钱哩，我这麻糜婆娘就来了。"说着转身呵斥自己老婆："谁给你说的？戳着不想叫我在这里干了，怕我抢了他生意。走回！咱以后不干这事了，守在家里你养活我。"牛经纪一把抓了女人的胳膊往回走。女人胆怯了，气虚了，站着不走。牛经纪忽地一把提起来摔在地上说："今谁给你戳是非来，你给我说清楚，说不清楚就离婚！"

女人显然被唬住了，急说："郃瞎瞎说的。我在街上买菜，郃瞎瞎跑来说，你嫌我老了，看不上我了。你不要我了我就死！"

"郃瞎瞎的话你也信？要死，回去死家里，我把你一埋就了了。走！"

郃瞎瞎也是牲口集的经纪人，肚子里坏水水多，弯弯绕多，人给起了绰号叫郃瞎瞎。牛经纪预料是这货说的，气呼呼地拖拽着女人从集市上烟山土雾地回去了。人们不做交易了，撵着看热闹，有的手里还紧紧地牵着牲口，表情或紧张或兴奋或暧昧，打探议论，说啥话的都有。

酒花哭着用手笼络了长头发绾在脑后，耻辱而悲哀地想，自己前世造了啥孽？一个屈辱接着一个屈辱，一条绝路套着一条绝路……她觉得自己再也没法活下去了！

烟锅老人点燃一锅烟，拍了拍酒花的肩膀说："女子，没啥！身正不怕影子斜，回去换洗了衣服，另找个啥生意做去。这地方不是你这些体面女娃家待的。"

酒花感觉周围都是火辣辣探寻的目光，却百口难辩，丧魂落魄地转身从柴火垛后面的小路跑上坡，跑到雍水河畔，钻进茂密的柳树林里想都没想就跳进河水里，闭上眼睛随水流往下漂。初夏的天气燥热少雨，水流不大，清澈透底，大大小小的鹅卵石将酒花像蔓草一样挂住，聚上一波大水又猛地冲流下去，又挂住……酒花在磕磕绊绊中失去了意识。

不知过了多长时间，酒花感觉身子酥痒难忍，幽幽地睁开眼睛，发现自己躺在河边的慢坡青石上，一群小青蛙吻着她湿漉漉的身子。她身子刚一动，小青蛙就扑通扑通跳进河水里去了。一只癞蛤蟆像人一样立在她身边，鼓着眼睛看她，酒花吓得极力摇晃身子想跑，浑身却沉重得一点都动弹不得。突然癞蛤蟆褪掉外衣变成了一个英俊小伙子，跪倒在酒花身边，从酒花头发开始吻起，全身吻了个遍，吻到哪里，哪里暖烘烘的，水就干了。小伙子又用一把牛角梳子慢慢梳理她的长发，像瀑布一样从慢坡青石上漫挂下去，发梢和水流接在一起，像过电一样倏忽飘动着，飘动着……她被小伙子拉着飞了起来，像蝴蝶，像蜜蜂，像飞鸟……游游荡荡飘飘忽忽，自由而心旷神怡，一道霞光穿过心间，一种妙曼的感觉涸遍全身，快乐无比……这人附在她耳边轻轻地说："我走了！好梦总在噩梦后，你自珍重。"酒花忽地醒过来，发现自己躺在河道拐弯处的青石上。挂垂下来的柳枝儿随风在身上脸上轻轻拂动着，酥酥痒痒的；漫到青石上的水流不断吻动着她的手脚，麻麻的；阳光从柳树梢里透射到她身上，暖暖的。衣服头发已经被晒干了，干干净净无一丝风尘。酒花坐起来梳理头发，回忆着梦境，和她奶奶活着时给她讲过的民间故事竟惊人地相似。和她姑奶奶玉珠先生跳进雍水河隐去的传说可否一样呢？她竟把这些梦进了梦里。她想念她们，她看了看深幽静谧的柳树林和熟悉的雍水河，也想念爹娘、哥哥和妹妹，她知道她还在人间，还有好多事情要做。

　　她爬起来神情恍惚地回了娘家，打算第二天再去牲口集市。她只要死不了，她就要吃饭睡觉做生意，那里使她蒙受了屈辱她偏要回到那里去，否则牲口集市将永远会成为她心口一块无法愈合的伤痛。那个地方有她和田田的友好记忆，那个地方有那么多庄稼汉憨厚纯朴的笑脸，还有那位只拿了三百三十块钱踽踽而去的庄稼汉的背影，令她良心难安。特别是吸着烟锅解救她的老伯，她还没有好好感谢呢，所以她还得回去。

二十四章

　　柳义振老汉总算迎来了他一生再次实现抱负、一展身手的机会。村村酒厂都聘用了凤酒厂退休的老酒工赶着时令踩曲。柳义振组建培训出一支四十多人的踩曲队伍，像一支训练有素的军队，带着去各处酒厂踩曲，惹得好多小伙子摩拳擦掌跟着学。踩曲的队伍逐渐扩大到八十多人，分成了两支曲队。柳义振在培训班讲课时，就由柳德茂带出去踩曲。

　　柳义振祖传的踩曲、看曲的能耐首屈一指，镇村干部都来请他，他也不推辞。他明显感受到酒神的影响力，如同参与制曲酿酒的微生物群一样在空气里游动着。他抽空带着德茂走村看曲，教他如何辨看五花曲、槐瓢曲、红心曲……

　　爷孙俩这会从外村酒厂看曲回来，去自家村酒厂看工人们给新挖的酒窖上泥，却听见蹲在窖外的人正兴致勃勃地给窖里干活的人学说牲口集上发生的事。王拴狗立在旁边扑闪着眼睛听着。柳义振悄没声息也立住听。柳德茂站在爷爷后面只听了几句头皮就滋滋作响，脸上红一阵白一阵。柳义振回头瞅了一眼孙子，才咳咳地咳嗽了两声。说是非的人骤然哑了声息，回头看见柳义振，讪讪地笑着打招呼。王拴狗破天荒地没有喝酒，两手交叉叠在胸前，略微腼腆地笑了笑，对柳义振说："你看看酒窖砌得咋样？合规不合规？"

　　柳义振冷着脸说："不合规！做人都不合规，做事咋能合规？一心一意砌酒窖哩，唾沫星子乱溅说是道非。我就服了，男人家的喝了酒嘴长，不喝酒嘴也长得很！"

说是非的男人脸哗啦红到了脖子根，低头不吭声。王拴狗脸上也挂不住，他听出柳义振话里把他也捎带上了，忙解释道："我午间在镇上开完三夏会，走在街上才听到这事，和咱这里说的不一样，才知道人都编瞎话哩。其实王拾柴的女子不是那种人。《宪法》没规定不准女人在牲口集上当经纪人，当了也就当了嘛！其实咱村上还缺个妇女主任……"嘴里咕噜咕噜地走了。

柳义振一挥手说："你叫那货当去！"气呼呼地背着手巡视了一番工程，又带着德茂下到酒窖里亲自演示如何上泥砌口。德茂精力无法集中，他在思量酒花几天不见，却突然在牲口集上闹出这么一场风雨来，是咋回事呢？他由不得内心波澜起伏，百感交集，在各种情感间的转换分离，混合纠缠，此消彼长让他很烦躁，竟然把一坨子泥没泥好，掉下来啪在自己头上开了花。酒窖上面的人都笑了说："你把自己糊住发酵呀吗？能把自己糊在酒窖里头算高手，小伙子！"

柳义振气得在德茂屁股上踢了一脚说："鬼把心掏了——慌手慌脚的。"然后立在跟前看着，示范着。

柳德茂知道爷爷平时最见不得人说是非，今个先不吭声不阻止是故意叫他听哩。后晌下班回家的路上，柳义振背着手走在前面，突然说："今你也听到了，王拾柴家的女子尽出奇卖怪哩。才隔了一代又出了一个怪物，把咱柳家庄的人丢尽了！这回你知道爷爷当初为啥阻断你们交往了吗？你还好，听话，今日子过得多安然。德全这尻子客又头往胶锅里伸，再不听话打断他娃娃腿！"德茂不说话，只是默默跟着走路，他有好多疑问，想见酒花，不知道该不该？

柳德茂想见酒花，不见得酒花会待见他。酒花羞愤中跳进雍水河，却奇迹般地安然无恙，河神不收留她，她心里反而后怕庆幸起来，强装轻松地回了娘家，进门看见娘在后院喂猪娃，爹和哥哥在院子里铡草。爹半跪着用一边膝盖压着青草，双手将码着攃进铡口里。哥哥残疾的腿外跷着，双手使劲压下铡把，绿草的清香在院子里漫散着。酒花一阵感动和心酸，她喊了声娘。娘猛地转过身来，惊喜地叫了声酒花，嗔道："你这死女子跑哪哒去了？"说着扔下猪食盆子跑过来，母女俩扑在一起相看着流下欢喜的眼泪。酒花娘又说："要不是'瞎子土神问'说你平安无事，王拴狗来咱家说你好好的，娘都不知道咋活呀！"酒花见娘眼睛红红的，眼圈又肿又烂，脸颊瘦削晦暗，就知道她出走的这些天，娘煎熬得吃不好睡不好，不由心痛不已。她爹和哥哥停下活儿，走过来憨憨地看着她笑。

酒花装作大不咧咧地一笑说："我出去寻做生意去了，看把你都操心的。买猪娃了？我看看。"说着跑到后院去。娘说："你走后，不知咋么，鸡换娘把猪娃又拉来了，八个一个都没少。你看这猪娃肯吃得很，酒糟搭上青草见风见长的。好苗苗么！"

酒花趴在围栏上看着八只猪娃头挤在一起抢着吧唧吧唧地吃食，比买来时长大了一截，心里瞬间像枯井里透进阳光亮堂起来。娘拉着她的手进屋去，兴奋地说："鸡换爹来说，凤酒厂扩建征地，凡是征到地的主家可以安排一个人进厂上班。他家地在里头，鸡换要进厂当工人了。还说家事都给你交呀，叫你回来了赶紧回去哩。要不又说我把你藏下了。"

酒花蓦地神经了似的说："谁说你把我藏下了？鸡换他娘吗？明明我从她家走的，她冤枉谁呢？是不是我走了她来咱家欺负你了？"

酒花娘知道她把话说错了，急忙掩饰道："没有，是我怕他们这么想。娘给你做饭去，你饿不饿呀？"转身去了灶房，酒花跟了进去，娘儿俩边说话边做饭。

酒花爹记着鸡换娘说过的话，谁家先找着酒花了，就给对方说一声。他忙打发强娃去鸡换家通信息。强娃拐带到半路，碰见鸡换和他娘正往柳家庄走，就说酒花回来了。鸡换一脸杀气地说："她还有脸回来？"

鸡换娘看见强娃一脸迷惑，三角眼一瞪说："你在街上听去，你妹风声大得把整个街道都抬起来了，一哈给你把媳妇钱挣下了！"

强娃听不懂，只是憨憨地跟在鸡换和她娘身后跌跌磕绊地往回走。

酒花刚把擀好的面下到锅里，鸡换就跨进门来，满眼里放射着轻蔑而嘲弄的光，冷笑道："牛经纪不要你了呀？我就说你突然不见了，原来跟着这老家伙走了。他哪哒比我强了？他戳牛尻子挣的钱就那么香吗？"酒花愣怔地看着鸡换。鸡换穿着大喇叭裤，黑亮的三接头高跟皮鞋，烫着大爆炸头，更显得眼睛细小眯缝。最显眼的是略显肿胀的嘴唇一张，一颗金光闪闪的大门牙就突兀出来。酒花倒没在意鸡换说了些啥话，鸡换说啥他都没必要在意，只是惊奇鸡换的变化——几天间这变化也太大了，竟然从头到脚整出个流行风来。不就是去凤酒厂当个工人嘛。酒花鼻孔里哼了一声，说："戳牛尻子也是劳动挣的钱，又不是偷了啥换下的。"鸡换还没开口，他娘就触电般地浑身一颤，怒道："你说啥哩？偷啥都没偷人热闹，满街道人知道了，都说一次一百块钱。牛经纪把他老婆都扯到法庭离婚去了，你得是跟呀？"

酒花头脑嗡一响，只说了句，你胡说！就天旋地转，整个人失去了意识，软软地栽倒在地。酒花娘慌急扑到女儿身上抱着头，拍打着脸蛋喊叫："酒花！酒花！快醒醒！醒醒！咋了吗？"酒花的脸蛋像着了火，娘一摸额头，滚烫滚烫的。鸡换瞪着眼幸灾乐祸地立一边像看戏。鸡换娘急忙将指甲死死掐住酒花鼻根，不到半分钟，酒花哼了一声睁开眼睛，看见鸡换娘的脸又闭上了。

酒花娘说："娃烧得很！赶紧去医院。"王长贵和强娃手忙脚乱地把酒花抱到院子的架子车上，盖了被子，拉上就往镇医院跑。其他人都在后头跟着跑。

酒花突然睁开眼睛一看，本能地坐起来，恼羞地从架子车上溜下来说："我自己走，都回去，别跟我。"就自己鼓撑着往镇医院走了。

门诊医生给酒花量了体温，高烧40.8℃，忙打了一针退烧针，给开了药。医生说还需要挂几天吊针好得快。酒花强笑着说："谢谢！我命贱，我回去吃点药算了。"说着又径直往回走了。

酒花进了家门一头扎到床上，蒙上被子就睡下了。她感觉头疼欲裂，浑身透骨的冷，一身一身起鸡皮疙瘩，意识恍恍惚惚似醒非醒。她知道她是在雍水河里浸了风寒，又受了鸡换母子的猛气，才成这样的。酒花娘急忙将两根带胡子（根）的葱白与红糖、生姜片一起熬了一碗汤，揭开被子让女儿喝了，又给重了一条被子。不一会，酒花便大汗淋漓，风寒随之发散出来，头立马不疼了，浑身舒服了许多。娘又让喝了一碗，蒙着被子发了一身热汗，感觉轻松多了，就起来吃了蛋花端给她的荷包蛋，又睡下了。

王长贵从外面回来，神色紧张地对蛋花说："你和柳德全以后不要再来往了，你已经是有主家的人。他娘刚在路上挡住我说这事，我说你已经许了人家，她娘就兴地回去了。"蛋花刚要说话，酒花忽地从被窝里坐起来说："你们把蛋花给哪了？"

王长贵却说："你好了就赶紧回去，外面说你的瞎话，你不回去就应了那些瞎话。"

酒花头一扭说："应了就应了去，我才懒得管！我就是这么一个人，谁爱说啥说去。"酒花已经想明白了，应了是非毁了她的清誉，鸡换家人就会嫌弃她，她正好就能离婚——离婚目前对她来说是最大的解脱。她一开始顾了面子，里子却在往死里受伤。这次她不顾面子顾里子，能逃出陶家就是坏事里面的好事。酒花风轻云淡地一笑，又对爹说："你和我娘只管吃你的睡你的，啥也别管，好梦总在噩梦后，一切都会变好的。"

王长贵嘴唇哆嗦了几下说："我咋能安心吃安心睡，人说你没教养，是打我脸哩。我看是把你给得太近了，蛋花才给远了点。"

酒花气得干笑一声说："我知道了，我不在的这几天，你们把那'三换亲'的杰作做成了，在给儿子娶媳妇上真是集体挖空心思，皆大欢喜啊！礼送了没？"

还没等王长贵说话，蛋花就嘟着嘴说："送了！这下哥哥的婚事解决了，姐姐不用再忙着挣钱了。"

王长贵忙说："你赶紧回去安安心心过你日子去，鸡换家底厚，再一上班，日子就更好了。"

"再好我不眼热，我离婚呀！爹，你和我娘有个思想准备。"

蛋花急说："姐，你赶紧离了去！"

王长贵一听气得嘴唇哆嗦了半天才说："丢人呀不？还嫌不热闹？有我在，一点都甭想。"转身出门走了。

酒花看着爹的背影出门去，长叹一口气对蛋花说："我不同意你给哥哥换媳妇，我也不同意你和柳德全来往。你还小哩，不懂生活有多复杂，有多艰难。只管好好念书，哥哥的媳妇我挣钱娶。"

蛋花低头思量了半天，流着眼泪说："我心疼姐姐，也心疼哥哥和爹娘，我不知道咋办？"

酒花下炕来，拉了蛋花的手说："只要我活着，我就不能看着你受委屈。啥事都由我来处理。"说着用手给蛋花抹了眼泪。姐妹俩正拉着手说话，呼压压房门一黑，进来一群人，酒花抬眼一看，瞬间惊呆。蛋花却惊慌失措地躲在她身后去。王拴狗喝得摇摇晃晃，斜披着褂子立在脚地。旁边跟着红奶奶、牛经纪和他老婆、鸡换和他爹娘。王拴狗张着醉眼说："我把你们的事情给分交清楚了，都是牛经纪的麻迷儿婆娘弄下的误会。酒花这几天在车马店跟她红奶奶一个屋里住着，有我和龙湾田先生作证哩。牛经纪天天晚上在他麻糜老婆跟前旋着，牛娃娃下了一炕。街上瞎话一多，麻糜老婆才觉出她把他男人抹黑了，把酒花也抹黑了。麻糜婆娘你当着这么多人面给酒花赔个不是，不要影响了人家女子的家庭，要不你就得给鸡换另娶个媳妇。"

牛经纪的老婆一改那天集市上的疯张泼皮样，露出一脸羞赧局促相说："酒花，嫂子那天鬼把心迷了，听了郃瞎瞎的瞎话，伤亏了你。你也还了手，咱俩扯平了，谁不记恨谁。我给鸡换解说清了，你俩回去好好过日子。你就是想当经纪人挣钱给你哥娶媳妇哩么，叫你牛哥好好教你，我臭屁不再放一个！我舅家门子有个姑娘我给你哥瞅实下了，我给说一下，礼钱估计不会太大……"

酒花面无表情地阻断说："算了，过去的事情不说了。我哥哥娶媳妇的事情不劳你们操心了，我挣够了钱再托媒人说。"

鸡换急忙凑到酒花跟前说："你不能再去牲口集市了，那地方公苍蝇多，你要喂猪在咱家喂，我给你拉酒糟，咱现在就回家。"

牛经纪不能淡静了，急忙趋近鸡换，问到脸上："你这小伙咋说话哩？牲口集上咋么公苍蝇多？母苍蝇都钻你屋去了？你才把你媳妇逼走了。哎——我看你娃娃'六月萝卜满院滚哩——少窖（教）得很'！"

鸡换刚把眼一瞪，王拴狗就横在两人中间说："好好说话哩！咋么和斗鸡一样毛都罩起来了。有本事都往正地方使，别在公的母的、男的女的这些地方翻绞绞弄是非。"手一挥："散会！"牛经纪婆娘一听，拉着自家男人赶紧走了。

鸡换就去拉酒花胳膊，酒花甩开鸡换手说："我明就偏去牲口集上，我正大光明地帮人做交易哩，你能行了就过，不能行了就卷摊子。"

鸡换气得噎住。鸡换娘刚要说话，鸡换爹挥手挡住，对着众人窘迫地一笑，说："事情大家都说清楚了，以前闹的误会太多，就是各人都站自己立场上说话，瞅的是自己脚面前一坨子大。小两口结婚有个磨合期，我们站酒花位置上没想过事情，这是我们的不对。鸡换要上班了，屋里事我就交给酒花，酒花有冲头，想干啥都行，我和她娘尽量给帮顾着。今晚咱都回去，我给酒花有交代哩。"

酒花娘听了很高兴，急得用胳膊肘捅酒花，连红奶奶都过来拉住酒花手，用眼神示意酒花趁势体体面面地回去。王拴狗豪迈地一挥手说："村上缺个妇代会主任，我看酒花能当。凤酒厂刚征了咱村地，带进去一拨人当了工人，村上妇代会主任也进了厂，我征求了村班子意见，都说酒花当年修梯田赛诗赛得好，有文化，做事也泼辣能干，都没意见。报酬嘛，和前任一样，等咱酒厂出酒了，再看着行情涨。"

酒花娘一听急忙推辞说："恐怕不行，娃年龄太轻。"

王拴狗啪一拍胸脯说："我说能行就能行！放过去女子结婚早，尻子后头都一堆子娃娃了。"又把手一挥："散会！"旋身将披着的褂子一抖，在肩膀上归正后，趔趔着出门走了。

酒花心里喜忧参半，她知道想当村上妇代会主任的人多着呢，王拴狗叫她当是顶着一定压力的。可她最怕的就是回家，她的家像风雨中飘摇的小舟，随时有翻船的可能。这么多人的面子她得给，王拴狗的好心她得收下，还得感恩戴德，就心平气和地说："今晚我想和我娘说说话，明再回去。"

陶鑫昌忙说："能行，明叫鸡换来接你。"说完推着儿子和老婆出门走了。

随后酒花送走红奶奶，心情沉重地往回走，她本想通过这个极不光彩的风波达成离婚目的，没想到被王拴狗好心办坏事给搅黄了，还欠了一尻子人情，显然只能和鸡换往下苟且了。她刚进门，娘就神秘而惊慌地说："你咋么想起跑车马店这老婆屋里去了？都说这老婆不稳重，说话摇头晃脑，眼睛骨碌碌转……人都不往跟前去，怕叫人嚼舌头，你却撵着往跟前跑！"

酒花一听，极不悦地说："你们那些人都被封建礼教教化得木不愣瞪，死梗梗的有啥好？我红奶奶那叫性格大方活泛。"

"那是训练出来的'扬州瘦马'样式，不敢学，人笑话哩。"

"娘！你那么言语谨慎的人，在哪里听的瞎话？"酒花惊得张大眼睛，看了娘半会又说，"红奶奶那么好的一个人，收留了我几天，你一点都不感激？我以后咋样你们不用管。我挣钱给你儿把媳妇娶了，你们只管好好过日子，闲话少说，闲心少操。"酒花气呼呼地从娘的针线笸箩里抄起剪刀，咔嚓咔嚓几下就把长辫子剪了。娘从愣神中反应过来，惋惜道："你把那么好的头发剪了做啥呀？"

"卖钱给你儿娶媳妇。"酒花一本正经地对着镜子修剪成齐耳短发，扑啦啦一摇说，"你看多精神！"其实心里也是极为舍不得，但她估摸她这一对长辫子能卖一百多块钱。这一向一连发生了这么多稀奇古怪稀里糊涂的事情，心里瞀乱，她也想换个式样。

王拴狗白天在几个地方听到关于牲口集上发生的事，一处和一处说的不一样，又在酒厂被柳义振这个老古董"机关枪上带刺刀——连射带刺"了一通，心情很不爽，作为支部书记就想弄清楚事情的原委，妥妥地放下，让柳义振这个老古董看看他王拴狗皮袄不是仿的，本事不是装的。他从酒厂出来就直接去了车马店，说了听到的是非。红奶奶很为酒花着急，就急着要和他一块去鸡换家。王拴狗惦记着上次和酒花、田先生一起喝剩的半瓶老酒，要出来对着瓶口一口气喝完，爽快地抹着嘴巴说："好酒！解铃还要系铃人，咱还得叫上牛经纪两口子，才能把事情说得清。"

王拴狗和红奶奶相跟着去了牛经纪家，正碰上牛经纪的老丈人来审判女婿给女儿出气，旁边立着两个盛气凌人的小舅子。王拴狗一看就明白了牛经纪那样一个油嘴滑舌的人为啥吼不住老婆。他和红奶奶的到来正当时，三言两语就澄清了事实，给牛经纪解了围。随后王拴狗又借着酒劲一混混训了屋里所有人。牛经纪的老婆知道冤枉了自家男人，就第一个软了下来，急忙给王拴狗和红奶奶倒茶。王拴狗气壮了，手叉腰里说："不喝茶！改天闲了在你屋喝酒。

你现在是猪尿泡上扎一刀——气消了，心花怒放了，陶鑫昌和王长贵两亲家还在搅团锅里栽跟斗——黏得出不来。你两口子赶紧跟我往陶鑫昌家走，要不酒花两口子离婚了，我看你咋收场呀？"

几个人一溜烟穿过南巷子、北巷子，跨进北街陶鑫昌家大门，听见陶鑫昌两口子正在屋里吵架。鸡换娘说："……以咱家情况，有两个工人，早上走个穿绿的，下午来个穿红的，不稀罕这货！"陶鑫昌说："你当你儿是谁？你惯下的馋嘴懒身子，娶十个媳妇都完着呢！"突然他压低声音说："有人漏言漏语给我说，你儿在街头剃头店钻了个女人……"王拴狗咳嗽了一声，陶鑫昌急忙出来，脸上骇然失色。王拴狗装作醉酒啥也没听见，嘴里胡咧咧着说："芝麻官管芝麻事，敲锣的也爱唱戏，今牲口集上是个误会，这么多人来给你掰扯清楚，你把你攒下的好酒呢？"陶鑫昌一听急忙招呼大家进屋坐下，从柜子里拿出一瓶凤酒来，正要打开，王拴狗挡住说："闲了我再来喝，今说正事。"一群人坐下来叽叽喳喳分辨了半会是非，才随王拴狗又往酒花家去了……

王拴狗一场官司断下来自认为捏合好了几个家庭，塌了一河浑水，很有成就感，精神头极好，从酒花家出来又去酒厂寻人说话去了。此后相继在牛经纪、陶鑫昌、王长贵家喝了几场豪酒，喝得遗屎撒尿、杯盘狼藉、勾肩搭背、称兄道弟，前三步后两步，左三摇右两晃，拉拉扯扯语无伦次，感情自然增进了一步，这些不再细表。

话说鸡换先一天当着众人面没有叫回酒花，心情郁闷，第二天一早起来就去往回接，一进门看见蛋花正在院子里择菜，他把目光在蛋花脸上溜了溜，很不自然地龇了龇牙，那颗金牙便明晃晃地从嘴里呼之欲出。蛋花心嗵一下猛跳起来，拔腿就往后院跑，到了姐姐跟前立住，心还在嗵嗵地跳得厉害，整个人失魂落魄呆了一般。酒花正在后院喂猪，看见蛋花这一举动和神态心里惊奇，却没多想，也没理会鸡换。

鸡换走到后院说："喂猪哩？"蛋花又嗖地往灶房跑了。酒花以为蛋花记恨鸡换待她姐姐不好，也沉着脸往灶房走了。鸡换跟进灶房去和岳母打了个招呼，隔窗子看见岳父背着一捆柴火回来了，急忙出去接住放到后院，两人走进屋里坐着，一边说话，一边等着吃早饭。鸡换观察了所有人的反应，知道他欺污蛋花，遭柳德全暴打的事蛋花没有告诉家里任何人，说明蛋花还是不想破坏她姐的家庭，就胆正心正地坐在屋里和岳父一块吃了早饭。酒花要往牲口集上去，鸡换跟在后面缠着叫酒花回家。酒花爹娘也叫女儿跟女婿回去，酒花只得跟着鸡换别别扭扭往北街走了。

鸡换爹娘在家等着。鸡换爹已经给老婆做通了工作，凡事由着酒花。酒花一进大门，鸡换娘就迎出来，欢悦地招呼进房间，当着鸡换和他爹面，将所有房间的钥匙串交给酒花，并对鸡换说："以后家里的事都叫酒花做主，你好好上你班，遇事和酒花商量。我们就等着抱孙孙了。鸡换你是男人，要让着酒花，酒花比你有头脑。"接着又对酒花说："鸡换当了工人，你当了村里妇代会主任，咱家出人物了，咱都心齐齐地，把日子往好里过。"

酒花看着鸡换娘将脸上五官喜成一撮子，讨好地凑向她，鸡换爹笑嘻嘻地在一旁看着，鸡换急着拿个抹布抹桌子柜子，心里略微一动，感觉鸡换也没有那么讨厌了，就淡淡地说："谁不想把日子往好里过，我年轻没经验，你们要多担待。我娘家负担重，我肯定要帮顾些。"

鸡换爹忙说："不是一家人不进一家门，大家都帮顾着。"

酒花笑了笑说："那，我就去牲口集上了，我得去谢承一下帮过我的老伯。"

酒花往外走，陶鑫昌急忙提了一瓶酒说："把这个带上，谢完回来，体体面面地干村上的事。"

酒花听着不舒服，但没言语，提着酒去街上买了一斤糕点，就大大方方地去了牲口集市。突然肩上被人拍了一把，惊呼道："呦！酒花，你一头黑油油的长发咋叫牛经纪的瞎婆娘给拔成半截了，你年轻有力气，咋不把她的毛给拾了呢？"

酒花回头一看，是家门婶子，脸一沉旋即又一笑说："拔光了好啊！三千烦恼丝我一根都不想要。"说着干脆地一挥手："婶，我去集上了，今集大。"

酒花步子轻快地进入集市，心里却突然泄气，同时也彻底放松了——她看到的都是陌生的面孔，买牲口的、卖牲口都不是那天的人，而且熙熙攘攘闹闹吵吵自顾自忙着做交易，没人理会她，用不着臊兮兮地鼓那些没必要的闲劲。她恍然觉得那天发生在这里的那一幕不过就是个噩梦。噩梦过去是好梦？她抬头一看，碧空阔远，阳光灿烂，空气里充斥着热烘烘的粪臭味，一切依旧，刚来时心里那一缕羞怯瞬间没有了。她搜寻到那天帮她说话的那个老伯，嘴里噙着长杆烟锅蹲在土台上正和人说话。酒花走过去叫了声伯，把酒和糕点往老人手里一塞，有些不好意思地说："老伯，那天多亏了你帮我，这是谢承你的。我今又来了。"老人先是一愣，随即反应过来，站起来说："女子客气啥哩？伯看你也是个实诚人，就想捏摸两个钱使唤。你去猪羊集上当经纪人，买卖好做好成，用心了钱也不少挣。需要帮忙来叫伯，伯天天在这哩。"

  酒花欢快地嗯了一声，叫老人给她把指语的规则和经验说了半天。猪羊集紧挨着牲口集，老人领着酒花在猪羊集上说道着转了一圈。酒花灵泛，也肯动脑筋，就瞅准女人娃娃开始做交易，到了午后集散的时候，酒花竟然做成了两桩猪仔交易，心软心轻只取了二十多块利钱。这下酒花喜悦了，满心的成就感，去街上打了散酒，买了糕点，提了炒菜去红奶奶家，捎话叫来王拴狗，三人吃吃喝喝，敲碗碟，吹箫弹曲，美美庆贺了一番。王拴狗醉悠悠带着酒花去村委会交接了妇委会主任的工作。突然鸡换抡着喇叭裤走进来，斜靠在办公室门上，呲着金牙一笑不说话。酒花有些尴尬没面子，和其他人招呼一声，抡着身子出门，鸡换紧跟着就回去了。

  路上酒花沉着脸问鸡换门牙咋没了？鸡换撒谎说那些天为寻她，路上跌倒磕在石头上磕掉了。酒花信以为真，也就没有多想。一进门迎面是满屋的脏乱和一股子酸臭味，酒花愈加无奈和悔败，挽起袖子细细打扫了房间卫生。鸡换娘做了晚饭，一家人坐着吃完，酒花刷洗一毕刚回屋坐进被窝。门吱呀推开，鸡换娘笑眯眯地拿着一包点心进来，殷勤地放在柜子上，叮咛鸡换和酒花饿了吃，旋身拉上门走了。

  鸡换跟脚反锁了门，跳上炕三两下脱光自己衣服，端端地立在酒花面前，像个扁平的茶壶，壶嘴直朝酒花的脸上过来。酒花抄起一把笤帚，像机关枪一样握着，顶在鸡换肚子上说："立住！先洗脸刷牙去。"

  鸡换不大情愿地穿好内裤下炕去，将电壶里的热水倒在脸盆里，猫画胡子似的三两把洗了脸，又老婆烧炕似的捅着刷了牙，刚要往炕上去，酒花沉着脸说："再把你下面洗干净。"

鸡换已经不耐烦了，睒了睒眼睛，龇了龇牙，那颗金牙便在电灯下发出明晃晃的光来，刺得酒花眼睛很不舒服。鸡换顿了一下打开房门，一出去就喊："娘，赶紧给个脸盆和新毛巾。"娘在屋里喊："做啥呀？你屋里没有吗？"似乎又悟醒过来："噢！等嘎，娘给你取。"

酒花一听脸哗地就烧臊了，她想阻止鸡换，已经晚了。鸡换娘隔门给了鸡换一个塑料脸盆和新毛巾。鸡换提进来关上门，倒了热水，蹲在门背后哗啦哗啦撩水冲洗自己的下身，嘴里却咕叨："你们女人就爱胡讲究。洗就洗呗，用水洗总被用酒精消毒好。邰瞎瞎媳妇在医疗站打针，给病人消毒消惯了，晚间弄这事，先要用棉球蘸上酒精，掰拉着给邰瞎瞎那东西消一遍毒，结果把邰瞎瞎蜇疼的，啥也弄尿不成了……"

酒花一听忍俊不禁，没好气地说："你站跟前看哈的？"

鸡换忙一本正经地说："邰瞎瞎喝醉酒自己给人说哈的。邰瞎瞎在牲口集上当经纪人，捏摸几个钱就爱胡钻女人，让他媳妇知道了，才给消毒哩。"说完爬上炕，钻进被窝嬉皮笑脸地拉酒花："我咋看都比邰瞎瞎好么，又不胡钻女人，只稀罕你一个，你要咋么都能行。"

酒花一听也是，长长地叹了口，不知是为她自己还是为邰瞎瞎媳妇？那媳妇鹅蛋脸大花眼，模样俊得很，在医疗站抓药打针十多年，见人笑得扑哈哈的，谁不说利器？也就嫁了个邰瞎瞎。她瞬间感觉自己不那么悲催了。但还是下意识地将枕巾像苦脸纸一样盖住了脸和脖子，静静地躺着。鸡换一把抓了胡乱扔出去，迫不及待地胡乱做了他热衷的事，心满意足从被窝里咪溜出来，伸手拽来点心包，解开细纸绳子，捏了一个晶亮的点着梅花心的点心给酒花。酒花不要，鸡换趴在被窝窸窸窣窣一连吃了两个，将掉下的碎渣扑啦扑啦往外一刨，背转身呼呼睡去。

这一刻酒花没有了之前的任何想法，她在红奶奶的屋里听了太多关于女人命运的心酸故事，现在又感知到了邰瞎瞎媳妇的尴尬和无奈。相比之下，鸡换好像比邰瞎瞎强些。酒花早已失衡的心理天平瞬间归正，还有了一丝舒坦和安妥。老祖先就是这样一路走来的,生活也许本来如此,再无须多想。夜静无意绪——便也沉沉睡去。

次日一早,天色微曦,街道、村巷里的高音喇叭到处响咚开了:现在是广播体操时间,一、二、三、四、五、六、七、八;二、二、三、四、五、六、七、八……激情洋溢的男高音喊着节拍。村里人都知道王拴狗天天晚上不回家,住在村委会值班室,此刻已经进了广播室。其实村民们谁也不做体操,只是踩着广播体操的节拍下地的下地,上街的上街。酒花起来打开门,看见鸡换娘端着尿盆踩着广播体操的节拍欢快地去了后院。酒花迅速洗漱一毕,进灶房默默地和鸡换娘一起做了早饭,一家人正吃着,广播里播放的歌曲《在希望的田野上》戛然而止,王拴狗开始传达镇上有关夏收秋播的会议精神。酒花说声我去村上,就提了包出门走了。她快步走进村委会,麻利地收拾了卫生,帮着村文书做了一些杂碎事务,估摸着猪羊集开了,就向王拴狗招呼了一声去了集市。

二十五章

据说凤柳街周边村落在明清时期由于战乱瘟疫灾荒等，不知有多少次人口濒临灭绝，却又如野草一遇太平年间又会滋生繁密起来。多的是外地来街道做生意的客商，日子久了积攒一些土地田产，就定居在了街道周围。解放后凤酒厂建厂，街市扩张征用了大量土地，土地少了，半农半商的人家就多了起来，夏收碾打秋播便不及乡下那般紧张和旷日持久。街道门店关门的也不多，但上街的人显然稀拉了很多。

酒花在集市转了一圈，感觉没有多大商机，又回到村上和会计一起拨拉着算盘珠子计算各家各户需要交售的公粮和农业税。她不知道雍山的三娃已经提着镰刀来她家了——凤柳镇滋生了一种新的风俗，刚订婚的新女婿要到丈人家支援夏收，跟着未来的岳父岳母去地里割麦。村里的大姑娘小媳妇会撵着看，指指点点地议论调笑打趣，新女婿就红着脸低着头走路。有的被描画得几乎不会走路；有的比新娘子还害羞忸怩，但心里是欢喜激动的。蛋花没有足够的心理和情感去承接这些，也怕姐姐回来骂她，坚决要三娃回去，哭着躲在屋里不出来。强娃不能体体面面的去黑马山那家帮忙夏收，王长贵两口子心里遗憾亏欠，说麦不多两晌就能割完，硬打发三娃回去了。三娃还没享受到这种特殊而美好的情景待遇，就怅然而归了。

凤酒厂的职工凡是一头沉的都放了忙假，回家支援夏收了。酒花中午回家时在街道碰到了柳德茂的爹，心情舒畅就显得格外大气温和。她忘记了那一年在雍山修梯田时，他爹一镢头挖碎了塌墓坑里陪葬的酒罐罐，柳忠民怒斥她爹，她冲着和柳忠民吵架的事，忙笑容灿烂地迎上去问候："伯，放假割麦呀？"柳忠民背着双手攥着一把镰刀，看都没看酒花一眼，吊着秤锤脸哼了一声，赳赳地走着。酒花尴尬地僵住笑容，呼啦脸就红到了脖根，后悔自己不该热脸贴个冷屁股。酒花知道近来有关她做经纪人的传闻，以及衍生的桃色新闻让多少人兴奋并津津乐道着，用屁股笑话她和她的爹娘。柳义振和柳忠民父子俩虽不会掺和是非，但心里比谁都鄙视她。酒花不知道因为蛋花和柳德全的关系，柳忠民心里更气恨。酒花尽管心里窒息难受，但没工夫去计较这些，她眼下最伤脑筋的是如何调配好时间，将喂猪、做经纪人、当妇女主任这几件事情做周全，不给王拴狗脸上抹黑，下巴底下支砖，然后她要坚决阻断蛋花和柳德全的联系，再把"三换亲"的亲事拆散伙。

  酒花做经纪人时拓展了新的财路——瞅滞卖快——将跌了价、主家却急于出手的猪羊买回来先圈养着，等贵了快了再倒卖出去。她为她的这一进步感到兴奋甚至得意，心劲更大，整天忙得像陀螺。夏收后村上最当紧的工作是征收公粮国税，王拴狗说村干部要带头缴。这天是粮站开仓收粮的第一天，酒花和强娃就拉着爹娘晒干筛净的麦子，去镇粮站交售公粮。装满麦袋的架子车排成长蛇队，从粮站院子一直逶迤到街外路上。排在最前头的是柳德茂，爷爷让他早早缴了粮后去别的村酒厂看曲。他眼巴巴看着验粮员将长钎子扑通扎进粮袋里，往外一抽，倒出暗槽里的麦粒儿在手心，用大拇指头一搓，捏几颗扔进嘴里，咯嘣咯嘣一咬，潇洒地往地上一撂说："湿着呢，晒干了再来。"不等柳德茂说话，验粮员手里的铁钎子已经插进了后面赤红脸庄稼汉的粮袋里，验粮员重复了同样霸气潇洒的几个动作后，说："拉去晒干后，再过筛吹风。"话音未落，铁钎子已经扎进下一家粮袋里……柳德茂和赤红脸相互无奈而失望地对看了一下，都拉着架子车去粮站院子里找了块地方，倒下麦子晾晒起来。

  不大会，粮站院子的水泥地面晒麦子的人家越来越多。过筛吹风的机器后面也排起了长队。柳德茂无意间看见酒花拉着架子车游到了最前面，他赶紧在他旁边的空地上扔了几个空粮袋子，然后走到酒花跟前，笑了笑说："今粮验得严很，我给你占了块地方，如果要晒的话我给你帮忙。"酒花冷傲地哼了一声，并不看他。柳德茂自感无趣，尴尬地笑着转身欲走，他听到验粮员喊了一声："一白麦！"然后用白粉笔在粮袋子飞速画了"一白"两个字，对着酒花粲然一笑说："你这是今天一等一的好麦，拉去入仓！"酒花也莞尔一笑说："谢谢！"拉着架子车去了粮仓口卸粮。她从柳德茂旁边经过时，颇得意地看了柳德茂一眼，便把高高仰着的头扭向一边。柳德茂瞬间窘得满脸通红，有一种颜面扫地、无处逃遁的感觉。

半中午缴粮的艰难和紧张中，突然验出个"一白麦"——最高等级，人们不免亢奋骚动起来，有好奇者撺到粮仓口，查看了酒花的麦子，心里觉得不错，却摇头故作诡秘暧昧状，人们便有了更多的议论和说词。酒花拉着空架子车往出走的时候，听到晒场有人故意高声说："麦白不如脸蛋白，都怪咱脸太黑了！"酒花装作没听见，雄起起气昂昂拉着架子车回去了。

第二天一早，酒花催鸡换和他娘去缴粮。鸡换娘说："你是村干部，要带头就得让人看着，咱都去。"酒花本想推脱，一想人爱说她，她就偏叫人说，哪里人说她她就往哪里去。她挑拾掇干净的麦子拉了满满一车，鸡换和鸡换娘一块掀着去了粮站。队排到跟前时，酒花拉上架子车往验粮员跟前挪了挪，笑着点了点头算是打了招呼，当验粮员疑惑地看她时，她极不自在地说："昨天缴的是我娘家的，今是自己家里的。"

验粮员冲酒花又一笑，长钎子插进袋子里，扎出麦来，倒在手心一搓一看，扔嘴里一咬说："不错！干净饱满匀称。"手心一翻便将指缝里夹着的粉笔在麦袋上写下"一白"二字。酒花哗啦红了脸，轻轻地说了声谢谢，赶紧拉着架子车去了粮仓口。鸡换娘高兴地撅着屁股使劲推车。鸡换腰身一扭一扭地跟在后面走，眼睛睒了睒，眼角便睒出狭窄而不满的光来。缴粮的队伍里又是一阵骚动，像苍蝇掉进尿壶里——闷声嗡嗡起来。不同神色、不同语气的窃窃议论流泻在闷热而烧躁的空气里。这些议论随着越来越多的人验不上粮，或验不上高等级扩散得越来越远，越来越内容丰富。自此，酒花背后有了一个被人叫得暧昧而响亮的绰号"一白麦"。

夏收过后不久，便到了踩伏曲的时令，凤柳镇的男人们在盛夏的热浪中熏蒸出更为高涨的踩曲激情。学校放了暑假，借用空闲下来的教室，县上组织专家在凤柳镇举办酿酒技术培训班，实践基地就安排在凤柳村酒厂。柳义振带着曲队为学员们一波一波现场演示踩曲，传授看曲经验。

王长贵忠厚老实，被柳义振叫进村酒厂做了曲房管理员，顺便学习看曲。在王长贵感激地不知道说啥好的时候，柳义振不失时机地批评王长贵管不住女子，大的没管好，小的学样看样也不守规矩。不要再自己给自己胡瞅识女婿，要学会恪守女德。王长贵红着脸吭哧着连连应承，并说了"三换亲"的事，叫柳义振放一百个心。他自觉窝囊了一辈子，现在有了固定工作，就感恩戴德地日夜住在酒厂看护酒曲，还额外看护着收购来的大麦、豌豆、高粱，再没了功夫铡草、喂猪、拾柴火。酒花在集市拾了便宜猪羊只得拉回自己家里暂养着。鸡换不反对，酒花就对鸡换多了几分宽容和迁就，态度也活泛了许多。日子似乎如湖面般的平静了下来，但平静从来不是常态。

柳义振被请去培训班授课，柳德全也被爷爷带去听课，人坐在教室里心却飞到了蛋花身边。自从爷爷告诉他，蛋花给她哥哥强娃换了媳妇的事后，整个人像霜打了的茄子蔫了一阵子，又倔强地仰起头对柳德茂说："要是娶不来蛋花，我就像女人一样蹲着尿尿！"他此刻对蛋花是极爱又恨——他知道蛋花很为难，这事由不了她。可是蛋花至今躲着她，不直接告诉他这件事，纯粹没把他当回事。他越想越气恼，越气恼越想见蛋花。打他酣畅淋漓地收拾了鸡换，救了蛋花，个人英雄主义被激发出来，就更牵心怜爱蛋花——他怕鸡换再有什么不轨之举，做梦都想着保护她。

柳义振站在讲台上讲了老祖先传承下来的"酿酒酿人生的理论"——酿酒就是酿百味人生，人生道同酿酒。什么人酿什么酒，酒随人性，酒随人品。酿酒人酿酒就是一场修行，一定要虔诚而神圣地从自身净化做起，全心全意酿出"诚心酒"，喷喷酒香才能从"诚心"的泉眼里喷发出来……此处掌声热烈，所有人都仿佛闻到了自己酿出的酒香。

柳义振讲课融入了柳家祖祖辈辈总结出来的酿酒感受和实践经验，配有丰富的操作动作和表情，生动有趣，极具代入感和艺术感染力。他讲到"曲为酒之筋骨"时说，踩曲踩曲，自古以来就是踩在西府曲子的曲牌上，其情态和劲道使酒曲具有了西府汉子的血性和筋骨；其风味有了秦人的粗犷和豪放……他讲先人们一贯随季节时令踩曲——桃花盛开时踩曲叫"桃花曲"，槐花盛开时踩曲叫"槐花曲"，桑葚熟落时踩曲叫"落桑曲"，端阳节踩曲叫"端阳曲"，三伏天踩曲叫"伏曲"。这些时段阳气生发，万物并茂，细菌活跃，空气、水质最佳，如何抓紧时机配料、下种、踩曲、高温发酵……柳义振正讲得自我陶醉的时候，柳德全的情思也在发酵，他脑子里总是晃动着蛋花换亲的那个小伙三娃。爷爷讲述的踩曲情景变换成了三娃赤红着脸嗨哟嗨哟打胡基——盖房子——要娶蛋花了。他再也坐不住，猫儿一般溜出去，撒开长腿就往蛋花家跑。他跨进门看见后院猪哼鸡刨，蛋花娘提着盛满猪食的大桶从灶房里出来，急忙蹦过去接住，一边往后院提，一边问："姨，我同学蛋花呢？"

蛋花娘感激而又惶惶不安地说："德全你这娃有眼色，蛋花和她哥去地里拔草去了。你看一后院张嘴货，娃要不停地拔草哩。你往后不要再来寻蛋花了，你是男娃娃要好好学习，往后干大事哩。"

柳德全把猪食倒进猪食盆里，伸头看一群猪娃逼仄地挤着抢食吃，忽地想起了鸡换，就说："姨，我以后要娶蛋花，我今把话放这儿，蛋花只有跟了我才能有好日子过！"说着啪啪拍了两把胸部，旋身撒开长腿又往外跑了。刚蹦出大门，看见蛋花背着一背篓青草，一绺刘海汗湿黏在红通通的脸颊上，吃力地正往回走。强娃挎着装满青草的攀笼跟在身后连颠带跛地走着。柳德全急忙跑过去接卸蛋花肩上的背篓，蛋花不给。柳德全强行拽着卸下来说："死犟！挣成弯弯腰罗圈腿连我都不要你了。"蛋花扑哧笑了，眼睛一扑闪说："这辈子你没机会不要。"

柳德全刚说了句，你没结婚我就有机会。强娃一把扯住柳德全的衣领，愣头愣脑地说："酒花说了，你不能再缠蛋花，蛋花有女希（婿）了。前一向还来割麦，我娘打发回去了。"

柳德全剥开强娃的手说："不能用蛋花给你换媳妇，把蛋花换到山里去，光种地就把蛋花挣死了，蛋花你说呢？"

蛋花眼里闪着泪花不说话。强娃说："你哄人！"扯开嗓子就喊："娘！赶紧来！"

"喊啥？我是土匪抢人哩吗？"柳德全一急，一把把强娃掀了个屁股蹲坐在了一攀笼草上。蛋花急忙去拉哥哥。柳德全忽地背起背篓，大步就往蛋花家走。

柳德全将背篓背进院子靠墙放下。没等蛋花娘出屋门，就蹦出大门，对刚走到门口的蛋花小声说："老地方见，我有话说。"然后对着强娃扮了个鬼脸就往雍水河跑了。蛋花立着呆呆地看着柳德全的背影一溜烟跑下河沟，犹豫了半会才对哥哥说："你先回去，我去街上买个东西就回来。"

蛋花绕道街口，从东边下了雍水河，迟迟钝钝地走进茂密的柳林里，看到柳德全正坐在大青石上，随手扯来垂到水面的柳枝编成一个柳帽儿。蛋花走到跟前，柳德全忽地起身将柳帽扣到蛋花头上，啪地行了个军礼道："二哥向尕妹报到！柳帽圈圈头上戴，太阳花花不要晒；有人生来样子尕，痴心二哥她不爱。"

蛋花蹙蹙眉说："大哥腿残心不坏，媳妇不换娶不来；尕女命里有婚劫，没法谈情又说爱。"

柳德全咚地把蛋花揉靠在柳树上，一手撑在蛋花头顶的树干上，一手叉在腰里，脸俯凑到蛋花脸上去："你真的不喜欢我？真的就那么不在乎我？"

蛋花低着头不敢看柳德全的眼睛，紧咬着嘴唇半天才嗯了一声，随即又摇头说："我没办法，我只能听我爹娘的。"

柳德全吧唧在蛋花额头亲了一口，说"蛋花，你咋关键处就变成了软蛋柿子？你变成软蛋柿子让人捏着吸了，最后就没你自己了！"

"没了就没了，我只能这样子了，礼送了布扯了我还能咋样？下学期我就不念书了，念再多也没用。"蛋花眼泪扑簌簌顺脸颊流了下来。柳德全心疼了，用巴掌擦去蛋花脸上的眼泪说："你等着！我有办法。"然后从兜里掏出一个笔记本非常郑重地递给蛋花说："我对你的话千言万语都在这个本子里，包括我的心，今就交给你了。"

蛋花推开不接："你家世好，你也做不了主。你爹给我爹说过一些话……我想你能找下比我更好的。"蛋花显然很委屈。

柳德全已经急红了眼："你别再提家世，那是老皇历了。我不像我哥柳德茂，我的事我能做主，你看着嘛！"

趁蛋花正愣神间，柳德全将本子塞在蛋花手里，又在她红通通的脸蛋上亲了一口，说："你赶紧回去吧，小心你哥撵来叫唤。明天这个时候，你去官路北边我家的高粱地里拔草，我在那里等你。"

蛋花眼泪汪汪地看了看柳德全，转身穿出柳林跑了。

柳德全一屁股坐在大青石上，随手捡起碎石逆着河流掷出去，打着水漂儿击溅起一串串漂亮的水花。然后站起来鼓着腮帮深呼吸，做了两个扩胸动作，撒开长腿往河岸奔去。他没有回培训班，而是奔回家骑了自行车，朝着雍山方向飞奔而去。

蛋花将柳德全塞给她的笔记本夹在腋窝里，躲躲藏藏地回家去，钻进奶奶生前住过的屋里关起门，激动而又忐忑地打开来，她看到扉页上用钢笔洋洋洒洒地写着一首诗：

致蛋花

我牵挂着一种朝气蓬勃的小草
枝叶娇嫩得令人心疼
秦妙手管她叫地丁药草
我知道她能清热解毒，消炎止痛
她头顶阳光明媚的小黄冠
庄稼人管她叫鸡蛋花
扮靓田园地堎乡野的风景
她变幻成童话里的小伞
孩子们管她叫蒲公英
呵一口气便飘飘悠悠漫天飞舞
我追呀追，追向了彩云
……

蛋花看着，咯咯笑得翻滚到炕上，她急急往后翻，本子里满是激情四射的情诗，辞藻跳跃得眼花缭乱，只看得蛋花的心嗵嗵直跳，脸颊绯红。后面还抄录了普希金最著名的一首诗——《假如生活欺骗了你》。

蛋花发了半会呆，提笔在扉页的最下端娟秀地写道："她是一颗普通的随遇而安的小草／无法主宰自己的命运／她要背着背篓踏遍山川沟壑／直到成为'弯弯腰罗圈腿'／知否？到那时，谁也无法保证仍有诗的灵感和激情！"

柳德全整整一本情诗都掩不住他刚刚情急中，随口说下的那句连他自己也不记得的话，像楔子一样已经楔进了蛋花心中，仍隐隐作痛。她用这句话努力地抵御着整本情诗所煽动的激情，冷静地想着哥哥和爹娘。她明天要带着哥哥去高粱地里，把本子还给他，然后转身就走。蛋花把本子藏在奶奶的遗像后面，走到院子和哥哥铡草去了。

二十六章

  蛋花做梦也想不到,第二天,高粱地里会发生改写她一生命运的一幕。
  她和往日一样背着背篓和哥哥结伴去拔草,只是背篓里多了一个笔记本。她让哥哥慢着走,她走快点能多拔一些草,其实是要避开哥哥把笔记本还给柳德全。她把背篓放在高粱地塄上,拿着本子钻进见天往上蹿的高粱密林里。高粱叶子唰啦啦的声响惊跑了一只野兔,箭一样从蛋花身旁穿过去,吓得她啊了一声。
  "蛋花别怕,我在这。"柳德全的声音从里面传出来。蛋花循声进去,却看见柳德全和一个男人面对面站着,高粱叶子遮住了脸。蛋花走到跟前才看清是雍山的三娃,脸唰的就白了,将本子往柳德全手里一塞,说:"作业我抄完了,你的本子还给你。我哥哥在外等我哩。"转身便要跑,柳德全一把拉住说:"蛋花你别跑,你就站这看着。我俩都是男人,不强人所难,今天要公平决斗!当着你的面,就是让你自己做一回主。"蛋花只得立住,慌怯地看着这两个小伙子,嘴里胡乱说着:"不要!不要这样……"
  柳德全自信满满,和比自己壮实的三娃摸了一下手底,说:"蛋花不要怕,我心里有数。"然后从袋子里取出两瓶凤酒,打开来递给三娃一瓶:"要娶凤柳街姑娘就得能喝酒,凤柳街的花草树木都有酒量,更别说男人。"
  三娃刚要接酒瓶,蛋花一把夺过去说:"不要喝酒!有话好好说。"
  三娃感激地看了蛋花一眼,瓮声瓮气地说:"我是明媒正娶,不想偷偷摸摸,喝酒我肯定喝不过你,咱去大路上比力气。你输了,就走远,再不要见蛋花。"

柳德全仰头哈哈一笑说:"你只考虑了你自己没有考虑到蛋花。我约你到高粱地里,就是不想让人看见了对蛋花说三道四嚼舌头。你输了就退出。来,咱们先斗鸡。"柳德全忽地盘起右腿,双手扳住脚腕。左腿金鸡独立蹦跳移动着,眼睛瞪得溜圆,等三娃也端起了一条腿,还没有调整好姿势,他便用凸出来的腿膝盖猛撞三娃的腿膝盖。三娃打了个趔趄,压歪了一颗高粱,急说:"不算!"重新端起腿来,调整好姿势,两人稳稳地斗起来,在高粱空隙里绕来绕去斗了有几分钟不分胜负。蛋花慢慢放松了,觉得有趣,便捂嘴笑开了。柳德全有点恼羞,咬着牙声东击西加大了进攻力度。

"蛋花,蛋花!"强娃豁开高粱叶子寻进来了,柳德全趁三娃一分神间,猛地从侧面一击,三娃便涣散地倒了下去,压倒了几株高粱,恼羞得脸红脖子粗,爬起来呸呸往手心吐了两口唾沫,搓了搓手,冲过来死死抱住柳德全身子便要往地上掼。强娃跋到跟前一看,乐了,兴奋地喊:"德全加油!德全加油!"

蛋花也在紧张地跺脚看着,心里在给柳德全鼓劲。柳德全反手抱死三娃肩膀,将脚死死抠进土里,越陷越深,最终身子一倾斜,便失去了重心,被三娃压倒在地,仍死死抱紧不松手。强娃想去帮忙拉开三娃,蛋花也急得往跟前冲。柳德全憋红着脸说:"走开!你俩站远点。"柳德全憋了好半天劲,忽地把三娃从自己身上掰滚下来,挣出身子。三娃慌急中扯住了柳德全衣领,柳德全也抓住了三娃衣领,两人死死绞缠着滚过来滚过去,吱啦衣服纽扣飞了,两人都露出赤裸的上身,蛋花急忙捂住眼睛喊:"算了!不要比了,我不结婚,我上灵山当尼姑去。"

强娃一听似乎悟醒过来,急忙跋上去给三娃帮忙,往外撕扯柳德全。趁强娃扯着柳德全的一条胳膊,三娃爬了起来,把柳德全掀翻在地,揩着额头的汗水说:"你输了,滚吧!"

柳德全蹦起来,一个猛子把三娃抱住,一个劈腿放翻在地,骑在身上死死压住说:"你不按规则来,我也就不客气了!你说你一个大男人没本事娶媳妇,拿自己妹妹换,臊不臊?你把自己没当人!你妹妹有你这样的哥哥就成了交换工具了？昨天我去找你，见到你妹妹愁苦得很，你说她是不是你亲妹妹？"

三娃突然放开撕扯柳德全的手，软软地摊摆在地上，闭上眼睛悲哀地说："我也不想这么个，我家穷山僻壤的弟兄们多，没人给媳妇，我爹娘没办法才要换。"

柳德全翻身坐到一边，把三娃一把拉起来，两人并排坐着。柳德全说："那都不是啥问题，问题是你自己得有志气，学点本事不愁没女子跟你。今我问你，你会作诗吗？"柳德全把蛋花扔给他的笔记本递给三娃说："这是我给蛋花写的一百多首诗，你有吗？"

三娃翻开看着，摇了摇头："我不会写诗，我只有小学文化程度。"

"哦，蛋花也会写诗，你不会写诗咋谈对象？你会吹柳笛（柳枝皮做的笛子）吗？噢！这里没有柳枝，那就是篾儿笛，你听着。"柳德全随手扯了一片高粱叶子，捋了捋，噙在嘴角一吸一吹便发出风哨一样的声音，随即变成了各种鸟叫声……蛋花听出他在吹"蛋花，蛋花，我爱你！骑大马，戴红花；上花轿，娶回家……"的歌谣。蛋花感动得泪眼花花，痴痴地听着。三娃则呆呆地看着柳德全的嘴收缩变换口型，用一片高粱叶子吹奏出笛声一样美妙悠扬的乐曲，空虚自卑羞惭漫过了整个胸腔，同时又是一阵掏空般的难受，他无须再自取其辱地比力气了，那样只会让蛋花更看不起他。他站起来狠下心说："不比了！我走了。"

柳德全扔了高粱叶说："你明天来凤柳中学寻我，我爷爷在酿酒技术培训班讲课。现在各村都在办酒厂，正加紧培训人员呢，你来听课学习酿酒吧。"

三娃无心别的，只是悲哀地看了看柳德全，又看了看蛋花和强娃，含着眼泪转身快步走了。一瞬间，蛋花觉得三娃好可怜，急忙背过脸去不看。

强娃憨憨地说："吹高粱叶叶没有打架好看，咋就不打了？蛋花，咱拔草去，娘要急的。"

蛋花噘着嘴娇嗔地翻了柳德全一眼说："压倒一大片高粱，你赔！"转身便走。

"我家的，我赔！"柳德全一把拉住蛋花的手，拽着向高粱地深处跑去。

强娃急得哇哇大叫,瘸里跛里正要撑了去,被脚下的酒瓶绊倒,拾着一看便闻到浓浓的酒香。他好像记得柳德全说要娶媳妇就要能喝酒,但他爹没说过,也从来不让他沾酒。强娃急忙拧开瓶盖猛喝了一口,龇牙咧嘴地哈了一口气,再喝几口便通体燥热,热血沸腾,兴奋得手舞足蹈起来。半瓶酒下肚,强娃脸和脖子红得通透,整个人像要飞起来了,高粱地变得博大深远,可爱美丽。他刚站起来走了两步又跌倒了,拾着一个本子,想起是柳德全的,嘿嘿笑着揣进上衣兜里,自言自语:"我会喝酒了!我要娶媳妇喽……"他嘴里喊着,脸上傻笑着,想要把他学会喝酒、要娶媳妇的消息报告给所有人。他攥着酒瓶爬起来,满地高粱像擎天柱,旋转着延伸着看不到头,也看不到天。他扶着这些柱子又喊又叫地跌撞到大路上,便一头趴在被太阳晒得烫热的路面上呼呼睡去,涎水扯了二尺长。

柳义振在酿酒培训班讲完课,刚走出教室,门子一个男娃汗津津地跑来,将一个笔记本递给他说:"爷爷,这是我德全哥的笔记本,上面有他名字。我酒花姐姐让我给你送来。"

柳义振翻开一看,瞬间黑血蒙头,差点气得栽倒。他定了定神说:"娃娃,你德全哥的笔记本咋在你酒花姐手里?"

小男孩摸着自己的头说:"我光知道我强娃哥喝醉了,倒在你家高粱地边的官路上,人看见了死活叫不灵醒,就送医院了。兜里装着我德全哥的笔记本。酒花姐说酒是我德全哥拿去的,强娃哥身体不好,不能喝酒的。我给我娘买药,酒花姐就让我把本子给爷捎来了。"

柳义振气得脸色铁青。这女子把柳德全的笔记本送给他,想要达到的目的和效果不言自明。柳义振双手颤抖着将本子又翻看了一遍,气恨地揣进衣兜里,背着手大步往镇医院去了。

柳德全斗跑了雍山的小伙子,可谓是春风得意,挟持着蛋花到高粱地深处,非得逼着问:"看清了没?谁威猛?"

蛋花羞涩地哆道:"你!"

"谁有才？"

"你！"

"谁可靠？"

"狗！"

"我咬死你！"柳德全嗔怒地一把抱住蛋花，从额头细细地咬起，一直咬到脖子上。蛋花浑身战栗着使劲推开柳德全说："我害怕你家里人，我不……"

柳德全按着蛋花的肩膀，盯着蛋花水汪汪的大眼睛说："怕啥！毛主席说，一切反动派都是纸老虎！我对你的一颗心满地高粱作证，你能不能挺起腰杆和我结成统一战线，戳破那些纸老虎，斗倒那些老封建老顽固？"

蛋花满心喜悦，但却不无忧愁地说："我哥哥咋办？"

"你哥哥媳妇咱挣钱给他娶，我算一分子。只要咱们一条心，很快就能给你哥娶到花媳妇，我就成了小姑夫，嘿嘿……"

"你瞎得很！我赶紧拔草去呀，小心我哥哥回去告你状！"蛋花嗔声道。扭身往外跑了，豁起高粱叶子刷啦啦响。柳德全看着蛋花活泼而俏皮的身影从高粱缝隙里穿梭而去，突然想到了写满情诗的笔记本，急忙窜到决斗过的地方去寻，没有寻见，以为是蛋花拿走了。他快活地跳跃去了雍水河，蹦进芦苇丛里游泳扎猛子，仍禁不住兴奋，叫了几个朋友跑去街道饭馆里，吃饭喝酒庆贺了一番。

晚上，柳德全喝得手舞足蹈地回来，一进大门便见嫂子杨兰芝从屋里神色紧张地探出头来看他。他想起哥哥和酒花的事，感觉自己比哥哥强，心里更为得意，随口问了声："嫂子，我哥呢？"柳忠民闻声从屋里出来，脸上乌云翻滚，几步跨到大门口，哐当把大门关上，速即从里面上了锁。柳德全回头一看，瞬间心里明白，他决斗的事情败露了，可能家法已经伺候。他巨大的胜利感压倒一切，心里并不害怕，背脊一挺就跷进了屋门。

"往你爷爷屋里走！"柳忠民在门外打雷似的吼了一声。柳德全惊得酒醒了一半，龇着牙冲爹笑了一下，扭动了几下脖子做俏皮状。柳忠民没有被惹笑，力大无比地扯了柳德全的胳膊拖去柳义振房间。柳义振一声不吭靠坐在罗圈腿竹椅上，脸比柳忠民还黑沉。柳德全看见柳德茂悚立一边，做低头认罪状，苦兮兮地偷眼看他，心想哥哥又犯了什么错呢？他装作若无其事地说："爷爷，需要按摩吗？来，我给你捏捏，你一天站讲台劳累的。"柳德全正往爷爷身后蹽，柳忠民一板子打到他背上，呵斥道："跪下！你一天损德没脸地都做了些啥？当着祖宗的面，当着你爷爷的面说清楚！"

柳德全没有跪，脊背火辣辣地疼，他转过身来，目光坚定地说："大丈夫男子汉敢作敢当，我解救妇女，破除封建包办，追求婚姻自由，我错了吗？"

"你怕是羞先人哩！损德哩！还把你听起来伟大的！"柳忠民手里的黑油竹板噼啪噼啪地往柳德全身上抽。柳德全双手护着头，左躲右避。柳德茂急忙扑通跪下说："爹！饶了德全吧，都怪我当大不像大，没有管好德全，要罚就罚我吧！"

柳忠民一脚踢倒柳德茂说："你也用心不专，做啥毛手毛脚，是个不上套的驴！"柳德全一把抓住打过来的竹板，眼睛瞪住爹的眼睛说："打死也不顶用！我没做错，现在啥社会了，老一套行不通，我该咋样还咋样……"柳德全正理直气壮慷慨陈词，柳义振就从身后摸出早已准备好的绳子，速即套了柳德全的腿使劲一拉，将毫无防备的柳德全拉了个狗啃骨头趴在脚地。柳忠民迅速死死压住柳德全的头和身子，让柳义振将柳德全的两只脚绑了个结实，将绳子的一头撇过屋梁，再拽下来绑在立柱上，柳德全便像鸡鸭一样头朝下吊在了屋梁上。此刻柳德全感觉极为羞辱和绝望，他两手在空里抓挖着，企图抓住一个东西缓解一下身体的憋涨和痛苦。他嘴里大叫："放下我！我没犯罪！你们这是私设公堂，私设酷刑，我要告你们！"

柳忠民气得咬牙切齿道："我就私设公堂！我今放了你的血，让你去阎王爷那里告，你得给阎王爷说清我为啥私设公堂。"速即将一个瓷脸盆咣当放在柳德全头下，抄起一把柳叶削刀就在柳德全的脖子上边比画边骂。柳德全倒着眼睛看到头下准备接他血的脸盆，感受到的不是后怕，而是被当作猪羊一样宰杀的无助和羞耻感。但他清楚那是吓他，逼他服软回话。他硬着头皮说："杀吧！生命是你给的，你今拿去。"

柳忠民一听气急败坏，不得不举起削刀。柳德茂一把抓住爹的手臂，哀求说："爹！德全是个顺毛驴吃软不吃硬，你就放下他，我好好劝说他，保证他听话。"又回头抱住柳德全的身子，缓解着他的难受，递着眼色说："德全，你就回个话，你看把爷爷和爹气成啥了，好汉不吃眼前亏，赶紧回话！"

柳德全鼓着眼睛硬撑着，自尊使他无法开启他自认为尊贵的口，只感觉头晕目眩，恶心想吐。绳子勒得脚腕钻心地疼，眼珠暴突着，感觉快要掉出来似的。

柳忠民看到儿子脸色由白转红又变青，眼仁发红充血，五官开始扭曲变形，心里泄了气，束手无策地看向他爹。

一直未发一言的柳义振也看到了柳德全面部变化，突然绝望而悲愤地哀号："先人啊！咱坟里一直出酿酒的汉子，咋到了这一代尽出丢丑卖怪往女人筐篓挖的损德虫呢？"

柳德茂瞬间羞臊得无地自容。娘在门外急促地敲门，柳德茂趁机赶紧打开。娘扑进来一把抱住德全的头哭："儿呀！你要娘的命，你眼仁豆都倒出来了，还不说句软话？你有个三长两短，娘也不活了！"

柳德茂赶紧趁机解开绑在柱子上的绳子，将柳德全滑下来落在地上，和娘一起拉扯到他房间去了。柳义振和柳忠民父子俩泥塑木雕般地坐着，一句话不说——晚饭间羞愤而又急迫地谋划好的这一场惩戒活动，竟以如此威风扫地无能为力的败局而告终。父子俩都明白，以后再难用老祖宗的家法和强硬的家长威势驯服这头㐃蹶子的毛驴了。柳忠民想放弃不管了，巴巴地看着爹。柳义振倔强地撮紧厚嘴唇，颤抖着手从绣花烟袋里捏了一撮旱烟末，摁在烟锅的铜嘴里，柳忠民赶紧凑上去擦火柴点燃。柳义振噙着烟锅吧嗒吧嗒吸了几口，铜嘴里的火星明明灭灭，浓烟便顺着鼻孔、嘴角滚滚而出，将他青黑而无奈的脸罩住。柳忠民刚想趁机回自己房间，柳义振声音低沉而威严地说："给你酒神爷爷再上一炷香，道个歉，就说咱把先人德损了，没教化好后人，以后没脸去见他们。我看把这东西送雍凤城念书也不一定能管住，实在不行就送部队当兵去。"

柳德全怅然地躺在炕上，脚腕、背脊、脑仁，几乎浑身每一处都疼痛不已。娘趴在他的背脊上，心疼地唏嘘着给竹板打得像地塄一样凸起的伤痕上抹药，和风细雨地劝说了半天，叫他不要死犟，不要胡成狂，不要和长辈作对，父母之命媒妁之言传承了几千年，就按老辈的路子走没错，还扯出柳德茂和杨兰芝这桩包办婚姻的成功例证来。

柳德全看着呆愣愣坐在一旁的哥哥柳德茂，突然哈哈大笑："哥哥，你和嫂嫂的包办婚姻，成了咱家人游说四方的成功范例和成就。我成了他们的耻辱和专政对象。但他们也没忘记你当初追求酒花的光荣历史。"

柳德茂瞪了弟弟一眼，既心疼又嗔恨地说："我再光荣也没有你辉煌，还决斗——写了几首月白情诗，就以为自己是普希金。呵呵！普希金也没有夺人媳妇，把人哥哥灌得烂醉。强娃本身有病不能喝酒，要不是送医院及时，恐怕这会把人命出下了，你说你危险不危险，辉煌不辉煌？"

"哦！我就说我提去的酒不见了，才叫强娃喝了。"柳德全拧着眉头陷入深深的沉思中，他感知他和蛋花的恋爱形势严峻，将举步维艰，唯一的希望就是蛋花能和他并肩承接来自各处的滚滚逆流和黑色浪潮，才有胜利的可能。他想以后不能硬碰硬了，要智取，要和蛋花心合一处绕开山岩礁石，走出一条碧海连天的自由之路来。他不想再气坏了爷爷和爹娘，得文火炖肉慢慢来。

二十七章

　　柳德全对蛋花的深情厚谊,他没想到最大的阻力竟来自于酒花。
　　酒花在县镇妇联参加了巾帼创业的动员会后心思大动,谋划要在娘家后院办个小型养羊场,在鸡换家后院办个小型养猪场。王拴狗说村酒厂出酒后抛出的酒糟先供酒花拉用,酒花心劲更大,家里、村上、集市跑得像车轱辘。她已经不上心做经纪人的事了,那些庄稼汉总是把手缩着不愿意碰她白皙绵软的手,尽管她热情大方地把手伸过去,他们有时慌乱而窘迫地伸出手来,捏摸几下,却往往不记得捏了多少价钱。也有存心不良者、恶作剧者跑到集市假装买主捏着酒花手指头不放。更有甚者抠酒花手心,或度小礼物到酒花手里,看酒花的反应,酒花往往脸红脖子粗地手一甩头一扭就走远了。现在她除了碰到女人娃娃还帮着做交易外,早上集开时能卖就卖,午后集散时能买就买。
　　话说酒花刚将从集市背回来的几头猪娃放在后院里,蛋花就慌慌张张跑来叫她,说哥哥喝醉被人送进医院醒酒。酒花慌忙跑去医院,鸡换也撵了去。强娃躺在急诊室的床上正挂吊针,看见妹妹、妹夫进来,立马兴奋得傻笑起来,急切而语无伦次地描述起他在高粱地里看到的场景来。鸡换坐在凳子上听到柳德全和三娃在高粱地里打架的壮举后,黑眼仁斗在一起说:"简直是土匪行为!柳德全他一家人自以为酒酿得好,眼睛长在头顶,根本就看不起咱们这些人。柳德全这是想占蛋花便宜哩。"
　　酒花没有反感鸡换的话,鸡换得了能,继续说:"柳忠民对人说过,王家女子缺家教,爱出风头,人不稳重,做女经纪人,卖'一白麦'……"

"放屁！滚出去！你想假借别人的口发你自己私愤，阻止我在外做事，窝在家里把你当蛮蛮（饭碗）一样端上侍候着。没门！你几根弯弯肠子，你尾巴一翘拉啥屎我都知道！"酒花气得火冒三丈，口不择言，她真想撕烂鸡换的嘴，一想也许柳忠民说过这话，就自我平息下来，暗下决心一定要挖断蛋花和柳德全交往的路。

鸡换经酒花一通连骂带赶，悻悻地出来，低着头走在院子里，心里格外愁肠，他坚决不要和柳德全做两挑子，他那颗镶金门牙让他永远难以忘记遭柳德全暴打的事。他突然想出一石二鸟的妙计，就回家开了手扶拖拉机往雍山突突着奔去。

酒花坐在医院门诊室的床边，和蛋花一起拉紧哥哥的手不让舞动。她看着吊瓶里的液体滴答滴答流进哥哥粗壮笨气的胳膊里，憨傻的脸上溢满天真兴奋的笑，嘴里含糊不清地犯重着："酒，酒，我要喝酒！我是大男人，我学会喝酒了，可以娶喜（媳）妇喽！柳德全把蛋花女希（婿）打跑了，快去，找回来……"

酒花知道哥哥酒还没有完全醒过来。平常哥哥像个闷葫芦，除了干活，几乎不说话，原来心里也藏着一个娶媳妇的愿望。她又好气又好笑，不时地应声："娶！咱给你娶媳妇，咱不能用蛋花换。等你妹妹挣下钱了，给你娶一个蛮蛮的花媳妇。"转头又对蛋花说："姐绝对叫你这辈子感情上不吃亏，你自己也要硬气，要学会保护自己，不要再跟柳德全跑了。咱雍山的不下嫁，柳家的不高攀。像你这么清俊乖巧的女娃，好下家（女婿）多着哩，姐要给你挑拣个好的。"

蛋花咬了咬嘴唇，欲言又止。

酒花知道她心里想的是柳德全，向的也是柳德全。按说柳德全这娃的确不错，对蛋花也是用情颇深，那一本子激情洋溢的情诗一刻间也使她感动叹服，可他偏就是柳家人。柳家人总能使她浑身的汗毛像尖刺一样竖立起来，不为刺向他们，只为护卫自己。她不想让蛋花陷入她这样的境遇中，她要给蛋花全新的生活。她把柳德全的一本子情诗转给柳义振，看到他急急来医院向强娃查考事情经过，她假装有事躲开，心里是一阵报复后的快慰——她突然觉得她喜欢看这个自以为是的老汉气得铁青的脸。以后柳德全再要追蛋花，她都会报告给他，看他那么威武生煞的一个人，咋样管教自己的孙子。

第二十八章

酒花还没快慰一阵子,便又如梦魇一般陷入新的绝望和痛苦中。这天中午,酒花和爹拉了一车热酒糟回家,摊开晾晒在院子里,见一老一少两个男人跨进大门,王长贵急忙招呼进房间。酒花撇下晒耙跟进去立在脚地。娘热情地介绍起来:"这是我大女子酒花。这是蛋花女婿三娃,这是媒人你张伯,你们还是头一次见哩。"

酒花沉着脸说:"我知道,我才说寻你们去呀,你们就来了。"说着将娘倒的茶水递给媒人。媒人笑道:"今才把你见了,早就听人说你不光长俊样,还能干得很。"

酒花一扭头说:"不能干!能干的话早挣下钱给我哥把媳妇娶了,还费得着让你老人家说这么个三角媒。"

媒人扑哧一笑,转头对王长贵说:"你这女子嘴茬利得很,怪不得在牲口集上做经纪人哩!人都在背后说闲话,其实是不了解真人。"

酒花忽地气血上涌,继而仰头一笑说:"能被人在背后说闲话的肯定不是一般人。那些嚼三道四的人要么就是肠子短嫉妒,要么就是没头脑瞎咧咧接人涎水,要么就是见识浅看不远。谁在乎那些闲话,谁就是和那些人一样见识,一样不长出息。不说了!咱说正事。现在不是封建社会,讲男女平等,婚姻自主,双方都要喜欢有感情基础。雍山的,你觉得呢?"

三娃憋红着脸说:"我觉得过在一搭就有感情了,过去人都是这样子过的。"

"过去是过去，咱说现在，眼下！"酒花语气有些不耐烦。

三娃不吭声了。媒人被酒花刚才的一番话堵得气都喘不过来，羞窘了半天才说："逢婚姻说合，逢骂仗说散。我觉得蛋花这女子腼腆，三娃也腼腆，两个长得一样体面，就拉合到一块儿，没想到有个姓柳的小伙子冒出来，把三娃叫到高粱地里又打又骂，逼三娃和蛋花退婚，半面街道人都知道了……闲话咱不说，今就来说这事咋办？"

酒花不等爹娘张嘴，反手一个回马枪，冷着脸说："你是媒人，你看咋办？你们今来肯定想好了，有话直说。"

媒人便看三娃。三娃吸了一下鼻子，委屈地说："我知道我条件不硬气，可开始说这事时都愿意了，叫我等几年。今个我年龄涨大了，不好寻了。要是一开始你不愿意，我也好歹找一个过活，恐怕娃都有了。"

媒人赶紧说："这事要说耽搁的不是三娃一个人，三家子六个人呢！提起笸箩斗动弹。当初我就不想说这媒，你们两口子可怜巴巴地缠着我给你儿说媒，又打荷包蛋又敬酒的。实话说，像强娃……谁爱给说媳妇？不好说！你们也知道，就提出用蛋花换，正好有两家子人要换亲，就把你们加上成了三换亲，好好的事咋就节外生枝，半路杀出个程咬金来？长贵你们说咋办？"

王长贵看了一眼老婆，愧疚地红着脸说："这事打说起也好几年了。柳家那娃和蛋花就是同学，没啥别的，年轻人和牲口一样尥蹶子胡成狂哩，他爷说叫在雍凤城念书去呀。你们看，要结婚咱就……"

"爹！人家今来不是要娶你那娇生惯养、啥农活都不会干的碎女子的。人家地多，是要一个壮壮实实能干农活的女子。灶房里供了一个灶爷，再供一个还不倾家荡产了？"酒花急忙打断爹的话，转移了话音。

媒人给三娃递眼色，三娃低了头说："我不是来退婚的，我都耽搁这么大了，退不起。你们要退的话我的损失谁赔？你们要退我就住下不走了，反正我爹儿子多着哩！"

媒人佯装恼道："三娃！你说话言语调顺，在你丈人家哩！我还是那句话，逢婚姻说成。长贵你是一家之主，你们定个日子给娃把事办了算了。我六七十年代说成过不少三换亲、两换亲，不都过得好好的。三家换亲的事这年月不好碰了,就你儿那腿脚那脑筋,打过这事,恐怕……只要蛋花和三娃一结婚,三娃他妹就和黑马山的结,接下来就轮强娃娶媳妇。这三场婚事办下来就到年根了。"

酒花娘一听急了,站起来一边给媒人添茶,一边说:"就是,还是他张伯见多识广,考虑事情妥妥的么!那就……"

"那就啥哩?婚姻大事得慢慢商量着看。爹,娘!你们真个把女子当水急着往外泼呀?"酒花忙打断说。

爹娘看了看酒花不吭声了。

酒花看出媒人老奸巨猾,来时就和三娃合计好了,这会又避开不和她说。按理说有爹娘在,这种场合她一个出嫁的女没有说话的分。可是关乎蛋花的婚姻大事她必须说,必须逼着男方提出退婚,爹娘就不用退赔双倍的彩礼钱,也不用给媒人照付媒钱,但现在看来,她十个王酒花都抵不住媒人的老谋深算。他们显然做好了两手准备:一手就是咬定要娶媳妇;一手就是女方提出退婚时,还是咬定要娶媳妇,这样就能逼着女方加倍退赔彩礼,加倍支付媒钱。酒花爹娘知道其中利害,就满盘满碗地应承,要赶急把蛋花嫁了。酒花知道她阻挡不住,脑子极力转动着也想不出个好法子来。

此刻鸡换将门帘一揭进来了,看见三娃脸上一喜,急忙打招呼。三娃看见鸡换像见到救星一样,脸色活悦起来。酒花看着这两个从未见过面的人好像并不生疏,心里纳闷。

鸡换带着炫耀的口吻说:"我手续都办好了,明去酒厂上班呀!酒花你得回去给我收拾一下东西。"

酒花没好气地说:"你没见正说事吗?回去先叫你娘准备去。"

酒花娘一听急说:"酒花,你赶紧回去,这事没说的啥了。"

"咋没说的啥?从一开始你们问过蛋花的感受么?问过我的意见么?我不愿意,退婚!不就是加倍退礼吗,我卖血都行!"酒花觉出所有人都在默契地撵她走,情急之下就爆出这样的话,一屋子人都惊呆了。鸡换过来拉她走,眯着眼睛说:"你是嫁出去的女,娘家事你说了不算。走吧!不要胡搅腾了。"

酒花一把甩开鸡换的手说:"我说了不算,你说了算!你再拉我,我就唾你一脸！"

鸡换悻悻地立在一旁。酒花叫媒人算账，该退赔多少定个数。蛋花和强娃割草回来了，把背篓往院子一放就进门来。蛋花看见三娃和鸡换，急忙退出门外。酒花撵出来拉进门说："蛋花，姐意见是给你退婚，你说说你乐意不乐意？"

蛋花涨红着脸说："我乐意，我听姐姐的。"

"那就好！姐就是拼了这条命也要给你把这牲口一样交易的婚退了。"酒花已经豁出去了，大有不管不顾闹一场之势。

媒人脸上挂不住，恼羞成怒道："我说了一场媒了，还没见过出嫁的女这么管娘家事的！管得好你就退赔两倍的礼钱给人看看，我服你娃娃有本事，否则哪远往哪滚去！"

酒花怒目挺胸说："我在我家，我滚啥？我要上法院告你们买卖婚姻！"

媒人顺手提起放在炕头的算盘，咔一抖将算盘珠子归整好，放在炕边二四得八，二八一六地拨拉起来……最后定住说："衣服折成钱加上两倍的礼钱再加媒钱一共二千四百六十块钱，零头六块钱没算。三天之内拿出来就退，拿不出来就结婚。这就是女方提出退婚的行情，你们不信就去打听，我没出圈圈。三娃，咱走！"

媒人忽地起身，将身子一甩，披着的上衣衣襟和空袖管大幅摆动着出门走了。三娃顿了一下也紧跟着走了。鸡换殷勤地送出去，瞥了个眼色，三娃看见，突然放开老牛腔大哭起来，哭声在静寂的村巷里粗亮而刺耳，家家户户的人都惊得跑出来看。三娃不管不顾地哭着往北走了。

酒花仰头哈哈大笑道："看来退婚是对对的，这样把眼泪当尿水的男人就不够男人，坚决不能嫁。这样好啊！传开了，蛋花和柳德全之间也没可能了——他家那些老家伙就会坚决阻断，坏事里的好事，值得放串鞭炮庆贺一下。"

鸡换看着酒花疯癫一样的苦乐情态，趁机附和着说："就是，两个没有一个能配得住蛋花的，咱谁也不给。我买鞭炮去，让看笑话的人知道咱兴得很。"说着就往街上跑了。

酒花有所不知，鸡换那天跑到雍山和三娃见了一面，将他当初娶酒花的真招过给三娃，三娃老实学不来，就这"哭婚"一招三娃却用上了，本意是"臊皮"——臊反悔了婚约，提出退婚的人的脸皮，叫他一家子人前说不起话，儿女再不好婚配。三娃放声痛哭虽是有意而为之，但三娃是真难过真想哭，所以哭得格外悲痛和绝望，涕泪横流，用手帕捂着嘴，闭着眼，像女儿家哭去世的爹娘一样难怅。

王长贵两口子当然懂得其中的意味和后果。当听到三娃的哭声瞬间惊呆了，吓傻了，他们哪里想到老实的三娃会来这一出。在三娃从他家大门外哭出第一腔的时候就感觉天塌地陷濒临毁灭，满脑子都是三娃从村巷里哭到村外，身后跟了一串看稀奇议论纷纷的村人。这样的事情以前虽听说过，但在柳家庄以至整个凤柳镇从来没有发生过。对于胆小谨慎了一辈子的王长贵两口子来说，"臊皮"比剥皮抽筋更羞耻更疼痛，老两口一句话没说就齐齐栽倒躺下了。

酒花说了气话，鸡换真就在酒花娘家的街巷里放了一串鞭炮，噼噼啪啪的响声让一个个探出门外的脑袋缩了回去，关紧了大门。

酒花在爆竹声中瞬间冷静下来，双倍的退赔礼是当下横在眼前的难题，卖了所有猪羊也不到一半，她思谋该去哪里筹这笔钱呢？她顾不得计较鸡换跟上瞎胡闹。经历了一次次毁灭性打击，反而有了处变不惊、伤口撒盐——爱咋疼咋疼的气度。人就死亡和活着两种状态，只要活着就有希望。人的心态就是在乎和不在乎两种，不在乎了就不存在"臊皮"一说。爹娘气倒她也不管了，眼下就是赶紧筹钱退婚。

酒花唯一能想到的借钱处就是书记王拴狗。她风风火火地找到村酒厂，刚走进大门，突然想起酒厂的老讲究——女人不能进酿坊，进去就将酒神臊了，踩不出好曲酿不成好酒。她心里不屑地一笑，远远瞅见王拴狗正在墙角和一帮人打胡基，急忙走过去说了给蛋花退婚急需要钱的事。王拴狗听了将汗水湿透的背心脱下来，换上挂在胡基摞上的灰衫子，说："走！跟我家里去在你婶跟前拿。她嫌我把钱都买了酒，就把我经济权下了。"酒花一听急忙摆手说："不要了，不要了！我婶是出了名的掐破米，怕是十只鸡都啄不出来。"

王拴狗眨巴着青蛙眼说:"娃退婚这事紧,她不给我收拾她!"

"那就更不敢要了!"酒花说着往外就走。

柳德茂从曲房里出来,看见酒花急急的背影,忙撵过去问:"你有啥事吗?"

酒花一回头说:"借钱。"

"借多少?"

"一千。"

"你去红奶奶那里等我,我等会给你拿去。"

"能行。"酒花齐耳短发一甩,利索地走了。

柳德茂怔怔地看着酒花跨迈的大步,脚下生风的节奏,再不见了姑娘时青涩文静的情状,有了成熟少妇的放浪泼辣气质,不由心里慨叹:酒花变了!他急忙跑回家去,对坐在炕上刺绣的杨兰芝说:"取一千块钱给我。"

杨兰芝抬头,将一绺头发用针篦到耳后问:"做啥?"

"急用,快取!"

杨兰芝迟疑了一下,抿住了还想问的嘴,挺着已经显怀的大肚子立在炕上,打开炕墙上的柜子,从箱底翻出一个绣花布袋,取出一千块钱递给柳德茂。柳德茂接了钱啥话没说,转身一溜烟跑了。

车马店里,红奶奶正和酒花坐在屋里说话,见柳德茂进来,颇感意外地忙起身招呼,拿了一个小板凳放在脚地说:"小爬爬上坐。"

柳德茂问候了红奶奶,就坐在小板凳上,从衣兜里掏出钱来说:"给,够不够?不够了我给你再寻点。"

酒花接了钱,感激地看着柳德茂说:"你咋不问我借钱干啥呀,给蛋花退婚哩,我把家里的猪羊都卖了应该就够了。"

红奶奶一听忙说:"侬咋不给我早说?我也能给侬凑点钱,猪羊急着卖,卖不上好价钱。"

酒花黯然地低下头说:"红奶奶你不就操心了,你一个人孤孤单单没个来钱处,咋凑?你好好养着身体,咱还有个约定哩。我先走了,有空再来看你。"

柳德茂本来想和酒花好好说说话，这几年酒花正眼不看他，他都不在乎，反而心里更加亏欠——他能感知到酒花心里的苦楚和怨恨。这次有了机会，心里热乎乎的，有太多太多的话想说，一时却找不到头绪。酒花急着走了，红奶奶送了出去。柳德茂呆坐了半会，怅然地回酒厂去了。

第二天中午，酒花正准备牵羊去集市卖，红奶奶拐着小脚急急跨进大门，立在院子里将一卷钱塞到酒花手里说："侬拿着，奶奶昨儿个把绣花品卖了。反正迟早要卖，能给侬添补一点是一点。"

酒花一下愣住，半响才泪眼蒙眬地说："奶奶，你舍得卖，我舍不得。那些绣品是你几十年的心血，实在精美啊！"

"没事儿，奶奶再慢慢绣。"红奶奶故作淡然地笑说。

酒花突然睁圆眼睛说："奶奶，我有个好主意，蛋花退婚后，我叫她跟你学刺绣。再招一群心灵手巧的女子，在车马店办个女子刺绣厂，由你教她们。还能对外承揽女子的嫁妆活儿。绣花品由我负责销售，报酬按劳分配。你也有了一群女子做伴儿，一举两得多好！"

红奶奶开怀一笑说："好很嘞！亏侬聪明。奶奶在把地顶个疙瘩前，把这绣花的手艺传授出去，这一辈子也就没缺憾了。"

酒花蹦过去一把抱住红奶奶，深情地拥了拥。

红奶奶将手心攥着的三百块钱塞到酒花衣兜里，说："侬装好，赶紧办蛋花的事。"说着转身就走。

酒花将红奶奶送到街上，拐回家卖猪去了。她急急走到后院，却发现后院几头半大猪不见了，急忙进屋问鸡换娘，鸡换娘说："鸡换一早就叫人来拉走了。他说卖了钱给你用呀，现在上班去了。"酒花瞬间心生感动，旋进灶房和了一大块面，收拾好下锅菜，又旋进屋三两下收拾了卫生。然后旋到后院收拾了猪圈，破天荒地叫了鸡换娘一声娘，笑着说："等忙完这几天，我再去集上买几头猪娃养上，只要人勤快啥事都难不住。"

鸡换娘被酒花的一声娘叫得愣了半天，才从梦里缓醒过来似的呵呵笑着说："我娃说得对对的！咱家远的不说，近的在你祖爷爷手里，街面上就开了好几处烧锅，勤快是出了名的，酒也是香出了名的，不信你……不信你去街上打听打听。"鸡换娘本要说"不信你去咱酒窖里看看"猛想起她和鸡换父子俩的商定——等酒花生下娃娃了再告诉她酒窖的秘密，才紧忙调转了话头。

酒花笑了笑说："不打听了，鸡换去凤酒厂上班，你给说说叫好好学好好干。陶家祖祖辈辈都是酿酒人，叫他要继承好酿酒世家的技术和名声。"

鸡换娘笑得眼睛挤一起说："你给吹吹枕头风，我看鸡换稀罕你很，他最爱听你话。你再给添个小的，你说东他不敢往西。"

酒花蹙了蹙眉，笑着进灶房擀面去了。面叶在擀面杖上像车轱辘一样飞转的时候，鸡换下班回来了，跨进灶房见酒花擀面，先是一愣，随即耷拉了脑袋说："酒花，我把早上卖猪的钱丢了，本来中午回来给你呀，刚进门时在兜里一掏不见了，不知丢哪哒了！"

酒花回转头呆呆地看着鸡换，突然仰头一笑，眼泪花花地说："你丢了才正常，不丢给了我才不正常。"说着将缠着面叶的擀面杖往案板上一丢，出门走了。鸡换急忙撵着拉住胳膊说："你干啥去呀？我吃了饭还要上班哩。"

"爱上不上！我钱凑不够，我得借钱去！"酒花甩开鸡换的手。

鸡换仍旧拉住说："不退婚不行吗？损失那么多钱。退了柳家人也不会要蛋花，还落个竹竿提水哩——两头空。"

酒花彻底被激怒了，眼里冒着火说："我就要的两头空，看把你心疼了——屙肉渣呢！你就不能善良一点，心眼好一点吗？我一次次把你往好处想，你一次次叫我绝望，叫我想一头碰死！放开你的爪爪！"酒花踹了鸡换一脚，鸡换松了手，酒花气得哭着跑出门去，不辨脚下的路，跌跌撞撞地往娘家跑。她从上衣兜里掏出手帕擦眼泪，擦了几把感觉不对劲，仔细一看是鸡换的一双酸臭袜子。酒花知道这是鸡换偷偷塞进她的衣服兜里，想叫她洗衣服时顺带洗上。酒花气得一甩手扔掉，更恨得咬牙切齿。她在桥面上看见蛋花远远地跑过来，激动的脸蛋红彤彤的，又哭又笑地说："姐姐，姐姐，咱不用借钱了！三娃他妹子跟着一个小伙子跑了。黑马山那家刚来人了，说他家娶不到媳妇，女子也就给不成咱哥了。他们准备去雍山闹事呀。"

酒花急忙捏着蛋花的手问："真的？假的？"

蛋花眨巴着大眼睛说:"真真的!"她感觉她姐把她的手捏疼了。

这样突如其来的变故一下子扭转了糟糕透顶的局面,酒花一下子喜出望外,姐妹俩手拉手轻快地回去了。

原来柳德全被倒吊鸭子收拾了一顿后,蒙头盖被睡了小半天,缓过气来后,趁家里人不备偷出屋跑了。他跑到大街上钻进一家饭馆吃饱喝足,便又往雍山跑了,他怕三娃没志气仍不退婚。他气喘吁吁地跑进雍山村,刚到三娃家窑院外的大树下,就震惊而愤怒地看到鸡换从窑里走出来,三娃脸色阴沉地送着。柳德全忙躲到大树后面,偷眼看到鸡换在院子里发动起手扶拖拉机,突突着黑烟回去了。他一时迷惑不解,不知道鸡换跑来做啥。鸡换瞎眼眼多,谁知又给三娃过了啥招。他立在树下,盯着三娃的院子正想着,突然看到三娃的妹子背着背篓,提着镰刀走出来,低着头往后山走去。柳德全心里一喜,直觉告诉他这里也许是最好的突破口,他就偷偷地猫在后面跟着。他上次来三娃家约三娃决斗的时候,就看出这个姑娘愁容满面,心事重重。他好奇地问了一句,把你换到黑马山,你自己愿意吗?这个姑娘蓦地低了头,眼泪扑簌簌就流了下来,柳德全顿生豪气,下定决心要连窝端了这场换亲婚姻。

他跟踪到土山梁后,决定在一隐蔽处和姑娘好好谈谈,让她和蛋花一样揭竿而起,共同反抗这场包办婚姻。可他万万没有想到,姑娘走到一片玉米地边,回头观察了下,便扯了一片玉米叶子,放到嘴边嘘嘘嘘吹出尖利的哨音,不远处传来同样的哨音应和着。柳德全正纳闷,看见一个胖嘟嘟的小伙子贴着玉米地畔跑了过来,两人站着说话。柳德全听不清他们说啥,但能看出他俩是一对恋人。他蹑手蹑脚地溜进玉米地,在稠密的玉米遮掩下慢慢地靠近他俩,才听清姑娘抽抽搭搭地说:"……我本来想在嫁到黑马山前,把身子给你,不想却……我到底咋办呀?"

小伙子一把拉住姑娘的手,坚定地说:"退了婚嫁给我!咱不懂这事,受害的成了你。咱俩能不能给你爹娘说清这事——木已成舟,他们还能咋样?"

姑娘声音颤颤地说:"我不敢!我爹娘知道了还不打死我。这事要是传扬出去,我爹娘在村子里咋活人呀?我也没脸见人,我害怕!"

小伙子一把搂紧了姑娘说:"有我哩,不怕!要死一块死,要活一块活!"

"啥一块死一块活呀的!天无绝人之路,除非你们自己绝自己。一个办法:跑!"柳德全恰到好处地从玉米地里钻出来,把姑娘和小伙子吓得差点跌倒,等看清不是本村人后,愣愣地立住了。柳德全意味深长地笑着说:"木已成舟就驾上乘风破浪走天涯!"

小伙子狐疑地盯着柳德全看了老半天,见无恶意,神情舒缓下来说:"我认不得你,你啥意思?"

姑娘认出柳德全,附在小伙子耳边悄声说了几句话,两人面色都活泛起来。

柳德全手叉腰里,狡黠地一笑说:"成全你们的好事,也成全我的好事。走不走?我可以帮你们。"

小伙子看了姑娘一眼,对柳德全说:"我们没出过远门,能到哪哒去?你能帮得了我,我以后好好谢承你。"

柳德全潇洒地一挥手说:"不谢!凤柳镇村村办起了酒厂,踩曲翻砂正需要像你这样的精壮劳力。我先帮你们寻个地方住下,然后再寻个酒厂上班挣钱,等有好事的时候请我喝酒。"

小伙子和姑娘羞得满脸绯红,笑着一齐道了谢,第二天就从这个落后闭塞的小山村双双失踪不见了。

酒花哪里知道柳德全背后的作为,她生怕好事又有了啥变故,就急匆匆骑上自行车去找媒人。见到媒人后,酒花故意愧疚地道了歉后才说,钱实在凑不齐,爹娘也气病了,婚就不退了。媒人刚被黑马山那家闹腾着欺负了一场,心里憋气,就漠然地说他老了,说不了媒了,叫酒花自己去找雍山村那家说去。酒花正好要这样的效果,就又飞鸽一样去了三娃家。酒花家刚受过的难帐,三娃家正在体验。酒花找到三娃一脸正经地说:"你哭婚哭得好,我爹娘差点臊死了,钱也凑不齐,婚就不退了,蛋花你啥时娶都能行。"

三娃垂头丧气地说:"我准备打光棍呀!反正我村光棍多着哩,没人笑话。"

酒花急忙说:"这话是你说的?我愿意了你又不愿意了。"

三娃沉默了半天,神情凄绝地说:"我妹跑了我有啥办法!把我送的礼钱能退呀不?我正等用钱哩。扯的布买的衣服就不退了。"

酒花突然恻隐之心大动,她想起她奶奶活着时老是给人念叨祖传的治家格言:"吃欠嘎穿烂嘎,走路走慢嘎,把钱看淡嘎,与事和善嘎。"她不由沉重地叹了口气,干脆地说:"能行!按说是你要退婚,礼钱我就不退,可看在咱都是老实人的份上,我把你送的礼钱一分不少地退了,把布和衣服,还有你四季八节送过的节礼都折成钱退了,你拿着另寻一门亲。"酒花说着从桌子上拿过算盘,哗啦一甩,放在斑驳的方桌上拨得噼里啪啦脆响,不一会就和三娃将账算清了,连夏收期间背来的半口袋山杏、半口袋核桃都算在里面了。酒花将钱数着递给三娃说:"拿着,你人实诚,但自己要有头脑,不要被人利用了还糊里糊涂。亏得是我们一家人,要放陶鸡换那样的人,你甭想见一分一厘。"

三娃拿着钱的手抖得厉害,脸和脖子通红地说:"我,我就不该……你们一家都是好人,我对不住!"

酒花笑着起身就走,走到院子里回头说:"世事变了,你不要再蜷在大山里了,出去找个活做。只要人勤快不但有钱挣,还会有女娃跟你的。"

三娃脸色活泛了一些,眼里瞬间透射出一丝亮光,静静地立在院子里看着酒花骑了自行车飞奔而去。

酒花想用借来的钱先给哥哥订一门亲,等挣下钱了再还给柳德茂和红奶奶。她骑着自行车找了好几个乡间媒人,都说了给哥哥寻媳妇的事,然后去街道信用社说好一笔贷款,准备在背街寻个地方办个养殖场。她用她谋划的妇女创业蓝图说服了王拴狗,愿意把酒厂后面的那块空闲地租给她。不承想柳义振知道了死活不同意,大骂王拴狗,说臭气会污染了酒厂的空气,影响酒的品质。酒花瞬间感觉耻辱至极,愤恨至极,偏要这块地方办养殖场,臭死柳义振和他酿的酒。柳义振就跑去镇政府找书记告状,非得要把王拴狗这个书记下了不可。王拴狗立马软了,装醉卖傻不承认他说过的话。酒花不怪王拴狗,她回家去把所有的怒气都发在了蛋花身上,她气急败坏地吼着蛋花:"再和柳德全来往,我打断你的腿!你学点志气好不好?"

蛋花吓得一哆嗦说:"记住了!我好好念书。"

酒花心肠一软,安慰了一会蛋花,就重新去了猪羊集市,重新开始当经纪人,瞅滞卖快贩弄猪羊的营生——她想尽快挣一笔钱和红奶奶一起把女子刺绣厂办起来。她冷静下来一想,就是不能只顾着办养殖场,臭了柳义振苦心经营的酒厂环境,做啥事都要顾全大局,不能成一事败一事。

第二十九章

凤柳镇酒厂遍地开花,空气里充溢着酒醅发酵的酸香味儿,波及雍凤县其他村镇也陆陆续续办起了酒厂。眼见就要"村村点火处处冒烟",柳义振感受到了第二个酒业兴盛期的到来,浑身像打了鸡血,激动而兴奋不已。培训班设在凤柳中学的一处大教室里,一批一批培训酿酒技术人员。柳义振授课时讲台下的人几乎要挤破门窗。好多酒厂用优厚的待遇邀请柳义振去他们酒厂现场指导踩曲,他顾不过来,就派柳德茂去。柳德茂真个很有灵性,技术竟然不亚于爷爷,这让柳义振很是欣慰,又产生了培养柳德全的信心。柳义振在亭子村组织起一帮老艺人,在杨兰芝娘家的院子里铺排开,给酒厂加班加点编制酒海酒笼。他亲自把柳德全送过去跟着老艺人学技术,千叮咛万嘱咐了一番。他没想到他刚走到凤柳街,看见柳德全的身影掠过身旁,飞奔着回柳家庄去了。爱情之火烧燎得柳德全灵感泉涌,又有了好诗要献给蛋花。老汉突然感到一阵无力和绝望,他有心不管了,可丢的是他柳家人的脸面——这个孙子成了插在他胸口的一把刀,拔了疼,不拔也疼。

再说酒花已顾不上严管蛋花,她一旦下定决心要办刺绣厂,满心想的是美好前景,整天忙得脚不沾地。她刚在一位有绣花功夫的年轻妇女家游说,动员她加入刺绣厂,突然潮起的恶心使她坐立不住,急忙跑到后院去干呕了好半会。那女人惊慌地跟着看了,突然哈哈一笑说:"来小的了,你还干啥呀?赶紧坐炕上好好养胎去。女人做点啥都比男人难,比男人多出了个养娃娃这事就绞缠得够呛！"

　　酒花细一想，月事早已过了日期还没来，却忙得没顾上管。这女人的话使她脸色和心情瞬间黯然下来——她一千一万个不愿意和鸡换生孩子。别的不说，单是鸡换的气死病遗传给孩子，不但害了孩子，还会使她一辈子愧疚难安。她当下决定偷偷打掉，再假装有病不能生育，然后提出离婚，鸡换爹娘抱孙子心切，肯定就答应了。坏事里的好事，那时候自己也就解脱了。

　　酒花蔫蔫地从那女人家出来，恶心地干呕了一路。她看见一头大黑猪跑到谁家菜地里啃白菜，正用一只前脚压着一颗，长长的猪嘴咔嚓拦腰咬断，然后非常惬意地咔嚓咔嚓咀嚼起来，并用愚蠢而又色眯眯的眼睛满地瞅着，嘴角的哈喇子吊成串滴答在白菜上，只几口便惬意下肚。酒花看到黑猪脚下还踩烂好几颗，边走边将一泡屎尿糊住了一溜两行，所到之处一片狼藉。酒花又一阵恶心，蹲在地上呕吐了一阵，捂着眼睛哭了。哭过捡起一根棍子将正在嚼吃另一颗大白菜的黑猪打得边跑便嚎，跑到远处停下来，回转身蠢笨地哼哼几声，朝菜地里看了几眼，心有不甘地摇着尾巴走了。酒花又不想回家了，就转去红奶奶的车马店，她想陪红奶奶住两天，听她弹弹琵琶，吹吹笛子，说说心里的憋屈话，好好睡上一觉。

　　酒花的脸色把红奶奶吓得不轻，急忙问："闺女，侬咋了么？病了吗？"

　　酒花紧紧地关上门，突然就扑到炕上放声大哭起来，身子筛动着哭得酣畅淋漓，像喷泉，像瀑布，像山洪暴发，眼泪和着屈辱愤怒汹涌地流泻着……红奶奶将一个手捏子塞到酒花手里说："闺女，你放开哭，狠劲哭，哭过了就好了！"

　　酒花却突然翻身坐起说："好了，不哭了！"她用手捏子擦拭干净脸上的泪痕，干脆利落地说："红奶奶，我明去雍凤县医院做手术，打了这个投错胎的娃娃，回来在你这养两天，咱就赶紧办刺绣厂。"

　　红奶奶愣了好半天，才反应过来，一脸惊喜地说："侬有喜了？侬有喜了？哈！生下来，不影响咱办刺绣厂啊！"

　　"不是这意思，我就是不想要孩子。我想……"酒花蹙着眉痛苦地摇头。

　　红奶奶知道酒花想干啥，她要离婚的念头由来已久了。可她骨子里还是个传统女子，她下不了狠心。这个孩子的到来会不会给这女子带来好运呢？对于一辈子没有生育过的红奶奶来说，女人怀孕生子简直是上帝的恩赐，是幸福的源泉，是一辈子的守护和希望，不可有半点轻慢。

她幽幽地对酒花说："我没给侬说过，我一辈子没有生育过，那种缺憾和痛苦无法言喻啊！"

红奶奶又拉开话匣子，终于毫无保留地向酒花吐露了她那段无法为外人道的隐秘。

红奶奶的小名叫红儿。刚记事的时候五六岁，和十几个小女孩一起被一个五六十岁的老妇女教养着。她们喊她妈妈，但却害怕喊她妈妈——喊妈妈最多的时候就是挨打求饶的时候。她们被按照不同的相貌资质，分别请人教授吹拉弹唱，琴棋书画……谁学得不好就用竹棍打手，女孩们在努力而惊恐中学艺度日，却无一能幸免打骂。红儿的小手多次被打得又红又肿，却仍不停歇地弹琵琶，吹箫，练习书画。她们长大点知道了这个妇人不是她们的亲妈，可也不知道自己亲妈在哪里。再大点才知道她们就是从穷人家里买来，被按照"扬州瘦马"的标准培养。为了长成瘦小纤弱型身材，妈妈不给她们吃饱饭，生生饿着肚子，还要打着罚着训练各种灵动的仪态……长到十四五岁的年龄，她们被分成三等，上等的高价卖给苏杭过来的大商人做小妾，中等的卖给土财主既做小妾又管理账务，下等的卖给宜春院。

红儿在十四岁时被卖给一个扬州的大商人做了小妾。日本人打过来时，商人携妻带子逃跑时遗弃了红儿。红儿流落到了宜春院，后来被一个国民党保安队队长看中，买回家做了小妾。解放前夕，保安队长将红儿缢死，携妻带子也跑了，红儿被看家护院的小长工救活，两人相依为命地生活了一段时光。不幸又被宜春院的管家知道了，带人打残小长工的腿，将红儿抢回了宜春院。解放后，共产党下令解散宜春院之类的风月场所，将所有无家可归的姐妹们用火车运到西北地区婚配嫁人。红儿改了名叫红绣，在火车上遇见了自小一起长大的两个小姐妹，三人抱头痛哭后，又欢喜地相约嫁到一处，彼此照应。她们在陈仓火车站被带下车，告知可以自主选择丈夫的时候，红绣很敏感地多看了几眼卢战山，其实是想起了和他一样瘸着腿的长工小兄弟。以至后来她照顾着卢战山下世后，仍心心念念着不知死活的长工小兄弟。她总认为他还活着，姐弟俩还能再见面，她为他演奏了一曲又一曲的琵琶相思曲。说来也怪，后来她得知两个小姐妹和她的命运惊人地相似——都没有生育过。她不知道她们自小到大，妈妈给她们吃了什么药，虽然皮肤白皙，身材玲珑，却个个不能生育。她们一个嫁给了原上村贫农出身的支部书记，一个嫁给了原下村贫协主席，都是老实忠厚的庄稼人，她们受到了从未有过的礼遇，也就安心过起了日月。随后各自抱养了一个孩子，又都在成年后早亡。命运更凄惨的是她们随后都殁了丈夫，晚年孤独终老，埋在了远离家乡的土地上。如今三姐妹中只剩红绣一个尚在人世。每年寒食节，红绣都去街后的十字路口画一个圆圈，念念叨叨烧些纸钱，撒些烧酒祭奠一下姐妹们的亡魂。回来时伤心不已——今日寒食我祭侬，我亡寒食谁祭我？……

　　酒花听着如此悲惨得难以想象的命运和身世，早已哭成泪人，本要说"侬亡寒食我祭侬！"话到口边却变成："奶奶你不会亡的！等我还了钱，我就带你下扬州看望你的弟弟。"

　　红奶奶眼含泪水，哀兮兮地说："侬不要给我还钱了，我去了后，侬每年寒食节给我烧些纸钱，我就满足了！"

　　酒花一把握住红奶奶枯瘦的手，流着眼泪说："看你说的，你不说我也会这样做。我咋样祭奠我奶奶就咋样祭奠你。咱不说不吉利的话，你身体好好的，你会长寿的。"酒花心疼红奶奶的同时，对自己前一刻的想法有了动摇，万一打胎伤了身体，以后再不能生育，就落下了像红奶奶一样的凄凉和遗憾，万一这个孩子完全像了她自己呢——绝望之中总是透着点希望，透着点侥幸，否则酒花感觉生活没法继续。

　　红奶奶用手捏子擦了擦眼睛，轻轻摸着酒花的肚子说："听我的话，千万不要打了这孩子，让我帮着侬带，分享侬做妈妈的幸福。"

　　酒花心里百味杂陈，愁绪万千，起身取来酒瓶酒杯，刚要斟酒，被红奶奶夺了放下，取来琵琶抱在怀里，却恰是："转轴拨弦三两声，未成曲调先有情。弦弦掩抑声声思，似诉平生不得志。低眉信手续续弹，说尽心中无限事……"

酒花只觉得千愁万绪随着曲调倾泻而出，灵魂飞跃而去，飘飘悠悠，身体愈来愈轻……昏昏迷迷地睡着了。红奶奶弹完一曲《琵琶行》，搁下琵琶，取来带有绲边绣的大襟衣服轻轻盖在酒花身上，将泪水黏贴在她脸颊上的一绺头发拂开，嘴唇嚅嚅地动着，谁知道她都念叨了些什么。

第三十章

　　杨兰芝听说酒花要办刺绣厂，凤柳街周边的大姑娘小媳妇奔走相告，报名要进厂。杨兰芝嗅到了刺绣厂即将红火的气息，也坐不住了，想先报个名等生完孩子就进厂。那种天天围着锅台炕边转的日子太乏味了，柳德茂不再有闲时间和她钻在屋里嬉闹逗趣，有时几天回不了家，回来也是乏得倒头就睡。杨兰芝天天在家做饭洗衣，闲了和德茂娘各待各屋绣花做针线，日子过得悄无声息，像掉进井里一般幽深沉闷。

　　这天吃过晚饭，杨兰芝挺着隆起的肚子走进鸡换的家门，嘴里喊着："酒花！酒花！"没人应声，她撩起门帘一看，鸡换独自一个坐在炕沿上喝闷酒。鸡换看见杨兰芝，龇着金牙一笑说："兰芝来了，进屋坐。"

　　杨兰芝立在门口问："酒花啦？"

　　"我咋知道！"鸡换没好气地说。

　　"你是她男人，咋不知道？"杨兰芝略微尴尬地说。

　　"酒花是个野疯了的女人，哪像你那么贤惠，成天待在家里把男人伺候得舒舒服服的。"

　　杨兰芝莞尔一笑说："我是个没本事的人，哪像你家酒花漂亮能干有冲头，给你把钱挣下了。"

　　鸡换心里咯噔一下极不舒服，以为杨兰芝讽刺他。同时想起杨兰芝结婚时，他去闹洞房发生的不快。此刻杨兰芝就在他眼前，孕期丰富的雌激素使胸脯鼓胀得像要把的确良衬衫撑破似的。鸡换眼睛眯了眯说："酒花哪有你漂亮，你看你怀个娃娃像熟透的水蜜桃一样好看。"

杨兰芝听着这话舒服，她突然想证实一下在男人眼里，是不是别人家的媳妇总是比自家的漂亮呢？她就进一步试探道："酒花可是凤柳镇盖了帽的漂亮媳妇，我哪里比得上？你偷着笑吧。"

鸡换嘿嘿一笑，往里勾着手指头说："你甭站门外，你进来，我给你说你哪里比得上。"

杨兰芝一听不对劲，转身要走。鸡换几步跨出门去，一把抓住杨兰芝的胳膊往房里拽。杨兰芝吓得面如土色，失声尖叫起来。鸡换眼睛斗在一起说："你喊！人来了，我就说你肚子里的娃娃是我的，看你咋活人呀？柳家人啥脾性你知道。"

杨兰芝不出声了，使劲挣脱胳膊要往外跑。鸡换一把抱住，两手胡乱抓挖着说："闹洞房那晚你挖烂了我手背，这账我记着哩。今是你跑我家来了……"

杨兰芝慌急中抓住鸡换的手狠狠咬了一口，鸡换哎呀一声松开了手。杨兰芝跑出大门时被门槛猛地勾倒，身子一下子扑出门外趴在地上，本能地爬起来跑，肚子拧着一阵绞疼，血便顺着裤腿唰唰地流了下来。杨兰芝下意识地用手摸了一把放在眼前一看，吓得大叫一声，栽倒在地不省人事。

知了在柳树上吵成一片，雍水河的蛙声此起彼伏地应和着。连着发了三下午的雷阵雨，天气骤然清凉下来。酒花在红奶奶炕上昏天暗地睡了一天，晚饭时分醒来，吃了红奶奶做的搅团鱼，感觉精神好了许多。她和红奶奶提着竹笼去街上买刺绣必备的各种丝线底布，两人刚走在大街上，见柳德茂神色慌张地往西跑了。酒花觉得好奇，就喊："德茂，跑啥哩？前面有金娃娃等你拾里吗？"

柳德茂只回头看了一眼酒花，就加快了奔跑的速度。酒花被柳德茂惊恐慌张的眼神吓着了，愣愣地立住看着柳德茂跑进镇医院。她心里正纳闷，见王拴狗迈着大步哗啦哗啦地走了过来，没等她张口，王拴狗便神色凝重地说："酒花，德茂的媳妇在你家门口摔了一跤，小产了，我去看看啥情况。"

酒花心咯噔一下慌了，想去医院看，又怕碰见柳义振和柳忠民，就把竹笼往红奶奶手里一塞说："奶奶你先回去，我回家一趟。"

酒花疾步回家，一进门就见鸡换光着上半身躺在炕上，呼呼地扇着蒲扇，似乎很热。酒花劈头就问："杨兰芝是不是来过咱家？"

鸡换坐起来，眨巴着眼睛说："没有啊！咋啦？"

"杨兰芝在咱门口摔了一跤，小产了，你知道不？"

"不知道，她不是不出家门吗？"

"真的不知道？"酒花加重了语气。

鸡换顿了一下说："不知道，管她哩！小产不小产干尿咱啥事！"鸡换一脸无辜和事不关己。说完又仰面躺下，蒲扇呼呼地扇得更快。

酒花睨着眼睛说："你咋那么热？"

"我不热。"

"不热那么起劲地扇扇子干啥？"

鸡换蓦地顿住扇扇子的手，拉来被子盖住自己的身子，似乎又冷得浑身哆嗦了。酒花转身出门，心里泛起恶心，又蹲在路边干呕了一阵，心想摔流产的咋不是自己哩，前一刻还有点幸灾乐祸，觉得杨兰芝活该，这一刻才觉得最可怜的是自己。

王拴狗双手交叉攀在胸前，斜披着白褂子，空袖管晃来荡去地走过来，看见酒花往医院走，忙说："你甭去看了，杨兰芝不想见人。大人没事，娃娃没保住，是个儿娃。"思量了一下又说："当时你隔壁人吓得慌急寻人，要送兰芝去医院，叫你家门没叫开。兰芝醒来说她去找你借绣花绷子，出门时不小心被门槛勾倒了……"王拴狗欲言又止，困惑地直看酒花的脸。

酒花一听似乎明白了几分，又糊涂了几分，言不由衷地说："她可能从我家门前过，不小心跌倒了，怕柳家人怪她，就说是我家门槛勾倒的。她咋不去村上找我呢？"酒花说这话的时候真是有点恼恨杨兰芝，她想起杨兰芝上次来时，她正被鸡换倒拖在地上的丢丑事，心里还是羞恨不已，叹口气问："德茂是不是很难过？你劝劝他。"

王拴狗身子一晃，大不咧咧地说："哭哩。我说只要大人好着再怀嘛，明年一胎生俩。这次就当鸡下了个软蛋,高粱结了个霉娃娃(黑穗病)。走!咱到车马店喝酒去。"

酒花被王拴狗的话惹笑了,戏谑道:"谁敢说我书记伯没才,谁就没才。这么痛苦的事情经你嘴里一说,就显得风吹草帽一样。"酒花略一思量又说:"明我写一份慰问信,你给杨兰芝捎去,就当我看望她了。这会咱去我红奶奶屋里,我给你汇报一下刺绣厂筹办情况。"两人相跟着在街道打了散酒,提着走了。

杨兰芝躺在医院的病房里,胳膊上挂着吊瓶,两眼空洞地盯着天花板,眼泪顺着眼角扑簌簌地往下淌也不去擦。德茂娘咋问她都不敢说出真相。她不知道说出真相将会引发咋样的后果,她自己能不能腆着脸面活在世上。

德茂娘总觉得哪里不对劲,心里由不得憋满了气,沉着脸言不由衷地安慰几句。德茂坐在床边凳子上,两手抱着头不说话。柳义振和柳忠民在病房外问了情况,确定大人没问题了,就背着手黑着脸回去了。父子俩心里也都憋着气发作不出来——德茂媳妇竟然看不来眉眼,不识好歹去了陶家。那家门槛他们父子俩几十年都没迈进去过。

柳义振回到房间,坐在罗圈腿竹椅上,开始吧嗒吧嗒地吸旱烟,浓烟从口鼻里喷涌而出将脸罩住。他对刚进门的柳忠民说:"去叫你婆娘回来,不要像苍蝇一样在跟前嗡嗡了,兰芝想说啥自己会说,不要掏着问了……"

柳忠民旋即出门去,刚走到大门口,德茂娘抹着眼泪回来了。柳忠民沉着脸跟在后面进了屋,劈头盖脸就骂:"德茂媳妇出门你咋不跟上?那么大月份了,你不操心是死人吗?"

德茂娘也一肚子委屈,嘴里嘟噜着说:"我不知道她出去,我又不能拴着她。"

"你尻子大把心遗了,头发长把嘴苫住了,就不能早早给交代下,出门时把你叫上!"

"我咋有你眼眼稠哩,你咋不给早早交代哩!"德茂娘话音刚落,柳忠民一巴掌打在她脸上,狠声道:"这心是我操的吗?你平时闲话比屎多,正经事上没一句！"

德茂娘懵了，本能地按着脸颊，半天才回过神来，哇一声哭了，一头蒙向自己丈夫，将柳忠民差点蒙个屁股蹲。柳忠民彻底被激怒了，一把抓住德茂娘的头发刚要抬手打，柳义振立在门口呵斥："放开！你本事大得会打婆娘了，先人德叫你损尽了！儿子教育不好，媳妇管不住，祖规家训到你这一辈成了聋子耳朵外样子，你给谁推责任哩？"柳义振骂着进门来，啪就给柳忠民一个耳光。柳忠民扑通跪了下来，忙回话说："对不起！爹，我糊涂了！都是我不对，平时光知道上班酿酒，疏忽了学习祖规家训，管教儿子媳妇。"德茂娘一看老公公教训儿子这架势，慌忙溜出门，钻进灶房做饭去了。

饭后，柳忠民立竿见影组织全家人重习祖规家训，好让爹消消气、安安心。柳德茂从医院回来了，柳德全却找不见人影儿。柳德全是重点专政对象，柳德茂心知肚明，赶紧跑出去找。

此刻，柳德全正约了蛋花钻在庄北的麦草垛后面念他新写的情诗。他被爹悄没声息地转到雍凤中学去念书，心里气愤。他想用他的深情打动蛋花，好带着蛋花跑。蛋花听了柳德全激情洋溢手舞足蹈的情诗朗诵，不再激动得脸颊绯红，两眼放光，而是像个大人似的沉着脸说："我已经退婚了，我也想明白了，其实大人都很苦，我们不能再给大人添烦恼了。我祖上出过凤柳镇第一个女先生，我一定要考上雍凤师范学校，将来当先生。如果你也能考进去，我就不顾一切和你在一起。要是咱俩有一个考不上都不行。你去雍凤中学读书，我们只是暂时分开，正好安心学习。"

柳德全还想说啥，蛋花一挥手说："去吧！我们已经长大了，不要再幼稚。"

柳德全上上下下看了看蛋花，哈哈一笑说："我把你瞄实了好半天，越看越像小狗蹲在粪堆上装大狗。好咧！那我就去雍凤念书了，你要小心你的抿嘴狗姐夫……"

蛋花蓦地羞愤起来，恼怒地揉了一把柳德全，嘟着嘴生闷气。

柳德全推了推蛋花，神色诡异地说："我嫂子是在去你姐家找你姐，出门时跌倒门槛上才流产的。我打问过，鸡换当时在家，我嫂子被人送医院时，门是从里面关着的。不大会鸡换又打开门慌里慌张地到处打听我嫂子的消息，我怀疑鸡换没干好事。我手痒地又想收拾鸡换，把他干的坏事从牙缝里挤出来……"

"你别！你这样叫我姐脸往哪放呀？我姐有身孕了。"蛋花断然制止了柳德全的激动，头一扬说，"你只是怀疑，我想鸡换没有那么大胆了。"

"狗改不了吃屎！你叫狗不吃屎老在粪堆跟前转圈圈哩。你把我话记下，离他远点，把心操上！"柳德全很是义愤。

蛋花脸色蓦地涨红，恼怒道："你会说话不？我再不理你了！"说着立起身圪拧圪拧地走了。

柳德全哈哈一笑，冲着蛋花娇俏的背影说："我不会说话，比喻不当！应该是癞蛤蟆瞅天鹅，天鹅要小心！"

柳德茂躲在旁边的麦草垛后面清清楚楚听到了两人的对话，不由激愤不已。他恨他自己没有柳德全的勇气，以致错失了酒花，致使她嫁了鸡换那样的男人。他想该怎样收拾鸡换而不致伤害酒花呢？他忘了他找弟弟的目的，没有惊动他们，而是心事重重地绕开走了。

此刻，鸡换娘在娘娘殿念完经出来，正好碰到一个年轻媳妇，凑过来讨好地告诉她酒花怀孕的消息。鸡换娘一听欣喜异常，当即许诺在娘娘跟前给这个媳妇多说好话，讨个乖乖的长大能成大事的娃娃，然后欢天喜地地旋回家去。

鸡换在炕上听到大门吱呀一响，心里一惊，急忙跳下炕关紧了屋门。

他娘在门外掀着门喊："鸡换，开门，有好事。"

鸡换打开门问："啥？"

"你媳妇怀上娃娃了，愣娃！"鸡换娘说着满屋瞅实了下说："赶紧把屋子收拾下，接酒花回来，从今起要好好养胎哩。"

鸡换疑惑道："谁说的？我咋不知道。"

鸡换娘满脸放光地说："我在娘娘殿念经，一个小媳妇来给我说的，说酒花去她家叫她进刺绣厂，害喜害得吐了好一阵子。我给做点好吃的，你去把酒花叫回来。"

鸡换这下兴奋起来，拍着手说："好哇！我要升级当爹了，你要当奶奶了。"说着将趿歪的鞋后跟用手指头勾起来，斜斜模模地往柳家庄跑了。

鸡换在丈人家没有找到酒花，思量着去了车马店，走到当院就听到屋里闹闹嘈杂的声音。鸡换轻轻挑起门帘伸进头去，看到几个女人围坐在桌子旁笑闹着叫王拴狗喝酒。酒花专注地敲打碗碟发出曲调。鸡换跷进门去，腼腆地一笑说："你都要热闹很。天黑了，我来接酒花回去。"

"噢！你真是个好女婿，知道心疼媳妇来接媳妇。我家那个木器头没这心。""我家那个也一样，酒花有福么。"……几个妇女开始奉承夸赞起鸡换和酒花来。

王拴狗见来了一个爷们，一下子兴奋不已，拉着鸡换要喝酒。

酒花看到鸡换不由心蓦地一沉，脸色也阴沉下来。她不想鸡换留在这里，就起身说："你们继续热闹，我先回去了，屋里有点事。"

酒花抢着身子出门去，像一阵风，差点把鸡换豁倒。鸡换心里是欢喜的，急忙跟在后面回去了。

酒花才进大门，鸡换娘就迎出来，眉开眼笑地说："酒花，娘给你做了鸡蛋面，快进屋！"说着双手伸过来扶酒花。酒花突然感到一阵羞赧，拨开鸡换娘的手说："我又不是折腿烂胳膊。"酒花进屋眼睛一亮，屋里已经打扫得干干净净整整齐齐。鸡换娘像旋筛子一样旋进灶房去，捧出一碗鸡蛋面给酒花，说趁热吃。鸡换立在跟前笑眯眯地看着。酒花奇怪鸡换娘儿俩的变化，接住面碗放在桌子上说不想吃。

"吃！大人不吃小人吃。"鸡换娘又把碗端起递给酒花说，"从今儿起咱家里啥都是你说了算，钱你尽着花。你就不要往外跑着挣钱了，安心在家养胎。"

酒花终于听明白，这老太婆知道了她有身孕的事，没好气地说："没有胎养啥哩？"酒花刚说完心里一阵恶心，急忙跑到后院去干呕了一阵。

鸡换娘跟在后头笑得更灿烂了，说："我娃！你不懂，怀娃娃就这样子，等这一两个月过去就不反应了，能吃能睡。"

酒花没吭声，苦着脸回房，爬上炕就睡下了。鸡换娘闻到一身酒气，坐在旁边给酒花盖了被单说："你年轻不知道，要忌口哩！酒是贵贱不敢沾，也不敢太劳累，等过了这几个月胎就坐稳了。从明起娘给你调理饭食。"

　　酒花不吭声，紧紧闭上眼睛装睡着。鸡换娘对立在旁边像笑面虎一样的儿子轻声说："睡着了，叫好好睡，从今起你也要小心着。娘给你把经念成了。"说着溜下炕出去了。鸡换摸着爆炸头挤着一只眼睛思量娘的话，喜悦中夹杂着怅然。

　　第二天早上，鸡换娘早早起来做好饭，经管一家人吃了，上街买了香蜡表纸、面花馒头和一条大红缎被面，提在篮子里，像水上漂一样轻快地去了娘娘殿。她先给送子娘娘披上大红缎被面，再摆好贡品，点了表纸香蜡，跪下长长地磕头。她这次不是还愿，只是想给送子娘娘汇报一下，娃娃已经怀上了，下面需要娘娘们保佑着平平安安生下来，可不敢像杨兰芝一样出啥意外。她正嘴里念念叨叨给送子娘娘嘱咐，突然光线一暗，殿门里跨进一个人来，径直冲到偷子娘娘的塑像跟前，噼噼啪啪就在脸上扇起巴掌，嘴里骂着："我家没亏人没害人，也没得罪过任何神灵，你为啥偷走我孙娃……一个要生了的儿子娃呀！"说着放声大哭。

　　鸡换娘偷眼看清是柳德茂的娘，她震惊这婆子咋敢把积攒下的激愤、暴怒、委屈一股脑发泄在偷子娘娘身上。偷子娘娘也可怜，不知被多少夭了孩子的妇女疯狂地打过脸，脸皮早被打烂了，看不清神情。旁边的祈子娘娘、送子娘娘则永远是一副慈眉善目、含笑注视远方的神圣状态。鸡换娘心里得意，装作专注于跪拜她感恩的神灵，转念一想她若不劝阻得罪了偷子娘娘，偷走她孙娃咋办？急忙爬起来拉住德茂娘的胳膊，神色慌张地说："德茂他娘，你消消气，不怪偷子娘娘，是你媳妇不小心把娃跌掉了。给娘娘们好好求个情，明年保准就能有一个。"

　　德茂娘只管冲进来发泄愤怒情绪，并没注意到背着门跪拜的人是谁，当看清是鸡换娘时，冷笑了一声，扭头出门走了。

　　鸡换娘看着德茂娘的背影，呸地啐了一口说："活该！"然后将自己带的贡品往偷子娘娘跟前摆放了一些，点了香蜡，跪着磕头许愿说："娘娘你受委屈了，我知道你也是正义的神，专偷恶人的娃娃。我们一家人那么善良，等酒花生下娃娃，我就给娘娘重塑粉面，披红挂彩。"说着媚媚地一笑，撅着屁股长长地磕了三个头，心满意足地提着篮子回去了。

第三十一章

　　立秋时分天气转凉,县、乡酒业大会一个接一个开,各村的大喇叭上一天传达几次会议精神,空气里涨满燃烧的激情和酒精分子,男人们张口闭口都是办厂酿酒,心劲像鼓起的风帆呼啦啦响。大大小小的酒厂像打仗似的立窖的立窖,酿酒的酿酒,都知道出头一甑好酒图个好彩头极为重要。柳义振和柳德茂从培训班转去酒厂做技术指导,三家拉住八家抢,忙得不可开交。

　　杨兰芝住了一周医院回到家里,大多时间在炕上昏睡,醒来时不是盯着天花板发呆,就是头蒙在被子里啜泣。柳德茂忙里偷闲陪坐在旁边,搜肠刮肚地寻找恰切话语安慰她,也无济于事,最后不得不头一摆,将王拴狗说的"就当母鸡下了个软蛋"的话,云淡风轻地说了出来。杨兰芝没有被惹笑,反而更伤心欲绝了,她呜呜地哭着说:"别人说下的话,你作为娃的爹也说得出口。"

　　柳德茂其实心里比谁都难受,爷爷和爹都把悲痛隐藏起来,投入紧张而繁复的酿酒工作中,他陪在悲悲切切的杨兰芝身边不胜其烦,已面带愠色,心里涌动着对杨兰芝的不满却隐忍不发。此刻的柳德茂已经是凤柳村酒厂的年轻厂长,意气风发,被王拴狗所倚重。肩上有了担子,脸上表情未免有些冷峻而倔强——不知从何时起已没有了那种嬉皮笑脸的玩闹情状,而经过了大量踩曲立窖等重体力劳动后,身体强壮了许多,肩膀明显变得宽厚,脸上由于踩曲时鼓劲吹哨、唱曲吼秦腔而棱角分明,更加赤红,胳膊腿也粗壮了许多,疙里疙瘩的肌肉鼓得雄壮有力。

　　凤柳镇从土地到空气都涌动着一种激扬的血脉贲张的味道,与酒糟的酸香味混合在一起，柳德茂心里突然有了一个振奋人心的想法——等所有酒厂都出齐了酒，就再组织一场赛酒大会，让爷爷和他都站在赛酒大会的高台上，让岁月掩失的祖业光华再辉煌一次。

人一旦有了不满情绪，就会变得挑剔起来。柳德茂沉着脸对杨兰芝说："你好像有啥事瞒着我没说，对我都不说吗？"

杨兰芝似乎也有怨恨，冷冷地说："我成天就圈在这三尺屋里活动，有啥瞒你的？倒是你把钱借给了谁，你瞒着我不说，我好像知道也没问你。"

柳德茂一听心虚了，闭嘴不语，心里却更为恼恨，起身淡淡地说："走了，忙得很。你自己顾就好自己。"

杨兰芝急忙欠起身，还想说啥，柳德茂已经闪出门走了。

柳德茂其实很想把鸡换拎出来问个清楚，到底发生了啥事，顾虑到酒花的面子，也只是在心里胡乱猜疑一番罢了。他此刻急急去了村酒厂，沐浴更衣后，赤着脚神色庄重地走进厂房内，看到腾腾蒸汽中众人劳作的身影，心里不免发虚。

村酒厂每天立一个窖，等立满十二个窖时，头一个窖池的酒醅已发酵成熟，进入破窖酿酒阶段。此刻，古法酿酒的第一锅酒蒸完出甑，四五个酒工赤膊忙着晒场。柳义振叉开双脚，蹙紧眉头，抓起一把拌了曲粉的大渣，爽利地一捏一扔说，提两个量。有人急忙扔了木锨，提起两桶水倒进大渣里，快速搅和均匀。柳义振教众人抓起一把大渣感受温度湿度，随之又指导酒工开始第二轮装甑戳甑——往青砖基座上的柏木甑桶里重新装满酒醅，盖上铁鏊，里面装上冷却的水。有火工在基座下点燃柴火，尺开步子前仰后合地拉起风箱，火苗呼呼地从堂口喷射出来，像火龙吐芯。柳义振一挥手说："躁了！步放稳劲拿匀，火包锅底八面蒸；心气静聚全神，酒性通人味不浮。"

火工懵懵懂懂地眨巴着眼睛，收住了晃动剧烈的身子和信马由缰的心神，收住了锅底喷吐的火苗。柳义振又说："酿酒一定要去除'四气'——浮气、躁气、虚气、假气，每一个环节都不能掺杂；一定要融入'四正'——正念、正心、正气、正情，这样才能酿出真味好酒。酿酒这事也怪，一千斤原粮产四百斤酒没有一千斤原粮产四百五十斤酒质量好,过去老祖先时,奖金靠超产,超产靠细作,只有把严把细工艺规程,掌握好湿度温度,把加入的曲粮搅匀在酒醅中,让酒醅在顶好的状态下发酵就能多出好酒。等出了好酒,你们再慢慢品慢慢体会。"

柳德茂头一次亲历古法酿酒,心中满是新奇和期待,他对爷爷的话似乎有了一点感同身受的味道。他入迷地看着酒从导管如同白色绸缎一般光滑莹润地流入酒坛,激动得热泪盈眶,他扯起搭在脖子上的白毛巾沾了沾眼角。柳义振用丫丫(品酒看花的小器具)接了酒品咂了味道,又打花壶看了看酒花,朗然道:"摘酒时酒把式凭的是看酒花……呃,看花大小判断酒度高低,叫看花摘酒——掐头去尾留腰部。开始出酒时酒度最高,大约在七八十度,花子有黄豆那么大叫大清花,这时的酒叫'酒头',掐取一两公斤放一边用来勾酒。下面酒度逐渐下降,花子逐渐变小叫小清花,在五十到六十度之间时酒最好,叫'酒腰',接了入库。花子变成沫子时,酒度就低于四十度有了邪杂味,叫'酒尾',酒尾要另接下来,二次蒸馏时倒入底锅再烧取高中度酒……"柳义振只管絮絮地说,柳德茂却已神思不定,他发现爷爷说到"酒花"两字时急促的反应和回避,不由心内悲哀难解——酒花并没有啥错,哪里就得罪爷爷到了这个地步?

柳义振让柳德茂尝了一口鲜酒咂摸味道。柳德茂接过丫丫抿了一小口,蹙着眉说:"苦——辣——涩……"

"啥?"柳义振瞪圆了眼睛。

柳德茂讪讪地一笑说:"我有点感冒,嘴里没味。爷爷,咱这酒叫啥?"

柳义振盯着流淌的酒线出了一会神,说:"咱这酒厂叫凤柳酒厂,这酒就叫凤柳酒。"

"好啊!这名字好。我查阅过一些史料,看到过与咱们这里的酒有关的传说——凤鸣柳林。早在周文王时,人们在凤柳铺街西的柳林里发现了像魔鬼眼睛一样的鬼泉,深幽幽涌流成池,清冽冽闪烁粼光,谁也不知这泉来处,不敢靠近。一日,从东边凤凰山上飞来一只七彩凤凰,落在鬼泉边饱饮泉水后,脚踩万丈祥云飞鸣而去。人们这才取泉水饮用,发现清冽甘美,莹润醇厚,饮后通体清爽，百病顿消。女子洗过的脸粉润如玉，洗过的手白皙秀巧。淘洗的菜蔬鲜嫩不腐，酿酒煮茶更是奇香双绝。人们喜不自胜地围着泉水膜拜祭奠，称其神泉（又名凤凰泉）。神泉乃天地神灵所赐。先祖们取神泉水酿酒，三千多年无断代传承至今。这也说明了咱凤柳地区出产的酒，无论有名气没名气都是一脉相承，同根同祖。感天感地感先祖，咱们的酒叫凤柳酒很有纪念意义。"

柳义振欣赏地看着柳德茂说："我孙子终于出息了，肯学习研究了。好好学，酒里道脉深着哩！"

突然王拴狗在门外喊："出酒了？哈哈……我闻到了！"

柳义振急忙吆喝："甭进来！甭进来！"

王拴狗手叉腰里走到门口说："我来看看，刺绣厂要开业，就用咱的酒，顺便宣传宣传。"

柳义振给柳德茂撇了个眼色，柳德茂急忙跑过去堵住王拴狗，拉到门外悄声说："我爷死讲究多，你就甭进去了。刺绣厂开业要用酒我想办法。你知道刚出锅的酒是原度酒，要先灌入海子，叫慢慢熟化哩。"

王拴狗眨巴着红红的眼睛，嘴里喷着酒气说："咱就做个宣传么，用新酒陈酒勾兑一坛子就够了。你和酒花是同学，到时你也参加。"

柳德茂难为情地说："女人家的事我就不去了，我送一串鞭炮。"

王拴狗在柳德茂肩膀上拍了一把说："再送一坛子鲜酒，我知道你和你爷水平高，用这古法烧的酒一出来，口感就嫽得很！"

"伯，你三句不离酒，你看你……不能再那么喝了。"柳德茂说着偏头在王拴狗屁股后面看了看。

王拴狗不屑地说："你老往我尻子上看啥，我尻子上有秦腔戏哩吗？"

柳德茂一听哈哈笑了。

酒花这一向在紧锣密鼓地筹备刺绣厂挂牌开业的事，她求婆婆告奶奶在信用社贷了一笔款，将红奶奶的车马店旧房子稍做维修，腾整出十间房子，将购置的桌椅板凳，各种材质底布，尺寸不同的手绷、卷绷、绣架、绣花针，绣线、绣花剪子等安放停当，将近来红奶奶指导绣女们赶制出来的绣品，以及从绣女们往日做下的绣品里挑选出来的精品都摆放在展厅。将刚进厂的几十个绣女组织起来，邀请县文化馆民间工艺大师进行了一周的思想动员和学习培训。酒花感觉诸事都准备得差不多了，就将开业的日子定了下来。

村酒厂出了好酒，王拴狗去镇上汇报，被书记、镇长表扬了一番，心里高兴，还想再表现一下，就对酒花的刺绣厂格外热心，他和镇上书记、镇长一起跑县上邀请了几个领导，好在开业那天前来捧场。

酒花明白王拴狗的心思，拼尽全力也要做好这件事。她知道杨兰芝痴爱绣花，秦绣技术不一般，若能来刺绣厂经红奶奶一指点，融入苏绣绝对出彩。她忘记了自己啥时候不恶心了，恐怕是忙得顾不得恶心了。此刻她想去看看杨兰芝，借她的绣品放进展厅，顺便动员她养好身体后进刺绣厂上班。

酒花在街上买了红糖和鸡蛋，估摸着柳家男人都不在家的时候，鼓起勇气走进这所多少年没有跨进过的普通小院，却有一种扑面而来的深门大院的神秘窒息感。她放轻脚步撩起门帘，迅速跨进杨兰芝的房间，看见杨兰芝脸色苍白地仰躺在炕上，闭着眼睛一动不动。酒花将红糖和鸡蛋轻轻放在柜子上，影子似的悄悄靠坐在炕沿上，看着杨兰芝，心里矛盾着要不要叫醒她？

杨兰芝正在迷迷糊糊的梦中纠葛着，她感觉有人进来，使劲睁开眼睛，看见酒花，忙坐起来问："酒花，是你来了吗？"

酒花扶着杨兰芝的身子说："你躺下，我来看看你。"

"真的？我不是在做梦？"杨兰芝扑闪着肿胀的眼睛问。

"是真的，我来了。"酒花有点心疼杨兰芝，往杨兰芝的身后堆了两只绣花的圆咕噜枕头，叫杨兰芝靠着。

杨兰芝弱兮兮地说："谢谢你操心我，你叫王书记给我捎来的信我看了，你话劝我不要陷在不可挽回的悲痛中，要往好处想，要往长远看，冬天过后是春天。可我睁眼闭眼都能看见血淋淋的娃娃。我不敢睡着，一睡着就做噩梦，不是跳沟就是跳井，惊得一身一身出虚汗……"

酒花心里一动，有种同病相怜的感觉，眼睛黑黝黝地说："你和我前段时间一样一样的！鸡换打了我，我也是这种状态。现在好多了，白天忙得脚不沾地，晚上睡得死人一样。人就是要有点追求才踏实，你刺绣手艺那么好，咱刺绣厂办起来了,你进来和姐妹们在一起绣花,说说笑笑,比比画画,我敢说很快就好了。明年这个时候你钱也挣了,娃娃也有了。再过几年,咱们绣花,娃娃们在咱们脚下跑来跑去玩耍,多好!"

杨兰芝一听哭丧着脸,声音哽咽着说:"你知道我差点没命了,就现在这身体,恐怕……唉!"

酒花忙安慰说:"你这么年轻,补养补养很快就好了。哎,听我娘说,白鸡冠花泡的药酒治妇科百病,妙得很。你叫德茂给你泡点喝上,我敢说要不了几天就好了。"

杨兰芝脸上浮上一丝不易觉察的笑意,说:"我不喝酒,那我试试。我还得这样磨过一段时间,记忆淡了才能打起精神,到时我就去刺绣厂上班。"

酒花趁机说:"我和姐妹们等着你,下个月六号刺绣厂开业,王书记请了县、镇领导,我想借你的绣品放在展厅装装门面。我已经借了几百件,都没你的好。"

杨兰芝这次真笑了一下,说:"好啊,我的有两大包袱,你都拿去。呃,有一件绣得很美的旱烟袋,在我爷手里,有机会我拿给你看看。"

酒花害怕谁回来撞见她,坐不住,心慌地说:"好啊,你好好养身体,我先走了。啥时我叫人来拿你的绣品?"

杨兰芝似乎觉察得出,也不挽留,欠着身子说:"我就不送你了,明下午你叫人来拿,我再整理一下。"

酒花冲杨兰芝点点头,眼神坚定地给了杨兰芝一个鼓励,转身出门走了。

刺绣厂开业的日子定下后,王拴狗打算让邀请来的县、镇领导参加完开工仪式后,再参观村酒厂古法酿酒,品尝刚出锅的鲜酒。他听镇上白书记说县长要来,就激动地拍胸部说要让县长看到凤柳镇最精彩的节目——凤柳大鼓。白书记说好!加紧准备,要拿出最高水平。

王拴狗是酒醉兴奋中拍的胸部,酒醒后就后悔委顿了。他知道要拿出凤柳镇最高水平,就得请出最好的老鼓王——狼剩。王拴狗不敢怠慢,赶紧组织召开了村两委会班子会议,安排部署了一干筹备事务后,就和酒花叫来柳德茂,说出由他出面请老鼓王的事，柳德茂当即豪气地答应了。

狼剩不是老鼓王的名字，是人们给他起的绰号，他真名叫柳义兴，是柳德茂的族门八爷。他乐意人们叫他狼剩，很有一番来历。柳义兴在十四岁时随爹在地里劳动，猛地扑来一只狼，一口咬走了一只耳朵。他爹提着镬头狠命追赶，想要夺回耳朵，狼却朝雍山方向跑着不见了。柳义兴在秦妙手老爹办的中医堂里治伤。尽管秦妙手老爹的医术十里八乡有名，也只能将半面脸上的剩余肌肉拉扯在一起仔细缝合，致使一只眼睛被绷得又细又长，嘴巴也扯向一边，半面脸到脖根像扯缝在一起的破布，惨不忍睹。柳义兴一照镜子就晕过去，高烧发得昏迷不醒，吃药打针都不管用。他爹急了，把他拉到雍山道观的菩萨身边做了道场，第三天睁开眼爬起来拜了拜菩萨，转身就往学校走。柳义兴回到教室，同学哗然惊惧，下课远远躲着指指点点议论。他走在村子里，小娃一看见就吓得哇哇大哭。柳义兴回到家里关上门不言不语呆坐几日后，走出来说："爹，我不念书了，就在家种地干活。你和我娘甭操心，我没事。"

他爹流着眼泪同意了，从此柳义兴失学了，闷声不响地随着爹种地干活。人们开始背地里叫他狼剩。后来柳义兴长大了，大人娃娃也见惯了他的丑，不躲不怕了。柳义振鼓励他在街上的锣鼓队里学打鼓。柳义兴学得很认真很卖力，他将《十样锦》《风搅雪》《八面来风》《秦皇一统大中国》等鼓乐曲进行了杂糅改进，很快将一面几百斤重的大鼓打得风生水起，撼天动地，百般花样，在凤柳镇每年的春坛祈年会、古庙会上出尽了风头，赢得人们钦慕。哪家店铺开业、酒厂庆典、工地开工都请他去打大鼓。最精彩的是喝上半斤酒，处于半醉状态时，他会围着大鼓跳起来打，转着打，翻着打，背身打，左右打，身子旋转着打，最激烈处会随着鼓点将头摇晃得飞快，让人眼花缭乱，亦真亦幻，不由自主浑身跟着鼓劲，酣畅淋漓地喝彩。整个锣鼓队就他抢尽了眼球和喝彩声。只有这时候谁也看不出柳义兴缺一只耳朵，而是非常英俊，非常潇洒，非常有英雄味。有人告诉了柳义兴这个重大发现，柳义兴非常高兴，从此以后就更痴迷打大鼓，一有时间就背一面大鼓去村北的土壕里练，惹得一个漂亮姑娘成天撵着看，后来主动表白嫁给了他。柳义兴从此就变了一个人，成天乐呵呵地，公开表示乐意人们叫他狼剩——他说这个名字独特，全国恐怕就他一个。他的经典名言是：一个人要有特别精彩的个性特征，人生才有滋味。要被人经常议论才算个人物。柳义兴的确是个人物，好多青年人羡慕嫉妒他的好鼓艺，想超越，可怎么学怎么拼都打不出他的鼓艺和风格。柳义兴就以一种傲骄而自嘲的口吻说："狼把我一半吃了，剩下的这一半把个大鼓打出花来，你谁能成？哈哈……"

人们面面相觑，觑完就大声叫："狼剩！狼剩！柳狼剩……"

"哎——好听！"柳义兴陶醉地应着。人们哈哈大笑，笑过就爱上柳义兴了，一有空闲就挤在一起说笑逗乐子。柳义兴讲授大鼓的新式打法，年轻小伙撵上叫师傅。柳义兴跻身凤柳街四大名人之列，热闹辉煌了大半辈子，后来生了一场病，儿女们就不让他再打鼓了，这让他失落难过了好一阵子。

这次柳德茂请他八爷出山打鼓，柳义兴老汉像老黄忠一样豪情万丈地一口答应了，玩笑着说："今能再打一场大鼓，就是明死了也不遗憾了！"

第三十二章

忙碌的日子总是过得飞快，转眼就到刺绣厂开业庆典的日子。酒花安排哥哥强娃和村里一个老人两班倒在门房值班。装饰一新的车马店门楣上挂起写有"凤柳镇工艺刺绣厂"的长方形大牌。门上贴着柳德茂拟定，秦妙手书写的大红对联：

凤柳神水凝结碧玉千年情
姑娘巧手绣制河山万里图

十个年轻绣女穿上提前准备好的绣花衣服绣花鞋，手托一条绣花红围巾，分列两队立在门口欢迎县长等一干领导的到来。街道正中立着一面五六个人才能合抱过来的红色大鼓。狼剩老汉像佘太君挂帅一样披挂上阵，将一大碗烧酒倾喉而下，手执鼓槌肃立，浑身的血液却迅速沸腾起来。大鼓两边各摆开四面大鼓，十六个小伙子穿着和狼剩老汉一样的黄绸衣服，戴着滚珠头冠，手执鼓槌威武生煞地分列两旁，也各喝了一老碗酒，颜面赤红起来。看热闹的人们已经把整个街道堵得水泄不通。王拴狗将脸刮得青焗发亮，蓝色中山服的纽扣扣得整整齐齐，一双崭新毛底黑绒布鞋，精神抖擞地吆喝着人们退避出一条道来。

早上九时，王拴狗伸着脖子看到县长被文化局长、镇党委书记、镇长等簇拥着，远远地穿过街道人流走了过来，急忙大手一挥，车马店门前便噼里啪啦响起一阵爆竹声。硝烟弥漫中，狼剩老汉大吼一声跳将起来，隆隆打起了大鼓，霎时间锣鼓震天齐鸣。县长惊得收住步子看。那种翻转腾挪、跳高蹦低、飞沙走石的气势振奋了所有围观的人，喝彩声一浪高过一浪。突然一声猛雷响过，十六个小伙子齐齐大吼一声跳上前去，两人一组将八面大鼓打得地动山摇、电闪雷鸣。人们立马听到鼓乐轰鸣、万马奔腾、战旗猎猎的大秦气势，思绪一下子跌到了几千年前刀光剑影、秦军横扫六合的狼烟战场……

约莫一锅烟的时分，狼剩老汉已经把他一个人打成了几个花影，突然又大吼一声，从高处蹦落地上，戛然收槌立住，人们这才看清只有一只耳朵的老汉浑身热汗淋漓，像从蒸锅里捞出来似的。其他小伙子也都汗流浃背气喘吁吁地立住。县长如梦方醒般地走过来，激动地握住老汉枯瘦劲道的手使劲摇了摇，说："您老人家把大鼓打得出神入化，八面生风，太震撼了！谢谢啊！"

狼剩老汉咳嗽着喘息了一阵说："老了！打不动了，胡发冷争（狂）哩！"

王拴狗一听老汉说话三棱暴跳（不妥帖），急忙倾着身子说："咱这大鼓的打法与春坛祈年会上的鼓点打法差不多一样，据说是从秦朝的战鼓和祭祀仪式上流传下来的，我看差不多，哪的鼓要哪的人打哩，哪的戏要哪的人唱哩。"

县长一听握着王拴狗的手笑道："那没啥说的，咱是秦的后人嘛！秦人、秦酒、秦腔、秦鼓就是豪气！啥时候有机会了组织去县城打，去陈仓打……"

王拴狗一听有点后怕，后怕狼剩老汉真的老了，再也打不动了；又有点振奋，他想培养一批年轻狼剩出来。他亦步亦趋地陪着领导们走到刺绣厂门口，酒花带着十个绣女迎接过来，把绣花围巾像献哈达一样献给领导及随行者，各自都戴在脖子上，便显得喜庆不已。随后酒花领着领导们走进绣房，参观绣女们排排坐在绣架前刺绣。转过一圈后，又去展厅看了花花绿绿的刺绣成品。县长说了一番妇女也是一支社会主义建设的生力军，要好好发扬老一辈的革命传统，把刺绣厂办好办强之类的官话后，被王拴狗陪着一溜去了凤柳村酒厂。

让王拴狗万万没想到的是他兴冲冲地带着县长去酿酒车间参观酿酒，却尴尬地看到门上吊着大铁锁子，一个人影也没有。王拴狗愣了一瞬，突然灵机一动说："噢！看我这人，领导一来就兴糊涂了，忘了酒把式被供销社酒厂请走了。咱去窦村酒厂看看，就在隔壁。"

一行人跟着王拴狗去了窦村酒厂。王拴狗知道窦村酒厂也出鲜酒了，老把式也是凤酒厂退休的老酒工，替柳义振应付一下场面没一点问题。

一行人刚走进院子就碰见窦村窦书记从车间出来了。王拴狗刚要喊，被镇上白书记瞪了一眼，赶紧抿了嘴。窦书记看清是县长后慌忙迎过握手寒暄。镇上白书记急忙给窦书记撇了一个眼色，窦书记便毕恭毕敬地领着县长一行人进车间参观酿酒，还让酒把式给大家介绍了酿酒工艺，演示了看花摘酒，并让品尝了刚出锅的鲜酒。一行人出了车间，镇上白书记、刘镇长直接领着县长一行径直去了，把王拴狗晾在了一边。他独自呆立了半会，嘴里才咕咕噜噜地骂："柳义振你这老挨尿！把你真个就成了金尿凤凰蛋了，离了你凤柳镇人就不烧酒了。"然后悻悻地去了凤柳酒店。他一大早提过去的两笼鲜酒还在酒店放着，原打算招待县长，好好喝一顿的。

王拴狗其实不知道，柳义振并没有停工专门给他做难看。只是老汉严守祖上的酿酒规矩，凡不沐浴更衣者一律不能进入酿坊。他知道王拴狗邀请了县、镇领导要来参观酿酒，给自己邀功请赏，就当机立断让人从外面锁了门做出停工状态。这可作难了柳德茂，他听到门外的说话声，心急火燎却毫无办法。

柳义振睨着眼睛看着柳德茂说："王拴狗就爱做这人面前的事。咱这又不是农业学大寨现场，咱实实在在酿咱酒，甭理他！"

柳德茂郁郁地说："咱这样子让王书记在领导跟前很没面子，下不了台。"

柳义振眼睛一瞪，赤红脸上青筋暴突着说："错！咱不把王拴狗挡在外面，这人一得意就要邀着领导吃喝吃酒，领导没喝上，他自个自动上料喝得两头说话，两头放水，缠着领导脱不利身，那才叫没面子下不了台哩！"

柳德茂一听无话可说，仍心存愧疚——王拴狗把他顶了一碟菜，推他当酒厂厂长、村上副主任，他却给王拴狗没凑上面子。酒花的刺绣厂开业他也没能参加，晚上闷闷不乐地回去，草草吃了晚饭，没和杨兰芝说几句话就困顿无趣地睡了。

第二天早起饭后，柳德茂趁爷爷上班前坐在罗圈腿竹椅上抽旱烟的时候，借口去街道买个东西，前头先走了。柳义振忽地拔出烟锅，张了张嘴似有话说，最终却没说出来。柳德茂大步流星地出门直奔街道而去，他其实是想到刺绣厂门口看一看，只想看一看而已，顺便去村委会给王拴狗补赔一下昨日的失礼。他装作大不咧咧路过的样子，走到车马店门口，透过帘幕一样的柳条缝隙，看见一簇人围在刺绣厂门口伸着脖子看，有人捏着鼻子捂着嘴，表情怪诞地跑了。柳德茂急忙凑到跟前一看便惊呆了。"凤柳镇工艺刺绣厂"的牌子上"凤柳镇"三个字被人抹掉，不知用啥脏东西写上"一白麦"三个字，厂名就变成了"一白麦工艺刺绣厂"。柳德茂转身就往村委会跑去。王拴狗先一天着了窝肚气，去凤柳酒店独自一人喝酒，喝得酩酊大醉，此刻还在村委会值班室的床上睡着。柳德茂跑进去敲门，王拴狗斜披着褂子打开门，张着惺忪而发红的青蛙眼问："一大早日急慌忙地找我做啥？"

柳德茂心神慌乱地说："书记伯赶紧去看！刺绣厂的牌子被人用屎糊了。"

王拴狗一听浑身趔趄了一下后立稳，酒醒了大半，歪着脑袋问："真的？谁这么大狗胆？我去看看。"说着将身上的褂子猛抖了一下，归正位置，手叉腰里迈开大步往刺绣厂去了。

等王拴狗和柳德茂走到刺绣厂门口，有人已经把牌子卸下背靠墙栽着。门口不再有人指指戳戳地看，却都远远地立着，三三两两地窃窃私语。王拴狗扳着看了看牌子，和柳德茂一起走进刺绣厂院内。

酒花其实比柳德茂看到的要早，当时懵了，浑身像掉进冰窟窿一样冷得瑟瑟发抖。她在门口立不住，浑身酥麻地走进，看见红奶奶拐着小脚在打扫卫生，前院后院已经打扫干净，正准备去门外扫，酒花一挥手挡住红奶奶说："不扫了！扫不干净。"红奶奶这才看清酒花脸色煞白，牙齿都在咯咯打战，急忙问："侬咋啦？身子不好吗？"

酒花突然仰头哈哈大笑，笑过后扑进房间，一头栽在红奶奶的炕上埋着脸一动不动。红奶奶不知道这女子咋啦，用手摸了摸她的头，不烧不烫，一颗惊吓了的心才安稳了些。

王拴狗和柳德茂进来时，红奶奶正坐在炕边双手合十，嘴里嚅嚅着念佛。酒花听到脚步声，一个鲤鱼打挺翻坐起来，抹把眼泪笑说："有啥大不了的，各人想法不同嘛！我说'一白麦'多好的东西，没有大粪能长那么好吗？我爹那年在饲养室当饲养员的时候，看见有人还偷生产队的粪上他家门前的自留地哩。"

柳德茂一听也笑了说："你能这么想就对了，有人是给你的刺绣厂上肥哩！刚包产到户那会，咱队里有人黑起为争拾一堆牛粪还打过架哩。"

王拴狗却愤愤然地说："谁丧心缺德差他先人！这是给我做难看，给镇……"

"你悄悄的别胡说，你酒还没醒，赶紧寻个地方醒酒去。"柳德茂看见门外有绣女上班来了，往屋里张望，急忙截断王拴狗的话拉着往外走，回头用坚定的口吻对酒花说："再做一块牌挂上，我看他谁还敢……"

酒花嗯了一声将两人送出去，返回来对一脸困惑的红奶奶轻描淡写地解说了几句，两人头对头嘀咕半会，酒花就轻快地走进绣房。她发现少来了好几个绣女，心里明白咋回事，却装作若无其事的样子在绣房里巡看了一圈，给一个绣工很出色的绣女说："你放下手里的活儿，咱从现在起开始绣麦田，一片麦浪滚滚的金色麦田，金黄的麦穗儿要大要饱满，越夸张越好。红奶奶和你一起绣，绣好了有奖金。"说着诡秘地冲这个绣女一笑，跷出门槛走了。

柳德茂前头走后，柳义振默默地抽了两锅烟过足烟瘾，扑打了几下身上的烟灰，才背着手往村酒厂走，走到街口碰见卖醪糟醋子的老汉神色慌张地凑过来说："老柳，你赶紧去车马店门口看去，又把怪事出下了。"

柳义振惊得张大眼睛问："咋啦？出下啥事了？"

醪糟老汉放下醪糟担子，给柳义振学说了半天刺绣厂发生的事，夹杂了个人喜恶和观点，然后摇着头，担起担子晃晃悠悠地走了。

柳义振立着思忖了半天，有点不太相信，想去看看觉得有失人格，就自顾往村酒厂走了。他刚走进厂门，又有人给他报告这个稀奇荒诞的新闻。柳义振只是听，表情冷峻一言不发，说的人突然就尴尬了，自感无趣，讪讪地走开了。

中午下班时，柳德茂又说要去街上办点事，先走一步了。柳义振不由自主紧跟着去了街道。他远远地看着柳德茂走到车马店门口，立在一群人后仰头看了看才朝街西走了。柳义振禁不住好奇心，装作漫不经心地走到车马店门口，借着柳树的掩护仰头看到一块长方形的大牌上赫然写着"一白麦工艺刺绣厂"八个红色大字,心内吃惊,王长贵这女子是个奇物,到底是有脸还是没脸哩?柳义振这会也迷糊了,急忙从柳树后退避到街心,惘然地背着手回去了。

柳义振进门的第一件事就是叫来柳德茂问:"你刚去街上做啥了?"

"没做啥呀!"柳德茂眨巴着眼睛迷惑不解,

"有人说刺绣厂把厂名换了,你认为换得咋样?"

"好哇!"

柳义振一下子噎住,喉结上上下下滚动了几下,眼睛瞪圆了。柳德茂又说:"叫啥都要把活儿做好哩,这是你说的。"

柳义振转身进门去,蓦地回头说:"一个大男人的,以后甭往那地方去,女人堆里是非多。"

柳德茂有点羞赧,情急道:"我哪有时间?我是想让兰芝去。我看兰芝成天在家郁闷得很,她喜欢绣花,进刺绣厂去和人说说笑笑的对身体有好处。"

"柳家男人没本事养不起媳妇了?夫有夫道,妇有妇道,拾柴家女子不守妇道,你看惹了多少是非,给陶家把光争大了!"柳义振不屑地说着,从柜子上取来烟锅袋开始装烟。

柳德茂急口说出的话虽把自己开脱了,却把兰芝去刺绣厂的路堵死了,他有些懊悔,赶紧说了声爷你歇着,逃回自己房间去了。

酒花换了厂名,心境豁然开朗,整个人精神昂扬,显得比哪一天都乐乎,见人就笑,酒窝盈盈灿灿如花。晚上下班回去还哼着小调。她一进门就打扫卫生。鸡换睡在炕上抽烟,把红缎被烧了不少黑洞,她也毫不在乎。妊娠反应在不知不觉间过去了,饭量猛增,气色莹润。

鸡换娘端着一碗鸡蛋面进来,表情尴尬地笑着说:"酒花,你是要做娘的人了,身子越来越重,刺绣厂交给别人去办,你回咱屋安心养着,鸡换给你说过了,钱你尽着花。人长俊样了惹是非,你爹娘都是老实人,经不住人说三道四……"

"谁爱说啥说去,我该做啥还做啥!你们能行了就过,不能行了我把产流了走人。"

鸡换娘吓得闭了嘴。酒花像旋风一样出门去了娘家，一进门娘就兴冲冲地说："酒花，有人给你哥说媳妇来了，象山村姑娘，她娘得了重病急用钱哩，就是礼钱有点高。"

酒花一听高兴地睁大眼睛说："好啊！只要人家愿意，多钱咱都娶，钱我想办法。"

王长贵瞪圆眼睛说："你赶紧别想办法了，叫人说成啥了！人家打听到了那些是是非非，恐怕咱多钱都娶不来。"

"娶不来，别娶了！你儿那样子别再害人家姑娘了，鸡换害了个我够够的了！为啥这些个儿子都是爹娘的宝，而我们女子就要成为他们的牺牲品……"酒花的委屈像洪水决了堤一发不可收拾，连说带哭地倾泻出来。她能忍受外人给她的任何委屈，却无法忍受亲人对她的责难。发泄完后，酒花看着惊呆了的爹娘又后悔了。她见强娃从大门外拐进来，急忙擦干眼泪，歉疚地叫了一声哥。

酒花大步流星地去了刺绣厂，她要连夜绣制金色麦浪图——她还得给哥哥娶媳妇。

"一白麦工艺刺绣厂"的大牌挂在门口，对别人来说成了稀乎景，成了故事和新闻，到处传说衍化，而对酒花来说成了标杆，她对红奶奶说："咱们就按一白麦这个标准去绣，绣它个河山万里麦浪图。"两人就着昏黄的电灯光，一笔一画地构思设计画稿——苍远大地麦浪滚滚；开阔蓝天白云悠悠；金色太阳光芒万丈；飞鸟村庄炊烟袅袅；似闻鸡犬劳作声，丰收在望幸福情……红奶奶惊讶酒花设计的气势，这女子受了多少罪，才有了这样的心！秦绣虽明朗鲜艳、精巧大方、夸张可爱，但仿画绣是要大量融合苏绣技法才能针法活泼、清雅灵动、出神入化、惟妙惟肖的。两人为绘制这样的巨幅绣图而心潮澎湃，彻夜不眠。

第二天早上，酒花和红奶奶熬了通宵，总算把金色麦浪图的画稿绘制出来，准备上班时和一帮绣女们再切磋修改，融入集体智慧。可她悲哀地发现又少来了好几个绣女，来了的绣女闪烁其词地透露家里人反对她们来刺绣厂上班，出了更换厂名事件后反对更为激烈。酒花终于明白关于她和刺绣厂的是非已经像细菌一样在空气里迅速滋生蔓延，在绣女们家里发生了多少感冒咳嗽和禁防传染的行动，能来上班的明显都是些和她性格有些相像的女子，酒花既愤懑又感动，她决定拼了死命也要让她们得到让人眼红的报酬。

酒花没想到，不来上班也是一种传染病毒，几天后连在家里当家做主的绣女也不来了，她们都不忘拿走展厅属于自己的绣品。这时酒花才知道刺绣厂的衰败，从一开始那几个绣女不来上班就已经注定了。她和红奶奶看着空荡荡的绣房和展厅，欲哭无泪，满嘴药味，看啥不是啥，想啥啥不清……

王拴狗蔫蔫地抄着手走进来，心情复杂地说："酒花，你这事我也帮不上啥忙，我连我自己也顾不住了，镇上白书记找我谈了话，村上事我不干了。"

酒花惊得瞪大眼睛："为啥？"

"老了么！树上没有不落的果子，台上没有不下的人，桌上没有不散的宴席。"王拴狗幽幽地说。

酒花头一扬说："你还不老，我找白书记去！你几十年立的功比有些人酿的酒多，我知道为啥。"

王拴狗正要挥手挡酒花，酒花已经像旋风一样出门走了，王拴狗高声喊也没喊住。酒花借着一股子走在泥地里不怕溅泥的无畏态度跑到镇上，找到白书记的办公室，尽量平和委婉地说："听说王拴狗不当村书记了，是不是与酒有关？我劝他以后少喝酒，少管酒厂事——尽管酒厂是王拴狗一手创办起来的，他也不能多掺和。刺绣厂也是他支持我办的，他是个能干事的人。"

白书记给酒花倒了一杯水，笑了笑说："你看的也对，但不全对，只要他在书记的位子上，咋能不管酒厂事？你是明理人，你肯定知道酿酒靠技术，不像农田基建靠镢头铁锨蛮力气，王拴狗的时代已经过去了。现在他统不住了，念他过去的功劳，安排到镇上乡企办上班也很好啊！他很乐意。"

酒花看着白书记，忽闪着大眼睛不说话。白书记又说："不是每个村支部书记都能去镇上乡企办工作，他是特殊照顾的。"

酒花已经无话可说，有点下不来台，不好意思地说："那也得去乡企办先过渡一下，再让他从村上支部书记的位子上退下来，这样才体面。"

白书记将嘴角撇拉着说："那是自然，县上不断评比下达任务，以企业发展、优质多产为目标，乡企办任务也重得很！呃，咱雍凤县城东乡、北乡也都办起了刺绣厂，南乡也在筹备着呢，你的……"

酒花忽地立起说："我的我一定要做成。书记你忙，不打扰了。"说着赶紧出门走了。她知道书记要说她办的刺绣厂了，现在能说吗？真是喝凉水塞了牙缝，车赶半路丢了牛，绞水断了绳，糟糕透顶了！王拴狗一下台，她更显得孤苦无助、怅惘绝望。酒花无精打采地走在大街上，看到认识的大姑娘小媳妇就绽开灿烂的笑容，刚要凑上去说话，她们就扭身躲开。男人们脸上更是讥诮而幸灾乐祸的表情。酒花不知道是她心理作祟产生的幻觉还是真成了这样，她羞愤而心事重重地回到刺绣厂，红奶奶做了饭等她。

酒花刚把碗端在手里，鸡换忽地进门来，满脸讥笑地看着酒花。酒花觉得他连屁眼都在嘲笑羞辱她。鸡换龇了龇牙伸手扯酒花，嘴里骂道："回家！你要脸不？你不要脸我还要哩！"屈辱忍耐到极限的酒花终于如火山爆发，放下饭碗摸了一把剪刀就刺鸡换，口不择言地大骂："你先人把人亏下了，出下你这货！你知道不？都是你把我害的！你灭灯拔蜡掀下坡碌碡一个顶十个，我今把你戳死了再给你抵命！"

鸡换一看，脸色哗变，像老鼠一样嗖地窜出去跑了。红奶奶拉住酒花，夺下剪刀，抚摸着呼呼喘息、眼泪扑簌簌往下淌的酒花说："我娃！侬别气别哭了，好事多磨，咱这厂子死不了，后面有叫人眼热的时候……"

酒花突然又哈哈大笑，笑得眼泪像花瓣一样往下落，笑过把脸抹了一把说："我去一趟龙湾。"

红奶奶也笑了说："哦！我竟忘了，去找一下侬的田叔，快去快回。"

酒花在街道买了糕点提上，刻不容缓地跑回娘家，推上自行车刚出门，碰见娘提着笼子从外面回来。她一看见酒花就高兴地说："娘刚去见了'瞎子土神问'，给你问了问，刺绣厂没事，你的运势好着哩。仙家说你身上带着几个神，逢山有人开路，逢水有人架桥。我娃眼下是点磨难，过去就好了！"

酒花一听豁然明朗，冲娘笑了道："娘你辛苦了！好好歇着，我走了。"说着左脚蹬上脚踏板，像燕儿展翅，右腿掠上自行车骑着飞奔而去。

第三十三章

　　酒花从小到大很少走出过柳家庄、凤柳街，对远远近近的山川沟壑田园总有一种神秘好奇感，偶尔想去走走看看，可这种想法总是被生活的忙碌和惯常的习性所淹没。今儿突然就冲出了长久固守的生活范畴，却急匆匆满脑子盘算的是刺绣厂的事。远处的广播里播放着《年轻的朋友来相会》的流行歌曲。沿途的深秋景象被一树一树火红的柿子、绿毯般的麦田、簇簇团团怒放的黄的蓝的野菊花渲染得深沉而美丽。酒花无心赏景，她身子倾扑在自行车上，两腿使劲蹬着脚踏板，车轮子沿着雍水河畔骨碌碌向北滚动，不到半路她便浑身热汗涔涔，不时地腾出一只手来，抓摸一把脸上的汗，红奶奶给她的绣花手捏子忘了拿。

　　她一路打听着骑过一个村庄又一个村庄，终于在雍水河摆了一个大弧度转弯的地方找到了龙湾小学，找到了田叔。酒花的突然造访使田叔非常高兴，急忙安排好手头的课，带着酒花回家和田田的母亲见了面，三个人坐在屋里亲亲热热地说话。酒花无意间看到门背后的画有些眼熟，仔细辨看了半天才看出画的她娘家院落及路线图——后院的杏树，立在杏树下的女子，跑在脚边的猪娃。酒花一下子明白了这幅画的用意，不由感动得鼻子发酸。田田卖猪娃的眼神刻在了她心上，总是刺痛着她。谁都有难怅的时候，俗话说，不走的路走三回，不用的人用三次，没想到今儿她会有求于田叔。酒花觉得客套话过渡得差不多了，就说出刺绣厂想要招绣女的事。田叔听了憨憨一笑说："这事好办得很，龙湾村人口多，家家摆绣框，户户有绣女。女子没结婚前都在屋里绣花，基本都是我教过的学生，不急，吃了饭我叫她们来。"

酒花激动地站起来，两手一拍说："那太好了！真是天不绝人。我帮我婶做饭去。"欢快地去了灶房。

田田放学回来了，蹦进门看见酒花，眼睛瞬间睁得老大。酒花惊喜地叫着田田，抓住她的小手，田田才反应过来欢悦地说："姐姐咋来了？我才说把猪娃给你拉去呀，你就来了，嘿嘿嘿！"

酒花眼睛亮闪闪地看着田田，捏着她的圆脸蛋说："那快呀！我等着哩！"

田田有些害羞地说："我准备喂胖点给你拉去。"

酒花和田田妈一听都笑了。酒花俏皮地噘着嘴说："喂太胖太娇气了姐姐就不好伺候了。这周星期天你按我画的路线图给姐送来。"

田田咯咯一笑说："好，我和我爸给你送去。"

几个人说说笑笑地搭手做了手擀面匆匆吃了。田田跑着叫来几个姑娘，还拿着她们的绣品。酒花不管绣得如何都一个劲猛夸，然后趁她们高兴陶醉的时候说出要招她们进刺绣厂的事。她想只要人家愿意进厂，就赶紧招上一二十个绣女先把厂子楦住，至于绣技后面再慢慢教。

姑娘们被夸得面红心热，她们的老师和师母在一旁添言，几个一合计就当场答应了，酒花趁热赶紧和姑娘们说好了待遇和上班时间。随后田叔和姑娘们领着酒花东家出西家进，又招了十几个绣娘。夕阳西下，彩霞满天的时候，酒花已经哼着小曲儿，蹬着自行车飞快地回到了"一白麦工艺刺绣厂"。

酒花兴奋得一夜睡不着觉，也有几分担心姑娘们一夜间变卦。第二天酒花和红奶奶麻黑起来，将绣房里外及院落打扫得干干净净，烧好开水灌满几电壶。

九点不到，一群大姑娘小媳妇骑着自行车叽叽喳喳地进来了。酒花和红奶奶忙热情地招呼进绣房坐下，倒上茶水，将她们拿来的绣有龙凤呈祥、鱼儿戏莲、凤凰牡丹、喜鹊闹梅、莲里生子、鸳鸯戏水等绣品摆放在展厅。随后酒花将她和红奶奶设计的麦浪图画稿拿给绣女们看，希望她们能提出一些好的意见。绣女们惊叹着赞美了一番后担心画得太宏阔太丰富不好绣。酒花莞尔一笑说:"不怕,咱有把握。县文化馆派来的师傅在培训绣女的时候,讲过的一些话我都记下了。师傅说刺绣是一种高级艺术,要做好这门艺术,画稿只是基础创作,刺绣其实是在画稿基础上的再创作。刺绣和其他艺术一样,要达到一定高度,是刺绣自己来挑人选人呢。首先挑有天赋灵性,喜欢它、热爱它的人;其次是挑勤奋的人。咱们这里的绣女都有刺绣基因,不缺天赋灵性,更不缺勤奋。因此咱们一定要有自信心,更要有热情。创作时要有一种冲动,展开丰富的想象,寻找到诗的感觉。感觉和想法不同,创作出来的效果就不同,所以说咱们每一次绣出来的作品都会是独一无二的孤品,都很珍贵。你们只管尽本事绣,有红奶奶这么个好师傅在这,不怕绣不好,咱们要用集体的智慧来完成这幅绣品。秦绣的夸张豪放、热情饱满加上苏绣的含蓄细腻、清雅灵动,一定能绣出别样的作品来。"

酒花给绣女们简单介绍了红奶奶仿画绣的种种针法,一下子勾起她们的好奇和兴趣。她们平素用平绣、堆绣、套绣、锁绣、掺针绣、打籽绣、辫子股绣等秦绣针法绣惯了荷包、门帘、枕套、肚兜、鞋帽等小物件,此刻要用两派针法融合绣一幅大作,激动中不乏胆怯。

麦浪图设计在炕面大的白底布上后,绣女们围坐成一圈,捻线劈线润针,跃跃欲试。酒花已经把绣女们各人的绣品看了,谁的长处在哪一清二楚——用人之长避人之短,事半功倍。谁绣麦田麦穗儿,谁绣蓝天白云,谁绣金色太阳、炊烟袅袅……酒花细细做了分工,然后和红奶奶带着绣女开始了第一轮飞针走线。忙碌到夕阳西下鸟雀归巢时,绣女们骑上自行车叽叽喳喳沿雍水河北上回家了。她们学到了新的针法,共同创作一幅可以尽情发挥的大作,既刺激又新奇,都禁不住兴奋,唱起了《在希望的田野上》。

酒花和红奶奶草草吃了一点晚饭,就着昏黄的灯光继续飞针走线。

五更鸡啼时分,酒花和红奶奶困得睁不开眼,和衣睡了一会。麻雀在屋檐下喳喳叫成一片的时候,婆孙俩又一骨碌爬起来赶紧洗漱简单用饭后,又开始了飞针走线。

太阳花花冒红的时候,令酒花和红奶奶惊喜的是,龙湾村的绣女们,小姑带着嫂嫂,嫂嫂带着小姑,披一身明媚的阳光,骑着自行车,唱着《年轻的朋友来相会》欢快地来了。自行车在院中排成一长行,绣女队伍又壮大了一些,她们说不为挣钱,只想学习一些新绣法。酒花一听豪情万丈地说:"刺绣厂是凤柳镇第一个女子企业,是咱们女子的第二个家,有难同当,有福同享,咱们一定要办得红红火火,胜过男人的烧酒作坊。"

绣女们一听极为高兴,都热情高涨,想要施展一番能耐,酒花就给各人分派了绣活儿。

两周后,当酒花一丝不苟地在作品的左上角瓦蓝的天空处,绣上"一白麦麦浪图"六个金色大字后,整个作品终于完成。众绣女们看到一望无垠的麦田里,风撩拨着硕大饱满的麦穗儿翻起层层波浪,金灿灿的呼之欲出……酒花郑重地拿到街道装裱成框后,在赶集的人流高峰期,带着众绣女们欢天喜地在刺绣厂门口放响一串鞭炮,将《一白麦麦浪图》挂在"一白麦工艺刺绣厂"的牌子旁,两相辉映。越来越多的人聚拢过来,挤挤挨挨地伸长脉子看。酒花和绣女们从人们的眼里看到了震惊、欣赏和羡慕,也感受到了巨大的成就感所带来的荣光。酒花一高兴给绣女们放了半天假,带到雍水河畔的柳林里嬉戏玩耍。她给她们讲柳林的故事,讲她姑奶奶玉珠儿先生的故事,讲她奶奶的故事……龙湾村的大姑娘小媳妇离街市远,哪里听说过这些离奇古怪的事,不由新奇而感伤,和酒花不知不觉达成了共融共通的默契。酒花又给她们讲了她和田田父女俩以及与红奶奶之间结缘的故事,让有些眼软的绣女们禁不住流下了热泪。

酒花说,她自小在她奶奶夹绣线的一本古书里看到:要绣出好作品,一定要有画家的水平、艺术家的感觉,身心要融进大自然,要用审美的艺术眼光观览大自然,让一花一草一木从美好的心灵里滋长出来,让河水在温暖的心田里流淌,让彩云炊烟从智慧的心窍里飘逸,让思想插上翅膀在想象的空间里飞翔,与大自然激烈地碰撞……才能有艺术的独创性。酒花还说,她几次绝望中扑进柳林间的河水里寻找姑奶奶,不料昏死过去后醒来,就有了脱胎换骨、心窍大开、灵性大增的感觉。奶奶并没有教过她设计画稿,她一拿起笔就感觉换了一个人似的通了万物,通了神,一笔一画都很酣畅神妙。

一群绣女懵懵懂懂地听着,坐在河边看着清冽冽的河水漫过细沙碎石,穿过柳林流向神秘的渭河,流向酒花要寻找的亲人。她们迷离着眼睛,将情绪和心思沉浸在酒花所描绘的意境中，逐渐有了妙不可言的感觉。

突然，王拴狗立在桥面上喊酒花，说有人要买挂在刺绣厂门口的绣画。绣女们从水边一跃而起，乱穿了鞋子随酒花跑到桥上。王拴狗醉眼惺忪地说："有好几个人要买刺绣厂门口挂的画呢，你千万不急着卖，估计后面还有人要买，到时你拣最高价卖了，请我喝酒。"

酒花一边疾步往回走，一边笑着说："喝酒是自然，后面还有更好的事呢。"回到刺绣厂门口，酒花蓦地看到一个似曾相识的男人，一双熟悉的眼睛看着自己笑，那双眼睛里流露出来的亮光使酒花心惊，但面上却平静如故。那人从柳树下走过来温和地说："同志，我买你厂门口这幅绣品，你给个价。"

酒花故作矜持地一笑说："不好意思，是样品，花费的功夫太大，暂时不卖。"说着径直带着绣女们进门去，回头撇下一句话："谁一心想买就和村上王书记先谈。"

王拴狗趁机高喉咙大嗓门地说："这绣画里面来派多着呢！光是北方的绣工、南方的绣工都用上，别处都没有，谁想要先跟我喝酒去，我慢慢给你讲说。"

王拴狗已经去了镇乡企办上班，凤柳村支部书记的位置暂时空着。村主任陶醉儿是陶鸡换的本家堂叔，和王拴狗搭档时蔫儿吧唧不多说话，但却是哑巴吃饺子——心里有数。人都说事叫王拴狗干了，话也叫王拴狗说了，但好处尽叫村主任得了。王拴狗一走，陶醉儿立马像蔫黄瓜淋了水鼓得生硬，有了一把手的派头出来。

说来也怪，王拴狗走后，挂在村口树杈上的大喇叭早晨不响了，只有中午下午偶尔响动一阵，人们这才感觉像少了啥——村委会空了，心里也空了。人们很少看见王拴狗，偶尔在街道、村巷里碰见，衣服穿得整整齐齐，不见了醉态，竟然变得彬彬有礼。有人逗笑，王拴狗也只是微微一笑，略显出些腼腆来。人们怅然若失，不知道到底少了些啥，猛然间怀恋起王拴狗当村书记的样子来，怀恋起被他醉醺醺骂着赶着去田里劳动，去街道摆摊设点做生意的情景来。

如今凤柳镇的一切都在猝不及防地变化着，人们感知到了王拴狗的变化，酒花却装作浑然不觉，她照样尊王拴狗为村书记。她把要买绣画的人都打发到王拴狗那里去，让王拴狗知道她王酒花是个大不咧咧却会感恩的人，也让想买绣画的人觉知得之不易而更加急切，预订下一些单子后，她再分组赶绣出来。

第二天中午王拴狗走进刺绣厂，对酒花和红奶奶说："订下三幅，一幅一千二百元，还有两个人说考虑一下再回话，估计手头钱不宽展。你们只管照着样品往出绣，不愁卖。"

酒花一听高兴地对绣女们说："你们听见了吗？今晚回去再动员一些姐妹们进厂，咱把事往大里干！"

绣女们都欢悦地答应着。酒花心里憋着一股劲——等刺绣厂红火了，凤柳街周边的绣女们再想进来，她一个也不要。此刻自顾自地撇嘴一笑，手里的针线翻飞得更溜巧了。

第三十四章

杨兰芝在家养病的日子像一潭死水,实在苦闷无趣。她自从没了孩子,德茂娘脸上不再有笑容,娘儿俩做饭时才在一起,擀面的擀面,烧锅的烧锅,话少了许多。杨新坤两口子来看女儿时总要一本正经地教导几句,无非是安分守己、勤俭持家、孝敬公婆之类的老生常谈。杨兰芝听着听着就不舒服了,没了孩子后更为敏感多疑,尤其"安分守己"几个字让她极为不舒服,好像说她不安分守己孩子才没了似的,心里极为恼羞又发作不出来,就闷头不语。柳德茂下班回家感受到一种前所未有的沉闷。杨兰芝明显带着抵御般的警觉,他说话再也不能像以前一样信口开河,总要小心翼翼挑拣话语讨杨兰芝一笑,时日多了心生厌烦,想逃避又害怕杨兰芝抑郁出病来,就试探着打发杨兰芝去刺绣厂上班——在女人堆里也许就开朗起来了。

柳德茂刚一说出口,杨兰芝就神色活泛起来,笑着说:"酒花知道我爱绣花,前一向来咱家里看过我,叫我身体好点就去刺绣厂上班。我一直没给你说,怕你夹不住说出来惹家里人不高兴,我就不好去了。现在身体恢复差不多了,我明就能去。听说刺绣厂招的人越来越多,都在学新技术,生意红火得很。家里人你给说一下,我不敢说。"

柳德茂一听高兴道:"能行!你明只管去,我和他们说。酒厂出了好酒,爷爷高兴着呢,一说肯定能行。"

柳义振的确高兴得很,经过他严密细致地把持每一个制曲酿酒环节,优质多产地酿出了好酒,凤酒厂拿去化验后不但各种指标达标,而且香味物质丰富，口感极好，定了收购基酒的合同，酿多少收多少。柳义振自然高兴，对柳德茂也变得宽容多了。可意想不到的是柳德全又惹下了事端。柳德茂晚间兴冲冲地去爷爷房间，刚一说出兰芝要去刺绣厂上班的事，柳义振蓦地把烟锅从嘴里拔出来，瞪着眼说："你娘要去县城经管德全读书，屋里就剩兰芝了，你看能走不？"

"我娘咋要去城里管德全？那么大人了还不能自己管自己吗？"柳德茂意外而震惊，说完似乎又明白了，低头沉思。

柳义振从旱烟袋里捏了一撮烟末塞进烟锅里，吧嗒吧嗒吸旺了火，幽幽地说："兰芝要绣花在家里也能绣，咱凤柳铺过去的绣女都是在家里不言不传地刺绣，照样绣得好得很！"

柳德茂看了一眼爷爷烟锅杆上吊的绣花旱烟袋子，知道再说啥不但无济于事，还会激怒爷爷把兰芝去刺绣厂的后路堵死了。他站起来说："爷爷早点睡，我也睡去了。"急忙出门回自己房间去了。

柳德茂哪里知道，柳德全去雍凤城中学读书后，每到周末休假回来背馍，总要心急火燎地跑到蛋花家的后墙外吹口哨，学鸟叫。蛋花知道是柳德全叫她出去，想装糊涂不理，却管不住自己的腿，提着攀笼装作拔猪草躲躲闪闪地出去，和柳德全一起跑到柳林里、麦草垛后坐着，听柳德全激情洋溢地朗诵他新写的抒情诗、情诗。这天黄昏在麦草垛后，柳德全伸展着双臂，仰头朗诵到最激动处，啊了一声突然就晕厥在地。蛋花吓得慌了手脚，扑在柳德全身上使劲摇晃着叫。柳德全突然睁开眼睛，啊呜一下就咬住蛋花的脸蛋。蛋花一巴掌打在柳德全脸上，柳德全松了口，蛋花就恼羞得哭了。柳德全赶紧道了歉，像哄小孩一样又擦眼泪又说好话。此刻有个老婆子来撕麦草，躲在一边看了个一清二楚，回去当即就说给她老汉，端的是她老汉正好和柳义振在一起酿酒……

柳义振知道了这事后，一反常态不动声色，晚上回去，用一种压抑着怒气的威严口吻对柳忠民说："念书就要有个念书的样，德全周末不要再回来背馍了，叫他娘去校门口租个地方，拉上米面锅灶跟着经管去。"

柳忠民一听就明白了，他看柳德全周末一回来就贼眉鼠眼地往外溜，心里疑惑，却忙得没顾上查考。他略一思忖道："能行，我也有这个意思。这周休假我就去城里安排。现在念书条件多好，念就打住功夫往好里念。"

德茂娘去了城里后，家里就剩杨兰芝一个人出出进进干着一辈子千篇一律、没有任何新意的家务活，本来有点抑郁的性子更加抑郁。德茂看着也郁闷，就对杨兰芝说："我给酒花说一下，你中午去厂里绣一会，下午去绣一会，其他时间就说要赶着做饭，拿了活儿回来绣。咱爷和爹不知道，万一知道了就说我叫你去的。"

杨兰芝犹豫着说："你不怕挨骂？"

"不怕，我的媳妇我做主，就像咱爹的媳妇咱爹做主，叫去了城里经管德全念书一样。"杨兰芝一听笑了。

刺绣厂绣女已经发展到五六十人了。《一白麦麦浪图》卖了十几幅，其他绣品也很抢手，而且开始承接姑娘结婚的嫁妆、秦腔戏服、娃娃满月的肚兜鞋帽衣物护巾之类，还有老人的绣花寿服。镇上妇联主任一天能跑八遍，开始写文章搞宣传往外推介。酒花越忙越精神，越精神越有自信，她对有些客户提出的先吃饭喝酒后再谈生意，就一本正经地回绝说："我厂里的绣品融合了特殊工艺，只卖给识货的人。我喝酒只和懂酒的人喝，你只要能说出酒中十八般奥妙，我就陪你喝酒。"酒花话一出口，听者就面露赧色，消了多余的想法，反而买了绣品遮掩住尴尬。

杨兰芝来厂里，酒花非常高兴，毕竟德茂帮过她忙，她无以回报，就让杨兰芝与红奶奶一起把授技术，她腾出时间跑外圈搞销售，招收绣女，联系业务，应对一些意想不到的麻烦事。刺绣厂地方已经显得逼仄局促，需要另找大些的地方。王拴狗早就说要把村委会后院的几间闲房整理出来给刺绣厂用，如今人不在位了，酒花又不想给陶醉儿下话，只好租了隔壁供销社后院两间闲房以解燃眉之急。

酒花吃住在刺绣厂，废寝忘食地经营生意，眼见得厂子日益红火起来了，心情舒畅，心胸也变得阔大无比，对鸡换也显得格外宽容。这日酒花回家，将房间整理一新，将鸡换睡在炕上搓扔在炕沿下的垢痂清扫起来，调笑道："把你这些垢痂给你娘，保证能团好多丸药呢！"鸡换没羞没臊地龇牙一笑，突然兴奋起来，神神秘秘给酒花一张存款单，说是他攒的两千块钱，他以后给酒花交账呀。酒花虽感意外，还是快慰地收了压在柜子下面。过了两天酒花回去，鸡换又自鸣得意地说存单他加了密码，酒花想花是取不出来的。酒花根本没打算花他的钱，一听蓦地恼怒，从柜子底下取出来，照鸡换扔过去说："拿去！谁稀罕你的臭钱！我看你是本性难改了，以后家里事少和我说。"

鸡换拾起存单装进衣服兜里，翻着眼睛说："咋能不和你说？我不爱动脑子，一动脑子头疼很。"

酒花气得转身出门去了刺绣厂。一段时间酒花再没回去，鸡换也没来厂里。酒花感到有种说不清道不明的气馁和舒心的松弛——也许被人纠缠腌臜惯了，突然得了解放一时还适应不过来吧。鸡换娘倒是隔天过来看看，和绣女们没话找话地拉几句闲话，其实是瞅酒花肚子有没有变化，她巴望着酒花肚子像吹气球一样很快鼓起来。

酒花心里明白，压抑着羞愤不大理睬。杨兰芝的到来令酒花心里踏实欢喜了许多。她认为在奶奶去世之后，街面上除了红奶奶，就属杨兰芝的绣工好了，她早就打算和杨兰芝带领众绣女好好大干一场呢。

令酒花非常震惊的是，杨兰芝偷偷拿来了柳义振的旱烟袋子，神秘兮兮地让她看。酒花接到手的一瞬间眼睛突然睁大，心蓦地狂跳起来，手也由不得颤抖起来，她仔细看了半天，就喊红奶奶过来。杨兰芝看到酒花脸上丰富的表情变化，以为被奇巧的构思和精美的绣工震撼了，不料红奶奶拐着小脚过来一看，惊道："这是侬的奶奶和我一起绣的仿画绣——正则乱针绣，各种针法都用上了。我一直不明白侬的奶奶晚间来找我，要在旱烟袋子上绣日月高粱和烧酒景象，后来才知道烧酒是凤柳铺男人们祖祖辈辈的根脉和气节。噢！有这袋子，咱们可以照着绣很多往外卖了，现在到处又在烧酒。"

杨兰芝一听一把拿回手上说："不行，我爷爷像宝贝一样珍藏着，只有德茂见过。我也是听德茂说了好奇，想看一看，但我爷爷藏得严得见不上。这次来厂里才大着胆子偷出来给你们看，我得赶紧放回去。"

酒花愣了半天才想明白这个旱烟袋子咋到了柳义振手里，一恍惚又不明白了——她坚信柳义振不会买这个旱烟袋子。她最终想起那天在街道柳树下，她刚把绣品摆在地上，柳义振背着手从她旁边走过，看到她似乎怔了一下，往绣品上扫描了一眼傲然地仰着头走了。酒花不由得缩了缩身子，心里很是败气。后来人层层把她围住，乱手伸过来一会就把绣品卖光了。随后她买猪娃幸遇了田田父女，一高兴就把这点难言的不快忘了。现在一想似乎明白，这老汉鹰一样的眼睛瞅准了旱烟袋子，打发别人买走了。但不管咋样，奶奶的东西让柳义振拿着她就是不爽，她王家的东西柳家人不许拿。她想追回来，却毫无办法。突然心中灵光一闪有了主意，她从杨兰芝手里要过袋子仔细看了老半天，装作赞叹着又还给了杨兰芝。

杨兰芝的心思在提高自己的绣花技术上，丝毫没有觉察出酒花的异常。她进厂后说说笑笑，果然性格开朗多了。红奶奶也很是欢喜。杨兰芝回家后，酒花就和红奶奶一起回忆着将烟袋上的绣图画在纸上，拓在黑色灯丝绒布上，连夜绣制了一模一样的旱烟袋子。

时过不久，柳义振发现和他的旱烟袋一模一样的烟袋有好几个。街道闲话堆里的老汉，酒厂里看大门的老汉烟锅杆上都吊着这样的旱烟袋。柳义振仔细观察了一下，和他的烟袋几乎没有区别。他背着手穿过街道走到酒厂门口，看见醪糟老汉担着担子，腰里别着的烟锅杆上吊着同样的旱烟袋子，随着走路的节奏在屁股上左右摆动。柳义振不由自主叫住醪糟老汉问："老家伙，你这旱烟袋绣得不错，从哪买的？"

醪糟老汉放下担子，拿下烟袋举着说："王长贵家大女子给我的，她说她打小的时候，跟车马店的战山老婆学绣花，就学会了绣这个烟袋子。现在办了刺绣厂，捎带着绣一些送给老年人，权当打个广告，做个宣传。你说这女子眼眼稠不？现在厂里红火得很！光是绣《一白麦麦浪图》就没少挣钱。"

柳义振突然丧心败气不想说话了，他此刻也不知道说啥。他只觉得心中怅然若失，一下子空当得难受，还有难以抑制的羞耻感。长贵他娘在他心中那个隐隐约约朦朦胧胧、偶尔非常清晰的身影瞬间消散不见，凤柳铺最好的绣女，难道是这个闯进牲口集市当经纪人的女子？

柳义振背着手思量着回家去，拿出自己的烟袋仔细看了看，越看越像这个女子绣的，就随手扔到炕角。他沉默着吸了一锅烟，嗨嗨两声后叫了杨兰芝进房来，故作毫不上心地说："兰芝，爷年纪大了，烟锅上吊这么个绣花袋子不好看。你拿去照着这图案绣个颜色暗的给我，旧的你随便给谁都能行。"

杨兰芝一听颇感意外，忙说："我看好着呢，绣花烟袋就是这个样子。"见柳义振咬着烟锅不再说话，就拿了烟袋说："只要爷不嫌我绣得不好，我就试一试。"说完转身出门去。

杨兰芝知道重绣这个烟袋子，她得请教酒花和红奶奶学习仿画绣技法才能完成，正好她有了正大光明去刺绣厂的由头。德茂回来听杨兰芝这么一说也高兴，夫妻俩说话热闹到鸡叫头遍才睡着。

第二天中午，当酒花从杨兰芝手里接过烟袋时，惊喜不已。她和红奶奶指点杨兰芝绣了一个同样图案、色调暗淡的烟袋，把有着她奶奶手感和体温的旧烟袋拿去请秦妙手观赏解读。秦妙手最爱琢磨把玩这些有着奥妙色彩的物件，翻过来翻过去看了半天，感叹道："好东西！一个人有一个人的领悟。咱镇上谁有这么好的创意和绣工？"酒花就把这个烟袋的故事给秦妙手讲了一遍。秦妙手沉吟了半会，铺纸润笔行书：凤柳镇王陈氏孺老大人生前遗作孤品——刺绣烟袋，并配诗：

四季日月稼穑长
烧锅烟云针里藏
人生况味寻向酒
故人蹉见绣女忙

酒花看了懵懵懂懂，却分明感受到其间的隐含和艺术魅力，兴高采烈地感谢了秦妙手，拿着诗作去街道装裱后和烟袋一起郑重地挂在刺绣厂门口。街上跟集的人又在刺绣厂门口看到了新奇，却没有几个人能领会其中深意，只是看着读着，然后你看我我看你，相互感染着蒙昧地笑。

不出酒花所料，烟袋的广告效应胜过麦浪图，一个长安来买酒的女客商喜欢收藏旧物件，非得要买。让酒花惊喜又不安的是，这个女客商一口出了高于麦浪图的价钱要烟袋和配诗一起买。王拴狗兴奋得到处一倡扬，柳义振再也无法专注于车间酿酒，疾步去街道，大大方方地站在刺绣厂门口看秦妙手书写的诗，顺便扫描了烟袋，心便怦怦狂跳不已，他认出来这是他的旧烟袋——袋口有火星烧出的一个黑洞。杨兰芝仿绣的烟袋虽能以假乱真，但细看还是少了些原有的味道。柳义振懊悔自己做了件多么愚蠢的事情，他背着手又去镇医院找秦妙手。在秦妙手的办公室里，柳义振毫不隐晦地说出刺绣厂门口挂的烟袋是他的，如今有了配诗更是完美，他想要回来。

秦妙手吃惊而为难地说这个烟袋到了酒花手里，恐怕再难要回来，她已经知道了这个烟袋的价值。

柳义振心有不甘，拐弯抹角地说了他当初为啥买这烟袋，后来又不要这烟袋，今又想要了的缘由。说得秦妙手一阵清楚一阵糊涂，最后隐隐乎乎知道了隐在这个端肃派正的酿酒汉子内心的、不为人知的细微心思。秦妙手决定帮柳义振从酒花手里讨回烟袋。他叫来酒花，本来想说是他喜欢这个烟袋，想要收藏，可当着酒花面不由自主就说了实话——实话好说。酒花脸上颜色由白转绿再转红后，抿嘴一笑说：“能行！烟袋我送给你，你要给谁我就不管了。”

秦妙手也欣然一笑说：“那就承情了，是多钱我给你，我不白拿。”

酒花忙摆手说：“烟袋有价，诗无价。烟袋配诗应该和懂的人在一起，我不要钱。”

秦妙手蓦地看了酒花一眼，内心涌起一阵崇敬，高兴地说：“那我给你烟袋钱。我知道刺绣厂生意好了，但正在扩张期到处需用钱，你手头没钱。”

酒花不好意思道：“那就当借你的，等我手头宽余了一定还你。”

秦妙手一挥手说：“客气啥！咱街上谁创业我都支持。你要用钱或需要帮啥忙尽管吭气。”

酒花感激地点了点头，谦恭地起身走了。

第三十五章

　　刺绣厂一旦红火起来,酒花哥哥的婚事也顺了。娘叫酒花回来时媒人正在屋里坐着吃饭。酒花看见爹坐在媒人跟前兴得憨笑着不知道该说啥。酒花娘兴得像张着翅膀要飞的老母鸡,屋里屋外转圈圈给媒人搜腾能拿的东西。媒人酒足饭饱,吸着酒花爹点燃的金丝猴烟,眼睛瞅着桌子上的一坛酒,故作一本正经道:"要我说喽!马莲花双开杈,娶个媳妇赛阿家(婆婆)。这媳妇除了眉眼长得普通外,人能得很,特别是那双手,剪纸绣花纳鞋缝衣服绝对不输你家酒花,方圆几里都有名哩,你一打听就知道了。"

　　酒花娘笑说:"就要赛过我哩,我一辈子窝囊得很!打听啥,我还信不过你嘛!"

　　媒人也笑说:那女子她娘说娃想要眼下时兴的几样东西哩。你听着,那女子咋说来着——

　　　　买不下个高跟鞋,我在你家走不来;
　　　　扯不下个灯草绒,我在你屋不活人;
　　　　扯不下个帆里晶,我和你家不结亲。

　　酒花娘一听扑哧笑了,抿着嘴不说话,直看酒花。酒花也翘着嘴角笑了笑,略一沉吟就干脆利落地说:

　　　　帆里晶,突噜噜,穿在腿上飘悠悠;

高跟鞋，咣当当，穿在脚上风光光；

灯草绒，红堂堂，穿在身上喜洋洋。

"买！我家媳妇当然要买，穿好了给我家壮门面哩，我爹娘脸上也有光，是不是？娘！"

酒花娘嘴里吸溜吸溜地一笑说："那当然么！自家媳妇，要买啥都能行，只要她高兴。"

媒人一根烟吸完，在笤帚上折了根细棍子剜着牙缝里的肉渣，心满意足地笑着说："好很！遇着你一家人爽快。酒花这女子多利飒，把刺绣厂办得响当当的，陶家人福气大得很！"

一提到陶家，酒花瞬间黯然不语。媒人觉着目的达成，急着去女方家领功，起身告辞。酒花爹赶紧抱上酒坛，酒花娘拿上烟殷勤地送着走了。

酒花爹娘因为儿子的憨痴，气短心虚，不敢叫人家姑娘和自己儿子接触，想着先通过媒人的三寸不烂之舌，哄着定了亲，然后尽快结婚。可他们不知，姑娘家人也是这样想的。姑娘也是小儿麻痹病落下一条腿长一条腿短，要了高跟鞋将一只鞋跟削掉磨平，穿在脚上用扫脚面的帆里晶喇叭裤一苫，慢悠悠走路和好人差不多，酒花家人也被实实地哄了。

自然是两个钱（两千元）的大礼，很快完成了哥哥的婚事，酒花的心病去了一半，感觉周身轻松了许多。年关将至，到了婚嫁旺季，刺绣厂单就定制嫁妆的活路繁得做不退，酒花还在承接《一白麦麦浪图》之外的各种画稿。街道周边的绣女又想回厂来，酒花赌气一个也不要，舍近求远跑出去扩招绣女。

在北街路口，醪糟老汉叫住她说："酒花，你咋和灵山老母一样照远不照近哩？你叫远处的女子在刺绣厂挣钱哩，咋不要咱街跟前的女子？爷给你说，你把她们都收下去。"

酒花扑哧一笑说："醪糟爷，你说话手搭心口说，是我不要她们挣钱还是她们自己不想挣钱？我当初的难怅你知道，你赶紧卖你醪糟去，看酸了！"

醪糟老汉噎住，愣愣地看了酒花半天，扯开嗓子叫了一声："卖醪糟哩……"担着担子晃晃悠悠地走了。酒花知道他的孙女想回刺绣厂上班,现在不好意思给她说,怪妨家里人当初把她硬拉扯了回去。

酒花嘴上这么说,心里还是纠结不安,她不知道自己这样做算不算小肚鸡肠小人见识,对刺绣厂以后的发展好不好?前段时间她放出话:凤柳街周边的绣女一个也不要。有人就说杨兰芝不是在厂里上班嘛?酒花说杨兰芝是个例外。有人就意味深长地揶揄说,当然是个例外。酒花并没在意,杨兰芝听得这话却心里不爽,恰巧又有了身孕,就借机辞了工作,格外小心地回家养胎去了。酒花本可以理直气壮地"照远不照近"了,可她还是清楚,她是村上妇女主任,再说刺绣厂眼下招绣女容易,招像杨兰芝那样绣技一流的绣女不容易。最后她思虑再三,在街跟前挑选了几个绣女,先来刺绣厂培训学习一段时间,然后让她们当班长,每班带几个绣女在家里完成刺绣厂分配的绣活,按期交货。绣女们平时的绣品也可以交到刺绣厂,由刺绣厂统一对外发售。这个经营模式既壮大了刺绣厂规模,又解决了地方不足的问题,还减少了成本开销,一举多得。

此后,其他刺绣厂一波一波来"一白麦工艺刺绣厂"参观学习,酒花总是西装革履、口若悬河地介绍经验,这些暂且不表。

话说酒花一忙起厂里的事,顾不得自己的身体,她在杨兰芝回家养胎后,才触景生情地去雍凤县医院查看自己的胎象。化验结果出来,医生说没有怀孕。酒花惊讶地说:"我开始反应重得很!还感觉肚子里有东西在动,那是?"

医生笑了笑说:"那是假孕现象,恶心呕吐是你心理造成的生理变化。有类似的胎动现象说明你生活压力大,胃肠内有胀气,气滞血瘀导致停经。我给你开几副中药调理一下,先让月经恢复正常。"

酒花突然如大赦般地大喜,笑道:"谢谢大夫!谢谢大夫!老天帮我,阿弥陀佛!"

正在埋头开单子的医生蓦地抬头看着酒花,诧异地问:"你和你丈夫感情咋样?"

酒花双手合十放在胸口说:"好很!好很!"

医生更是惊疑不已,仔细观察面前这个女人精神是否正常?其实酒花说"好很"指的是检查结果。她一下子感觉这个世界太美好了,面前这个医生美好，头顶的天空美好，从窗户里射进来的阳光和往日大不相同，明亮柔美得出奇。医生开好单子，酒花拿了飘然而去。

酒花回去刚把几副中药熬着喝完，月经就来了，脸色由苍白变得粉润起来。

鸡换娘来刺绣厂送熬制的鸡汤，酒花不说话，只把医院的检查单给她看。

鸡换娘拿着检查单狐疑地看了半天，抬头又看了看酒花，突然脸色一变，三两把撕碎检查单说："我就知道你不想养娃娃！把娃流了还开这么个单子哄我。我昨天才寻人算过，说你怀的是个儿子娃。"

酒花也恼怒道："天知地知，不是我不生，你要自己给你自己积修下哩！"

鸡换娘气得一把扯住酒花衣服，准备上手打，被围到跟前的绣女们拉住，推推搡搡往刺绣厂大门外走。鸡换娘放开喉咙号哭起来，嘴里骂着："亏先人哩！白吃粮不下蛋，你给我养不下个娃娃，我叫你刺绣厂办不成！你试着！"

绣女们把鸡换娘掀到门外去，七嘴八舌地劝慰说："你这样冤枉你媳妇，本来生娃呀都不生了。我们看来看去，你儿子没有你媳妇利器，你就得把媳妇顶额颅尖尖哩。像你这么个上硬茬胡闹的样子，只能把你媳妇推得越来越远。听人劝吃饱饭，赶紧好好的，回去吧！"

鸡换娘一听止了哭腔，黑着脸圪拧圪拧穿过街道人流回去了。

酒花气得又躺倒在红奶奶炕上了。她现在害怕了，她知道这娘儿俩啥事都做得出，如果威胁到她的刺绣厂，损失就大了，赶紧得想出对付的法子来。她蒙头盖被睡着，脑子却在高速运转着。红奶奶呆坐在旁边好长时间，突然说："侬把鸡换叫去医院检查下看能不能生。"

酒花蓦地从被窝里伸出头来说："要是能生我给他生呀吗？要是再生个和他一样的娃娃，叫人还活哩不？"

红奶奶抿了嘴不再说话。

凤柳街的年集开了，街道两边花花绿绿摆满了年货，柳树上挂着年画和灯笼，人流熙熙攘攘嘈嘈杂杂。和往年不同的是外地酒客多了起来，住在街道的大小旅馆里。拉酒、运酒糟的大车小车、拖拉机、架子车、牛车马车出出进进，使本来就拥挤的街道显得更为逼仄。刺绣厂的绣品也被酒客们看中，把价钱和搅上去购买一空。大小酒厂都在热火朝天地酿酒。酒花也带着绣女们加班加点地赶制绣品。凤柳镇的男男女女在年关忙得不可开交，艺术的创造性劳动比土地上的牛马劳动更能燃烧激情，人人脸上都焕发着灯笼一样的红油光彩。

柳义振和柳德茂爷孙俩蹲在烧锅跟前，用脖子上的毛巾揩着汗水，数说着凤柳镇以及其他乡村酒厂像雨后春笋一样滋生的酒牌子——凤柳、凤凰、凤鸣、凤泉、凤仙、凤香、凤西、凤源、金凤、红凤、雍凤、秦凤、古凤、双凤、新凤、大凤……柳义振突然仰头哈哈大笑道："咋成了凤凰满天飞了？"

柳德茂忙说："还不是咱这土地上有酒种子，经春风一吹，到处发了芽么。"

其他酒工一听也笑着说："酒种子能发芽，还不是咱这里古来就有神泉，有凤凰么。"

柳义振沉思着说："神泉也罢，凤凰也罢，都是天造地设，神赐的精灵，顺着人的血脉清气千年万年地走着，要不咱这里的人骨子里咋都根深蒂固地藏着一只凤凰——办酒厂、卖酒都不知不觉习惯了要带上个'凤'字哩！"

…………

一群人说到高兴处，有人就说："咱这土地的确出凤凰哩，没想到王拾柴养下的女子成了优秀民间艺人、妇女创业能手。昨个在县上把奖牌都抱回来了，在大街上偏偏地走着，见人就笑，神气得很！听说作为妇女代表还被推荐到省市去了。以前人说那女子东来西来，我看都是目光短浅，看不深看不远……"

柳义振捏着丫丫的手颤抖了一下，将看过酒花的酒倒进酒坛里，半晌才说："还不是长贵他娘那人传教得好，咱铺上这绣花种子也满地都是的。"

柳德茂一听笑了说："昨个领创业能手的奖牌和我在一搭站着呢。县委书记给我颁的牌，县长给酒花颁的牌，我听到县长说叫好好干。我想就叫兰芝去刺绣厂上班去，老蜷家里和人不说话性子越来越死，成天暮气沉沉的，爷你看……"

柳义振蓦地抬头看着柳德茂，说："你婆娘你问我干啥？我一天天老了，能管了那么多？"

柳德茂俏皮地一笑说："爷，你看'酒花'，大清花还是小清花？"柳义振急忙拿丫丫接了酒去看。

第三十六章

　　酒花从县经济工作大会上领奖回来，又被推荐到省上参加了省妇联的"三八红旗手"表彰会，自然想到了给予她帮助的人，就趁年关在凤柳酒店设宴先后答谢了镇上妇联主任、王拴狗、红奶奶、田叔、龙湾村的绣女，以及对刺绣厂贡献大的一些客。

　　最早买《一白麦麦浪图》的那个熟悉而神秘的男子，后来酒花知道是个凤酒经销商，名叫陈熹，主要在长安城和凤柳街之间来回奔波，多的时候住在凤柳酒店里。凤柳镇人一直以来习惯于把外地来的各种生意人都叫"客"，而从不叫"商"——或许先祖们已经说惯了"客来了，赶紧先安顿洗把脸，吃口饭再说……"，就这样，"客"如同贵客、稀客、座上宾，尽可能以亲情友情般的仪礼款待之，并结交长远。在酒花的答谢宴上唯陈熹这个外地熟客有事缺席。直到腊月二十八，陈熹急匆匆地来刺绣厂给酒花一卷画稿，定下年后交货的时间。酒花提出答谢之事，陈熹笑着说："实话说，起初买你麦浪图只是想帮你，我知道开始创业都难，结果买去了作为礼物送给一个大客户，没想到他喜欢得不行，后来又叫你照着绣了几幅，帮我成交了不少生意。我真没想到帮别人就是帮自己，我应该感谢你才对呢。我已经在凤柳酒店订好了雅间，忙了一年了，咱俩今中午轻轻松松地喝酒庆祝一下。"

　　酒花略一思忖点头答应。其实她想叫上王拴狗和红奶奶，没好意思说出口。她说厂里还有点事，叫陈熹先过去，随后她就去。

　　酒花和红奶奶刚把陈熹送到院子，鸡换就来了，胳肢窝夹着一个两头绣着花的棒槌枕头，一进院子就喊："酒花酒花快回家，咱俩结婚没娃娃……"

陈熹惊得立住。鸡换看见陈熹也愣住了，他突然想起那天晚上，他在街道追打酒花，被一个陌生男人当流氓压倒在地的情景，不由自主指着陈熹的鼻子说："你打过我，在街道？"

陈熹突然脸一沉说："你记得没错，我就想不明白你一个男人，怎么就和女人过不去！你看你这行为，叫我替你羞耻！"一把拽下鸡换胳肢窝的枕头往地上一扔，握着拳头往鸡换跟前走。

鸡换握着拳头后退着说："你算哪根葱？多管闲事！"

"我今天就管定了！找个地方咱俩好好谈谈。"陈熹一把拉了鸡换胳膊拽着往大门外走。

酒花忙挡住说："你是我客户，我家私事你不用管。"

陈熹手一松，鸡换撒腿就跑了，回头骂："一对臭男女，咱走着看！"

酒花又被气哭气笑了。陈熹扭头说："你不要生气，我在酒店等你。"

幸亏刺绣厂放年假了，只有几个绣女加班赶制要紧的绣品。红奶奶和绣女们义愤填膺地骂鸡换，都劝酒花消消气甭理睬。酒花两把抹干眼泪，挤着笑说："我没事，你们忙去。"转身出门走了。

酒花笑在脸上，心情却极度灰败，步履沉重地走到凤柳酒店门口，看见酒店大门上已经挂起一溜大红灯笼，贴上鲜红的对联，上面不是惯常的"酒香面熟笑迎八方客，菜美汤鲜款待四海宾"之类的熟语，而是别致的行草题联：

相见缘深知己千杯少

笑谈情浓酒里文章多

酒花虽感觉富有诗意，却没心情细思，径直走进去，被服务员领到一号雅间，略为局促地在陈熹对面坐了下来。陈熹急忙招呼着给酒花倒茶，催服务员上热菜。服务员应声出去带上了门。在这一男一女的封闭空间里，酒花一反常态地紧张起来，她后悔没有叫上红奶奶或者王拴狗。她一直以来是被鸡换踩抹（摸黑）、被人嚼说的对象，一不小心就会使她陷入绝境。陈熹大概看出了酒花的顾忌，笑了笑说："我是这酒店老板的朋友，常在这个雅间谈生意，你放心，没事。"

酒花不好意思地笑了笑说："我不是……呃，没啥，都是生意人嘛。"急忙端起茶杯喝茶。

服务员送进了热菜。陈熹倒了两杯酒，一杯给酒花，说："曾经沧海难为水，除却巫山不是云。你熬到了今天，也是凤凰涅槃，雨后见彩虹了，首先祝贺你成功！"

酒花端着酒杯和陈熹咣当碰了一下，速即一口喝干。陈熹慢条斯理地喝完，笑着说："巾帼不让须眉啊！有了刺绣厂，凤柳镇再无弱女。"

酒花心里豁然一亮，如有珍珠滚动，她莞尔一笑，给两人杯子里添满酒说："你是我见到的最会说话的男人。谢谢你帮我，我敬你一杯。"两人你来我往地相互敬着喝了几杯后，陈熹说："王厂长，你进来时看到门口的对联了吗？"

酒花几杯酒下肚，加上略微的紧张，脸颊已经绯红，她说："看到了，眼熟，是医院秦妙手写的吧？"

陈熹笑说："是的。我高中毕业后就开始经销凤酒，至今也有七八年了。我对凤柳街熟得很，秦妙手是四大名人之一，我们曾一起喝过酒，虽然交往不多，但我很崇拜他。我叫酒店老板找秦妙手写的对联，完全站在客人的角度，百读不厌啊！"陈熹感叹着把对联诵读了一遍，看着酒花，眼神就变了。

酒花躲开陈熹的目光，笑着说："凤柳街的文人都是这个文风，你见过刺绣厂门口的对联，是柳德茂拟的，也是这个风格。"

陈熹把筷子递给酒花，招呼吃菜，自己却颇有意味地笑道："酒神柳森鹤的后人，柳义振的孙子——柳德茂，这小伙子酿酒势头厉害得很！他和我是朋友，我知道他的一些事情……他曾经喝醉酒的时候给我说过，可惜了！"

酒花随之一怔，不由心跳加速，面红耳热，却又装作漫不经心地说："没看你还是个百事通，对凤柳街比我清楚。"

陈熹呵呵一笑说："做酒生意不但要懂酒，懂酿酒的人，还要广结四海朋友，广通地理民俗。你是凤柳街最有个性的女子，自从第一次见了你，我就一直关注着你，就想帮你。可我一年在这里的时间不多，又不能明着帮你，怕给你添乱……"陈熹说到这里顿住，查看酒花的脸色。酒花抿嘴一笑说："谢谢你帮我，你见多识广，我蜷在凤柳街，最远到过省上，有些事叫你笑话了！"酒花说着鼻子一酸，眼泪花花就出来了，努力克制着内心的酸楚。

　　陈熹看得很清楚，忙说："你现在是个厂长了，赶紧得走出去开阔眼界，开拓市场。年后我帮你先去长安走一走看一看，给你介绍一些新客户好好做生意。至于其他问题自然而然就解决了。"

　　酒花敏感到陈熹说的"其他问题"指的是啥，这人善解人意，酒花不由得多看了陈熹几眼。这人不高不低不胖不瘦，五官精致，特别是眼睛很亮，面皮很白，周身萦绕着一种干练利落的气质，好像一弹跳就能飞走似的。不像柳德茂庄稼汉气重，身体越来越壮实，脸上老是红堂堂的，一站哪里脚下就像生了根似的。她正走神间，突然听到外面一群人吆喝起来，酒花听出有鸡换的声音，哗然变色。陈熹忙问怎么啦？酒花脸色煞白地直摇手示意不要说话。两人屏声静气地听到一群人在外面大厅吵闹着喝酒，其中一个说："鸡换，你挨屎没情况！你老婆王酒花又漂亮又能干，今个当刺绣厂厂长名利双收，你俩差距越来越大，你不赶紧叫养个娃娃带累上，再这么下去你拿挂不住，要是跟人走了，你可不要说我们吃你的喝你的没提醒你。我给你说……"后面没了声音，酒花和陈熹知道出瞎主意的人开始用耳语了。一群人暧昧而酸溜地笑声过后，鸡换的细溜嗓子突然提高说："你说的我也知道，划拳，喝酒！"

　　"高升高升！"……"溜，溜溜！"……

　　陈熹已经听明白，从腰里掏出砖头一样的大哥大，头俯在桌子下面低声给酒店老板打了个电话。不一会，外面没了声息。陈熹接了个电话说："走了，你安心吃饭，不用怕。今年我不回了，就住楼上，需要帮忙你尽管说。"

　　酒花忙说："过年哩，家里人都等着你……"

　　陈熹幽幽地一笑说："我爸妈年年逼婚，闹得都不愉快，今年我就不回去了。"

　　酒花笑了说："那你给领回一个媳妇让你爸妈高兴一下嘛。"

　　"一直没遇见心动的，现在有了心动的，可是……"陈熹眼神又不对了，酒花感受到那种火辣辣的灼热，心又怦怦乱跳起来，不由忽地立起说："不好意思，我得先走了，刺绣厂还有紧事哩。"

陈熹显然有些意外和失望，也立起来，端了酒杯说："相见缘深知己千杯少……来！喝了这杯酒。"酒花端起酒杯默默地与陈熹对饮后，泪眼花花地说："难言之苦酒里文章多。"然后放下杯子拉开门走了。

陈熹冲着酒花的背影急说："需要帮忙找我！"

酒花心惊肉跳地回到刺绣厂，感觉陈熹的目光还贴在她身上，忽而变成柳德茂愣巴巴的目光。她没听见红奶奶问她话，径直往绣房走，走到门口听见绣女在低吟浅唱："正月里来闹元宵，给郎绣个花荷包；荷包带在哥身上，哥哥把我放心上……"

酒花立住听了一会，叹口气转身走了。

刚走到大门口，柳德茂笑眯眯地跨进门槛说："酒花，年过了我叫兰芝来给你打下手。给你说一下，我认识的客越来越多，麦浪图我要三幅，年后收假了加紧绣。你如果资金紧张，我现在就给你付款，凤酒厂刚把酒款结了。"

酒花笑着说："进去说，立门口像啥？你怕你男人家的进去把我'绣神'臊了……呵呵，我开玩笑哩！酒钱结了你买高粱嘛。我把绣女工资都结清了，把我自己欠下了。前面借你的一千块钱暂时还不上，给你说一下。"

柳德茂有点窘地跟着酒花往进走，柔声道："还啥，咱刚开始办厂都艰难，都没钱，我后悔没给你多凑点。"

"没啥，兰芝进来了，你有钱了多凑点，算咱合营，你看行不？"酒花又补充说，"年后我得出去跑跑市场，不能老待在厂子里，今鸡换来……唉！进去我给你说。"两人相跟着进了红奶奶房间。

酒花把鸡换下午来刺绣厂的事，屈辱而又愤懑地简单说了几句，柳德茂愤然道："你离婚吧！再这样下去把人就亏死了。"

红奶奶揉着红红的眼窝说："我以前还看这娃话少腼腆，老劝侬回家去好好过，没想到这娃儿行为荒唐得很！可怜了酒花！侬心里咋好受咋去做，我再不劝侬。"

酒花心里一阵感动，觉得自己周围都是坚强后盾，却又忧心道："我担心鸡换和他娘一急,对刺绣厂不利——刺绣厂能走到今天太不容易了!"

"他敢!我早就想熟他皮了。"柳德茂恨声道。尔后平复下来说:"酒花,你年后把厂里面的事情安排好,出去跑市场,到时也把酒捎带着卖上,镇上十几家酒厂都出酒了,现在不缺酿酒的,就缺卖酒的。你先跟陈熹跑一阵子摸摸路道,陈熹买过你的绣品,你们相熟。"

酒花突觉怅然,不悦地说:"你叫我跟陈熹跑一阵子?"

柳德茂意识到酒花的神态,忙说:"我是想叫你先躲开鸡换一阵子。陈熹人稳重,他做事我放心。"

酒花不以为然地笑了。

第三十七章

酒花怀孕数月,突然说没就没了影儿,鸡换娘在刺绣厂撕碎了检查单,仗也没闹成,气得疯疯张张跑回家,将气一股脑撒在了陶鑫昌身上。她骂陶鑫昌没有像柳忠民一样家法大,能把媳妇收管在自家屋里。陶鑫昌反驳道:"他收管得那么紧,也在咱门口把娃娃跌流了!"

鸡换娘一听忙收束了疯张的声音,低声说:"你赶紧甭提那事了,我总感觉和咱儿有关。"

陶鑫昌沉思了一会又说:"你知道你儿是个啥东西了,半斤八两自己心里要有杆秤,你就甭张牙舞爪丢人卖怪了,酒花是个有本事的女子,你儿给人拾鞋带都攥不上。你不知道你儿在厂里的表现——懒惰散漫,干啥啥不成,要不是我老脸在那煨着,可能厂里早不要了。自己干不成啥,别人干得好还眼红嫉妒使绊子哩。"

鸡换娘蓦地想起了啥,忙叫鸡换,没人应声,慌忙说:"鸡换可能又去柳家庄了,谁给出下瞎主意叫胳肢窝夹个枕头往回臊酒花,今跑刺绣厂去,没臊回来……"

陶鑫昌忽地暴怒:"你就不挡住,叫去了?你娘儿俩真是一丘之貉!"

鸡换娘吓住,转而恼怒道:"你父子俩才是一丘之貉哩!我又没偷人家厂里酒。"

陶鑫昌巴掌举起,却啪地打在自己脸上,吼道:"不过了!×女人你拿个喇叭街上喊去!"

鸡换娘吓得浑身一激灵，急忙往门外跑了。她一溜去了柳家庄，跨进亲家院子，看见强娃媳妇往窗子上糊窗花纸，就问鸡换来过没有？强娃媳妇窝窝眼睛一抿说："来过，刚走了，和我娘一搭去刺绣厂了。"

鸡换娘转身又往刺绣厂扑咧着去了，刚进大门就见酒花和她娘并排往外走，鸡换紧跟在后头。酒花娘看见亲家母，头一次把脸沉着不吭声。酒花更是满脸鄙夷和气愤。鸡换娘讪笑着搭话，没人理睬，就尴尬地跟在后头走。

出了大门，酒花娘转头对酒花说："过年哩，你先回去，咱把事做长长的，谁再做那又曲又短的损德事，我老婆就把老命给他拼上了！人好说话了，老鸹都想在头上打棱棱，狗都想在头上跷尿跷哩！都是我和你爹人老好，把病给惯下了……"鸡换刚要张嘴，鸡换娘拉了一把，使个眼色挡住了。酒花就往北巷子走，心里惊诧娘咋就变得硬气起来？

酒花赶头里进屋，啪地关了屋门，把鸡换和他娘直愣愣地关在了门外。陶鑫昌从自己屋里出来，打雷一样吼道："都给我悄着，安安然然过年！酒花在刺绣厂忙了一年了，叫啥也甭做，好好歇歇。"

娘儿俩见陶鑫昌发了火，灰溜溜地进屋。三个人都爬上炕坐的坐、睡的睡，鸦雀无声。凤柳镇人讲究过年不能犯言说（吵架），否则一年不顺和。

酒花也不顾屋里脏乱，将炕上扫打出一块地方来，冷冰冰地钻进被窝。她却愣是睡不着，思绪不由自主穿越柳林，进入雍水河的梦境，一会虚幻，一会真切。柳丝飘摇中，烟雨蒙蒙，古人今人纷纷扰扰，一幅雍水烟柳图在脑中清晰地定格下来。她急忙爬起来粗粗画在稿纸上，打算年后收假和红奶奶、众绣女一起切磋修改后就绣。这幅图绣好后先挂在刺绣厂门口，作为开年第一绣。再赶烟花三月之时，带着红奶奶下扬州，完成她第二个心愿。

初一这天游百病——按照老年人的说法，不能窝在屋里，要出门游游逛逛，才能去晦除病，一年里轻轻省省。初一早天没亮，酒花就赶早起来和鸡换娘一起做了臊子面，一家人吃了，便有村里的娃娃穿戴簇新，手里拿着鸣沙炮蹦跳着来串门子。鸡换娘笑着捏捏新衣，瞅瞅新鞋，夸奖几句，给一两颗糖果，娃娃们便满足而欢喜地跑了。

酒花收拾完锅碗从灶房出来，鸡换和他娘已经出门游去了。酒花用热水洗了手,擦上香余的雪花膏,准备去刺绣厂陪红奶奶过年,陶鑫昌撩起门帘叫酒花过去,酒花迟疑了半天才跨进老两口的房间。刚一进门就看见靠里墙的柜子挪到一边,地砖搬开,露出一个黑洞。陶鑫昌手里捏着手电筒往洞里一照说:"酒花你看,咱的老家底都在这窖里了,都是解放前你爷爷存下的酒。以前没机会给你看,今过年哩,你下去看看心里有个底。"

酒花并不惊讶,她和鸡换骂仗的时候鸡换一急说漏嘴了,因而她淡然地说:"我对酒没有兴趣,不看了。"

陶鑫昌忙说:"开一次窖不容易,我没叫鸡换看,只叫你看,今起就交给你管了。"

酒花下意识地往窖跟前走了几步,伸头往窖里看,陶鑫昌把手电筒照着窖口。酒花刚看到里面一排泛着釉光的黑瓷坛子,就敏感到脖子后面有热乎乎的烧酒气息,猛一转头差点碰到陶鑫昌的脸上。酒花看到陶鑫昌红红的长条脸和难以名状的眼神,心咍一下,本能地往门外蹿了出去,发觉到自己的失态后,忙又回头说:"爹,我想起刺绣厂有事要处理哩,我走了。"

陶鑫昌说:"不看了?"

"不看了。"酒花蹿到大门外心才落了肚,感觉自己的行为有些可笑,又觉得不可笑。

天空中零零星星地飘着雪花,夜晚下的鸡爪雪上落满了大大小小的脚印。酒花满脸烧辣辣地往刺绣厂走,听见街道上锣鼓喧天,她知道是狼剩爷在教一群徒弟打鼓,准备在正月的春坛祈年会上迎神。

酒花从北巷子刚穿入街道,就看见刺绣厂门口簇着一大群人,将狼剩老汉和一面大鼓围在中间。酒花走近一看,鸡换拿着一面铜锣梆梆梆地敲着,看见酒花忙笑嘻嘻地叫:"酒花、酒花,来敲锣哩!"

酒花蓦地低下头,绕着走进刺绣厂大门。鸡换撵在后面说:"酒花,大年初一的跑厂里干啥?你不想敲锣了咱到官路上骑马去。"

酒花不吭声,怕鸡换撵进刺绣厂,旋身出门又往街西走了。酒花穿着绣了花边的紫色上衣,围着绣了红梅的白色丝巾,齐耳短发被风撩起,仰着头走路的气势让鸡换不由得立住,怅然地看着酒花的背影走远。他又挤进人群拿了鼓槌胡乱打起鼓来，几下子打乱了鼓点。狼剩老汉蓦地睁圆一只眼睛说："你这娃大腾腾的了胡弄啥哩？站一边先看着！"众人哈哈笑了，鸡换金牙龇了龇，悻悻地放下鼓槌立到一边。

酒花穿过凤凰桥走到官路上，她看见柳德茂和几个小伙子各骑一匹大马，一手握着缰绳，一手举着酒瓶仰头猛喝一气，甩手扔了酒瓶，策马扬鞭向西飞驰而去，在马蹄腾起的土雾里瞬间消失不见。陈熹立在路边，一回头看见酒花，欣然一笑，挥手叫酒花过去。酒花笑着摆摆手，转身往官路边的碾麦场去了。她看见一群半大娃娃在学骑自行车。再大些的则闹闹嘈嘈地练习骑马，各家的马和骡子，还有黑驴都牵了出来。大人们有的跟前跟后拉马坠镫，有的立在边上看着说笑。

一个刚结婚，穿得满身红的小媳妇骑在一匹白马上，由小女婿小心翼翼地拉着转圈圈。小媳妇在马背上吓得缩着身子，小女婿回头就说："身子坐直胆放正，有我哩你怕啥？你平时胆子太小了，我就叫你练练胆。"

突然，不知谁用弹弓射来一个小石子打在马腿上，马疼得嘶鸣着腾空跳起，小媳妇惊叫一声从马背上跌了下来。小女婿箭样蹿起来一把接住搂在怀里。大人娃娃从惊吓中反应过来，围过去调笑、鼓掌，七嘴八舌地夸小女婿真能耐。酒花立在远处看了一会，舒口气又往街道走了。她想起今年非同往年可以随随便便回娘家——想啥时回就啥时回，想住下就住下——有了嫂子一切得按规矩来。酒花走到街道，绕开人群进了刺绣厂，她怕鸡换跟进去扫兴。

红奶奶正一个人孤零零地坐在炕上绣花，酒花感动之余不免心生凄凉。她跷进门的瞬间，红奶奶抬头看见便惊喜地笑了。她从红奶奶手里拿过绣品说："大过年的，奶奶就歇着吧，咱不急这几天，都辛苦一年了。"

"可我心里急，我总觉得要快点把手头的活儿做完。依来了咱就说说话，我去拾掇几个菜来。"红奶奶说着往炕下挪，酒花按住说："你坐着我去做。"酒花转身出门往灶房去了。红奶奶下炕也跟了去，两人在灶房里说说笑笑拾掇饭菜。

蛋花提着一个竹篮蹦进门来，看见姐姐和红奶奶欣喜地拜年："奶奶过年好！姐姐过年好！"然后把竹篮放在案板上，揭开上面盖的兰花花布，取出半碗臊子肉、一碗荞面凉粉、几个大白蒸馍，笑说："我娘叫我送给奶奶的。"

红奶奶忙不迭地搓着手说："侬的娘太有心了！"急忙又拿别的东西往篮子里放，酒花只让放了一包糕点，就打发蛋花提着回去了。两人迅速收拾了几碟豆芽、凉粉、猪头肉等凉菜，刚端到房间坐下，柳德茂和陈熹就进来了。酒花笑说："你两人像在烟囱背后候着似的。"

柳德茂满脸红亮地说："是的，来得早不如来得巧，我俩就知道你在这里。"

红奶奶拿了酒，酒花一边开酒瓶，一边问："我刚还看见你们骑马往西跑了，骑马喝酒是啥讲究？"

柳德茂略微得意地说："你才不知道咱们马背上的秦文化——马背上的秦文化也是酒文化。我酒神爷爷当年就是这样骑马赛酒的。"

"哈！你快别说了，我不懂文化但我知道你这叫东施效颦。"酒花夸张地笑。

陈熹也笑着说："东施效颦有点，但马背上的酒文化一点不假。这家伙马背上喝酒那个潇洒、那个酒量是我卖了一场酒所没见过的，今算开了眼界，服了！"

酒花嘴一撇说："我不服，来！咱喝酒。"

"好！继续喝，谁怕谁！"柳德茂摩拳擦掌格外兴奋。

陈熹给凤柳酒店老板打了电话，又提来几个下酒菜几瓶酒。酒花把刺绣厂开业那天，王拴狗端来的一坛子酒搬出来打开，酒香瞬间弥漫了整个屋子。四个人相互敬了一圈拜年酒，红奶奶冷不丁说："我感觉还缺个人……"话音未落，王拴狗就在门外喊："酒花，你们喝酒咋不叫我？我寻来了。"

几个人面面相觑，心照不宣地笑了。酒花刚撩起门帘，王拴狗就趔趔趄趄进来了。酒花忙笑说："今不敢叫你，怕我婶骂你，不给你穿新衣服。"

红奶奶急忙拿了一个小爬爬叫王拴狗坐下，正儿八经地说："我知道侬会来的，只要酒坛子一打开。"

几个人一听又哈哈笑了。

王拴狗张着红红的青蛙眼说："就你们知道我，有你们几个知己，我死了不装棺材也知足了。咱喝酒,今喝聚兴。"

几个人尊长有序地围坐在小方桌旁,依次给王拴狗补敬了拜年酒。王拴狗酒兴上来了,嫌弃酒杯太小,自顾将酒倒满瓷碗,刚要端起,柳德茂赶忙按住酒碗说:"过年这天是一年的开端,要热闹红火到尽兴,但不能没礼数地胡喝。"

陈熹一听笑说:"对!西周时期制定饮酒礼,饮酒行一献之礼,宾主之间需进行种种拜礼,这样喝上一整天也不会醉倒,这是古人用来预防酒醉酿祸的方法。所以,酒是用来聚会同欢的,乐是用来表现德行的,礼是用来防止犯错的。一路传承至今,便衍生出五花八门的喝酒礼乐。曲水流觞、吟诗作对、说词猜谜的喝酒方式太雅,平常百姓家做不来,就变化成了划拳行令的饮酒方式……"

王拴狗早已按捺不住,听到划拳二字,忙道:"好嘛,咱划拳,螃蟹拳。"陈熹笑说他不会。王拴狗就说:"你不会唱西府曲子么,咋会划螃蟹拳。我和德茂划,你跟着学。"

陈熹给两人杯子里斟满酒,王拴狗就和柳德茂同时用西府曲子唱道:"一个螃蟹八呀八只脚,两个眼睛身背了一张壳,夹呀夹地紧呀,甩也没甩脱!满堂福禄点点那个圆呀哎米儿小……六连子高升哎哟哟,哎哟哟!三三那个圆呀哎米儿小……绿围子高升吃呀哎!哎六六那个连里吗重吃吃子哟!八仙子勤手掩个掩卖清呀!三三按圆里乌吃吃子吃!头平顶灯双连又划呀!三星子公章,四根打五根,六合一桶秤呀!七星子八百九门一提桶呀!咱俩二人划拳拳拳讲输赢呀!高升高升……"

一圈划完,两人又从第二只螃蟹划起:"两只螃蟹十呀十六只脚,四个眼睛身背了两张壳,夹呀夹地紧呀,甩也没甩脱……"两人的手同时像变戏法似的比画唱词中的数字,描述螃蟹的样貌特征。起初两人的唱词严谨,比画得形象生动,直唱到第三只螃蟹时,酒花觉得有趣,咯咯一笑,柳德茂稍一分神就唱错了词,喝了一杯罚酒,螃蟹拳划不下去了,就红着脸懊恼地说:"从头来,我刚没准备好。"

两人又从第一只螃蟹划起,直划到第八只时,酒花比画了两个八,柳德茂就唱了八十八只脚,王拴狗却唱了六十四只脚。柳德茂又唱错了,自觉地端起一杯酒喝了。

酒花笑道:"我是说八八六十四,你就端端来了个八十八。干不过老将就认输吧!你要承认生姜老的辣。"

柳德茂甩着手说:"我认输,我认输!"就转首对着陈熹:"你看会了吗?咱俩划。"

陈熹忙摆手说:"西府曲子我不会唱,会唱陕北信天游,我给你教过,咱俩就唱信天游。"

柳德茂看了看酒花,酒花好奇地说:"赶紧划,今过年哩就往热闹里耍。"

陈熹就和柳德茂立起来互摸了一下手心,面对面手舞足蹈地唱道:"哥要拉你的手,还要亲你的口,拉手手亲口口,咱俩圪佬佬里走——哥俩好,四喜财,六六顺,八仙寿……"两人划了几拳后又唱道:"想你呀真想你,实实地想死个你,睡到半夜我梦见你,梦见咱俩一搭搭哩……"

王拴狗拿眼睨了睨酒花,高声道:"我看你两个不像划拳,像孔雀一样争着开屏哩!"

酒花本已面红耳赤,听王拴狗这么一说,很不自在,装作不经意地低头喝茶。王拴狗一看急了说:"两个大男人想哩梦哩的像个啥?陈熹你和酒花划。"

酒花窘得忙摆手道:"我人笨,啥拳都不会。你们耍,我回去取个东西来。"起身要走,王拴狗急了一把拉住:"你坐着,不会就学嘛!"

柳德茂输了拳,自觉喝了一杯酒说:"陈熹你给酒花教,我歇一会。"

酒花羞恼地瞪了柳德茂一眼,仍低头喝茶。红奶奶笑了说:"陈熹过年没回家,咱就让陈熹耍高兴,敲碗碟也热闹,咱敲碗碟。"

酒花一听忙笑着拿起筷子,说:"这个好,红奶奶最在行。"几个人就拿着筷子又敲又唱地喝起酒来。正高兴间,听到院子里柳德全的声音说:"陶鸡换你咋听墙根哩?你看你那贼样,哈哈!"

陶鸡换声音慌乱地说:"我,我叫酒花回家吃饭哩。酒花,回家吃饭。"

红奶奶一听紧张地看向酒花。酒花忽地撩起门帘,看见鸡换在门口立着,没好气地说:"你先回去!红奶奶一个人,我陪红奶奶过个年。"

鸡换满脸不悦,睒了睒眼睛往外走了。柳德全立在院子,鄙视着陶鸡换走出大门,才撩起门帘道:"哥,咱爷叫我寻你回去,屋里来了几个老汉说正月里耍社火,春坛祈年会上迎神的事。"

柳德茂酒喝到佳境,不耐烦地说:"这事我不懂,叫我干啥?你就说没寻见我。"

柳德全有点幸灾乐祸地说:"爷说春坛祈年会停了几十年,今年各村都吵着要办,他老了没心劲了要交给你领头承办,他在给你传承他的衣钵哩,好很!"

柳德茂苦着脸看了看众人说:"我爷年轻时爱管这事,老了还把我要拉在里头。他早就说今年各酒厂都出酒了,要迎大神唱大戏,好好庆贺庆贺。"

酒花也揶揄道:"你已经长成你爷一样的人了,赶紧回去,让老汉知道你在这儿,我们又得看那张锅底一样的黑脸活人了!"

柳德茂恨声怼酒花:"我就知道你见不得我,巴不得我走了呢!"端起酒杯邀众人喝了一杯酒,对王拴狗说:"我走了,你叫陈熹耍好喝好,他是咱客人。"

酒花看着柳德茂打了个趔趄,跟着柳德全出门去,撇了撇嘴说:"你操心着把你爷衣钵接好端牢!"

柳德茂刚走,红奶奶就打发酒花回去了,她心里惶惶不安,怕惹出啥不好的事端来。柳德茂和酒花走后,王拴狗和陈熹瞬间无趣,也闹嘈着走了。

午后几个近处的绣女来给红奶奶拜了年。姑娘们走后,红奶奶将发髻梳得油光紧致,换上新的对襟绲边绣蓝布上衣,也出去游百病去了。她知道街西的娘娘殿香火旺,女人都往那里聚,就不由自主往娘娘殿去了。刚走到门口,突然被人拉了一把,她一回头看见鸡换娘那张似笑非笑的大白脸,不由心里一紧,忙说:"侬也在这儿,过年好啊!"

鸡换娘讥诮地笑说:"好很!过年哩咋能不好?我看你今兴很,我有几句话哩,你说在这说呀还是另寻个地方?"

红奶奶忙说:"找个僻静处说,这里吵闹。"

两人就相跟着走到殿旁的皂荚树后。

鸡换娘拍了拍红奶奶的肩膀说:"老姨,我早就想给你说,酒花成天和你在一起钻着,今上午还钻出几个男人来,拉手手,啥口口……哎——我臊得就说不出口,你倒没皮没脸坐跟前兴得很!谁不知道你是个啥人,今要不是过年我老汉把我死死拉住,我就去你屋把场砸了!酒花和鸡换结婚时间长了,怀个娃娃说没就没了,别人不知道内情你知道!你也知道我老两口就鸡换一个儿,你好好劝化劝化酒花,叫今年给我生个孙孙,我啥话也就不说了。生不下我再寻你,咱撕破卵子淌黄水——谁也别想好过……"

红奶奶一听头皮发紧,眼前发黑,极力镇静着说:"他们嫌我一个孤寡老人过年恓惶,都来看我,是碰巧遇一起的,喝了点酒乱划乱唱,侬不要在乎,不要往心里去!酒花是侬的媳妇,侬还不了解她吗?娶了好媳妇是侬的福分,要好好珍惜呢!酒花生娃这事我没少劝化,这娃也一心想把日子往好里过呢……有些话我说了怕侬不高兴,要将心换心,把路往大里修,该有的也就有了……"

"你这话不对!我一家子把心恨不得挖出来交给酒花。都是酒花交人不善,没人给说好,我心里清楚着呢!今先亮个耳,你回去好好思量思量。"说着转身要走,又回头道,"今我给你说的话你甭给酒花说,说了是啥后果你知道!"鸡换娘眼睛一抿,嘴角一撇,圪拧圪拧往殿里走了。

红奶奶像遭了电击,浑身抖抖索索,腿脚软得立不住。她靠在树干上呆了半会,才糊里糊涂回到刺绣厂,一进门就蒙头盖被睡下了。

第三十八集

正月里各村都在街道游社火——马社火、地台社火、高芯社火、柳木腿、锣鼓队轮番过街,闹得人山人海热火朝天。酒花却觉得过年与她无关,热闹是别人的。她和红奶奶关起门来赶绣《雍水烟柳图》。酒花发现红奶奶突然就不开朗了,变得心事重重,甚至神志恍惚,有时抬头看她,欲言又止的样子。酒花禁不住问:"奶奶,你咋啦?"

红奶奶摇头说:"没啥,就是想多看看侬。"

酒花扑哧一笑说:"天天在一起,怕看不见了吗?"

红奶奶也笑说:"天天在一起也想看。"

酒花随口道:"看吧,干脆给咱俩绣个像。"

"对呀!侬这么清俊,我给侬绣个像,留作纪念。"红奶奶幽幽道。

酒花毫不在意地笑了笑,只聚精会神地刺绣。

白天忙碌,夜晚就难熬了,红奶奶躺在炕上辗转反侧难以入眠,满脑子回想纠缠酒花的事情,心一阵一阵缩成蚕豆一般大小,疼痛像潮水一样漫灌了整个夜晚。酒花的婚姻她算是看清了。酒花曾经说过,一个从小到大寄生在爹娘身上,结婚后又千方百计要寄生在媳妇身上的男人,生生把媳妇沤死也没人知道。酒花说这话时的凄绝眼神和因恐惧而战栗的身子让她太痛惜了。她不能再雪上加霜,让酒花陷入万劫不复的绝境了,哪怕她自己替酒花万劫不复。

她又坐起来给酒花绣像,她感觉心里慌急慌急的,要赶着把手头事情做完。

一切似乎就在老人的感知中。正月十三晚寅时，酒花正在酣睡中，红奶奶却给酒花的绣像绾上最后一针，释然地和衣躺下了。她刚闭上眼睛，有关酒花的事又涌向脑中，心瞬间悸缩在一起，气憋得无法呼吸，不一会便如针刺刀割，浑身大汗淋漓，她挣扎到炕头把一个红木匣子咣当拉翻下来。酒花睡梦中被惊醒，忽地坐起来一看，失声大喊："奶奶你咋啦？"

　　红奶奶用手抓挖着红木匣子，气息奄奄地说："给侬……"手便颓然垂下去，闭了眼睛。酒花失声哭叫，慌急穿了衣服，把红奶奶抱到院子的架子车上，拉上就往镇医院跑去。当急诊医生紧急抢救时，红奶奶已没了丝毫气息。酒花扑在红奶奶身上哭得肝肠寸断昏天黑地。她除了哭红奶奶一辈子的苦命和她自己的苦命外，最痛心的是带着红奶奶下扬州的承诺没能实现，留下了终生遗憾。

　　当王拴狗、柳德茂和陈熹赶到刺绣厂时，秦妙手已经差人将红奶奶拉回屋里，擦洗更衣，寝在了脚地的木门上。到了午时，阴阳先生来了，根据去世的时分掐算出安葬的时日。阴阳先生提着罗盘正要去勘踏墓地，酒花说就葬在她奶奶旁边，让两个老绣女在一起，让黑驴陪着她们。对于酒花的话，连阴阳先生都迷惑不解，以为这女子哭昏了胡言乱语，秦妙手思忖了一下说，就按酒花说的办。

　　龙湾的田叔来了，出了执事榜，请了抬棺的龙杠和大班吹鼓手。远远近近的绣女们也都回厂来了，一波一波去灵堂前烧纸磕头恸哭，她们难以置信年前还精精神神的老人，咋说走就走了呢？此时此刻都深切感受到失去师父的痛苦，她们眼前浮现的总是红奶奶手把手教她们刺绣的情景，感受到的是她真切的手温和气息。刺绣厂门口贴出讣告，挂起铭旌、引魂幡和通天柱，人们才知道旧时车马店的遗孀走了，留下了谜一样的离奇身世和记忆。只有酒花知道她带走了人世间所有的心酸和苦难，还有她不知道的隐秘和难怅。

　　王拴狗又恢复了以往当村支部书记的做派，将外套衣服披在棒棒棉袄上，鼓着眼睛出出进进叫人，拨拉人，安排丧事。柳德茂和陈熹领人去打墓。酒花和众绣女们轮流守灵。到了第二日午时，酒花困得支撑不住，倒在炕上昏昏睡去，她看到红奶奶推门进来，轻轻坐在她跟前，笑眯眯地说："酒花，我走了，侬平日里待我如亲奶奶，我待侬如亲孙女，我没有啥可留给侬的，就这所破旧院落我留给侬。房契在炕头的红木匣子里。我这一走带走了侬的苦难和痛苦，留下福气给侬。侬不要再为我伤心，好好珍重……"酒花想拉住红奶奶，身子却像磨石压着，手脚动弹不得，急得大喊："奶奶，我只要你，我不要你走……"忽地一个激灵醒了过来，满头是汗，她睁着眼睛愣想了半天，才爬起来打开炕头的红木匣子。令她惊异的是，她看到了一块折叠着的绣品，竟是她的头像，绣得惟妙惟肖活灵活现。绣像下面真的就是一张发黄的房契纸。酒花又开始掩面痛哭，越发觉得亏欠了红奶奶，遗憾的痛楚让她的眼泪像雍水河的水，涌流不断。

柳义振知道柳德茂领人去打墓，他如往常一样上班酿酒，下班回家，啥话没说。直到他听人说红奶奶的墓就打在王长贵他娘的墓旁时，无论如何不能再淡定了，急忙打发人叫回柳德茂，劈头就训："谁叫你把墓打在长贵他娘旁边的？战山埋在北街公坟里，为啥不埋他旁边？"

柳德茂眨巴着眼睛，不解地说："酒花叫埋她奶奶旁边哩！说两人活着时要偷偷在一起，死了就公开在一起。"说完忙又补充道："我秦叔也同意了的。"

柳义振噎住，瞪了瞪眼再没说啥，却背着手昂昂地去了秦妙手那里。秦妙手一听柳义振的质疑，呵呵笑着说："你就不知道，我向酒花要回旱烟袋时，酒花已经知道我要了给谁，她还是爽快给了我。她说她奶奶早在二十年前劳动改造的时候，就和战山老婆认识了，两人夜夜在车马店秘密约会，一起绣花呢。你拿的那个旱烟袋就是两个老婆子一起设计刺绣的，是将南方和北方两种绣法糅合在一起，产生的那种出神入化的艺术效果。"

柳义振听着，心内震惊窘迫，却故作沉静地说："认识是有可能，哪能那么夸张的夜夜在一起？不过女人间的事情咱哪能知道。人就是个怪，有时看不透说不清——看不透说不清就干脆不说呗！"

秦妙手知道柳义振在极力掩饰尴尬不自在，就转移话题说："我看德茂、酒花，还有那个陈熹，这些娃们重情重义，和这孤寡老婆子非亲非故，却像亲人一样操办后事，咱老了助不上啥力了，就给娃们出出主意也行。以后凤柳街就是这些娃们的天下了！"

柳义振颤抖着手点燃一根桔子卷烟，放在嘴里猛吸了一口，觑着眼睛吐出圈圈绕绕的烟雾，半晌才说："就是，成娃们的天下了！"

红奶奶寝尸五日，下葬的这一天，正巧是春坛祈年会迎神的这一天。全村的精壮男人都要和片区十大村社迎神队一起执敬旗，敲锣打鼓，骑马坐车去迎神。话说是迎神，其实是各村社凭借智慧和力气争着抢着抱回诸神的牌位。因而各村社都抢斗得非常激烈热闹，男人们几乎是倾巢而出。令酒花悲痛愁苦的是哪来几十个精壮男人给红奶奶抬棺下葬？她知道柳德茂接替他爷爷任凤柳村祈年会总会长，迎神队伍自然得由他带领。而柳德茂想的是两头都要兼顾好，正月十七他沙场点兵，点出三十几个壮年男人送葬，可他们却争着要去迎神不愿抬丧。王拴狗急了，把手往腰里一叉，刚瞪圆了青蛙眼，柳德茂就拉他提醒他已经不是昔日的村书记了。王拴狗这才闭了嘴。

酒花绝望地哭着说，不要一个男人，她和几十个绣女也能安埋了红奶奶。

正月十八早卯时，谁也没有料到柳义振老将出马，领着仪仗队、锣鼓队浩浩荡荡去迎神。天色熹微，秦妙手、王拴狗、柳德茂和陈熹动用个人人脉关系，分头叫人，组织起三四十个男人扛锨抬棺去送葬。在吹鼓手呜里哇啦悲悲切切的吹奏声中，酒花和众绣女们一律穿白戴孝扶柩扯纤，哭哭啼啼送红奶奶走向墓地。陶鑫昌胳肢窝里夹着铁锨也跟在送葬的队伍后面默默走着。沿路看热闹的人们，谁也没想到一个无儿无女无亲无故的孤寡老人竟然能有这么多的孝子送葬哭灵——这阵势和气派在凤柳镇十里八村从来没有过。有人就说酒花这女子得了这老婆的横财，应该这么做；有人却说酒花有情有义该得，自打这老婆子活着就对待得好，去世后这女子眼泪就没干过，咋有那么多眼泪哩？

安埋了红奶奶，酒花和绣女们抹着眼泪跟在男人们后面，相互搀扶着往回走，半路碰上了迎神回来的队伍，就躲立在麦田里看着队伍经过。酒花从来没见过如此浩大的阵势：四十九人的仪仗队走在最前面，随之是一百二十面五色花边龙凤旗、一百二十面七色彩旗迎风猎猎。各家各户抢拉神位的驴马车有二三百辆。狼剩老汉领着百面锣鼓队敲打得惊天动地，为雹神大刀刘爷、玄武上帝、风伯、雨师、雷祖、二郎神等二十四尊神开路。五十五驾马社火雄起赳气昂昂紧随其后。炮仗烟花队一路焚香烧纸放炮，纸灰被风卷起旋在空中，如同一条黑色巨龙紧随着迎神队伍呼呼而去。沿途村庄在路边摆着香案供果祭拜的人们连呼称奇，更加虔诚地哗啦啦跪了一地。

令酒花更为悲哀的是，她在迎神队伍里看到鸡换怀里抱着一块神像牌位，满面荣光地坐在马车上。当鸡换和夹着铁锨立在地边的老爹目光相撞时，龇牙一笑，那颗金牙便在太阳光下亮晃晃地刺眼。陶鑫昌回头看了一眼酒花，落寞而又无可奈何地夹着铁锨走了。

酒花身心俱疲地回到红奶奶房间，看着空荡荡的屋子和红奶奶的遗像，一下子觉得无所适从无所依靠，禁不住又哽咽哭泣。她自我安慰，红奶奶那么好那么灵巧的一个人，端不端地在春坛祈年会迎神这一天安埋了，一定是神仙请去当"绣神"了。可她还是不能接受红奶奶的突然离去——她走得太快了，会让她憾痛一生。她忽而看见红奶奶仍坐在炕上绣花，不时抬头看着她笑，待细看时却只是一个装满绣线的针线笸箩。酒花扑上去抱住仿佛还留存着红奶奶手温的针线笸箩哭了一阵，便昏昏沉沉地睡去，这一睡就是一天一夜。

醒过来时祈年会上唱大戏，敲锣打鼓的声音和高亢的唱腔清晰入耳。正会上的热闹到了极致，酒花却感到亦幻亦真无限悲凉。一群绣女默默地坐在她身边看着她，酒花甚为感动。尽管她从睡梦中又回到了这烦恼苦痛的人间，但陪在她身边的还是这些随她一起艰苦创业的姐妹们。人活在世上总有自己喜欢和不喜欢的人，也有自己想见和不想见的人，就像蝴蝶蜜蜂和蚊子苍蝇给人落下的不同感觉。日子还得继续，刺绣厂一定要比往日更红火。酒花一骨碌爬起来，揉揉红肿得像桃子一样的眼睛说："你们想看戏的去看戏，不想去的咱开始上班。"

绣女们看着酒花憔悴羸弱的样子，七嘴八舌地劝说酒花多休息几天。酒花不肯，众绣女也没心情去跟会，就和酒花一起绣起了《雍水烟柳图》，把古会的热闹排在了门外。

酒花娘心疼女儿的身体，晚间抱来一坛子酒，神神秘秘地说："你看你劳累成啥了，脸像表纸一样黄得没一点血色。娘给你泡制了'女儿红'，你早晚喝上一盅，把血气补一补。你看你哥喝得脸色红堂堂的，好很！"

酒花想起自从强娃在高粱地畔喝醉酒后染上酒瘾，娘就让蛋花把每月换下的那个东西塞在厕所的土墙缝里。蛋花前脚走，后脚她就收了去，学着鸡换娘的法子郑重其事地泡了这酒，一天早晚两顿给强娃喝着。强娃娶了媳妇后变成了一天喝三顿。酒花为此哭笑不得，说娘训娘，娘入了魔似的就是不听。酒花一忙就把这事忘了，没想到娘竟然还给她也泡制了一坛。

酒花无奈地看着娘说："你咋和鸡换他娘一样了？一天净做这事！你爱给你儿喝，拿回给你儿喝去。"

娘有点委屈地说："你训了蛋花，蛋花就不给我经布了。这是我向拴翠她娘要下拴翠的，这女子刚动了经血，血气旺得很。我就泡了这么一坛，你喝了再没了。"

忽地门帘一挑，柳德茂和陈熹跷进来。他俩是来看望酒花的，见到酒花娘便热情地问候。酒花娘顿觉说话不便，拉了几句闲话，便匆忙回去了。

突然陈熹敏感地吸吸鼻子，端起桌子上的酒坛瞅瞅闻闻，连说："好酒！好酒！"

酒花扑哧红了脸。

柳德茂却愣头愣脑地说："酒花这里没有不好的酒，你要了酒花就卖给你。"

"我要，有多少我要多少。我专门收集研究各种酒呢。"陈熹说着打开坛子，舀出一小盅纳闷道："怎么是红色的呢？嗯，闻着挺香的。"

酒花窘了半会才说："这是放了朱砂的药酒，当然红了。我娘说叫'女儿红'，比人参酒的功效还好。"

陈熹郑重地点了点头："哦，这药酒好，名字也起得好。一看二闻三品尝，最后才是酒穿肠，我尝尝。"陈熹刚把酒盅放在嘴边，酒花急得要挡，又觉不妥就抿了嘴。陈熹呡了一小口，细细咂摸着说："味道很奇妙，我一下子说不清，我从来没喝过这种酒。"

酒花忍俊不禁，满脸通红，连耳朵脖子都红了。

柳德茂看看酒花，也跟着傻笑。

陈熹却一本正经地说："怎么泡制？都治什么病？我好用来送人。我嘛，就爱用这些稀有的东西送人。"

酒花收了笑说："这是秘方，我也不知道，稀缺很，就这一坛再没了。"

陈熹更严肃地对酒花说："民间传承下来的治病秘方都是好东西。偏方气死名医，我给你娘酒和药引子，按照方子给我泡制几坛。"

酒花又咪地笑了说："药引子你给不了。就这一坛你拿走，爱送谁送谁去。"

陈熹感激地一笑说："谢谢！酒是百药之长，有温经走窜之功。酒和药结合是黄金搭档——药借酒力，酒助药势，最利于人体吸纳。我看过的《黄帝内经》里的'汤液醪醴论'，还有《金匮要略》《中国药酒大典》记载了不少药酒妙方，几千年来一直沿用治病，但我从没见过这种药酒。看来有钱难买'女儿红'，我要送给城里一个重要人物。"

柳德茂忙说："你赶紧抱上走，估计拴狗伯已经闻到了。他一来，几下子就喝了。"

陈熹一听，赶紧抱上往外走。柳德茂跟在后头走，到院子里回头对酒花说："我明叫兰芝来上班，你需要个帮手。"

酒花忙说："兰芝身子那么重，我可担不起责任。"

柳德茂说："没事，医生说已经过了三四个月，胎坐稳了。"

酒花咬着嘴唇点了点头。

陈熹如获至宝般地抱着药酒出了刺绣厂大门，却直往秦妙手那里去了。他纳闷酒花刚才那极不自然的颇多意味的笑，想弄清楚这个叫"女儿红"的药酒到底有啥特别的治病功效，好给人讲说。陈熹知道秦妙手喜欢泡制药酒，家里有一间房子专门存放各种药酒。鸡矢白酒、红蓝花酒、五蛇酒、多鞭壮阳酒、周公百岁酒、安胎当归酒、祛风酒、八珍酒、羊羔酒、十全大补酒……多得一时说不清。常常有人提着瓶瓶罐罐去秦妙手那里讨要治病，"女儿红"一定少不了。可是，陈熹想错了，秦妙手看了看陈熹抱来的药酒，笑说："这酒我这肯定没有，但我知道配方和功效。"说着从书架上抽出一本陈旧发黄的老药书《医宗必读》，翻开来指着给陈熹看。陈熹睁大眼睛看着竖行繁体黑字："……女子二七天癸至。任脉通。太冲脉盛。月事以时下。谓之天癸。乃天一所生之水。古人用之疗金疮箭毒并女劳复。皆崇其养阴之力也。童女首经尤为神品……"再看是明末清初医学宗师李中梓所著。陈熹思索了半会，心下明白过来，他看了看秦妙手，再没说啥，只是眼盯着自己抱来的那坛药酒出神。秦妙手笑道："这酒难得，你赶紧抱走，你拴狗伯老爱到我这里来趸摸几杯药酒喝。"陈熹一听抱起酒坛就往外走了。

转眼间，正月二十一古会结束，以迎神同样规模的浩大队伍送走了诸神，各酒厂的酿酒就到了挑窖抛糟、窖池更换新泥的阶段。上一个生产周期到了尾声，新的生产周期又要开始。敬了天地诸神，人人怀揣风调雨顺、五谷丰登、酒事兴盛的美好信念，投入初春繁忙的劳作中。

外地客陆陆续续又来了，街道像草木庄稼一样萌发了新的活力和生机。酒花将刚绣成的《雍水烟柳图》装裱好挂在刺绣厂门口，又招来了围观和热闹。陈熹和柳德茂都要买，酒花正为难，一个北京来的女客一眼就喜欢得不得了，一口好价抢了似的买走了。长安来的那位女客见了眼红，急忙预定了两幅，酒花又开始了加班夜绣的日子。没有了红奶奶，杨兰芝有孕身不能陪她，寂静的夜晚只有孤灯伴孤影。门外的风唰啦啦吹过，窗户纸便啪啪作响，像人的手在外面拍打。酒花不由浑身汗毛倒竖，害怕得发抖，精力无法集中，想着要是鸡换此时此刻睡在旁边，她也就心安无惧了。可鸡换从来不会雪中送炭，只会雪上加霜。她体会着红奶奶多少年多少个日夜就这样孤独而过，实在太惬惶太悲凉了！此刻她一定看着她保佑着她，但她却不能像以前一样偎着她，感受着她的温暖和气息。酒花不由潸然泪下，哀叹命运不济！她不得不把哥哥从门房叫进来做伴儿。绣布上那个坐在烟柳下的青石上，临水绣花的长发女子，表情不再沉醉欢喜，而是梦幻忧郁，平添了几分烟色朦胧美。

后来的夜晚酒花腾出一间房子，请长安和北京来的两位女客住了进来。也有绣女轮换着陪酒花加班夜绣，刺绣厂很快又充满女人们温润灵秀的气息。

酒花为了答谢柳德茂和陈熹帮她安埋红奶奶，给两人各送了一幅《雍水烟柳图》。客人年前预定的《一白麦麦浪图》和年后预定的《雍水烟柳图》绣不过来，酒花就让杨兰芝替她打理厂里内务，她忙着去街边的几个刺绣点上安排刺绣任务。忙碌对她来说是忘记忧烦和痛苦的唯一方式，可她也把休息和吃饭忘了。困得实在不行了就囫囵睡一会，吃饭也没个准点。有时她吃着饭眼睛却瞅在绣布上，嘴里无知无觉，别人问她吃的啥饭，她茫然不语。

话说酒花娘第一次给鸡换娘儿俩翻脸散话后，鸡换和他娘安然了一阵，没再给酒花寻事。红奶奶之死，带给鸡换娘一瞬间的欣喜，随之就害怕起来，她想起了她威胁红奶奶的那些话，夜晚一闭上眼睛就感觉红奶奶的鬼魂飘到她跟前，拿着绣花针扎她眼睛，惊悸得她恍恍惚惚不敢安然入睡。

安埋了红奶奶后，陶鑫昌就住在厂里不回家了。鸡换娘叫鸡换去叫，陶鑫昌气愤地说："你好好思量思量，把你自己捋码顺溜！你啥时和酒花和好了，我再回去。"鸡换脖子一梗，眼睛一翻扭头就回去了。鸡换娘听了儿子转给他的话后，嘴一撇说："不回来死厂里去！甭想咱再叫他。"她嘴上这样说，却心怯怯地叫鸡换夜夜睡在她身边给她做伴儿。这一夜，她刚睡着就梦见一个黑乎乎的啥东西压在她身上，死死卡着她脖子。她吓得拼命地喊，却发不出声来，身子使劲挣扎，却一点都动不了。在她绝望至极之时，终于像杀狗一样呜呜地叫出了声，猛地醒转过来。鸡换也被惊醒了，忙问："娘，你咋啦？"

"没事！娘做了个噩梦。"她拉亮电灯，房间啥也没有，梦境很清晰，心脏还在咚咚跳动得飞快。她再不敢闭上眼睛睡去，满脑子胡思乱想着，越想越害怕，好像满屋子到处都是鬼影幢幢。第二天早一起来，她嘴里就咕咕噜噜胡乱骂着，驱赶着，用牛皮鞭子从屋里甩打到院子，又甩打到大门外。随后她把鞭子挂在房门口的墙上，给观音菩萨上了三根香，用白酒泡了朱砂，两根手指头蘸着从大门口一直祭洒到房间，将房间的角角落落祭洒了个遍，才对鸡换说："娘最近胸口闷得很，想去你舅家住几天。你晚间把酒花叫回来，叫不回来你就跟着她睡在刺绣厂。脸皮学厚——喝酒吃肉。你就是赖也要赖在她跟前，咱家里缺人，你俩赶紧要娃娃。"

鸡换眈了眈眼睛说："你去多住几天，我嘛，你甭操心。"

鸡换娘安顿完后，提着篮子去街道买了糖果糕点，就圪拧圪拧回娘家去了。

第三十九章

其实,鸡换近来也难过,他在酒厂的工作出现了危机,拿他自己的话说,动脑筋的活儿干不了,下力气的活儿不想干,就那么一点牛眼仁工资还眼里不搁。其实他早就瞄实上了卖酒的活儿,只因没有一点销售经验,没处抓挖,心情极度沮丧。他去刺绣厂根本见不到酒花人,只见到众绣女齐啦啦的白眼。特别是杨兰芝眼里喷着火,恨不得把他烧成灰。鸡换心里瘆得慌,突然心生一个念头,酒花再不回家,他就一把火烧了刺绣厂。坏念头一旦产生,便不可抑制地在心里奔突。

酒花满心想的是办好刺绣厂,让更多的女子发挥特长,能自立,能挣钱养家。她知道有些媳妇在家里遭受了难言之苦,自从在她的刺绣厂上班挣钱以来,一切都变了。酒花从她们的眼神里就能看出她们对她的感激和崇拜,这让酒花更清晰地看到她办刺绣厂的价值和意义。对于鸡换,她已不再像以前一样反反复复心生希望,心存幻想。

杨兰芝上班后,酒花跑出去招了十几个绣女,在街边一个绣女家里关起门来集中培训了半月后,就背上行囊独自出门考察市场去了。一路满腹的悲壮和惆怅,还有无限新奇和憧憬。当她立在长安城的大街上,看着新新旧旧的高楼,熙熙攘攘的人流,车马如龙,茫茫然不知往哪里走。好在她嘴甜,一路打听着坐无轨电车来到鼓楼,在城隍庙那里找到了小商品交易市场,在一条巷子里寻见民间手工艺品交易市场。她欣喜地在巷口登记了一个小旅馆,就去市场上的门店转着看出自全国各地的手工艺品,眼花缭乱中她才知道外面的世界有多大,人有多多,民间工艺门类有多庞杂。

她在五花八门的工艺品中看到了雍凤泥塑、剪纸、木板年画、马勺脸谱、皮影等,就像他乡遇故知格外惊喜,心里也踏实了许多。她仔细瞄看了各种刺绣品,有些精美,有些则简单粗糙,像凤柳镇"一白麦工艺刺绣厂"将秦绣和苏绣高度融合的仿画绣还没见到。酒花越看越眼花,也越自信,不由得从包里掏出《雍水烟柳图》展开比看。店里坐着的昏昏欲睡的女店员忽地睁开眼睛,走过来看酒花手里的绣品,瞬间满眼惊喜,上下打量了酒花一番,却又慢条斯理地问:"你绣的?还是哪里买的?"

酒花莞尔一笑说:"我厂里女工绣的。"

女店员又蓦地看了看酒花,又仔细看了看绣图问:"你是要卖吗?"

"卖。"

"那多少钱一幅呢?"

"你出多钱?"

女店员又开大拇指和小拇指,酒花一看心就凉了半截,同时也明白像这样的手工艺品有价也无价,价高价低无参考。她微微一笑说:"我已经卖了好多幅,不装裱每幅也不下一千元。"

女店员也微笑道:"好的艺术品结人缘,结的是上层缘,碰上识货的喜欢的人可能很值钱,碰上不识货不喜欢的可能连看都不看。你看我这里有些绣品都积了一层灰,不是品质不好,而是没有碰到有缘人,所以我不敢高价买。我再加二十,你就卖给我,如果有人喜欢,出价好,我再联系你多定制几幅。"

酒花知道自己在和中间商做生意,想卖陈熹和柳德茂出的价是不可能了,他们就是女店员说的识货的有缘人。酒花摇了摇头,将绣图叠起来装进包里转身就走。女店员急了,冲着酒花背影喊:"再加一百。"

酒花没有回头,逃也似的走了。她感知到在外做生意的难,又挨着走了几家店,想把背来的麦浪图、烟柳图、旱烟袋子、小孩肚兜、头巾、手绢等绣品尽量卖出去,也算不虚此行。

酒花风尘仆仆地一个店铺挨一个店铺走到晚间,明明每家店主都爱不释手,却都不出高价。酒花正沮丧时,却在街边一处古朴典雅的大店里峰回路转柳暗花明，她没费几句言说就同时卖了麦浪图和烟柳图，还有几件小绣品。这家店主是个老头子，戴着墨黑的圆石头眼镜，拿着放大镜把绣图仔仔细细地看了好一会，起先也出价低，看酒花一心不卖要走，才急了一口高价买了去。他说他准备装裱了挂在店里做装饰，不再卖了。又说可以长期合作生意，要酒花留下联系方式。有人看上要买，他就联系酒花订货，酒花和店家互留了地址姓名。此时已是华灯初上，酒花欢欢喜喜地去街道随便找了个小饭馆吃了一碗面，便回旅馆休息。

酒花走累了，当进入房间扔下黄挎包，要躺在床上伸展一下腰身时，却发现肉土色床单原来是白布床单变的，一股刺鼻的酸霉土腥味扑面而来。酒花屁股坐在床上，眼睛瞪得溜圆，身子僵硬得躺不下去，就那么像张弓一样定格在床上老半天，才又起来立在脚地，仔细打量只有一床一桌一凳的简陋小房间。她懊悔自己登记前没有先进来看看。

厕所在外面走廊深处，一点昏黄的灯光照得暗影重重，酒花心怯地上了一趟厕所，就跑回房间关紧了门。她倒了热水洗脸烫脚后去床上睡觉，屁股刚坐上床，上半个身子又剧烈抗拒起来，僵硬着不肯躺下去，酒花没奈何只得下床，将床头那张简易小桌小凳擦抹干净，坐下头枕桌子上睡了。

一觉睡醒，窗外已经泛白。酒花摇晃着酸麻的脖子洗了脸，梳理好头发就出去吃早饭。她在一个小吃店买了一碗小米粥、一个蒸馍、一小碟咸菜，却觉察到旁边桌子上的男人欢快地咀嚼着鸡蛋饼、豆芽菜，眼神却在打量她和她的咸菜馍，脸不由扑哗红了。急忙挪了凳子背对着那人，三两下喝了小米粥，将咸菜夹进蒸馍里拿着遮遮掩掩地逃出小店。她不是不想吃好住高级，而是不忍心大手大脚花绣女们没日没夜刺绣挣来的血汗钱，她的眼面前总是浮现着绣女们熬得红肿的眼睛。她卖下钱要回去给她们发工资发奖金。

她边走边快速吃了咸菜夹馍，又去转工艺店。其间夹杂着几家旅馆，她不由自主进去看了客房，才知道自己昨天匆忙登记的巷口旅馆房价高卫生条件差，就当即回去拿了背包退了房，另行登记了一家干净的旅馆。她感觉自己有了一点外出的经验，但还不够大方从容。她想她大小也算个厂长，厂长要有厂长的样子，尽管她不知道厂长具体应该是个啥样子，但必须有个样子。既然出来了就不急着回去，长安这么大，她必须用尽可能少的钱走更多的地方见更多的世面，她回去了要给绣女们讲一讲。

酒花能想到她走后鸡换会去刺绣厂找她，自然会知道她外出跑市场的事，可她想不到鸡换还去找了陈熹。陈熹正忙着验酒收酒，往长安组织酒源，根本不知道酒花去了长安。鸡换一看陈熹在凤柳街，又去了村酒厂。他不顾门卫拦阻，直接跑进制曲车间，一眼看见柳德茂唱着秦腔戏，号令着一群赤膊赤脚的汉子忙踩曲，只听柳德茂夹着嗓子尖溜溜细绵绵地唱道：

端一把椅儿坐机前，不孝的奴才听娘言：
娘为儿白昼织布夜纺线，一两花能挣几文钱。
你奴才把捻子带线齐揪断，舍了分量短工钱。
娘为你周身衣服补纳遍，娘为你八幅罗裙少半边。
…………

鸡换听出柳德茂唱的是《三娘教子》，每唱一句，众汉子就齐齐蹦起来踩曲翻曲，动作干脆利落，整齐有力。大门两侧一人多高的大水缸里簇满开放的桃花，桃花的清香弥散在空气里。他明白柳德茂他们在踩桃花曲。春天来了，开了这花开那花。他爹说过，开啥花踩啥曲，曲和曲看着一样，其实不一样。他被这种唱着秦腔戏叫号子的踩曲场面震住了，呆呆地立着看。一曲踩完，柳德茂一回头看见鸡换，忙喊："鸡换你出去！你进来我打断你腿。"鸡换回嘴道："打你娘个×！"他看见柳德茂愤怒地朝他跑过来，忙转身往外跑，不忘回头往门口的桃花上噗地吐了一口唾沫。

柳德茂撵在后面气急败坏地喊："鸡换，我打烂你的臭嘴！"

鸡换一溜烟跑到大街上，一阵报复后的快意。他钻进一家酒馆要了猪头肉和散酒，坐着慢慢地吃喝开了。

柳德茂本来就苦恼不堪，看见鸡换气不打一处来，兰芝告诉他酒花去了长安，他一看见鸡换就知道他干啥来了。他撵跑鸡换后，无法集中精力继续叫号踩曲，就歇班去找陈熹。他发现给凤酒厂或者酒贩子缴散酒，都不及其他村酒厂将酒用玻璃瓶灌装后，装上各式各样的漂亮盒子，再贴上商标卖利润丰厚。他爷无奈地说："看来时代变了，给这酒不穿件花衣裳是不行的了！这人刚一有吃有喝就开始做开这面面上的事了！"

柳德茂一见到陈熹就问鸡换来过没有？陈熹说来过。两人就会心地一笑，言归正传说起卖酒的事。柳德茂说："我不给凤酒厂交散酒了，我得像其他酒厂一样卖三装酒——装瓶装盒装箱。我得多卖点钱买大麦、高粱呀。原料现在紧张得很，厂里资金也周转不开了。"

陈熹笑了笑说："好啊，你包装了给我，我给你代销，给你付现款。以咱俩的关系，我就是不挣钱也无所谓。"

柳德茂又忧心忡忡地说："酒牌子越来越多，我也搞不清除过咱镇上，全县到底有多少凤凰在天上飞？凤柳牌凤柳酒这只老凤凰是不是老了落后了？我爷说他再也无法静下心来，按照他那老一套去酿酒卖酒，心里很不畅快。"

陈熹沉吟着说："牌子多了就乱，乱中必有浑水摸鱼不讲品质者，就有风暴。给你爷说别泄气，摸着石头过河嘛。不管过河的人有多少，桥上有多拥挤，风有多大雨有多急，一定要不急不躁，步步踏稳当，走踏实，过去了就赢了。"

柳德茂又说："工商局派人下来宣传商标法，我不懂，我爷更不懂。我爷说贴个啥商标，穿得多华丽，都不及在海子里存够三年时间的酒绵柔醇香。酿'诚心酒'是老祖先的脸面，不管世事咋变，都要保住老祖先这张诚信的脸。"

陈熹两手一击掌说："对！酒神的酒风不能变，脸面不能丢。但是酒海里存够三年再卖太压资金，哪有那么多本钱啊？你不是说想赛酒吗？今年麦收后，咱可以组织一次赛酒会，鼓励各酒厂继承传统，把好老味道诚心酒。"

柳德茂说："我也正这么想着，这是我爷的心愿，这一轮桃花曲踩成我就准备。"

几日后，酒花兴冲冲地从长安回来，定了几单刺绣业务，不想娘家刚好过了的日子又变得一地鸡毛。酒花刚一进门，娘就哭天抹泪地说："你嫂子刚结婚还像个样子，过着过着把咱脾气摸着了，觉得咱人老好，就蹬鼻子上脸欺负开人了。甭说把你哥不当啥，把我和你爹也没当个啥。见天往她娘家拿东西，我起先装不知道。前一向把我给你哥泡的酒让他娘家兄弟拿走了，我忍不住劝她，要稀罕自己男人哩，要顾好自己的家。她窝窝眼一瞪就把饭碗摔了，嘴里叽里咕噜骂，说是给你哥喝啥吃啥，不如给猪吃了喝了去，和你哥过日子还不如和死人过去。我怕门子人听见，忍住再没说啥。她倒脾气越来越大，人越来越懒，不是吊着个脸吃了睡睡了吃，就是甩碟子撂碗、指桑骂槐欺负我和你爹。唉！你听了就当我没说，你装啥啥也不知道，我想早晚养个娃娃也就好了。"

　　酒花默默听着，半会才说："娘，越是这样，你和我爹越要好好对待我嫂子。问题出在我哥身上了，我哥是啥样子咱还不知道吗？把人家心没暖热，心里憋着气出不来，你刚一说人家，人家就像气球一样嘭就炸了。以后我哥嫂的事叫我来处理，慢慢就好了。"

　　酒花从包里拿出在长安扯的金丝绒布料和高跟皮鞋走进哥哥房间。嫂子正在炕上睡着，见酒花进来却背着身不理。酒花笑着说："嫂子，我去长安卖绣品刚回来，你看我给你买的这些。"

　　嫂子慢慢坐起来，张着哀怨的眼睛看着酒花。酒花把布料展开在炕头，把皮鞋从盒子里拿出来，笑说："嫂子，专门给你买的，你看颜色样式多配你。"

　　"好看，咱街上没有卖的。"嫂子仔细端详着，终于脸上去了愠色。

　　酒花趁机说："咱这没有，你喜欢了下次我给你多带点，给你娘家弟媳妇也带一些。爹娘养大个儿女不容易，娶个媳妇更不容易。"

　　酒花嫂子笑了，用手摸摸金丝绒布，又看看皮鞋说："又得叫你破费了，这料子好看很！"

　　酒花见嫂子活悦起来，心里一激动把给蛋花买的粉红蝴蝶发卡也拿来给了嫂子。姑嫂二人坐着说了一会体己话，酒花就回娘屋里去。她将给爹娘买的东西高高兴兴地交割完后，在娘欢喜却又抱怨酒花乱花钱的唠叨声中，匆忙回刺绣厂去了——她要给绣女们发工资发奖金，给柳德茂还钱。

第四十章

酒花去村委会才知道,酿酒原粮涨价了,人工费也涨了。柳义振偏要犟着酒过海子后再卖的死理,资金链断了,凤柳村酒厂一下子陷入困境。酒花想她无论如何得赶紧支持柳德茂了。奶奶活着时常常叨叨着说,将恩不报有罪哩!将恩不报有罪哩!做人要有良心、苦心、信心。她想良心、苦心都有了,还要有信心帮柳德茂渡过难关。

酒花想起王拴狗曾说他去县上参加酒业大会,凡是办下酒厂的村书记就爱往领导跟前走,爱往会场前面坐,没有办下酒厂的村书记就自觉往人后缩,往会场后面坐。王拴狗说这话时自豪得满脸放光,他自然是坐在会场前排,见人就往凤柳村酒厂邀请去喝酒。如此的情势下,全县酒厂就像地塄上的野草迅速蔓延。甚至风一吹有个别酒种子落在周边县区,几乎是工农商学兵(工人、农民、商人、学校、军队)都热火朝天地创办酒厂。各家酒厂采购员走村串户购买豌豆、大麦、高粱,有酒多钱多的酒厂,还急着扩大生产规模,原料和劳力自然就紧俏起来。

酒花走进村酒厂,她不想看见柳义振,托人叫出柳德茂,立在院子把一千块钱还给他,柳德茂不好意思地说:"我知道你也紧张,本来不想要。税务局把税票早放厂里了。陶醉儿打发会计天天来酒厂算账取钱,说村上这儿修路,那儿打井,八处要用钱。酒厂人手也不够了,眼下既要酿酒又要踩曲,还要派人出去收原料,两个曲头还带了大队人马去外乡踩曲,我不得不另外招人。我爷爷在踩曲酿酒的每个环节都要求严,红脖子涨脸直戳戳训斥过不少人,会想了不计较，不会想了心里绾了疙瘩谁知道。卖散酒卖不下钱，交了税后，村上一提，给工人的工资就不够发了。我爷常说先祖开始创业时，主家和工人们就像拜把兄弟，越是遇上难关，越是心劲像麻绳一样拧着，像蒜瓣一样紧紧抱着，工人们不计报酬了到头来却不少报酬。如今这人就不一样了，也是穷怕了……唉！不说了，我得赶紧去信用社贷一笔款，买原料、招人。"

　　酒花没想到柳德茂有这么多的苦衷，听了也心情沉重地说："建厂时已经贷下二十几万，再贷挣下的钱不够清利息。我看你不能按你爷那些老套套做事了，别人咋卖酒你就咋卖。我能给你帮上的忙就尽量帮。你年前订的那一批绣图你先拿走，钱啥时有了啥时付。我回刺绣厂叫绣女们把她们家里、亲戚家里有的豌豆、高粱、大麦都给你留下。噢！我记起来了，和蛋花换过亲的那个三娃，他家几十亩地种高粱，雍山村的人肯定种的不少，你就去雍山收。"

　　柳德茂早已感动得眼睛酸酸的，他用柔得像水一样的眼神看着酒花，关切地问酒花去长安的情况。酒花避开柳德茂的眼睛，只轻淡地说了几句，就匆忙回刺绣厂去了。

　　酒花走在院子里，正遇上陈熹来刺绣厂取他年前定的绣图。陈熹说："我正在收酒，资金都压在酒里了，货款缓几天再付行不行？"

　　酒花抿嘴一笑说："行，不过你得快点，柳德茂给我借过钱，我要给他借钱。"

　　陈熹听了心里酸楚楚的，却故作一本正经地说："我资金周转不开，你也给我借点，我付利息呢。"

　　酒花立马惊喜道："好啊！从现在起，这笔货款就算我借给你的，你要给我算利息。"

　　陈熹眉头一皱说："你怎么跟话就来了？看来你这次去长安变化大得很！呵呵，我现在就不拿货了，等我手头有现钱了再来取。"

　　酒花撇嘴道："你算盘珠子拨得圆很么！你发我们凤柳镇的酒财，一点也不让利，你不嫌这些酿酒人可怜？我就知道他们干的既是力气活，又是技术活。就拿踩曲来说，半夜三四点起来，几十个人开始踩，一天之内不歇气要踩够一曲房曲——六千多块曲啊！那种辛苦是一般人想象不来的。我爹说，一晌午曲踩下来，一个人一口气吃十个大蒸馍，还说没够。你想辛苦不辛苦？我们村酒厂酒好，你应该收购价比别处高一些。"

陈熹使劲点着头说："应该是这样的，有你给柳德茂操心、借钱、搞价，柳德茂的酒厂生意只会越来越好。而我一个人跑东跑西、风里来雨里去……没人知道辛苦，也没人可怜噢！"

酒花听出陈熹话里浓浓的酸醋味，忙掩饰道："我是说我爹在我们村酒厂当库管员，领的工资不够辛苦钱。不是柳德茂不给发，是他们人太传统太老实，只会酿好酒，不会卖好价。你和柳厂长是好朋友，他的困难就是你的困难，你的困难就是他的困难，这个不用我说吧，我是多嘴多舌了。陈大经理！你急用绣品，就先拿去。"

"这还差不多！"陈熹冲酒花做了个俏皮的鬼脸，拿了绣图就往外走。鸡换鬼里鬼气地进来，睨着眼看了看陈熹手里提的绣品，招呼都不打就往房间去了。陈熹脚步顿住，迟疑了半会才出大门走了。

酒花刚去隔壁房间和北京的长安的两个客坐下说生意，鸡换撩起门帘，像看怪物似的把酒花看了半天，才阴阳怪气地说："你一哈逛美弄成了么！回来也不回家，等我拿轿子抬你呀？"

酒花蓦地看了看两位客，脸就烧臊了，一时不知道说啥——她每每一遇到鸡换，脑子瞬间就像锈结住，一点灵醒都没有。

鸡换见酒花不说话，眼睛一抿又说："上班挣不下大钱，我准备卖酒呀，你给我添个本钱，五六千块钱就够了。"

酒花这才缓复过来，冷冷地说："你拷人呀！我哪来那么多钱。"

鸡换一听跷进门槛，握着拳头逼到酒花跟前说："你去长安卖货，刚刚陈熹又买走了你那么多货，能没钱？你办厂子挣的钱都做啥了？"

酒花挺直身子气昂昂地说："还账，发工资，交税，租房，到现在还没渡过困难期。厂子这么艰难，你都投资了啥？钱还是力气？哪怕是一句人话也算！"

鸡换急了说："你是我媳妇，我给厂子投资了一个厂长。你连人带发票都是我的，挣下的钱也就是我的。你说你给不给钱？"

"没有！你出去！"酒花气得失控，声音特别尖利。

鸡换也气得黑眼仁斗在一起，恨不得把酒花捶成肉饼。他一把抓住酒花胳膊，龇着金牙道："陈熹刚拿走了货没给钱吗？我就知道你贴赔枣卖米汤不挣钱，是为了和这些野男人在一搭混！"

两个客怕打架，急忙拉开鸡换。鸡换还在往酒花跟前扑骂，酒花扬头一笑说："你随便想，随便骂。骂仗我骂不过你，打架我打不过你，你本事大么！我出去给你寻钱去。"酒花说着从屋里撤出，钻进刺绣展厅关死了门。鸡换气咻咻地坐在房间等了半天，不见酒花出来，就跳在院子里日娘带老子地骂开了。他娘一辈子骂过人的话，在鸡换嘴里像倒豆子一样往出蹦，像醋水一样原汁原味地往外淌，句句不离下半身。连鸡换自己都惊讶他竟然是骂人的天才，脑子滑溜，口才好得超常。两位客听不懂鸡换在骂啥，只呆呆地看着鸡换气得喷火的眼睛和变形的脸，跳上跳下的抓狂情状，就知道鸡换骂的话有多难听，缓过神来忙往外推搡鸡换。绣女们纷纷从绣房出来，七嘴八舌地谴责鸡换，劝着推拉着往外走。鸡换见谁甩打谁。酒花悄悄捎出话来叫众人别管，越管越得能。绣女们只得回房去，关起门来照旧刺绣。鸡换一个人在院子里跳骂累了，见没人理会，反倒没趣地自个走了。

鸡换走在大街上颇感愤恨失落，没精打采地往回走，熄灭了的报复计划又在脑子里复活，而且迫不及待。

酒花心里有极为不好的预感，她顾不得生气，也顾不得细思细想——鸡换骂的话太多了，她反倒一句也记不得。她和长安客说好再去长安卖绣品，这次还要合伙卖酒。刺绣是慢工细活儿，挣钱太慢了，她要养活刺绣厂和越来越多的绣女，必须经营别的项目，卖酒是眼下最来得的生意。她害怕鸡换再来，拿了一些绣品和村酒厂的样品酒，连夜晚和长安客坐班车又走了。

经鸡换这么一场辱骂，鸡换是个啥人完全展露在众人面前，再没人说鸡换腼腆老实。酒花完全开脱了舒展了，啥也无所谓了。她从头到脚换了一身行头——刺绣丝巾、刺绣上衣、绣花鞋，绣花背包里的绣品像背着个花花绿绿的百花园。她这次是飘飘洒洒、袅袅娜娜地走了——她觉得她自己就是刺绣厂的招牌，是刺绣厂的艺术品，是凤柳铺千百年来秀巧可怜的女子们传承下来的姑娘手,是独一无二——她要好好活着,好好做事了。果然这一次去长安鼓楼,简直是顺风顺水,满载而归——手里攥着好几张大订单。在长安客的帮助下还和外贸公司接上了头,绣品将走出国门赚取外汇。她还联系下几家糖业烟酒公司,可代售凤柳酒。酒花给长安客送了幅绣图作为谢礼,这些都是后话。

且说鸡换跳在刺绣厂院子里骂到无趣后回家去,气爹住在厂里不理他,气娘住在舅家不管他,气酒花躲着不见他,气自己无能干不成事,端起坛子咕嘟咕嘟喝了一气娘泡制的女儿红酒,在浑身烧膜难耐、血脉贲张中打开地下酒窖,舀了一坛子陈酒提到凤柳酒店去,和一帮子朋友勾肩搭背,称兄道弟地吃喝了一通。这坛老陈酒香得怪,半条街都软了,人脚踩上去像酵面。朋友们便兴奋地叮着鸡换,再三亲热,再三套问,家藏酒窖的秘密便顺着鸡换嘴角流出的酒液泄露出去。一帮朋友便怂恿鸡换一起做酒生意,正合了鸡换梦想发财的心思。

鸡换在飘忽悠悠的兴奋中,被一帮朋友和客簇拥着去了他家,启开爹娘房间的酒窖。一群人便像蝇子见了血似的趴在密密匝匝排放的酒坛上,陶醉而贪婪地吸吮了好一阵子酒香。那位素不相识的客急忙哄唆着买走了窖藏老陈酒,连夜晚拉上跑远了。鸡换抱着鼓鼓囊囊的钱袋子囫囵睡了一夜后,第二天和几个朋友开始跑各村大量收购原粮。他找到了雍山的三娃,预付了定钱,叫三娃给他把全村的高粱、大麦、豌豆都预订下来,随后他就去拉回来。他收购散酒,别人每斤给八角,他给八角五分,自然就收了不少。又从贩子手里买了酒瓶、酒盖、凤酒商标,叫来姐姐姐夫,关紧屋门偷偷装起了冒牌凤酒来。他们知道装其他没名气的牌子至多卖三两块钱,装名牌凤酒一瓶至少要卖七八块钱,他很快就能大挣一笔。鸡换感觉将有另一个神气无比的他立在酒花跟前,酒花低三下四地求他回家,欢天喜地给他端饭洗脚,给他铺床暖被,再给他养一炕娃娃。有了这个念想,鸡换装冒牌凤酒的心劲更大了,晚上没瞌睡往明里装。

熬了一个通宵,天色微明时,就有人来拉走了装好的冒牌凤酒,鸡换囫囵睡了一觉,中午时分骑了新买的渭阳摩托车去舅舅家接娘回来,他需要娘给他把门望风，端茶倒水。鸡换没想到这么容易就猛赚了一笔钱，像天上飘雪花一样。他实在得意自己脑瓜灵活，找到了一条生猛财的路子，不由眼里放光，脚下生风，有了出人头地呼风唤雨的畅快感。他骑了轻骑去舅家接娘，一路飞快如驾云上。他进门没顾得和舅舅拉几句话，就斜挎了娘在车后座上，呼啸着往回飞去。黄灿灿的大片油菜花和已经抽穗拔节的绿海一样的麦田交织着从车旁飞退而去。娘缩在车后座上说："换娃，你骑慢点，娘心里咋慌得厉害。"

鸡换没吭声，他听不清，娘的声音被耳畔呼呼的风声淹没了，被扬起的尘土消散了。鸡换沉浸在装酒卖酒数钱、将酒花呼前唤后的美好憧憬中，以致后来他再怎么回忆也想不来是怎样把车骑到壕沟里去的，好像那一刻突然大脑断电，如枯井一般幽深黑暗。他只觉得这事来得奇怪，他清醒过来时已经在壕沟里趴着，不远处的娘被压在车下满脸是血，一动不动。他急忙想站起来，才发觉两条腿已经动不了。他只得大声喊娘，一声比一声大，一声比一声凄绝，娘丝毫没有动静。叫声惊了沟边割草的两个男人，下到沟底一看，顿时吓呆了，回过神来后，急忙抬了鸡换和他娘爬到大路上，挡了路过的手扶拖拉机送去镇医院。

拖拉机在乡间土路上跳跃颠簸，鸡换才感觉浑身疼痛得像碾碎散架似的，不由咧开嘴号哭起来。等拖拉机开进镇医院，医生护士围过来抬人抢救时，秦妙手才看清是鸡换母子俩。老婆子已经浑身冰凉，没了一丝气息。鸡换两条腿折了，疼得八样腔叫唤。秦妙手行医从来镇静自若，这会却慌得没法下手，他急忙给鸡换做了包扎后说："要动大手术，咱这没设备，赶紧转院。老婆子叫车把手戳了心脏，神仙也没法了。"紧急安排人送鸡换去县医院。

陶鑫昌失急慌忙地赶来，在老婆身上乱摸了一气，便软软地溜在地上晕了过去。秦妙手急忙在口鼻上捏弄了半天把陶鑫昌救醒过来，提起来栽在地上道："挺住！你一个大男人，这一摊子就靠你支撑。先顾活人，你赶紧去县医院，我打发人叫他媳妇回来。"

陶鑫昌这才疯疯张张地爬上一辆车，赶往县医院去了。

秦妙手送走了鸡换和他爹，一颗慌乱的心才稳住。他给鸡换娘往脸上盖了一张他写书法的白宣纸，给身上盖了一条白床单。去叫酒花的人跑回来说酒花去了长安，一时联系不上。强娃鼓着眼跛着脚跑来一看，又转身回去了。

秦妙手打发人四面去叫人。陶醉儿进城开会去了。王长贵、王拴狗、柳德茂、陈熹慌里慌张地跑来，几个凑在一起一商量，便把鸡换娘拉回家。酒花娘和几个家门女人给擦洗干净身子，翻箱倒柜寻了新衣穿上。男人们卸了屋门将鸡换娘寝在脚地，设了灵堂。娘家人鱼贯来了，趴在脚地哭上一阵后，便张着寻仇的眼睛质问事是咋出下的？王拴狗本来也气愤，见此情状由不得像斗鸡一样呼啦竖起膀子，瞪圆眼睛。柳德茂急忙拉住，赔着笑脸把他知道的出事经过解释了一下，这群人便蔫蔫地顺墙溜了下去，沮丧得不再说话了。柳德茂安排年长的亲戚留下守灵，年轻的往县医院照看鸡换去了。

酒花得信连夜晚从长安赶了回来，先跑去县医院，鸡换刚做完手术，医生带着满脸的疲倦，无限同情而惋惜地给酒花说："你要有思想准备，病人高位脊髓损伤，恐怕要在炕上、轮椅上度过一生了。"酒花张大失神的眼睛一声不吭，她不相信她的世界突然就天塌地陷，又将她埋进断壁残垣中求生不能求死不得。医生看她痴痴呆呆的样子，只得给陶鑫昌交代了一阵，说媳妇哭了说了不可怕，可怕的是她不哭不说没反应，叫陶鑫昌无论如何挺住，不要再给媳妇压力。陶鑫昌的天地也塌了，腿软得直哆嗦，要靠着扶着才能立住。

鸡换舅家表兄弟气喘吁吁地跑来医院时，酒花才知道鸡换娘已经不在人世了。她曾经不止一次在气头上默默咒骂过这老婆子，也发誓在她死后不掉一滴眼泪，此刻她却悲哀而绝望地哭了。她内心非常恐惧悲痛，她知道这老婆子一死，鸡换瘫痪了，家里唯有的两个浑全人就成她和公公了。她不知道她将如何面对这样暗无天日的悲惨光景。明摆着她今后啥也干不成，哪也去不了了。这次长安之行又打开了几处销酒市场，后面只需组织运送酒源了。

鸡换的两个姐夫也来了，见酒花哭得可怜，哀叹了一阵，说鸡换手术后麻药还没散，昏迷不认人，叫酒花先回去安排丧事。酒花抹干眼泪，搭车回到凤柳街，顺道在街上买了一枚银钱，扯了几十丈白棉布、几卷五色纸抱着回家。

柳德茂已经叫来了阴阳先生，和鸡换的两个姐姐掐定了安埋的日子。非正常死亡的人村里人有忌讳，要是年轻就不让进村，在村口搭个灵堂停尸祭奠，直到下葬。鸡换娘五十多岁，算个老人了，也就没人阻挡进村。但毕竟死得不正常，谁也不想让在家多停时日。阴阳先生推定的跟四天、跟七天两个合适日子，叫主家选，几个年长的老者急忙提议跟四天下葬，说鸡换还在医院里救治，需要家里人经管，不要把好人也累坏了，安埋只得简单。至于那些忌讳谁都心里明白，谁也不说破。

日子紧，王拴狗、陈熹几个急等主家回来安排打墓，他们都担心酒花身体撑不住。

酒花一进门就跪在堂前烧了纸钱，磕了头，掰开婆婆的嘴，和鸡换的姐姐一起把银钱塞进嘴里压在舌头下，再把嘴合上，将银钱上拴的红线头绑在脖根的衣服纽扣上。这些老讲究鸡换姐不懂，酒花在安排红奶奶丧事的时候已经学会了。随后她安排了家门侄子拉着柳棍去亲戚家报丧，又叫了几个妇女坐在她的房间缝孝衫，扎纸活。她亲自带着阴阳先生去官路北边壕沟里勘踏了墓地，逐一安排了打墓、请吹鼓手、置办酒席等一应事务。钱花的是陈熹拿来的绣品货款。她想起几天前鸡换跑到刺绣厂，日娘带老子地跳着骂她，就要这笔钱哩，没想到今却要用这笔钱安埋他娘，世事真是荒诞啊！

村里人在议论豆豆兰之死，回忆着这婆子生前一点一滴的同时，也疑惑咋就出下了这烂子？问酒花，酒花茫然摇头，她只想着尽最大努力把丧事办周全，因而跑出跑进成了主事总管。

叫酒花感到无力的是来帮忙的尽是些老汉，年轻人都在像野草一样滋生蔓延起来的酒厂、面粉厂、服装厂、砖瓦厂、食品厂、家具厂、木器厂、造纸厂、印刷厂、编织厂……上班挣钱去了，锄高粱玉米的农活也得刁空去干，村里几乎没有闲人。酒花和柳德茂到处抓挖了一帮人，将鸡换娘的丧事仓仓促促潦潦草草地办了。

酒花不得歇息就去医院经管鸡换。杨兰芝到了预产期，刺绣厂没人管事了，酒花只得临时指定了一个伶俐的绣女先管着。

在鸡换娘瞬间把地顶了个大疙瘩后，人们又感叹这是一场有儿子，却没儿子"亲视含殓"、穿白戴孝、扶柩扯纤送葬的凄惨葬礼。同时也悟到活人不能太自私太算计太苛刻，要憨厚实诚对人好哩——人算算不过天。一个人最后的谢幕情势和自己一生的修为是成正比的。

第四十一章

酒花总觉得她的人生有一张无形的大手在刻意设计，防不胜防的变数太大。她满以为她要在凤柳镇和长安之间跑出一条经商之路来，把刺绣厂做大做强，没想到却要撇下生意在医院里接屎倒尿经管鸡换，而且这种经管有可能将伴随她一生。

酒花有时候也怀疑上天在她女人的身体里植入了男人的筋骨，风雨雷电严寒霜冻都奈何不得她。她从来都是哭了又笑了，跌倒又爬起来了，拍拍身上的尘土继续走。这次不同了，她顾不上去经营刺绣厂了。一个月后鸡换出院回家里时，麦子已经泛黄，临近夏收了。街道上又在演绎夏收前交易牲口农具的繁忙，街背后老远就能听到嘈杂热闹。酒花听到这种热闹却浑身瘆得慌，她知道她和这些热闹再也无缘了。

此刻，酒花正跪在炕沿上经管鸡换吃了药，给擦洗了身子接了尿，陶鑫昌冷不丁闪进门来，怒发冲冠地问鸡换地窖里的老陈酒哪去了？鸡换翻着肿胀而失神的眼睛说卖了。

陶鑫昌吼雷似的骂了句讨债鬼！便满眼绝望悲痛地对酒花说："你把心尽到了，另嫁人吧！趁你现在还年轻。这狗东西不值得你守着他！"

酒花猛然感觉霉锈的心门吱呀打开，自由的阳光照射进来，将霉气清除干净。可她还是愣怔地看着公公，忘了手里端着的尿壶，浓臭的热臊气强烈地刺激了她的鼻腔，不由阿嚏打了一个喷嚏，身子一颤，热尿便从尿壶里荡出来泼了她一手，酒花也不觉得脏，这一月在医院里伺候，她已经熬过了所有心理障碍——习惯了。她同情可怜鸡换，在病房里其他病人问及他们有没有孩子时，她一瞬间曾后悔歉疚没有给鸡换生下一个孩子，好叫他有个好好活着的动力和希望。当鸡换的所作所为呼啦啦地浮现在眼前时，她浑身又痒痛起来，恨意将后悔歉疚的感觉冲消殆尽。陶鑫昌显然对她赔着小心，近乎巴结的神情也让她可怜起这个平时言语不多的老人来。在她责无旁贷决心死心塌地伺候鸡换一生的时候，听见公公说出这样的话，有种亦真亦幻亦喜亦忧的复杂感觉。

酒花没言语，也没表情，端着尿壶往后院去倒尿。当尿水泼在粪堆上时，眼泪稀里哗啦流了一脸。

酒花明白让陶鑫昌突然做出这个决定的是那窖密藏了多少年，连她都被提防着的老陈酒败在了儿子手里，这好比要了陶鑫昌的命——仅存的一丝对生活的希望像微弱的油灯火苗，噗一下就熄灭了。

鸡换两个姐听说爹准备办退休，回家经管鸡换，叫酒花改嫁走人。急忙叫了老舅、表兄弟一帮子亲戚奔来，乌压压坐了一屋子，七嘴八舌地扇呼陶鑫昌咋都不能放酒花走。酒花走了这家就彻底烂包了，绝门了。要想办法查访名医，给鸡换把腿往好里治，还要养娃娃给陶家顶门立户呢。陶鑫昌本来是气头上说出的话，此刻冷静下来意念开始动摇，他对鸡换卖了他和老爹冒着巨大风险，经历了非常时期密藏下来的老酒，心里窝着说不出的痛惜和气恨。他后悔极了以前没有给儿子说清这几十坛老酒的收藏价值和意义，是怕他自恃有这么一笔财富而更加懒散，更无上进心，不想却突然像云烟一样飘失了。摆在眼前的事实是老酒和老婆都追不回来了，儿子的腿站不起来，酒花留得住留不住恐怕不由他决定。

陶鑫昌被众人说得心绪烦乱，他深深地记着他爹当年说他爷怀疑柳家密藏了一窖酒，也就捡顶好的酒藏了一窖，叮咛儿孙务必秘密守护传承。千年窖，万年酒，甭说有多值钱，单说祖上烧酒的辉煌，这就是明证。以致他后来连老房子都不敢翻新，只在对面盖了几间新房。他也不敢与人交往喝酒，不敢扎堆说话，怕说失了口。他怕他某一天突然去了来不及说，就在鸡换定媳妇前给他交代了个大概，千叮咛万嘱咐不可给外人说，谁知这东西就不像他生养的，像前辈子欠债的恶鬼，专门来给他败家的。

陶鑫昌愤恨地向亲戚们历数了鸡换的种种不是，懊恼他和祖上就不该只留财不留德。留财一场空，留德世代兴。他想起他刚才碰见柳义振的情景，柳义振背着手，神采奕奕容光焕发地在街上走着，他差点找个地缝钻进去。他寻思柳家肯定有了啥喜事。

陶鑫昌看得没错，虽然柳义振被卖酒的事弄得心情灰败不已，可杨兰芝顺顺当当生下了大胖重孙，四世同堂的念想实现了，不由喜气洋洋，像过去一样背着手，昂着头从街道走过，碰见陶鑫昌蔫头耷脑地走着，刚想和以往碰见一样淡淡地点头打个招呼，不料陶鑫昌慌忙踅进一家门店，立着往外偷眼瞄他。柳义振瞬间觉得这人遭际实在可怜，想要咋样帮他一把，尽管从祖上到现在面染心不染了近百年，但也没结下多大冤仇。从酒神父亲那时到现在已经是第五代出生了。到第六代就出了五服，恐怕连自己的亲门近族都不记得义德酒神是谁了，至于祖上那些陈年往事谁还在乎？他决定打发柳忠民和柳德茂父子俩拿些钱给陶鑫昌送去，叫好好给鸡换治腿，不管摊子咋烂总得往好里收拾。

晚饭后，柳忠民父子俩拿了钱有点愁肠地去了。几十年没登过陶家大门，自从杨兰芝在陶家大门口跌倒流产后，更是对这家大门里外讳莫如深。今这家人遭难了，无论从乡里乡情，还是他柳家的老传统来说都得去慰问一下，看看有啥忙需要帮的。父子俩默默地走到陶家大门口，顿住步子相互看一眼，硬着头皮跷进门槛却听见屋里吵吵闹闹众人喧哗。父子俩不知里面干啥，进也不是退也不是。柳忠民就装作刚进门喊了一声鑫昌。陶鑫昌跨出门一看，一下子愣住了，瞬间反应过来招呼柳忠民父子俩进门。父子俩跟着陶鑫昌进了鸡换的房间，看了看躺在炕上蜡黄浮肿的鸡换。柳忠民说了几句积极治疗好好扶养之类的话，将钱掏出来递给陶鑫昌说是他爹的心意，叫给鸡换买点营养品，有啥需要帮忙的尽管说，然后借故忙，推开陶鑫昌端来让坐的凳子，和柳德茂急急出门回去了。

柳义振虽像以往一样坐在罗圈腿竹椅上静静地抽旱烟，疏散晚饭后的胀气，心里却七上八下翻腾着，思量他安排的这事是不是有点唐突，心里没底儿。他担心陶鑫昌误会，以为他派儿孙看笑话去了，给父子俩难堪，那就臊了王驾了。

正担心着，柳忠民父子俩进门来。柳义振蓦地抬头，见柳忠民脸上色彩平和着，柳德茂却吊着脸，纳闷道："咋样？"

柳忠民坐下来，蹙着眉说："你的意见我给带到了，钱也给了，他叫我替他谢谢你。鸡换这娃的腿……唉！我看麻达。刚进院子我就听到一屋子人说话，好像怕鸡换媳妇留不住走了，叫陶鑫昌想办法把人留住。"

柳义振猛地吸了一口烟，悠悠地吐出滚滚浓烟，思度着说："这女子咋能走？过去没了男人的都守着不走，这娃还活旺旺的，就这腿不行了还得女人经管哩。我明一上班就给长贵说，叫他给他女子说一下，把生意放下，把男人往好里经管。"

柳德茂终于忍不住说："鸡换不够人，他自己挣工资哩，出事前还跑刺绣厂去问酒花要钱。酒花虽说当厂长，厂子没盈利，和咱一样手头没闲钱，这货就在院子里跳着骂了大半天，把人不骂的话都骂到了，还扬言要放火烧了刺绣厂。街道人都替酒花捏了一把汗，说要是这货腿不断，不知还会出个啥烂子呀。连兰芝都替酒花愁肠得不行，说把那么好那么能干的一个媳妇逼得走投无路逃长安去了，后面没了回来的路。结果呢？结果他就出了这烂子……看来老天看不过眼了，把他行为限制了，不叫他再跑着害人了。"

柳义振一听噢了一声道："我就说王长贵对女婿出下这烂子一点都不着急上心，还和以往一样实腾腾地上班，假也没请几天，我还以为这人把钱看得比命重呢。看到了吗？做人要是把别人路挖断，自己首先就走不过去，天低得和楼一样！德茂你以后离鸡换媳妇远点，这女子爱做怪事，万一那天尻子一拧走了，给你落了是非就不好了。兰芝月子坐出来也甭去刺绣厂了，在家也能绣花么。"

柳忠民一听也帮腔道："这女子家教少，是非多，现在出了这事，走不走都是是非人，人都盯着看着。厂里也有人说这女子不是平处卧的兔，迟早要走。你都当了爹的人了，就稳稳重重干你自己的事，少和这女人染。"

柳德茂早已听不进去，吊着脸说："你都不了解情况，我这个月往长安卖酒就是酒花推销绣品的时候顺便联系的生意，价钱比咱以前的高一倍。她说她爹在咱厂里上班，希望生意好她多多领点工资，也给她挣几个辛苦钱。要不我就得把厂子撇下出去跑销售去,咋能这么安然地踩曲卖酒呢!我们一直是相互帮忙做生意哩。至于酒花要改嫁,我完全支持。鸡换不值得酒花守着——守情哩,还是守德哩?他小伙一样都没积下,做下的瞎事还多着哩!"柳德茂已经说得气愤加激动,拧身出门走了。

柳义振和柳忠民父子俩面面相觑,都不知道该说啥了。

柳义振窘了半天才说:"陶家的事,看咱把闲心操的,因缘果报,自有定数。不说了,都早早睡觉,明我去县上的酿酒培训班讲课。"柳忠民嗯了一声,也回自己屋里去了。

柳德茂刚从爷爷屋里出来,就被娘堵在门口不让进自己屋去。娘一本正经地说,从外面回来的人身上都带了"春气"(邪气),月娃太小抗不住。就把柳德茂拉到当院,将早就放好的一堆柴火点燃,让柳德茂在大火上跷过来跷过去燎上三个来回。同时她嘴里念叨着:"南来的北往的,东去的西过的,十字路口碰下的,身上带下的,李家的陶家的,不管你是谁家的,赶紧跑得远远的,十字路口另等去!你若不走敢进去,门上有秦琼和敬德,还有酒神在堂里,利剑劈死你,犁铧戳死你,大火烧死你……十六道神器道道送你下地狱!"等柳德茂跷完大火立在一边,她娘猛地一脚把正在燃烧的火堆朝大门口踢去,火苗呼地窜高丈许,火星柴灰流星雨一样呼啦落下来,扑了柳德茂一头一身。柳德茂急忙拍打着身上的灰,涎脸诡笑道:"娘,你好威武!我能进屋了吗?"

"你进去,脚步放轻点。"她看着柳德茂蹑手蹑脚地进了门,才拧身回自己屋去了。

柳忠民父子俩去陶家慰问后刚走,酒花就回去了,幸亏没碰面上,否则不知有多尴尬。她刚去了一趟刺绣厂,又回了一趟娘家,心境便大变了,满腹的气愤懊悔和无处可宣。她本想把刺绣厂委托给别人经营,自己带鸡换去长安治伤。怎奈绣女们看着酒花劳累得失去往日光彩的脸,无不叹惋心疼,想着鸡换月前还在院子里一蹦三尺高辱骂酒花的情形,都七嘴八舌的劝酒花不要因为鸡换撇下刺绣厂。酒花不在厂里了,她们也就不干了。甚至有绣女气愤地说,给把腿治好又叫跳院子里骂人呀？一万个男人里也许就那么一个货色，偏就叫你遇上了。现在闭上眼睛在大街随便摸一个都比那货强。干脆另搭台子重唱戏，改嫁算了，幸好没娃娃。

酒花默默地听着绣女们替她鸣不平谋长远，自己却灰了心丧了气——不说她是村上妇委会主任，单就她和鸡换的夫妻关系，就得经管鸡换一辈子。酒花怕话听多了自己思想动摇了，就匆忙安排了一下厂里工作，回了娘家。

酒花无精打采地走进院子，看见娘在院子里苶苶立着。娘一看见酒花眼泪刷就下来了。酒花泪眼模糊地叫了一声娘。蛋花在屋里听见冲出来扑抱住姐姐也哭了。母女三个进房间先低头啜泣了一阵，酒花才擦干眼泪强笑着说："没事，天塌下来我一个人也能顶住，只要你们都好好的我就有心劲，有奔头了。我嫂子啦？"

娘鬼祟地往门口看了看，叫蛋花回房学习去，她和酒花说一阵话。蛋花答应着出去了，娘就偷声说："你嫂子近来老爱往街上跑，我老远跟着看了下，她借着买线和凤记线匠铺那个伙计打得热火，把你买的新鞋新衣服啀瑟上，把头抿得光的像牛舔下的，把脸抹白得像驴粪蛋上落了一层霜，见天往线匠铺跑。亏得眼睛像谷叉戳下的，鼻梁塌得像谁蹾了一尻子，要不就飞上天了！我给你爹说，你爹嘴嘟噜着不放一个屁。给你哥说，你哥哑巴着嘴根本不管事。我也没个法子。眼下又出了你这事，生生把娘熬煎上了呀！"说着撩起衣襟又擦眼泪。

酒花看着娘早已熬烂了的红眼角，长叹了一口气说："我哥就那闷葫芦样儿，人家能嫁给他就不错了。你不叫我嫂子出去散散心，憋出病来咋办？说明我嫂子性子活泛啊！早晚有个娃娃了也就盘缠住了。"

酒花娘忙低声说："我就怕那娃娃……"

"别说了！"酒花忙打断娘的话，恼道，"你一天吃了上顿想下顿，刚给你把媳妇娶了，还没缓口气又胡操闲心，胡搜是非，你还叫人活呀不？你以后再偷偷摸摸跟踪我嫂子，我就不认你这个娘。你常劝别人说难得糊涂难得糊涂，咋放你自己就灵醒得叫人害怕了呢？你看人家有些媳妇，花得叫人把舌根都嚼烂了，家里日子照样过得有滋有味。你就不能学着点，看开点？"酒花训了娘几句就抡出门去。娘在后面追着说:"鸡换你就别指望好了,寻个合适人另嫁了去。"

酒花没搭理娘,跷进奶奶的老屋,给奶奶上了一根香,拜了三拜,偷偷抹了眼泪,才坐下和蛋花说话。

酒花见蛋花也熬出了黑眼圈,心疼道:"晚上少熬眼,早睡早起学习效率高。别到了考试时身体吃不消。"

蛋花把正看的书合上说:"就熬二十来天了,试考完了我给姐帮忙照应厂子,看你劳累得头发都锈成一团了。"蛋花说着用手指给姐把凌乱的头发捋顺。

酒花道:"好啊!帮我把你姐夫拉去长安治伤,有一线希望都要把腿给治好,叫能走路,要不在炕上睡一辈子太可怜了!"

蛋花倏忽瞪圆眼睛说:"鸡换还可怜?我觉得最可怜的是你,姐!以前我希望你俩把日子往好里过,啥话都没说过。现在他自己把自己治成那样了,还要拖累姐一辈子吗?咱爹娘愁得要死,我把鸡换做的那事一说,爹娘就想叫你和鸡换离婚另嫁人呢。改嫁了你才有好日子过啊!"

酒花纳闷道:"鸡换做了啥啦?叫你眼黑成这样。"

蛋花将笔帽儿在嘴里咬着想了半会,才气愤地把鸡换曾想祸害她,遭柳德全暴打的事情说了出来,也把杨兰芝流产与鸡换有关的猜疑说了出来。酒花沉默了大半会才说:"杨兰芝流产的事我大概摸着了,他对你这事你咋不早说?早说姐早早蹬了他,省得把姐今害成这样!没人知道鸡换曾经做下的这些龌龊事,只骂姐无情无义不够人——鸡换好着不离婚,鸡换残废了就撒下不要了。唉!人说姐啥坏话姐都不怕,就怕人说姐不仁不义——如今生生把姐给治死了!"

蛋花搭着姐的肩膀,有些委屈地说:"那时哥哥还没娶下媳妇,爹娘气短得人前都不敢去。我要是把那事一说,你一气之下和鸡换离了婚……爹娘咋办?现在哥哥有了媳妇,你是刺绣厂厂长了,千难万难才刚刚好起来,我不想叫鸡换拖累了姐。"

酒花摸了一把蛋花的头,苦笑了下说:"你学习吧,姐不打搅你了。他拖累不了姐，你放心！你姐是谁？铁匠铺里打出来的轧钢镢头——硬着哩！"酒花说着起身回去了。

酒花一走到路上就气愤得不行，想着鸡换曾对蛋花的作为，陶鑫昌气头上叫她改嫁的话，心里纷乱，但她知道陶鑫昌不会轻易叫她走。

酒花跷进头门后果见陶鑫昌迎出来，近乎讨好地说："酒花回来了。刚你姐你舅还有你表哥都来看鸡换，说你把鸡换经管得好很！亲戚们都夸你，说你有教养，能干人品也好。他们说改天来了当面感谢你，还要感谢你爹你娘。你没吃饭了我给你热饭去。"

酒花一听就知道话里水分有多大，目的是啥，就淡淡地说："我不吃饭，刺绣厂暂时还离不开我，刚跑开路子。你退休回来多照管鸡换，我腾出时间来把厂子打理顺了交给别人，就带鸡换去长安好好治病。"

陶鑫昌忙点头说："好好！我明就去办退休手续，有咱俩齐心协力经管，鸡换就能好起来，能走路了都就轻省了。"

"齐心协力？"酒花听着心里特别别扭，又不好再说啥，就默默地进了房间。

鸡换看见酒花进来，眼睛不满地睒了睒说："你咋出去这么长时间？我爹笨脚笨手就不会经管人么。"

酒花沉了脸唬道："你还挑人呢！你把你先人金酒卖了，你爹没把你倒沟里去算好。我一个多月没管厂里，把事垒下了，以后全指望你爹经管你，你就皮筋学厚点别弹嫌。"

鸡换急说："再忙你也得经管我，你是我媳妇……"

酒花偏着头，盯住鸡换的嘴说："你牙是咋掉了的？杨兰芝是咋流产的？"

鸡换一怔，急忙把嘴抿住。随即又说："牙是跌倒磕石头上磕掉的。杨兰芝那事我不知道。"

酒花盯着鸡换看了半天，揶揄道："还不老实说，还不反省，算了！你再也干不成坏事了，我也就不追究了。你以后把你嘴抿严，你再把你金牙露出来，我就不管你了。"

鸡换一听慌忙把嘴包得紧紧的，憋了半会才用手把嘴捂住说："我在雍山叫三娃定了全村的高粱、豌豆，还有大麦。本来想等涨价了，我一转手卖了，大挣一笔钱。没想到我倒霉的出下这事……山里人实窝窝，我估计价钱涨了还给我放着。你找三娃把剩下的钱付了，拉下来一卖，肯定能挣不少钱，给我治腿。"

酒花正在脸盆里给鸡换洗衣服，一听顿住，斜着眼讥诮道："你咋才有了正经眼道？以前是邪眼眼把正眼眼堵住了？"

鸡换苦着脸低了头说："甭卖我以前的鬼了，我现在后悔得能把头碰破。你买点老鼠药给我，我死了就不拖累你了。"

酒花一听觉得自己有点过分了，忙说："你自己先要好好养着，思想上要乐观积极。我忙过眼下事，麦收了就拉你去长安看腿去。碰上个神医说不定就治好了，到那时你再到刺绣厂院子跳着骂我，我欢天喜地地立着看——你腿好了嘛！"

鸡换羞愧地扭了扭头，龇了龇牙，急忙又下意识把嘴包抿上。

酒花给鸡换洗完衣服，经管吃了晚饭吃了药，接了排泄物，给擦洗了身子安顿睡下。她自己已经不想吃东西，洗把脸囫囵睡下了。一觉睡死了一般，等她忽地一个激灵醒过来，闻到一股刺鼻的尿骚味，揭开被子一看，鸡换已经尿在了被窝。酒花张着惺忪的睡眼给鸡换换了裤子，换了油毡布，窗外已经有麻雀燕子叽叽喳喳闹得不可开交，后院梧桐树上斑鸠咕儿咕儿叫得欢悦。酒花感动于这些生命的自由精彩，感伤于自己命运的多舛，呆呆坐着出了一会神，就赶紧进灶房做饭去了。

陶鑫昌进来坐在灶前烧锅，两人都不说话。酒花发现陶鑫昌用眼角偷偷看她，愈发觉得别扭尴尬。她回想鸡换娘活着时，天麻亮就起来，前院后院出出进进地洒扫吆喝。最热闹的是那只大红公鸡跳上后院的矮土隔墙，伸着脖子伺机往邻家后院跳。鸡换娘就拾起土疙瘩把鸡打得呱啦啦飞着，叫唤着落回自家后院。鸡换娘就追打着骂："你就骚情很！你连自家的母鸡都领不住，支应不好，还谋实领人家的，看我不把你皮剥了煮着吃了肉去！"有时她却提着尿盆立在后院和隔壁女人隔着矮墙说话，满院都是她尖溜的声音。这会她已经把饭做好摆在了锅台上，唤着鸡换端饭。突然这老婆子一不在，整个家院寥落荒败了许多，空气都沉闷得像凝滞了一般。

　　酒花觉得还缺了什么，仔细一想，是村口电线杆上大喇叭里播放的广播体操和革命歌曲没有了。自从王拴狗不当书记后就停了。陶醉儿不在村委会住，就是轮他值班，也懒得早起放广播。偶尔通知开会，或催粮要款征收农业税，陶醉儿才趴在广播上噗噗放气一样吹几声，然后拉着官腔说："广大村民同志请注意，广大村民同志请注意，现在通知……"人们竖着耳朵一听又是安排任务。才有几天光景，一切都在悄然发生着改变，有些不知不觉，有些快得反应不及。

　　这个家失去一个女人就荒败成这个样子。她记得她奶奶活着时说过女人是家楦子，没有女人的家就不是个家。突然酒花有个闪念，陶鑫昌还不到六十岁，应该给寻个老婆，帮着把家楦起来，她也好分出更多的时间经营刺绣厂。这个想法一出把她自己吓了一跳，哪有媳妇给老公公寻老婆的，不由瞟了一眼正笨拙地往碗里舀饭的老公公，脸上有些烧臊，忙端上两碗饭往自己屋里去了。

第四十二章

酒花安顿好鸡换后,就去村委会请辞妇委会主任的职务。她和以前一样一进门就打扫办公室卫生。陶醉儿背着手来了,问了鸡换的治疗情况,酒花就说出她要辞职的打算。陶醉儿捏着下巴思忖了半会说:"你忙你事不影响啥么。你给鸡换治疗要花钱,虽然领两牛眼仁工资起不了啥作用,看够个脚程钱么。"

酒花刚说了她白领工资不干事心里虚得很,镇上妇联主任和王拴狗就进门来,酒花忙立起热情地招呼。妇联主任看见酒花喜悦地一笑,旋即又收住笑道:"今上班了啊?"

酒花说:"正好你来了,你不来我才找你去呀。村上事我不干了,忙不过来,耽搁事哩!"

镇妇联主任还没张嘴,王拴狗就抢先说:"忙不过来就不干了,你卖酒去嘛!长安客北京客和你都是朋友了,跑哪哒都有人照应。现在县上嫌酒类牌子太多太乱,已经发了文件,以四大镇为单位整合注册了四个品牌,统一包装销售。镇上企业办就弄这事哩。我还给镇上书记说过,你跑了两次长安就踏出了一片子市场,东北人爱喝咱这高度烧酒,你往东北跑去。"

酒花说:"我哪能走脱,我走了把鸡换撇给他爹一个人,人骂我不说,一个男人家经管不好啊。"

镇妇联主任沉吟道:"这倒是个大问题,得想个办法。"

王拴狗偏着头用小拇指甲在牙缝里抠出一个菜渣,用大拇指头弹飞出去,毫不在意地说:"墙烂了用泥糊,家破了用人补,给陶鑫昌娶个老婆,给酒花招个女婿，招夫养夫不就把问题都解决了吗？"

酒花一下子有些恼怒，觉得这老书记越来越说话出格，叫她一女侍二夫，打死都不干。

陶醉儿忙说："这事要人操心哩，你如今升到镇上去了，站得高看得远，你给酒花瞅实个好小伙嘛。"

镇妇联主任也茅塞顿开般地说："这个办法好啊！我在县上开会，听过这类典型事迹报告，是姚沟一个妇女的丈夫开矿时叫石头砸坏了腰，也和酒花女婿这个情形一样，这个妇女就招了一个女婿，共同照料前夫，孝敬公婆，养育孩子，把家红红火火地撑起来了。酒花你考虑……"

不料酒花红脖涨脸地说："我不想考虑这事，以后谁都别提别管，谁提我和谁翻脸！"说完立起拧身走了。

酒花头一次一竿子打到了几个人——都是操心为她好的人，因而心情更加灰败。她走进刺绣厂院子，看见哥哥坐在门房门口的凳子上吃油糕，偏着头伸长舌头舔从手心淌到胳膊上的糖水，手翻转到身后，手指捏着的油糕里的糖水又流到了肩背上，烧得龇牙咧嘴地呻唤。酒花要放平时就会心疼得跑过去帮着擦洗，今却恼了，狠狠瞪了一眼就走了过去。柳德茂和陈熹正立在门口等她。酒花神情怏怏地打了招呼，掏钥匙开了门一块儿进屋坐下。

三个人半天都不言语，谁也不知道该说什么好。在柳德茂和陈熹帮着安埋了鸡换娘之后，酒花就对两人说过，我现在又是被人关注嚼说的对象了，咱们尽量少打交道，为我好也为你们好。可话是这么说的，柳德茂比以往任何时候都操心酒花，他常常夜里惊醒，内疚心痛得整夜睡不着，觉得酒花后面的路一片黑暗，再也没希望了啊！陈熹更是日夜煎熬，郁郁寡欢，和酒花在一起除了说生意，再也没了别的半句闲话。

酒花虽说不叫这两人再来刺绣厂了，可来了她又觉得心里踏实好受些，毕竟她太憋屈，太屈辱，太愤懑了，真正能给她助上力理解她的大概就这两个人了。此刻她有一肚子话要说，却一句也不想说，冷不丁道："我麦收后去长安，带鸡换去治病。"

柳德茂蓦地抬头说："你真去呀？"

酒花说："去，有一线希望也要争取。"

柳德茂看了一眼陈熹，陈熹咬着牙腮帮子鼓动了一下说："你一个人哪行，那么大个人咋搬得动，我陪你去。"陈熹说完觉得有点冒失，怕酒花一口回绝，忙又说："我姐在省人民医院工作。我正好也有点事要回长安去，顺便帮你联系一下，找个最好的医生。"

酒花本想拒绝，可拒绝了他就得和陶鑫昌一起去，她不想整日价面对这个偷眼看人的老公公，实在别扭，因而沉默着不置可否，半会才说她好长时间都没创作新的绣图了，感觉没一点灵感，思维好像僵死了一般，再这样下去刺绣厂就没活力了，老绣旧样式人容易厌倦失去创造力。

柳德茂趁机说："找一些寓意好的字画照着绣，你就不用费心设计了。陈熹在长安跑熟了，还有他姐的关系，叫陈熹先回去打前站去。等我忙过眼下，帮你拉鸡换去长安看——医生说没希望，你心也尽到了，拉回来倒炕上让他爹和他两个姐姐轮换经管去，你挣了钱给他姐付点报酬就行了嘛！你是干大事的料，咋能成天干那端屎倒尿的腌臜事哩，腾出身子来干你该干的事才是正经。"

酒花听着柳德茂一边要帮忙一边言语如此不堪入耳，本想狠狠地回他几句，一想到鸡换做过的那些事，特别是对杨兰芝做下的事，也就不觉得柳德茂有啥不好了——话丑理端，只好苦着脸说："我前世欠下鸡换的，今世还债，今世还完了下一世就不再见面了！刚为这事可能还得罪了几个人，还有拴狗伯，不知生我气没有……"

突然门帘一揭，王拴狗提着一瓶酒进来了，三人都笑了说："凤柳地方邪着哩，说谁谁就来着哩。"

王拴狗一本正经地说："你们几个挤一块，数来数去就缺我嘛！德茂我当你领队踩曲去了。小韦村有三支曲队，有唱西府曲子踩曲的，有唱秦腔踩曲的，把老祖先的那一套和盘端出来了，热闹得太太。小韦村人说他们脚心带酒着哩，踩的曲发酵快，肯上霉，出酒率高，喷喷香！各村都排队叫去踩曲，我还以为是你当曲头哩。"

柳德茂笑说："叫哩我没去，小韦村是祖传的专业踩曲村嘛！曲头有的是。现在已经有五支三四百号人的踩曲规模了。凡是人工踩的曲都发酵快，霉子多，糖化出酒率高，香很！你没听说咱的曲队不但脚心带酒，头顶还带水哩——往哪去踩曲，哪就要先下一场雨，积满一涝池天水（此水踩曲发酵好）。前几天街西的涝池刚下满，咱们的曲队就从外乡转回来了，一支在凤酒厂踩曲，一支在咱厂里踩曲。不美气的是原料价涨得厉害，各生产队调来的原料就踩曲都不够，我已派人到周边县区买去了。"

酒花一听忙说了鸡换在雍山屯有高粱豌豆大麦的事，她不想跟三娃打交道，就让王拴狗和柳德茂赶紧拿了钱去找三娃拉粮。两人一听兴冲冲地去了一趟雍山村，扑了一面目灰又回来了。原来在鸡换出事后三娃去县医院看过鸡换，问鸡换要不要把预定的粮食转卖了给他治病？鸡换说不急，他很快就好了，先放着。三娃就一心一意等着鸡换好起来去拉粮。

酒花只好叫鸡换写了个委托她拉粮的纸条，和柳德茂一起去了雍山，这一去还成就了一桩好姻缘。

鸡换预定的高粱豌豆比原来涨了几乎一半价，山里人老实，收了定钱，就认为粮食是客的了，尽管因为涨价的事心疼得说说叨叨，却只等着客来拉粮，并不想着反悔涨价。

三娃见到鸡换的纸条，神情窘迫地领着酒花和柳德茂挨家挨户去付余款拉粮。三娃的忠诚守信打动了酒花，以往换亲造成的不快烟消云散。此刻三娃背身的笨拙、扛粮食袋子的卖力和实诚让酒花心生怜悯，冷不丁问："你把媳妇娶了没？"

三娃抓口袋的手迟钝了一下说："没有。"

酒花不由自主脱口而出："我给你说一个。"

三娃正把一麻袋高粱架到脊背上，转过身来，只淡淡地看了一眼酒花，就走往院子的拖拉机旁，将麻袋卸在车厢里。

酒花此时想到的是刺绣厂一个叫胡彩莲的年轻寡妇，家就在南街，两年前丈夫得病去世后，和婆婆公公一起拉扯着一个小女孩过活。酒花问过她的再婚问题，她说不想嫁到远处去，就想趁娃小招赘一个上门女婿。娃老是问她，我爸爸呢，她不敢实说就哄着说，你爸爸去远处上班去啦，挣下钱了就会回来看你。娃就天天跑去大门外等她爸。酒花一听就为彩莲着急,却顾不上操心。今突然觉得彩莲和三娃年龄貌相相当。三娃弟兄多,不一定都守在老窝里娶媳妇,树挪死,人挪活。就在三娃装完粮食,歇下来喝水的时候,酒花介绍了胡彩莲的情况,说彩莲不但性格温和,而且心灵手巧,绣花技术在刺绣厂数一数二,叫三娃考虑一下。三娃蹲在地上,红脖涨脸地低头想了半天才抬头对酒花说,等和爹娘兄弟商量了再回话。

几个人拉着粮食回家的时候,柳德茂说山里人保守,金窝银窝不如自己的狗窝,酒花是白撇话哩。酒花也觉得自己有些多嘴多舌了,但又抢白柳德茂说,白撇话也要撇哩,总不能像有些人一样头栽自己肩膀上叫别人撅(挟制)着。柳德茂一听酒花在给他散话哩,瞬间哑了声息。

酒花没想到第二天中午三娃就寻到刺绣厂来了,被哥哥挡住推推搡搡骂骂咧咧,以为又想娶他妹妹蛋花。酒花出去一看颇感意外,忙把三娃叫进房间坐着一说,方知是三娃爹娘同意儿子当上门女婿,打发他来想和女方见个面谈一谈。酒花没想到就那么一提说,竟然预感将有一桩好事要来了,忙叫胡彩莲进来,给相互做了介绍,说都那么大了,自己先谈去,她回家一趟,就急忙走了。

等酒花回家经管鸡换吃喝拉撒了一遍回来,三娃已经走了。酒花问胡彩莲咋样?胡彩莲红着脸说不知道。酒花就说不知道你看着我。胡彩莲一看酒花睁得大大的眼睛就扑哧笑了,忸怩着擂了酒花一拳。酒花笑说:"好了!我安排三娃见你爹娘,老人活了一辈子,人情世故看多了,认人最准。"

第四十三章

　　转眼麦子黄了,鸟儿"旋黄旋割、旋黄旋割……"叫得欢悦紧促。麦熟的燥热和夏收的忙碌让这个季节分外地热烈奔放,活力四射。大人娃娃齐上阵,田间地头、碾麦场到处人头攒动,闹闹嚷嚷。

　　刺绣厂也放忙假了。这天一大早,酒花安顿好鸡换后拉着架子车挎着镰刀准备上地割麦,三娃提着镰刀带着他两个弟兄跷进门来,说他家麦子还没黄透,比平原晚几天割,就带着弟兄两个帮忙夏收来了。酒花一听忙问给胡彩莲家割了没有。三娃说已经割了,就是胡彩莲打发他们来的。酒花一阵感动,想起前几天她带着三娃去胡彩莲家时的一幕,就欣慰自己的热心成全了一件多么美好的事情。就在她带着三娃见过胡彩莲的阿公阿婆后,两位老人欣喜地给酒花说:"这娃身体高大壮实,是个做活的料。面相憨实,看着没啥怪毛病,就看彩莲了。"

　　此刻胡彩莲的四岁女娃从外面玩耍回来了,蹦蹦跳跳地进来钻进胡彩莲怀里奶声奶气地指着三娃问:"妈妈,这是谁呀?"

　　胡彩莲不知道咋回答,正红着脸思量,酒花冷不丁就说:"你爸爸。"女娃黑黝黝的圆眼睛就紧盯着三娃看。酒花又说:"你爸爸去远处上班,今回来看你来了。"

　　三娃一听也笑眯眯地看着女娃。女娃又迟疑了半会,猛地从妈妈怀里挣脱出来,一下子就扑进三娃怀里欢悦地叫着:"爸爸,爸爸!"三娃猛地将女娃搂住抱起来。女娃紧紧抱着三娃的脖子,小嘴噘起来吧唧便在三娃脸上亲了一口。胡彩莲、酒花一下子感动得热泪盈眶。三娃也激动得眼泪花喷着,将女娃胖乎乎的小脸蛋紧贴在他赤红的脸膛上蹭了蹭,然后抱出去玩去了。三娃走时女娃死死扯着他的衣襟,哭着不肯松手。酒花就哄着说你爸要去调工作,调回来就再不去了,天天陪你耍。女娃依依不舍地松开了三娃的衣襟,眼巴巴地看着三娃走了。三娃一出胡彩莲家的头门就红着眼圈说:"我以为我在这人世上光溜溜地来,光溜溜地去,今辈子啥啥都没有了,没想到媳妇和娃娃一下子都就有了!我咋谢承你哩?"酒花当时也颇为激动地说:"你们以后把日子过好了就是对我最好的谢承。"

看来三娃今以这种方式谢承她来了。酒花感动之余提出让三娃的两个弟兄跟着陶鑫昌去地里割麦,让三娃帮她背着鸡换去长安看病。三娃自然乐意,给胡彩莲说了后,背着鸡换和酒花一起搭车走了。

柳德茂记挂着他许下的给酒花帮忙的事,没去地里割麦,而是忙踩端阳曲。镇外酒厂买曲的订单赶得紧,除了加班加点干,他还急着招收了十多个青年壮大了曲队。没等得他安排好手头事,酒花就叫三娃帮她背着鸡换去长安看病了,连个招呼都没打,他心里感到羞窘,一边懊悔自己白操了闲心,一边气恼酒花没把他当人。他知道陈熹在长安已经给找好了医院和大夫,鸡换能走路也罢,不能走路也罢,对酒花来说都是残酷而悲哀的。本来他对酒花怀着深深地惋惜和愧疚之心,此刻他便恼恨起来,打算以后不再管酒花的事了,她爱那样就随她去吧!可他还是打不起精神,叫号子唱曲时声音失去了激昂的节奏感,总让踩曲的人乱了阵脚,翻曲时砸了后面人的脚,彼此怨怼争吵。柳德茂只好推说头疼,换他爷来指挥踩曲,他下地割麦去了。

夏收过后没几天,酒花和陈熹、三娃用轮椅推着鸡换回来了。柳德茂心情郁闷,被王拴狗叫去凤柳酒店喝了酒,晕晕乎乎却走到了鸡换家,一跷进门就见鸡换在院子的轮椅上耷拉着脑袋,酒花抱着手臂和陈熹、三娃立在房间说话。见柳德茂进来,酒花有点不好意思地拧了拧身,抢先道:"哎!大忙人来啦。"

柳德茂哧地笑了说："大笨人来了，若果眼角还扫得上一点，盼咐点别人剩下的事干干也行。"

酒花忙说："鸡换需要做康复训练，这活儿你有空了就能干。陈熹和三娃也一样。"

柳德茂立马噎住，眼睛翻了翻再无二话。陈熹笑着在柳德茂肩上拍了一把说："这几天我和三娃都学会了，可以教你。"

柳德茂蹙眉饧眼道："你们杀了我吧！哪壶不开提哪壶。"

几个人一听都笑了。

鸡换突然在院子里喊道："柳德茂，你离我家酒花远点！甭像苍蝇一样老在跟前嗡嗡。"

柳德茂一听三两步跨出门去，扑到鸡换跟前说："鸡换！你是啄木鸟死六月了——肉烂嘴不烂。我离不远，你坐着好好把你以前做下的日瘪事回想一下，把酒花对你做下的事情好好回想一下，把我们大家对你做下的事情再好好回想一下，想好你以后咋样做人！现在没人敢惹你，我敢！我还要刁空帮你捏康复训练哩，到时候咱再慢慢交流你的感想……"

鸡换气得眼睛斗在一起，本想朝柳德茂唾一口唾沫，看了酒花一眼，赶紧把嘴抿上了。

酒花瞪着柳德茂没说一句话。陈熹赶紧把柳德茂拉扯出门。柳德茂还在扑棱着嚷嚷："鸡换你在你爹娘怀里金贵的时候老气死，现在命贱了咋不气死去？我为酒花感到憋屈！鸡换你欠酒花的太多了，你好好思量思量。从那年你在槐花树下做下瞎事起，就注定了你今天的下场——你以为人都不知道，可是老天知道！酒花对你越好，你越要臊死去！你把你脑子里的瞎瞎病不先治好，老天就不会让你腿好……"

酒花看鸡换时，鸡换已经满面涨红地低垂了头。酒花叹了口气，对呆呆立着的三娃说："你辛苦了，去看看胡彩莲和娃娃，准备一下早早把婚结了，好好过日子吧！"

三娃嗯了一声，拍了拍鸡换的肩膀说："我抽空来帮你做康复训练，你好好待酒花，她是个好人。"然后提着给胡彩莲和娃娃买的礼品出门走了。

酒花蓦地蹲在地上捂住脸，奔涌而出的泪水将连日来带着鸡换在偌大的长安市奔波辛劳的满脸尘灰冲刷得一干二净。尽管跑遍了长安市的各大医院，看了十几个权威医生却回天乏术，得到大概一致的治疗方案就是，严重外伤导致的神经损伤引发的下肢瘫痪，只能内服中药寄养神经，外做康复训练减轻后遗症，彻底恢复没有可能。

酒花蹲在地上无声地哭泣，鸡换也默默地垂头流泪。直到陶鑫昌从外面回来站在她面前，酒花还没丝毫觉察。

陶鑫昌从凤酒厂退休后，已有村酒厂来聘他做酿酒技术指导，陶鑫昌没有答应。这几天酒花带鸡换去看病，又有人来请，陶鑫昌闲着心慌难受也就去了。

此刻，陶鑫昌不知说什么好，只得一横心说："治疗咋个程度就咋个程度，你把心尽到了，我也不说啥。"

酒花急忙站起来，擦干眼泪说："还有希望，坚持治疗就还有希望。"说着转身去灶房做饭去了。陶鑫昌看了看鸡换也跟进灶房去，放火烧锅。酒花和陶鑫昌单独在一起做饭时总是心里发怵别扭，不说话显得空气凝结沉闷，说话又不知道该说什么。她总忘不了那日在酒窖口猛一转身，陶鑫昌幽深的眼睛里透射出来的那种吓人的光。两人都沉默着各干各事。夜晚，酒花只要一闭上眼睛，意识便陷入一种空洞的绝望中，不是突然掉下悬崖，就是忽地跌下楼顶，瞬间惊出一身冷汗，激灵灵战栗，随之心脏便处于一种压迫窒息中。她感觉她正在死亡，没有任何人在她身边可以抓着她，给她温暖，给她希望。她就干脆醒着，睁大眼睛看着黑乎乎的天花板发呆，听窗外偶尔传来的蛐蛐梦呓，盼着天亮。

天无绝路，人无绝日。酒花近来想通了一个道理，黑夜再长总要天亮，阴天再多挡不住晴天，夏天再热总有凉风，冬天再冷仍有阳光。好事来了，成对成双，蛋花先是中考中榜，随之如愿收到了雍凤师范学校的录取通知书。柳德全由于学习成绩优异直接保送到雍凤师范学校。王家和柳家都是欢天喜地，庆幸将有两个先生在四年后走上讲台教书育人。

在村里老一辈人对玉珠先生办女子扫盲班，柳家世代都是酿酒人的记忆尚深刻的情况下，王家承前启后又出了一个将要吃皇粮站讲台的女先生，柳家也旁逸斜出了一个吃皇粮的男先生，由不得又惊慕议论了好一阵子。亲戚友人陆续去家里道贺自不必说。

　　转眼到了夏末秋初，摘了好日子，三娃从雍山老家赶着两头大肥猪，牵着一头毛色光亮的大黄牛来到胡彩莲家，和胡彩莲拜堂成亲。胡彩莲的公公婆婆为了让全村人接纳善待这个倒插门的小伙子，杀了他赶来的两头大肥猪，请了村干部和全村人都来坐席。一波一波从中午吃喝闹嘈到夜晚才结束。酒花作为媒人坐在喜棚上位接受了一对新婚夫妻的叩拜答谢。席桌旁，鸡换坐在轮椅上抿着嘴笑。柳义振、秦妙手、柳狼剩、柳忠民、陶鑫昌等在凤柳街大小有点威望的人坐在喜棚的上席位置，接受一对新人礼拜。绣女们暂且放下活儿也去贺喜。和别家婚礼不同处是，席棚中间一堆一堆坐满了大姑娘小媳妇，叽叽喳喳像戳了喜鹊窝，反倒使男人们挤坐到席棚的边沿去吆五喝六地划拳喝酒，酒到酣处却回身往女人堆里瞅着笑。有年轻的没媳妇的便凑过去搭话，被姑娘媳妇们好一通调笑戏耍。

　　王拴狗已经从先一天开始，披着褂子出出进进帮忙接待应酬，醉了醒，醒了醉，嘴里像打搅团似的演说了一场又一场，没人在意他说啥，都笑说他兴得像给自己娶媳妇似的。酒花戏谑道："我拴狗伯是喜神，走到哪里哪里热闹，哪里热闹哪里有他，世间真还少不得这样的人。"酒花多日来难得这样痛痛快快地欢喜一场，也一杯接一杯喝了不少酒，和绣女们嬉闹成一团。鸡换被冷在一边静静地瞅看着。陶鑫昌弓着身子坐在柳忠民旁边，赤红着脸窘迫地喝了几杯闷酒，便借口送鸡换回去，起身给酒花招呼一声推着鸡换回去了。陈熹从席间出来，撵上说："伯，我帮你推上，在长安治疗那会，我和鸡换已经熟了。"

　　陶鑫昌瞬间想起陈熹帮过的忙，就说了几句道谢的话，手却死死抓着轮椅不放，用拒之千里的口吻说："你年轻轻的忙你正事去，我退休了是个闲人了。鸡换两口子欠你的人情我会还上。凤酒厂有标致的女子我给你介绍个媳妇，趁早把家成了，在家好叫父母放心，在外男男女女的也好打交道。"

　　陈熹一听就明白啥意思，笑笑说："伯，你不用给我介绍媳妇，也不用想着谢我，好好给鸡换治病。我的事我自己操心着呢。"说着转身又回席棚里去了，心里很不舒服。

陶鑫昌心里更不舒服，一路推着儿子禁不住心酸落泪。又想起鸡换曾给他说过，三娃在和蛋花退婚后，也从蛋花家里大声哭着走了，如今却欢天喜地拜堂娶妻，白拾了个女儿在一旁紧紧地偎着。谁的好日子不是泪水换来的，今自己伤心落泪，明会不会老天降一鸿禧，也叫他欢天喜地一回。他正胡思乱想着，酒花小跑着撵了来，从陶鑫昌手里接过轮椅推上，快步朝头里走了。

陶鑫昌一看酒花黑风煞脸，没敢说啥。

酒花走老远了才回头说：" 我把鸡换推到刺绣厂去，好照应，两头都顾得住。你回去歇着。"

鸡换急忙说：" 我不去，刺绣厂我不去！"

酒花气恨地把轮椅推筛了几下说：" 你不去由不得你，你得叫我把厂子也顾住呀！"

鸡换哭丧着脸，无奈地垂下了头。

原来酒花的兴头被刚才一圈敬酒给窝下来了，丧心败气，看啥都不顺眼。她喝多了酒不亚于男人们的豪迈，提着酒壶就去给秦妙手、柳狼剩敬酒，想借机表达一下内心的崇敬和谢意，却忽视了他们两个和她并不待见的人在一桌坐着。当酒花立在席桌跟前醉眼花花地看见柳义振和柳忠民父子俩那种审查犯人般的眼神，不由心内一惊，酒便醒了一半，满脸烧燎难受，后悔不该冒失去敬酒。酒花硬着头皮尽量表现得彬彬有礼自如大方，她先满脸谦恭地笑着颔首问候，然后滴酒冲洗了酒杯，给上席正中的柳义振敬了一杯酒。柳义振二话没说接过喝了。随后柳狼剩接了酒不但喝得滋滋豪爽，还把酒花夸了几句。秦妙手喝了酒，还给酒花回敬了一杯，不但顺着柳狼剩的话夸了她，还鼓励了几句。到了柳忠民，酒花看到他沉着脸迟疑着接了酒，用一只手遮着泼到了地上，然后把空杯子墩到了桌子上。酒花一下子心像蝎子蜇了似的刺痛，而且羞辱难当。她表面上却装作毫不在意地微笑着，把空酒杯拿过来，把剩下的酒敬完，说了声你们吃好喝好，就谦恭地转身走了。她估计满桌子人都看到了柳忠民的这一举动。她回到原位上失魂落魄地呆坐了半会，趁没人注意悄悄地起身走了。

酒花此刻推着鸡换，满脸是泪，满心羞愤。她狠劲抹了一把眼泪，决心要出了这口气。

她把鸡换推到刺绣厂院子，交代他哥照应着，自己就去房间设计新的绣图去了。

绣女们都勾肩搭背说说笑笑回来了，一进院子看到鸡换在轮椅上蔫头耷脑地坐着，想起鸡换以前在刺绣厂留下的眼景（可笑的把柄），言馋的绣女不由想戏耍几句，就趴在鸡换耳根说："鸡换，你瞌睡了去炕上睡呀，枕头咋没夹上来啊？""鸡换，听说你要烧了刺绣厂，你放了火我们就跑了，你跑不了被烧得流油咋办？"……

鸡换斜着眼睛呸地朝着绣女们吐唾沫，不料却吐到了自己身上。绣女们哈哈笑着进了绣房。

一个绣女拿了一团子抽绣了的丝线和一个线轱辘出来，放在轮椅前面的挡板上，给鸡换说："你闲坐着心慌，给我把这团子线拆开，缠在这线轱辘上，不敢弄断了噢！"

鸡换蓦地抬头看了绣女一眼，见是认真的，脸上没有那几个绣女的戏谑和不屑，就受宠若惊地答应了一声。当他把这团线拿在手里，斗着眼睛左看右看都寻不到线头的时候，才知道他接下了一个多么麻缠的活儿。他怕被绣女们再戏耍，就努力地拨拉着寻找绣结的源头，最终寻到一个线头用手小心翼翼地拉了拉，拉不动。一连几个线头都拉不动的时候，他泄气了气恼了，把线团迅速揉在一起，生了半天闷气。又怕绣女出来笑话他，就又拨拉开仔细瞅看。他发现有一根丝线死死缠结着别的丝线，如果不把这根丝线弄断废掉，其他丝线就抽不出来。他忙用指甲掐断哪根丝线，果然一团线就散开了。他小心翼翼地把丝线一根一根缠在线轱辘上，心里如释重负般地轻松了。等那个绣女出来一看，竟然惊喜地夸了鸡换，给鸡换倒了一杯水表示感谢。鸡换一下子觉得自己还有点用处，也喜悦起来。

鸡换猛然想起以前酒花说他不中用，家里家外不但给她帮不上忙，还把她的脚缠成了尕尕脚（三寸小脚），走不动路还瞪乱生疼。此刻突然觉得自己就是那根缠着酒花脚的丝线，不由自惭懊恼起来，直到酒花出来推他回去，他头一次抿着嘴，朝酒花歉疚地笑了笑。

第四十四章

　　酒花哪里知道,她那两杯体现宽怀大度长者为尊的酒敬出了柳义振父子俩的纷争。席散回家,柳义振背着手黑着脸走得飞快,柳忠民趋步紧随后面,他以为爹为众目睽睽之下迫不得已喝了王酒花递过来的酒而憋气,也就愤愤地撇拉着嘴角说:"以为她是谁,一个女人家的喝得狐媚吊眼得意扬扬,还专往男人伙里来敬酒,我就没喝!"

　　柳义振猛地转身瞪着柳忠民说:"你把你人丢了!你还以为你高贵得大得闪哩。人多处你不管心里咋想都得苦得过面子么!臊得我都在席面上坐不住。"

　　柳忠民红脖涨脸刚要张口辩驳,柳义振回身快步走着说:"这女子你看兴得很,心里苦着哩。她那一摊子放谁谁撑得起?还过来给咱敬酒,说明人家不失礼节。尊人尊自己哩,这一点上你做得低了。"

　　柳忠民撵在后面没敢再说话,细细思量也觉得自己做得过了,失了体面降了水平,但他心里还是由不得反感酒花,也反感与她有关的一切。他也想不来这女子哪里得罪他了,但他就是见不得——见不得的见不得,他也没办法。偏不偏的回家来,德茂娘偷偷告诉他德全又和蛋花凑到一起了,有人看见两娃钻进河边的柳树林里去了。

　　柳忠民立马黑血上涌,劈头盖脸骂了德茂娘一顿,把刚才他爹骂他憋下的气哧地喷在德茂娘身上,叫她赶紧去柳树林里把德全找回来。德茂娘颇感委屈,本来想还几句,怕房里的杨兰芝听到了,也就忍着怒气小声咕噜说:"你叫去，我不去。我还要经管孙孙哩，这几天娃肚子不好，还吐奶。"忙往媳妇房里去了。

柳忠民瞪着眼咽了一口唾沫，转身往厂里上班去了。

晚间下班回来，把气又憋圆了，叫过德全劈头就问："今干啥去了？"

柳德全已经被娘训过了，直截了当说："见朋友去了。"

"见谁？"

"蛋花。"

柳忠民一下子气得噎住，眼睛死瞪着柳德全。柳德全仍硬着头皮说："见蛋花有啥哩？你们不叫我们见面，把我转到城里念书，还叫我娘拘着我，我听话也没再见蛋花，现在学也考上了，在一个学校念书咋能不见面？封建专治，迂腐自私！"说完嗖地转身跑出院门，一溜烟不见了。

柳忠民气得干瞪眼没法，就去爹房间向爹诉说讨主意。柳义振坐在罗圈腿竹椅上吸着烟锅说："随他去吧！德茂咱是管住了人管不住心。德全是既管不住人也管不住心，时代不同了嘛！你还想不明白？"

柳忠民一听忙说："德全要和王拾柴的女子谈对象我就是无法接受，你看那大女子把她能的，母鸡叫鸣哩——世事乱了。陶鑫昌不但不管还引以为荣，你看把家弄成啥样子了？"

柳义振蓦地从嘴里拔出烟锅说："陶鑫昌是从老铆上出问题了，一家子把儿子揣袖筒惯得没样样没行行，以为娶个媳妇像甩包袱一样把儿子甩给媳妇，他老两口等着享清福抱孙子呀，哪有趁早不好好翻耕土地还想多打粮食的事。也是王长贵两口子人太老实木讷，加上个不叮当的儿子，把那女子硬给逼出来了，现在看来也够不容易的。这小女子踏踏实实能把学考上我倒没想到，至于和德全的事我意思你不要管了。他们都要吃商品粮当公家人了，将来教书育人为人师表，比不得咱土农民没文化，思想落后。"

柳义振一番话堵得柳忠民一时无话可说，只得怏怏地回自己屋里去了。

第二天早起，柳忠民看似一夜没睡，皮泡眼涨，忍不住跨进德全房间，背着手立在德全洗脸的脸盆跟前，气咻咻地命令道："你给我听着！你过几天入学了和王家那女子别往一搭钻。你再不听话，我就不认你这个儿了。"

柳德全把擦脸毛巾往水里啪一扔，轻蔑而委屈地说："你以为你儿是金豆豆银锞锞，人家不嫁就不行！我昨晚在街道碰见她姐给我说，凤酒厂一个子弟瞅上蛋花了，他父母托人来提亲，许诺蛋花毕业以后就安排在厂里子弟学校教书。蛋花爹娘已经答应叫两人交往哩，叫我不要和蛋花再来往了。"

柳忠民一听转怒为喜道："那好啊！你学点志气赶紧躲开，咱给你另寻，好女娃多着呢。"

柳德全眼睛一翻说："好么！一下子赶你心里来了。好女娃是啥标准？你以为是你们厂里的酒品牌亮？我就要这土生土长的土鸡蛋，知根知底知人面，互帮互学共向前。除了蛋花，我这辈子不结婚，独身！"

柳忠民强撑着颜面冷笑一声道："那不由你娃娃，也不由我。"

"你以为我是你，愚忠愚孝！"柳德全还了一句硬话，赶紧转身蹦出门跑了，他娘堵在院子叫吃饭也没挡住。

柳义振立在屋门口咬着烟锅抱着臂膀，边吸烟边慢条斯理地说："威信是树立下的，不是焗下的——焗下的威信一旦被戳破就再没威信了。你就不能站在娃娃角度推心置腹和娃娃好好说吗？"

柳忠民辩驳道："这货不像我，德茂咋不是那么个样。我就是见不得王长贵家的女子，没办法。唉！家家有个说不成，这老天就不叫人好么！"柳忠民头猛一摆："不说了！越说越气。我得给德茂想办法批点凤酒，德茂说现在卖乡企酒，客要求搭配的凤酒比例越来越高了。"

柳义振撮撮嘴说："你见不得人家女娃德全见得，我看真由不得你了。能由了你的就是你脚下的曲和甑桶里流出的酒。各人做好自己的事吧！"

柳忠民若有所思地点了点头。

此刻，柳德全窝着一肚子气，没吃早饭也感觉不到饥饿，只想尽快见到蛋花。昨晚间酒花在街道挡住他，满脸清冷地告诉他蛋花要另处对象的事，叫他不要再缠着蛋花了。他感觉自尊像玻璃一样哗啦碎了一地，只强忍着悲戚谦恭地说了句，这事是两个人的事，就失魂落魄地逃回来，躺在炕上辗转反侧一夜未眠，只等天亮了去问蛋花。

柳德全也是急红眼了，莽撞地冲进蛋花家里，把蛋花手里端着的饭碗劈手夺下往桌子上一墩道："走！出去我问你话哩。"蛋花蒙蒙糟糟就跟着柳德全往外走。两人拉开距离走到村北的官路上，钻进茂密的高粱地里。柳德全猛地回身，两眼幽怨地死死盯住蛋花道："这个地方是我为你曾经和三娃决斗的地方，你是不是还要我和凤酒厂那个什么的子弟再决斗一次？"

蛋花黑亮的毛毛眼扑闪了几下才明白过来，扑哧一笑说："你以为你是保尔·柯察金，钢铁炼成的，我看你就是装醋的坛子——又瓷又酸！"蛋花说着捂嘴咯咯咯地笑开了，把个怒气加豪情扭结着的柳德全笑得一下子浑身酥软下来，拧着身子不好意思地笑了笑，说："你就欺负人家。"

蛋花一听笑得更响了，满脸绯红地说："我姐是考验你哩，我给她说了酒厂那个娃我不可能去见的。我姐其实不忍心拆散咱俩，就是咽不下你爹那个自以为是妄自尊大瞧不起人的气。她不忍心我到你家去看你爹你娘的眉高眼低。她说你要是执意要我，就先嫁到我家来。你爹啥时愿意了你再回去。"

柳德全一听蓦地涨红了脸说："为难我哩呀！你没你哥你嫂吗？你就不能为我委屈一下吗？"

"委屈不了，反正我打死也不去你家。不知咋啦？我嫂有孕身了，我娘不高兴反而天天和我嫂闹气，我嫂就闹着要和我哥离婚，我哥躲在刺绣厂不回去，倒把我姐夹中间难受得要命，过来过去地拉合，把我嫂子捧得皇后似的。我姐够苦了，还摊上咱们这些七事八事地烦心。"

柳德全一听说："家窝事断不清，你姐就是操心的命，还把人嫁错了。你嫁了我再看嘛！我不许空头愿。咱将来谁也不去谁家，自己在外买房子另成个家，我叫你不受半点委屈。"

蛋花红着脸有点恼羞地说："看看！你刚还叫我委屈一下到你家去，嘴里噙了个转珠又转了。"

柳德全急了说："你就会抓我话把，我哪能舍得你受委屈，咱在外面成家也行，我嫁到你家也行，好办得没一点点问题。"

蛋花突然就严肃起来："那都是毕业以后的事，咱现在得继续好好学习，以后都要教学生呢。想想我姑奶奶玉珠儿先生，咱是多么幸运。"

柳德全心满意足地一笑，露出一颗旁逸斜出的小虎牙道："好吧，我给你吹个篾儿笛。"说着撕下一片高粱叶子放在嘴角先哑摸出几声鸟叫，才叽叽呜呜吹了起来，稚细婉转的声音高高低低起起伏伏地在高粱地里散扬着。两只野兔从身边相跟着扑嗖扑嗖窜了过去，划得高粱叶子唰啦啦响，蛋花吓得忽地跌进了柳德全怀里……

第四十五章

  转眼间秋风渐紧,叶落大地,南飞的雁儿在街西的雍水河边乌压压落下来饮水歇息,在收完高粱玉米的二茬地里捡食玉米粒高粱米,扑棱着膀子追逐游戏。日落西山、彩霞满天之时又乌压压列队南飞而去,遮蔽了整个西望灵山的半边天空,如同漫天红绸云锦上万鸟朝圣。每年这个时候都有这样的奇观景象,犹如陈年旧日里官路上往来的商贾驼队,人们见多不怪,习以为常,没有人关注并去惊扰它们,任自来去。酒花推着鸡换顺着官路散心而来,慢悠悠生怕惊吓了这些万里路途上暂且落脚觅食的灵物,心里默默构思了一幅《丝路落雁图》。

  鸡换却欢喜地念着:"雁儿雁儿摆溜溜,我是雁儿他舅舅;雁儿雁儿你莫走,舅给你炒豆豆……"酒花瞬间想起小时候和伙伴们一起拔猪草时遇到这种景象,欢跃着跑进雁群里,追得雁儿满地起起落落,追着雁儿南去的方向急切而声嘶力竭地唱着这首儿歌。柳德茂总是攥在她后面笑说,酒花你是女的,我才是雁儿他舅舅。往事恍若昨天,今天却成了如此这般光景,酒花百感交集,觉得她当时唱得对对的,她就是雁儿他舅舅,她就不是个女的么!不知不觉间泪眼蒙眬。

  陈熹像从地里冒出来一样跑了过来,一句话不说接过轮椅推上就走。酒花立住偷偷擦了眼泪,站在路边呆呆地看雁儿游戏觅食。鸡换不停地拧回头看酒花,若有所思地垂下头去。数月来,酒花去刺绣厂上班,天天像推着婴孩一样推着鸡换去厂里。鸡换习惯了坐在院子的轮椅上给绣女们拆缠绣结的丝线,也习惯了修理掉了螺丝、歪了腿的绣花绷子、绣花架子。有时长安的、北京的客也把织毛衣的毛线绷在鸡换的手腕上，搬个小凳子坐在对面缠毛线。鸡换这个时候聚精会神盯着手腕上飞绽的毛线，斗过来斗过去的黑眼仁常常让客忍俊不禁，说些俏皮话逗乐逗乐。鸡换似乎感受到一些存在价值，此后只要一看见两个客从外面回来，就问有没有要缠的毛线。两个客从鸡换迫切的眼神里看出了孤寂和落寞，想说没有却说有哩，然后去街道买了毛线，套在鸡换手腕上说说笑笑地缠起来。

也有不来刺绣厂的时候，那是酒花出外跑销售，鸡换就由陶鑫昌在家经管着。陶鑫昌有时也推鸡换出去散心，但总是躲躲闪闪走背街小巷，到没人处望一望就回去。

酒花只要一回来就会把鸡换推到街道去，杏仁油茶、蜂蜜粽子、甜甑糕、蒸碗豆花……想吃啥就吃啥，解了嘴馋后就推到刺绣厂去。

有时饭间，王拴狗、柳德茂、陈熹提着酒菜过来，在房间里吃吃喝喝谈生意，也把鸡换连人带轮椅抬进去坐在旁边跟着吃菜，蹭摸几杯酒喝。他们几个不来，逢天阴下雨，酒花就联合几个绣女把鸡换和轮椅一起抬进房间坐着。慢慢地鸡换倒希望王拴狗、陈熹他们多来刺绣厂吵闹喝酒，每当这个时候他才不觉得寂寞，竟兴得忘乎所以，一刻儿忘记自己是个残疾人。

这会陈熹推着他默默走着，他低头看着自己的腿突然问："德茂呢？这一向没见。"德茂最眼黑他，他也最眼黑德茂，所以无时无刻不惦记着害怕着操心着柳德茂。

陈熹从愣神中醒转过来说："去杭州了，要账去了。村酒厂通过熟人介绍，往杭州一家丝绸厂发了一大卡车凤柳酒，中秋节给职工发了福利，欠着酒钱不结，德茂就亲自去要账了。估计快回来了。"

鸡换冷不丁说："赶紧叫别回来了！"

陈熹颇具意味地笑了笑没再说话。他把鸡换推到落满大雁的官路远处，让鸡换坐着看大雁觅食嬉戏，他走到酒花跟前来，见她看着雁儿发呆，幽幽地说："它们不知多少年多少代了，春来寒往，仍穿行在老路上……"

酒花淡然一笑说："对，是在老路上，你没发现它们团队精神很强，始终朝着一个方向，朝着头雁的方向，不离不弃。"她又指着脚下的路说："老人们都把这条路叫官路，其实是古时候的丝绸之路，也是几千年了，脚印还在，方向没变。我构思了一幅《丝路落雁图》。"

陈熹哦了一声，仔细查看了一下酒花的脸色说："你又有了新的艺术创作，厉害啊！但你心里太苦，你不能再这样亏自己了，你应该考虑一下自己感情的事了。"

酒花故作糊涂地笑着说："我感情的事就是设计图稿，绣好作品，经营好刺绣厂啊。"

陈熹含情脉脉地说："这个我也可以帮你，我甘愿献身艺术。"

酒花抿嘴一笑，忙扭过头去看雁儿。

陈熹干脆直说："酒花，说实话我心里装着你已经好几年了，我自从第一次在街道看见你就怦然心动。你穿着蓝碎花上衣，黑油油的长辫子，手里提着竹篮，像个仙女似的从街道飘过。我由不得打听了下，听说你结婚了，就像把心丢了一样空落落地难受。此后只要一走到街上就想起你，在人群里搜寻你，偶尔看见了也只能远远望一望，却没勇气迎上去搭话，怕被你误解，以后遇见就再也没好印象了。以致后来的事情……我知道你在火坑里，一想起你就心疼不已，怜惜不已。有次看见你哭着跑过桥头，跑进柳树林里，我就偷偷跟上，看见你坐在河边哭。本来我想过去，又怕被人看见对你不好，就悄悄退走了。你去猪羊集市做生意，我叫上我粮站工作的朋友偷偷看过你好多次，可我又不买猪羊，总没理由和你打交道。我和德茂成了朋友后，从德茂嘴里知道了你的性格，更不敢贸然和你相识。直到你办了刺绣厂，我正好也要买绣品，才和你很自然地结识了。也该是有缘分，咱们慢慢成了朋友。我一路看着你经受磨难，吃尽苦头，心里不知有多难受。我真后悔当初没有大胆地追求你，我得为我的怯弱付出代价。以后我再也不能叫你吃苦受累了……"

酒花静静地听着，脸早红了。陈熹不说不等于酒花想不起。她心中突兀地想起她被鸡换追到大街上的那一刻在陈熹面前的尴尬，突然屈辱得无地自容，这种屈辱而尴尬的感觉让她不由自主就说："一个家庭难免鸡毛蒜皮闹闹吵吵的事发生，我没受啥罪呀！我也不苦。我这个样子配不上你，你赶紧找个好女子成个家吧。"

"我再也找不到像你一样叫我心动的女子。鸡换成这样了,你受啥罪你自己知道。"

酒花强忍着心内的羞愤,平静地说:"感谢你曾经对我的帮助。谁活在世上不吃苦受罪?"酒花本想说"我不能拿我的苦难来换取别人的同情和怜悯,我觉得这对我来说是一种耻辱",话到口边却变成了:"你赶紧回去吧,叫人看见又得说闲话。"然后逃离似的朝鸡换走去。

陈熹困窘地立着,他看酒花决绝而落寞地走向鸡换,不得不转身朝来路走了。

鸡换正低迷地勾着脑袋,听见脚步声抬起头来,用哀哀的眼神看着酒花说:"咱明去把婚离了,你另寻个人跟走。"

酒花突然一怔:"为啥?"

"我不想再拖累你了,我知道我配不上,现在这样子更配不上了。"

"那你咋办?"

"我死了算尿了!我这一向给绣女们拆线,发现总是有那么一根线把一束线给死死捆绑住了,要拆开就得把那一根线弄断废了,别的线才能散开。我想我就是那根捆绑了家里人的线,我死了你们就都解脱了。"

酒花一下子吃惊了,鸡换竟然脑子开悟了,想起他以前说过的那些混账话,嘲弄道:"看来你动脑子了。现在一动脑子脑仁不疼了?"

鸡换龇牙一笑说:"现在不动脑子脑仁疼,一动就不疼了。"

酒花把轮椅抓着使劲撒筛了几下说:"你就是个害人精,讨债的鬼!你不说话还好,一说话我就想唾你!"

鸡换一听赶紧抿紧了嘴,他想起了他的牙。

酒花气恨而又无奈地说:"我把你交给你姐和你爹先管着,我得出去卖酒,单靠刺绣品、手工慢活儿挣不了几个钱。有了钱我才能带你去寻名医把腿治好,等你能走路了,爱咋咋去!"

鸡换垂头不作声,显然他对自己身体的恢复没有信心。

酒花口头上这样说,其实她心里也没信心。她推着鸡换走到了镇医院门口，不由自主就拐了进去。穿过门诊楼走廊，最里头就是秦妙手的办公室，酒花在门口看见秦妙手正尺开步子写毛笔字。她知道当天的病人已经看完，此刻是秦妙手休闲的时刻，可以打扰，便放下轮椅轻轻走了进去。秦妙手抬头看见酒花，微微一笑说："你们来了，坐么。"

酒花在病人候诊时坐的长条状凳子上坐下说："叔，鸡换这腿长安的专家说治疗得再好也很难站起来了。我就是不甘心，你有没有啥好办法？"

秦妙手沉吟着说："经络学起源《黄帝内经》，称得上中国四大发明之后的第五大发明。针灸是通过对穴位的刺激，有通经络、调气血、疏闭塞的作用，用这老法子试试吧。"

酒花忙说："那就试试，万一有啥问题我负责。"

秦妙手笑了说："你负责啥呢？我早就想给你说，你也该为你自己负责一下了。你这样经管鸡换一年两年能行，三年四年……一辈子就不行了。你能行别人觉得不行。啥材料要用在啥地方，你是搞艺术搞经营的人才，不能一辈子拖累在病人身上。你另成个家，有个帮衬就能腾出身子好好发挥你的才能了。谁都不忍心看着你这样过下去。"

酒花沉默着不置可否，但她心里已是感动不已。秦妙手的话总是那么顺耳舒心，他的文化修养、内涵人品早已使凤柳镇人折服。他言语贵重，一旦说出的话没有人违逆，包括柳义振那样有威望的人。因而人们不但身上有病时去找他，心里有病了也会踮摸着去讨个方子，哪怕几句宽慰的话也就足意而去，更别说是讨个诗文字词，交流个华章乐赋了。

秦妙手见酒花矜持不语，又说："尽管经管鸡换名头上好听，但你一个人太苦了。找一个志同道合的男子一块干事业，经管病人才会更周全，更有利于鸡换身体恢复。你看我看病开药方，哪有一样药的，都是几十样药和一起，药效紧紧咬着，形成一股强大的合力才能治病。鸡换是个病人，要治病而且还不能太寂寞太消沉，得有个形成合力的积极方子。你好好考虑一下，看身边有没有中意的人？"

鸡换在门口竖着耳朵听着，没等酒花张嘴，就冷不丁喊了一句："我能行！"

秦妙手和酒花相视一笑，秦妙手就对鸡换说："你能行就好好配合治病。人一辈子活得好了日子太短，活得苦了日子太长，你要尽量让酒花感到好过些。"

几天后，柳德茂从杭州回来了，没有要下货款却拉回一车丝绸厂生产的织锦缎被面，花花绿绿地好看，但当不得钱发工资买高粱。柳德茂一脸疲惫，哭笑不得地给柳义振诉说："我到了杭州，满街道跑，坐着最便宜的三轮车，反正没人认得没人笑话，就为省两钱。好不容易找到那家丝绸厂，却说日子也艰难，给不上钱就硬给了这些东西抵顶，咋办呀？"

柳义振头一仰说："卖么！卖不了的给工人顶工资一发，再还能咋？好的是这东西家家用得上。"

柳德茂嗯了一声就去刺绣厂找酒花，他想把被面和刺绣品搭一块卖。酒花自然二话没说就答应了，凡来刺绣厂定制嫁妆的也需要这些。柳德茂就把被面拉到刺绣厂院子，卸货时突然掉出来一条淡粉色竹叶青丝巾，酒花捡起一看柔柔软软，薄腻轻逸如同蝉翼，浮动着一层天然玲珑的光晕。酒花喜爱不已，问柳德茂这是哪里来的？柳德茂思量了一下说："有可能是装被面时不小心带进来的，这个比缎被面要珍贵。也该是和你有缘，你就拿去围，你是人面前人。"酒花欢喜地说了声谢谢，就小心翼翼地围在了脖子上。柳德茂端详了一下说："漂亮。"可酒花没想到就条丝巾随后惹来一场事端，使她有了再嫁的心思。

柳德茂给刺绣厂卸了一多半缎被面，剩下的拉回酒厂，给工人们三两条、五六条的按下欠工资多少抵账。有工人怀着揶揄的无奈的情绪把色彩鲜艳的缎被面搭在肩上，招摇着从街道走过。人问就说是杭州真丝被面稀欠货，回去给老婆缝被子——大老婆、二老婆、三老婆一人一条不打架。有人就笑着骂，看把你想得美的！没看你那头系丑得像三片瓦渣斗下的，料礓石刻下的，谁看得上？也有人眼热，打听着去刺绣厂买去了。自然不久就传播得到处酒厂人知道了，有名有姓地衍生出更多笑话来。

柳德茂觉得他给酒花添了麻烦，心里过意不去，回家来叫杨兰芝赶紧上班给酒花帮忙去。杨兰芝娃娃快一岁了，能立着打棱棱会哇哇乱叫了，就交给婆婆看着，她回刺绣厂上班。也正是三人对你好，三人对我好，众人堆里是非多。这天酒花将绘制好的《丝路落雁图》交给杨兰芝，点了几个针画绣出众的绣女，分工布置了一番，叮咛她们拿出十二分的细致去绣，她则忙着和两个客做酒生意去了。

酒花没想到杨兰芝只上了一天班就突然不来了，连个招呼都没打。她心里纳闷，派了一个绣女去她家里看。绣女很快回来关起门，神神秘秘地说杨兰芝怄气睡着，德茂娘说兰芝和德茂吵了一架，就为被面里夹的那条丝巾吵的。绣女见酒花脸色哗地变了，急忙愤愤不平地骂，是哪个缺心烂肝的王八女人给杨兰芝嚼的舌头。酒花忙挡住说这事本来没事，一说就说出了事，叫这个绣女装作啥都不知道，就当没这回事。绣女忙点头答应着回绣房去了。

绣女走后，酒花感到气愤委屈，也有些气馁——她为了刺绣厂可是费尽了心，每月宁把自己工资欠下，也要给绣女们发上，该给的奖金、加班费也一分不少。那天卸被面时有好几个绣女帮忙，她想不出是哪个绣女嘴长给杨兰芝说的，是有意还是无意？她只得宽慰自己，也许是谁无意见说漏了嘴。她思前想后不能把丝巾还给柳德茂，也不能给杨兰芝。她突然想知道柳德茂是怎么给杨兰芝解释的，就去找陈熹说了这事。陈熹一听朗然一笑说："啥事嘛！我给你买一打丝巾你换着围，把那条还给柳德茂。"

酒花羞恼道："我就是为了一条几条这东西吗？我当时拾上时咋把兰芝忘了？我就应该想到她，不要这东西。我也太大咧咧了，没想到她心这么细小。"

陈熹忙说："我是说给你捎几条你换着围，德茂媳妇你不用管她，过段时间自然就好了。"

酒花蹙着眉说："我想知道柳德茂是咋说的，兰芝竟不来厂里上班了。我设计的新绣图还靠她领着绣女们绣呢。她不在我就得带着干了。"

陈熹说："我给你叫德茂，你问他。"陈熹出去打了个电话，柳德茂很快就来了。酒花思量来思量去想起杨兰芝曾经私藏了他们信件的事，就由起先的后悔变成了幸灾乐祸，轻蔑而不屑地说："你那个麻迷儿婆娘知道我拿了被面里夹的那条丝巾后，没把你撕破么？"

柳德茂在电话里已经知道了是啥事，有思想准备，轻淡地一笑说："她？就那么个女人嘛！倒不为那个丝巾的事，是埋怨我成天跑得不着家，娃娃管不上叫她一个人经管。我跑又是为了工作，她怯我爷不敢明说，正好有个这事就借题发挥了。你不管，就当啥都不知道。她过几天气消了去上班，你们见面也好说话。"

酒花一听也是，就沉着脸不作声了。

后来杨兰芝一直没来上班，酒花才意识到柳德茂应该没说实话。杨兰芝对她怨恨很深，根本就不想见她。酒花猜测得没错。杨兰芝刚从那个和她娘家有点亲戚关系的绣女嘴里得知丝巾的事后，非常伤心恼恨。德茂晚间回来，她哭着问："我算个啥？你说我算个啥？你连丝巾那样的东西都毫不犹豫地给了她。给了就给了，你还要巴结着说，你是人面前人！围着漂亮！哼！她是人面前人，我是人后面人？或者不是人了？我比她又不差啥，要是和人家一样不养娃娃，我也去人面前抡红了……"

德茂静静地听着，突然怒吼一声："够了！你是不愁吃穿、没生活压力的好日子过腻了胡寻事哩！"

杨兰芝吓得噤声，羞窘了一瞬，又哭着说："我没胡寻事，我知道我在你心目中是个啥，你高兴了拿我戏耍一下，不高兴了吊着脸一言不发，碰都碰不响。我知道你心里操心啥，可你也得把我当个人呀！"

"谁把你不当人了？我要是不把你当人，当初就不娶你了。你是产后抑郁，心碎得自己不把自己当人了，我有啥办法。那条丝巾是她先拾上的，你说我赶紧要过来说给我媳妇拿去呀，我还是个男人吗？况且我麻烦人家帮酒厂卖被面哩，没谢承人家还不说几句光面话？我在外面忙累上一天，回来不得休息，还要受你的闲气。我明不上班了，在家奶娃娃，你去上班去！"

杨兰芝一听理屈词穷，但又不能就此急转弯熄了火，只得仍委屈地哭。

柳德茂越听越烦，就提了外衣气呼呼地去酒厂睡去了。德茂娘在门外听见两人吵架，虽没进来但竖着耳朵听了几句。德茂走后，她就进来问杨兰芝为啥吵架，德茂辛苦一天了，回来为啥不叫好好歇着。杨兰芝一听婆婆责怪她，就哭哭啼啼说了丝巾的事。德茂娘听了眼一窝嘴一撇道："你没彩！自己男人的心都暖络不住。暖络不住就别搜事了，心放大大睡去！"然后拧身出去了。

杨兰芝一下子就愣怔了，再也流不出半点眼泪。

后来酒花出外跑销售，买了好几条漂亮丝巾，也给杨兰芝买了叫柳德茂拿回去给她。柳德茂说："不给她，这样的话好像咱们都做错了给她赔不是哩，以后破事会更多。"酒花觉得有理，但却没了和杨兰芝缓和关系的机会，心里也很失落无奈，她觉得她再不嫁个体体面面的男人真是窝屈。

杨兰芝不去刺绣厂上班，柳德茂就认为她肚里有官司——尽管杨兰芝不再提说丝巾的事。他觉得鸡换不能拖累酒花一辈子，如果像这样拖累一辈子他就会由不得心痛一辈子。下午下班后，他思量着去了秦妙手那里，装作漫不经心地喝茶聊天，很自然地引到了丝巾这件事上，随之谈了他对酒花的忧虑。

秦妙手笑了笑，幽幽地说："酒花这事我早就想过，她要是改嫁也没人说啥。可这女子心软得像豆腐，把自己克扣死也不会撇下鸡换不管。这就要别人逼着她改变现状哩。我有个想法，等年过了给寻个好女婿两人经管鸡换，就能给她减轻一半负担。怕就怕陶鑫昌这人不同意。"

柳德茂一听，叹口气说："这样恐怕酒花也不同意，我预感。"

秦妙手说："电视报道过这方面的事迹，咱附近村子也有这样的事，算不上啥稀奇事了，说白了就是个优势组合的好事。有机会我给酒花说，先听听她口气。我知道她好了你就安心了。"

柳德茂忧心忡忡地点了点头。

日月轮转到冬季就到了酿酒的最佳季节。这一年从春到冬风调雨顺，手手高粱、罐罐高粱、晋杂五号高粱，无论哪个品种，穗儿都像硕大的火把、蘑菇云，籽粒饱满，较往年多收了几成。承老天帮忙，柳德茂赶紧派三娃等人收足了酿酒原粮，他去县上开会回来，精神更为饱满，急忙组织酒厂职工开会，兴奋地说："省委派一名副书记带队下来视察乡镇酒业，是要解决发展过程中的各种问题，连着开了几个座谈会，走时留下一句话'当个好县长，就要办酒厂'。看来酒业的又一个春天要来了……"

随之便是政府组织的酒业大会、座谈推进会、鼓劲加油会、评比通报会……一个接着一个开,大会套着小会开,小会套着喇叭响。柳德茂像麦客赶场一个个会开下来,便强烈感受到大火烧旺了,屁股燎毛灼肉心慌心急的感觉,但更多的则是激动和振奋。使他记忆深刻的是有个县上领导在大会上激动得要蹦起来似的讲:"从下面在座的一百多家酒厂厂长年轻而精神焕发的状态就能看出,酒业这个特色行业可以带动全县乡镇企业大发展。眼下这还是个年轻的凤凰,翅膀不硬,我们要大力培养它,使酒业这只凤凰形成气候,尽快飞到全国去,飞到全世界去!"台下掌声如雷经久不息,而且整个会场像滚开的锅沸腾起来,嗡嗡嘈嘈谈论起来。柳德茂也激动得脸冒红光,随后和几十个优秀酒厂厂长、推销员一起由主管工业的副县长带着参加了在成都、石家庄举办的糖酒大会。回来后既兴奋又忧伤,兴奋的是凤柳镇的烧酒质量都是优质的,凤柳村酒厂配制的低度酒也榜上有名;忧伤的是品牌种类多得让人眼花缭乱,包装得一家比一家精美,凤柳酒的包装像个土包子,要在这些浩如烟海的品类中闯出名牌来,不单靠质量,里面道脉多了,谈何容易。

柳德茂连日来思索,决定还是先从酒的质量上做文章,在凤柳镇开展一场大型赛酒会,祭一次天地和先祖。邻近的柳泉镇刚举办了一场酒业质量评审会,评出了优质酒,名气大增,卖点很好,这让柳德茂更有了信心。他参加县镇酒业大会的时给领导私下说过,在大会上发言公开说过。有人却赤白急眼似的说:"赛啥哩!都是粮食烧下的,质量上没多大差别。眼下关键是创名牌跑外圈搞宣传,把钱卖下才是硬道理。"

还有人说:"酒厂看是多得很,实际各家都这困难那困难,有的弄不下搭配着卖的凤酒;有的酒发出去,买家放在仓库里不结账;有的拉东拉西卖下的钱不够给车膏油,哪有工夫和心情比赛哩?"

就是自己厂里师傅也劝他说:"别赛了!凤酒在你爷爷手里时,就评上了全国四大名酒,那是多么厉害多么光荣的事!再往前数,多少次漂洋过海去国际上拿大奖,咦!老先祖那老烧锅可真是一个牛啊!现在这差距没法赛咯!"

柳德茂听了无话可说。柳义振仍在严格而起劲地培训着一波又一波的技术人员,像种子一样撒到各个乡企酒厂去起根发苗,踩曲酿酒。可是凤酒厂的凤酒仍是按上面下达的计划指标,向全国各地的糖酒公司分配销售,稀缺得很,乡村酒厂很难搞到搭配卖的凤酒。再说销售员卖下的酒多是欠账，他不想再往回拉缎被面之类的东西了。丝巾的事让酒花对他又有了新的成见，这一向躲躲闪闪总也不搭理他。他偶尔凑近去，酒花眼睛一抿一抿又回到了以前的讽刺挖苦和戏谑，让陈熹这家伙没少在一旁看笑话。陈熹光棍棍一条，像鳖瞅蛋一样瞅着酒花，直叫他说不清的怅然不舒。

这天，秦妙手刚给鸡换把针扎上，柳德茂提着两个塑料桶进来了，先吸溜吸溜笑了一气，把酒花和秦妙手笑得一头雾水后，才说："今把烂子弄下了，叫我爷骂了个鬼吹火，下午把一甑酒酿成了醋，从来还没出过这情况，一下子淌出来四百多斤醋，一滴酒都没有。我爷叫工人提回去吃去，工人一人提了两桶，剩下的只得送人。哈！这醋香得没眉眼，我给秦叔送两桶。"

秦妙手笑了说："咋回事吗？你就没操上心么！"

柳德茂从兜里掏出一封信递给酒花，说："秦叔咱不见外，陈熹叫我转给你的信，他说他去陕北跑市场，要一段时间回不来，他对你要说的话都在这信里。我把这信装兜里，酿酒时老想着里面写的啥话，思谋着戳个窝窝看看，结果心没操到，第一排出的是酒，第二排忘了排酸，温度也下得凉了，窖里不起温，水往下淋，曲被淹死了，把高粱没发酵，高粱自己把自己发酵了，淌出来的都成了醋。我爷气得想打我哩，骂我是大头娃吹喇叭，把喇叭吹得庞天大，把事弄成了碎芝麻。哈哈……都是陈熹惹的祸，我叫他回来赔我酒。"

酒花窘红了脸，笑说："那你现在拿看去，我不看。"把信又塞回柳德茂手里。柳德茂一躲信掉到地上，鸡换就伸着手说："给我，我看。"

柳德茂眉毛一横，眼一瞪说："你看啥？狗看星星——懂个屁！再好的事到你手里就都瞎了。"

秦妙手忙拾起信封给酒花说："陈熹给你的你拿着。我觉得陈熹这娃重情重义，酒花你考虑下。"又转头对柳德茂说："鸡换已经同意酒花另成个家，你就不要再怨怼鸡换了。"

酒花还没说话，柳德茂忙说："他同意不同意不由他，酒花的事酒花自己做主，谁啥样酒花心里最清楚。"

酒花狠狠翻了柳德茂一眼说:"在秦叔面前,我不想说你啥,你好好操你心,别再把酒甏打翻了到处冒酸醋。"

秦妙手一听笑了。柳德茂也哈哈笑着对酒花说:"你机关枪带刺刀——连打带刺,我老说不过你。刚不知道你在这,我等会叫人给你送一桶醋吃。歪打正着,这醋又酸又香太有味了!"

酒花笑着说:"那你干脆别酿酒了就酿醋。反正乡企酒也不好卖,醋天天顿顿人要吃哩,好卖。"

柳德茂说:"酒还是要酿,我正准备办个醋厂,用酿酒退出来的酒糟酿醋,成本会降低一半。老先人就说'酒坊加醋坊,越开越顺当',老先人的智慧我们不服不行。可是,此一时的彼一时,现在啥都要注册创牌子,出不了名很难说。"

秦妙手笑说:"好酒最怕人不识,好醋也要酿出来,产下了再说嘛。"

酒花嘴一撇笑道:"酒坊加醋坊,被面加料面,你别再把这些东西换回来,多了我没办法帮你卖。"

酒花只随口打趣,柳德茂一听,噢了一声兴奋起来说:"你启发了我,我可以用酒和醋换高粱大麦,换豌豆。哈!多好的事,叫我爷看看真正的大头娃吹喇叭。"

鸡换在一旁斜睨着柳德茂,嘴里咕噜:"瞎眼眼稠得很,看把尿酿出来了。"

秦妙手和酒花都听到了,相互对看了一眼。唯独柳德茂没听清,飘手飘脚地打了声招呼出门走了。

秦妙手给鸡换针灸后,酒花推着回去,和陶鑫昌一起经管吃了晚饭,安顿到炕上睡下。酒花这才关上门,心里忐忑而好奇地拿出信封。信封的边沿有一处开裂,显然被人试图拆过,酒花想起柳德茂刚说过的话,兀自笑了笑拆开,将里面折叠成心形的信纸打开一看,不觉面红耳热,又有点可笑起来。只见纸上写着:

今夜月光极好,夜阑静寂,独坐窗前小酌一杯酒,酒中落了月亮,月亮里开出一朵花来，我知道她叫酒花。我对着她说，世界之妙美莫不过若你，像嵌进诗歌的明珠令人迷醉。

我知道我绝非一时心动，经年累月却爱得更深更苦；我以为面对面最解相思，见与不见却都心痛；我想历经了一场相识相知，彼此会走进对方心里；我自信我的表白是一场欢喜，你的笑容里盛满对我的默许；我希望我能担起对你的责任，从此以后你不再有艰难苦涩。然而，你却拒我于千里之外。千里之外再无情绪，谁能如你般的晶莹而澄澈，温润而热烈，娇媚而含蓄，精灵而诗意。一直以来看花你是花，看水你是水，看云你是云，看风你是风，彼此相绕却相爱不得。无奈我暂且走了，不为放下你，而为修成天上的太阳，慢慢融化你被生活冰结的柔情……

岁月如梭不等人，夜半无眠心难静。我痴痴地咬破手指，以鲜血为笔，以明月为证，以洁笺为盘，将一颗火热的心交付给你，也就交给了你一生的爱情和幸福。等我回来，还有一份你意想不到的见面礼，你就相信了我是你最好、最好的知己。保重！

温馨莫过于句句入心。最叫酒花惊心而瞬间沦陷的是第二张信纸上用鲜血竖写着"我爱你！"三个大字和一个很有力道的感叹号。

酒花眼泪扑簌簌流了下来，捏着信纸的手指竟然有些颤抖，她不知道她是高兴还是忧伤，幸福还是难过。她知道她心里的确凝结了一块冰，那就是鸡换让她日复一日在慢慢绝望中冷凝起来的寒冰。她早已不再奢望爱情。她想起柳德全写给蛋花的那些情诗，热烈如一把火，她羡慕过，怀疑过，也嗤之以鼻过，最终她看到了他们两个的爱情纯洁如玉。尽管她和柳德全的爹柳忠民犹如"甘草反甘遂，贝母反乌头"药性相克，是死对头，她却再也狠不下心来拆散他们。

陈熹毕竟在商场打磨多年，内敛沉稳，却也慢火攻心使她难以招架。他把情书写成了散文诗，句句阳光和煦，字字春风雨露。最让酒花动心的是那字里行间流泻出来的淡淡忧伤，如同雨打花落水流去，岁月沧桑了容颜的凄美，使酒花恍惚而迷醉。

注定一夜未眠，一夜百感交集。

第四十六章

  第二天中午,在鸡换还没有动摇之前,酒花和鸡换解除了婚约,义无反顾,豪壮而激动地捏着连夜晚写的回信去找秦妙手。走到街道又回来了,觉得自己有点冲动莽撞。厚实的土地上,耀眼的太阳下,满街道做生意的、跟集的老老小小男男女女都鼓着眼睛在为生计忙碌奔波;刺绣厂上百个绣女正在埋头刺绣;鸡换坐在刺绣厂院子里聚精会神地寻着绣结的线团里那根肇事的线;她还听到了猪羊集市做交易的嘈杂声……酒花此刻觉得自己不只冲动,还有些许的羞愧。她把回信悄悄撕了扔了,默默地坐进绣房刺绣,心神却再难以专注。她反复叩问自己有资格再嫁吗?拖着个鸡换嫁给陈熹是不是很可笑?会不会毁了陈熹本来该有的婚姻幸福?别人会不会说她同时有两个男人?尽管鸡换从来不是一个能顶天立地有所担当的男人。酒花想得一多不由又悲哀起来,几次绣花针扎了手指,扎出血来。
  酒花哪里知道,陈熹在走之前找到柳德茂,把他的心思吐露给柳德茂,很忧伤地说了酒花对他的态度。柳德茂听了一脸坏笑道:"你陈熹真是聪明倒糊涂了,你咋能在表白的节骨眼上提说你们刚认识那会儿的糗事呢?假如我是酒花也不可能和你再打交道了,还甭说要谈恋爱。你想想酒花那样一个清高的女子被鸡换追到大街上打,多么狼狈,多么尊严扫地,你还自以为英雄救美,感觉良好得不行。你不了解酒花性格——犟头,你想往东她偏向西。况且她现在拖着一个死鸡换,既自尊又自卑,敏感得像个刺猬。你这样一说我看基本没戏,即使她有多喜欢你也不想和你在一起了。"

陈熹听着脸色越来越难看，突然恨声道："哪有那么纯粹！当初你要不是三心二意辜负了她，她能这样对爱情没信心吗？你要是有良心，不想看着她那样过一辈子，赶紧说说怎么挽救。"

柳德茂蓦地低了头，思忖了半会说："你先离开一段时间，等她时间长不见你，问起你时，我再替你说话，也许还有转机。"

陈熹长长叹口气说："我知道了！我必须让酒花知道我对她的情是爱情而不是同情，是忠心耿耿而不是三心二意。"

柳德茂突然红了脸道："你还得让酒花明白，你是真情付出而不是想占便宜，爱得纯洁而无邪念，爱得高贵而不猥琐。"

陈熹无奈而讥诮地笑看着柳德茂，说："我知道了！你赶紧办你醋厂去，最好酸味越重越好，到时我再给你卖醋。"

柳德茂头背到肩上哈哈一笑，陈熹却看到了亮晶晶的眼泪。第二天陈熹就走了陕北，临行前将晚上对着星星月亮写的书信委托柳德茂转交给酒花。他感知到他需要柳德茂搭起的鹊桥，才能如愿以偿。

柳德茂怀着复杂的心情把信转交给酒花，使酒花一下子也陷入百味杂陈的情感旋涡中难以自拔。她不是看不上陈熹，而是她时刻清醒地记着她的境遇，陈熹还没有结过婚，她怎敢有非分之想。今陈熹自动表白，却令她在激动之余恐慌不已。一直以来，每一幅新设计的绣图都是酒花和几个绣技最好的绣女合绣出来作为样板，后面绣的仿版酒花不再参与。《丝路落雁图》酒花决定晚间加班独自绣出来送给陈熹，作为他对她恩情和感情的馈礼，好使她不因觉得亏欠陈熹而答应嫁给他。她郑重其事地对着红奶奶的遗像上了香，祷告红奶奶赐给她神功，好让她将《丝路落雁图》绣出绝代风华。当夜深人静，鸡换睡得鼻息深沉时，酒花在孤灯下一针一线绣着西灵山的落日余晖、漫天彩霞，穿越雍水河及广袤田野向西逶迤而去的丝路，映在彩霞里起起落落的雁群，瞬间爱意翻涌、情思缠绵，深深压制在心底纹丝不动的情感瞬间奔涌而出——她思念陈熹，竟然埋头哭了。

鸡换被呼噜憋醒，头从被窝里伸出来看见酒花埋头哭泣，睡眼惺忪地问："咋啦？"

酒花蓦地抬头说:"我要跟陈熹走了,你咋办?"

鸡换沉默了半会,才无奈地说:"我跟我爹过,过一天算一天。"

酒花本是有口无心,听鸡换这样说,口气一变说:"让陈熹来咱家,只怕他家里人不愿意。"

鸡换松了一口气说:"我先去我姐家藏起来,不给他家里人说实话,等你和陈熹结婚了我再回来,他家人知道了也没办法了。"

酒花一听破涕为笑说:"我看谁的瞎眼眼都没你的稠,你就不怕弄假成真我不要你了吗?"

鸡换龇牙一笑说:"你就不是那号人么,我还不知道你。"

酒花悲哀地仰头一笑,又哭了说:"但愿我这辈子还完上辈欠你的债,下辈子不再相见。"

鸡换蔫蔫地说:"哪有那么尺窍合铆的事?说不定我欠了你的,下辈子我给你当媳妇,你给我当男人呢。你看这世事,不是媳妇沤男人,就是男人沤媳妇着哩。"

酒花呸地啐过去,恼怒道:"沤你先人去!你把人想得都和你一样,啥东西!明叫你爹把你经管一段时间,我住厂里赶绣一幅新画稿。"

鸡换本想说我也住厂里去呀,看酒花恼了,就缩进被窝没敢再吱声。

话说柳德茂因为丝巾的事仍在气恼杨兰芝。杨兰芝反倒在婆婆的点拨下变得知冷知热嘘寒问暖,甚至一反常态自动腻偎撩逗柳德茂。柳德茂却神情恹恹不大理睬,回家不是逗弄儿子,就是呼呼睡觉,气得杨兰芝偷偷抹泪。她知道她不去刺绣厂上班,不和酒花和好如初,柳德茂就不会与她和好如初。此刻她终于明白只要酒花在柳德茂的眼目下看得见,柳德茂就不会熄灭那种在心中奔突的情感。她也知道陈熹的心思。酒花若能嫁给陈熹,跟着陈熹走了,柳德茂也就慢慢忘了。杨兰芝想到这里豁然明朗,晚间哄儿子睡着了,对着柳德茂睡觉的背影故意叹口气,说:"经管娃娃再累,我也得去刺绣厂上班,要不手艺生疏了,以后拿不起绣活了可惜。"

柳德茂忽地翻过身来,笑着说:"去吧,我叫娘把娃给你抱过去吃奶。酒厂的被面还在刺绣厂卖呢，你操心着尽快卖了，把钱腾出来我办醋厂呀，还得再贷点款。"

杨兰芝一听，竟然心里温热起来，一激动就说："贷啥款？我去我爹那里给你借点。"

柳德茂说："你爹能有几个钱？你没看信贷员头削尖，到处跑动着给人贷款嘛。胆小的怕背债务不敢贷，胆大的借着办厂子贷得贼多。这些家伙嗅觉灵得很，听说我要办醋厂，把我叫去上酒上菜要给我贷款哩。"

杨兰芝蹭进柳德茂的怀里，手在柳德茂身上摸索着娇嗔道："别贷了！有多大钱办多大厂，我不想叫你背债，你辛苦我心疼。"

柳德茂本能地把杨兰芝往一边推开。他突然觉得杨兰芝变了，变得唐突，他已经习惯了杨兰芝的矜持和被动，这样轻佻起来他感觉陌生。随之见杨兰芝满脸错愕羞窘，又一把揽进怀里……大脑却闪现出酒花眼睛一抿一抿地讽刺嘲谑挖苦他的情景，这让他有一种既伤心又刺激受用的感觉。他思绪纷乱地和杨兰芝例行了夫妻之事，转头睡去。

第二天早，杨兰芝早早起来，给孩子喂奶，洒扫庭除，经管一家老小吃了饭。柳德茂便把儿子抱给他娘，交代中午半间抱去刺绣厂叫兰芝给吃点奶再抱回来。柳德茂和杨兰芝相跟着出门，各自上班去了。

对于杨兰芝的突然到来，酒花怔了一下，随即热情地拉着兰芝走进绣房，关切地问了半会孩子的状况。杨兰芝就说孩子近来老爱叫唤还吐奶，给吃了点药才好点，她就赶紧操心着上班来了，两人刚见面的些许尴尬就这样掩饰了过去。

杨兰芝看见架子上绷着的《丝路落雁图》已经绣了一半，忙拿起针线去绣，酒花急忙拦住说："我来绣，我绣。"见杨兰芝蓦地缩回手，忙又笑道："这幅绣品是我要答谢送人的，有些地方绣的时候可能要变。你跟彩霞她们几个一块绣去吧。"

杨兰芝应答着，赶紧出门去了彩霞的房间，心里有些怅惘失落，几日才没来，好像自己多余了似的。

酒花对杨兰芝的重新上班，心里并没有多大热情，她已经得了另一个巧绣女叫翠绒,是嫂子的侄女,豆蔻年华,心灵手巧模样周正,秦绣技艺不输杨兰芝。她准备手把手传授她针画绣技艺,替代杨兰芝的位置,就暂时安排翠绒跟着彩霞实习,熟悉环境。

酒花住在刺绣厂日夜赶绣《丝路落雁图》,随着秦绣苏绣的变幻糅合,随着一针一线的上下翻飞,酒花满腹柔情也像涓涓溪流渗流进去,使整个画面沾风带露,仙气氤氲,滋润灵动美幻无限。没有鸡换在身边,任由陈熹在她思绪里来来去去。她觉得他们的情感像笑容一样干净纯净,像春天一样温暖柔媚。

斗转星移,多少个不眠之夜后,在她绣上最后一针绾了线头时,她小心翼翼地捧着它,欣赏着它,决定要把它欢欢喜喜地送给陈熹。她能想象到陈熹捧着绣图时的惊喜。她深深地吸口气将绣图贴在胸口,完全忘记了多少个夜晚熬红眼睛的疲劳和辛苦,毫无睡意地沉浸在柔情蜜意的幸福中。

酒花的一举一动和细微变化都收在杨兰芝的眼里。杨兰芝细心地看到酒花像给皇帝绣龙袍一样把《丝路落雁图》绣好,一反常态不在大门口展出销售,还小心翼翼藏起来不给人看,说话柔声细气,态度温和如春。绣女们都能感觉到厂长变了,一扫往日眉宇间的愁绪和忧郁,变得光彩照人。杨兰芝有意从窗户缝里偷看,见酒花时不时钻进她的绣房,把绣图拿出来摸着看着,兀自陶醉其中。

杨兰芝晚间回去,睡在柳德茂身边幽幽地说出酒花的变化。柳德茂黑暗里睁着眼睛才要说:"那绣图是给陈熹的,陈熹走北方之前向酒花表白,还托我转送了一封信。"不知怎的,话到口边却不想说了,沉默了半会不耐烦道:"可能是给陈熹绣的。管她呢,睡睡睡!乏很!"身子夸张地翻转过去。

杨兰芝心里的猜测被证实了,虽然被柳德茂的态度弄得很无趣,但也心满意足地睡着了。

柳德茂却睡不着,他本来心里烦闷近来办醋厂的事,款也贷了,地方也腾出来了,就在村委会后院。村书记陶醉儿却突然变卦了,说摊子铺得大不顶啥,把村酒厂经营好就行了。他早看出柳义振和柳德茂爷孙俩死脑筋,只顾把着酒质量,不想方设法卖高价酒。眼看工人工资比别的村酒厂涨不上去,工人有情绪,对贷款办醋厂没有热情。陶醉儿在后面三说两说,工人们就开始劝阻柳德茂办醋厂了，见说了不奏效，又从镇上的酿酒培训班搬回柳义振来。柳义振说集体的事情要集体说了算，大家都不同意办就甭办了。柳德茂觉得醋比酒好卖，醋的价位波动不大，不像酒由名牌到普通牌子之间价差太大，市场不好掌控。再说办企业就像生孩子，总想多生几个相互有个照应。办醋厂就是为了给酒厂做后盾和支撑。柳义振也想酿坊加醋坊，就让柳德茂去镇上找白书记、刘镇长。结果两领导一听都说是好事，拍板叫案说镇上将全力支持。柳德茂像得了圣旨一样回去，只管看好日子放了鞭炮祭了酒，三两下开工修缮了村委会后院的六间大房，有滋有味地办起了醋厂。

等醋厂出了第一缸醋，酸香无比时，已经到了年末岁首，陈熹回来了，酒花却走了。

陈熹不知道酒花一幅绣图绣出了满腹柔情，日思夜想，苦苦等待。把他的信读了一遍又一遍，感动了一次又一次，他却迟迟不归。酒花便胡思乱想起来，疑惑陈熹有啥变化了，外面世界那么大，那么精彩，把她算个啥呢。思虑一多就黯然神伤起来。她突然觉得不能巴巴地等着陈熹回来，不能把感情这事太当回事，就去信用社贷了一笔款，委托王拴狗和三娃去各村镇酒厂收酒，她则随北京客去延安卖酒去了。

陈熹在外苦苦熬过了三个月不见酒花的时光，终将思念熬到了极限。他能想象到酒花见到他时的惊喜。他兴冲冲地回到凤柳街，带着礼物去刺绣厂，才得知酒花去了延安，心情骤然灰冷下来。陈熹情急中误以为柳德茂不想让他和酒花好，有意把他撺掇走了，就呼呼地去了酒厂，红脖涨脸地问："德茂，你把信给酒花了没？"

酒花一走，柳德茂就料到陈熹回来会怪他，故意苦着脸说："没有，信丢了没寻见。"

陈熹猛地一拳打过去，柳德茂躲开，一把抓住陈熹胳膊，哈哈笑了起来，笑了半天才说："看来爱得比黄连还苦，比猴还急。给了！酒花苦苦等你不回来才走了。还给你绣了一幅图在心窝窝里藏着呢，你小子福气大得很！"

陈熹一下又抱住柳德茂吧唧在脸上亲了一口，柳德茂愣了一瞬，哈哈笑了说："把给酒花攒下的初吻咋又给我了，看来你真是爱糊涂想疯了！"

陈熹恼羞成怒又打了柳德茂一拳,两人正嘻嘻哈哈笑着,柳义振背着手走进来,沉着脸把柳德茂叫了出去,爷孙俩站在院子里说话。柳义振说:"咱隔壁的柳泉镇在省政府招待所举办酒品展销会,柳泉村书记也是全国劳模,省委一名副书记亲自出席了展销会,听说人多得像看戏,宣传效果好很。有一款在省上得了头等奖的低度营养酒很受欢迎。"柳德茂听了爷爷的话,沉吟了半会才说:"这样的展销会咱们也能搞,但单打独斗不利整体酒业发展,联合搞可能效果更好些。"

柳义振叹口气说:"那你张罗吧,爷老了不行了。但要记住,不论啥时代,酿酒做醋质量总是最关键的。我总相信酒香不怕巷子深,人最终就寻着来了。刚才碰到镇上白书记高兴地说,省委领导下来视察,县上领导反映了眼下向社会上推销乡企酒,要搭配凤酒的问题。那位领导回去让省轻工业局给咱县上批了五十吨凤酒。"

"好兆头嘛!能缓解一下销售压力。爷你歇着,我忙去了。"柳德茂说着回了酿酒车间。

第四十七章

再说酒花这一次去延安联络了好几处糖酒公司,几处供销社,不但卖酒,还卖绣品。她和北京客联起手来如鱼得水,酒喝了一场又一场,订单拿下一张又一张,到了腊月初八这一天,赶急回来了。凤柳镇家家户户忙着用五色豆类加小米加各种调料熬的五香腊八粥、猪肉白菜红萝卜一锅炖的烩菜、珍藏多年的好酒祭祀家宅六神、天地及先祖,祈求来年事事顺意、庄稼丰收、碗里饭稠。

酒花不在家,陶鑫昌不会熬腊八粥,不会烩菜,好酒都被鸡换连窝败了,屋里除了冷清凄凉的空气,要啥没啥。陶鑫昌胡乱找了些黑豆黄豆和小米乱熬了一锅粥,鸡换说苦巴巴地难吃,也就没往神龛里献。他气咻咻地捅搡着骂了鸡换一顿,鸡换咧开嘴哭,他也不由落下泪来——如今把光景过成这样,连家宅六神、老先人们都亏了,不由悔恨万端。

陈熹过来一看,急忙去凤柳酒店买了腊八粥、肉菜,提了他收藏的好酒和陶鑫昌一起行了祭祀的一概规程,经管鸡换吃了腊八粥。然后三人坐着有一句没一句地找话说,都心知肚明在等酒花回来。陶鑫昌本想说等酒花回来,他就劝酒花嫁给陈熹,或留或走由酒花和陈熹决定,可几次话到口边又咽了下去,他怕话一出口后悔了收不回来。

陈熹坐时间一长不好意思了,起身要走,陶鑫昌送到院子,酒花背着一个鼓囊囊的大包跨进大门。陈熹猛然止步,惊喜地看着酒花,酒花也站住静静地看着陈熹,两人都清瘦了些,四目相对泪光闪闪。半会陈熹反应过来,陶鑫昌在旁边看着,他忙问候:"酒花回来了,辛苦啊。"酒花淡然一笑说:"哎,你来了,屋里坐呀。"陈熹又随酒花进屋坐下。陶鑫昌跟进去笑问酒花吃饭了没,酒花说在车上草草吃了一点,昨天晚上回陈仓时太晚了,她和北京客在旅社住了一晚,太乏了早上起来得有点晚。酒花问了腊八祭祀的事。她下意识地揭开被子去摸炕热不热,一股尿臊热臭直熏得她差点闭气。鸡换难为情地看了看酒花,又看了看陈熹说:"我爹就不会经管我么!爹,酒花回来了,你回你屋歇着去。"

陶鑫昌瞪了一眼鸡换,转身就走。

酒花忙说:"爹,你等一下。"就从包里掏了一条灰色围巾给陶鑫昌说:"这次出去生意很顺,这是陕北正宗的纯羊毛围巾,爹,你出门时围着暖和。"

陶鑫昌接过来摸了摸,高兴地笑道:"这么远路,你有心还买这些,辛苦你了!我给你做饭去。"

鸡换急了说:"你赶紧别做饭了,叫酒花街道吃去。"

陶鑫昌不好意思笑道:"那就街道吃去。"捏着围巾回自己房间去了。

酒花看着陶鑫昌突然间驼了的背,结了霜似的头发,心生悲悯,知道这个家只有她才能支撑得下去,急忙挽起袖子准备收拾房子,收拾鸡换的卫生,她一刻都忍受不了这满屋的脏臭。

鸡换不好意思地说:"不急这一阵,叫陈熹陪你吃饭去。"

陈熹一听心花怒放,却压制着兴奋说:"走吧,吃饱歇好了再干,家务活儿干不完。"

酒花冲陈熹笑了笑,两人就相跟着出门走向街道。酒花前头走得很快,和陈熹拉开一段距离。陈熹见酒花没有进饭馆,却径直往刺绣厂去了。他急忙喊她,酒花只回头一笑,又往厂里走了。陈熹就跟了进去。酒花刚打开房门进去,翠绒眼尖得从绣房跑出来,热情地招呼陈熹。她发现酒花屋门开了,急忙提了热水壶进来倒水。酒花注意到这女子三分娇五分媚,剩下两分是羞涩,和她走之前不太一样。酒花也没多想,只顾和随后进来看她的绣女们说话,安排杨兰芝和彩莲造表,她要给绣女们发工资发奖金了。

刺绣厂几天不管理就成了一团乱麻,今这个进来了,明那个出嫁走了。

张三看不上李四，李四又不愿意和王麻子共绣一幅图。谁绣得快了，谁绣得慢了……有断不完的官司。这些天杨兰芝和胡彩莲和稀泥，只等酒花回来。酒花沉下脸来，翻看考勤册和她走时安排的绣活，当机立断要在工资奖金上奖罚分明了。

陈熹一看酒花又被公务盘缠住了，就悄悄出去给酒花提了饭进来，说他要回去往外发酒，晚上六点在凤柳酒店给酒花接风洗尘。酒花答应了一声继续忙着处理积务，不知不觉日过正午。嫂子挺着隆起的肚子跷进门来，擦着厚厚一层粉的大白脸笑得像灌了蜜一样，窝窝眼挤在一起说："大妹子，你回来了，嫂子有个好事要给你说。"

酒花急忙笑着招呼坐下，说："嫂子有啥好事？兴成这样。"

嫂子往门外瞄了瞄，才凑过头来神秘兮兮地说："翠绒看上陈熹这小伙子了，那天还叫我在街上瞄了几眼，我也觉得不错。你看两个娃娃这么般配，你给说个媒多好！"

酒花头脑早已嗡一下懵了，呆呆地看着嫂子半会不说话。嫂子又格外亲热地拍着她肩膀问她能行不？酒花才反应过来，极不自然地说："我知道陈熹早就定下亲了，翠绒不知道。咱给翠绒另寻一个女婿。"

嫂子仰头一笑说："我托王拴狗打问过，说陈熹还没有定下亲。听翠绒说你不在的这些日子，陈熹老往厂里去，就爱和她说个话。两个娃娃心里都有情有意的，就差个人当现成媒人了。嫂子觉得这好事还是给妹妹吧。"

酒花苦笑着说："好事哪能轮上我，我也就是个倒霉鬼。"酒花刚说出"倒霉鬼"三个字，就禁不住一阵心酸，眼泪花又喷了出来。嫂子以为酒花是因为鸡换难过，深为同情地递过手帕，示意酒花擦擦眼泪，又安慰道："鸡换不是在针灸吗，好得了，好得了！我妹子不是倒霉鬼，是个大福人。"

酒花接了手帕沾沾眼泪，对着嫂子勉强一笑，显得云淡风轻地说："没事，一切都会越来越好。翠绒这事我给问问再说。"转身从包里掏出给嫂子买的红色羊毛围巾，亲昵地给围在脖子上，偏着头一端详说："好看！嫂子皮肤白，红衬白显得更白。"

嫂子急忙在门口墙壁上镶的镜片上一照，就咧开厚嘴唇笑了，窝窝眼睛挤在一起，连说了两声谢谢妹子，便一手按着腰微跛着脚走了。走到大门口破天荒地拐进厢房里和强娃坐了一会，和颜悦色地说了几句话，才又和酒花告别，挺着肚子走了。酒花知道嫂子越来越不待见她哥。她哥晚上回去，多的时候又被赶回刺绣厂门房来睡。酒花心知肚明也无可奈何，任她哥在门房吃了睡睡了吃。来人有时挡住不让进去，有时又不管，随性而为，其实就是挣份工资交给她嫂子而已。绣女们看在酒花脸上还算尊重强娃，偶尔背着酒花也耍逗一下强娃，取个乐子。

酒花心里明白，这会嫂子对强娃的态度完全是做给她看哩，完全是为了翠绒。酒花一瞬间悲哀地想：翠绒爱上了陈熹，她就把陈熹让给翠绒，她哥亏欠她嫂子的，她就以这种方式还给她嫂子，好叫他哥有个完整的家，叫她爹娘人前有底气，说得起话。至于自己嘛！这辈子就这样算了。

晚饭时，酒花带着给陈熹的绣图，心事重重地走进凤柳酒店一号雅间。陈熹满以为酒花看见他会绽放一脸灿烂笑容，没想到竟是郁郁寡欢一言不发地自顾坐下。陈熹刚绽开的饱满笑容瞬间凝顿住，关切地问酒花怎么啦？酒花神情恍惚地不说话，她一走进这个雅间就想起去年大致也是这个时候，她答谢陈熹买她《一白麦麦浪图》，给刺绣厂第一笔开张生意时，陈熹反客为主，将两人的饭局定在凤柳酒店的这个雅间里。陈熹借助秦妙手给酒店大门上书写的那副对联，极力启发她向她表露心迹，鸡换还和一帮子狗朋狐友在门外大厅里吆五喝六地划拳喝酒，她装痴卖傻百般不搭。此后这一年来发生的大事太多：先是哥哥娶了媳妇，她成了市县创业能手、三八红旗手，红奶奶去世，鸡换娘去世，鸡换瘫痪，蛋花考上了雍凤师范学校，坏事好事接踵而至，叫她忽悲忽喜，忽下忽上，忽左忽右，忽来忽去，好似一场现实一场梦。

此时此刻重新坐在这个地方，她面对苦苦思恋她多年，她却无法答应嫁给他的男人，不由百感交集，表面却冷凝如冰。她这一番沉默和若有所思，把陈熹弄得丈二和尚摸不着头脑。陈熹忙问："你脸色不好，是不是外出太累了？"

酒花却冷不丁地说："翠绒看上你了，有人托我给你俩说媒哩。"

陈熹惊问："翠绒是谁？我不认识啊！"

酒花眼睛一抿讥诮道："翠绒就是我嫂子的侄女，我不在时你们在刺绣厂打得火热的女子。"

陈熹一听急了道："噢！你误会了，我去刺绣厂看你回来了没有，有个女娃很热情，总是跑着给我倒水，叫我坐下等你。她说是你侄女，我也就热情了一些。前前后后只见过几次，总共说了不到十句话。"

酒花一听笑了说："你看这女娃机灵的，对你一见钟情，你俩谈对象多好。"

"我把我的心掏给你，你还不行吗？还要扯出个女娃考验我一下。你不要我了，我今辈就不结婚。"陈熹显然急了带气，满脸屈愤无奈。

酒花长长舒口气说："我得和你正儿八经谈了，你看我一结过婚的人，还拖着一个瘫痪的男人。翠绒一个清秀灵巧的小姑娘，你俩正好般配。"

陈熹急得忽地站起来说："好的婚姻是配情感，配心灵。我问你一个问题，难道我在你心目中就是一物件，说转让就能转让出去吗？你难道对我真的没有一点感觉吗？"

酒花半天不吭声，眼泪滴答下来了。

陈熹心里一动，绕着桌子扑过去，一把将酒花拽进怀里，像蜜蜂采蜜一样，在脸上一通狂吻。酒花挣扎着想要说话时，他又团住了她的嘴，酒花终于娇喘微微地环住陈熹的腰，两人展开了一场马拉松式长吻。直到服务员敲门上菜，两人才面红耳热地分开来正襟危坐。等服务员上了酒菜出去，陈熹将一个精美的笔记本掏出来给酒花说："这是我给你这几个月准备的礼物，东北酒业市场、民间工艺品市场考察笔记。我联系下的糖酒公司、百货公司名单都在里面，布设的代销点地址、联系人姓名、电话也都有。还有十几宗代销酒订单，这些我都交给你，省得你一个女同志在外跑得辛苦，还得喝酒应酬。"

酒花翻看着本子，嘴上说："这哪能行呢？"

陈熹笑道："咋不行？咱俩结了婚我的啥都是你的了。"

酒花娇嗔地笑看一眼陈熹，从自己挎包里掏出《丝路落雁图》捧给陈熹。陈熹喜出望外地接过去，小心翼翼地打开一看，瞬间眼睛放光，喃喃道："太好看了！如诗如画，如梦似幻。"

酒花莞尔一笑说："有那么夸张吗？"

"不夸张，实在太美了！我有了两件宝，这一生幸福，太值了！这地方，我爱——灵山远照、金色麦浪、雍水烟柳、丝路落雁……都是神奇！"陈熹激动地看着绣图自言自语，语无伦次。

酒花咯咯笑着说："傻样！我饿了，我先吃饭了。"

陈熹眼睛不离绣图，嘴里说："我再看几眼，我喂你吃。"

酒花又咯咯笑了说："你能喂我一辈子吗？"

"能啊！"陈熹收了绣图装进包里，夹菜往酒花嘴里喂。酒花不习惯，张不开嘴。陈熹张大自己的嘴巴示范道："啊——"

酒花忸怩地将嘴启开一半，陈熹笑道："这就好了嘛！"

酒花扑哧一笑差点把菜喷出来。陈熹的言行神态简直是把她当三岁小孩了，幸福感像潮水一样涌来，心情像花儿一样绽开。陈熹俏皮地看着酒花，给酒花唱他在陕北卖酒时学的民歌："……羊肚肚手巾三道道蓝，四妹妹和我没个完，来年娶你过家门，热热闹闹把喜事办……"

酒花听着脸色突变，紧锁了眉头。

陈熹一看忙改口唱道："来年你娶我过家门……"

酒花不由扑哧笑了，两人沉浸在从未有过的美妙恋情里。这一刻时光静止，其他一切都不复存在，只剩他们俩对坐着："毛眼眼亲，毛眼眼美，毛眼眼是哥哥的四妹妹……"

柳德茂听说酒花回来了，晚间来刺绣厂见不到人，坐在门房和强娃一起等。不一会酒花和陈熹喝得红光满面，一前一后进来了。三个人进去坐在房间说话。柳德茂说："县上一个主管领导费心费意从省上争取来五十吨凤酒，到了乡镇只剩下可怜巴巴两吨。好多村酒厂都盼着这批凤酒搭着卖他们自己的酒呢……看来已经顺腿走了。"

陈熹笑了说："你是死脑筋，你仔细看看那些外来卖商标、酒瓶、酒盖、酒盒的贩子走街串巷干啥呢？"

柳德茂蹙着眉头说："我不是不知道，我爷天天晚上回去要给我灌输一次老祖先'诚心酒'的理论。"

酒花说："你爷这一点我佩服，钢巴硬正酿诚心酒卖诚心酒。"

陈熹信誓旦旦地说："我这次去东北开辟了一块市场。东北冬天冷，东北人爱喝咱这高度烈性酒，驱寒呢。你不用发愁，你酿多少酒我和酒花包销多少。对了，醋出来了？"

柳德茂说："出了一次就暂停了，冬不制醋，夏不酿酒。"

酒花突然像想到什么似的说："德茂你应该研制一种女性酒，你们男的有天生的身体优势，却要女的和你们一样，这次我去延安跑销售头一道关就是喝酒，把我喝得腾云驾雾，几次吐得不成样子。要不是北京客护着我，差点回不来。研发一种低度女性营养酒，到了酒桌上，男女各喝各的酒才公平。"

陈熹笑着赶紧说："这个提议好。我翻阅你们史志时，发现你们老祖先早就有了一款低度营养酒，叫翠波酒，不知道味道怎么样，德茂可以考虑一下这种酒。作为女性酒还可以在酒瓶上配上文字。我想了这样一句话：'醉人不止美酒，还有你'，你们看怎么样？"

酒花扑哧笑了。柳德茂笑着蹙了蹙眉头说："你干脆就叫我给酒花专门酿一种低度营养酒，酒瓶上写上'醉人不止美酒，还有酒花'。"

陈熹搡了柳德茂一拳，酒花踢了柳德茂一脚，三人都笑了，坐着叽叽喳喳说了一会话，陈熹和柳德茂一同走了，酒花这才想起从延安回来一天了，还没有回娘家看看爹娘。她愁肠咋样给嫂子回复翠绒的事，又操心着鸡换，一个人烟锁愁眉地回家去，连夜晚给鸡换洗洗擦擦，清扫了房间，夜半才累倒睡着了。

第二天早饭后，酒花上班先给绣女们开了会，鼓舞了一下士气，然后匆匆回了一趟娘家。没想到高高兴兴回去，窝了一肚子气回来了。她坐在绣房无心做事，满脑子回想着刚和娘说过的话。她训了娘，却使自己心里揪痛不已。一瞬间她竟然想叫哥嫂离了婚，嫂子走人算了，省得了这么多是非搅缠人。

她刚回娘家跨进大门时，娘和嫂子在各自房间里瞅见了，都迎了出来。她笑着叫了一声嫂子就先进了娘的房间。娘似乎有一肚子急话要说，等她在炕沿上坐定，就跑到门口，伸头往外面看了看，回身来坐在她跟前，偷声说："酒花，娘给你说个怪事。前天晚上下了一拃厚的雪，早上我早早起来扫雪，院子里有大脚印从你嫂子门口出去了。我去酒厂找你爹,你爹硬说是你哥的。就你哥的腿脚,我知道脚印是一边深一边浅,胡歪拉着的,可这脚印两边都匀匀的。我去刺绣厂问你哥晚上回来过没有,你哥喝了酒还没灵醒,说他回来过,又说没回来过。唉!人一天有三昏九迷二十四个不灵醒,我那天晚上竟然睡得死死的,叫贼背走了都不知道。第二天晚上,我趴在窗缝看了半夜,又没啥动静,眼睛还叫冷风吹了,这两天直流眼泪,怕成了迎风落泪眼。"娘用手帕擦了下湿烂的眼角,又说:"你说这女人把咱一家人背着卖了,咱还要给帮着数钱哩。我怀疑肚子里的娃……"

酒花忙制止道:"娘,你糊涂了,没事寻事。我嫂子都快生了,肯定是我哥回来过。你就赶紧给准备娃娃衣服。你胡搜出事来,别指望我管。你看我现在自己家里的烂摊子都顾不住,还有厂里一大摊事。你不叫我活了呀?"

娘愣愣地看着酒花,半天才叹口气说:"你和你哥都命苦得很,叫娘把心都操碎了!我不搜事,可事寻着咱来了。你嫂子和街道那个线匠的事叫人知道了,好几个人上街回来都给我说叫管好媳妇,我还能装聋作哑吗?"

酒花这下愣了,半会才说:"你别听人瞎说,我哥又不会说话,我嫂子心里闷得慌,为买点线就和那个线匠多说叨了几句嘛!"

娘抿了一下眼睛说:"不是,你嫂子一去线匠铺,线匠就把门从里面关上了,生意都不做了……你爹不管你哥也不管,叫我一个老婆子咋办呀?"

"唉!我头疼得快炸了,我走了。"酒花忽地抱住头,使劲摇了摇,站起来一把提了包包就出门走了。她破天荒头一次没有去嫂子房间,连个招呼都没打就走了。

酒花静静坐在绣房,想了半天也毫无办法,情感这事她还不是很懂,她自己的事还是一团乱麻,哥哥的事更搅缠得她快要窒息了。她实在不知道怎样才能处理好这件事——头有三个大,瞀乱得很!正好杨兰芝进来说绣线不够了,她昨天和胡彩莲去街道线匠铺买,没有配齐。这线匠不知做啥呢,线的颜色种类越来越不齐全了。说者无心听者有意,酒花心里咯噔一下,以为杨兰芝专门给她带话呢,蓦地脸上火烧火燎,急忙说:"小门小店的正常,我今正好要去雍凤城,你把缺的色彩种类开个单子给我。有人要《丝路落雁图》呢,你和彩莲把本事拿出来往最好里绣,哪里绣得不好就拆了另绣。"酒花把最后一句话说完,竟然脑中豁然一亮,哥哥的事她有了办法,翠绒的事她也有了主意。三两下安顿好厂里事情,就匆匆找陈熹去了。

第四十八章

俗话说：过了腊八，心里哗哗。又要过年了，凤柳街熙熙攘攘比往日更加热闹起来。柳义振背着手在街道走着，手里那袋刚新买的旱烟在屁股上滴溜滴溜吊着。他发现街道比往年更多了一些样貌穿着、口音不太一样的外地人，看似若无其事地转悠，其实眼睛滴溜溜在扫描搜寻商机。柳义振知道他们主要是做酒生意，顺带做些别的生意。从那身形精瘦、额头和后脑勺都突出的样貌就能断定是南方人。柳义振惊讶他们千里之外咋就捕捉到了凤柳铺的巨大商机呢？看来这社会真是以坐火车的速度在改变了。他看到好多处店铺在拆旧建新，每一处承载着深刻记忆的旧房子的轰然倒塌，都使他不忍卒睹，心里空落落地难受。酒馆里、店铺里，到处是吆五喝六划拳喝酒的闹嘈声，此起彼伏，此消彼长。

突然他止住了步子，愣愣地看着线匠铺子，他看到王长贵的儿媳妇穿着红皮鞋，抡着帆里晶喇叭裤快速跷进了线匠铺子。线匠跑到门口朝外张望了几下，就迅速关上了门。柳义振摇了摇头继续往前走，走了几步下意识又回头往线匠铺子看，这一看把老汉气得不轻。他看见柳德茂和陈熹在敲线匠铺的门，敲了几下见没动静，就把一把大锁咔嚓锁上门环，转身走了。

柳义振脸上火烧火燎地难受，像谁掴了几巴掌，要不是他亲眼看见，他死也不会相信他柳家人会做出这等下作的事情。他不明白王家的事王家人不管，柳德茂和陈熹瞎掺和啥哩？他羞愤地在街边呆立了半会，才快步往村酒厂走去。一辆拉酒的大卡车轰隆隆从酒厂院子开出来，轧得院子的尘土飞扬起来像龙卷风。柳义振躲到一边立着，他看见司机楼里坐着王长贵的大女子王酒花，柳义振一下子就明白过来，肯定是这女子教唆的。酒花看见柳义振忙绽开一脸灿笑，头伸出车窗准备打招呼，没承想柳义振把头一扭往里走了，酒花尴尬地收了笑容抿了嘴。

柳义振走进酿酒车间，在腾腾热气里搜寻了半天不见柳德茂，刚刚压住的火气又腾地冒了出来，以致工人们给他打招呼，他都黑着脸没吭声。他转身出门去，在院子里碰见柳德茂从大门外走进来，不由怒吼一声："刚做啥去了？"

柳德茂猛地吓得立住，讪讪地说："往东北发了一车酒，出去送了一下。"

柳义振啪一巴掌打在柳德茂脸上，骂道："你白话加溜话哄谁哩？当厂长哩，不在车间把着，吊儿郎当跑出去干啥损德事去了？"

柳德茂一只手捂着被打木了的半边脸，心下震惊，莫不是爷爷知道他和陈熹刚才干的事了？再一看爷爷手里买的一袋旱烟，心里就明白了，忙说："爷，你甭生气了，进办公室去我有话说呢。"

"我不听！你赶紧悄悄把摊子收了，别弄个啥烂子出来。以后再和王家那大女子，还有那个陈熹混在一起，我就打断你腿！"转身提溜着他的旱烟，背着手气呼呼地走了。

柳德茂赶紧转身往街道跑，冲进凤柳酒店陈熹包住的房间，神色慌张地说："别等晚上看好戏了，赶紧去把线匠铺门上锁子打开。巧得叫我爷看见了，刚把我收拾了一顿。他最见不得没体面的事，怕出个啥烂子。细一想咱做的这事够荒唐。"

陈熹也禁不住慌乱地说："我去叫酒花，酒花有办法。"

酒花此时刚发走一车酒，回到刺绣厂，陈熹就跑来叫她。酒花跟着陈熹忐忑不安地来到线匠铺门前的柳树下，两人面面相觑了半会，酒花深呼吸了一下，故作轻淡地说："有天大个窟窿，就有地大个补丁，把门打开吧。"

陈熹嗯了一声，趁两边店铺的店主忙着卖货，门口地摊上人声杂乱的当儿，迅速把线匠铺子门上的锁打开，用手只一推，门就开了。陈熹刚要进去，酒花一摆手一示眼，将陈熹挡在门外，苦笑了下说："我只想问他们两个问题。"说完就鼓起勇气跷进门去。

三天后，酒花娘跟斗跟跄地跑来刺绣厂，一把抓着正睡午觉的强娃说："赶紧起来，你媳妇不见了！"

强娃哼哼了两声，坐起来半梦半醒地说："不见了好，我就不给她钱，我买酒喝呀。"又倒头睡着了。

满屋酒气，酒花娘无奈看了看儿子，只得扑进院内的绣房里，气喘吁吁地给酒花说："你嫂子不见了，衣服都卷包了个精光。我去街上一看，线匠铺门也锁了，肯定是跟线匠跑岭南他老屋去了。"

酒花头不抬的眼不睁，只淡淡地说："跑了就跑了么，我哥那样子你也看见了，娶十个媳妇都是别人的。别叫在门房吃了睡睡了吃，过他猪八戒的日子了，你领回去叫在地里劳动去。"

娘叹口气说："唉！我给泡了那么多'女儿红'喝了没顶啥。"又瞪着眼怨怼酒花："那货跑了你才不要你哥给你看门了，以前就应该叫守家里，天天看着她。"

酒花嗤之以鼻道："拴住都不顶啥！你以为是过去年代。我把我哥安排在刺绣厂门房，还不是为了有个工作有份工资，你们在我嫂子跟前说得起话。我嫂子也感觉体面，心理平衡些。谁知道我哥竟然傻实了，把我嫂子纯粹当摆设。别看我嫂子腿脚不好，心里路数稠得很，不跑才怪呢！"

酒花娘眨巴着眼角有点红烂的眼睛说："你咋老向着那货？出下这事叫我和你爹脸往哪哒放呀？唉！你哥也是打光棍的料，咱也是绝门的命。"

酒花不屑道："你儿是王家顶门杠，女子就不是吗？蛋花没有给你们长脸？我没有给你们长脸？你就不能学人家胡彩莲，给蛋花招个上门女婿？"

一语惊醒梦中人，酒花娘脸上像闪电忽地一亮，又转忧道："柳家户族大，祖规家训严，柳德全咋可能上咱家门。"

酒花嘴一撇，说："管他户族大小，我就要叫蛋花把柳德全娶到咱家来，给柳忠民做个为难看。"

酒花娘忙摆手说："不敢胡来，柳家是咱家恩人，咱要想着报恩哩！你哥不成器，今个只能指望蛋花了！"

酒花一听凝眉不语。

线匠拐跑酒花嫂子的事平湖起秋波，半面街道又激荡起来，总有人格外兴奋，加盐调醋议论传说几天后，就被年集的热闹淹没了。上班的、求学的、服役的、跑外做生意的都回家过年来了，这个当儿是说媒的好时机，媒人格外活跃起来，走村串户，吃喝得红光满面，唾沫星子乱溅，把姑娘吹得美若天仙，把小伙子吹得帅若潘安。酒花便大张旗鼓地见媒人就说，要给蛋花招上门女婿，如果说成了，等两年后蛋花风师一毕业就结婚。

有媒人便出出进进蛋花家给蛋花介绍上门女婿，难哭了的是蛋花，急坏了的是柳德全。这样一个难题摆在他面前，小伙子便抓耳挠腮急得猴子似的，他知道他爹他爷的思想关过不去，只得跑去村酒厂寻他哥。柳德茂听了柳德全的一番急话，哈哈一笑说："你就给蛋花说你愿意倒插门，等两三年后你们毕业教书了，结婚证一领，哥给你俩定个饭店举行个新式婚礼，再往学校宿舍一住，谁家门都不进。然后呢，叫咱娘去娘娘殿给你捏上两个泥娃娃揣回来，你俩生一对双胞胎，一个姓柳，一个姓王，不就问题都解决了。"

柳德全一听嘎嘎笑着说："你说得像真的一样，咱娘娘殿的娘娘真就那么灵？"

柳德茂仰头嘎地一笑说："灵着呢，咱娘老说你侄子是她在娘娘殿烧香磕头要下的，把你嫂子气得脸吊二尺长，也不敢说是她生下的。背着咱娘老在我跟前嘟囔。"

柳德全一拳擂在哥哥肩上，嘎嘎笑着说："咱娘真有意思，叫她给你再要个双胞胎来，看我嫂子服不服？"

柳德茂拍着弟弟肩膀说："我就算了，关键是给你要。你情诗写得那么好，再多写几本，叫咱娘拿着去文殊菩萨跟前给你求俩文曲星下来最好。"

柳德全一听，蓦地红了脸，笑着去挠哥哥，兄弟俩笑闹成一团。

柳德全还没兴乎两天，就被柳忠民逮在房间，叫齐全家人，在祖先堂前上香祭酒，"三堂会审"起来。柳德全哪里知道酒花借人之口给他爹传话，说他柳德全追着蛋花不放，硬要给王家当上门女婿。为此柳忠民早已羞臊得无地自容，气得晕头转向，恨不得捶死柳德全，恨不得将他扫地出门永不相认。他们柳家从古到今哪代出过上女人门的男人？偏就在他手里出下了，真个是把笑话递到别人嘴里去，直打得脸上啪啪的滴血哩！

柳德全还没等爹发话，就把他和哥哥商量好的权宜之策陈述了一番。柳忠民气得瞪圆了眼，一巴掌打过来说："不管你以后咋做，眼下把你先人德损尽了！咱柳家一直是男人娶女人，哪有女人娶男人的？你再动这个念头我就打断你腿熬油！"

柳德全像个毛驴似的蹦了一下，愤然道："我以为'先人德'就是为了他人宁愿牺牲自己，而不是为了自己牺牲他人！"

一句话说得柳忠民噎住，瞪着眼睛乱找家法。柳义振从罗圈椅上站起来，挥手挡住柳忠民说："你就只知道个倔倔打，不知道商量着来，都坐下好好说。"柳义振把柳德全按在凳子上坐下，反倒笑了说："就你身上这种豪气劲最像你酒神祖爷，但要看豪气用在啥地方。爷问你，万一王家非得要你上门，你真上吗？"

柳德全底气十足地说："上！王家得有个顶天立地的汉子。咱家有我哥哩，你们也不缺我一个。"

德全娘急了说："你疯了！我坚决不同意。你要上门我就一头碰死，你先把我埋了。"

柳德全头一扭说："那我上山当和尚去，我说到做到。"

柳义振瞪了德全娘一眼说："你自己养的儿，你不知道啥脾性？有话好好说嘛！"然后转头对柳德全说："爷给你说，王家有儿呢，媳妇跑了，抱养个娃娃，或者拾掇个带娃娃的寡妇都能行。你给他们说，这个法子行不通了你再考虑上门。你凤师毕业还有两年多哩。"

柳忠民急得正要说话，柳义振又一挥手说："这事就这么简单，你要做啥做去，甭在这耽搁时间。"

柳忠民一听，不情不愿地出门走了。德全娘也心有不甘地跟着出门，回自己屋去了。

柳德全猛地欢跳起来,蹦到柳义振背后,给爷爷捏肩捶背,又殷勤地装了一锅旱烟点着,将烟锅嘴塞进爷爷嘴里说:"爷爷,我看你最像我酒神祖爷,我最像你孙孙。我爹像你拾下的。"

柳义振扭头恨了一下说:"你咋说话呢?你爹就是一根筋,不会变通,其实做事认真负责、忠心耿耿,在凤酒厂技高人稳、德高望重,给你酒神祖爷也把趣凑上了。以后就看你和你哥的作为咋样?把祖规家训明天印上两份,你和你哥一人一份装在兜里,闲了就背,要烂熟在心里,做事好不到十分,至少也要九分上。爷爷以后死了也能坦坦然然去见你酒神祖爷了。"

柳德全一下子沉稳下来,使劲点着头答应着。爷孙俩又说了一会话,柳德全才回房睡去了。

话说陈熹把他在东北开发的市场交给酒花后,恰好到了年关的销售旺季。东北的冬天要格外寒冷得多,高度浓烈的原浆烧酒在冰天雪地里似乎比皮袄更能温暖人心。酒花和陈熹包销了凤柳酒厂的酒,还和北京客、长安客从其他酒厂大量收购原浆酒,一车一车发往东北市场。货到付款,这一番生意做得潇洒畅快。

更可喜的是,刺绣厂的绣品被县外贸公司看中,全部包销到国外挣洋码号钞票去了。她和胡彩莲合绣的《凤凰戏牡丹》还和草编艺术品等一起在国外巡展,被人高价买去收藏了。这个创意是她夜晚迷迷糊糊中梦出来的。她惊醒后仔细回忆梦中凤凰牡丹的色彩和姿态。那只凤凰人脸鸟身,身披七彩霞衣,飞翔的样子悠然而慢缓,搅动着云彩变幻出了一朵朵盛开的牡丹。鸣叫的声音悠长而空灵,像来自另一个神秘的世界。她慢慢地、慢慢地舞动着,划过万里长空,隐进天边云彩里不见了。特别是那只凤凰的人脸似曾相识,酒花却想不起来在哪里见过。凤凰眼睛忽灵儿会说话,对着酒花那一笑,甜得醉了。这是一幅奇妙的图像,酒花赶忙起来,展纸提笔画了下来。酒花能强烈感知到鸿运来了。果然这幅妙图赚来大钱,年前酒花如愿地给绣女们多发了些奖金——她喜欢看绣女们领了钱兴高采烈的样子。

更令酒花高兴的是她从蛋花口中得知,柳德全已经答应了当上门女婿。蛋花说，柳德全决定做的事，他家人拗不过。酒花决定等攒够了一大笔钱就给娘家盖一栋二层洋楼，给蛋花和柳德全布设一间新房，冲刷一下嫂子跑了后落在爹娘心里的晦霉绝望。

一直忙到年根下了一场罕见的大雪，有一尺多厚，人走在里面两腿像拔杠一样艰难，街道一下子退却了人迹。刺绣厂放假了，陈熹回了长安老家。酒花安顿了家里年事，正好趁着过年好好休息几天，把她攒下的瞌睡好好睡睡。人一旦放松了，歇下来，浑身就散了，瞌睡多得睡不灵醒。酒花除了一天三顿经管鸡换吃喝拉撒外，其余时间都在睡梦中。一年来发生了多少事，她大脑里空空如也，她太累了。直到大年初三到了回娘家的日子，她才焕发起精神来，提着节礼独自回娘家。地上的雪被人踏结成冰，一走东滑西歪。太阳照在雪上闪烁着细碎的银光，刺得人眼不得不眯缝起来。酒花走在路边的积雪上嘎吱嘎吱响着，心里慌慌地想着陈熹。陈熹本来想留下陪她过年，年后再一块回长安见他父母。酒花也想让陈熹留下来，但她知道天大地大，父母最大；海深春深，父母情最深。她硬让陈熹回家陪父母过年去了。陈熹一走，她感觉三魂七魄丢了一半，人不大灵光了。

路上来来往往，川流着穿戴簇新走亲戚的大人小孩，多的是喜悦的熟面孔。短短的路程打了无数招呼，酒花心里孤惶得难受，她看到刚结婚的小媳妇被小女婿搀扶着在冰溜子上走，娇娇地笑着，小女婿故意一松手，小媳妇就要嗔怒地打闹一下。有了娃的两口子则沉稳下来，怀里抱着小的，手里牵着大的，和酒花一样绕到路边的积雪上小心翼翼地走着。无论哪一种状态都让酒花羡慕不已。雍水河结了冰，覆着厚厚一层雪，柳树林变成了粉饰玉雕的世界，像龙王的水晶宫。酒花蓦然想起她的姑奶奶玉珠先生，想起她的奶奶，甚至想起了来来往往手执柳枝儿的故人。与河有关的记忆都纷纷扰扰地涌来，陈熹的身影却总在她眼面前突显着，心一慌跌了个仰面朝天，忙爬起来，环顾左右，顾不得屁股生疼。她见有人看着她笑，也不好意思地回笑了一下，眼泪却溢出眼眶。她盼着陈熹尽快回来，带给她好消息。她惶惶地预感陈熹的父母不会同意他们的婚姻，但她还是满怀希望，满心期待。

正月初八，闲来无事，有就近的绣女提前上班来了，她们还在感激酒花年前发给她们的那份足以使她们在家里说话气壮的奖金。正好酒花接了一批秦腔戏服的绣活,她们就坐在绣房里开始选料、上绷架、劈丝、刺绣,说说笑笑甚为热闹。有姑娘偷空给新女婿绣荷包,酒花也关起门来给陈熹绣了一个"喜鹊红梅枝上报春喜"的荷包,嘴里哼唱着:"正月里来闹元宵,给郎绣个花荷包;荷包带在哥身上,哥哥把我放心上……"

她希望这个绣满深情的荷包在新春里能带给她好运和鸿禧。眼见要到元宵节了,天刚麻黑,孩子们便挑着凤凰灯笼、莲花灯笼、火罐灯笼、八棱灯笼、兔娃灯笼……很快汇聚成灯笼队,像火龙一样在村子里逶迤游走,叽叽喳喳叫天喊地,开心欢笑。街道也复归了年前的繁华热闹。陈熹却还不见回来,酒花就颓然了。柳德茂来刺绣厂说卖酒的事,见酒花失魂落魄,言语颠三倒四的样子,又知陈熹还没回来,似乎明白了八九分。他跑到街道给陈熹打了电话,果然陈熹父母不同意这门亲事,陈熹硬一坚持,就把母亲气得住进了医院。陈熹只好在医院里经管母亲,伺机慢慢磨着做工作。陈熹很着急回凤柳街,人走不脱,给酒花打电话写信不知道咋样说,心里正火烧火燎,柳德茂打来电话问候他,他就急忙向柳德茂讨主意。柳德茂不怀好意地笑了半会,才说:"这事我看还得酒花面见你娘,丑俊都得见公婆。见了再住院不迟嘛!"

陈熹在电话那头骂:"你这臭乌鸦嘴,怎么说话呢?我原来也想叫酒花先见我父母,但害怕他们当面不同意,给酒花难堪,以酒花的性格后面就没了回旋余地。现在看来只有铤而走险了。你就叫酒花带上《丝路落雁图》尽快过来,兴许我妈一见面就喜欢上了呢。"

柳德茂兴冲冲地回到刺绣厂给酒花转达了陈熹的话。酒花嘴上撂了一句:"我知道!我也没指望这事能成。"至此受损的自尊收回了一半,眼泪花却出来了。柳德茂一时不知咋样安慰,就说:"你不指望能成,可陈熹一心要成。他这会到了难处,你得出面去帮他一把。"酒花一听又心疼起陈熹来。她这才发现,她就像戏里的主角,戏唱到了半截,再也无法抽身出来了。她烦乱不安地打发柳德茂走后,自己一个人关起门来,头一次抓起一瓶酒喝了个烂醉,啥也不想倒头就睡了。

第二天早,酒花起来仍醉着,却晃悠悠穿上她自己亲自绣制的绲边粉色衣裤,给陈熹母亲挑选了一件堆绣门帘,带着《丝路落雁图》直奔长安。

这一年的凤柳街似乎比往年更热闹些,上一年成了高粱,籽粒饱满粉质多,加之冬令时节损耗少,出酒率极高,一百斤高粱出好酒四十七斤左右,酿酒自然成了过年时节的主旋律。柳德茂也兴头十足,和其他酒厂一样只给工人放了三天假便投入酿酒。满街道飘溢着新年的喜庆气息和浓郁的酒香。

正月十四,酒花和陈熹一块回来了,欢天喜地要把柳德茂正式作为媒人好好感谢一下。正月十五元宵节这一天,街道游演高芯社火、马社火。陈熹在凤柳酒店定了一桌酒席,和酒花商量着请了秦妙手、王拴狗、柳狼剩,三人看了社火后都落座在包间里。陈熹觉得应该请来柳义振,凤柳街四大名人就凑齐了。酒花正在心情畅快中,满世界都是好人,满天下都是美景。她和柳义振以往的疙疙瘩瘩及不快都烟消云散了,她很大气地说,请!柳德茂却说,他爷最不爱上席桌,也就是天天早上一碗热酒泡一个馍,连吃带喝最舒服,其余时间不喝酒。

陶鑫昌推着鸡换也来了,不管他们父子俩心内做何感想,也还是跟着众人一块欢喜。王拴狗欢喜得把着酒壶不放,嘴里喝个不停,说个不停。他说他一向没有这么高兴过痛快过了。陈熹和酒花春光满面地给众人敬了一圈酒,说了好多感激感谢的话。柳德茂尽管心里酸溜溜的,但还是欢喜地说着祝贺祝福的话。柳狼剩兴头上说两人结婚时,他要给打一场大鼓。王拴狗说他要当总管。秦妙手说他尽力给鸡换治腿,尽量减轻两人负担,叫陈熹和酒花以后腾出工夫好好干大事。

陈熹酒到八分醉时忘了鸡换在场,情深意浓地给酒花敬了酒,喜不自胜地说,酒花刚一出现在他妈面前,他妈就从病床上坐起来,盯着上上下下打量了好几遍,脸上表情和悦起来,再一看酒花绣的《丝路落雁图》、"富贵牡丹"门帘、"喜鹊红梅"荷包,一下从病床上溜下来,仔仔细细看了个遍,就安排他办出院手续,说她要回去给酒花做好吃的,带酒花走亲访友昭告天下,他儿子瞅了个俊巧媳妇。陈熹说完自我陶醉地哈哈笑了,众人也都跟着笑,场面更为热闹轻松起来。

其实陈熹隐瞒没说，在酒花来见他妈之前，他在医院病床前就给她妈反复说酒花的种种好，并说除了酒花，他这辈子再爱不上任何女子，肯定会打一辈子光棍。他的情感，他的心谁都拗不过的。她妈听着听着动摇了意志，就想见见酒花，可又不甘心，也有点下不来台，就在病床上死抗着。老太太心里正揪扯着矛盾着，酒花适时地闪亮登场，才上演了陈熹所说的那一幕。

陈熹和酒花的亲事在这一场酒席上正式确定了下来，结婚的日子也大致议定在春暖花开的时节。这样一桩曲曲折折、来之不易的亲事在各人心中格外地像花开一样烂漫起来，时间却就此悠长慢缓下来。

自从酒花嫂子跟人跑了后，翠绒哭着说她不好再来刺绣厂上班了。酒花想着小姑娘留在刺绣厂，以后好找对象，她可以留心给介绍个街面前的好小伙，就安慰着挽留下来。翠绒似乎很感激，仍旧滴溜眼转地跟着酒花和杨兰芝学刺绣，但瞄见陈熹来厂里，和酒花亲亲热热说话，她偷眼看看就黯然低了头去。酒花沉浸在久违的欢愉中，丝毫不曾察觉，也不曾预感到，她这一场好心埋下的地雷有多大。

第四十九章

转眼间春暖花开,酒花张罗着给娘家盖楼,等楼房挺起来后,再气气派派地操办自己的婚事。有鸡换斗着眼睛在中间看着,她不想操之过急,各人思想上得一段时间过渡过渡。

土旺前看好了日子,请了匠人和街坊邻里放炮动工,热火朝天地干了月余,便在后院升起一座高崛崛的青砖白墙二层楼房,砖雕门楼工艺繁复精致古香古色,门楣上刻"耕读传家"四个大字。村里人远远看着便羡慕起来。

醪糟爷担着醪糟担子,晃晃悠悠走到王长贵家门前,嘴里漫不经心地喊着:卖醪糟哩——能做酵子,能发面子,能打蛋子,能下奶——拖腔很长。一群小孩跟在后面学着喊:卖醪糟哩——能做酵子,能发面子,能打蛋子,能下奶——然后嘻嘻哈哈哄闹成一团。醪糟爷回过头笑着说:"崽娃子,能下奶,回去吃你妈奶去!"孩子们嘎嘎大笑着跑了。

醪糟爷担着担子晃到村口大槐树下掐辫子的女人堆里,放下担子听她们描说"一白麦"成了万元户,给娘家盖了洋楼,还去县上披红戴花地领了奖。镇上组织小学生打着红旗,敲锣打鼓去家里祝贺,"一白麦"大白脸笑着给学生们发糖果的事。醪糟爷听着听着由不得慨然道:"看王酒花哩!黄鼠狼尻子——种种眼眼开着哩!你都尻子底下坐热炕时,人家女子起早贪黑地贩猪贩羊哩,刺绣哩,说媒哩,卖酒哩,她不挣钱谁挣钱呀?她不盖洋楼你的盖呀?"

女人们就讪笑着说:"去去去!赶紧打你蛋子、下你奶去!"

醪糟爷就笑着担起担子，肩膀一抖又晃晃悠悠地走了。

王长贵和他老婆仍只管在自家屋里忙活，不大和村里人攒堆说话，只是围着新楼房转圈圈，身子前仰后合，眼睛左瞅右瞄仔细端详，端详着……捏捏揣揣干一些细琐的后续活儿。又有媒人登门给强娃说媳妇。酒花嫂子的爹娘上街赶集，走过桥头踅到楼房前看了半会，便在心内咒骂女儿不知好歹，嫁了这么好的人家不珍惜，却瞎了眼窝跟人跑了。老两口发誓永不相认这个损德虫女儿，并给孙女翠绒叮咛好好跟着酒花学本事，莫走邪门歪道。

"莫走歪门邪道"几乎是凤柳镇家家户户教育后人的信条。柳义振更是盯紧了他的后人。柳德茂按照《古法酿酒秘籍》里老祖先的配方，配制出了低度营养翠波酒，酒花就和她的绣品一起搭配，主要在长安开拓市场。这一款承载着祖宗记忆和智慧的酒在新时代却不为人所识——那种绿得像柳树叶子似的扁瓶子翠波酒，在长安市场上一露面就被人告下了，说是假酒。酒花和陈熹刚发到长安的第二车翠波酒就被查封了，说等待化验结果出来再做处理。事情起源于市场上冒出了冒牌凤酒，被查收的化验结果都是原粮酿的原浆酒，只是被酒贩子装成了凤酒牌子，触犯了《商标法》。处理结果自然是没收商品、罚款、记录在案。县上相关部门赶紧派人奔赴乡村酒厂宣传《商标法》，空气里泛动着异样的紧张气息。

又一年夏季来临，麦子收罢，人们欢悦地迎来了踩伏曲的最好时令。不成想随之而来的是一场连阴雨。起先一场轰隆隆忽明忽暗的暴雨过后，没有像人们期望的那样天边转晴，又一番阳光灿烂、万物清爽明净之态，而是雾蒙蒙天地混沌不清，暴风雨转成了连阴雨，时大时小月余不停。起初人们也没觉得这伏天的雨有什么不好，时日一多，出不了门，啥也干不成，坐在屋里也能听到阴雨淅淅沥沥的声音从早到晚，一刻不停，心里就像发了霉一样晦暗毛躁。早高粱早玉米一人高了，雨下得根基不稳，一大片一大片倒伏下去。晚高粱晚玉米豌豆荞麦种不进地，眼看成了一个灾年。柳义振坐在屋里几乎一抓一把水，空气湿度太大了，曲坯不利发酵成熟，曲是不好踩了，伏天错过最好的踩曲时令，直接影响冬令的烧酒，他由不得心急心慌，坐卧不安，不知道这样的鬼天气会持续到啥时?

柳义振有所不知,这样的天气反倒是装酒卖酒的好时机。

他和柳德茂爷孙俩被镇上通知去县上参加酒业整顿大会,才知道省政府派来了十几人组成的酒业整顿工作组,领队的是省府一位主簿长官,叫郑时风,雷厉风行黑风煞脸地驻扎在县府招待所。县府立即成立了三十多人的查假酒领导小组,下设办公室、整顿组、查处组。柳德茂暗地里打听到工作组下来时对乡企酒厂定的调子是该取消的取消,该限制的限制,该支持的支持,而且端着满满的四管枪药——工业的、工商的、农行的、公安的,预感到枪口黑洞洞地朝向他们。

随着查处信息的汇集,明物实证的积聚,郑时风得知南方客在雍凤县到处窜腾着售卖凤酒商标,一张嘴野狐上树,八哥游泳,狗娃驾云,漫天是生意,遍地生黄金。郑时风也知道了上一年原粮丰收,各乡企酒厂酿酒丰收,酒海里灌得满油油的。近来的连阴雨天气,有人随便寻个隐蔽地方,就能装起冒牌凤酒来。

可是,现实往往要比政令复杂得多,郑时风深谙此道,他只记着他下来时的使命,整日价板着脸孔,端着机关枪到处扫射,吓得张景山县长说:"我一听到郑长官叫我,头发噌一下就立起来了,害怕得很!"然后借着开会下乡,尽量指着工业局长刘路远去见郑时风。刘路远第一次见郑时风是和张景山一起去的。在招待所给郑时风临时设置的办公室里,刘路远对着黑风煞脸,将嘴角法令纹向下撇扯得很厉害的郑长官,弓腰颔首回答了几个问题后,信誓旦旦地说:"乡村酒厂搞假酒我们还没有发现,社会上人,或是酒厂个别推销员离开酒厂后在社会上装冒牌凤酒,谋大利的大有人在。反正我敢保证县乡领导、党政部门上上下下没有人敢默许谁搞假酒。你如果不信我,那就撤我职吧!你要撤我这个小小的局长就像在你脚底下踩死一只蚂蚁一样,也就像我在乡镇撤生产队长一样,容易得很。"

郑时风一听忍不住笑了一下,转头对张县长说:"今天就说这儿,刘局长的汇报是认真的,还可以。十一点在服务楼开会。"

一出房间,两人就直奔厕所,立在里面说话。张县长如释重负地说:"老刘你行啊，回答问题滴水不漏，还把郑秘书长惹笑了。郑秘书长来雍凤查假酒，从来就没笑过。"

刘局长抹了一把额头细密的热汗说："我是竹竿顶城门——硬撑哩！我害怕话说不好，对咱们辛辛苦苦培植起来的乡村酒厂不利。"

张县长叹口气说："咱现在得赶紧整合乡村酒厂，拓展销售空间。"

刘局长赶紧说："好！好！凤柳镇那个老把式柳义振人品好得很，用祖传秘籍酿的凤柳牌凤柳酒连续三年都获得了国家农业部优质产品奖、省上优质产品奖，酒的品质没得说。前段时间却被省工商部门查去一车，据说是新配制的低度酒，很有市场前景，就以他们的酒厂为中心整合发力。"

张县长若有所思地点了点头，拧紧眉头不再说话。

刘局长说得没错，酒随酿酒人性格，果然被省上查去的那车酒倔强得很，不但没有任何问题，而且化验结果仍旧优质，各种微量元素相衔相扣恰到完美。郑长官一高兴就签发了《凤柳镇凤柳村酒厂生产白酒、配制酒并非假酒的报告》。还原事实清白本是好事，柳义振和柳德茂爷孙俩还没畅快几天，就见到了《长安民生报》记者专题通讯——《朱鸟是朱鸟，时夜是时夜》的长篇报道。而那篇报道本意是为凤柳酒厂的酒正名。

这天柳义振正在培训班给学员讲课，陶醉儿在门口招手叫出柳义振，将一份报纸塞到柳义振手里。柳义振接着乍一看题目，头脑就嘎嘣一声炸响，眼睛紧迫地往下扫描，嘴里刚嚅嚅地念出一句"朱鸟是朱鸟，时夜是时夜……"猛乍眼前一黑，喷出一口血来，栽倒在地不省人事。吓得陶醉儿急忙大喊大叫，惊出一教室学员，七手八脚地把柳义振抬上车送去镇医院。秦妙手正在给鸡换针灸，忙交给酒花，扑出去抢救柳义振。

酒花禁不住跑去急救室外面，见柳德茂和一群学员在门口紧张地转圈圈。酒花用眼神问询柳德茂咋回事？柳德茂将手里拿着的报纸递给酒花。酒花看完就糊涂了，想问点啥，见柳德茂正慌乱，只得把报纸还给他，转身思量着走了。

柳义振清醒过来后，桑树皮一样的眼皮痉挛似的跳动着，就是不愿睁开，眼角泌出潮湿的老泪。柳德茂往爷爷嘴角溜葡萄糖水，柳义振却咬紧牙关不愿张嘴。秦妙手紧紧握着柳义振一只粗大坚硬的瘦手,将嘴附在耳根说:"叔,你一直说世事变了,啥新鲜的事情都有可能突然蹦出来,咋就想不通了?凤酒也罢,乡企酒也罢,都是你的徒子徒孙酿造的。对你来说,手心手背都是肉,哪个都是一样的热切情怀。你看那些奖牌,金凤凰银凤凰,窝里还飞出个铜凤凰,谁爱咋说咋说去。嘴是肉的,真理是金的银的铜的。有一天嘴随人埋在地下腐烂了,真理还会在世间流传。"

柳义振猛地睁开眼睛,剧烈咳嗽起来,直咳得眼泪鼻涕都出来了。柳德茂急忙用手帕给爷爷擦干净,问秦妙手爷爷的病要紧不?秦妙手说是急火攻心,想通了气散了就好了。

柳德茂知道爷爷发病不只是受报纸上的通讯报道刺激,还与刚在县上开的会有关。柳义振作为酿酒技术权威人士被通知去县上参加酒业整顿大会。他一走进会场就看到从市到县的党政领导齐齐坐在主席台上,将郑时风拥在中间,威煞煞都不说话,脸上是同一个表情,像极了庙堂里塑的泥蹲神像。会场气氛和之前鼓动大办乡镇企业的激扬格调截然相反,空气几乎凝滞不动。全县二百多家乡村酒厂的厂长、销售员都被通知来了,一看这架势,都缩着挤着往后面坐,夹着细声儿说话。

令柳义振欣慰的是乌压压满会场都是熟悉的面影,都笑着和他点头打招呼——他们几乎都是他培训班走出去的学员。柳义振被一个熟悉的领导热情地搀扶到第一排去坐着。

会议开始后,张景山县长第一个讲话,一口一个贩假酒,一口一个查假酒,唾沫星子随着嘴上的劲道,在空气里划出流线,差点飞到柳义振脸上。当柳义振听到张县长说:"……你谁以后再卖假酒,就把你从雍凤县开除出去!"会场哗然笑声一片,人们像晒在沙滩上窒息了的鱼群被一个浪花卷进湖水里,瞬间活悦起来。

"下面肃静!肃静!"郑时风黑着脸,拍着桌子呵斥起来。会场瞬间又安静下来,像湖水结成冰冷凝不动了。郑时风满脸怒气地说:"你们县上一个领导在酒业发展大会说什么——要让凤凰满天飞,要飞到全国去,飞到全世界去,我看是胡飞乱舞罢了!"张县长一听尴尬得满脸通红,不知道该咋样接着往下讲，嘴半张着窘了半会……

柳义振忽地起身，背着手径直走出会场，上了个厕所，坐车回凤柳铺去了。老汉思前想后，心里正憋闷着。随之，陶醉儿恰巧拿来那张怪眉瞪眼的报纸，把老汉命差点要了。

第二天中午，酒花和陈熹忙完生意后，买了礼品去医院看望柳义振。酒花私心里也想让柳义振看看她和陈熹在一起是多么般配多么美好，以后别再把自家人和自家孙孙太那么当回事。

柳义振正有气无力、目光涣散地靠在病床上挂吊针，看见酒花和陈熹进来，面露一丝和善友好，欠欠身子说："你们来了，坐。"便又神色黯然不说话了。酒花和陈熹面面相觑，不知道说什么好。还是陈熹嘴巴甜甜地关照了几句好好将养身体，不要再劳累之类的温馨话。酒花刚要借机随几句好话，柳忠民提着饭罐进来了，陈熹急忙打了招呼，借口事多，就和酒花匆匆出来了。两人走在大街上由不得心情沉重，心里复杂，都不说话。

酒花没想到她的好心情竟然会因为柳义振而变得黯然，她还以为她会更高兴呢，就像以前她以为有了钱她会格外快乐，现在才觉出她并不特别热爱这东西。她发现钱是个舔尻子，人穷的时候它躲着死活不来，富了的时候它又涌着挤着来了。酒花觉得她生意的那条河开了，钱像流水一样哗哗地涌进她那个绣花帆布挎包里，很快鼓了起来。在乡村人眼里能盖得二层洋楼的万元户是多么厉害，多么能干的主。亲戚来了，左邻右舍堆着毕恭毕敬的笑来了，他们借钱要给儿子娶媳妇、盖房子、给病人看病，每件都是大事，酒花来者不拒，要多少借多少，结果借钱的人就更多了，她拉不下脸，说不出拒绝的话，手里的账本除了生意上的往来借贷，多了一项内容——密密麻麻写着亲戚邻人的借款。有些她明知道有借无还，就打定主意不要了，权当救济——这样的话她心里反倒无比舒坦无比充实。

酒花手里的白酒和绣品订单挤堆堆涌来，组织赶制货源好叫她日夜忙碌，但心里是甜蜜的，浑身散发着春天一样勃发的明媚劲头。

这边她和陈熹顺风顺水，那边柳德茂却焦头烂额苦不堪言。爷爷出院后回到家里，不言不语，神情呆滞了许多，有时候好半天眼珠都不转一下。他将儿子柳诚志塞进爷爷怀里抠鼻子剜眼窝拔胡子，才能激起他一丝活力和目光里的光亮来。

镇上白书记来看望了几次，希望柳义振能尽快恢复健康，继续去酒业技术培训班讲课。恰逢杨兰芝又有了孕身，吐得浑身无力，整日价在炕上躺着。德茂娘一个人既要下地劳动，还要照顾着一家老小，也累得筋疲力尽，神情恹恹。

柳德茂赶着踩曲、酿醋，在两个厂子像织布一样过来过去跑，还要抽空回家陪陪爷爷，关照一下杨兰芝，忙得焦头烂额。

半月后柳义振身体恢复差不多了，柳忠民和柳德茂父子俩见老人神情恹恹，怕心里郁闷憋出病来，都轮番劝说叫出去散散心，或者回到培训学校讲课去。柳义振摇头摆手哪也不愿去。这日午间，王拴狗喝得摇摇晃晃，唱着秦腔乱弹跷进柳义振屋子，张着青蛙眼看着柳义振，仍唱道：

  好喝个小酒我兴趣难变，
  王拴狗本也赛似神仙，
  就因不会烧酒被朝堂一本所参，
  落架的凤凰变成鸡也无怨言，
  这气量凤柳镇谁人能攀
  ……

柳义振从炕上忽地坐起来说："拴狗你转过去我看，尻子上没湿我和你没完，尻子上湿了就赶紧滚蛋！"

王拴狗真就转过身去。柳义振一看裤子干干净净，一下子不知道该说啥了。王拴狗挤挤眼睛说："你好着我就走了，我工作忙得很！没时间和你谝闲。"说着晃出门去，嘴里还自话自说："咱做事从不管别人咋说咋看，对得起自己良心就好，这就叫'拴狗胸怀'……"

柳义振哧溜从炕上下来，穿好鞋坐在罗圈腿竹椅上吸了一锅旱烟，就背着手往培训学校走了。

柳义振去了培训班,柳德茂感觉轻松了一大截,他惊讶王拴狗用了啥妙法使他爷突然就化了心中疙瘩,又走进学校,唾沫乱溅地讲课去了。那篇怪眉瞪眼的报道所引发的众说纷纭像浮云一样被风吹走了,柳德茂心中刚呈现一片瓦蓝澄明来,但新的问题又出来了。酒花和陈熹做得很牢固的东北新客户和长安的老客户,发来的订单都要凤酒——市场上凤酒的名牌效应越来越大,名气越来越响,平湖秋月已不能共享秋色。酒花这才知道近来长安和东北的客不再回刺绣厂住宿,而是收购了乡村酒厂的原浆酒都连夜晚拉上到别处灌装去了。

一夜间收购散酒的价格涨了许多,工人的工资也涨了许多。在其他酒厂忙着随酿随卖新酒的时候,柳义振仍不紧不慢,坚持新酒存入酒海,去历经岁月的沉淀和熟化。

酒厂不卖新酒咋运转?办酒厂本来资金需求大,周转还要顺畅。柳德茂正愁肠,陶醉儿来酒厂说村委会的几间大房需要修缮一下,眼见要进入秋季多雨的季节,若是遇上连阴雨,不但漏雨,还有坍塌的危险。西街的凤凰桥也要维修一下。柳德茂知道陶醉儿乐于修修补补动工程,一方面落政绩得民心,另一方面……他绝对不像王拴狗当书记那样纯粹。这些理由堂皇的花钱路子柳德茂得一一满足。再加上给工人涨工资,偿还办醋厂的贷款利息,他不得不给酒花和陈熹张口借一笔钱。贷下的、借下的都是债,柳德茂感觉心口有一团火直冲出脑门,在头顶灼灼燃烧。

他知道县上打假队的便衣队员不分日夜在村镇上到处突击检查。凤柳村酒厂、醋厂的角角落落冷不丁就要被检查一下。柳德茂感觉有种被羞辱了的愤慨感,待理不理,有时忍不住冷嘲热讽几句,惹得检查组刻意给他这里上了劲,查得更紧。柳德茂以为他不贴凤酒牌子,谁能拿他咋样,所以理直气壮底气十足。

第五十章

　　转眼到了立秋时节，有了阵阵凉风。秋蝉在树上比赛似的吵唱成一片，夹杂其间的是街道酒馆、街边屋院里此起彼伏划拳行令的吼喊声。孩子们在雍水河里学游泳、扎猛子、抓螃蟹、打水仗打得水花乱溅，叫声连天。女人们则扎堆坐在村口的大槐树下纳鞋掐辫子、刺绣扎花、说笑谝闲，偶尔扯长脖子喊叫一下自家孩子。

　　柳德茂从凤柳酒店醉意蒙眬地出来，脚下辫蒜似的在街道走了一圈，漫无目的地走到雍水河边，立着看柳树林里时隐时现的一群光屁股孩子翻腾嬉戏，长长叹口气说："这个年纪的这些幸福实在太短暂太珍贵了！"他以为他刚才在酒桌上很大气地提议，将酒花和陈熹结婚的日子定在八月三十日（农历七月初七）七夕节这一天，举行一个非常浪漫而别具一格的婚礼，酒花从此有了幸福归宿，他愿了了，没想到他轻松是轻松了，心内却莫名其妙地怅然，悲喜交替难以名状。他想尽快摆脱这种情绪，就摇摇晃晃地走进一家酒馆，扎进人堆里疯张地抡起胳膊，扯着嗓子继续划拳喝酒。

　　这一次，柳德茂喝了太多的酒，他不知道自己咋样回去的，也不知道咋样给杨兰芝吐了一炕，给自己吐了一身。杨兰芝气得喷着眼泪花擦洗干净，把他掀滚在炕角死死睡了一天一夜，才醒转过来。柳德茂吃饱喝足，又焕发起精神来，嘴里哼着秦腔曲调，背着手去了厂里。近来醋曲和酒糟醋卖得好，醋曲基本都是西咸一带的客买走了。这是柳德茂没有想到的意外惊喜，他给工人们涨工资时豪气地说，咱们凤柳街人脚心不但带酒，还带醋哩，踩的醋曲酿的醋也又多又香。叫他头疼的是市场上的名牌效应越来越大，乡企酒越来越不好卖。眼下凤柳村酒厂酒海里存放的三十吨陈酒若低价卖了可惜，不卖资金又周转不开，街西的老桥也没钱去修。柳义振断然挥手说再便宜也要卖掉，修桥事大，渡人也渡己。平日里柳德茂有啥难怅事总要给酒花一股脑倾倒诉说，近来酒花在红运里，和她的刺绣品一起随外贸公司的人去国外参加展销会去了。柳德茂只得给陈熹转达了他爷的话，托付了那批老海子陈酒。可他做梦也想不到一场毁灭性灾难已像天空的阴云悄无声息地罩在了他头上。

这天晚上一点，柳德茂正在酣睡中，被一阵紧急的敲门声惊醒，脑中忽地冒出一种不祥之感，急忙穿了衣服跳下炕，他隔门悄声问："谁呀？啥事？"

大门外人说："出事了……咯！出事了！陈熹带人装酒被打假队人堵在屋里了，你赶紧看咋办哩？"

柳德茂听出是刺绣厂看门的窦老汉声音，心扑通一跳，慌急说："你先别吭声，我这就去。"说着轻手轻脚打开了门，一只脚刚跨出门槛，就被柳义振喝住说："做啥去？回来！"

柳德茂吃了一惊，回转身说："爷你起来做啥？陈熹那里有点急事叫我哩。你回屋睡去。"说着撒开长腿跑了。

窦老汉在后面扑颠着边跑边说："在后院装凤酒，已经装了一个晚上，安全得很，不知咋就漏了风，今晚打假队人突然从后院翻墙进来，全都查住了。我急了才跑来叫你，你看咋办？"

柳德茂浑身嗡儿嗡儿像过电一样紧缩着，头木啦啦一片没了思维，只是下意识地跑进刺绣厂，在院子里看到一群人从外到里拍照、往车上装酒。陈熹不断地赔着笑脸说好话。三娃、胡彩莲和三娃两个兄弟都呆呆地在旁边怵立着。柳德茂知道陈熹第一次冒险将凤柳村酒厂的酒装成凤酒，也是为了给他谋一笔可观的利润。他早就知道装冒牌凤酒的人暴富起来，未装的害起红眼病，迅速传染起来。这一次陈熹也未能幸免。前几天陈熹执意要把酒拉到别处去灌装，他不同意却没执意阻挡。今出下事了，他不担当谁担当？柳德茂瞬间一股子豪气上涌，冲着公安人员说："这事是我指示的，酒是凤柳村酒厂酒海里存的陈酒，我是厂长，责任都在我，与其他人无关。"

打假队队长阴着脸说:"你是厂长?典型得很!你是应该承担责任。"

陈熹忙大声说:"商标是我买来的,装酒也是我安排的,与其他人都无关。"

打假队队长吃惊地看了看这两个争着揽责任的怪人,冷笑了一下说:"谁也别争,射人先射马,擒贼先擒王,酒厂厂长跟我们走。"

陈熹还要力争,被柳德茂推到一边,他附在陈熹耳边悄声说:"我是厂长我去,会有人保释我回来。你是个外来客没人捞你。再说酒花才准备和你结婚过好日子哩,你就好好待酒花,我即使坐在了'四堵墙'里面,也值了。"

陈熹急了说:"咋可能呢?前面的都顶多罚些款。"

打假队队长也平和了些,说:"不用害怕,顶多没收了酒,罚款处理,有人担保以后不再装冒牌酒就没事了。"

柳德茂冲陈熹故作无谓地笑了笑,转身随着打假队人走了。陈熹呆呆看着他走出门的背影端端直直,像要进城去领奖,一下子愧悔交加,自感自己给酒花和柳德茂把祸闯大了。

柳德茂直接被送进了县公安局看守所,他才知道事态不容乐观,里面和他性质一样的已经有二三十人,而且都是些乡村酒厂的厂长、销售员之类。他从审问、签字画押的威严性就能嗅出撞上大风大浪了,不但翻了船,还有可能淹个半死。果然进来的人越来越多,查处的冒牌凤酒越来越多。外面的亲属不准探望。酒花从国外回来了,她顾不得责怪谁,也顾不得歇息一刻,就和陈熹托人托关系想捞出柳德茂,可是找谁谁都一脸无奈。王拴狗领着他俩到处找人托关系,百折不挠锲而不舍。柳德茂在看守所最担心的是爷爷的身体,已经吐过一次血了,能否承受住这个重大打击?杨兰芝胆小,又有身孕能不能挺过去?他儿子柳诚志找寻爸爸咋办?想到这些柳德茂心如刀绞,不由潸然泪下。但想到他坐在里面成全的是酒花和陈熹的婚事,保的是三娃一家安全无虞,又稍稍得到一点安慰——他就靠这点安慰支撑着精神等待结果。可他却等来了最难以接受最为残酷的噩耗——爷爷走了。他没能送他最后一程。天下最悲绝的事莫过于亲人去世,子孙不能亲视含殓,扶棺扯纤,捧上最后一抔黄土。

当酒花和陈熹被准许来探望时,柳德茂知道了爷爷去世的讯息,知道了他爹穿白戴孝找到县上一番痛哭流涕,也没能"法开一面"恩准他回去送葬。柳德茂犹如万箭穿心、痛悔不已。

酒花劝说:"这是老人该自阳寿到了,去天堂享福去了。"

陈熹也说:"老人活着辛苦了一辈子,歇下享福去了,你不用难过。"

柳德茂抱头哭泣,酒花和陈熹慌乱无措,才安慰了几句,探望时间就到了,三人泪眼汪汪地分别。这一别就是七百多个日日夜夜。

杨兰芝怀有身孕,德茂娘没准许她去看守所探望德茂,怕她一见德茂伤心难过动了胎气。安葬爷爷那几日,按照老讲究她不去灵堂守灵,连张纸也没得烧上。杨兰芝想起爷爷平日里器重她、维护她、厚待她的点点滴滴,想着爷爷走的那一刻的悲凉凄绝,不由感伤揪痛,独自坐在炕上哭得泪雨滂沱。

那天半夜,柳德茂慌里慌张被人叫走,杨兰芝惊醒后再没睡着,她不知道外面发生了啥事,只是莫名的心慌难耐。她听见爷爷进门关门后一连串的咳嗽声,更是睡不着。早晨天还未亮,柳义振就起来坐在罗圈腿椅子上吸第一锅烟,有族人跑进门来告诉他,柳德茂被打假队连人带酒押着走了县上。柳义振瞪圆眼睛呆了半会,突然扯来毛巾蒙住脸,大叫一声:"先人啊……"哇地喷出一口血来,一头栽倒在地不省人事了。

柳忠民和族人一起把柳义振背上跑到镇医院,秦妙手和一帮医护人员紧急抢救了半天,一点气息都没了。奇异的是,柳义振手里紧紧攥着一条灰毛巾,秦妙手咋拽都拽不下来,像长在手心,手指头更是硬得掰不开来。柳忠民已经哭得像狼嚎一样。家门户族的人都跑了来,七手八脚给柳义振擦洗了身子,换上老衣,脸上蒙了苦脸纸,身上盖了灵寝后,那只紧攥着的手忽地展开,毛巾掉到了地上。秦妙手这才恍然明白是咋回事,不由长叹一声,落下泪来。

德茂娘在老公公被拉回来寝在屋里前,先急着把杨兰芝关进屋里,叫柳德全剁了三根桃木四根柳木回来,绑扎成镇妖棒栽在杨兰芝屋门口,又在门后挂了一把牛皮鞭子,窗台上栽了一把红绸宝剑,门上贴了一张像经文一样谁也看不懂的黄纸符咒，嘱咐杨兰芝在亡人下葬之前千万不要出门，解手就解在柜子地下的尿盆哩，她晚间再来倒掉。

这把杨兰芝给尴尬痛苦死了，生生像坐在监狱里一样，监狱里还有放风的时间，她只能日日夜夜待在一个屋子里。她娘家人来吊唁，她也不能相见，只能从窗缝里偷看院子里晃动的人影。杨兰芝妊娠反应已经过去，能吃能睡精神头很好，肚子已经显怀，可老人见不上这个重孙孙了，遗憾啊！杨兰芝越想越伤心，德茂娘端进饭菜，竟然噎得吃不下去。德茂娘就瞪着眼说："你不吃，肚里的孩子要吃哩。你把我孙孙饿死呀？"杨兰芝一听孙孙比她重要，这老婆子满心都为了孙孙，不由悲从心来，哭得更伤心了。但在老婆子的逼视下，她不得不和着眼泪往下囫囵吞咽食物。

晚间，令杨兰芝既喜又悲的是，她婆婆没有给她倒尿盆，而是派人从亭子村接来她娘，叫在房间日夜陪护着她，晚间由她娘遮遮掩掩给她倒尿盆。她娘对做这样的事像执行重大而神圣的任务一样，非常虔诚认真，精神振奋地极力配合德茂娘的一举一动，小心守护着兰芝肚子里的孩子。

热天再老的丧事也得跟五天下葬。丧事礼节繁缛，吹鼓手走在前头吹吹打打，孝子贤孙身背重孝、悲悲切切地将亲戚邻人提来的献祭从半路迎进来摆在灵堂里。打墓的、置办酒席的有条不紊，紧张繁乱地行进着。凤酒厂在厂院里设了灵堂，开了追思会，供厂里职工吊唁致哀。灵堂正中挂着柳义振的大幅遗像，两边柱子上黑底白字写着大大的挽联：

出良门义授徒佳酿飘香
怀绝技振伟业青史标名

遗像旁边贴着长长的悼词，深切悼念柳义振在建厂初期为凤酒厂传技授徒的丰功伟绩。

知道柳义振去世的人越来越多，家院里吊唁的人出出进进。亲戚早都来了，日夜嘈嘈噪噪。凤酒厂的头头脑脑、省市县镇村干部、乡亲们、三朋四友、街道上受过柳义振恩惠的生意人、培训学校毕业的未毕业的学员都络绎不绝前来吊唁烧纸，献上花圈献祭。柳忠民陪着不断磕头祭拜、回礼。当院搭起的灵堂两边的挽联上，由秦妙手亲书：

一身正气却冷面承酒百味
满腹慈热又红心继祖义德

灵堂正中的遗像前非常显眼地摆着柳义振生前用过的粗瓷大碗，碗里照旧盛着一碗白酒，酒里泡着一个大白蒸馍。旁边献祭、水果、糕点、烟酒越来越多，要不断分发给亲戚邻人带走。

到了第四天正式开吊，酒花和陈熹再次来参加吊唁仪式。柳忠民尽管心里不很待见，但却仍以礼相待，把场面顾着。

陈熹和酒花感到无限愧疚心痛，跪在灵堂前烧纸磕头，涕泪横流地忏悔了半会。酒花想给杨兰芝说上几句安慰的话，刚走到屋门口就被德茂娘失急慌忙地挡住说："甭进去！老讲究你不知道？"

酒花回头说："那是封建迷信，一讲究都是事，不讲究了啥事都没有。"

德茂娘忽地怒道："你不讲究，咋结婚这么长时间了连个娃娃都没有？"

酒花一下子噎住，看了看德茂娘，旋身出门走了。陈熹撵在后面叫也不理。

酒花气呼呼地回到刺绣厂，一屁股坐在绣房里，半会才对陈熹说："女人的德真应该建立在身体自由、精神自由上面。没有身体自由、精神自由，就像杨兰芝，贤德地做了人家生娃机器，不一定能落了好来。我办刺绣厂也有这层意思。"

陈熹点点头说："凤柳镇这地方出好酒也出好女，就是封建色彩太重了，好多都是针对女人的。女人太可怜了！"

酒花突然想起她的姑奶奶、她的奶奶、红奶奶……不由潸然泪下。陈熹拿了手帕给她擦眼泪，百般温存，极力安慰。

陈熹倒吸了一口气，思忖着说："你一贯真心诚意把刺绣厂每一个绣女当亲姊妹，可我打听到是一个年轻女子打电话把我举报了。你想想应该是谁？"

酒花身子一颤，几乎不用思索就想到了翠绒。翠绒这几天眼神躲躲闪闪，神情很不自然，她以为是她姑姑跟人跑了给她造成的羞愧难堪。酒花一言不发去绣房看翠绒，她只是想再看一次翠绒的眼睛。胡彩莲说翠绒昨天请假回去了。酒花没有恼恨翠绒，是陈熹一时头脑发昏，主观意识里犯下了终生不可饶恕的大错。人生的大戏是多人合奏合演。人生对她来说着实荒诞，她设计好的每一步对也罢错也罢，都会走向不堪而粗粝的糙面。酒花眼里噙着泪水说："陈熹，翠绒这样做也是因为爱。要怪就怪自己呢！"

陈熹蹙着眉头说："翠绒这不叫爱。真正的爱是两个人之间的事情，是相互间心甘情愿的奉献和欢喜，而不是强求在一起，强行索取。可是世间好多人却以自我为中心，只知道索取，而不知道奉献，最终呢，却落不到好果子。我幸亏遇到了你，这是上天对我的恩宠。只可惜了德茂……"

酒花喃喃道："我奶奶说偿还的都是前世的宿债，不知是我欠德茂的，还是德茂欠我的？"

第二天早，柳义振在吹鼓手呜呜咽咽的吹奏声中，在全村人和他的学生们抬丧起灵，排成长龙队十八相送的悲痛中，长眠在他爹义德酒神的墓穴旁边了。

义德酒神的后人，凤柳铺四大名人之首柳义振的突然离世，在凤柳街不亚于八级地震，安埋后一段时日了，人们叹惋间仍议论纷纷，破解其间发生的异事。柳义振去世的第三天晚上装殓入棺时，好好的桐木棺盖死活盖不齐合不上，一大群人折腾得汗流浃背，叫来打棺材的老匠人也合不上。人们筋疲力尽而毫无办法时，秦妙手突然想起了什么，叫柳忠民查看老人的旱烟袋放进去了没有。柳忠民头趴进棺材里扒拉了半天放进去的遗物，烟锅烟杆在，就是不见旱烟袋，急忙在炕匣里找寻出来，往里装满旱烟绑在了烟锅杆上，重新放在柳义振的手边，棺材盖一下子就合上了。人们暗暗称奇，没看清的人说老汉有烟锅没旱烟，烟瘾发得走不了。看得清楚的人说旱烟袋上绣着他祖上的烧锅，老汉到了那边还想再烧酒哩。只有秦妙手知道这个烟袋的故事和隐含，不言不语暗自唏嘘。

这些议论传进酒花耳中，也不免感慨万端。她和陈熹动用了所有关系和人脉都没能保释柳德茂出来，焦头烂额跑了多少时日后，却见到了法院的宣判结果，柳德茂以假冒注册商标的商品罪被判有期徒刑两年。在全县轰轰烈烈、狂风暴雨般的酒业整顿查处行动中，逮捕的、判刑的、罚款的上百人中，柳德茂是刑期最长的一个，也是最有名气最有震慑力的一个乡村酒厂厂长。

这种意料之外的判决结果一下子打垮了酒花，和陈熹喝了一通闷酒，烂醉如泥时哭着说："这是老天对咱们的惩罚，德茂有多痛苦，咱们就得有加倍的痛苦才能对得起自己的良心。婚不结了，等德茂出狱了再说。"

陈熹也醉醺醺、痛苦不堪地说："好吧！世界上最不能挽回的就是已经酿成的大错。最不能替代的就是痛苦，若要替代，只能痛上加痛。我对不起你，酒花！"

酒花用凤柳方言怨了一句陈熹："你一哈给咱把蜡蜡把下了！"陈熹听不懂，巴巴地望着酒花。酒花又不忍见了，转头痛哭了一场，才又鼓起精神来，找村上申请了生活费，供养起柳德茂的媳妇娃娃。酒花万没想到就这一场祸事，又让她走进了望而生畏的供奉酒神的地方——男人们踩曲酿酒的领域。她经村两委会班子力推，做了凤柳村酒厂代厂长。她只得暂且放下飞针走线、描金刺绣的活儿，毅然抵押了刺绣厂的地皮房产，贷了一笔款，在陈熹和众酒工的帮衬下，认认真真地整改了凤柳酒厂，积极配合乡村酒业的优化整合。

她又请了凤酒厂刚退休的一名老师傅，柳义振早年带出的最好徒弟，两人一起走进酿酒车间，带着众酒工挽起袖管踩曲酿酒。酒花一心想等柳德茂出狱的那一天，把凤柳酒厂、醋厂和杨兰芝母子三人好好地交到柳德茂手里。

一旦从绣花车间走进酿酒车间，她才发现天底下所有的艺业都通灵一种精神——诚心和匠心。怪不得柳德茂说，他爷以前总爱这样叨叨。

酒花和师傅们小心谨慎地踩了一轮曲，酿了一轮酒后，便到了寒风凛冽，南飞的雁儿落满官路的初冬季节。

酒花看着酒缸里碎银一样的酒液，闪着粼粼波光，小心地用丫丫舀了，浅浅地抿了一口，禁不住泪流满面，她自己也不知道是因为欢喜还是悲哀，酸的还是涩的，苦的还是甜的。

师傅问："入不入海子？"

酒花突然想到了柳义振，愣了一瞬果断地说："入！"

她想起秦妙手曾对她说，柳义振生前总是念叨："凡是老先人在这土地上创造传承下来的老艺业，里面凝结了他们多少代多少人的智慧和体温，见着老艺业就像见着了老先人，见着了先人的精魂啊！"酒花当时听了并没在意，现今，历经了从踩曲到酒入海子的完整演绎过程后，才真正体悟了这句话的含义。

一缸缸新酒像瀑布一样从高处倾入大酒海里，去历经岁月的更替和滋味的交合演绎。酒花愿倾其所有来成全这一场演绎。

暮色西沉，鸟雀归巢，酒花醉意蒙眬，拖着一身疲累回家，却发觉自己走进了酒库。她静默地伫立着，在氤氲的酒香里看师傅刚缮过的酒海黑黢黢的立着，她感受到了时光行进的脚步和酒海窸窣窸窣的呼吸。突然，她听到酒海里咕咚——咕咚——几声沉闷的声响，像狼剩爷的大鼓声从几千年的时空隧道里幽幽传来。顷刻间便是万千精灵在那神秘的酒海里舞动起来——蓝的、红的、黄的、绿的、白的、黑的……各种样貌，各式姿态，挤挤攘攘，热火朝天，像西海龙王的龙宫里在举办盛大舞会。乐声响起——梦幻的、古典的、优雅的、卓越的、超拔的、古怪的……突然又变成了西府曲子、关中秦腔，激扬雄浑、粗犷豪放……喧腾热烈中，她又看见乡亲们如山川地貌般的脸孔高仰着、憨笑着、陶醉着——姑奶奶、奶奶、红奶奶、柳义振、鸡换娘的脸都夹杂其间。酒花沉浸在黑暗中的一丝幽光里晕晕乎乎，心中念念：人间处处有戏，生计朝朝不易，酒里花花好开，醉来情情难解！

突然，她又看到柳德茂从吱吱呀呀打开的牢狱大门里走了出来，静静地立住看她。

鸡换冷不丁从角落里斜擦出来，拄着拐杖挪过去，单腿立着用拐杖戳了戳柳德茂的肚子，狡黠地笑了笑。柳德茂上下打量了一下鸡换，没好气地说："你和人一样能直立行走了啊！"

鸡换神气地说："那是！那是！"

杨兰芝怀里抱着正吃扭花糖，沾了满脸糖渣子的小女儿走过来，也静静地立住看柳德茂。四岁的儿子柳诚志偎在母亲腿上，睁着黑黝黝的眼睛看着他父亲。杨兰芝已喜极而泣。酒花看到柳德茂似乎已习惯了作为一个改造对象的卑微负罪感,弓着腰迷离着眼睛不说话。

王拴狗斜披着褂子,手叉腰里趔趔趄趄地走了过去,一拳砸在柳德茂的肩头上,骂道:"碎俄儿,你把人抡圆了,不认得我了?"

陈熹和柳德全忙走过去,双手交叉起来勾着,折叠出一个花花轿来,嘿嘿笑着放在柳德茂跟前,摆眼一示意,柳德茂就顺从地跷进两条腿去,像小时候做骑马游戏一样,被两个小伙子高高架起来朝着不远处的田野走去。附近村子的高音喇叭里仍响彻四方地唱着《在希望的田野上》。

奇怪得很——怎么天地、头顶的太阳、眼前的每一个人都是新的——熟悉的新、陌生的新、虚幻的新、缥缈的新、真切的新……

田野里麦子又黄了,风吹麦浪滚滚而过,如湖面掀起的波涛。早玉米、早高粱半人高了,绿得油亮,簌簌作响。每个人仿佛又回到了童年,柳德茂终于孩童般地嘎嘎笑了起来,瞬间天地开阔,绿草蓬蓬勃勃,棉絮般的白云在蓝天上铺陈。街道上飘溢着阵阵酒香。酒花恍惚间觉得每个人又从小着开始长大,浑身都是顽皮和力量,满心充斥着梦幻斑斓的憧憬,还有天旋地转的瑰奇……

2018年07月21日晚09时草成
2018年12月09日晚11时三稿
2019年01月29日晚09时四稿
2019年03月31日晚08时五稿
2019年05月01日晚11时六稿
2019年08月20日晚12时十稿
2019年10月03日晚12时十一稿